博士論文
出版項目

《韓詩》研究

The Study of *Han Shih*

吕冠南　著

中国社会科学出版社

圖書在版編目（CIP）數據

《韓詩》研究／呂冠南著 . —北京：中國社會科學出版社，2023.3
ISBN 978 - 7 - 5227 - 1435 - 6

Ⅰ.①韓… Ⅱ.①呂… Ⅲ.①《韓詩外傳》—研究 Ⅳ.①I207.22

中國國家版本館 CIP 數據核字（2023）第 025595 號

出 版 人	趙劍英	
責任編輯	李凱凱	單 釗
責任校對	蘆 葦	
責任印製	王 超	

出　　版	中國社會科學出版社	
社　　址	北京鼓樓西大街甲 158 號	
郵　　編	100720	
網　　址	http://www.csspw.cn	
發 行 部	010 - 84083685	
門 市 部	010 - 84029450	
經　　銷	新華書店及其他書店	
印　　刷	北京君昇印刷有限公司	
裝　　訂	廊坊市廣陽區廣增裝訂廠	
版　　次	2023 年 3 月第 1 版	
印　　次	2023 年 3 月第 1 次印刷	
開　　本	710×1000　1/16	
印　　張	37.75	
字　　數	526 千字	
定　　價	198.00 元	

凡購買中國社會科學出版社圖書，如有質量問題請與本社營銷中心聯繫調換
電話：010 - 84083683
版權所有　侵權必究

出 版 說 明

　　爲進一步加大對哲學社會科學領域青年人才扶持力度，促進優秀青年學者更快更好成長，國家社科基金2019年起設立博士論文出版項目，重點資助學術基礎扎實、具有創新意識和發展潜力的青年學者。每年評選一次。2021年經組織申報、專家評審、社會公示，評選出第三批博士論文項目。按照"統一標識、統一封面、統一版式、統一標準"的總體要求，現予出版，以饗讀者。

全國哲學社會科學工作辦公室
2022年

摘 要

本書是對西漢學者韓嬰開創的《韓詩》學派的相關內容開展的研究。根據班固《漢書·藝文志》的記載，《韓詩》學派是漢代官方《詩》學流派之一，在漢代學術界產生過重要影響。但在此後的學術史發展過程中，《韓詩》學派逐漸式微，除了《韓詩外傳》，其餘著作至宋代已悉數亡佚。但《韓詩》學派作爲曾經極富活力與影響的學派，不僅親自參與了漢代經學史的建設，還爲後世的《詩經》研究提供了重要的啓瀹，值得以專題研究的規模加以系統探討。本書的撰作，便基於這一考慮。

本書的主體由以下三部分構成：（一）導論；（二）正文；（三）結語。導論主要介紹《韓詩》研究的題旨及意義，並對自宋至今的《韓詩》研究進行梳理與評述，進而引出本書的創新之處及預期目標；結語則著重歸納由《韓詩》的文獻學、文學及史學研究所發展出的新解釋。在導論與結語之間，正文分爲四章，前三章解決與文本相關的文獻、文學問題，末章解決文本之外的《韓詩》學術史問題。茲擇要加以介紹：

第一章《〈韓詩〉著述考》，主要分爲三部分內容。第一部分對歷史上產生的十五部《韓詩》著作的書志著錄、存佚情況、性質問題、亡佚時間等進行介紹與考證，全面檢討各部《韓詩》著作的文獻問題，以明《韓詩》學派之學術源流。對於前人含而未發、懸而待決的部分相關問題，利用各種類型的文獻材料加以深入探討、綜合考證，進而提出新的解釋。第二部分對前人輯錄的二十五部《韓詩》輯本的情況作出評議，凡輯本已佚者，皆結合相關史料以鉤沉其梗概；凡輯本傳世者，則既指出其學術意義與價值，又就其不足之處予以揭示，從而在客觀總結前人輯本得失的同時，為第二章重新輯錄《韓詩》諸佚著奠定重要的文本基礎。第三部分則以評介前人的《韓詩外傳》研究情況為中心，對中國、日本、朝鮮、美國學界產生的三十三部《韓詩外傳》校本、注本、評本、譯本進行紹介，藉以呈現國內外《韓詩外傳》研究之全貌。

第二章《〈韓詩〉佚文考》，旨在對《韓詩》學派所有有佚文傳世的著作進行全新的輯錄。本章的輯錄，既包括對前人成果的辨偽、訂訛、刪重、補闕，又盡量利用出土文獻、域外漢籍等新見材料，對《韓詩》諸佚著之佚文進行更加可靠、準確、豐富的輯錄，在質量和數量兩個方面實現突破，從而為後續研究提供更加堅厚的文本基礎。同時，摒棄前人將多種《韓詩》佚著之佚文彙為一編的做法，以分書輯錄的形式，分別就《韓詩經》《韓詩內傳》《韓詩外傳》《韓詩說》《韓詩翼要》《韓詩章句》《韓詩序》七部著作的佚文進行輯錄，以便呈現《韓詩》著作的不同特點。

第三章《〈韓詩〉文體與闡釋考》，主要從以下三大板塊展開研究：第一，對《韓詩》學派文本保存相對豐富的《韓詩內傳》《韓詩外傳》《韓詩章句》三部著作的文體問題進行探析，分析《韓詩內傳》《韓詩外傳》的"傳"體與《韓詩章句》的"章句"體的不同特徵，澄清前人對《韓詩內傳》和《韓詩章句》的若干誤解，並結合古書區分"內""外"之通例，對《韓詩內傳》與《韓詩外傳》的差異作出異於前人的解釋。第二，在辨體的基礎上，發掘《韓詩內傳》《韓詩外傳》與"說體"的關聯，以及二書從"說體"折射出的文學意味。第三，對《韓詩》學派唯一有訓詁類佚文傳世的《韓詩章句》的釋經特色作出深入分析，重新發現《韓詩章句》的解經價值。

第四章《〈韓詩〉流傳考》，在整合前人成果和新見材料的基礎上，重構傳習《韓詩》的學者譜系，起自《韓詩》創業垂統的祖師韓嬰，迄於盛唐學者型官吏田琬，共得《韓詩》學者六十三人。通過分析上述學者的生平資料，簡要梳理《韓詩》傳播三階段的不同特色。同時，以個案研究的形式，對新見漢唐碑誌所載《韓詩》學者的信息進行搜集與研究，將之與傳世文獻的若干史料進行聯繫，重新抉發《韓詩》傳播史的若干隱微，解析其學術史意義。最後，着重探討《韓詩》遺説在日本的保存與傳播。

總體而言，《韓詩》研究既是《詩經》學史的題中之義，也是中國經學史的有機組成組分。雖然關涉《韓詩》研究的史料相對匱乏，但鉤稽殘存片段，仍可恢復其若干舊貌，這對於豐富《詩經》學史及中國經學史不無裨益。

關鍵詞：《韓詩》；輯佚；學術史；《詩經》學

Abstract

"The Study of *Han Shih*（韓詩）" focuses on the *Shih Ching*（詩經）school created by Han Ying（韓嬰）. *Han Shih* was one of the official *Shih Ching* schools in Han Dynasty and had made a great influence according to Pan Ku（班固）'s *Han Shu I Wen Chih*（漢書・藝文志）. However, all works from *Han Shih* have disappeared in Song Dynasty except *Han Shih Wai Chuan*（韓詩外傳）, which left many doubts to the later scholars. In the history of Confucian classics, Han Shih has ever been a thriving academic school and has participated in the traditional academic history, meanwhile, *Han Shih* school has also applied much important enlightenment to the later study of *Shih Ching*. So it is obvious that Han Shih school is worth studying via a specialized thesis. This thesis is just based on the above consideration.

This thesis is made up of three main parts: 1. Introduction, 2. Text, 3. Conclusion. The first part mainly introduces the former study of Han Shih and the innovation and purpose of this thesis. The third part is a summary based on the text. Between the first and the third part is the main body of this thesis, it is divided into 4 chapters, their outlines go as follows:

Chapter 1 mainly studies all the academic works from *Han Shih* school and the former supplement. There have been 15 works in the *Han Shih* school and only *Han Shih Wai Chuan* has existed. So from the end of Southern Sung Dynasty, some scholars have begun the work of supplement and many collections have occurred. Meanwhile, there have been many editions of *Han Shih Wai Chuan*, which is also worth introducing.

Chapter 2 bases on the study of Chapter 1 and make 6 new collections of lost works of *Han Shih* school, including *Han Shih Ching* (韓詩經), *Han Shih Nei Chuan* (韓詩内傳), *Han Shih Wai Chuan*, *Han Shih Shuo* (韓詩説), *Han Shih I Yao* (韓詩翼要) and *Han Shih Chang Chü* (韓詩章句). All the new collections main to offer a solid base to the later study.

Chapter 3 has two main points: the first one isthe genre of works from Han Shih school, such as *Han Shih Nei Chuan*, *Han Shih Wai Chuan*, *Han Shih Chang Chü*; the second one is the literal and interpretting character of the above works.

Chapter 4 mainly studies the dissemination of *Han Shih*, which includes the scholars of *Han Shih* school, the new found *Han Shih* scholars and the collection and dissemination of *Han Shih* in Japan.

All in all, the study of *Han Shih* is not only an essential part of the study of *Shih Ching*, but an important part of the study of Confucian classics. Although the historical materials are not adequate, it is still possible to reconstruct some original looks of *Han Shih*.

Key Words: *Han Shih*; Supplement; the Academical History; the Study of *Shih Ching*

目　　録

導　論 ……………………………………………………………（1）
　第一節　《韓詩》研究的題旨與意義 ………………………（2）
　　一　"《韓詩》"解題 ……………………………………（2）
　　二　《韓詩》研究的意義 ………………………………（4）
　第二節　《韓詩》研究的成果與缺憾 ………………………（8）
　　一　宋代以降的《韓詩》研究 …………………………（8）
　　二　前期研究成果的缺憾 ………………………………（26）
　第三節　《韓詩》研究的創新與框架 ………………………（28）
　　一　本書的創新 …………………………………………（28）
　　二　本書的目標 …………………………………………（30）
　　三　本書的方法 …………………………………………（31）
　　四　本書的框架 …………………………………………（33）

第一章　《韓詩》著述考 ……………………………………（35）
　第一節　《韓詩》著述叙録 …………………………………（36）
　　一　正史藝文、經籍志所見《韓詩》著述 ……………（37）
　　二　補正史藝文、經籍志及其他文獻所見
　　　　《韓詩》著述 …………………………………………（80）
　第二節　《韓詩》佚著輯本叙録 ……………………………（89）
　　一　《韓詩》單輯本叙録 ………………………………（89）
　　二　三家《詩》輯本所輯《韓詩》叙録 ………………（136）

第三節　《韓詩外傳》校注評譯本叙録 …………………（178）
　一　中國校注評本叙録 ……………………………………（178）
　二　海外校注譯本叙録 ……………………………………（200）

第二章　《韓詩》佚文考 …………………………………（226）
第一節　《韓詩經》佚文輯校 ………………………………（227）
　一　《韓詩經·風》 …………………………………………（228）
　二　《韓詩經·雅》 …………………………………………（240）
　三　《韓詩經·頌》 …………………………………………（254）
第二節　《韓詩内傳》佚文輯校 ……………………………（257）
　一　《韓詩内傳》舊輯本的缺失 …………………………（258）
　二　舊輯本《韓詩内傳》所録僞材料與存疑材料 ………（264）
　三　《韓詩内傳》新輯 ……………………………………（271）
第三節　《韓詩外傳》佚文輯校 ……………………………（277）
　一　《韓詩外傳》輯佚資料簡介 …………………………（278）
　二　《韓詩外傳》僞佚文的三種類型 ……………………（284）
　三　《韓詩外傳》佚文新輯 ………………………………（288）
第四節　《韓詩説》《韓詩翼要》佚文輯校 ………………（310）
　一　《韓詩説》舊輯考辨與新輯 …………………………（310）
　二　《韓詩翼要》舊輯考辨與新輯 ………………………（316）
第五節　《韓詩章句》佚文輯校 ……………………………（319）
　一　慧琳《一切經音義》所引《韓詩》遺説實爲
　　　《韓詩章句》考 …………………………………………（320）
　二　《原本玉篇》《經典釋文》所引《韓詩》遺説亦爲
　　　《韓詩章句》考 …………………………………………（328）
　三　《韓詩章句》義例對於該書輯佚的指導意義 ………（332）
　四　《韓詩章句》新輯 ……………………………………（340）
第六節　待考的《韓詩》佚文輯校 …………………………（399）
　一　歸屬不可考的《韓詩》佚文 …………………………（402）

二　疑似《韓詩》的佚文 …………………………………（404）

第三章　《韓詩》文體與闡釋考 …………………………（411）

第一節　《韓詩內傳》《韓詩外傳》《韓詩章句》的
文體特徵 ………………………………………（412）
一　《韓詩內傳》《韓詩外傳》的"傳"體特徵 ………（412）
二　《韓詩章句》的"章句"體特徵 …………………（423）

第二節　"傳"的推演特徵與文學意味的生成 …………（429）
一　《韓詩內傳》《韓詩外傳》與"說體" ……………（429）
二　《韓詩外傳》的文學意味：以美藏唐琳集評本
批語爲中心 ……………………………………（439）

第三節　《韓詩章句》闡釋《詩經》的特色 ……………（454）
一　《韓詩章句》闡釋《詩經》字義詞義的特色 ………（455）
二　《韓詩章句》闡釋《詩經》句意的特色 ……………（459）

第四章　《韓詩》流傳考 ………………………………………（466）

第一節　《韓詩》學者譜 …………………………………（467）
一　西漢的《韓詩》學者 ………………………………（469）
二　兩漢之交的《韓詩》學者 …………………………（475）
三　東漢的《韓詩》學者 ………………………………（477）
四　三國至隋唐的《韓詩》學者 ………………………（497）
五　從學者資料看《韓詩》傳播的三階段的特點 ……（500）

第二節　漢唐碑誌與《韓詩》傳承新證 …………………（504）
一　碑誌與學術史的關聯 ……………………………（504）
二　漢唐碑誌新見《韓詩》學者考 ……………………（505）
三　漢唐碑誌所載《韓詩》學者的學術史價值 ………（507）

第三節　《韓詩》佚文在日本的保存與傳播 ……………（513）
一　保存《韓詩》遺說的日本文獻簡述 ………………（514）
二　日藏中土古籍所存《韓詩》佚文的價值 …………（519）

三　《韓詩》佚文在日本的傳播 …………………………（523）

結　語 ……………………………………………………（534）

徵引文獻 …………………………………………………（537）

索　引 ……………………………………………………（581）

後　記 ……………………………………………………（584）

Contents

Introduction ·· (1)

  Section 1: The Topic and Meaning of the Study of

        Han Shih ·· (2)

    1. The Implication of "*Han Shih*" ························ (2)

    2. Meaning of the Study of *Han Shih* ···················· (4)

  Section 2: The Achievement and Defect of the Study of

        Han Shih ·· (8)

    1. The Studying History of *Han Shih* Since Sung Dynasty ······ (8)

    2. The Defect of the Former Study ························ (26)

  Section 3: The Innovation and Structure of the Study of

        Han Shih ·· (28)

    1. The Innovation of This Thesis ························ (28)

    2. The Purpose of This Thesis ···························· (30)

    3. The Methods of This Thesis ···························· (31)

    4. The Structure of This Thesis ·························· (33)

Chapter 1: The Study of Works from *Han Shih* ············ (35)

  Section 1: The works from *Han Shih* ······················ (36)

    1. Works Recorded by Standard Historical Classics ········ (37)

    2. Works Recorded by other Books ························ (80)

  Section 2: The Supplements of the Works from *Han Shih* ······ (89)

1. Specialized Supplements ·· (89)
2. Unspecialized Supplements ······································ (136)
Section 3: Different Editions of *Han Shih Wai Chuan* ········ (178)
1. Chinese Editions of *Han Shih Wai Chuan* ················ (178)
2. Foreign Editions of *Han Shih Wai Chuan* ··············· (200)

Chapter 2: New Collections of Works from *Han Shih* ·· (226)

Section 1: New Collection of *Han Shih Ching* ················· (227)
1. Part of *Kuo-feng* ·· (228)
2. Part of *Erh Ya* ·· (240)
3. Part of *Sung* ·· (254)
Section 2: New Collection of *Han Shih Nei Chuan* ············ (257)
1. The Defect of the Former Collections ······················· (258)
2. The Fake and Suspected Texts of *Han Shih Nei Chuan* ·· (264)
3. New Collection of *Han Shih Nei Chuan* ···················· (271)
Sections 3: New Collection of *Han Shih Wai Chuan* ············ (277)
1. The Former Collections ··· (278)
2. Three Kinds of Fake Texts of *Han Shih Wai Chuan* ······ (284)
3. New Collection of *Han Shih Wai Chuan* ··················· (288)
Section 4: New Collection of *Han Shih Shuo* and *Han Shih I Yao* ·· (310)
1. New Collection of *Han Shih Shuo* ··························· (310)
2. New Collection of *Han Shih I Yao* ·························· (316)
Sections 5: New Collection of *Han Shih Chang Chü* ············ (319)
1. The Real Identity of "*Han Shih*" in *I Ch'ieh Ching Yin I* ·· (320)
2. The Real Identity of "*Han Shih*" in *Yüan Pen Yü P'ien* and *Ching Tien Shih Wen* ·························· (328)

3. The Stylistic Rules of *Han Shih Chang Chü* .... (332)
  4. New Collection of *Han Shih Chang Chü* .... (340)
Section 6: Texts to be Verified .... (399)
  1. Uncertain Texts of *Han Shih* .... (402)
  2. Texts which may be from *Han Shih* .... (404)

Chapter 3: The Genre and Interpretation of
  Han Shih .... (411)
Section 1: Two Genre Characters of the Works from
  Han Shih .... (412)
  1. The Genre Character of *Han Shih Nei Chuan* and
    Han Shih Wai Chuan .... (412)
  2. The Genre Character of *Han Shih Chang Chü* .... (423)
Section 2: Extension and the being of Literary Meaning ...... (429)
  1. Genre of "shuo" in *Han Shih Nei Chuan* and
    Han Shih Wai Chuan .... (429)
  2. The Literary Meaning of *Han Shih Wai Chuan*:
    on *Han Shih Wai Chuan* Collected in Library of
    Congress .... (439)
Section 3: The Character of the Annotation on *Shih Ching*
  of *Han Shih Chang Chü* .... (454)
  1. Annotation on Words .... (455)
  2. Annotation on Sentences .... (459)

Chapter 4: The Dissemination of *Han Shih* .... (466)
Section 1: The Scholars Studing *Han Shih* .... (467)
  1. Scholars in Western Han Dynasty .... (469)
  2. Scholars Between the two Hans .... (475)
  3. Scholars in Eastern Han Dynasty .... (477)

  4. Scholars from Three Kingdoms to Sui and
    T'ang Dynasties ·· (497)
  5. The Dissemination Characters of *Han Shih* ·················· (500)
Section 2: The New Proofs about the Dissemination of
    Han Shih in Epitaphs from Han and T'ang
    Dynasties ·· (504)
  1. The Relationship between Epitaphs and Academic
    History ·· (504)
  2. The New Found Scholars in Epitaphs from Han and
    T'ang Dynasties ·· (505)
  3. The Academic Historical Value of the New Found Scholars
    in Epitaphs from Han and T'ang Dynasties ·············· (507)
Section 3: The Collection and Dissemination of the Lost Texts
    from *Han Shih* in Japan ································ (513)
  1. A Brief Introduction of Japanese Classics which Record the
    Lost Texts of *Han Shih* ·· (514)
  2. The Value of the Lost Texts of *Han Shih* Recorded in
    Japanese Classics ·· (519)
  3. The Dissemination of The Lost Texts from *Han Shih*
    in Japan ·· (523)

Conclusion ·· (534)

References ·· (537)

Index ·· (581)

Postsicrpt ·· (584)

導　　論

後漢史家班固（32—92）在《漢書·藝文志》中對漢代《詩經》學的興起作了言約義賅的介紹：

>漢興，魯申公爲《詩》訓故。而齊轅固、燕韓生皆爲之傳，或取《春秋》，采雜説，咸非其本義。與不得已，魯最爲近之。三家皆列於學官。又有毛公之學，自謂子夏所傳，而河間獻王好之，未得立。①

"列於學官"的"三家"分别爲魯人申培所創《魯詩》、齊人轅固所創《齊詩》及燕人韓嬰所創《韓詩》，"未得立"的"毛公之學"則爲魯人毛亨與趙人毛萇所創《毛詩》②。宋儒王應麟（1223—1296）對以上四家《詩》的命名緣由有所解釋："齊、魯，以其國所傳，皆衆人之説也。毛、韓，以其姓所傳，乃專門之學也。"③

但漢代尚能以"專門之學"並稱的《韓詩》與《毛詩》，至南

---

① 《漢書》卷30，中華書局1962年版，第1708頁。
② 《毛詩》究爲何人所創，是一個聚訟古今的問題。本書暫從王國維（1877—1927）先生《書〈毛詩故訓傳〉後》提供的説法："蓋《故訓》者，大毛公（亨）所作，而《傳》則小毛公（萇）所增益也。漢初詩家，'故'與'傳'皆别行。"見《觀堂集林·别集》卷1，中華書局1959年版，第1125頁。從古書承傳的實際過程分析，這大抵是目前最爲合理的看法。
③ 王應麟：《漢藝文志考證》卷2，中華書局2011年版，第149頁。

朝時代已呈現出迥隔霄壤的生存樣態："《韓詩》雖有，無傳之者。毛氏、鄭氏獨立國學也。"①《韓詩》傳承之陵谷浮沈，確令人舌撟不下。至兩宋時代，《韓詩》連"雖存"之局亦復不保，僅餘《韓詩外傳》傳至今日②，其他著作則佚失於學術史的洪流，留下若干亟待填補的空白。本書即由此出發，對《韓詩》學派遺留的諸多問題進行考察。

第一節 《韓詩》研究的題旨與意義

一 "《韓詩》"解題

本書題爲"《韓詩》研究"，兹先釋其意指。就古籍載録的資料來看，"《韓詩》"一詞有廣狹二義：

狹義的"《韓詩》"，指漢儒韓嬰所傳授的《詩經》文本，亦即《漢書·藝文志》著録的《韓詩經》二十八卷。漢初經、傳別行③，

---

① 此乃張守節《史記正義》所引南朝梁人阮孝緒《七録》之佚文，見瀧川資言著，小澤賢二録文：《唐張守節史記正義佚存》卷下，中華書局 2019 年版，第 598 頁。《隋書·經籍志》云："《韓詩》雖存，無傳之者。唯《毛詩》鄭箋，至今獨立。"見《隋書》卷 32，中華書局 1973 年版，第 918 頁。這顯然是對上引《七録》佚文的改寫。但由於瀧川之書在國内面世不久，故此前學人不知《經籍志》之文實承《七録》而來，遂常以《經籍志》爲據，認爲《韓詩》至隋代始"無傳之者"，現藉助《史記正義》所引《七録》佚文，可知早至南朝時，《韓詩》已經不具備與《毛詩》分庭抗禮的勢力了。同時需要指出的是，《七録》與《隋書·經籍志》所記《韓詩》"無傳之者"的信息並不完全準確，因爲《韓詩》在唐代仍有零星的傳授，詳見本書第四章第一節。

② 但傳至今日的《韓詩外傳》並非漢代舊本，詳見本書第一章第一節《韓外傳》考辨部分。

③ 孔穎達（574—648）云："漢初爲傳訓者，皆與經別行。三傳之文不與經連，故石經書《公羊傳》皆無經文。《藝文志》云：'《毛詩經》二十九卷，《毛詩故訓傳》三十卷。'是毛爲詁訓，亦與經別也。"見《毛詩正義》卷 1 之 1，阮元校刻：《十三經注疏》，中華書局 2009 年影印清嘉慶刻本，第 562 頁。

此處二十八卷純爲韓嬰所傳之本經，不包含其與後學的闡發内容①。《藝文志》記《韓詩經》二十八卷，而《韓詩故》三十六卷，《韓詩説》四十三卷，皆與經文卷數不合，此亦《韓詩》經、傳別行之明證。

廣義的"《韓詩》"，則包含**文獻學**和**學術史**的雙重含義。就**文獻學含義**而言，"《韓詩》"既包含了《韓詩經》，又涵攝了韓嬰及其後學的釋經著述。在《韓詩》學派寖微之後，學界對其經文及佚著的引用，多數皆簡稱爲"《韓詩》"，實際上使用的便是這一含義，如李善（630—689）注《文選·南都賦》曾引《韓詩》兩則，一爲"《韓詩》曰：'帥時農夫，播厥百穀'"，一爲"《韓詩》曰：'醴，甜而不沸也'"②，前者爲《韓詩經·周頌·噫嘻》，後者則爲《韓詩章句》，但此時已均用"《韓詩》"稱之。就**學術史含義**而言，"《韓詩》"則指由該學派各類著述發展出的一套自成體系的學術傳統。與學術著述的具體可感不同，學術傳統含蘊了《韓詩》學派的學術義理、治學風格等較爲抽象化的要素。兩漢史書及碑誌常有某人"習《韓詩》""受《韓詩》""治《韓詩》"等說法，此處的"《韓詩》"表層義固然可以理解爲《韓詩》學派的某部著述，但深層義則指向《韓詩》學派的學術傳統，所以此類説法之後往往接以描述學術風格的語句，如《後漢書·儒林傳》記趙曄"詣杜撫受《韓詩》，究竟其術"③，《晉書·儒林傳》記董景道"明《春秋三傳》《京氏易》《馬氏尚書》《韓詩》，皆精究大義"④。此處"術"或"大義"的指稱，顯然是從具體著述中抽象出的學術傳統。很顯然，"《韓詩》"

---

① 參陳壽祺云："韓嬰之爲《詩》，經、傳異處。攷《漢書·藝文志》載《詩經》二十八卷，魯、齊、韓三家。又《韓故》三十六卷，《韓内傳》四卷，《韓外傳》六卷，《韓説》四十一卷，是其經、傳異處也。"見《韓詩遺説考》卷1之1，《續修四庫全書》，上海古籍出版社2002年影印清刻《左海叢書》本，第76册，第513頁。
② 《六臣注文選》卷4，中華書局1987年影印涵芬樓所藏宋刊本，第86頁。
③ 《後漢書》卷79下，中華書局1965年版，第2575頁。
④ 《晉書》卷91，中華書局1974年版，第2355頁。

所兼具的文獻學和學術史的雙重含義是不可分割的一體兩面：學術傳統是學術著述的抽象提純，學術著述則是學術傳統的具象展示。清儒戴震（1724—1777）與是鏡（1693—1769）論學，曾有"由字以通其詞，由詞以通其道"之語①，"字""詞"顯然來自學術著述，但由此推出的"道"則已進入學術傳統的畛域。"《韓詩》"的兩重含義，正應從這一思想中求解釋。

本書研究"《韓詩》"，接受之前學術界普遍使用的廣義用法。當研究對象爲具體文本時，使用其文獻學含義；當研究對象爲學術傳承時，使用其學術史含義。這樣一來，下述六方面都將成爲《韓詩》研究的題中之義：（1）《韓詩》著述的文獻問題；（2）《韓詩》佚著的輯錄問題；（3）《韓詩》著述的文體問題；（4）《韓詩》著述的闡釋問題；（5）《韓詩》學術的傳承問題；（6）《韓詩》學術的影響問題。上述研究對象或涉及《韓詩》之釋經著作，或涉及《韓詩》之學術傳統，然均以《韓詩》爲其不變的本位。

二 《韓詩》研究的意義

《韓詩》研究具備多重意義，其間曲折，自然不容"一言以蔽之"。限於篇幅，茲僅就犖犖其大者進行介紹：

（一）對《韓詩》説解的輯佚與研究，可豐富漢代《詩》學的多元面相

洪湛侯先生曾將《毛詩》視爲"以訓詁爲特色的'詩經漢學'"的代表著作②，就整個《詩經》學史而言，這一看法並無問題。但若將漢代《詩經》解説禁錮在《毛詩》學派的視域中，自然不利於客觀呈現漢代《詩》學之全璧。《韓詩》著述雖大多已亡佚不存，

---

① 《戴震集》上編卷9《與是仲明論學書》，上海古籍出版社2009年版，第183頁。另參看戴震爲余蕭客（1732—1778）《古經解鈎沈》所撰序："由文字以通於語言，由語言以通乎古聖賢之心志。"見《戴震集》上編卷10，第192頁。這也是對"由字以通其詞，由詞以通其道"的變相説明。

② 洪湛侯：《詩經學史》第2編第3章第1節，中華書局2000年版，第155頁。

但部分佚文遺說仍足使漢代《詩》學熠熠生輝，對《毛詩》的詩說，也未嘗不起到補漏訂訛之用。清人杜堮（1764—1859）曾就"《韓詩》之不可廢者"提出五點思考，實已觸及《韓詩》對《毛詩》的"補漏"價值：

  夫《詩》教傳於子夏，惟毛公、韓氏同出西河，自唐以來均享聖廡，源流既正，著錄並崇，一也。"世子受爵"，"毁主合食"，《黍離》閔於伯封，《賓筵》悔於睿武，考據是資，裨繫特重，二也。"惕惕，悦人之形"，"濔濔，流水之貌"，"菉竹"爲"綠蓐"，"唐棣"爲"夫栘"，證之許、郭，訓詁足據，三也。"潔蠲"本於"潔圭"，"斯棘"由於"斯杫"，"衣裼"出於"衣禠"，"卓彼"起於"芍彼"，韓爲正字，毛爲假借，四也。"磬天之妹"，《大明》著其訓；"鸛鳴于垤"，《東山》通其解。《韓詩》苟失，毛義莫尋，其相爲表裏，五也。①

《韓詩》在本事、用字、訓詁等方面對《毛詩》進行"補漏"的價值，在這段引文中已獲得了具體而微的呈現。清人宋保則指出了《韓詩》在《毛詩》"訂訛"方面的價值，他以豐沛的例證，論述《韓詩》"有可以正《毛傳》相沿之誤字者"②。這一價值，在清儒研究《毛詩》時也有較爲具體的呈現。如《毛詩·周南·漢廣》首句云："南有喬木，不可休息。"《韓詩》作"不可休思"③。莊有可《毛詩説》謂："'息'，當從《韓詩》作'思'，語助也，有鄭重而

---

① 杜堮：《〈韓詩内傳並薛君章句考〉序》，載錢玫：《韓詩内傳並薛君章句攷》卷首，復旦大學圖書館藏清鈔本，第 1 頁 b。
② 宋保：《〈韓詩内傳徵〉後識》，載宋綿初：《韓詩内傳徵》卷尾，《續修四庫全書》，上海古籍出版社 2002 年影印乾隆六十年（1795）志學堂刻本，第 75 册，第 120 頁。
③ 屈守元：《韓詩外傳箋疏》卷 1，巴蜀書社 1996 年版，第 7 頁。

言之意。"① 此即據《韓詩》而訂《毛詩》誤字之例。再如《毛詩·大田》："興雨祁祁。"段玉裁《毛詩故訓傳定本》則訂其文爲"興雲祁祁"②，考《韓詩》適爲"興雲祁祁"③，此亦藉《韓詩》糾正《毛詩》誤字之例。清中葉專治《韓詩》的學者宋綿初曾有"不攷《韓詩》，則古書之義多不可得而通也"之語④，此言雖有誇飾之嫌，但如果結合上文對《韓詩》諸多價值的論述，亦能發現其自有相對的合理性。除此之外，《韓詩》的某些説解還能夠得到出土文獻的支持，從而爲漢代部分懸而未決的《詩經》訓詁增添正解。例如黃德寬即借用安徽大學 2015 年入藏的戰國楚簡《詩經》，論述了《韓詩》對《召南》"騶虞"及《鄘風·牆有茨》"中冓"的正確解讀。⑤

---

① 莊有可：《毛詩説》卷 1，《續修四庫全書》，上海古籍出版社 2002 年影印復旦大學圖書館藏民國二十四年（1935）商務印書館印鈔本，第 64 册，第 422 頁。《韓詩》提供的這處異文由於參考價值極高，還得到了朝鮮學者的注意，見佚名《詩經諺解》卷 1，韓國首爾大學奎章閣藏 1601 年刊本，第 8 頁 a。

② 段玉裁：《毛詩故訓傳定本》卷 21，《續修四庫全書》，上海古籍出版社 2002 年影印浙江圖書館藏嘉慶二十一年（1816）段氏七葉衍祥堂刻本，第 64 册，第 138 頁。但段氏的改字原因並未在此書中言明，而是出現在他的另一部書中："凡夏雨時，行始暴而後徐。其始陰氣乍合，黑雲如鬓，淒風怒生，沖波掃葉，所謂'有渰淒淒'也；繼焉暴風稍定，白雲漫汗，彌布宇宙，雨脚如繩，所謂'興雲祁祁，雨我公田'也。'有渰淒淒'，言雲而風在其中；'興雲祁祁'，言雲而雨在其中。"見《詩經小學》卷 2，《續修四庫全書》，上海古籍出版社 2002 年影印嘉慶二年（1797）武進臧氏拜經堂刻本，第 64 册，第 208 頁。

③ 屈守元：《韓詩外傳箋疏》卷 8，巴蜀書社 1996 年版，第 721 頁。

④ 宋綿初：《〈韓詩内傳徵〉序》，《韓詩内傳徵》卷首，《續修四庫全書》，上海古籍出版社 2002 年影印乾隆六十年（1795）志學堂刻本，第 75 册，第 81 頁。

⑤ 黃德寬：《略論新出戰國楚簡〈詩經〉異文及其價值》，《安徽大學學報》2018 年第 3 期。在此文之外，有關安徽大學藏戰國楚簡《詩經》的研究尚可參觀以下數文：黃德寬《安徽大學藏戰國楚簡概述》，《文物》2017 年第 9 期；徐在國《安徽大學藏戰國楚簡〈詩經〉詩序與異文》，《文物》2017 年第 9 期；黃德寬《新出戰國楚簡〈詩經〉異文二題》，《中原文化研究》2017 年第 5 期；郝士宏《新出楚簡〈詩經·秦風〉異文箋證》，《安徽大學學報》2018 年第 3 期。

（二）《韓詩》的詩解材料，爲漢以後的《詩經》研究提供了重要的啓發

由於《韓詩》學派的著作亡佚較遲，故其遺説保留得較爲充分，這爲漢以後的《詩經》研究提供了重要的啓發。尤其在後世學者對《毛詩》産生疑問之時，《韓詩》便成爲他們的重要參考對象。南宋碩儒朱熹（1130—1200）撰《詩集傳》時常取《韓詩》遺説，便體現了對《韓詩》獨特的詩解價值的認同。在《毛詩》籠罩《詩》學的時代，朱子吸納《韓詩》的做法確乎彰顯了他的千古隻眼。故王應麟盛贊其識力："諸儒説《詩》，一以毛、鄭爲宗，未有參考三家者，獨朱文公《集傳》閎意眇指，卓然千載之上。"① 由此可見，《韓詩》在漢代之後雖告陵夷，但一直作爲一支伏流，不時湧動於《詩經》研究的長河中。至清代《詩》學大盛，解《詩》之作堪稱汗牛充棟，但無論其爲"詩經漢學"扶輪，抑或爲"詩經宋學"張目②，都鮮有對《韓詩》説解置若罔聞者。而清代《韓詩》輯本的批量出現，則證實此前的這支伏流已復歸"專門之學"，終於匯入了清代《詩經》學的洪流之中。直至今天，仍有學者對《韓詩》提供的詩解予以關注③，亦有學人利用《韓詩》提供的民俗學説解，對《詩經》部分篇恉提出新的解釋④。足見《韓詩》對後世《詩》學

---

① 王應麟：《〈詩考語略〉序》，《四明文獻集》卷1，中華書局2010年版，第45頁。
② "詩經漢學"與"詩經宋學"的論述，參見洪湛侯《詩經學史》第2、3編，中華書局2000年版，第107—456頁。
③ 例如黄焯（1902—1984）先生對於《小雅·鼓鐘》"以雅以南"的解讀，便借鑒了《韓詩内傳》的説法，見《詩疏平議》卷9，上海古籍出版社1985年版，第373頁；日本學者藪敏裕則對《韓詩》解讀《關雎》的題旨進行了探研，見氏著：《三家詩と〈毛詩〉——〈関雎篇〉を中心として》，《斯文會》第97號，1989年，第116—123頁。
④ 李真曾對《韓詩章句》解讀《鄭風·溱洧》所使用的上巳風俗作過極爲細緻的闡述，見《上巳習俗の基礎的研究——詩経・鄭風・溱洧篇の韓詩説と上巳習俗の関係を中心として》上篇，《岩大語文》第14輯，2009年，第101—109頁；下篇，《岩大語文》第15輯，2010年，第65—72頁。周蒙則在《溱洧》之外，又利用了《韓詩》解讀《茉苢》《伯兮》的資料，對《詩經》體現的采藥民俗作出了富有新意的解讀，見《茉苢·萱草·芍藥：〈詩經〉采藥之民俗例説》，《中國韻文學刊》1995年第1期。

的沾溉，是確然存在的事實。

（三）對《韓詩外傳》文學意味的分析，有利於深化漢代文學史的研究

清儒陳澧（1810—1882）有"西漢經學，惟《詩》有毛氏、韓氏兩家之書，傳至今日"之語①，指出《韓詩外傳》是《毛詩詁訓傳》以外唯一傳至今日的西漢《詩》學典籍。但除此之外，《韓詩外傳》還有另一層重要價值，即它還是一部難得的包孕着重要文學價值的漢代典籍。南宋目錄學家晁公武（1105—1180）評《外傳》"文辭清婉，有先秦風"②，已對此書的文學意味有所抉發。從這一層面理解，則《外傳》無疑已親自參與了漢代文學史的書寫。馬振方曾對該書"自覺虛構"的小説品格進行了考察③，廖群先生則將其置於"漢代雜説著作"的視野下進行觀照，申明了該書在"考察中國古代小説的發生"方面的重要價值④。此類有益的探討，均將《外傳》從經部的掩翳之下抽離出來，進而發現了其在文學藝術方面的價值。

第二節　《韓詩》研究的成果與缺憾

一　宋代以降的《韓詩》研究

《韓詩》學派創闢於漢代，而消亡於宋代。漢宋之間的《韓詩》

---

① 陳澧：《東塾讀書記》第 6 篇，生活·讀書·新知三聯書店 1998 年版，第 107 頁。

② 晁公武撰，孫猛校證：《郡齋讀書志校證》卷 2，上海古籍出版社 1990 年版，第 64 頁。

③ 馬振方：《〈韓詩外傳〉之小説考辨》，《北京大學學報》2007 年第 3 期。

④ 廖群：《中國古代小説發生研究》第 7 章，山東教育出版社 2016 年版，第 270—281 頁。

研究尚能維持較明確的"連續性",此後則深陷"斷裂狀態"①,一直在《詩》學史上扮演着邊緣性的角色②,漸變爲梁启超(1873—1929)所說的"窄而深"的學術③。其在《詩》學史中的地位,借用劉子健(1919—1993)的妙喻,"更像是照耀在小山緩坡上的燈盞,反映不出整個山巒的輪廓"④,這種狀態一直持續到今天。兹對宋代以降的《韓詩》研究進行綜述,以回顧這門學問進入"斷裂狀態"後所走過的歷程。

(一) 宋代的《韓詩》研究

《四庫全書總目·三家詩拾遺》曾考察了《韓詩》著作的亡佚時間,並對輯佚情況作了簡述:

> 宋修《太平御覽》,多引《韓詩》,《崇文總目》亦著録。

---

① "連續性"(continuities)和"斷裂狀態"(discontinuities)是中國思想史的兩種樣態,係由余英時(1930—2021)先生《綜述中國思想史上的四次突破》提出,余先生認爲思想史的研究須二者並重,見《中國文化史通釋》,香港牛津大學出版社2021年版,第2頁。事實上,這一對概念也完全適用於學術史的研究,《韓詩》盛於漢而亡於宋的發展軌轍恰好對應於這兩個樣態,故本書援以爲證。

② 柯馬丁(Martin Kern)《毛詩之後:中古早期〈詩經〉接受史》曾以六朝文學使用的《魯詩》典故爲研究對象,導出了"漢之後毛鄭詩說一統天下的地位毫無疑問,但似乎整個六朝時代《國風》其他詮注也從未完全覆滅"的結論,載陳致主編《跨學科視野下的詩經研究》,上海古籍出版社2010年版,第236—250頁,特別是第247—250頁。這一看法在承認了《毛詩》學派確立的絕對優勢的同時,也看到了其他《詩》學作用於文學創作的雪泥鴻爪,進而在文學接受的層面證實了《毛詩》之外的《詩》學流派(包括《韓詩》)均已處於邊緣位置。

③ 梁启超:《清代學術概論》第13節"樸學"第9條,上海古籍出版社2005年版,第40—41頁。梁启超將"喜專治一業,爲'窄而深'的研究"視爲清代樸學正統派學風之一的見地,以及後文對正統派學術價值的精辯,爲本書的選題提供了強大的信心,讓筆者可以暫時棲居於"爲學問而學問"的心境中,優遊從容地研治《韓詩》這門被知識界冷落已久的"無用"之學,並始終對本題附隨着錢穆(1895—1900)先生所申誥的"溫情與敬意"(見《國史大綱》卷首弁言,《錢賓四先生全集》,臺北聯經出版公司1998年版,第27册,第19頁)。

④ 劉子健:《中國轉向内在》第2節,趙冬梅譯,江蘇人民出版社2002年版,第32頁。

劉安世、晁説之尚時時述其遺説。而南渡儒者，不復論及，知亡於政和、建炎間也。自鄭樵以後，説《詩》者務立新義，以掊擊漢儒爲能。三家之遺文，遂散佚而不可復問。王應麟於咸淳之末，始掇拾殘膡，輯爲《詩考》三卷。①

政和（1111—1117）爲北宋末葉徽宗（1082—1135）年號，建炎（1127—1130）爲南宋早期高宗（1107—1187）年號，四庫館臣以《韓詩》"亡於政和、建炎間"，意指該派著作亡佚於兩宋之交，《總目》所及劉安世（1048—1125）與晁説之（1059—1129）恰好活動於這一時期。這一事件標誌着《韓詩》研究進入了一個全新的階段，因爲此後除了《韓詩外傳》尚可寓目，該學派之其他著作已均告泯亡。《韓詩》研究也由著作的存佚狀況，分化爲兩個類别：傳世的《韓詩外傳》研究及亡佚的《韓詩》佚著研究。

就《韓詩外傳》而言，最值得重視的是北宋出現了該書的第一部刻本，即慶曆本《外傳》。洪邁（1123—1202）記之甚詳："慶曆中，將作監主簿李用章序之，命工刊刻於杭，其末又題云：'蒙文相公改正三千餘字。'"②"慶曆中"略嫌寬泛，屈守元（1913—2001）結合文彦博（1006—1097）仕履，考出李用章刊刻《外傳》當在慶曆七至八年（1047—1048），因此時彦博始拜參知政事，同中書門下平章事，故可稱"文相公"③。此説可從。"蒙文相公改正三千餘字"一語足以證明慶曆本《外傳》在刊刻之前已得到文彦博的校正，這大概是史文所記最早對《外傳》進行校勘的學者。惜此本今已不存，無從領略其遺貌。慶曆之後，最集中地引用《韓詩外傳》的宋代學者當屬王應麟，其《詩考》從《外傳》中輯録了多則《韓詩》異於《毛詩》的經文，不知其所據《外傳》與慶曆本是否存在直接的淵

---

① 永瑢等：《四庫全書總目》卷16，中華書局1965年影印清刻本，第135頁。
② 洪邁：《容齋續筆》卷8，《容齋隨筆》，中華書局2005年版，第313頁。
③ 屈守元：《韓詩外傳箋疏》附録一，巴蜀書社1996年版，第934頁。

源關係。但該問題在此處無關緊要，最應注意的是王應麟忠實地保留了宋本《外傳》引《詩》的原貌，而不像後世某些刻本（如毛晉汲古閣本）那樣以《毛詩》爲據，篡改《外傳》所引《韓詩》經文。清人胡虔善（1725—1799）① 言："韓與毛異文，據《經典釋文》紀載，殆幾百數。後覩《詩考》所引，著在《外傳》者，亦不下四十餘事。第版刻流傳，妄疑其誤，輾轉改易，並從《毛詩》。"② 實際已將《詩考》所引《外傳》的文獻價值和盤托出。

就《韓詩》佚著而言，最值得重視的是南宋出現了這些佚著的第一部輯本，即王應麟所撰《詩考》。《詩考》雖以三家《詩》輯佚爲懸鵠，但主要成績却體現在《韓詩》輯錄方面，寥寥數條《魯詩》《齊詩》，遠不足與豐富的《韓詩》佚文相埒。這一格局的形成，源於主客觀原因的夾輔："韓最後亡，唐以來注書之家引其説者多也"③，爲王應麟輯錄《韓詩》提供了客觀上的便利；"文公（朱熹）語門人，《文選注》多《韓詩》章句，嘗欲寫出"④，則爲王應麟輯錄《韓詩》提供了主觀上的動力。自此以後，《韓詩》佚著研究便具備了相對穩定的基礎文本，從而擺脱了文獻不足徵的困境。雖然《詩考》還存在若干漏輯、誤輯的情形，以至引起清儒蔚成風

---

① 姚鼐（1731—1815）《歙胡孝廉墓誌銘》記胡虔善"年七十四以卒，嘉慶三年十二月九日也"，見《惜抱軒詩文集》卷13，上海古籍出版社1992年版，第211頁。據嘉慶三年（1798），虔善七十四歲，可逆推其生於雍正三年（1725）。然嘉慶三年十二月九日爲公元1799年1月14日，雖農曆仍屬嘉慶三年，而公曆已進入1799年，故虔善之卒年應定爲1799。

② 胡虔善：《〈韓詩外傳校注〉序》，《新城伯子文集》卷3，《清代詩文集彙編》，上海古籍出版社2010年影印嘉慶四年（1799）井觀室刻本，第357册，第74頁。

③ 江慶柏等整理：《四庫全書初次進呈存目》經部詩類，人民文學出版社2014年版，第35頁。

④ 王應麟：《〈詩考語略〉序》，《四明文獻集》卷1，中華書局2010年版，第45頁。

氣的訂補活動①，但其作爲《韓詩》輯佚的大輅椎輪，却是無法抹殺的事實。對此，四庫館臣有一段相當客觀的評價："古書散佚，蒐采爲難，後人踵事增修，較創始易於爲力。篳路襤縷，終當以應麟爲首庸也。"② 此外，兩宋之交董逌（1068？—1138）③ 所撰《廣川詩故》雖非《韓詩》輯佚之作，但據吴國武統計，此書"直接引用《韓詩》24 處"，且"至少有 7 處僅見於董氏《廣川詩故》"④，對於《韓詩》研究亦有一定的參考價值。吕祖謙（1137—1181）《吕氏家塾讀詩記》與朱熹《詩集傳》皆涉及過部分《韓詩》遺説⑤，其中便不乏轉引自《廣川詩故》的條目。

很明顯，無論文彦博、李用章對《韓詩外傳》的校正與刊刻，還是董逌、王應麟對《韓詩》佚著的引用與輯録，都爲《韓詩》研究帶來了開創性的成果，宋代也因此而成爲《韓詩》研究史中生面別開的轉捩。總體而言，宋人研究《韓詩》的成果著重表現在校勘、輯佚等文獻學方面，爲後世研究提供了較爲扎實的文獻基礎。

（二）元明的《韓詩》研究

元明兩朝的《韓詩》研究著重表現在《韓詩外傳》方面。

這首先表現在**《韓詩外傳》刻本的多元化**。元惠宗至正十五年

---

① 參考馬昕：《乾嘉學者對王應麟〈詩考〉的校、注、補、正》，《版本目録學研究》第六輯（2015），第 25—46 頁。

② 江慶柏等整理：《四庫全書初次進呈存目》經部詩類，人民文學出版社 2014 年版，第 35 頁。

③ 董逌生卒年依虞萬里先生之説，參《董逌所記石經及其〈魯詩〉異文》，《文獻》2015 年第 3 期。

④ 吴國武：《董逌〈廣川詩故〉輯考》，《北京大學中國古文獻研究集刊》第 7 輯，2008 年，第 197 頁。《廣川詩故》已佚，吴氏此文爲輯佚本，共輯此書"存世佚文 238 條，涉及 120 首詩"，輯考相當完備。

⑤ 對吕祖謙、朱熹參酌《韓詩》的分析，可參馬昕：《論宋代〈詩經〉學對三家〈詩〉的重新發現》，《國學研究》第 29 卷，北京大學出版社 2012 年版，第 147—182 頁；方媛、李聖華：《吕祖謙與宋代三家〈詩〉傳承》，《蘭州學刊》2018 年第 5 期。

（1355）嘉興路學所刻《韓詩外傳》是現存最早的《外傳》刻本，此本因保留《外傳》之原貌較爲充分，故具有極高的校勘價值。黃丕烈（1763—1825）曾對袁廷檮（1764—1810）所藏元刻本（今藏國家圖書館）進行校勘，一語道破其價值："元本實有佳處，韓與毛之異同，班班可考，後刻反據毛而改韓。"① 明代亦有不少出色的《外傳》刻本，最著名的爲以下三種：蘇獻可嘉靖十四年（1535）所刻通津草堂本，薛來嘉靖十八年（1539）所刻芙蓉泉書屋本，沈與文嘉靖間所刻野竹齋本。這些刻本或保留了重要的《韓詩》異文，或對《外傳》文本進行了精心的校勘，寓研究於校刻，體現出對宋人校勘之學的延續。

其次，**明代出現了不少《韓詩外傳》評點本**，這是非常重要的一個變化。劉毓慶曾指出明代《詩經》學的一個重要特色便是"這個時代第一次用藝術心態面對這部聖人的經典，把它納入了文學研究的範疇"②，這一論斷同樣適用於明人對《外傳》的評點。《中國古籍善本書目·經部》共著錄明人評點本《韓詩外傳》四種，分別是茅坤（1512—1601）《鹿門茅先生批評韓詩外傳》十卷、余寅（1519—1595）評《韓詩外傳》十卷、鍾惺（1574—1624）評《韓詩外傳》十卷和黃從誠《韓詩外傳旁注評林》③。此外，明末唐琳所刻《韓詩外傳》則是目前僅見的一部明人集評本《外傳》，保存了張榜、孫鑛（1542—1613）、汪道昆（1525—1593）、李贄（1527—1602）、王世貞（1526—1590）及唐琳所作評語凡二百五十三條，較爲集中地展現了晚明學術界對《外傳》一書的品評與鑒賞，對於此

---

① 黃丕烈：《〈詩外傳〉十卷題識》，王大隆輯：《蕘圃藏書題識續錄》卷1，《國家圖書館藏古籍題跋叢刊》，北京圖書館出版社2002年影印民國二十三年（1934）王氏學禮齋刻本，第8冊，第421頁。
② 劉毓慶：《從經學到文學：明代〈詩經〉學史論》，商務印書館2001年版，第5頁。
③ 中國古籍善本編輯委員會：《中國古籍善本書目》，上海古籍出版社1989年版，第162—163頁。

書的文學價值進行了精彩的揭櫫①。這些評點本的出現，標誌着學術界對於《外傳》的研究進入了新的層次，即文學研究的層面。宋人晁公武論《外傳》"文辭清婉，有先秦風"，尚屬對其文學價值的表面化體認，而至明人評點，則展現出蔚爲大國的景象。實際上，在明代評點家的眼中，《外傳》已不再是經部典籍，而是西漢散文的代表。唐琳評《外傳》的首條批語便是："《國策》妙於峻潔，西漢宗之，余於《外傳》益云。"② 顯然是將《外傳》視爲宗法《戰國策》"峻潔"風格的典範，這一認識很大程度上代表了明代評點家的共識。

第三，**明代學者深化了對《韓詩外傳》性質的認識**。在明代以前，已有部分文獻涉及了《外傳》的性質問題。最早者如班固《漢書·藝文志》明確指出該書"或取《春秋》，采雜說，咸非其本義"③，但未就《外傳》的性質進行論述。其後宋人歐陽脩（1007—1072）《崇文總目叙釋》謂《外傳》"非嬰傳詩之詳者"④，陳振孫（1179—1262）⑤謂《外傳》"蓋多記雜說，不專解《詩》"⑥，皆有語焉不詳之嫌。至於明人王世貞始明確揭出此書"引《詩》以證事，非引事以明《詩》"⑦的本質，體現出歷代學者探索《外傳》性質的逐步深化。此說影響極大，四庫館臣據之將《外傳》從傳統的

---

① 對這一版本的介紹，詳見本書第三章第二節。
② 韓嬰：《韓詩外傳》卷 1，唐琳校刻，美國國會圖書館藏明天啓間刻本，第 1 頁 a。
③ 《漢書》卷 30，中華書局 1962 年版，第 1708 頁。
④ 《歐陽脩全集》卷 124，中華書局 2001 年版，第 1881 頁。
⑤ 陳振孫生卒年據何廣棪：《陳振孫生卒年新考》，《文獻》2001 年第 1 期，第 158—161 頁。
⑥ 陳振孫：《直齋書錄解題》卷 2，上海古籍出版社 2015 年版，第 35 頁。
⑦ 王世貞：《讀〈韓詩外傳〉》，《弇州山人四部稿》卷 112，《明代論著叢刊》，臺北偉文圖書出版社 1976 年影印明萬曆世經堂本，第 10 種，第 5273—5274 頁。

經部詩類正編移入經部附錄①，便是最直觀的例證。

至於元明兩代對於《韓詩》佚著的關注，則相當匱乏，遠不足與《外傳》研究相垺。唯一涉及《韓詩》輯佚的研究是明季董斯張（1587—1628）的《補王伯厚〈詩考〉》②，此文共輯錄《詩考》漏輯的三家《詩》遺說 19 則，其中包含《韓詩》遺說 13 則。此外，尚有部分《詩》學論著對三家《詩》給予了部分關注，解詩時偶有使用《韓詩》之處，馬昕、房瑞麗皆對此進行過研究③，可供參考。但總體而言，《韓詩》佚著在元明兩代並未受到足夠關注，則是一望可知的事實。

（三）清代的《韓詩》研究

《韓詩》研究發展至清代，已迥異於宋元明三代的星星之火，閃現出耀眼的光芒。無論是《韓詩外傳》研究，還是《韓詩》佚著研究，都取得了超邁前人的成就，這主要體現在以下幾個方面。

第一，**對《韓詩外傳》進行了更加細緻的箋注**。元明雖有不少校刻《韓詩外傳》的版本，却無一部注釋性質的本子。直至清代，《外傳》的注釋才系統展開，這當然與風靡於乾嘉學術界的校釋古書之風有極大關係。孫海波曾指出："清代治《外傳》者，則有武進

---

① 永瑢等：《四庫全書總目》卷 16，中華書局 1965 年影印清刻本，第 136 頁。劉咸炘（1896—1932）在《舊書別錄·韓詩外傳》中曾敏銳地指出王世貞之說是四庫館臣置《外傳》於經部附錄的依據："王世貞謂是書引經以斷事，非引事以證經，《四庫提要》因置之經部附錄。"見黃曙輝編《劉咸炘學術論集·子學編》，廣西師範大學出版社 2007 年版，第 347 頁。但需要特別指出的是，先於《總目》成書的《初次進呈存目》並未引用王世貞之說，且遵循慣例，將《外傳》一書列於"詩類"之首，與《總目》置於"詩類"附錄截然異致。見江慶柏等整理《四庫全書初次進呈存目》經部，人民文學出版社 2014 年版，第 34 頁。可見對於《外傳》的定性，四庫館臣曾做過顛覆性的改變。

② 董斯張：《吹景集》卷 8，《續修四庫全書》，上海古籍出版社 2002 年影印崇禎刻本，第 1134 册，第 74 頁。

③ 參馬昕《三家〈詩〉研究在元明及清初的發展軌跡》，《國學》第一集，2014年，第 85—119 頁；房瑞麗《明代三家〈詩〉研究小議》，《文藝評論》2017 年第 3 期。

趙懷玉校本，新安周廷寀注本，蘄水陳士珂疏證，三書並稱善本。"① "三書"即指趙懷玉（1747—1823）《校刻韓詩外傳》、周廷寀《韓詩外傳校注》及陳士珂（？—1804）② 《韓詩外傳疏證》。趙、周成書先後相屬，在校勘與注釋方面互有短長，倫明（1875—1944）對二本得失論之甚詳③，茲不贅言。吳棠（1813—1876）所刊《韓詩外傳校注》雖題周廷寀注，却附以趙懷玉校語，實爲趙、周合刊本，故錢鍾書（1910—1998）先生題爲"趙懷玉校，周廷寀注，吳棠望三益齋合刊"④，此本因吸收了趙、周的有益成果，"故讀《外傳》者，當以望三益齋本爲最善也"⑤。陳士珂《韓詩外傳疏證》也是對《外傳》全文進行校勘的著作，但其工作重點則在輯録《外傳》的"互見"文獻，"以《外傳》爲綱，取諸書互見者，備録

---

① 孫海波：《〈韓詩外傳校議〉提要》，中國科學院圖書館整理：《續修四庫全書總目提要·經部》，中華書局1993年版，第448頁。

② 陳士珂生年待考，卒年則暫依劉颿《陳沆年譜》所記嘉慶九年（1804）陳沆"祖父陳士珂亡故"之説，見《鄂東狀元陳沆研究》第1章，武漢大學出版社2016年版，第9頁。

③ 倫明：《〈校刻韓詩外傳〉提要》、《〈韓詩外傳校注〉提要》，中國科學院圖書館整理：《續修四庫全書總目提要·經部》，中華書局1993年版，第443頁。

④ 錢鍾書：《讀〈韓詩外傳〉筆記》（題爲筆者所擬），《錢鍾書手稿集·中文筆記》，商務印書館2011年版，第10册，第329頁。這是錢先生閲讀吳本所作的讀書筆記手稿，凡7頁（第329—335頁），均以遒麗的行草書寫成，在鈔寫原文之外，尚有若干評論性的文字，足供隅反。如卷首題記云："劉申叔（師培，1884—1919）《左盦集》卷一《〈韓詩外傳〉書後》補趙校之缺數事。"（第329頁）指出了劉師培對趙懷玉校語的補遺；再如對《外傳》卷三"孔子聖人之中者也"的"中"字，錢先生旁注："時中。"（第331頁）屬於對《外傳》本文的注解；另如《外傳》卷九有"樹欲静而風不止，子欲養而親不待"之句，錢先生注曰："《瀧岡阡表》：祭而厚不如養之厚。"（第334頁）揭出了《外傳》與《瀧岡阡表》在及時行孝方面的内在關聯，可謂千古隻眼。惟"祭而厚"，歐陽脩原文作"祭而豐"，錢先生當涉下文"養之厚"而誤記，然小疵未害大醇。

⑤ 江瀚：《〈韓詩外傳校注〉提要》，中國科學院圖書館整理：《續修四庫全書總目提要·經部》，中華書局1993年版，第447頁。

於左"①，與趙、周重在校勘異文與訓詁字詞有別。以上數部注本，均是以《外傳》全文爲研究對象，取得了突破性的成就。此外，清人尚有對《外傳》部分條目進行校勘注釋的作品，也值得重視。成就較高者爲許瀚（1797—1866）《韓詩外傳校議》及俞樾（1821—1907）《讀韓詩外傳》，涉及了《外傳》的版本問題、字句校勘、體例特點等內容，爲後續研究提供了更爲扎實的基礎。此外，程金造（1908—1985）在研究《史記索隱》引書時曾指出："《漢書·藝文志》列《韓詩外傳》六卷，《隋書·經籍志》作十卷。今本亦十卷，然實非舊本，多所亡佚。"② 此言指出了《外傳》文獻研究的另一重要分支，即佚文輯錄，這也構成了清儒研究《外傳》的一部分。屈守元謂："趙懷玉《校注》有《補逸》三十餘條，據《孫氏祠堂書目內編》卷一，云：'《韓詩外傳補逸》一卷，盧文弨輯，趙懷玉刊。'則此稿出於盧氏也。周廷寀《校注》，據其姪宗杭跋，但有佚文三條，無足比數已。陳士珂《疏證》亦有《佚文》，條目少於盧、趙。"③ 房瑞麗還列出了屈氏未及的兩家輯本，即王仁俊（1866—1913）《玉函山房輯佚書續編三種》及姚東升《佚書拾存》④。總而言之，清儒對《外傳》傳世文本的全面校釋與《外傳》佚文的充分輯錄，代表《外傳》研究已進入到全新的階段。

第二，**對《韓詩》佚著進行了更加周全的輯錄**。從王應麟《詩考》開始，《韓詩》的輯佚均是涵攝在三家《詩》輯佚之中，並未發展成爲獨立的輯佚對象。但至清人手裏，專門針對

---

① 倫明：《〈韓詩外傳疏證〉提要》，中國科學院圖書館整理：《續修四庫全書總目提要·經部》，中華書局1993年版，第446頁。
② 程金造：《史記索隱引書考實》，中華書局1998年版，第27頁。
③ 屈守元：《韓詩外傳箋疏》卷尾《韓詩外傳佚文》，巴蜀書社1996年版，第887—888頁。引文之"宗杭"原誤作"宗沅"。
④ 房瑞麗：《清代三家〈詩〉研究》第6章第3節，博士學位論文，復旦大學，2007年，第161—162頁。引文之"玉函"原誤作"玉涵"。

《韓詩》佚著進行輯録的現象已相當普遍，馬昕曾專就乾嘉時期以宋綿初《韓詩内傳徵》、臧庸（1767—1811）《韓詩遺説》等爲代表的六部《韓詩》輯本進行過細緻的介紹①。臧庸對於《韓詩》輯佚尤其拿手，其所輯《韓詩遺説》被顧廣圻（1766—1835）視爲最優秀的《韓詩》輯本②，除此之外，他還就《詩考》進行過補輯③，其中亦不乏涉及《韓詩》的條目。乾嘉之後仍有不少《韓詩》輯本問世，但與此前輯本多利用中土傳世文獻不同，這批輯本最大的特點便是引進了日藏漢籍所載《韓詩》遺説，陶方琦（1845—1884）《韓詩遺説補》、龍璋（1854—1918）《韓詩》、顧震福（1869—1935）《韓詩遺説考補》等等，都是利用這些新材料而成的新輯本。此外，清代不少大型輯佚叢書中也包含着《韓詩》佚著輯本，如王謨（1731—1817）《漢魏遺書鈔》輯有《韓詩内傳》《韓詩翼要》，馬國翰（1794—1857）《玉函山房輯佚書》輯有《韓詩故》《韓詩内傳》《韓詩章句》《韓詩説》《韓詩翼要》，黄奭（1809—1853）《黄氏逸書考》輯有《韓嬰詩内傳》。即便在統輯三家《詩》的輯本中，所輯《韓詩》條目的數量和品質也較《詩考》有了不少突破，如馮登府（1783—1841）《三家詩遺説》，陳壽祺（1771—1834）、陳喬樅（1809—1869）父子的《三家詩遺説考·韓詩遺説考》等等，均以詳贍的搜羅與精審的考證而著稱，尤其是陳氏父子之書，得王先謙（1842—1918）"最爲詳洽"之譽④，代表了清儒《韓詩》輯本的最高成就。

---

① 馬昕：《清代乾嘉時期的〈韓詩〉輯佚學》，《國學》2016 年第 1 期，第 387—422 頁。其所選六部《韓詩》輯本除了宋、臧之書，尚有沈清瑞（1758—1790）《韓詩故》、嚴可均（1764—1843）《韓詩輯編》、錢玫《韓詩内傳並薛君章句考》、趙懷玉《韓詩外傳補逸》。

② 趙之謙《〈韓詩遺説〉序》："顧千里氏嘗言輯《韓詩》者，此爲最精。"見臧庸：《韓詩遺説》卷首，《叢書集成初編》，中華書局 1985 年版，第 1746 册，第 1 頁。

③ 李寒光：《臧庸〈詩考〉三種鈔本考述》，《版本目録學研究》第七輯，2016 年，第 331—341 頁。

④ 王先謙：《詩三家義集疏·序例》，中華書局 1987 年版，第 5 頁。

第三，**對《韓詩》遺説進行了更加深入的疏證**。清人豐富多彩的《韓詩》輯本，爲《韓詩》研究奠定了重要的文本基礎。二陳父子完備的《韓詩遺説考》問世之後，留給佚文輯録的餘地已所剩無多，故《韓詩》研究改弦易轍，由對遺説的輯録轉向疏證，這一轉向在王謨、馬國翰等人輯録《韓詩》遺説時已初露端倪，如王謨《韓詩拾遺》雖已不存，但據其《漢魏遺書鈔・韓詩内傳》序録所云，《韓詩拾遺》乃"網羅諸《内、外傳》方式，并加疏解"之書①，而馬氏《目耕帖》亦常常對《韓詩》字義進行推求，但彙集衆説而成一書者，則推王先謙《詩三家義集疏》。此書對包括《韓詩》在内的三家《詩》遺説進行了深入的疏通闡釋，對《韓詩》訓詁、題旨均有考證與發揮，標誌着《韓詩》研究完成了由文本的外沿蒐集進入内在研究的歷程，在《韓詩》研究史中具有轉折性的意義。但因王先謙牢籠於今、古文經之別，故其解説《韓詩》亦有求之過深與師心自是之處，導致其解讀常常面臨嚴峻的挑戰，尤其在 20 世紀層出不窮的地下文獻出土以後，王先謙解詩的失效性已日益顯現。此外，清儒對《韓詩》遺説的疏證，還表現在《毛詩》研究著述中。例如胡承珙（1776—1832）《毛詩後箋》、馬瑞辰（1777—1853）《毛詩傳箋通釋》、陳奂（1786—1863）《詩毛氏傳疏》均有多處探討韓、毛異同的段落，其中便涉及了對《韓詩》異文遺説的考索，由於這些學者在訓詁、音韻等方面均接受過嚴格專業的學術訓練，故其對《韓詩》的考證也精見疊出。王先謙撰《詩三家義集疏》，在佚文輯録方面深受二陳父子之惠，在訓詁方面則多引用胡、馬、陳諸家之説（有時也存在掩爲己説的情況），足見前述學者在推動《韓詩》遺説考證方面的殊勛。

---

　　① 王謨：《〈韓詩内傳〉序録》，見《漢魏遺書鈔・韓詩内傳》卷首，《續修四庫全書》，上海古籍出版社 2002 年影印復旦大學圖書館藏嘉慶三年（1798）西齋刻本，第 1999 册，第 518 頁。

綜上所述，清人的《韓詩》研究成績斐然，無論是《韓詩外傳》校注，《韓詩》佚著輯録，還是《韓詩》遺説的考釋闡發，均取得了淩轢前人的實績。同時，他們的成就還爲後續研究提供着強大的示範作用，例如清人善從"互見"文獻的角度展開對《韓詩外傳》的校注，這一方法在今天的學界已成功實現了預流；清人《韓詩》輯本所提供的種種輯佚綫索，也爲今天重新輯録《韓詩》提供了方向；清人對《韓詩》遺説的訓詁考證，爲今天更加深入地開掘該學派的學術思想提供了最基本的參考①。此類富於開創意義的研究，均係清人在《韓詩》研究中所取得的獨特而卓越的貢獻，值得表彰。

（四）現當代的《韓詩》研究

現當代的《韓詩》研究接續了清人開創的繁盛局面，並作了更深廣的推拓。

在《韓詩外傳》研究方面，最突出的特點是在繼承清代學術路

―――――――

① 將訓詁視爲通向義理（思想）的起點，幾乎是清儒普遍承認的基本預設。傅斯年（1896—1950）先生即將以戴震《孟子字義疏證》及阮元（1764—1849）《性命古訓》爲代表的治學方法歸納爲"以語言學的方法解決思想史中之問題"，見《性命古訓辨證》引語，《"中研院"史語所單刊乙種》，"中研院"史語所1972年版，第五種，第1頁。除此之外，關注這一問題尚有陳寅恪（1890—1969）先生於1936年4月18日覆沈兼士（1887—1947）的信中所提到的"依照今日訓詁學之標準，凡解釋一字即是作一部文化史"，見《書信集》，生活・讀書・新知三聯書店2015年版，第172頁。但陳先生此信係就沈氏所寄《"鬼"字原始意義之試探》而發，並非專門的論學之文，故未就此問題進行深入闡解。專就此問題進行闡釋的是池田秀三：《經學在中國思想裏的意義》，石立善譯，載童嶺主編：《秦漢魏晉南北朝經籍考》，中西書局2017年版，第45—51頁。池田氏認爲："非但訓詁具有思想性，毋寧説正是訓詁匯聚了中國思想的特徵。中國人以爲與邏輯通貫的鴻篇巨制相比，簡潔的訓詁才具有真理，我甚至認爲這才是古代中國的思維方式的特色。"（頁49—50）這一認識，在分析《韓詩》訓詁以及清儒對其進行的解釋時也同樣適用。王汎森先生也認爲經師對經書的注釋皆藴含着時代思想："每一次'用經'都是對自己生命的一次新塑造，而每一次的'用'都是對經書的性質與内容的新發展，也直接或間接參與建構'傳統'。"見《思想是生活的一種方式》序，臺北聯經出版公司2019年版，第11頁。

數的同時，還開拓了清人未加探索的領域，表現爲繼承與突破並重的特點，同時，日本學界對於《韓詩》的研究也出現了不少值得注意的成果①。馬鴻雁和白雲嬌均曾對 20 世紀以降的《外傳》研究做過介紹②，兹撮其要者，並連及近年學界研究成果，一併綜述於此。
（1）在校注領域，大陸出現了許維遹《韓詩外傳集釋》與屈守元《韓詩外傳箋疏》兩部著作。許書係作者遺著，並未完成，但主要的版本異文已羅列得較爲周備，雖然存在部分問題③，終不失爲很有價值的本子，故頗得學界之認可。屈著則廣搜衆本，精心校勘，詳作箋證，並附版本題識、著録及評述資料、序跋輯録等内容，爲《外傳》研究提供了極大的便利。但此書有部分内容存在掠美之嫌④，這是使用時需要注意之處。日本注釋《外傳》之作，則以伊東倫厚《韓詩外傳校詮》爲代表，惜目前僅見前兩卷⑤，除了參考清儒成果，還對臺灣及日本的相關研究進行了裁酌，適可與大陸研究形成互補。吉田照子所撰《韓詩外傳注釈》對《外傳》全文進行了校注，分卷發佈在《福岡女子短大紀要》39—48 號中⑥，其體例爲先

---

① 林慶彰先生曾將 1993 年前的日本經學研究論著製成索引，足供按圖索驥，見《日本研究經學論著目録》，"中研院"文哲所 1993 年版。本書對日本學界的《韓詩》研究綜述，即頗得益於此書。

② 參見馬鴻雁《〈韓詩外傳〉研究綜述》，《古籍整理研究學刊》2004 年第 4 期；白雲嬌《二十世紀以來〈韓詩外傳〉研究評述》，《中國社會科學院研究生院學報》2009 年第 5 期。

③ 王邁曾對許著進行過補證，將其書之誤分爲以下六個方面："疏於制度，誤斷字義"，"事義從同，文辭各異"，"疑衍非衍，疑闕非闕"，"連語偏用，義同全詞"，"文義未審，誤斷句讀"，"原係兩事，强合爲一"。見《許著〈韓詩外傳集釋〉補證舉例》，《蘇州大學學報》1983 年第 2 期。

④ 蕭旭曾指出："屈守元使用趙善詒、許維遹説，多無説明。"見《〈韓詩外傳〉解詁》，《文史》2017 年第 4 期。

⑤ 伊東倫厚：《韓詩外傳校詮（一）》，《北海道大學文學部紀要》第 26 卷第 1 號，1977 年，第 1—66 頁；《韓詩外傳校詮（二）》，《北海道大學文學部紀要》第 26 卷第 2 號，1978 年，第 1—48 頁。

⑥ 吉田照子：《韓詩外傳注釈》，《福岡女子短大紀要》第 39—48 號，1990—1994 年。

列《外傳》原文，後附日語譯文，次就譯文展開注釋，次序井然。但其注釋除了徵引前人校勘記及注明章末所引《詩經》篇目外，並無太多發明。(2) 在"互見"研究領域，最值得重視的成果來自於日本學界，吉田照子取得的成績尤爲突出。吉田曾撰多篇論文，考察了《外傳》與多部先秦兩漢古籍的關聯①，這些論文大多在比較研究中，凸顯《外傳》的價值，新見迭出，談言微中，對於《外傳》與互見文獻對比研究的深入進行有着重要的推動作用。此外，日本學者豐嶋睦與臺灣學者余崇生著重對《外傳》與《荀子》的關係進行了探討②，尤其是余氏之文以表格的形式將《外傳》引用《荀子》的所有文段加以羅列，爲此二書的對比研究提供了方便法門，惟其文以日語寫成，故國内學者鮮有提及。(3) 在思想研究領域，有些學者對《外傳》的儒家思想——如士思想③、禮樂思想④、

---

① 參看吉田照子下列文章：《韓詩外伝と説苑》，《福岡女子短大紀要》第57號，1999年，第53—59頁；《韓詩外伝と列女伝》，《福岡女子短大紀要》第59號，2001年，第125—140頁；《韓詩外伝と孔子家語》，《福岡女子短大紀要》第60號，2002年，第45—58頁；《韓詩外伝と荀子：引詩の特色》，《福岡女子短大紀要》第61號，2003年，第45—59頁；《韓詩外伝と孟子》，《福岡女子短大紀要》第63號，2004年，第63—73頁；《韓詩外伝と呂氏春秋》，《福岡女子短大紀要》第66號，2005年，第61—74頁。

② 豐嶋睦：《韓嬰思想管見——韓詩外伝引用荀子句を中心として》，《支那學研究》第33號，1968年，第50—58頁；余崇生：《韓詩外伝研究ノート（一）：荀子引用文との対照表》，《待兼山論叢》第17號，1983年，第21—36頁。

③ 林聰舜《〈韓詩外傳〉論"士"》對《外傳》與士文化的關聯做了全新的闡述，見《漢代儒學別裁：帝國意識形態的形成與發展》第4章，臺大出版中心2013年版，第73—103頁。

④ 吉田照子對《外傳》的禮樂思想進行了深邃的探討，既討論了"禮"與"生""誠""時""治"的關聯，見《韓詩外傳の禮》，《福岡女子短大紀要》第51號，1996年，第119—133頁；又認爲《外傳》引《詩》體現了禮樂文化的絶對性，並以存在論的視角考察了儒家道德視域中的禮，見《韓詩外傳の詩と禮と楽》，《福岡女子短大紀要》第53號，1997年，第81—96頁。

易學思想①、孝思想②、教育思想③、福利思想④等——進行了深入的探析，有些學者則對《外傳》所包含的儒家之外的思想進行了探索，如徐復觀（1903—1982）指出《外傳》"以儒家思想爲主，却在處世上，也受到道家的若干影響"⑤，金春峰則認爲《外傳》的"法家思想佔有相當重要的地位"⑥，而劉毓慶、郭萬金又認爲"從

---

① 吉田照子曾對《外傳》的易學思想加以概括，就"生命與使命""運命與時""禮"及"陰陽二元論"展開集中論述，認爲韓嬰在上述四方面的闡釋，在易學思想史和儒學思想史中均具備開創意義，參見《韓詩外傳の易思想》，《福岡女子短大紀要》第49號，1995年，第105—118頁；連劭名對於《外傳》與《周易》相通的思想有更加詳細的論述，認爲二書"在强調行有所止、卑己虛懷、簡樸平夷、遷善改過、推己及人、損盈益謙、困用賢人、窮變通達、恒守其德、慎始有終、反求諸己、頤養安命的思想上表現出驚人的一致性"，參《〈韓詩外傳〉與〈周易〉》，《周易研究》2012年第4期。

② 張仁璽曾就《外傳》對先秦儒家孝道觀的重視展開論述，指出"韓嬰發現了忠孝之間的矛盾，但並没有提出解決這個矛盾的方案。韓嬰主張通過統治者以身作則帶頭行孝，興辦學校對民衆進行孝倫理教育等措施培養社會成員對孝道的認同和實踐"，見《〈韓詩外傳〉中的孝道觀述論》，《廣西社會科學》2014年第2期。

③ 吴中齊所撰《韓嬰的教育思想》一文，是目前所見最早探討《外傳》教育論的成果，對韓嬰富於時代特色的教化論和德育論進行了探討，並附加討論了《外傳》的人性論和養生論，參《韓嬰的教育思想》，《湖北大學學報》1996年第2期；王慧則著重探析了《外傳》對教育的作用、道德教育的原則和方法、學習的意義和過程、家庭教育等問題的論述，與吴文可形成互補，參《韓嬰教育思想概述》，《河北師範大學學報》1999年第4期；日本學者齋木哲郎則以韓嬰與諸侯王的關係爲切入點，探討了《外傳》的教育論，參《韓嬰と諸侯王——韓詩外傳の教育論》，《中國哲學》第28號，1999年，第1—33頁。

④ 日本學者横山裕曾就在研究古代中國的福利思想時，曾提及《韓詩外傳》的"福祉"。雖然他的觀點是要説明"福祉"一詞並非首見於《韓詩外傳》，但不可避免地就《外傳》中的福利思想進行了探討，見《古代中國の社會と福祉》，《九州保健福祉大學研究紀要》第19號，2018年，第21—29頁。

⑤ 徐復觀：《〈韓詩外傳〉的研究》，《兩漢思想史》第3册，九州出版社2014年版，第25頁。

⑥ 金春峰：《漢代思想史》（增補第三版）第3章第6節，中國社會科學出版社2012年版，第89頁。

《韓詩外傳》中，似乎又可以看到《韓詩》所沾有的陰陽家之氣"①，筆者則通過對《外傳》養生資料的分析，辨析了該書與方技家之間的關涉②。上述研究均能夠挖掘《外傳》在儒家之外的思想内容，對於深入認識《外傳》的性質問題頗有意義。(4) 在版本研究中，最值得注意的是日本學者對和刻本《外傳》的研究。《韓詩外傳》最晚至唐代已傳入日本，最直觀的證據是藤原佐世（847—898）撰於891年的《日本國見在書目録》已對其進行著録③，進而産生了一系列和刻本《外傳》。例如岩井直子曾以唐本爲基礎，對《外傳》的書志性質開展了研究④，高橋良政則分别就勝村本《外傳》和寶曆九年（1759）星文堂刻本《外傳》進行紹介⑤，對於瞭解日本的《外傳》版本頗有助益。(5)《韓詩外傳》作爲漢代典籍，其在語言文字學方面也有較大的價值，故有部分學者對《外傳》的語言學價值加以研究，成果雖然不多，却有開風氣之貢獻。例如日本學者橘純信通過《韓詩》異文，分析了其中所反映出的方言特徵⑥，部分異文的來源便出自《韓詩外傳》章末所引《韓詩經》。此文發表於1983年，可見日本學者在發掘《外傳》多元價值方面的敏鋭嗅覺。

在《韓詩》佚著研究方面，雖然成果不像《外傳》研究那麽豐

---

① 劉毓慶、郭萬金：《從文學到經學：先秦兩漢詩經學史論》卷3第2章，華東師範大學出版社2009年版，第237頁。
② 吕冠南：《〈韓詩外傳〉與漢初的養生思想》，《秦漢研究》第十三輯，2019年，第266—277頁。
③ 藤原佐世撰，矢島玄亮注：《日本國見在書目録：集證と研究》，東京汲古書院1984年版，第42頁。
④ 岩井直子：《韓詩外伝の書誌的考察——唐本をもとに》，《漢籍》12號，2004年，第1—10頁。
⑤ 高橋良政：《和刻本韓詩外伝の書誌的考察——勝村本について》，《斯文會》112號，2004年，第27—35頁；《韓詩外伝の書誌的考察——寶曆9年星文堂刻本について》，《櫻文論叢》第66號，2006年，第103—119頁。星文堂刻本亦曾得到王曉平的注意，參《日本詩經學史》第3章第1節，學苑出版社2009年版，第139—142頁。
⑥ 橘純信：《韓詩異文の反映する方音的特徵》，《漢學研究》第20號，1983年，第137—150頁。

富，但仍呈現出縱深化的發展趨勢，兹就三方面進行紹介。（1）在《韓詩》具體佚著方面，值得注意的成果是楊樹達（1885—1956）對《韓詩内傳》存佚情况的論述①以及馬昕對《韓詩章句》成書、流傳及亡佚問題的考證②，這代表《韓詩》佚著的研究已進入專書探討的層面。楊文認爲今本《韓詩外傳》卷一至四實爲《韓詩内傳》，故得出《韓詩内傳》並未亡佚的結論。馬文認爲《韓詩章句》由薛方丘、薛漢父子共同撰成，"在南北朝，《薛君章句》已被附入《韓詩》經傳之中，散入各篇"，"最終在南宋初年至孝宗淳熙之間隨《韓詩》文本一同亡佚"。（2）對《韓詩》佚著的闡釋特色進行解讀的成果也時有出現。王承略先生認爲《韓詩》"在説經上側重興發"，"'興發'既是孔門論《詩》理論的應用，又很符合大衆的閲讀趣味，就成了《韓詩》在品格上不同於《魯》《齊》而又頗能吸引研習者的地方"③；曹建國等則對《韓詩》以讖緯解《詩》的特性作了詳細的考索，並對其成因進行了揭示④。（3）對《韓詩》遺説的解詩價值進行關注與考察，也是值得注意的現象。這種關注考察，既有對《韓詩》遺説予以認可的，如俞艷庭曾多次討論過《韓詩》遺説的内涵及影響⑤；也有對《韓詩》遺説提出質疑的，如王

---

① 楊樹達：《〈韓詩内傳〉未亡説》，《積微居小學金石論叢》卷5，上海古籍出版社2014年版，第217—218頁。

② 馬昕：《〈韓詩薛君章句〉成書、流傳及亡佚考》，《中國典籍與文化》2012年第2期。

③ 王承略：《四家〈詩〉在漢代不同的學術地位和歷史命運》，《儒家典籍與思想研究》（第三輯），北京大學出版社2011年，第53—54頁。

④ 曹建國、張莉莉：《〈韓詩〉與讖緯關係新考》，《武漢大學學報》2015年第6期。

⑤ 例如俞氏曾對朱熹《詩集傳》解説《鄭風·褰裳》"男女相咎"的根源做了追溯，認定朱子立説的依據爲《韓詩》"溱與洧，説人也"之語，參《〈褰裳〉朱熹"男女相咎"説探源》，《理論學刊》2005年第10期。在另一篇文章中，俞氏則著重對《周南·漢廣》的《韓詩》説給予了足够的重視，並將其與《溱洧》進行並列研究，得出"在《韓詩》家看來，漢之游女實係漢水之濱的女巫，《漢廣》詩反映了江漢合流之地的上古巫風"的結論，參《〈漢廣〉三家説探賾》，《黑龍江社會科學》2006年第1期。

長華先生在考察《魯頌》產生時代時，便對《韓詩章句》所主奚斯作《魯頌》說進行了否定，並推測"《魯頌》四篇作品都產生於僖公時代，其時間大約在西元前七世紀初中葉之交"①。這些解讀，均爲深入探討《韓詩》遺說的解詩價值奠定了基礎。

此外，現當代的《韓詩》研究還包括就整個學派的相關内容展開調查的成果。這些内容或涉及《韓詩》學派的學者考證②，或涉及學術史與政治的關聯問題③，較爲零散，此處便不再絮及了。

二 前期研究成果的缺憾

《韓詩》研究自宋代的篳路藍縷，到清代以降的開枝散葉，其歷程恰照應於《周頌·敬之》所謂"日就月將，學有緝熙于光明"。但綜合來看，尚存在一定缺憾，有待進一步開拓。

首先，對於《韓詩》佚著的研究相當匱乏。除了清代尚能大體兼顧《韓詩外傳》與《韓詩》佚著研究以外，其他時代的《韓詩》研究均體現爲重視《外傳》而漠視佚著。這單從工作底本的整理程度便一望而知：《韓詩外傳》已經刊行了數十種校、注、箋、評、譯本，而《韓詩》佚著尚未有一部可靠的新輯本。這種嚴重的失衡，一方面形成了《外傳》研究較爲充分的局面，另一方面則使《韓詩》佚著的諸多問題至今仍未得到妥善的解決。就現當代與《韓詩》佚著有所關聯的研究而言，大多表現爲"研究之研究"，即對

---

① 王長華：《〈魯頌〉產生時代新考》，《詩經研究叢刊》第 2 輯，2002 年，第 89—95 頁。

② 參見左洪濤以下二文：《〈韓詩〉傳授人及學者考》，《文獻》2010 年第 2 期；《〈詩經〉之〈韓詩〉傳授人新考》，《中南民族大學學報》2013 年第 5 期；王承略：《〈韓詩〉學派習〈易〉學者考》，《周易研究》2012 年第 4 期。

③ 俞艷庭對這一話題有多次探討，參《"韓詩"東漢勃興原因初探》，《求索》2009 年第 1 期；《王莽新政與兩漢三家〈詩〉學之興衰易勢》，《理論學刊》2009 年第 9 期；《兩漢政治與三家〈詩〉的命運》，《清華大學學報》2010 年第 5 期。上述諸文，反映了俞氏對《韓詩》學術史所一貫秉持的幾點看法，即（1）西漢不顯而盛於東漢的發展歷程；（2）拒絕與王莽政權合作的政治選擇；（3）接受圖讖的學術取向。

前人《韓詩》輯本得失的評判①，却鮮少直接就《韓詩》佚著展開研究的成果。

其次，對於《韓詩》佚著的輯錄存在問題。清代是《韓詩》輯佚最爲卓勝的時期，不僅數量倍蓰於前，品質也有較大提升，這是《詩經》學史的共識。但這並不代表清人所輯《韓詩》佚著均達到了真實可靠的地步。就目前可見的清人《韓詩》輯本而言，只要逐條校對其出處、考辨其來源，便可發現錯輯情形非常普遍；對於古籍廣泛徵引的《韓詩》遺説，清人有時也未能考證其具體歸屬，而是泛稱"《韓詩》"，給後續研究提供的只是模糊的圖像；此外，有不少新材料爲清人所不及見，從而造成了其輯本存在遺漏的情況。這些情形，均證明清人《韓詩》輯本尚存在不少訛漏。但目力所及，至今尚未有學者在清人輯本基礎上對《韓詩》佚著進行全盤的新輯，導致了相關研究一直建立在不扎實的文本基礎之上，這是一個不容忽視的缺憾。

再次，對於《韓詩》著作文體的研究尚顯粗疏。一部著作的文體對其文本内容與風格有强大的限定作用②。如果不對《韓詩》著作的文體進行剖析，則很難對其內容與風格作出切實的解釋。但學術界在這一方面的研究較爲薄弱，於是造成了某些問題的争持不下，最明顯的例子就體現在關於《韓詩外傳》是否解詩的争論上，雙方徑從《外傳》的文本現象入手，各持己見，却都忽略了造成這種文本現象的根源——"外傳"的文體特徵。而事實上，只要明晰"外傳"是一種以推演爲本質的文體，則由此規定下的文本不可能轉向

---

① 房瑞麗和馬昕的博士學位論文都在這一領域取得了成就，參房瑞麗：《清代三家〈詩〉研究》，博士學位論文，復旦大學，2007年；馬昕：《三家〈詩〉輯佚史研究》，博士學位論文，北京大學，2013年。

② 吳承學曾將文體學的基本理論歸納爲："文各有體，每種文體都有自己獨特的審美特性和表現手法，創作必須遵循這種藝術規律。"見《中國古典文學風格學》第7章，北京大學出版社2011年版，第98頁。"體"對文學作品形成的規約作用，亦基本適用於學術著作。

解經，這是再清楚不過的事實，"《外傳》是否解詩"也便不成其爲問題，因爲"外傳"的文體特徵早已從根本上排除了解經的可能。

最後，**對於《韓詩》學術史的研究不夠深入**。《韓詩》作爲一個影響深遠的學術流派，擁有龐大的學者群體，也有着豐富的傳授歷程，對這些内容進行考索，是《韓詩》研究的題中之義。就先行研究來看，對於《韓詩》學者的考證還有欠完備，尤其忽略了碑誌文獻所載録的相關信息；對於《韓詩》傳播歷程的考察，也僅有部分考論漢魏學術地理的論文偶有涉及①，尚未見專文加以系統論述。這些事關《韓詩》學術史的内容，均處於懸而未決的處境。

由此可見，《韓詩》研究還存在繼續深入的餘地。學術界至今尚未出現一部對《韓詩》進行綜合研究的專著，已足以説明問題了。

第三節　《韓詩》研究的創新與框架

一　本書的創新

本書擬在先行研究的基礎上，對《韓詩》學粗具規模和隱而未發的内容進行深一步的推拓。主要創新之處將體現於以下三點：

（一）材料來源的創新

本書所使用的材料較前期研究有所突破。既有傳統研究所關注的存世文獻，又有先行研究未加利用的碑誌文獻、出土文獻與域外漢籍。漢唐碑誌文獻在《韓詩》學術史方面有着重要的參考價值，

---

①　例如崔建華研究漢代河内區域文化的發展歷程時，曾涉及了《韓詩》學立派伊始的發展情況，認爲"河内的《韓詩》學在興起以後是就近傳播的，並且集中於河内以東地區"，參《漢代河内區域文化的發展歷程》，《中原文化研究》2014年第2期；再如焦桂美在考察蜀漢經學嬗變時，曾發現東漢時蜀地本土經學在著述内容上，有"長於《韓詩》"特點，至蜀漢時代，仍"保持了《韓詩》授受上的不絶如縷"，"自東漢杜撫、蜀漢杜瓊至入晉之何隨，蜀地在《韓詩》授受、傳播及著述上之成就可見一斑"，參見《論蜀漢經學之嬗變》，《孔子研究》2006年第3期。

如《孟孝琚碑》填充了東漢蜀地《韓詩》傳授的空白，《顏氏家廟碑》補充了曹魏時代傳習《韓詩》的學者，《田琬德政碑》則直接證實了《韓詩》在唐代太學中仍有傳授。20 世紀是地不愛寶的時代，大量地下文獻得以重見天日，爲《韓詩》研究注入了新的活力，如阜陽漢簡《詩經》可爲《韓詩》用字提供參考，安徽大學藏戰國竹簡《詩經》可爲《韓詩》訓詁提供佐證，敦煌《文選注》殘卷所引《韓詩》可糾今本相關條目之錯訛，敦煌類書可補清輯《韓詩》遺說之掛漏，這都彰顯了出土文獻的特殊價值。域外漢籍也爲《韓詩》研究帶來了新的氣象，日本的律令著作《令釋》《跡記》、音義書《大乘理趣六波羅蜜經釈文》、新羅的天文著作《天地瑞祥志》等古籍均載錄了中土典籍所未見的《韓詩》遺說，日本典籍《和漢年號字抄》可以爲《韓詩章句》亡佚時間提供新的證據。上述三類文獻，在此前的研究中，均未得到足夠的重視，本書將對此類資料加以最大限度的利用。

（二）佚著輯録的創新

本書將結合各類文獻材料，對《韓詩》佚著進行重新輯佚。對清代輯本的所有成果進行整合，併其同者，斠其異者，剔其僞者，訂其譌者，補其闕者，以確保輯録條目的完整、可靠。同時，本書對於《韓詩》佚著的輯録將一改清人併爲一集的慣例，而踵武馬國翰，在考證佚文的具體歸屬後，對《韓詩》佚著進行分書輯録。這是因爲一個學派的發展往往伴隨著對原始學説的引申發揮，同一學派的不同著作所存在的差異，恰好是他們發揮本門學術的不同表徵，於此可覘一門學術之風發泉湧。馬國翰《玉函山房輯佚書》是唯一對《韓詩》多種佚著進行單書輯佚的著作[①]，

[①] 清人王謨（1731—1817）的《漢魏遺書鈔》曾單獨對《韓詩翼要》進行輯佚，但對於其他數種《韓詩》佚著，則不加區分地統輯於《韓詩内傳》中，與馬國翰單獨輯録有本質區别。

但飽受後人之詬病①。平心而論，馬輯本的確存在不少問題，但不宜由此而遷怒於其分書輯佚的文獻學思路。相反，由他創辟的這一思路恰恰彰顯了其識力之超卓，因爲只有分書輯佚，才能引導《韓詩》學走向更加精細化的發展路徑。從這一層面來看，其宏觀的學術意義顯已淩轢於微觀的學術成就。本書即取其所長，避其所短，以求更加真實地呈現出《韓詩》各部佚著的不同面貌。

（三）研究範圍的創新

如前所述，先行研究重於《韓詩外傳》而疏於《韓詩》佚著。故本書首先在《韓詩》佚著的研究中進行開拓，不僅重新輯錄佚文，而且就其未獲圓滿解決的相關內容進行探討。例如"傳"在《韓詩》學派的兩個意指，《韓詩內傳》的性質問題，《韓詩內傳》與《外傳》的區別，《韓詩章句》闡釋《詩經》的特色及價值，《韓詩章句》與《韓詩內傳》的關係問題等。在《韓詩外傳》方面，本書對於前賢研究較爲深入的問題則不復贅辭，而是著重探討先行研究留有餘地的內容，例如"傳"的文體特徵與《外傳》文學意味生成的關係等等。此外，本書還著重開拓《韓詩》學術史的研究，這在此前的研究中幾乎是一片完全荒蕪的園地。《韓詩》在漢魏之間經歷了什麼的傳授歷程？《韓詩》在日本又得到了多少留存與關注？這些問題都將成爲本書解答的對象。

二 本書的目標

對與《韓詩》相關的重要因素進行較爲完備的研究，是本書的總體預期目標。具體內容體現在下述三方面：

---

① 例如繆荃孫（1844—1919）認爲馬氏對《韓詩》諸佚著的分割"終嫌武斷，不如諸家統曰'韓詩遺説'之爲當也"，見《光緒順天府志》卷123，日本早稻田大學藏光緒十二年（1886）刻本，第3頁a。再如劉咸炘《校讎述林·輯佚書糾謬》："《韓詩》有故，有内傳，有説，諸書引《韓詩》多無從分別，馬氏所輯内傳猶限於明標傳者，故、説則全爲肌斷矣。"參見黃曙輝編《劉咸炘學術論集·校讎學編》，廣西師範大學出版社2010年版，第183頁。

1. 在文獻研究方面，（1）就目前可掌握的材料，對《韓詩》著作的文獻問題進行全面探討；（2）結合前代輯本、傳世古籍（中土文獻與域外漢籍）及出土文獻，對《韓詩》佚著的佚文遺說進行全面輯錄與校勘。

2. 在文學研究方面，（3）以古籍體例及文本特點爲參照，就《韓詩》學派多種著作的性質提出新的解釋；（4）在對《韓詩》遺說進行新輯的基礎上，對《韓詩》闡釋《詩經》的特色進行歸納。

3. 在史學研究方面，（5）重新考察傳習《韓詩》的學者譜系，對《韓詩》亡佚前的學術史進行重構；（6）結合相關文獻，對《韓詩》的傳播史作出分析。

需要特別指出的是，本書雖在多個方面力求實現突破，但這種突破絕非以否定先賢爲前提，相反，本書的若干考證均是在前人研究的基礎上展開的，開創《韓詩》研究典範的清代學者爲本書提供的啓佑尤其豐富。本書對於他們的態度，羅志田先生早已代爲言之："用一個典範去囊括一切固然不可取；但因爲這一典範被用得太濫，就轉而以爲它已可功成身退，恐怕也未必就恰當。"① 筆者深可此言，故詳引於此，以明本書撰述之態度。

三　本書的方法

很顯然，對以上目標進行介紹的同時，本書的研究方法——即文獻學方法、文學方法及史學方法——已包孕其中。爲明題恉，兹就上述三法略作闡解，以結束本節。

如前所述，可靠的基礎文本是一切學術研究的起點。對於著作散佚嚴重的《韓詩》學派而言，基礎文本的重構尤顯迫在眉睫。清儒曾悉心以赴，對那些被撕裂的《韓詩》碎片進行了力所能及的拼

---

① 羅志田：《權勢轉移：近代中國的思想與社會》（修訂本）原序，北京師範大學出版社 2014 年版，第 7 頁。

剪，却仍有若干罅漏留待彌合。故本書必須以文獻輯佚的方法切入，始能爲此後的研究提供確切的依據。在《韓詩》研究的畛域中，任何試圖以犧牲文獻學研究來成就文學研究的做法，都無異於割股啖腹，無從推出有價值的結論。劉師培在影響深鉅的《近代漢學變遷論》中曾將版本校讎與佚書撫拾視爲"叢綴學派"之典型學風，並譏以"學而不思"[①]，這未免忽視了佚書研究所面對的文獻困境，倘不以"叢綴"爲基點，則後續研究只能是不可把握的水月鏡花。

在文獻學的建構堅如磐石之時，文學研究始能乘興而上，展其驥足。在現代學術視野下，《詩經》是一部充溢着文學意味的經典，對它進行解讀的《韓詩》即便在主觀上籠罩了經解的意願，在客觀上却無法抹去其文學色調——晁公武評《韓詩外傳》"文辭清婉，有先秦風"即是一證。本書對《韓詩》採取的文學研究，既注意到了文體特徵對文學意味的生成所產生的影響，也重視《韓詩》著作在闡釋《詩經》方面的諸多特色。

文獻學與文學研究均是圍繞《韓詩》文本開展的探研，而在文本之外尚有若干與《韓詩》學相關的内容，如《韓詩》學者的考索，再如《韓詩》的傳播與接受情况，亦均爲《韓詩》學的題中之義。本書對此類内容均以史學方法切入，以求提出學術史層面的解釋。

以上三種方法的結合使用，既考慮到《韓詩》研究這一課題自身所蘊含的複雜要素，亦照顧了其所關涉的衆多學科，其間曲折，必須以專題研究的形式才能賅括。故本書將力求兼顧《韓詩》學派的文獻信息、文學特色及史學影響，就《韓詩》的多元面相加以客觀呈現。

---

① 劉師培：《近代漢學變遷論》，《劉師培辛亥前文選》，中西書局2012年版，第152—153頁。

四　本書的框架

本書由三部分構成：導論、正文及結語。導論主要介紹《韓詩》研究的題旨及意義，並對自宋至今的《韓詩》研究進行了梳理與評述；結語則著重歸納由《韓詩》的文獻學、文學及史學研究所發展出的新解釋。在導論與結語之間，正文分爲四章，前三章解決與文本相關的文獻、文學問題，末章解決文本之外的《韓詩》學術史問題。

第一章《〈韓詩〉著述考》，主要對《韓詩》著作的文獻問題，如書志著錄、存佚情况、性質問題、亡佚時間等進行介紹與考證，以明《韓詩》之學術源流；同時，對學術界此前的《韓詩》佚著輯本情况及《韓詩外傳》校注評等成就作出評議。

第二章《〈韓詩〉佚文考》，主要就《韓詩經》《韓詩內傳》《韓詩外傳》《韓詩説》《韓詩翼要》《韓詩章句》等著作的佚文進行重新輯錄。對於可藉助古籍互證而確定具體歸屬的《韓詩》佚文，均先考後輯。本章將對《玉篇殘卷》《經典釋文》《一切經音義》這三部載錄大量《韓詩》遺説的典籍予以特別考察，力證這些遺説均爲《韓詩章句》之文，從而極大擴充《章句》一書的佚文數量。

第三章《〈韓詩〉文體與闡釋考》，主要分爲兩個大的板塊展開研究：第一，對《韓詩》著作的文體問題進行探析，如"傳"體的本質特徵，《韓詩內傳》的性質問題，《韓詩內傳》與《韓詩外傳》在性質上的異同；並在此基礎上分析了《韓詩外傳》所具有的文學意味。同時，對於《韓詩章句》的文體特徵也給予新的解釋。第二，從《韓詩》文體特徵出發，探討推演類著作《韓詩內傳》《韓詩外傳》文學意味產生的根本原因，對訓詁類著作《韓詩章句》闡釋《詩經》的特色做出分析，揭出《韓詩》著作所特有的闡釋風格。

第四章《〈韓詩〉流傳考》，在整合前人成果和新見材料的基礎上，重構傳習《韓詩》的學者譜系，進而總結《韓詩》傳承史的若干面相。同時，對《韓詩》遺説在日本的流傳也作出介紹，解析《韓詩》遺説由日本回傳中土的"倒流"意義①。

---

① "倒流"是季羨林（1911—2009）先生分析中國與印度佛教關係史時提出的概念，在其《佛教的倒流》中得到了異常深邃的闡解，見《佛教十五題》第 15 題，中華書局 2007 年版，第 231—261 頁。從文獻學的視角來看，"倒流"又包含了張伯偉《新材料·新問題·新方法》所謂書籍的"環流（circulation）"："它包含了書籍本身在傳播中的多向循環，書籍内容的閱讀、接受並反映的互動，以及由此引發的觀念和文化立場的變遷"，"而援入'環流'的概念，透過閱讀的環節，考察觀念和文化的變遷，就會發現，'一切文化的歷史都是文化借鑒的歷史'。"見《東亞漢文學研究的方法與實踐》導言，中華書局 2017 年版，第 9、16—17 頁。

第 一 章

《韓詩》著述考

《史記·儒林列傳·韓生》是至今可見的最早記録韓嬰生平的文字：

> 韓生者，燕人也。孝文帝時爲博士，景帝時爲常山王太傅。韓生推《詩》之意而爲《内》《外》傳數萬言，其語頗與齊魯間殊，然其歸一也。淮南賁生受之。自是之後，而燕趙間言《詩》者由韓生。韓生孫商爲今上博士。①

這段傳記過於簡略，以至於連傳主的生平事蹟都未及一言，康有爲（1858—1927）據"孝文帝時爲博士"之語，逆推韓嬰爲"先秦之遺老，去七十子淵源不遠"②，聊備一説而已③。但值得注意的是，《史記》對於韓嬰的學術生成及影響介紹得已具規模，據此可知其《詩》學撰述與特點，而尤應注意的是"燕趙間言《詩》者由韓

---

① 《史記》卷 121，中華書局 1982 年版，第 3124 頁。
② 康有爲：《新學僞經考》第 3 上，中華書局 1956 年版，第 61 頁。
③ 《漢書·儒林傳·韓嬰》云："武帝時，嬰嘗與董仲舒論於上前，其人精悍，處事分明，仲舒不能難也。"王永祥定此事在漢武帝元朔三年（前 126）前後，見《董仲舒評傳》附録，南京大學出版社 2011 年版，第 416 頁。若韓嬰果爲康有爲所説的"先秦之遺老"，此時已一百歲左右，這一可能顯然不大。

生"一語，這足以説明由韓嬰開創的《詩》學在其發軔之地已具備承流接響的格局。嗣後，韓嬰及其後學以各具面目的豐富著述，爲《韓詩》學派構築了體系完備的文本基礎①，也爲今天重尋《韓詩》歷程提供了最基本的綫索。故《韓詩》研究，當以考證著述爲始。

但《韓詩》著述的原本多數已亡佚的事實，迫使考證工作不能以考察原本爲終點，還需要對後世產生的諸多《韓詩》輯本進行探討。因爲在多數原本已告消亡的背景下，只有輯本尚能恢復其部分面貌。從這個意義上看，《韓詩》輯本可視爲重新編排的部分原本，仍可劃歸《韓詩》著作的領域。同時，傳世的《韓詩外傳》也在後世產生了衆多的校注譯本，這些內容極大地豐富了原書的含量，亦應以專題形式加以介紹。基於上述認識，本章將劃分爲三個章節：第一節乃就《韓詩》學派著作之原本（凡15部）進行總論，第二、三節則分就《韓詩》學派已佚著作之輯本（凡25部）和傳世著作《韓詩外傳》之校注評譯本（凡33部）進行分論，藉以更微觀地呈現第一節諸著作在後世的輯錄和校注評譯情況，從而對《韓詩》著述的相關內容予以盡可能豐富的抉示。但由於大多數史料殘削向盡，故部分著述已無從給予詳實的考索，只能就現有資料述其大概。

第一節　《韓詩》著述叙錄

《韓詩》學派著述繁多，涵蓋的類型也十分豐富。見於《漢書·藝文志》《隋書·經籍志》等正史志文記載的《韓詩》著作即有九種之多，除此之外，其他文獻資料所記《韓詩》著作又有六種。本節依據著錄來源的不同，對正史藝文、經籍志記載的《韓詩》著

---

① 王承略先生曾指出："《韓詩》釋經體系今可考知者有'故''內傳''外傳''説''章句''通議''微''譜''詩緯'等，在東漢四家《詩》中最稱完備。"見《四家〈詩〉在漢代不同的學術地位和歷史命運》，《儒家典籍與思想研究》第3輯，北京大學出版社2011年，第57頁。

作及載於其他典籍的《韓詩》著作進行介紹。

一　正史藝文、經籍志所見《韓詩》著述

最早對《韓詩》著述進行系統記錄的是班固的《漢書·藝文志》，該志共收錄了四部撰於西漢的《韓詩》著作，此後《隋書·經籍志》亦著錄了《韓詩》學派著作，與《漢書》所錄各有異同，大致反映了《韓詩》著作在漢隋之間的消長。《宋史》以下的正史藝文、經籍志則大多僅著錄《韓詩外傳》，這是由於其他《韓詩》著述至遲於宋代已告消亡，書闕有間，無從載錄。茲就正史藝文、經籍志所錄《韓詩》著述九種加以介紹，以明其學術源流。

（一）《韓故》三十六卷，撰者不詳

按：見《漢書·藝文志》。顏師古（581—645）無注，王先謙《漢書補注》云："此韓嬰自爲本經訓故，以別於《內》《外傳》者，故志首列之。或以爲弟子作，非也。"① 這是目前僅見的一條涉及《韓故》的注解，惜猶河漢之言，全不可憑。茲詳辨其蹖駁於下：

首先，史文並沒有韓嬰撰《韓故》的記載。《藝文志》云："漢興，魯申公爲《詩》訓故，而齊轅固、燕韓生皆爲之傳。"② 很顯然，在漢初《詩經》研究中，申公有訓故而無傳，轅固、韓嬰有傳而無訓故。這一事實，也可以得到另外兩部漢代信史的印證：《史記·儒林列傳》記"申公獨以《詩》經爲訓以教"，言訓而不言傳；同文記韓嬰"推《詩》之意而爲《內》《外傳》數萬言"③，荀悦（148—209）《漢紀·孝成皇帝紀》記轅固"亦作詩《外》《內》傳"④，則言傳而不言故。馬、班、荀與韓嬰同處漢代，竟無一家記載韓嬰爲《詩》作故，則以《韓故》爲韓嬰所撰，顯然缺乏強大的史

---

① 王先謙：《漢書補注》本志卷10，上海古籍出版社2008年版，第2915頁。
② 《漢書》卷30，中華書局1962年版，第1708頁。
③ 《史記》卷121，中華書局1982年版，第3124頁。
④ 荀悦：《漢紀》卷25，中華書局2017年版，第435頁。

料支撑。遲至《隋書·經籍志》，對於漢代《詩》學的記載仍是："漢初，有魯人申公，受《詩》於浮丘伯，作詁訓，是爲《魯詩》。齊人轅固生亦傳《詩》，是爲《齊詩》。燕人韓嬰亦傳《詩》，是爲《韓詩》。終于後漢，三家並立。"① 仍是申公有詁訓而無傳，轅固、韓嬰有傳而無故。韓嬰未爲《詩》作故，在此處得到了再一次的印證。

其次，王先謙將《藝文志》列《韓故》爲《韓詩》著作之首（所謂"志首列之"）的原因歸結爲此書係《韓詩》學派創始人韓嬰所撰（所謂"韓嬰自爲本經訓故"）。事實上，這是因不諳《藝文志》體例而造成的誤判。細考該志對於《詩經》文獻的著録，均按先"故"後"傳"之序。如《魯詩》學派首部著作爲《魯故》，《齊詩》學派著作則依次爲《齊后氏故》《齊孫氏故》《齊后氏傳》《齊孫氏傳》。《韓詩》學派先列《韓故》而後列《韓内傳》《韓外傳》，亦是遵循先"故"後"傳"的體例。換言之，《韓故》得以"首列"，係因其體爲"故"，與其是否爲《韓詩》創始者韓嬰所撰毫無關聯。只要認清了這一事實，便可知《藝文志》將《韓故》列爲《韓詩》著作之首，不代表其爲韓嬰所撰，猶該志將《齊后氏故》（后倉撰）列爲《齊詩》著作之首，不代表其爲《齊詩》創始者轅固所撰。

由此可見，王先謙以《韓故》爲韓嬰所撰之見，既罔顧漢代史書所提供的默證，又昧於《藝文志》的著録體例，其論難以成立。

《韓故》既非韓嬰所作，則其作者又係何人？對於這一問題，由於史料貧乏②，尚無從提出確切的答案。但較爲合理的推測，是此書

---

① 《隋書》卷32，中華書局1973年版，第918頁。
② 班固在《漢書·藝文志序》中介紹了西漢目録學的發展歷程，表彰了劉向校書之後"條其篇目，撮其指意"及向子歆"總群書而奏其《七略》"的歷史，見《漢書》卷30，中華書局1962年版，第1701頁。可惜班固在此基礎上撰寫《藝文志》時删去了劉向父子爲群書所作的叙録，所謂"今删其要，以備篇籍"，這雖收到簡潔易曉之效，却造成其所收録典籍相關信息的佚失。《韓故》以及下文將提到的《韓説》都因班固"删其要"而喪失了基本信息。有關《藝文志》與《七略》的關係，可參見王錦民《古典目録與國學源流》第3章，中華書局2012年版，第47—51頁。這一部分不僅綜述了王重民先生對該問題的看法，還對王説有所修正，足供參稽。

當成於韓嬰後學之手。因韓嬰係《韓詩》學派的開山祖師，然僅作"傳"而未有"故"，則"故"之作者顯應從韓嬰以後推求①。這種情形類似於《齊詩》創自轅固，而"故"則成於其後學后氏、孫氏之手。需加注意的是，《藝文志》明確著錄了爲《齊詩》作"故"之人（后氏、孫氏），而對於爲《魯詩》《韓詩》作"故"者却未及一字，僅題《魯故》《韓故》而已。何以會呈現出這種著錄差異？究其緣由，當因《魯詩》《韓詩》學派僅有一部"故"傳世，不題具體姓氏亦不致混淆，而《齊詩》則既有后氏之"故"，又有孫氏之"故"，若不題具體姓氏，則無從區別。《藝文志》的這一體例，在著錄《論語》"說"類著作時亦可得到充分印證：《齊論語》之"說"僅《齊說》一部，不題撰者姓氏；《魯論語》之"說"則有《魯夏侯說》《魯安昌侯說》《魯王駿說》三部②。很顯然，這種著錄體例不利於考證那些不題撰人的著作的撰者問題。《魯故》幸有《藝文志》所記"魯申公爲《詩》訓故"之語，可知其撰者爲申公；《齊說》亦可由《漢書·藝文志》及《王吉傳》，而定其撰者爲王吉③；但《韓故》則缺乏此類旁證，遂導致其撰者至今仍湮滅無考。

  《韓故》大抵是《韓詩》學派亡佚最早的著作。從書志著錄看，《隋書·經籍志》"比較完全地著錄了隋代現實藏書，也反映了梁代以前圖書流傳的情況"④，而《韓故》並未得到該志著錄，可見此書

---

  ① 沈欽韓（1775—1831）爲《藝文志》作疏證時，即在"《韓故》"條下注明："傳云：淮南賁生受之。後有王、食、長孫之學。"見《漢書藝文志疏證》卷1，王承略、劉心明主編：《二十五史經籍藝文志考補萃編》，清華大學出版社2011年版，第2卷，第23頁。顯然認爲《韓故》出自韓嬰後學之手，但其隨後又引《後漢書·薛漢傳》，則有失察之嫌，因薛漢所撰係《韓詩章句》，並非《韓故》。
  ② 《漢書》卷30，中華書局1962年版，第1716頁。
  ③ 參見王先謙注："下云傳《齊論》者，惟王吉名家。《吉傳》云'王陽説《論語》'，此即《齊説》也。"見《漢書補注》本志卷10，上海古籍出版社2008年版，第2937頁。
  ④ 王重民：《中國目錄學史論叢》第3章第2節，中華書局1984年版，第89頁。

在梁、隋之間已寂寂無聞①。從後世接受看，《韓故》的影響也微乎其微，最顯而易見的事實，是自漢至宋尚未見到一條可靠的明確引用《韓故》的材料，這與《韓詩內傳》《韓詩章句》等佚著得到後世學者多次徵引的情形顯然不能同日而語。若非《韓故》亡佚甚早，在宋前文獻中，當不致渺無蹤迹。部分學者曾將後世所引的帶有訓詁性質的《韓詩》遺說視爲《韓故》佚文②，這一認識顯有悖於書志著錄與後世接受的實情，同時也忽略了此類遺說源自《韓詩章句》的可能性。此外，《四庫全書總目·韓詩外傳》謂："惟《韓故》二十二卷，《新唐書》尚著錄。"③這與《新唐書》的記載並不脗合。考《新唐書·藝文志》僅謂："《韓詩》，卜商序，韓嬰注，二十二卷。"④並未言這二十二卷《韓詩》便是《韓故》。事實上，《新唐書》將其錄爲"韓嬰注"是不正確的，因爲給《韓詩經》作二十二卷注釋的並非韓嬰，而是東漢學者薛方丘、薛漢父子，亦即《隋書·經籍志》著錄的"《韓詩》二十二卷，薛氏章句"⑤。興膳宏《隋書經籍志詳攷》在此條後附入《新唐書》所錄二十二卷《韓詩》⑥，即説明這兩個版本源自同一系統。換言之，《新唐書》所錄二十二卷《韓詩》實爲薛氏章句。

---

① 當然，未得到《隋書·經籍志》著錄的圖籍，不代表其在隋代已亡佚。如《韓詩內傳》亦不見於《經籍志》，但此書至唐代猶存，不少學者徵引其文便是明證。但未列入《隋書·經籍志》的著作，至少可證明其在當時的影響已相當微弱。

② 例如馬國翰《玉函山房輯佚書·韓詩故》主要資料來源便是《經典釋文》所引《韓詩》遺説，實則這些材料均爲《韓詩章句》之文，並非《韓故》（詳後）；再如楊樹達《〈韓詩內傳〉未亡説》亦謂："然則陳氏（筆者按：指陳壽祺及其子喬樅）等所采《韓詩》之故訓當何屬？曰：《藝文志》不載有《韓故》三十六卷乎！此則韓本經之訓故也。"見《積微居小學金石論叢》卷5，上海古籍出版社2014年版，第218頁。"韓本經之訓故"云云，顯襲自王先謙"韓嬰自爲本經訓故"之説。

③ 永瑢等：《四庫全書總目》卷16，中華書局1965年影印清刻本，第136頁。

④ 《新唐書》卷57，中華書局1975年版，第1429頁。

⑤ 《隋書》卷32，中華書局1973年版，第915頁。

⑥ 興膳宏、川合康三：《隋書經籍志詳攷》第1節，東京汲古書院1995年版，第74頁。

《韓故》雖亡佚甚早，但仍可借相關古注以考其大概。《藝文志》著錄《魯故》二十五卷，顏師古注云："故者，通其指義也，它皆類此。"① 由"它皆類此"之語，可知《藝文志》後文所錄《齊后氏故》《齊孫氏故》《韓故》亦爲"通其指義"之書，唐人去古未遠，這一判斷當合於實情。張舜徽（1911—1992）對此略有闡解："但疏通其文義者，其原出於《爾雅》，其書則謂之故，或謂之訓。《漢志》著錄三家詩説各有《故》數十卷，字亦作詁，蓋可兩行。高誘注《淮南》，即命之曰訓，故與訓義例略同。"② 據此，則《韓故》係疏通《韓詩經》文義的訓詁著作。惜其文已煙消雲散，無從輯録。

（二）《韓内傳》四卷，韓嬰撰

按：見《漢書·藝文志》。書亦稱《韓詩內傳》，與《韓詩外傳》均係韓嬰"推《詩》之意而爲"，這在上引《史記·儒林列傳·韓生》中已有明確說明。但圍繞《韓内傳》的存佚情況，學術界曾有過爭議。兹述其始末，並詳考於下。

所謂"存佚情況"，涉及的是《韓詩内傳》是否亡佚的問題。對此，學術界呈現出兩種截然不同的看法。在清人沈家本（1840—1913）之前，學界普遍接受的看法是《内傳》已亡説；至沈氏《〈世説〉注所引書目·經部》出，則創爲《内傳》未亡説，其辭曰："《内傳》則與《外傳》並爲一編，故其卷適與《漢志》同，非無《内傳》也。"③ 其後楊樹達於1920年撰《〈韓詩內傳〉未亡説》，亦持《内傳》"在今本《韓詩外傳》中"之説④，此意在楊氏

---

① 《漢書》卷30，中華書局1962年版，第1708頁。
② 張舜徽：《漢書藝文志通釋》第2節，湖北教育出版社1990年版，第34頁。
③ 沈家本：《古書目四種》卷3，《沈寄簃先生遺書》，中國書店1990年影印民國刊本，第206頁。
④ 楊樹達：《積微居小學金石論叢》卷5，上海古籍出版社2014年版，第217—218頁。

1955年出版的《漢書窺管》中得到了重申①，核心論點與沈家本全同。然楊説影響之大，則遠非沈説所能及，一時學人雲集景從，如金德建（1909—1996）、徐復觀、張舜徽等學者，均將這一新説的發軔之功歸於楊氏，且對楊説進行了多種補證。直至屈守元《韓詩外傳箋疏》出版，始考出楊説之源實自沈家本而來，但由於楊氏"承襲沈説，而隻字不提沈家本"，故屈守元以"剿襲"定義楊説②。楊樹達是否剿襲沈説，這是另外一個問題，此處並無探討之必要。但沈、楊二人均主《内傳》未亡説，則是再明顯不過的事實。今討論《内傳》的存佚情況，必須對沈家本以來的未亡説做出回應。鑒於筆者有限的學識，兹將目力所及的該派主要論據介紹如下：

  《内傳》則與《外傳》並爲一編，故其卷適與《漢志》同，非無《内傳》也。（沈家本《〈世説〉注所引書目·經部》）

  夫《關雎》者，《詩》之首章也，而子夏者，又孔門弟子傳《詩》之本師也。以孔子與子夏論《關雎》之醉，韓太傅自當裒然列於全書之首。而今本《外傳》竟列於第五卷之首章者，何也？則以今本之卷數次第並非太傅之舊也。今本《外傳》之前四卷者，本太傅之《内傳》也。今本《外傳》之後六卷者，本太傅之《外傳》也。論《關雎》一章，太傅本列於《外傳》第一章之首者也。隋以前人合兩傳而一之，先内而後外，故此章退居於第五卷也。（楊樹達《〈韓詩内傳〉未亡説》）

  不但從《隋志》所稱"《外傳》十卷"上面，才可以徵見隋代稍前的時候《内傳》是併合在《外傳》裏面而已。《漢志》著録的所以會分列《内傳》與《外傳》二書，大約也只不過照

---

① 楊樹達：《漢書窺管》卷3，上海古籍出版社2013年版，第207—208頁。
② 屈守元：《韓詩外傳箋疏》附録三，巴蜀書社1996年版，第1022頁。

劉歆、班固的個人意見，勉強如此劃分，當做兩書罷了。其實試看《史記·儒林傳》裏，早就明明説是"《内外傳》數萬言"（《漢書·儒林傳》同），語氣之間，這部書名既能叫做"《内外傳》"的稱法，必定就是一種把《内傳》和《外傳》併在一起的書，還有什麼疑義呢！①（金德建《〈韓詩内外傳〉的流傳及其淵源》）

古之書籍，在未有雕版印刷之前，皆由手寫。鈔書者每喜取一人之書，合鈔並存，彙爲一編，此乃常有之事。鈔《韓詩内、外傳》者，併成一籍，不足怪也。合鈔既成，以《外傳》多二卷，取其多者爲大名，故總題《韓詩外傳》耳。《内》《外傳》既合而爲一，顧猶可考見其異。《内傳》四卷在前，每章文辭簡短。《外傳》六卷在後，則長篇爲多，斯亦不同之明徵也。②（張舜徽《漢書藝文志通釋》）

以上四則論據，顯示了《内傳》未亡説從立論到增益的歷程，從而影響了此後學界對《内傳》存佚情況的觀感，其影響業已漂洋過海，浸潤他邦。如名震寰宇的海陶瑋（James R. Hightower，1915—2006）在1948年曾以英文譯注了《〈韓詩内傳〉未亡説》③，使楊文化身千萬，爲人熟知；其後，日本學者西村富美子結合海陶瑋對楊文的譯介，亦做出"《内傳》四卷未必没有混入《外傳》"的猜測④。此二人分屬哈佛大學和京都大學，很顯然，未亡説在這兩座海外漢學重鎮已獲重視與認同，不可等閒視之。時至近年，香港學界

---

① 金德建：《〈韓詩内外傳〉的流傳及其淵源》，《新中華（復刊）》1948年第7期，第47頁。
② 張舜徽：《漢書藝文志通釋》第2節，湖北教育出版社1990年版，第34頁。
③ James R. Hightower. "The Han-shih wai-chuan and the San chia shih", Appendix 2.2, *Harvard Journal of Asiatic Studies*, Vol. 11, No. 3/4 (1948), pp. 286–290.
④ 西村富美子：《韓詩外伝の一考察——説話を主體とする詩伝の持つ意義》，《中國文學報》第19册，1964年，第4頁。

仍不乏支持未亡説的學者①，足見其影響之深遠。現結合相關材料，對上引該派之四則論據逐一進行討論，看看有無成立的可能：

（1）《漢書·藝文志》所記《韓内傳》四卷與《韓外傳》六卷疊加恰爲十卷，與《隋書·經籍志》所記《韓詩外傳》卷數相合，這是《内傳》未亡説最能打動人心的論點，也是該派立説的終極依據。但《外傳》由六卷衍爲十卷，僅可證今本確非漢時之舊，却並不代表多產生的四卷便爲《内傳》。《四庫全書總目·韓詩外傳》云："自《隋志》以後，即較《漢志》多四卷，蓋後人所分也。"②便將十卷本視爲對六卷本的重新劃分。不過這一劃分似乎並不合理，而且產生了不少錯訛，所以北宋李用章刊刻此書前，曾蒙文彥博"改正三千餘字"③。但上述情形恰好證明了宋人所見《外傳》並未經過用心嚴謹的編輯，其紊亂與錯訛更像是貿然分割六卷本所留下的印迹；若果爲四卷《内傳》與六卷《外傳》之有序疊合，其面貌當朗若列眉，而非含混不明。

（2）楊樹達《漢書窺管·藝文志》曾重申這一論斷："今本《外傳》第五卷首章……實爲原本《外傳》首卷之首章。"但具體説明則先發之於上引《〈韓詩内傳〉未亡説》。由"《關雎》者，《詩》之首章"一語，可知楊氏立説的依據爲下述預設：《外傳》係據《詩經》篇目順序編排。按此説實不能成立。考今本《外傳》引《關雎》者有二，一爲楊氏所揭卷五首章，一爲卷一第十六章④，二者分别照應楊氏所定《外傳》卷一與《内傳》卷一。現在要追問的是，在"原本"《外傳》中被"褎然列於全書之首"的《關雎》，

---

① 例如何廣棪對於陳振孫在《直齋書録解題》發出的《韓詩外傳》"卷多於舊"的疑惑，便引録了楊樹達、張舜徽之説，謂："觀楊、張二氏所論，足證《内傳》未亡，乃在《外傳》之中；故今之《外傳》'卷多於舊'，殊不足怪。"見《陳振孫之經學及其〈直齋書録解題〉經録考證》，潘美月、杜潔祥主編：《古典文獻研究輯刊》二編，臺北花木蘭文化出版社2006年版，第4册，第205頁。
② 永瑢等：《四庫全書總目》卷16，中華書局1965年影印清刻本，第136頁。
③ 洪邁：《容齋續筆》卷8，《容齋隨筆》，中華書局2005年版，第313頁。
④ 許維遹：《韓詩外傳集釋》卷1，中華書局1980年版，第15—16頁。

爲何在"《内傳》"却被放置於首卷之中後段？很明顯，《關雎》在"《内傳》"卷一的位置，已對楊說構成嚴峻的挑戰，因其證明了韓嬰對《關雎》位置的安排並無特別的深意（至少就今本呈現的面貌而言），自然也無法作爲劃分韓嬰原書卷次的依據。可見分析到最後，楊說已無法解答由其内部邏輯所推出的新問題。徐復觀曾謂楊說"以卷五首言《關雎》，以作此是原《外傳》首卷之證，則不必如此拘泥；蓋卷一乃首引《召南·采蘩》；而全書引《詩》，並未按《詩》的先後次序"①，結合上論《關雎》之例，益可見楊說之不確。

（3）金德建將《史記·儒林列傳》"《内、外傳》數萬言"中"内"與"外"之間的頓號點破，連讀爲《内外傳》，用以支持《内傳》《外傳》在司馬遷時代便已合併爲《韓詩内外傳》的論點。按此說雖新，但實難成立。《漢書·藝文志》分列《内傳》與《外傳》，則顯然二書在漢時並未合併，故可推知《漢書·儒林傳》所記韓嬰"作《内》《外傳》數萬言"之"内、外傳"必爲兩書，而此節鈔自《史記·儒林傳》，故知《史記》之"内、外傳"亦指兩書，金氏斷句有誤。而面對《藝文志》分列二書這一强證，金先生視爲"不過照劉歆、班固的個人意見，勉强如此劃分，當做兩書罷了"，實有唐突先哲之嫌，故須略加申述。考《藝文志》所錄書目，凡漢時已由多篇合併者始著錄爲一書，如王應麟記《莊子》本有"《内篇》七，《外篇》三十八，《雜篇》十四，《解說》三"②，但漢時這四部分已合併爲一，故《藝文志·諸子略》僅著錄《莊子》五十二篇，而不再析爲四書。相反，漢時未合併的書籍，即便同出一家，《藝文志》亦分別著錄，如《諸子略》存錄《淮南内》二十一篇、《淮南外》三十三篇③。同出《諸子略》，漢時已併而爲一的

---

① 徐復觀：《〈韓詩外傳〉的研究》，《兩漢思想史》第3册，九州出版社2014年版，第10頁。按：徐氏言"卷一乃首引《召南·采蘩》"有誤，今本卷一首章引詩係出自《召南·小星》："夙夜在公，實命不同。"
② 王應麟：《漢藝文志考證》卷6，中華書局2011年版，第220頁。
③ 《漢書》卷30，中華書局1962年版，第1741頁。

《莊子》諸篇僅錄總名，而未合併的《淮南子》則分錄内、外，於此可見《藝文志》著錄體例之嚴謹，遠非金先生"勉强如此劃分"云云所能磨滅。同理類推，《藝文志》既將《内傳》《外傳》分別著錄，則漢時並無二書之合併本，亦是再清楚不過的事實。此外，漢代《白虎通》《風俗通》等書均明確引用《韓詩内傳》，漢儒劉寬則"尤明《韓詩外傳》"①，可見漢人對《内傳》《外傳》之分相當明確，此亦二書別行於漢時之輔證。

(4) 張舜徽先生論據較密集，須分三條探討。第一，張氏謂雕版印刷之前"鈔書者每喜取一人之書，合鈔並存"，此論有可取之處。但這僅是錄存古書的途徑之一，絶不能涵蓋所有古籍的鈔錄方式。若按張氏之論，則上舉《淮南子》之内、外篇亦屬典型的"一人之書"，但二書別行，並未被"合鈔並存"，這足以打破張氏立説的有效性。就《内傳》《外傳》而言，目前尚無一條能够證明二書被合併的强證。相反，上文所引文獻記載均指向二書別行的實情，有客觀依據的支撑，而無論金氏還是張氏所持的二書合併説，則均出自主觀肊斷，可靠性並不高。第二，張氏謂"合鈔既成，以《外傳》多二卷，取其多者爲大名，故總題《韓詩外傳》"亦缺乏依據。上文引《莊子》五十二篇包含《内篇》七、《外篇》二十八、《雜篇》十四及《解説》三，若依張氏"取其多者爲大名"之説，則應以篇數最多的《外篇》題其總名，而《藝文志》所錄却爲《莊子》，而非《莊子外篇》，此足證張氏以篇數多寡來確定書題亦爲臆斷，不足取信。第三，張氏謂"《内傳》四卷在前，每章文辭簡短。《外傳》六卷在後，則長篇爲多"，實際也是在"合鈔既成"這一假説先入爲主的影響下所發的誤判。兹以少於 100 字者爲"文辭簡短"者，以多於 300 字者爲"長篇"，以許維遹《韓詩外傳集釋》爲據，就《外傳》每卷所含短篇及長篇數目統計如下：

---

① 《後漢書》卷 25《劉寬傳》李賢注引謝承《後漢書》，中華書局 1965 年版，第 886 頁。

	卷一	卷二	卷三	卷四	卷五	卷六	卷七	卷八	卷九	卷十
短篇	9	7	10	14	13	4	3	16	5	2
長篇	1	2	5	5	3	4	3	4	1	3

從上表中可以看出長短篇在《外傳》各卷的分佈並無一定規律，前四卷不乏"長篇"者，如卷三、四；後六卷亦不乏"文辭簡短者"，如卷五、八。這兩部分並未呈現出張先生所歸納的特點，故張説不足爲據。

以上對《内傳》未亡説的主要理據進行了逐條探討，可知該派學者之立論皆出自主觀臆測，細析其論，則或難以自圓其説，或與史料記載扞格，終無法化身爲有效觀點。而除此之外，《内傳》未亡説還面對一個無法圓滿解釋的根本問題，即古籍所引《韓詩内傳》之文，無一條見於今本《外傳》，這是《内傳》未併入今本《外傳》的鐵證。屈守元云："**前人引《内傳》，早者如《白虎通》，其文皆不在今本《外傳》之中。唐人《群書治要》所引《外傳》，無一條爲《内傳》之文混入者，是隋唐時代，《内傳》《外傳》固各自爲書也。**"① 此論打破後壁，揭出了《内傳》未亡説最爲致命的罅漏。

綜上所述，《内傳》未亡説係一無法成立的假説。《韓内傳》亡佚已久，這是關於該書存佚狀態的定讞。

至於《韓内傳》具體的亡佚時代，仍可借助古籍徵引情況加以考察。劉毓慶曾謂："《韓詩内傳》至宋已亡，《太平御覽》等書曾引及之。"② 就目前掌握的文獻而言，這一判斷當無太大問題。不過對於《太平御覽》所引《韓内傳》，仍需分析其來源，即究竟是編者親自讀到了《韓内傳》，還是轉引自前代文獻？《太平御覽》所引《韓内傳》佚文凡兩條③，均不見於其他文獻，似乎可以説明其爲編

---

① 屈守元：《韓詩外傳箋疏》附録三，巴蜀書社1996年版，第1023頁。
② 劉毓慶：《歷代詩經著述考（先秦—元代）》，中華書局2002年版，第41頁。
③ 《太平御覽》卷83、831，中華書局1960年重印涵芬樓影印宋本，第389、3707頁。

者親自閱讀所得。但據日本學者森鹿三（1906—1980）精細的文獻考證，可知《太平御覽》係據今已亡佚的北齊類書《修文殿御覽》增編而成①，這一結論得到了飯田瑞穗（1933—1991）的肯定與補證②。根據這一發現，則《太平御覽》所引《韓詩傳》顯然存在轉引自《修文殿御覽》的可能。所以將《太平御覽》作爲判定《韓内傳》亡佚時間的依據，仍有可商之處。

事實上，宋初陳彭年（961—1017）主編的《廣韻》提供了一條比《太平御覽》更有説服力的證據，可證《韓内傳》在宋初確有流傳。該書卷五"鶻"條云：

> 鶬鶻。《韓詩》云：孔子渡江見之，異，衆莫能名。孔子嘗聞河上人歌曰："鶻兮鵬兮，逆毛衰兮，一身九尾長兮。"鵬鶻也。③

雖僅言《韓詩》，但實可斷定爲《韓内傳》。因《大戴禮記·易本命》："齕吞者八竅而卵生。"盧辯（？—557）注云：

---

① 森鹿三：《修文殿御覽について》，《本草學研究》，大阪杏雨書屋1999年版，第276—305頁。森氏對於《修文殿御覽》的研究頗有成就，具體評述可參看勝村哲也：《〈修文殿御覽〉卷第三百一香部の復元—森鹿三氏〈修文殿御覽について〉を手掛りとして》，《日本仏教学会年報》第38號，1972年，第153—176頁。由於《修文殿御覽》在中日古籍中得到了部分徵引，所以兩國學者均對其佚文進行過輯録與研究，具體綜述可參看劉安志：《〈華林遍略〉乎？〈修文殿御覽〉乎？——敦煌寫本P.2526號新探》，《新資料與中古文史論稿》，上海古籍出版社2014年版，第227—265頁。《修文殿御覽》目前的最佳輯本當數劉安志的《〈修文殿御覽〉佚文輯校》，前引書，第291—317頁。

② 飯田瑞穗：《〈秘府略〉に關する考察》，《中國古籍の研究》中冊，《飯田瑞穗著作集》，東京吉川弘文館2000年版，第3卷，第161—199頁。

③ 陳彭年：《鉅宋廣韻》卷5，上海古籍出版社1983年影印宋乾道五年（1169）建寧府黃三八郎書鋪刊本，第394頁。清人張士俊澤存堂所刻《宋本廣韻》與此略異："鶻兮鵬兮"作"鶻兮鵬兮"，"鵬鶻也"作"鶬鶻也"。見周祖謨《廣韻校本》卷5，中華書局2004年版，第487—488頁。因《鉅宋廣韻》係影印宋刻本，文獻價值優於澤存堂本，故引文以《鉅宋廣韻》爲據。

鳥屬也。凡物之有異類者，《韓詩內傳》曰"鶬鴰胎生，孔子渡江見而異之"者乎？①

盧辯爲北周學者，其時《韓詩內傳》猶存，故其明確引錄了該書所載孔子渡江見鶬鴰而異之的故事，確然可信。《廣韻》所引《韓詩》正是這一材料，故可斷定其爲《韓詩內傳》之文。衆所周知，"《廣韻》之作乃據唐本《切韻》纂錄而成"②，則《廣韻》所引《韓詩》顯有源自《切韻》的可能。但這一推測是不成立的。因爲《切韻》雖佚，但敦煌出土了長孫訥言《切韻箋注》唐寫本殘卷，其中恰好保留了《切韻》"鴰"字條的信息，其文曰："鶬鴰，鳥名。"③ 並未引《韓詩內傳》。可見《廣韻》所引《韓詩》並非源自《切韻》，而是陳彭年對《切韻》進行增訂時所附④。如果抱定《廣韻》係據其他文獻轉引《韓詩》，那麽在排除了《切韻》的可能之後，目前只有一種可能存在：《廣韻》係從盧辯注轉引，因爲盧注是此前唯一引用過這則材料的文獻⑤。不過這一推測也不成立。因爲《廣韻》之文遠較盧注爲詳，顯然取自另一個更加完整的文本。那麽《廣韻》

---

① 孔廣森：《大戴禮記補注》卷13，中華書局2013年版，第250頁。引用時標點有修改。
② 周祖謨：《廣韻校本》序言，中華書局2004年版，第3頁。周有光（1906—2017）先生亦謂《廣韻》的"'廣'是擴充的意思，是對《切韻》的擴充"，見《語文閒談》，生活·讀書·新知三聯書店2008年版，第184頁。
③ 長孫訥言：《切韻箋注》卷5，張涌泉主編審訂：《敦煌經部文獻合集》，中華書局2008年版，第5冊，第2229頁。《廣韻》與《切韻》對於"鴰"的安置有分歧，《廣韻》歸入入聲"十三末"，《切韻》則歸入入聲"十三鎋"。
④ 這種增訂，熊桂芬稱爲"加訓"或"增訓"，詳見《從〈切韻〉到〈廣韻〉》第2章，商務印書館2015年版，第42—153頁。《廣韻》對《切韻》進行"加訓"的現象相當普遍，本書所揭"鴰"字條恰是一典型案例。
⑤ "唯一"是就盧注後半句（"孔子渡江見而異之"），亦即與《廣韻》所引《韓詩》相合的部分而言，在《廣韻》之前的文獻中，僅有盧注載錄了這一材料。盧注前半句（"鶬鴰胎生"）亦見《史記·司馬相如列傳》"雙鶬下"之正義："《韓詩外傳》云：胎生也。"《史記》卷117，中華書局1982年版，第3013頁。據盧注，可知《史記正義》所引《韓詩外傳》應作《韓詩內傳》。

是從何處得到的這條《韓詩內傳》呢？在轉引《切韻》和盧注的推測均被摧破之時，僅剩下一種較爲合理的解釋，即陳彭年曾閱讀過《韓詩內傳》，所以將這則故事詳細地抄入了《廣韻》中。如果這一推測大致不誤的話，則說明《韓詩內傳》在陳彭年所在的宋初仍未亡佚。但至北宋中期，歐陽脩《崇文總目叙釋》已言："《漢志》：'嬰書五十篇。'今但存其《外傳》。"① 據此，則《韓詩內傳》的亡佚時間可暫定爲《廣韻》成書之後、《崇文總目叙釋》成文之前。《廣韻》成書於宋真宗大中祥符元年（1008）②，《崇文總目叙釋》撰成於宋仁宗慶曆元年（1041）③，則定《內傳》大致亡佚於1008—1041年之間，雖不中亦必不遠。此後的文獻再未出現新的《內傳》佚文，即便偶有徵引此書文字，亦均係轉引自前代典籍，這一事實也爲上述推測提供了重要的旁證。

（三）《韓外傳》六卷，韓嬰撰

按：見《漢書·藝文志》。書亦稱《韓詩外傳》，係韓嬰"推《詩》之意而爲"，也是《韓詩》學派唯一傳至今日的著作。但今天所見的《韓外傳》與韓嬰所撰原本已有不同，清儒胡虔善曾言："《韓詩外傳》非漢時之舊，並非復唐宋之舊。"④ 便指出了《外傳》至少曾有漢本、唐宋本及今本三種面貌。茲就其語，略作分疏於下。

所謂"非漢時之舊"，是因爲《漢書·藝文志》所載《韓外傳》

---

① 《歐陽脩全集》卷124，中華書局2001年版，第1881頁。

② 王應麟詳細記載過《廣韻》的成書始末："景德四年十一月戊寅，崇文院上《校定切韻》五卷，依九經例頒行（原注：本陸法言撰）。祥符元年六月五日，改爲《大宋重修廣韻》。"見《玉海》卷45，廣陵書社2003年影印光緒九年（1883）浙江書局刊本，第847頁。可知《廣韻》撰於大中祥符元年。

③ 《崇文總目叙釋》是歐陽脩爲《崇文總目》撰寫的題解，故《崇文總目》定稿之時，《叙釋》必已完成。《崇文總目》成書於慶曆元年，當年十二月"己丑，翰林學士王堯臣等上新修《崇文總目》六十卷"，參見李燾撰《續資治通鑑長編》卷134，中華書局1992年版，第3206頁。由此可知，《叙釋》至遲已於慶曆元年撰成。

④ 胡虔善：《〈韓詩外傳校注〉序》，《新城伯子文集》卷3，《清代詩文集彙編》，上海古籍出版社2010年影印嘉慶四年（1799）井觀室刻本，第357冊，第74頁。

爲六卷，而至《隋書·經籍志》已成十卷，可見《韓外傳》的卷帙劃分至遲已完成於隋代，則隋代以降的《韓外傳》顯非漢時舊貌。六卷本何以會變成十卷本？前人對此有三種不同的看法。第一種認爲多出的四卷爲《韓內傳》。此説難以成立，上文所撰《韓內傳》之叙錄已加以辯析，兹不贅述。第二種認爲今本《韓外傳》有後人混入的內容，例如臧琳（1650—1713）曾言今本《外傳》"非韓氏原編，容有後人分竝，且以他書廁入者"①，這一看法實際已經取消了韓嬰對今本《外傳》著作權的專有，故鮮有贊成者。第三種則認爲十卷本係由後人劃分六卷本而成。這可以晁公武《郡齋讀書志·韓詩外傳》所謂"隋止存《外傳》，析爲十"之説爲代表。② 這一看法並非孤懸浮寄，而是有着廣泛的學術認同。例如盧文弨（1717—1795）《校本韓詩外傳序》即謂"《漢志》本六篇，《隋志》則析而爲十，非有所坿益也"③，顯然認爲十卷本與六卷本僅存在卷數上的"析"分關係，不存在內容上的"坿益"關係。持類似説法的尚有四庫館臣爲《韓詩外傳》所撰提要："自《隋志》以後，即較《漢志》多四卷，蓋後人所分也。"④ 張壽林（1907—？）⑤ 爲《韓詩外傳旁注評林》所撰提要亦謂："《漢書·藝文志》著錄《韓外傳》六卷，然自《隋志》以後，諸家著錄均較《漢志》多四卷，此後人所分也。"⑥ 均認

---

① 臧琳：《經義雜記》卷19，《續修四庫全書》，上海古籍出版社2002年影印武進臧氏拜經堂刻本，第172冊，第186頁。
② 晁公武撰，孫猛校證：《郡齋讀書志校證》卷2，上海古籍出版社1990年版，第64頁。
③ 盧文弨：《抱經堂文集》卷3，中華書局1990年版，第28頁。據題注，此文作於乾隆庚戌（1790）。
④ 永瑢等：《四庫全書總目》卷16，中華書局1965年影印清刻本，第136頁。
⑤ 張壽林的生平材料相當有限，目前可見的最爲詳細地描述其生平學術的論文是林慶彰：《民國被遺忘的經學家》，《政大中文學報》第21期，2014年，第26—28頁。文中引用了日本學者橋川時雄（1894—1982）《中國文化界名人圖鑑》所收張壽林小傳，可知其生於1907年，卒年不詳。
⑥ 張壽林：《〈韓詩外傳旁注評林〉提要》，中國科學院圖書館整理：《續修四庫全書總目提要·經部》，中華書局1993年版，第444頁。

爲十卷本係後人析分六卷本而成，内容上則無差别。由於唐宋時代的《韓外傳》早無完本傳世，故現已無從判斷其在内容上是否對漢時六卷本進行了"坿益"。但可以斷定的是，今本《韓外傳》與唐宋本必然存在内容上的不同，此即胡廣菩所謂"非唐宋之舊"。

之所以論定今本《韓外傳》"非唐宋之舊"，主要是因爲唐宋學者徵引的《韓外傳》與今本有着明顯的差異。具體而言，二者差異又可以分爲以下三個方面：

第一，文本不同。這種情況最直觀地體現在元後刻本與宋刻本《韓外傳》引《詩》的差異方面。清儒周宗柮《韓詩外傳校注拾遺跋》謂："比按《詩考》所載，韓與毛公異文者凡四十有八事，以諸刻校之，符同僅十許事而已。間如'自羊徂牛'之爲'來牛'，'勉勉我王，綱紀四方'之爲'亹亹文王'，則諸刻相承，猶沿宋舊；改韓從毛，實昉諸海虞毛氏汲古閣本竄易蹤指，居然可見。"①用字之别本是體現學派特徵的最基本要素，但在毛晉（1599—1659）手裏，却以《毛詩》爲據而盡改《韓詩》異文，直接抹殺了後者在用字方面的獨特之處，這種"改韓從毛"的誤改，自然造成"非唐宋之舊"的結果。而毛刻本在此後的學界相當流行，正所謂"自明以來，屢有鋟本，惟虞山毛氏較善"②，清代精於斠讎的學人將這類"改韓從毛"本與《詩考》所引宋刻本對校，自然要發出今本"非唐宋之舊"的慨歎了。所以龔橙（1817—1870）"校通津本（《外傳》），最注意於引毛改韓之謬"③，此舉頗見識力。

第二，篇章不同。如果今本《韓外傳》與唐宋本之别僅體現在用字方面，那麽尚可將這種差别歸因於校勘失誤，還不足以説明二

---

① 周宗柮：《〈韓詩外傳校注拾遺〉跋》，載周廷寀校注：《韓詩外傳校注拾遺》卷尾，國家圖書館藏乾隆五十六年（1791）周氏營道堂刻本。

② 趙懷玉：《校刻〈韓詩外傳〉序》，《亦有生齋文鈔》卷2，《續修四庫全書》，上海古籍出版社2002年影印遼寧省圖書館藏道光元年（1821）刻本，第1470册，第24頁。

③ 葉景葵：《卷盦書跋》，顧廷龍編，古典文學出版社1957年版，第8頁。

本存在本質差別。但若今本《韓外傳》與唐宋本在篇章內容方面呈現出顯著的區別，則可證實今本的確"非唐宋之舊"了，因爲這種區別絕非由簡單的校勘失誤造成，而是經歷過一定規模的內在結構調整。經歷了這類調整之後，今本《韓外傳》與唐宋本便呈現出篇章內容上的顯著差異。對此，梁章鉅（1775—1849）曾有細緻的觀察：

> 今本非唐宋之舊。書中未引詩詞者，凡二十八處①。又《文選注》所引孔子升泰山觀異姓而王者七十餘家及漢皋二女事，《漢書·王吉傳》注引曾子喪妻事。又曾慥《類説》卷三十八引東郭先生知宋將亡事，又閔子騫"母在一子寒，母去三子單"語，又顏回望見一疋練事，又孔子謂君子有三憂語，又"出則爲宗族患，入則爲鄉里憂，小人之行也"云云，凡五條，皆今本所無。則闕文脱簡，均所不免。汲古閣本尤多所竄改。②

周宗杭論今本"非唐宋之舊"，主要還是著眼於用字方面的區別。梁章鉅則已觀察到了二者更爲本質的差異，即篇章內容有所不同。引文雖有部分失考之處③，但拈出的"闕文脱簡"四字堪稱目光如炬，因爲這指出了唐宋本部分篇章在今本中的兩種命運：或全部佚失（即"今本所無"），或部分脱簡（即"書中未引詩詞"）。這一發現的確是判定今本《韓外傳》"非唐宋之舊"的鐵證。瀧川資言（1865—1946）考證《史記·儒林列傳·韓生》時亦指出："今存

---

① 梁氏謂今本未引詩者凡廿八處，與《四庫全書總目·韓詩外傳》所統計的數據相合。然據汪祚民統計，未引詩者實爲廿四處，見《〈韓詩外傳〉編排體例考》，《古籍研究》2001 年第 4 期，第 17 頁。

② 轉引自顧實：《漢書藝文志講疏》第 2 節，上海古籍出版社 2009 年版，第 37—38 頁。

③ 例如梁氏謂《類説》所引"孔子謂君子有三憂語"及"出則爲宗族患，入則爲鄉里憂，小人之行也"不見於今本，實則分別爲今本卷 1 第 19 章及卷 4 第 20 之文，見許維遹：《韓詩外傳集釋》，中華書局 1980 年版，第 18、149 頁。

《韓詩外傳》十卷，亦間有闕文脱簡。"① 再次印證了"闕文脱簡"在考察《韓詩外傳》版本源流方面的重要參考價值。值得注意的是，《外傳》的"闕文脱簡"不僅能够在唐宋古籍徵引的若干佚文中得到印證，還可以在石刻文獻中找到痕跡：清代馮雲鵬、馮雲鵷《金石索·石索》曾收録過一幀唐寫《韓詩外傳》殘石拓本②，所記乃孔子與採桑女子之事，此章爲今本所佚脱，自然亦屬"闕文"之列。

第三，篇次不同。前代文獻曾保留過有關唐宋《韓詩外傳》篇次的零星材料，可證其與今本不同。先論唐本篇次之舊。魏徵等人編纂的《群書治要》曾節録了《韓詩外傳》的若干篇章，在客觀上保留了該書在唐代的篇次信息。清人許瀚《韓詩外傳校議》曾就此書所録《韓詩外傳》與今本之別進行了精細的比較，發現今本卷三末章與卷五廿三章在唐本卷五中原係一章③，今本則割裂爲兩章，且分置於卷三與卷五中，可見唐本篇次與今本不同。次論宋本篇次之舊。洪邁《容齋續筆》記録了一條有關宋本篇次的珍貴信息，可證宋本篇次亦有別於今本：

予家有其書④，讀首卷第二章，曰："孔子南游適楚，至於阿谷，有處子佩璜⑤而浣者。孔子曰：'彼婦人其可與言矣乎？'

---

① 瀧川資言：《史記會注考證》卷121，上海古籍出版社2015年版，第4078頁。
② 馮雲鵬、馮雲鵷：《金石索·石索》卷5，《續修四庫全書》，上海古籍出版社2002年影印道光元年（1821）紫琅馮氏邃古齋刻本，第894册，第497頁。
③ 許瀚：《韓詩外傳校議》"錯簡"條，《攀古小廬全集》，齊魯書社1985年版，第125—127頁。
④ 指李用章慶曆年間所刻《韓詩外傳》。
⑤ 許維遹謂宋本《太平御覽》卷577、819及《事類賦》卷11引《韓詩外傳》皆作"佩璜"（屈守元《韓詩外傳箋疏》襲之），見《韓詩外傳集釋》卷1，中華書局1980年版，第2頁。據此，宋人所見《韓詩外傳》有作"佩璜"者。今由《容齋續筆》所録文，可知宋慶曆本《外傳》作"佩璜"，與《太平御覽》《事類賦》所引本有別。

抽觴以授子貢，曰：'善爲之辭。'子貢曰：'吾將南之楚，逢天暑，願乞一飲以表我心。'婦人對曰：'阿谷之水流而趨海，欲飲則飲，何問婦人乎？'受子貢觴，迎流而抱之，置之沙上，曰：'禮固不親授。'孔子抽琴去其軫，子貢往請調其音。婦人曰：'吾五音不知，安能調琴？'孔子抽絺紗五兩以授子貢，子貢曰：'吾不敢以當子身，敢置之水浦。'婦人曰：'子年甚少，何敢受子？子不早去，今切①有狂夫守之者矣。'《詩》曰：'南有喬木，不可休息。漢有游女，不可求思。'此之謂也。"觀此章，乃謂孔子見處女而教子貢以微詞三挑之，以是說《詩》，可乎？②

引文係撮引《韓外傳》"孔子南游適楚"章而成，並非轉引全文。但問題之鈐鍵並不在此，而在於"首卷第二章"五字，因爲這清楚地說明了宋慶曆刻本《韓詩外傳》卷一第二章爲"孔子南游適楚"章。但自元刊本以降，《外傳》卷一第二章皆爲"傳曰夫行露之人許嫁矣"章，其後（第三章）始爲"孔子南游適楚"章。由此可見，慶曆本與今本篇次有所不同。

至此，則《韓外傳》自漢至今，最少已經歷了三個階段，即（1）漢時六卷本→（2）隋至宋時十卷本→（3）元代以來十卷本。其間包含了兩次較大的變動：（1）至（2）的變化，至少體現在卷帙方面，但篇章内容有無變動，尚無法確定；（2）至（3）的變化，則集中體現在篇章内容方面，既存在某些原有篇章的全文或部分佚失，也包含篇章次序的變更。第一次變化由於呈現爲卷帙擴充，故較易發現；第二次變化則由於卷帙相同而具備較大的隱蔽性，故不易察覺。

---

① "切"，通行本均作"竊"。許維遹、屈守元俱失校。按"切"乃"竊"之俗字，見《三國志平話》《嬌紅記》，參見劉復、李家瑞《宋元以來俗字譜》"竊"字條，"中研院"歷史語言研究所1930年版，第60頁。

② 洪邁：《容齋續筆》卷8，《容齋隨筆》，中華書局2005年版，第313頁。

最後須略加探討的是，隋至宋時的十卷本《外傳》是否亦存在不同？這一問題牽涉隋、唐、宋三代，但隋本詳情已不得而知，故此處僅能探討唐本與宋本是否有別。就目前掌握的材料來看，二本當屬同一系統，在内容上没有差別。因爲《外傳》有部分篇章雖不見於今本，但却爲唐本和宋本所共有，據此可證唐本的面貌較爲完整地保留到了宋代。例如唐人所見《韓詩外傳》有一條云：

> 昔鮑叔有疾，管仲爲之不食不内漿，甯戚患之。管仲曰："生我者父母，知我者鮑子。士爲知己者死，馬爲知己者良。鮑子死，天下莫吾知，安用水漿？雖爲之死，亦何傷哉？"①

按此條不見今本，却載於宋人所見《外傳》。其證爲《册府元龜》卷八八一引《韓氏外傳》：

> 鮑叔有疾，管仲爲之不食，不内水漿。甯戚患之，曰："鮑叔有疾，而爲之不内水漿，無益於鮑叔，又將自傷。且鮑叔非君臣之恩、父子之親，爲之不内水漿，不亦失宜乎？"管子曰："非子之所知也。昔者吾嘗與鮑叔負販於南陽，而見辱於市中。鮑子不以我爲不勇者，知吾欲有名於天下。吾與鮑子説諸侯，三見而三不中，不以我爲不肖者，知吾不遇賢主人。吾與鮑子分財而多自與，不以我爲貪者，知吾貧無有也。生我者父母，知我者鮑子。士爲知己者死，馬爲知禦者良。鮑子卒，天下莫我知，安用水漿？誠有知者，雖爲之死，亦何可傷乎？"②

《韓氏外傳》即韓嬰所作《外傳》。將引文與上引唐本之文對勘，可

---

① 徐堅等：《初學記》卷18，中華書局1962年版，第434頁。
② 《册府元龜》卷881，鳳凰出版社2006年版，第10233頁。

知二者徵引了同一篇當時可見的《韓詩外傳》之文，唯一的區別是唐人係節引，故較爲簡略；宋人當係全引，故頗爲詳細。前已言及，這一材料既見於唐本，又見於宋本，却不見於今本。合理的解釋是，唐本與宋本同源，故書中均有此章；今本與唐宋本異流，故遺失了此章。類似的例子還有不少，如《藝文類聚》卷八三、《文選·月賦》李善注及《太平御覽》卷四七四均引《外傳》所載楚襄王聘莊子事①，《文選·古詩十九首》李善注及《太平御覽》卷一四六均引《外傳》所載趙簡子事②，皆爲僅見唐宋本而不見今本的篇章，可見唐本與宋本確存在穩定的同源關係，而今本則來自區別於唐宋本的另一套文本系統。這些例子，也再次印證了胡虔善謂今本"非漢時之舊，並非復唐宋之舊"的論斷。

（四）《韓説》四十一卷，撰者不詳

按：見《漢書·藝文志》。顔師古無注，王先謙云："《韓詩》有王、食、長孫之學，此其徒衆所傳。"③ "王、食、長孫"指《漢書·儒林傳》介紹的《韓詩》後學王吉、食子公、長孫順。細繹王注，顯以《韓説》成於上述諸人徒衆之手。按此説無法成立。《漢書·王吉傳》記錄了王吉的一封奏章，其中徵引了《詩經·檜風·匪風》的經文及解讀該經文的《説》："《詩》云：'匪風發兮，匪車揭兮，顧瞻周道，中心怛兮。'《説》曰：'是非古之風也，發發者；是非古之車也，揭揭者：蓋傷之也。'"④ 楊樹達《漢書窺管》謂：

---

① 分見歐陽詢《藝文類聚》卷83，上海古籍出版社1999年版，第1422頁；《文選》卷29，中華書局1977年影印鄱陽胡氏重雕淳熙本，第412頁；《太平御覽》474，中華書局1960年重印涵芬樓影印宋本，第2176頁。這一故事泛見於秦漢典籍中，王叔岷曾有相當詳備的羅列，見《莊學管窺》，中華書局2007年版，第5頁。但聘用莊子的主家，只有《韓詩外傳》作楚襄王，其他文獻均作楚威王。

② 分見《文選》卷13，中華書局1977年影印鄱陽胡氏重雕淳熙本，第198頁；《太平御覽》卷146，中華書局1960年重印涵芬樓影印宋本，第712頁。

③ 王先謙：《漢書補注》本志卷10，上海古籍出版社2008年版，第2916頁。

④ 《漢書》卷72，中華書局1962年版，第3058頁。

"吉學《韓詩》，所引《詩説》，殆即此書也。"① 可見**《韓説》撰成於王吉之前**，故王吉能够在閲讀之後加以引用。《漢書·儒林傳·趙子》扼要記録了《韓詩》在趙子一脉的傳承情况：

> 趙子，河内人也。事燕韓生，授同郡蔡誼②。誼至丞相，自有傳。誼授同郡食子公與王吉。吉爲昌邑中尉，自有傳。食生爲博士，授泰山栗豐。吉授淄川長孫順。順爲博士，豐部刺史。由是《韓詩》有王、食、長孫之學。豐授山陽張就，順授東海髮福。③

將這段文字叙事轉换爲圖表，則更加直觀：

```
                    ┌ 食子公 → 栗豐  → 張就
韓嬰 → 趙子 → 蔡誼 ─┤
                    └ 王吉   → 長孫順 → 髮福
```

《韓説》既然成於王吉之前，而王吉、食子公、長孫順之徒衆皆在王吉之後，絶無撰寫《韓説》之可能。所以，王先謙以《韓説》爲王、食、長孫等人徒衆所作的看法顯然無法成立。由上表可知，

---

① 楊樹達：《漢書窺管》卷3，上海古籍出版社2013年版，第208頁。陳喬樅以"此所引'説'即《韓詩内傳》之説也"，見《韓詩遺説考》卷2之3，《續修四庫全書》，上海古籍出版社2002年影印清刻《左海叢書》本，第76册，第594頁。此説無據，本書不從。

② 蔡誼亦作蔡義，王先慎曰："紀、表、傳並作'義'。'誼''義'字通用。"轉引自王先謙：《漢書補注》列傳卷58，上海古籍出版社2008年版，第5448頁。令人匪夷所思的是，唐晏（1857—1920）竟將蔡誼、蔡義視爲兩人，一併列入《韓詩》派學者譜系中，見《兩漢三國學案》卷5，中華書局1986年版，第212頁。

③ 班固：《漢書》卷88，中華書局1962年版，第3614頁。清初學者焦袁熹（1661—1736）便以此爲據，拈出了"《韓詩》學"的概念，見《儒林譜》，《叢書集成初編》，中華書局1985版，第270册，第8頁。

王吉之前的《韓詩》學者有韓嬰、趙子、蔡誼三人，韓嬰僅有《韓内傳》《韓外傳》，並未著《韓説》，故《韓説》之作者當以趙子或蔡誼之可能最大，但由於史料闕如，現已無從確考了。

《韓説》作者雖不可確考，但其性質則可藉助相關佚文加以推求。劉立志曾就漢初的"説"體文獻作過探討，認爲這一體裁具有兩種類式：一爲"概括闡釋經語大義"，其例如《墨子》之《經》及《經説》上下篇，或帛書《五行》之經、説；二爲故事材料，其例如《韓非子》之内外《儲説》①。但就《韓説》而言，則毫無疑問是屬於第一類"説體"。王吉所引《韓説》係就《韓詩·檜風·匪風》而發，以"是非古之風也"釋原經之"匪風發兮"，以"是非古之車也"釋原經之"匪車揭兮"，皆就《詩經》本義進行闡釋。再如《初學記》所引《韓説》云："冰者，窮谷陰氣所聚，不洩則結而爲伏陰。"②則是就《韓詩·豳風·七月》"二之日鑿冰沖沖"所作的闡釋。章太炎（1869—1936）《論經史儒之分合》曾言："大抵提出宗旨曰經，解説之者爲説；簡要者爲經，詳盡者曰説。"③這完全脗契於《韓説》與《韓詩經》的關係。將章先生的觀察歸納起來，則可稱《韓説》爲一部詳盡解説《韓詩經》的著作。

至於《韓説》爲何以"説"題名，又爲何"詳盡者曰説"，這便涉及了"説"字在文體層面的含義。《説文解字》記"説"字本義云："説，説釋也。"段玉裁注："説釋者，開解之意，故爲喜悦。'采部'曰：'釋，解也。'"④由此可見，"説"之本義即爲解釋。

---

① 劉立志：《漢代〈詩經〉學史論》第3章，中華書局2007年版，第95—96頁。

② 徐堅等：《初學記》卷7，中華書局1962年版，第150頁。

③ 章太炎：《章太炎國學講演録》，諸祖耿，王謇，王乘六等記録，中華書局2013年版，第88頁。章先生在這篇講演中也提到了《墨子》之《經》《説》及《韓非》之内外《儲説》，但隻字未及二者之別，似乎未意識到《墨子》之"説"與《韓非子》之"説"是字同義異的關係。

④ 段玉裁：《説文解字注》第3篇上，上海古籍出版社1980年影印經韻樓刻本，第93頁。

解釋的目的在於使讀者領會原文之義，故《墨子·經上》云："説，所以明也。"畢沅（1730—1797）釋爲"解説"，孫詒讓（1848—1908）釋爲"談説所以明其意義"①。既要"明其意義"，則需以詳細的語言加以解説，與原文相比，"説"自然詳盡許多，故姜寶昌謂："經文簡短深奥，未易究明，故輔之以説文，詮釋事理之所以然，以避理解之錯誤或出入也。"② 由此可見，"説"之"詳盡"，實源於其解讀原文之需要。先秦兩漢釋經類的"説"體著作雖存世無多，但其"詳盡"的特點仍可得到部分古籍的印證。例如《後漢書·孔奮傳》："作《左氏説》云。"李賢注："説，猶今之疏也。"③ 高步瀛（1873—1940）先生釋此云："蓋説之體，本不與章句相同，而久之亦漸與注疏無異，故章懷云然。"④ "疏"乃闡釋經注之體，素以"詳盡"著稱，李賢以"疏"釋"説"，顯然反映出"説"與"疏"類似，亦爲詳盡釋經之作。只要瞭解了"説"體著作的這一特徵，便可推知《韓説》乃"詳盡"解説《韓詩經》的著作了。

《韓説》大約在唐代還有流傳，所以此時編纂的類書《初學記》猶能徵引其文，但此後的文獻則尟有提及此書的材料，可知其在唐代之後即告亡佚。至於同樣成書於唐代的《毛詩正義》所引"韓詩説"，則均轉引自東漢許慎的《五經異義》，此乃"《韓詩》説"，而非"《韓詩説》"，但後世輯本多誤以此爲《韓詩説》之文，具體辨析詳見本書第二章第四節，此處暫不展開了。

（五）《韓詩翼要》十卷，侯苞撰

按：見《隋書·經籍志》。撰者有題作侯苞者，有題作侯包者，

---

① 孫詒讓：《墨子閒詁》卷10，中華書局2001年版，第314頁。
② 姜寶昌：《墨經訓釋》，齊魯書社2009年版，第84—85頁。
③ 《後漢書》卷31，中華書局1965年版，第1099頁。
④ 高步瀛：《文章源流》第2篇，載余祖坤編《歷代文話續編》，鳳凰出版社2013年版，第1378頁。

亦有題作侯芭者①。清人姚振宗（1842—1906）認爲："《漢書·揚雄傳》云：'鉅鹿侯芭，嘗從雄居。'……苞與芭形聲相近，非別一人，即揚雄弟子，鉅鹿人也"②，"其稱侯包者，則又苞之誤也"③。可知侯苞（亦訛作侯包）、侯芭係同一人，茲從《漢書·揚雄傳》，題作侯芭。

據姚振宗考釋，侯芭字鋪子④，又字子常⑤，鉅鹿人，曾受學於西漢著名學者揚雄（前53—18）。侯氏著述在《韓詩翼要》之外，"又有《法言注》，見本志子部儒家類；又有《太玄注》，見王涯《說玄》。今傳《太玄》釋文，出自侯芭云"⑥。據《漢書·揚雄傳》，雄卒後，"侯芭爲起墳，喪之三年"⑦，可謂極盡弟子之禮。清

---

① 《舊唐書·經籍志》題《韓詩翼要》爲卜商所撰，此說渺無根蒂，故《新唐書藝文志注》謂："《隋志》：'《韓詩翼要》十卷，漢侯苞傳。'……此志不著傳，可用《隋志》證之。若《舊志》以爲卜商撰，則誤之甚矣。"見佚名：《新唐書藝文志注》卷1，王承略、劉心明主編：《二十五史經籍藝文志考補萃編》，清華大學出版社2012年版，第18卷，第18頁。王承略亦謂："新舊《唐志》所載，更是無稽之談，不值一駁"，見《侯苞、侯包、侯芭考》，《煙臺師範學院學報》1997年第1期，第69頁。故本書不再就"卜商撰"之說進行辨析。

② 姚振宗：《後漢藝文志》卷1，王承略、劉心明主編：《二十五史經籍藝文志考補萃編》，清華大學出版社2011年版，第7卷，第25頁。此文實爲姚振宗之語，整理本之標點將其移爲王謨《〈韓詩翼要〉序錄》之文，有失考索。

③ 姚振宗：《隋書經籍志考證》卷3，上海開明書店1937年版，第44頁。

④ 王充《論衡·案書》："揚子雲作《太玄》，侯鋪子隨而宜之。"方以智（1611—1671）曰："侯芭字鋪子。"見黃暉：《論衡校釋》卷29，中華書局1990年版，第1174頁。陳直（1901—1980）先生認爲"芭爲苞之省文，鋪爲敷字轉音，名字方相適應"，見《漢書新證》，中華書局2008年版，第403頁。

⑤ 參見王涯《說玄·立例》："自揚子雲研機椹數，創制《玄》經，唯鉅鹿侯芭子常親承雄學，然其精微獨得，章句不傳。"轉引自司馬光：《太玄集注》附錄，中華書局1998年版，第235頁。

⑥ 姚振宗：《隋書經籍志考證》卷3，上海開明書店1937年版，第44頁。

⑦ 《漢書》卷87下，中華書局1962年版，第3585頁。《揚雄家牒》叙侯芭治喪事更詳備："子雲以天鳳五年卒，葬安陵阪上。所厚沛郡桓君山、平陵如子禮、弟子鉅鹿侯芭共爲治喪，諸公遣世子、朝臣、郎、吏行事者會送。桓君山爲斂賵，起祠塋；侯芭負土作墳，號曰'玄冢'。"轉引自歐陽詢《藝文類聚》卷40，上海古籍出版社1999年版，第731頁。

人王謨因《漢書·藝文志》未著錄《韓詩翼要》，遂以"苞當屬後漢人，出處亦無考"，並謂"今本《隋志》誤作侯芭，揚雄弟子載酒問奇字者"①。現在看，這些判斷表達的恰好是顛倒的事實。此外，清儒陳壽祺（1771—1834）以揚雄習《魯詩》②，王先謙《詩三家義集疏》因之，此後學界大多默認了這一看法，鮮有就該問題進行深入探討的論著。然今考東漢熹平《魯詩》殘碑與揚雄所引《詩》存在顯著不同③，可證揚雄絕非《魯詩》家。而侯芭既爲揚雄弟子，則其所撰《韓詩翼要》的《詩》學淵源當受諸揚雄，據此似可定揚雄所習實爲《韓詩》。

作者既明，續就《韓詩翼要》之性質略作推求。呂思勉（1884—1957）先生曾就《漢書·藝文志》所載"翼經之作"進行過賅要的描述，列舉了多種體裁的著作及其特點，頗有隅反之助：

> 翼經之作，見於《漢志》者：曰外傳，曰雜傳，蓋撫拾前世之傳爲之。曰傳記，曰傳說，則合傳與記、說爲一書者也。曰說義，蓋說之二名。曰雜記，則記之雜者也。曰故，曰解故，以去古遠，故古言有待訓釋，此蓋漢世始有。曰訓傳，則兼訓

---

① 王謨：《〈韓詩翼要〉序錄》，《漢魏遺書鈔·韓詩翼要》卷首，《續修四庫全書》，上海古籍出版社 2002 年影印復旦大學圖書館藏嘉慶三年（1798）西齋刻本，第 1999 冊，第 529 頁。所謂"揚雄弟子載酒問奇字者"，指《漢書·揚雄傳》"時有好事者載酒肴從遊學，而鉅鹿侯芭常從雄居"的記載，見《漢書》卷 87 下，中華書局 1962 年版，第 3585 頁。

② 陳壽祺撰，陳喬樅述：《魯詩遺說考》卷 1 之 1，《續修四庫全書》，上海古籍出版社 2002 年影印清刻《左海叢書》本，第 76 冊，第 59 頁。

③ 例如揚雄曾在《逐貧賦》有"誓將去汝"之句，顯然出自《魏風·碩鼠》，參見張震澤《揚雄集校注》，上海古籍出版社 1993 年版，第 147 頁。但《魯詩》此句作"逝將去女"，參見馬衡《漢石經集存》（釋文部分），臺北藝文印書館 1976 年版，第 6 頁 b。四字之中，有兩字不同，可證揚雄所習確非《魯詩》。需要指出的是，《魯詩》此句早已得到南宋洪适（1117—1184）的著錄，見《隸釋 隸續》卷 14，中華書局 1986 年版，第 151 頁。陳壽祺已據之輯入《魯詩遺說考》中，顯已關注了此條《魯詩》異文，但對於揚雄《逐貧賦》提供的顛覆性異文則不置一詞，未知是有意回避還是無心遺漏。王先謙《詩三家義集疏》徑襲陳氏之見，亦未提及《逐貧賦》。

釋古言及傳二者也。①

惟《翼要》未見於《藝文志》，故吕先生未加探討。從"翼要"之名來看，此書顯然亦是"翼經之作"，"翼經"是其根本性質。結合《翼要》傳世的幾條佚文，似乎體現了上述多種體裁的特色：既有"摭拾前世之傳"的"傳"體性質，如叙述《大雅·抑》之本事云"衛武公刺王室，亦以自戒，行年九十有五，猶使臣日誦是詩，而不離於其側"②，即剽取《國語·楚語》這一"前世之傳"而成③；又有"訓釋古言"的"故"體，如釋讀《小雅·白華》"天步艱難，之子不猶"爲"天行艱難於我身，不我可也"④，顯然以"行"訓"步"，以"可"訓"猶"，與《毛傳》全同。此外，《翼要》還有涉及禮制的條目，如《周南·關雎》"鍾鼓樂之"，《翼要》便以房內之樂"皆有鍾聲"爲解⑤，顯然是偏向於禮樂文化的解讀。綜上可見，《翼要》是一部風格多樣、包孕豐富的著作。馬國翰僅因此書"説'衣裼弄瓦'與《毛傳》合，《正義》取之爲毛説"，便"意其以毛通韓，摘論節訓，故以'翼要'爲名"⑥，這顯然忽視了《翼

---

① 吕思勉：《傳、説、記》，《吕思勉讀史札記》（增訂本）乙帙，上海古籍出版社 2005 年版，第 753 頁。
② 《毛詩正義》卷 18 之 1，阮元校刻：《十三經注疏》，中華書局 2009 年影印清嘉慶刻本，第 1194 頁。
③ 參《國語·楚語》："昔衛武公年數九十有五矣，猶箴儆於國。……於是乎作《懿》詩以自儆也。"韋昭（204—273）注："《懿》，《詩·大雅·抑》之篇也。"見徐元誥：《國語集解》卷 17，中華書局 2002 年版，第 500—502 頁。
④ 《毛詩正義》卷 15 之 2，阮元校刻：《十三經注疏》，中華書局 2009 年影印清嘉慶刻本，第 1066 頁。
⑤ 《隋書》卷 15，中華書局 1973 年版，第 354 頁。志文原作："（牛）弘又修皇后房内之樂，據毛萇、侯苞、孫毓故事，皆有鍾聲。"王謨據此定《翼要》之文爲"后妃房中樂有鍾聲"，見《漢魏遺書鈔·韓詩翼要》，《續修四庫全書》，上海古籍出版社 2002 年影印復旦大學圖書館藏嘉慶三年（1798）西齋刻本，第 1999 册，第 529 頁。雖文義足，但並非《翼要》佚文之原貌。
⑥ 馬國翰：《〈韓詩翼要〉序》，《玉函山房輯佚書·韓詩翼要》，臺北文海出版社 1974 年影印同治十年（1871）濟南皇華館書局補刻本，第 523 頁。

要》的多元面目。

《翼要》大約亡佚於唐代。唐初魏徵等人編纂的《隋書》及孔穎達編纂的《毛詩正義》還對侯苞的説法有所徵引,可見彼時《翼要》仍在知識界流通。此後引用侯苞説法的文獻,則均轉引自《隋書》或《毛詩正義》,而非通過直接閲讀《翼要》原書而來。由此可知《翼要》當於唐代之後即告消亡。

(六)《韓詩章句》二十二卷,薛方丘、薛漢撰,杜撫定

按:見《隋書·經籍志》。志文僅云:"《韓詩》二十二卷,漢常山太傅韓嬰,薛氏章句。"① 並未言明"薛氏"之名,故前人在《韓詩章句》的作者問題上議論紛錯,對此,曾樸(1872—1935)在《補後漢書藝文志考》中有過相當詳盡的搜討,大致可歸納爲三種看法。前兩種看法實際是圍繞《後漢書》章懷太子注兼引《薛夫子韓詩章句》及《薛君韓詩章句》而展開的:

(1)王應麟認爲薛夫子即薛君(漢),姑名之曰"薛漢撰《章句》説"②。按此説無法成立,因"薛夫子"之"'夫子'非通稱,乃薛漢父方丘之字,見《唐書·宰相世系表》,王氏誤合爲一人"③。

(2)惠棟(1697—1758)則考出薛漢之父薛方丘字夫子④,故

---

① 《隋書》卷32,中華書局1973年版,第915頁。

② 王應麟之説見其《困學紀聞》卷三的一條自注:"薛漢世習《韓詩》,父子以章句著名。《馮衍傳》注引薛夫子《韓詩章句》,即漢也。"見王應麟:《困學紀聞》(全校本)卷3,翁元圻等注,上海古籍出版社2008年版,第412頁。此説顯以薛夫子即薛漢,亦即《韓詩章句》之撰者。

③ 錢大昭:《補後漢書藝文志》經部,王承略、劉心明主編:《二十五史經籍藝文志考補萃編》,清華大學出版社2012年版,第6卷,第6頁。

④ 馬國翰《〈薛君韓詩章句〉序》謂:"薛漢父方,字子容,附見《漢書·鮑宣傳》。又《唐·宰相世系表》云:薛夫子名方,字夫子,廣德曾孫。"見《玉函山房輯佚書·薛君韓詩章句》,臺北文海出版社1974年影印同治十年(1871)濟南皇華館書局補刻本,第513頁。按薛漢之父乃薛方丘,參《新唐書·宰相世系表》三下:"薛方丘,字夫子。方丘生漢,字公子。"《新唐書》卷73下,中華書局1975年版,第2990頁。馬氏誤薛方丘爲薛方,遂牽合《漢書·鮑宣傳》所記"齊則薛方子容"之文,這是無法成立的。故以《新唐書》爲據,仍定薛漢父名方丘,字夫子。

認爲《薛夫子韓詩章句》乃薛方丘所撰,《薛君韓詩章句》爲薛漢所撰①,姑名之曰"薛氏父子各撰《章句》説"。

第三種看法則相當新奇,即:

(3)桂馥(1736—1805)認爲《韓詩章句》作者爲曹魏學者薛夏②,姑名之曰"薛夏撰《章句》説"。按此説亦無法成立,曾樸即言:"遍檢《隋》《唐志》,亦無薛夏所著之書,其不可信者一也;又《隋志》之例,凡著書之人與注書之人不同時者,必曰某書某代某人撰、某代某人注。……今考《韓詩》二十卷③,《隋志》但云'漢常山太傅韓嬰,薛氏章句',不標薛氏爲何代人,則薛氏爲漢人可知,如謂薛夏,則當云魏薛氏矣,其不可信者二也。由斯觀之,桂氏之説特以'薛君'二字偶然相合,遂附會其説。"④

在羅列了上述三説之後,曾樸在按語中對此問題提出了另一種解釋,即:

(4)"所謂《薛夫子章句》者,仍是《薛君章句》,無二

---

① 惠棟之説見其對《後漢書·儒林列傳·薛漢》"父子以章句著名"的補注:"《世系》曰:'廣德生饒,長沙太守。饒生願,爲淮陽太守,因徙居焉。生方丘,字夫子。方丘生漢。'《經籍志》曰:'《韓詩》二十二卷,薛氏章句。'棟按:唐人所引《韓詩》,其稱薛君者,漢也;稱薛夫子者,方丘也。故《馮衍傳》注有《薛夫子章句》是也。傳不載漢父名字,後人以《章句》專屬諸漢,失之。"見《後漢書補注》卷18,《叢書集成初編》,中華書局1985年版,第3777冊,第847—848頁。

② 桂馥之説見其《薛君考》:"《韓詩》有《薛君章句》,蓋魏之薛夏也。魚豢《魏畧》:'薛夏,字宣聲,天水人。博學有才。黃初中爲祕書丞,帝每與夏推論書傳,未嘗不終日也。每呼之不名,而謂之薛君。'馥謂薛君之稱由此而起。或據《宰相世系表》'漢御史大夫薛廣德曾孫方丘字夫子',謂《章句》乃方丘作。案方丘西漢人,終漢之世,稱《韓詩》者,未有道及,大可疑也。"見《晚學集》卷1,《續修四庫全書》,上海古籍出版社2002年影印上海圖書館藏道光二十一年(1841)孔憲彝刻本,第1458冊,第657頁。

③ 按《隋志》所録《韓詩》爲二十二卷,此云"二十卷","十"下當脱"二",整理本未校出。

④ 曾樸:《補後漢書藝文志考》卷1,《補後漢書藝文志並考》,王承略、劉心明主編:《二十五史經籍藝文志考補萃編》,清華大學出版社2011年版,第8卷,第62—63頁。

也。……其實《章句》之書，蓋創於方丘，成於薛漢，非兩書也"，"故《隋志》不標薛漢之名，而但曰'薛氏'，亦此意也"①，姑名之曰"薛氏父子共撰《章句》説"。

考上述四説，(1)(3)之無法成立，已隨文辨之；(2)(4)則看似有别，實則相通，細繹兩説，可知曾説實自惠説發展而來。因其"創於方丘"之文，實已將惠説所主薛方丘亦撰《章句》的信息賅括於内。所不同者，在於曾説對《薛夫子韓詩章句》與《薛君韓詩章句》的關係問題做出了新的判斷，即將惠説認定的二者各自爲書，更改爲前者已融入後者，合二而爲一。很顯然，曾説雖在考證《薛夫子韓詩章句》與《薛君韓詩章句》的關係問題上提出了有别於惠説的新解釋，但其立論的基礎——薛氏父子各有《章句》——承自惠説，則是一望可知的事實。

總而言之，惠棟對"薛夫子"身份的考釋打破後壁，廓清了前人以"夫子"爲泛稱的迷霧，輔之以曾樸更加細密的補釋，終爲《韓詩章句》的成書歷程提供了最明密的解釋。二人的接續考索，既適用於分析《後漢書注》將《韓詩章句》分屬薛夫子及薛君名下的原因，又脗契於《後漢書》薛漢本傳所謂"父子以章句名"的記載，允稱信而有徵。故今人偶有談及該問題者，即縮合惠、曾之説，如劉毓慶、郭萬金認爲："《薛漢傳》既稱'父子以章句名'，分明薛夫子有《章句》。而所謂《薛氏章句》者，則當是漢在其父《章句》基礎上修訂增删而成，並非薛漢一人之力。"② 言下之意，薛方

---

① 曾樸：《補後漢書藝文志考》卷1，《補後漢書藝文志並考》，王承略、劉心明主編：《二十五史經籍藝文志考補萃編》，清華大學出版社2011年版，第8卷，第64頁。在此之前，侯康（1798—1837）曾言："凡稱薛君者，亦有薛夫子説。"見《補後漢書藝文志》卷1，王承略、劉心明主編：《二十五史經籍藝文志考補萃編》，清華大學出版社2012年版，第6卷，第502頁。這一看法認爲薛漢在《韓詩章句》中保留了其父薛夫子之言，與曾樸"創於方丘，成於薛漢"之説恰相符協。另參馬昕《〈韓詩薛君章句〉成書、流傳及亡佚考》，《中國典籍與文化》2012年第2期，第69—75頁。

② 劉毓慶、郭萬金：《從文學到經學：先秦兩漢詩經學史論》卷3第2節，華東師範大學出版社2009年版，第235頁。

丘撰《薛夫子韓詩章句》在先，此即"創於方丘"，而薛漢在方丘章句的"基礎上修訂增刪而成"《薛君章句》在後，此即"成於薛漢"。至此，薛氏父子撰述《韓詩章句》之始末已昭晰可辨。清代史家趙翼（1727—1814）曾就兩漢"累世經學"的現象加以專論①，鈎稽了大量相關史料，上述薛氏父子共習《韓詩》、撰《章句》之例，顯然亦可爲趙説再提供一個例證。

但需要指出的是，東漢學界盛行刪定章句之風②，《韓詩章句》亦不例外。《隋書·經籍志》所載的二十二卷《韓詩章句》當非薛氏父子著述之原貌，而是經過了東漢犍爲學者杜撫的刪定，這在《後漢書·儒林列傳·杜撫》中有着相當明晰的記録："少有高才，受業於薛漢，定《韓詩章句》。"③由末句可知薛氏《韓詩章句》曾經過杜撫的刪定，故曾樸即題此書"創於方丘，成於漢，弟子杜撫定之"④。而這也恰好歸納了《韓詩章句》從初創到增益再到刪定的成書歷程。而《隋書·經籍志》所著録的二十二卷《韓詩章句》，當即經歷了以上三個階段之後定型的版本。但杜撫既然參與了《韓詩章句》的刪定，何以《經籍志》著録該書時，卻僅題薛氏而不及杜氏之名？清儒提出的解釋是杜撫尊師，故皆稱薛氏之名。如沈欽韓云："杜撫尊其師説，即杜撫所注，世罕知其出於撫矣。"⑤馬國翰亦云："《章句》定於杜撫，稱薛君者，撫所題。尊師，故稱薛君。"⑥此皆可備一説。

---

① 王樹民：《廿二史劄記校證》卷5，中華書局2013年版，第102—103頁。
② 詳參牟潤孫《論魏晉以來之崇尚談辯及其影響》第1節，《注史齋叢稿》（增訂本），中華書局2009年版，第157—160頁。
③ 《後漢書》卷79下，中華書局1965年版，第2573頁。
④ 曾樸：《補後漢書藝文志·六藝志》，《補後漢書藝文志並考》，王承略、劉心明主編：《二十五史經籍藝文志考補萃編》，清華大學出版社2011年版，第8卷，第18頁。
⑤ 沈欽韓：《漢書藝文志疏證》卷1，王承略、劉心明主編：《二十五史經籍藝文志考補萃編》，清華大學出版社2011年版，第2卷，第23頁。
⑥ 馬國翰：《〈薛君韓詩章句〉序》，《玉函山房輯佚書·薛君韓詩章句》卷首，臺北文海出版社1974年影印同治十年（1871）濟南皇華館書局補刻本，第513頁。

关于《韩诗章句》的亡佚时间，马昕定于"在南宋初年至孝宗淳熙（1174—1189）之间"，亦即12世纪末叶，其依据是"书目不録""传注不引""史料不载"①。就目前掌握的中土材料而言，这一考察当无太大问题。但若放眼域外汉籍，则《韩诗章句》的亡佚时间或可下移至13世纪中叶，其关键证据即成书于此间的《和汉年号字抄》。据池田证寿介绍，"此书是于镰仓时代中期宽元、宝治（1243—1248）时，由菅原为长（1158—1246）所著"，"将和汉年号中所用的174字按意义分为13类"②，每类中均附载中日古籍中与这些年号相关的训诂材料，其中包含5则《韩诗》佚文③，与《韩诗章句》先经后注的体例特点相胞合，可定其为《章句》佚文④。同时，这5则佚文为《和汉年号字抄》所独有，由此基本可排除其转引自他书的可能，据此可知《韩诗章句》至迟于宽元年间尚流传于日本知识界。《和汉年号字抄》提供的这一证据，为《章句》的亡佚时间提供了新的下限。

最后就《韩诗章句》之性质略加讨论。有关"章句"一体的发展历程，吕思勉先生《章句论》曾钩摭史料，极尽其间之曲折，据

---

① 马昕：《〈韩诗薛君章句〉成书、流传及亡佚考》，《中国典籍与文化》2012年第2期，第75页。

② 池田证寿：《杜延业〈群书新定字样〉再考》，《北海道大学文学研究科纪要》第154号，2018年，第41页。对于《和汉年号字抄》的著者（菅原为长）及成书时代（1243—1248）的信息，池田氏参考的是［日］冈田希雄《和汉年号字抄と东宫切韵佚文》，《立命馆三十五周年纪念论文集·文学篇》，京都立命馆出版部1935年版，第83—111页。日本学界对此说颇为认同，例如上田正考察引用《东宫切韵》佚文的文献时，对于《和汉年号字抄》的相关信息，即取冈田氏之说，见《〈东宫切韵〉论考》，《国语学》第24号，1956年，第83页。菅原为长生平见菊池容斋：《前贤故实》卷8，东京郁文舍1903年版，第112页。

③ 《和汉年号字抄》目前仅存一部写本庋藏于东京尊经阁文库，笔者无缘寓目。该书所载5则《韩诗》遗说，笔者均得自新美宽编、铃木隆一补《本邦残存典籍による辑佚资料集成》卷1，京都大学人文科学研究所1968年版，第12、13、14、14、18页。

④ 此外，《韩诗》学派的训诂著作只有《韩故》与《韩诗章句》，而《韩故》亡佚甚早，故《和汉年号字抄》所引《韩诗》训诂类遗说，均当为《韩诗章句》之文。

其觀察，"章句之朔，即今符號之類"，然"去古漸遠，語法漸變；經籍之義，非復僅加符號所能明，乃不得不益之以說。類乎傳注之章句，由是而興"①。《韓詩章句》雖已亡佚，但其佚文在唐宋字書、類書、注書中保留得較爲充分。就其呈現的面貌而言，可知《韓詩章句》正是就"經籍之義""益之以說"的著作。其以訓釋《韓詩經》爲根本要旨，既對《韓詩》之經文進行訓詁，亦就其經義進行闡釋。在《韓故》亡佚已久的語境下，《韓詩章句》向世人展示了《韓詩》學派絕無僅有的訓詁面貌，其價值已不必覼舉。約言之，《韓詩章句》之於《韓詩經》，猶《毛詩傳》之於《毛詩經》，俱足以闡明字指、抉發經義。漢代《詩》學之阜昌，於此亦可見一斑。

（七）《韓詩譜》二卷，趙曄撰

按：見《隋書·經籍志》。志文謂："梁有《韓詩譜》二卷，《詩神泉》一卷，漢有道徵士趙曄撰，亡。"可知趙曄所撰《韓詩譜》與《詩神泉》，梁時尚存，而隋唐已亡。二書均無佚文傳世，茲結合史料叙述，略作考辨。

《後漢書·儒林列傳·趙曄》記："曄著《吳越春秋》《詩細》《歷神淵》。蔡邕至會稽，讀《詩細》而歎息，以爲長於《論衡》。"② 這一記載至少有以下兩方面值得注意：

第一，蔡邕（133—192）獨謂《詩細》長於《論衡》，而未言及《歷神淵》，可知《詩細》與《歷神淵》係完全獨立的兩部書，且《隋志》單獨著録《詩神泉》（即《歷神淵》，詳下文《詩歷神淵》條）一卷，亦是《歷神淵》獨爲一書之證，中華書局點校本《後漢書》標爲《詩細歷神淵》，顯有悖於史文。李慈銘（1830—1894）咸豐十一年（1861）閱讀《吳越春秋》時曾謂趙曄"所著此

---

① 吕思勉：《章句論》，《文字學四種》，上海教育出版社1985年版，第7—8頁。
② 《後漢書》卷79下，中華書局1965年版，第2575頁。

书之外，尚有《诗细》及《历神渊》"①，于二书之间加一"及"字，便醒豁不少，不致滋生误解。

第二，蔡邕既以《诗细》与《论衡》相比，则二书当系性质相似的著作，所以才存在互较高下的可能。江乾益即敏锐地捕捉了这一信息："赵煜《诗细历神渊》②，觇蔡邕之言，殆王充《论衡》之类，乃杂著之言，非解《诗》之作也。"③ 此外尚有一个值得注意的旁证，即《诗细》又名《诗道微》（详下文《诗细》条），"微"系文体，"微者，《春秋》之支别"④，"依经立义，其体旁通"⑤，可见《诗道微》（即《诗细》）是一部探讨历史得失的著作，这与《论衡》的性质也较为接近。

以上两个方面，前者澄清了《历神渊》与《诗细》各自为书的事实，有助于对《历神渊》的单独探讨；后者则有助于判定《诗细》与《韩诗谱》的关系。兹按《隋志》著录顺序，先论《韩诗谱》，下条再论《诗神泉》。

朱彝尊（1629—1709）认为《诗细》即《韩诗谱》⑥。这一观点

---

① 李慈铭：《越缦堂读书记全编》第 1 册，上海古籍出版社 2021 年版，第 297 页。

② 按江氏误《诗细》《历神渊》为一书，当正。

③ 江乾益：《陈寿祺父子三家诗遗说研究》，林庆彰主编：《中国学术思想研究辑刊》，台北花木兰文化出版社 2010 年版，第 7 编第 9 册，第 45 页。

④ 沈钦韩：《汉书艺文志疏证》卷 1，王承略、刘心明主编：《二十五史经籍艺文志考补萃编》，清华大学出版社 2011 年版，第 2 卷，第 52 页。

⑤ 刘咸炘：《续校雠通义》第 5《汉志余义》，黄曙辉编：《刘咸炘学术论集·校雠学编》，广西师范大学出版社 2010 年版，第 17 页。

⑥ 朱彝尊撰，林庆彰、蒋秋华、杨晋龙、冯晓庭主编：《经义考新校》卷 101，上海古籍出版社 2010 年版，第 1894 页。此后顾櫰三、曾朴亦持此说，认为《诗细》与《韩诗谱》为同一部书，分见顾櫰三：《补后汉书艺文志》卷 1，王承略、刘心明主编：《二十五史经籍艺文志考补萃编》，清华大学出版社 2012 年版，第 6 卷，第 50 页；曾朴：《补后汉书艺文志考》卷 1，《补后汉书艺文志并考》，王承略、刘心明主编：《二十五史经籍艺文志考补萃编》，清华大学出版社 2011 年版，第 8 卷，第 66 页。直至当代学界，仍有学者承袭此说，如任莉莉：《七录辑证》经典录内篇 1，上海古籍出版社 2011 年版，第 51 页。

看似彌合了《隋志》與《後漢書》著録趙曄著作的歧異，但却無法成立。因爲《詩細》與《韓詩譜》是性質完全不同的兩部書。如前所論，《詩細》與王充《論衡》性質相同（似），而《論衡》係"雜説之源"，"其説或抒己意，或訂俗譌，或述近聞，或綜古義"①，據此可推斷《詩細》亦當具備上述特點，只是其成熟度較《論衡》爲高，故蔡邕認爲《詩細》"長於《論衡》"。《韓詩譜》則絶非《論衡》一類的著作，該書雖然亡佚已久，但既名爲"譜"，其性質自然要受到這一文體的制約。鄭玄所撰《毛詩譜》曾受《韓詩譜》之影響②，二書性質宜屬同類，足供參稽。就内容而言，《毛詩譜》係由譜序與譜文構成，譜文又分爲譜説與譜圖③；就性質而言，王國維先生指出："譜者，所以論古人之世。"④ 馮浩菲先生更申述其義："譜是序的一種，其内容是説明相關背景，排比有關資料，便於讀者瞭解和駕馭書中要義。"⑤ 這種特色，顯然有別於《論衡》類的"雜説"著作。綜上，借由《論衡》及《毛詩譜》提供的參考，可推知

---

① 永瑢等：《四庫全書總目》卷122，中華書局1965年影印清刻本，第1057頁。
② 馮浩菲先生即謂："漢代三家《詩》之《韓詩》解《詩》有《譜》。鄭玄早年習《韓詩》，後來爲《毛詩》作《箋》，鑒於《毛詩》所引卜商《詩序》只有大序和篇序，而没有統論各類詩作的中序，故受其影響，撰《毛詩譜》以補其闕。雖然《韓詩譜》久亡，其内容如何，今天已難以考知，但鄭氏《毛詩譜》是受其影響而作，這一點似應不成問題。"見《鄭氏詩譜訂考》緒論，上海古籍出版社2008年版，第2頁。
③ 參間嶋潤一：《公劉・大王の受難と"后稷の業"：〈詩譜・豳譜〉における鄭玄の解釋》，《中國文化》第58卷，2000年，第1頁。
④ 王國維：《〈玉谿生年譜會箋〉序》，張采田：《玉谿生年譜會箋》卷首，上海古籍出版社1983年版，第3頁。此説當承《文心雕龍・書記》"注序統緒，事資周普，鄭氏譜《詩》，蓋取乎此"之言而來，見范文瀾《文心雕龍注》卷5，人民文學出版社1962年版，第457頁。
⑤ 馮浩菲：《鄭氏詩譜訂考》緒論，上海古籍出版社2008年版，第1—2頁。在後文（頁3）中，馮先生又將《詩譜》的具體内容歸納爲六類，即"1.説明該類詩藉以產生的地域及古今地名關係；2.説明該類詩藉以產生的政治、經濟、文化、民俗等社會歷史背景；3.説明該類詩的體用；4.説明該類詩中有關詩篇的歸屬，即某篇詩屬於某公或某王；5.分析説明有關詩史（采詩、編詩等）的問題；6.考證答疑"。從這些内容亦可看出"譜"類著述與《論衡》一類著作的根本差異。另參洪湛侯《詩經學史》第2編第3章，中華書局2000年版，第199—200頁。

《詩細》與《韓詩譜》在性質上截然不同，故侯康、姚振宗補撰《後漢書・藝文志》，於趙曄名下均分列《詩細》《韓詩譜》①，此舉最稱審慎。至於《韓詩譜》的學術淵源，或即杜撫飲譽於東漢學界的《詩題約通義》；而其學術影響，則大致體現在《韓詩序》中。這些內容將詳見後文對《詩題約通義》及《韓詩序》的考索中，此處不再詳細展開了。

（八）《詩歷神淵》一卷，趙曄撰

按：見《隋書・經籍志》，志文已見上條。錢大昕（1728—1804）《隋書考異》謂《詩神泉》"本名《神淵》，唐人避諱改"②，其意係指《隋書》成於唐人之手，故避唐高祖李淵（566—635）之諱，改稱《詩神淵》爲《詩神泉》，此説可從。但《詩神淵》一書，在《後漢書》趙曄本傳中被記作《歷神淵》，曾樸認爲"歷"乃"詩字之譌"③，却未言依據。按此二字無論形聲，均無致訛之理，故曾説當不可爲據。劉毓慶先生則綜合異稱，"疑全名當作《詩歷神淵》，猶《詩緯》之《詩含神霧》《詩汎歷樞》，本傳、《隋志》各略一字"④，較爲合理。本書即從此説，題此書爲《詩歷神淵》。

從書的題名來看，《詩歷神淵》應是一部緯書。清儒惠棟曾言：

---

① 分見侯康《補後漢書藝文志》卷1，王承略、劉心明主編：《二十五史經籍藝文志考補萃編》，清華大學出版社2012年版，第6卷，第503頁；姚振宗《後漢藝文志》卷1，王承略、劉心明主編《二十五史經籍藝文志考補萃編》，清華大學出版社2011年版，第7卷，第27—28頁。趙茂林亦"從姚氏説，兩列之"，故其列舉趙曄著作時，既有《詩細》，亦有《韓詩譜》，見《兩漢三家〈詩〉研究》第4章，巴蜀書社2006年版，第547—548頁。

② 錢大昕：《廿二史考異》卷34，上海古籍出版社2004年版，第553頁。

③ 曾樸：《補後漢書藝文志考》卷1，《補後漢書藝文志並考》，王承略、劉心明主編：《二十五史經籍藝文志考補萃編》，清華大學出版社2011年版，第8卷，第65頁。

④ 劉毓慶：《歷代詩經著述考（先秦—元代）》，中華書局2002年版，第50頁。在此之前，陳喬樅《韓詩遺説考叙》已有"《韓詩譜》二卷、《詩歷神淵》一卷"之語，可見陳氏亦認爲該書全稱應作《詩歷神淵》，見《韓詩遺説考》卷首，《續修四庫全書》，上海古籍出版社2002年影印清刻《左海叢書》本，第76册，第494頁。

"以歷言《詩》，猶《詩緯》之《泛歷樞》也。"① "歷"乃緯書核心觀念之一②，惠棟的觀察相當敏鋭，切中肯綮。

事實上，結合趙曄的學術淵源及鄉人品評來分析，可推定趙曄對於讖緯有着深湛的理解，完全具備撰寫緯書的知識基礎。就其學術淵源而言，《後漢書·薛漢傳》記漢"尤善説災異讖緯"③，趙曄之師杜撫爲薛漢最知名的弟子之一，對於薛氏特别擅長的"災異讖緯"理當思過半矣，而杜撫又"盡以其道授"趙曄，"其道"自然藴含着杜撫得自薛漢的讖緯知識。曹林娣先生即由這段師承關係入手，並結合漢代經師"篤守師法"之風，推斷"趙曄亦精於讖緯妖妄之學"④。就其鄉人品評而言，漢末會稽名士虞翻（164—233）曾以"上窮陰陽之奥秘，下擄人情之歸極"⑤ 來評價趙曄的學術成就，"窮陰陽之奥妙"顯然是讖緯的題中之義，可見趙曄確有與讖緯相關的著作，且其學術含量已使同樣精通讖緯的虞翻備致推崇。故頗疑"上窮陰陽之奥妙"乃就《詩歷神淵》而言，"下擄人情之歸極"則就《詩細》而言，因《詩細》乃"微"體，多涉歷史内容與現實議論，適與"人情"關聯最大。

趙曄身爲東漢《韓詩》學的正脉嫡傳，對於《韓詩》學派的主流解《詩》傳統，不可能置身事外。而以讖緯解讀《詩經》，恰恰是《韓詩》學派的學風之一，近年已有學者就此進行了抉發⑥。所

---

① 惠棟：《後漢書補注》18，《叢書集成初編》，中華書局1985年版，第3777册，第849頁。
② 詳參孫英剛《神文時代：讖緯、術數與中古政治研究》緒論第4節，上海古籍出版社2014年版，第22—26頁。
③ 《後漢書》卷79下，中華書局1965年版，第2573頁。
④ 曹林娣：《關於〈吴越春秋〉的作者及成書時代》，《西北大學學報》1982年第4期，第70頁。
⑤ 文見《三國志·虞翻傳》裴松之注引《會稽典録》，《三國志》卷57，中華書局1971年版，第1325頁。
⑥ 參見曹建國，張莉莉《〈韓詩〉與讖緯關係新考》，《武漢大學學報》2015年第6期，第59—67頁。

以將《詩歷神淵》置入《韓詩》以讖緯解《詩》的整體學術氛圍中觀察，更便於理解該書的緯書性質。如果上述推測不致太誤，則《詩歷神淵》既展現了趙曄在讖緯領域的深厚學殖，又脗契於整個《韓詩》學派推重讖緯的學術風尚，無論就個人還是學派而言，均堪稱本色當行。

　　《隋書·經籍志》記《韓詩譜》及《詩歷神淵》於梁時尚存而亡於隋代，明確地提供了這兩部書的亡佚時間。清水茂（1925—2008）曾以東漢蔡侯紙的發明時代（漢和帝元興元年，105）爲節點，對《隋志》著錄的圖籍存佚進行了檢討，發現成書於元興元年前的著作"除了趙曄的《吳越春秋》和賈逵的著書以外，均未流傳"，而此後成書的著作却"保存下來很多"，故認爲"這應該是由於紙的發明，寫本易於製作，書籍副本量的差異導致的結果"①。顯然，對於元興元年之前成書的《韓詩譜》與《詩歷神淵》而言，其亡佚原因也可借用清水茂提出的上述解釋，即便捷的蔡侯紙尚未問世，限制了書籍的流布。以往學術界對於《韓詩》著作的散佚原因，大多採用學術史層面的解釋，即東漢後的《詩》學浮沈，這無疑是最核心的解釋，但不免過於單一。本書無意排斥舊說，僅欲説明清水茂基於技術手段提出的這一新解釋，爲解答《韓詩》著述的亡佚問題提供了新的可能性，值得重視。

　　（九）《韓詩序》二卷，撰者不詳

　　按：見《舊唐書·經籍志》。志文云："《韓詩》二十卷②，卜商序，韓嬰撰。"③ 由 "卜商序" 之文，可知唐人所見《韓詩》已有

---

　　① 清水茂：《紙的發明與後漢的學風》，《清水茂漢學論集》，中華書局2003年版，第29頁。

　　② 按《隋書·經籍志》及《新唐書·藝文志》所錄《韓詩》均爲二十二卷，可知隋唐間《韓詩》俱爲二十二卷。《舊唐書》獨錄爲二十卷，"二十"後當脫"二"字。

　　③ 《舊唐書》卷46，中華書局1975年版，第1970頁。

序，此爲《韓詩序》在正史中的首次記載。由於此前《漢書·藝文志》和《隋書·經籍志》均未記《韓詩》有序，所以《韓詩序》之撰作年代便引起了部分學者的關注。其中尤以夏炘（1789—1871）的考述最爲切實："《韓詩序》作於隋後唐前，故《隋·經籍志》不載，至《唐·藝文志》始載之①。《文選注》《後漢書注》《太平御覽》所引《韓詩序》，皆唐人書也。自唐以前，未有引《韓詩序》者。"② 夏氏對《韓詩序》撰成時代的考索，兼顧了史志著錄與文獻引用兩個方面的信息，信而有徵③。隋唐之交，《韓詩》之學的影響力已大不如前，《韓詩序》作爲該派成書最遲的學術著作，爲日薄西山的《韓詩》學派抹上了最後一縷殘紅，其重要價值，也在這一特殊節點中得到了呈現與實現。

現在要追問的是，成書於隋唐之際的《韓詩序》，在《舊唐書》中何以竟題爲卜商所撰？考其本始，不外乎以下兩種可能。第一，《韓詩序》本題子夏撰，晁説之所謂"説《韓詩》者，謂其叙子夏所作"④，而《舊唐書》因孔子高足卜商字子夏，故徑題爲卜商撰。但實際上，此處的子夏並非卜商，而是另有其人。成瓘（1763—1842）以子夏爲韓嬰之字⑤，宋翔鳳（1779—1860）則以子夏爲韓

---

① "始載"《韓詩序》的文獻是《舊唐書·經籍志》，非《新唐書·藝文志》，夏氏失考。
② 夏炘：《讀詩劄記》卷1，《續修四庫全書》，上海古籍出版社2002年影印上海辭書出版社圖書館藏咸豐三年（1853）刻本，第70册，第618頁。
③ 程元敏則將夏炘所定上限及下限稍加延伸，稱"《韓詩序》大抵完成於南北朝末至唐初之間"，見《詩序新考》第10節，臺北五南圖書出版公司2005年版，第176頁。這與夏説在本質上區別不大。
④ 晁説之：《詩之序論（三）》，《嵩山文集》卷11，《四部叢刊續編》，上海商務印書館1934年影印曹溶藏舊鈔本，第385册，第36頁b。
⑤ 成瓘：《篛園日札》卷3，商務印書館1958年版，第180—181頁。臧庸也持這一看法，並解釋了"嬰"與"子夏"間的邏輯關聯："嬰爲幼孩，故名嬰，字子夏，夏，大也。"見《拜經日記》卷5，《續修四庫全書》，上海古籍出版社2002年影印武進臧氏拜經樓刻本，第1158册，第92頁。

嬰之孫韓商之字①。按照這種理解，則《韓詩序》實際成於韓嬰或韓商之手。第二，《韓詩序》本即題爲卜商撰，其中緣由，當以吳汝綸（1840—1903）的分析最稱明快："蓋《詩》之教傳於子夏，三家皆承其學，故當時經師作《序》，皆爭托焉，以溯其淵源所自。"②但無論哪一種可能，在此處都已無關緊要。因爲該書成於隋唐之間，這一時代斷限已足以排除卜商、韓嬰、韓商撰《韓詩序》的可能性，其爲《韓詩》後學所撰是顯而易見的事實，惜舊聞放失，現已無從考出撰者之具體名氏。但有關《韓詩序》成書時代的考察，已足以澄清前人關於該書的某些誤解。例如南宋疑古大家鄭樵（1104—1162）是較早關注《韓詩序》的學者，但由於其未詳考《韓詩序》之成書時代，遂言："《韓詩》得序而益明，漢儒多宗之。如司馬遷、揚雄、范曄之徒皆以二南作於周衰之時，此韓學也。"③ "《韓詩》得序而益明"固然有一定道理，但以司馬遷諸人受其沾溉，則顯然有類錢鍾書先生所說的"時代錯亂（anachronism）"了④。

接下來要討論的是《韓詩序》的學術淵源問題。較早就此加以研究的學者是乾嘉時代的成瓘，其《韓詩序考》曾有"爲《韓詩》者，或析《内傳》爲《序》"的論斷⑤，將《韓詩序》視爲析分《韓詩内傳》的產物，此說翻謬，辨見下文。相較之下，程元敏的討論則更加深入，其以《韓詩序》"出《韓詩》後學之手，則采納資

---

① 宋翔鳳：《過庭錄》卷1，中華書局1986年版，第9頁。宋氏在探討《子夏易傳》的作者時，涉及了"子夏"的姓名問題："蓋嬰孫商爲博士，當亦爲《詩》博士，孝宣時，其後韓生始以《易》徵，待詔殿中。則韓氏之《易》，至是始顯。子夏當是韓商之字，與卜子夏名字正同。當是取傳《韓氏易》最後者題其書。"

② 《吳汝綸全集·詩序論（一）》，黃山書社2002年版，第343頁。吳氏之前，韓愈（768—824）《詩之序議》已道夫先路："察夫《詩序》，其漢之學者欲自顯立其傳，因藉之子夏。"見劉真倫、岳珍校注《韓愈文集彙校箋注》卷31，中華書局2010年版，第3063頁。

③ 鄭樵：《鄭夾漈先生六經奧論》卷3，臺北閩南同鄉會1976年影印臺灣省圖書館藏本，第120頁。

④ 錢鍾書：《管錐編》第4冊，中華書局1979年版，第1299頁。

⑤ 成瓘：《篛園日札》卷3，商務印書館1958年版，第180頁。

料，不免出諸先師之舊傳，若《韓詩故》《内傳》《章句》《翼要》及《韓詩譜》"①。此説以《韓詩序》成於《韓詩》後學之手，洵爲讀書有間，其羅列《韓詩序》之學術淵源亦較成説更爲細密，然不無可商之處。因《韓詩故》亡佚甚早，無從啓發隋唐之際成書的《韓詩序》，且《韓詩故》爲訓詁字詞之書，與《韓詩序》推究詩旨大義的性質亦不脗合；《韓詩内傳》則是與《韓詩外傳》同一性質的著作，二者俱爲韓嬰"推《詩》之意而爲"，亦非解讀詩旨大義之作，這也直接推翻了成瓘"析《内傳》爲《序》"之説。《韓詩翼要》之詳情已見上文，該書雖風格較爲多樣，包孕内容較爲豐富，但究非解讀詩旨之作，故亦無從爲《韓詩序》提供啓發。因此，《韓詩序》對於"先師之舊傳"的參考當不包含《韓詩故》《韓詩内傳》及《韓詩翼要》。至於程説拈出的《韓詩章句》《韓詩譜》二書，則較有可能是《韓詩序》取資的對象。因爲就目前可見的《韓詩序》佚文而言，有多條係檃栝《韓詩章句》而來，例如《韓詩序》："《關雎》，刺時也。"② 即源自《韓詩章句》："詠《關雎》，説淑女，正容儀，以刺時。"③ 再如《韓詩序》："《芣苢》，傷夫也。"④ 此實檃栝《韓詩章句》"詩人傷其君子有惡疾"之文⑤。足見《韓詩章句》爲《韓詩序》的撰作提供了材料淵源。此外，尚有部分《韓詩序》佚文不見於《韓詩章句》，但基本可以推斷爲源自《韓詩譜》。因爲如前所述，《韓詩譜》雖已亡佚，但其性質則與《毛詩

---

① 程元敏：《詩序新考》第 10 節，臺北五南圖書出版公司 2005 年版，第 182 頁。
② 王應麟：《詩考·補遺》，中華書局 2011 年版，第 149 頁。
③ 《後漢書》卷 2，中華書局 1965 年版，第 112 頁。
④ 晁説之：《詩之序論（三）》，《嵩山文集》卷 11，《四部叢刊續編》，上海商務印書館 1934 年影印曹溶藏舊鈔本，第 385 册，第 36 頁 b。
⑤ 《文選》卷 54，中華書局 1977 年影印鄱陽胡氏重雕淳熙本，第 748 頁。而王端履（1776—？）反謂《章句》乃"據《韓詩序》'《芣苢》，傷夫有惡疾也'而演成其説"，見《重論文齋筆録》卷 12，《筆記小説大觀》，臺北新興書局 1988 年影印清鈔本，第 29 編第 7 册，第 4426 頁。這一本末顛倒的結論，恰好反映出清代部分學人對於《韓詩序》的成書時間仍缺乏嚴肅的考證與檢討。

譜》相似，其中當包含了說明詩歌創作背景的文字，而這類文字恰好是《詩序》類文本的應有之義，所以將《韓詩譜》視爲《韓詩序》的另一個材料源頭，當無太大問題。且《韓詩譜》在南梁時仍存世，《韓詩序》則編成於稍後，在時間上亦完全存在參考《韓詩譜》的可能。

《韓詩序》的傳播形態也值得探討。從《舊唐書·經籍志》並未對其進行單獨著錄來看，可知《韓詩序》至少有一種形態是逐條散入《詩》篇之首，序後則爲韓嬰所述之《韓詩》本經及薛氏所撰《章句》，整體呈現爲"序+本經+章句"的模式。這一形態在唐人對《韓詩》著作的引用中亦可得到印證，例如《文選·七啓》李善注：

《韓詩序》曰："《漢廣》，悦人也。"《詩》曰："漢有游女，不可求思。"薛君曰："游女，謂漢神也。"①

"《漢廣》，悦人也"係《韓詩序》，"漢有游女，不可求思"係《韓詩經》，"游女，謂漢神也"則爲《韓詩章句》，這三部分鮮明地呈現爲"序+本經+章句"的結構。再如日本學者滋野貞主（785—852）撰成於天長八年（831，唐文宗太和五年）的類書《秘府略》"黍"字條云：

《韓詩》曰："《黍離》，百邦作也。""彼黍離離，彼稷之苗。"薛君注曰：詩人求己兄不得，憂不識物。視彼黍，乃以爲稷也。②

---

① 《六臣注文選》卷34，中華書局1987年影印涵芬樓所藏宋刊本，第647頁。
② 滋野貞主：《秘府略》卷864，塙保己一：《續群書類從》，東京續群書類從完成會1933年版，第30輯下，第3頁。

再次展現了"序（《黍離》，百邦作也）+本經（彼黍離離，彼稷之苗）+章句（"詩人"至"稷也"）"這種三位一體的結構。在這一結構中，序與章句爲本經增添了雙翼，爲抉發《韓詩》題旨與疏解《韓詩》字義提供了切實的保障。同時，這一穩定的結構範式，對於分割未明所屬的《韓詩》佚文亦有着至關重要的參證價值①。簡單來說，凡"題旨+本經"之結構，則本經前的文本爲《韓詩序》；凡"本經+注文"之結構，則本經後的文本爲《韓詩章句》。

在散編本以外，唐人所見《韓詩序》還有單行的合編本。這一信息被記錄在《新唐書·藝文志》中："卜商《集序》二卷"②，此書著錄於《韓詩外傳》與《韓詩翼要》之間，顯然是《韓詩》學派的著作，亦即《韓詩序》。由此可見，《韓詩序》在唐代還出現了單行本。程元敏謂："《集序》云者，《韓詩》後學從上錄二十二卷本中全抽出《詩序》之部分，另集合成爲二卷本。"③ 此說可從。《毛詩序》在唐代亦有散編與合編兩種形態，散編者可以孔穎達《毛詩正義》所呈現的面貌爲例，合編者則有《舊唐書·經籍志》所著錄的"《毛詩集序》二卷"④，《韓詩集序》的性質當與這兩卷《毛詩集序》相同，亦即《韓詩》諸篇序文的匯總。

---

① 臧庸對於這一體例較爲熟悉，故其輯《韓詩》"《苯苜》，傷夫有惡疾也"之文時，即言："案李善先引《韓詩》曰《采苜》云云，次引《詩》曰云云，次引薛君曰云云，則此八字，雖不云《韓詩序》，然爲《韓詩序》可知。"見《韓詩遺說》卷上，《叢書集成初編》，中華書局1985年版，第1746册，第3頁。
② 《新唐書》卷57，中華書局1975年版，第1429頁。
③ 程元敏：《詩序新考》第10節，臺北五南圖書出版公司2005年版，第168頁。
④ 《舊唐書》卷46，中華書局1975年版，第1970頁。鄭玄（127—200）認爲《毛詩序》最早的形態即合編本，"至毛公爲《詁訓傳》，乃分衆篇之義，各置於其篇端"，見《毛詩正義》卷9之4，阮元校刻《十三經注疏》，中華書局2009年影印清嘉慶刻本，第893頁。若此解成立，則《舊唐書》所錄"《毛詩集序》二卷"恰可視爲對《毛詩序》祖本形式的復原。南宋醇儒朱熹編纂《詩集傳》，卷首即將《毛詩序》統輯一處而作辯說，見《詩集傳》卷首，中華書局2017年版，第13—62頁。未知其靈感是否即源自合編本的形態。

二　補正史藝文、經籍志及其他文獻所見《韓詩》著述

由於多數正史並未設置藝文、經籍志①，它們對學術著作的介紹，往往散入列傳之中，這爲集中調查該時代的文獻製造了困難。職是之故，清儒興起了補撰正史藝文、經籍志的風潮，他們遊弈於文獻之海，將散見於古史載籍的書目聚爲一志，並附以較爲嚴謹的考證，嘉惠後學。對於《韓詩》著述的考察而言，這些補志自然也能提供正史藝文、經籍志以外的信息。兹以補志爲主，結合其他史料所記，就未見於正史藝文、經籍志的《韓詩》著述進行考索。

（一）《詩題約通義》，卷數不詳，杜撫撰

按：見姚振宗《後漢藝文志》②。姚氏係採自范曄《後漢書·儒林列傳·杜撫》："其所作《詩題約義通》，學者傳之，號'杜君法'云。"③ 此文已先見於吴人陸璣《毛詩草木鳥獸蟲魚疏》④，此或即《後漢書》之史源，惟范書之"杜君法"，陸書作"杜君注"⑤，據此可知《詩題約義通》在性質上當屬注書。另，"詩題約義通"五字晦澀難明，故頗疑書名之"義通"，本應作"通義"。其證

---

① "二十五史"之中，僅有七部史書設置了藝文、經籍志，即《漢書·藝文志》《隋書·經籍志》《舊唐書·經籍志》《新唐書·藝文志》《宋史·藝文志》《明史·藝文志》《清史稿·藝文志》，占比不足30%。

② 姚振宗：《後漢藝文志》卷1，王承略、劉心明主編：《二十五史經籍藝文志考補萃編》，清華大學出版社2011年版，第7卷，第27—28頁。

③ 《後漢書》卷79下，中華書局1965年版，第2573頁。

④ 陸璣：《毛詩草木鳥獸蟲魚疏》卷下，《叢書集成初編》，中華書局1985年影印《古經解彙函》本，第1346册，第69頁。

⑤ 金良年認爲作"杜君注"者爲是，見《〈後漢書〉標校瑣議》，中華古籍網，鏈接：http：//www.guji.cn/web/c_000000110008/d_8152.htm. 訪問時間：2018年6月15日。按此說可從，因《後漢書》對於自成一派的學術或著述，例以"某氏學""某侯學""某氏章句""某君注"等形式著録，却未見"某君法"之例，張舜徽先生曾有詳辨，見《廣校讎略》卷2，上海古籍出版社2013年版，第20—21頁。

有二：

第一，漢人著述素有"通義"之體，如班固之《白虎通義》，應劭（153？—196）之《風俗通義》，皆以"通義"爲體。此體之影響延及後世，遲至清中葉，仍有章學誠（1738—1801）之《文史通義》《校讎通義》。而作"義通"，則有不辭之嫌。

第二，晉人常璩《華陽國志》卷十有《杜撫傳》："杜撫字叔和，資中人也①。少師事薛漢，治《五經》。……作《詩通義説》。"② 王文才《兩漢蜀學考》以陸璣早於常璩，故定陸璣所録《詩題約義通》爲本名，常璩所録《詩通義説》則爲改題③，"考校

---

① 有關杜撫的籍貫問題，《後漢書》記載爲犍爲武陽，《華陽國志》則記爲資中（亦屬犍爲郡）。陳君認爲當以資中爲是，其依據爲《後漢書》杜撫本傳記其從薛漢學成後"歸鄉里教授"，而《後漢書·趙曄傳》記載趙曄"詣杜撫受《韓詩》"之地適爲犍爲資中，可見其講授《韓詩》的地點——亦即其"鄉里"——是犍爲資中，由此定杜撫爲資中人，見《東漢文學劄記（下）》，《古籍研究》2008 年卷上，第 146 頁。這一看法實際上早在中華書局點校本《後漢書》的校勘記中已有申明："疑'資中'爲是，'武陽'非也。"但需要考慮的是，范曄將杜撫和趙曄的傳記安排在同一卷（卷七九下），前後聯繫較緊密，當不至阢隉如此。所以曹美娜提出了另一種更爲通達的解釋，即"歸鄉里教授"的"鄉"表示犍爲郡，見《〈吳越春秋〉作者趙曄生平解説與考證》，《重慶工學院學報》2009 年第 9 期，第 127 頁。這一解釋是符合事實的，胡寶國《〈史記〉與戰國文化傳統》即敏鋭地發現自西漢後期以來，史家已逐漸以郡作爲歷史人物的籍貫單位，區別於此前"以縣爲籍"的書法，見《漢唐間史學的發展》（修訂本），北京大學出版社 2014 年版，第 1—8 頁。所以按照這種解釋，《後漢書》對杜撫籍貫及授學地點的扦格便旁通無滯，因杜撫出生地武陽及授學地資中均屬犍爲郡之轄區（見《後漢書·郡國志五》），故其赴資中授學，自然是"歸鄉里（犍爲）"。從這一點看，《後漢書》的記載仍然可信。至於《華陽國志》徑記杜撫爲資中人，則或許是由於杜撫在資中講學時間悠久（《後漢書·趙曄傳》謂其從杜撫問學"積二十年"），且影響極大（《後漢書》本傳謂"弟子千餘人"），故人以資中人視之。但細論杜撫之籍貫，自仍當以武陽爲是，恰如曹金華所言："杜撫爲師資中，未必資中人也。"見《後漢書稽疑》中册，中華書局 2014 年版，第 1066 頁。

② 劉琳：《華陽國志校注》卷 10 中，巴蜀書社 1984 年版，第 776 頁。

③ 王文才：《兩漢蜀學考》，載李大明主編《巴蜀文學與文化研究》，商務印書館 2005 年版，第 23 頁。

是非，大較以最初者爲主"①，王說可從。然常書所錄書名雖爲改題，却保留了原書本名中的"通義"二字，可知杜撫原書應作《詩題約通義》。常璩先將其簡化爲"詩通義"，並以"說"附於其後，用於說明此書係注書的特徵（因"說即注也"②），杜撫原書並無"說"字。事實上，"通義"二字已含有注釋之義，《白虎通義》係對白虎觀會議所論五經同異的注釋，《風俗通義》係對漢代風俗的注釋，《詩題約通義》當係對《詩經》題旨要義的注釋（說詳下），故常璩於"通義"後加"說"，反嫌蛇足。

由此可見，杜撫此書本名"詩題約通義"的可能性較大。本書尊重這種可能性，故暫題此書爲《詩題約通義》。下面續就該書題之含義略加申述。

由於史料闕如，所以對"詩題約通義"含義的推究，不免要承擔求之過深的風險，這是必須預先交待的。本書暫定《詩題約通義》係就《詩經》之題旨大要進行的注釋，主要結合以下兩方面的考慮：

首先考慮的是對"題約"二字的理解，"約"之本義爲"纏束"（見《說文·糸部》），由此引申爲約束、束縛，進而發展出帶有約束意義的盟約、契約等義，但這些義項與"題"字相聯結時，顯然無從構成邏輯關係。故疑此處之"約"當讀爲"要"，"約與要一聲之轉，古亦通用"③，此時"約"訓爲"簡要"④，引申爲精要，故

---

① 臧庸：《拜經日記》卷5，《續修四庫全書》，上海古籍出版社2002年影印武進臧氏拜經樓刻本，第1158册，第92頁。這一原則實爲中國古典文獻學所共同承認的基本預設。就杜撫書名的問題而言，清中期的侯康已經表述了類似於王文才的觀點，他雖然承認題作《詩通義說》則"名似較順"，但仍在後文中下一轉語云："然陸璣先於常璩，其稱名已同范史矣。"見《補後漢書藝文志》卷1，王承略、劉心明主編《二十五史經籍藝文志考補萃編》，清華大學出版社2012年版，第6卷，第502頁。此處足以顯示"以最初者爲主"的預設對於文獻學家立論的限約。

② 任乃强：《華陽國志校補圖注》卷10中，上海古籍出版社2015年版，第591頁。

③ 俞樾：《諸子平議》卷12，中華書局1954年版，第234—235頁。

④ 參揚雄《法言·吾子》："多聞則守之以約。"李軌注："約，所守簡要。"見汪榮寶《法言義疏》卷4，中華書局1987年版，第77頁。

"詩題約"相當於"詩題要",亦即《詩經》題旨之精要。只要認可了這一解釋,則"詩題約通義"即指對《詩經》題旨精要所作出的注釋,這些注釋係就題旨而言,故當與《毛詩序》的性質相類似。

其次,趙曄撰有《韓詩譜》二卷,此書在性質上接近于《毛詩譜》,是一部包含詩旨等背景要素在内的《詩》學著作,可見趙曄對於《韓詩》的題旨有着深湛的研究。而趙曄所接受的《韓詩》訓練完全來自杜撫,《會稽典錄》稱趙曄"詣博士杜撫受《韓詩》,撫嘉其精力,盡以其道授之"①,《後漢書》本傳謂趙曄"詣杜撫受《韓詩》,究竟其術"②,由此足見趙曄已盡獲杜撫研治《韓詩》之"道""術"。故趙曄在《韓詩譜》中展現的有關《韓詩》題旨的知識,當亦自杜撫而來。由此分析,則杜撫對於《韓詩》題旨的確有着博洽的研究。杜撫雖有刪定薛漢父子《韓詩章句》之舉,但其獨立完成的著述則僅有號稱"杜君注"的《詩題約通義》③,其對於《韓詩》題旨的研究當即體現在該書中。换言之,趙曄《韓詩譜》關於題旨大義的學術淵源應推至其師杜撫的《詩題約通義》。從這一角度來考慮,則《詩題約通義》當亦包含着《韓詩》的題旨精要。

以上結合《詩題約通義》的題目字面義以及杜撫高足趙曄在《韓詩》題旨方面的學術淵源進行了分析,推斷《詩題約通義》應是一部就《韓詩》題旨精要進行注釋的專著。該書雖在東漢的知識界頗負盛名,一度獲得了"杜君注"的雅稱,但亡佚較早,至《隋書·經籍志》已無蹤跡。但其學術内核,當已爲趙曄《韓詩譜》所承接,進而對隋唐之際成書的《韓詩序》生發影響,這在前文已有論述,此處不再疊床架屋了。

---

① 虞預:《會稽典錄》卷上,魯迅輯:《會稽郡故書雜集》第 2 種,《魯迅全集》,人民文學出版社 1973 年版,第 8 卷,第 32 頁。
② 《後漢書》卷 79 下,中華書局 1965 年版,第 2575 頁。
③ 亦有學者以《詩題約義通》爲杜撫"刪定薛漢本《韓詩》而成",見張舜徽主編《後漢書辭典》,山東教育出版社 1994 年版,第 546 頁。這實際上是將《後漢書》杜撫本傳"定《韓詩章句》"及"作《詩題約義通》"這兩處記載誤合爲一,不足爲據。《後漢書》一用"定"而一用"作",其别醒豁,不容淆漫。

(二)《詩細》(一名《詩道微》) 十一卷,趙曄撰

按:見姚振宗《後漢藝文志》①。姚氏係採自范曄《後漢書·儒林列傳·趙曄》:"曄著《吳越春秋》《詩細》《歷神淵》。蔡邕至會稽,讀《詩細》而歎息,以爲長於《論衡》。"②《詩細》在性質上與王充的《論衡》相近,上文考察《韓詩譜》時已予以指出,茲不贅叙。遺憾的是,《詩細》已無一條佚文傳世,故今天已無法就其具體內容加以考索。清人王仁俊曾輯有《韓詩趙氏學》一卷(僅一條)③,看似爲趙曄研究《韓詩》之文,實則出自曄著《吳越春秋》④,尚無

---

① 姚振宗:《後漢藝文志》卷1,王承略、劉心明主編:《二十五史經籍藝文志考補萃編》,清華大學出版社2011年版,第7卷,第27頁。
② 《後漢書》卷79下,中華書局1965年版,第2575頁。
③ 王仁俊:《玉函山房輯佚書續編》經部詩類,《玉函山房輯佚書續編三種》,上海古籍出版社1989年影印上海圖書館藏稿本,第28頁。
④ 這則材料出自《吳越春秋·吳太伯傳》:"公劉慈仁,行不履生草,運車以避葭葦。公劉避夏桀於戎狄,變易風俗,民化其政。"見周生春:《吳越春秋輯校彙考》上卷第1,上海古籍出版社1997年版,第13—14頁。王仁俊繫其於《大雅·公劉》篇中。但這一材料顯然是講史,而非解《詩》,最明顯的證據便是文中根本沒有出現《公劉》的篇題與文本,可見其僅是講述公劉的史實,與《韓詩·公劉》並無關聯,故視其爲"《韓詩》趙氏學"是不準確的。清儒常常在確定了某一史家的《詩》學歸屬(如定司馬遷爲《魯詩》家,定班固爲《齊詩》家)後,便將其所有講史之文均視爲其所屬《詩》派之遺說,這一錯誤的方法論亟待檢討。章學誠《與陳觀民工部論史學》曾言:"文士論文,惟恐不己出;史家之文,惟恐出於己,其大本先不同矣。史體述而不造,史文而出於己,是爲言之無徵。無徵,且不信於後也。"見倉修良編:《文史通義新編》外篇1,上海古籍出版社1993年版,第294頁。這裏的"文士論文"亦可置換爲"經師解經",因二者均可在一定範圍内師心自用,見仁見智,而史學則以還原歷史真實(即《漢書·司馬遷傳》對"實録"境界的描述:"其文直,其事核,不虛美,不隱惡。")爲主要使命,與經師解經截然異趣。質言之,史書的材料來源是若干基礎史料,而非解詩文本;故史書的結撰,是史家忠於史實的結果,而非迻寫詩解的產物。當詩解與史實出現抵牾時,優秀的史家自當棄前取後,以成就"文直事核"的境界,亦即蘭克(Leopold von Ranke, 1795–1866)所說的"單純叙述準確發生過的事件"(simple explain the event exactly as if it happened)。史實與詩辭之不容相淆,是顯而易見的事實。所以對於出現在史書中的叙述型文本(解釋型文本——如序、論、贊等——則另當別論),即便其與《詩經》有些關聯,亦不可徑視其爲詩解材料,因此時的叙述型文本是基於史學需求,而非經學研究。以往談及清儒三家《詩》輯佚缺失的論著,大多集中於清儒對學者所屬《詩》派的誤判(當然這是非常重要的一點),而對於清儒混淆史家記實之言與儒生解經之文的誤區,似乎尚有揭出者。聊識於此,留待他日之券。

從領略其《韓詩》研究之大略。

需要說明的是，宋初修成的大型類書《册府元龜·學校部·注釋》中曾有"趙曄撰《詩道微》十一卷"的信息①。清儒姚振宗認爲："《詩道微》似即《詩細》之異名，其書凡十一篇，惟見《册府元龜》，其所據必有本，今莫得而詳矣。"② 由於《册府元龜》所錄《詩道微》之史源已無從具考，故姚氏只能結合傳世的《後漢書》進行推測。這一推測得到了後世學者的認同。如劉毓慶先生即在姚說基礎上，進一步從《詩道微》與《詩細》的題名入手，分析了二者異名同實的關係："'微'與'細'其義相通，此當即《詩細》之異名。"③ 這一分析是較爲合理的，故本書題《詩細》一名《詩道微》，卷數則依宋本《册府元龜》所載，錄爲十一卷。

（三）《韓詩章句》，卷數不詳，張匡撰

按：見姚振宗《後漢藝文志》④。姚氏係採自范曄《後漢書·儒林列傳·張匡》："時山陽張匡，字文通，亦習《韓詩》，作章句。"⑤

---

① 《宋本册府元龜》卷605，中華書局1989年版，第1861頁。明本"十一卷"作"十一篇"，見周勛初等校訂：《册府元龜》卷605，鳳凰出版社2006年版，第6974頁。本書暫從宋本。

② 姚振宗：《後漢藝文志》卷1，王承略、劉心明主編：《二十五史經籍藝文志考補萃編》，清華大學出版社2011年版，第7卷，第27頁。引文作"十一篇"，可知其所據爲明本《册府元龜》。

③ 劉毓慶：《歷代詩經著述考（先秦—元代）》，中華書局2002年版，第49—50頁。但劉先生隨即認爲《隋書·經籍志》所著錄的《韓詩譜》應是《韓詩細》，則似乎無法成立。其據有三：第一，"譜"與"細"在形聲兩方面，均不存在致誤之可能；第二，"詩譜"是《詩》學著作的固定體裁之一，《隋書·經籍志》在《韓詩譜》之外，還載錄了《毛詩譜》，足見"詩譜"二字並無問題；第三，劉先生認爲《詩道微》即《詩細》，亦即《韓詩譜》，但《册府元龜》著錄《詩道微》爲十一卷的容量，而《隋書·經籍志》著錄的《韓詩譜》僅兩卷，二者顯非一書。故似乎不宜將其視爲"詩細"之訛。基於上述原因，本書贊同《詩細》與《詩道微》係同一書的推斷，但對於《詩細》與《韓詩譜》的關係，則堅持二者各自爲書的看法。

④ 姚振宗：《後漢藝文志》卷1，王承略、劉心明主編：《二十五史經籍藝文志考補萃編》，清華大學出版社2011年版，第7卷，第28頁。

⑤ 《後漢書》卷79下，中華書局1965年版，第2575頁。

此傳緊接於《趙曄傳》之後，可知"時"字係指趙曄之時，據此，張匡與趙曄同時，山陽（今江蘇淮安）人。《册府元龜·學校部·注釋》謂"張正習《韓詩》，作章句"①，《玉海·藝文志》謂"張康作《韓詩章句》"②，皆沿用《後漢書》之文，惟避宋太祖趙匡胤之諱，遂改"張匡"爲"張正""張康"。

張氏的《韓詩章句》亡佚已久，其具體信息已不可詳考。但此書的出現，在《韓詩》學派的發展過程中，仍然具備不可忽視的意義。因爲它證明了《韓詩》在漢代不僅有薛氏父子所作《章句》，這從側面反映出了東漢時代的《韓詩》傳承的確較爲阜勝，唐晏《兩漢三國學案》提出的"大抵《魯詩》行於西漢，而《韓詩》行於東漢"的論斷③，在此處得到了印證。發軔於燕地河內一隅的《韓詩》學術，在經過了西漢的揚厲敷弘之後，日漸浸潤全疆，在包括山陽在內的諸多地域中枝葉扶疏地綻露了新的生機。當然，東漢時山陽地區的《韓詩》學風並非無所依傍，陡然而起。其學術淵源可上溯至西漢時代，最明確的證據便是《漢書·儒林傳·趙生》所記載的史實：栗豐曾傳《韓詩》於山陽學者張就④。可見在張匡之前，已有山陽學者修習《韓詩》，但張就的《韓詩》學術是否影響到了張匡，限於史料，現已無從作出分析了。

（四）《韓詩章句》，卷數不詳，杜瓊撰

按：見侯康《補三國藝文志》⑤，亦見姚振宗《三國藝文志》⑥。其史源爲《三國志·蜀書·杜瓊傳》："杜瓊，字伯瑜，蜀郡成都人

---

① 《宋本册府元龜》卷605，中華書局1989年版，第1863頁。

② 王應麟：《玉海》卷42，廣陵書社2003年影印光緒九年（1883）浙江書局刊本，第788頁。

③ 唐晏：《兩漢三國學案》卷6，中華書局1986年版，第299頁。

④ 《漢書》卷88，中華書局1962年版，第3614頁。

⑤ 侯康：《補三國藝文志》卷1，王承略、劉心明主編：《二十五史經籍藝文志考補萃編》，清華大學出版社2012年版，第9卷，第8頁。

⑥ 姚振宗：《三國藝文志》卷1，王承略、劉心明主編：《二十五史經籍藝文志考補萃編》，清華大學出版社2012年版，第9卷，第102頁。

也。……著《韓詩章句》十餘萬言。"① 終三國之世，《韓詩》學派的新著作只有杜瓊這部《韓詩章句》，這也是《韓詩》學派最後一部撰者可考的著作。但此書亡佚甚早，杜瓊本傳記其"不教諸子，內學無傳業者"大概是不容忽視的原因。同時，"益部多貴今文而不崇章句"的學術氛圍②，也在一定程度上限制了杜瓊《韓詩章句》的傳佈。

《韓詩》發展至三國時代，地域間傳承情況的差距已見端倪。大致而言，蜀漢較盛，曹魏次之，而孫吳最微。蜀地《韓詩》的獨盛表現在諸多方面（詳本書第四章），而杜瓊有專著問世，無疑對此作了具體而微的展示。但其並未將斯學弘揚光大，則不免爲學術史留下了揮之不去的遺憾。

（五）《韓詩食氏》，卷數不詳，食子公撰

按：見洪适《隸釋》卷七《車騎將軍馮緄碑》③。碑文云："君諱緄，字皇卿，幽州君之元子也。少耽學問，習父業。治《春秋》嚴、《韓詩》倉氏。"可知在馮緄（102—167）④所處的東漢時代，《韓詩》尚有倉氏之學流傳於學術界。然遍考史籍所載《韓詩》學者，未有倉姓者，故頗疑此處之"倉"乃"食"之訛，二字涉形近而誤⑤。"食氏"即西漢《韓詩》學者食子公，《漢書·儒林傳·趙

---

① 《三國志》卷42，中華書局1971年版，第1021—1022頁。
② 《三國志》卷42，中華書局1971年版，第1026頁。"益部"即益州，據《漢書·地理志》記載，益州下轄八郡：漢中郡、廣漢郡、蜀郡、犍爲郡、越嶲郡、益州郡、牂牁郡、巴郡，見周振鶴：《漢書地理志彙釋》，安徽教育出版社2006年版，第294—337頁。杜撫爲蜀郡人，轄屬益州，自然身處益部"不崇章句"的學風之內。
③ 洪适：《隸釋》卷7，中華書局1986年版，第86頁。
④ 馮緄生卒年據何如月《漢車騎將軍馮緄碑誌考釋》，《考古與文物》2006年第1期，第90—94頁。
⑤ 關於"倉"與"食"在漢碑中的寫法，可參毛遠明《漢魏六朝碑刻異體字典》，中華書局2014年版，第65—66、798頁。陳直先生則徑讀"倉"爲"食"："《隸釋》卷七《馮緄碑》云：'治《春秋》嚴，《韓詩》食氏。'據此食子公亦有《韓詩》章句，特不載於《藝文志》耳。"見《漢書新證》，中華書局2008年版，第404頁。

生》曾明確記録過《韓詩》有食氏之學①，但未就其詳情做出介紹。現由《馮緄碑》提供的信息，可知食氏之學已不僅僅是口耳相傳的學説，還實現了向著述形態的轉變，只是受限於史料的殘缺，食氏學具體的文體形態已無從查考，故暫題其書名爲《韓詩食氏》②。

《韓詩食氏》的影響，也因《馮緄碑》提供的新材料而具備了進一步分析的可能。因爲《儒林傳》對於食子公的弟子，僅記録了泰山學者栗豐③，這往往給讀者留下這一印象：食氏之學僅存在河内至泰山這一條東傳路綫，其傳播相當有限。現由《馮緄碑》對於碑主户籍的著録，可知食氏之學還一度北傳至幽州地區，這豐富了《儒林傳》對此學傳播情況的單調記録，彰顯了以碑補史的特殊效用。

（六）《韓詩圖》十四幅，繪者不詳

按：見張彦遠（815—907）《歷代名畫記》卷三"述古之祕畫珍圖"條，張氏於此條弁言云："古之祕畫珍圖，固多散逸，人間不得見之，今粗舉領袖。"此後即列有《韓詩圖》，下注"十四"④，由此知彦遠之前，曾有《韓詩圖》十四幅傳世，但已"散逸，人間不得見之"，故無從瞭解其內容了。東漢桓帝時，畫家劉褒曾分別據《大雅·雲漢》和《邶風·北風》繪成《雲漢圖》及《北風圖》，人覽前者而"覺熱"，覽後者而"覺涼"⑤，可見至遲在東漢後期，《詩經》已成爲畫家的題材來源。《韓詩圖》或許就是結合《韓詩經》及相關解説而繪成的圖畫。

---

① 《漢書》卷88，中華書局1962年版，第3614頁。

② 漢儒解經著述的題名方式通常包含三個要素：本經，著者姓氏，文體。有三者具備者，如《齊（詩）后氏傳》；亦有不題著者姓氏者，如《韓詩外傳》；亦有不題文體者，如《周易韓氏》。因《韓詩食氏》之文體無從考實，故本書取不題文體之例，這亦與《馮緄碑》的寫法相合。

③ 《漢書》卷88，中華書局1962年版，第3614頁。

④ 張彦遠：《歷代名畫記》卷3，《叢書集成初編》，中華書局1985年影印《津逮秘書》本，第1646冊，第145頁。

⑤ 張彦遠：《歷代名畫記》卷4引張華《博物志》佚文，《叢書集成初編》，中華書局1985年影印《津逮秘書》本，第1646冊，第158—159頁。

傳世文獻所記載的《韓詩》著作已見上文之紹介。其中，撰於西漢者五部，東漢者七部，三國、隋唐者各一部、年代無考者一部，合十五部。晚清經學家皮錫瑞（1850—1908）曾言"後漢經學盛於東漢者有二事"，其一便爲"前漢篤守遺經，罕有著述，章句略備，文采未彰"，而後漢則著述林立[①]。《韓詩》著述所呈現出的情形，無疑爲皮錫瑞的觀察增添了全新且有力的注脚。

第二節 《韓詩》佚著輯本叙錄

一 《韓詩》單輯本叙錄

所謂"《韓詩》單輯本"，指專就《韓詩》佚著進行輯佚的輯本，以區別於統輯《魯詩》《齊詩》《韓詩》的三家《詩》輯本。《韓詩》單輯本根據體例的不同，又可以析爲兩類：一爲將所有《韓詩》佚著進行聯合輯録的彙輯本，即繆荃孫所謂"統曰'韓詩遺説'"[②]，亦有使用"韓詩内傳"爲名者，但這一稱謂指一切已佚的《韓詩》著作，並非專指《韓詩内傳》[③]；一爲將不同《韓詩》佚著進行分别輯録的别輯本，目前僅見馬國翰《玉函山房輯佚書》所輯出的多部《韓詩》佚著。本節著重介紹彙輯本，馬國翰單行輯

[①] 皮錫瑞：《經學歷史》第4節，周予同注，中華書局2011年版，第84—85頁。清水茂《紙的發明與後漢的學風》認爲紙的發明爲東漢經學著述在數量上超越西漢提供了技術手段，見《清水茂漢學論集》，中華書局2003年版，頁29。此説極爲新警，在傳統的學術史解釋以外，辟出了新途。

[②] 繆荃孫：《光緒順天府志》卷123，日本早稻田大學藏光緒十二年（1886）刻本，第3頁a。

[③] 之所以將已佚的《韓詩》著作統題爲"韓詩内傳"，當因《韓詩外傳》傳世至今，所以用與其相對的"韓詩内傳"指稱未傳世的《韓詩》著作，亦即《韓詩》諸佚著。所以對於清輯本書題所使用的"韓詩内傳"，多應視爲泛稱（common noun），而非專稱（proper noun）。當然，馬國翰《玉函山房輯佚書》所輯録的《韓詩内傳》是個特例，因該本是唯一一部單純輯録《内傳》的輯本，不牽涉其他《韓詩》佚著，故此處的"韓詩内傳"使用的自然是專稱用法了。

本的情況將於第二章分別輯錄《韓詩》諸佚著時再行介紹。

（一）《韓嬰詩考》一卷，王應鯨輯

按：王應鯨（1717—1795）[①]，字霖蒼，號闇閣，河北任邱人，乾隆元年（1736）中舉，此後"應禮闈試，三薦不售，遂絕意進取，廣搜古今書籍，積數千卷，時典衣購買，肩負以歸"[②]。一生著述宏富，以《朱子通鑑綱目注義》最負盛名。其所撰《韓嬰詩考》一卷，見徐世昌《大清畿輔先哲傳》卷一五《王應鯨傳》，然似已佚失。此書一名《韓詩考》，見《河北通志稿》[③]，觀其題名，或爲補苴王應麟《詩考·韓詩》之作，可惜目前尚未有緣獲睹該書，無從作更深入的紹介。

（二）《韓詩拾遺》十六卷，王謨輯

按：王謨，字仁圃，號汝上老人，江西金谿人，乾隆四十三年（1778）進士，精於考據與輯佚之學，輯有《漢魏遺書鈔》《漢唐地理書鈔》等大型輯佚叢書[④]。

《韓詩拾遺》亦爲輯佚著作，惜今已不存，其詳情僅見於王謨《漢魏遺書鈔·韓詩內傳》之序錄："若《內傳》，雖據《隋志》'猶存，無

[①] 徐世昌（1855—1939）曾在《大清畿輔先哲傳·王應鯨傳》中記載王應鯨十九歲時中乾隆元年（1736）舉人，由此可逆推應鯨生於康熙五十七年（1718），但徐氏又記應鯨卒於乾隆六十年（1795），年七十九，由此逆推應鯨則生於康熙五十六年（1717），與依中舉之年推算者相差一年。見《大清畿輔先哲傳》卷15，北京古籍出版社1993年版，第462—464頁。此外，中國第一歷史檔案館藏有王應鯨於乾隆四十五年（1780）八月二十七日上呈奏表，言其時五十八歲，見秦國經主編《中國第一歷史檔案館藏清代官員履歷檔案全編》，華東師範大學出版社1997年版，第21冊，第231頁。據此逆推，則應鯨生於雍正元年（1723），與徐世昌提供的材料相差五六年。兩說未知孰是。本書暫依徐世昌說，定應鯨1717年生，1795年卒。

[②] 以上內容均據徐世昌《大清畿輔先哲傳》卷15，北京古籍出版社1993年版，第462—464頁。

[③] 轉引自嚴靈峰《周秦魏諸子知見書目》，臺北正中書局1978年版，第5卷，第238頁。嚴氏雖錄其名，但直言"未見"，此亦該書佚失之佐證。

[④] 有關王謨生平學行的詳細考證，可參閱褚贛生《王謨及其輯佚活動評述》，《文獻》1987年第2期，第246—257頁。

傳之者'，至宋世亦已亡，朱子嘗欲寫出《文選注》中《韓詩章句》，未果。王應麟因更廣爲《韓詩考》，猶多遺漏。謨已別撰《韓詩拾遺》十六卷，以網羅諸《內》《外傳》放失，幷加疏解。"①"幷加疏解"四字說明《韓詩拾遺》是一部在搜集《韓詩》遺說基礎上加以疏解詮釋的著作②，這與僅僅輯錄《韓詩》的著作不可同日語，標誌着學界對於《韓詩》佚著的研究已不僅僅停留在輯佚階段，還發展出了包含輯家學術思想的疏解意識③。疏解《韓詩》的著作在清後期始蔚然成風，但清中期的《韓詩拾遺》已含此意，的確值得注意。不過從後來的《韓詩》輯考著述未見提及《韓詩拾遺》來看，似乎可推斷此書的傳播較爲有限，並未在知識界中產生影響，這的確是《韓詩》研究史的損失。

（三）《韓詩內傳》一卷，王謨輯

按：該輯本列入王謨著名的輯佚叢書《漢魏遺書鈔》中，是清代較早對《韓詩》佚文進行輯錄的輯本（下簡稱"王輯本"）。雖然只有一卷的容量，但內容較爲豐富④。《續修四庫全書》子部雜家類

---

① 王謨：《〈韓詩內傳〉序錄》，《漢魏遺書鈔·韓詩內傳》卷首，《續修四庫全書》，上海古籍出版社 2002 年影印復旦大學圖書館藏嘉慶三年（1798）西齋刻本，第 1999 册，第 518 頁。

② 徐世昌記王謨"於諸經皆有詮釋，著《韓詩拾遺》十六卷"，見《清儒學案》卷 200，中華書局 2008 年版，第 7777 頁。"詮釋"一詞再次證實了《韓詩拾遺》確是一部疏解類的著作。

③ 房瑞麗曾盛讚清人陳壽祺的《詩考異再補》"在三家《詩》輯佚史上具有非常重要的意義，表明三家《詩》輯佚已由單純的對於殘叢瑣語、飣餖之言的搜羅之學，轉變爲包含學者學術個性及思想的證議結合之學"，見氏著《稀見清代三家〈詩〉學著作二種》，《文獻》2014 年第 6 期，第 178 頁。這一看法似乎忽視了早在陳壽祺之前，王謨《韓詩拾遺》已在"搜羅"之外實現了"證議結合"。

④ 據王氏《〈韓詩內傳〉序錄》介紹，該輯本"凡鈔出《釋文》一百五十八條，《詩正義》九條，《周禮正義》五條，《禮記正義》七條，《公羊傳注》二條，《孟子音義》一條，《爾雅注疏》四條，《史記注》五條，《前漢書注》五條，《後漢書注》十六條，《文選注》九十三條，《水經注》一條，《說文》一條，《玉篇》三條，《廣韻》一條，《白虎通》二條，《類聚》二條，《初學記》六條，《書鈔》一條，《御覽》十一條，《玉海》四條，《朱子詩傳》一條，《董氏詩故》六條"。見王謨輯《漢魏遺書鈔·韓詩內傳》卷首，《續修四庫全書》，上海古籍出版社 2002 年影印復旦大學圖書館藏嘉慶三年（1798）西齋刻本，第 1999 册，第 518 頁。

曾據復旦大學圖書館藏嘉慶三年（1798）西齋刻本影印此書①，書中附有以娟美的行楷書撰寫的若干條補語，彌足珍貴，然這批補語出自誰人之手，限於史料，目前尚無法詳考。考補語曾有"馬本"之稱謂，可知補語之作者已獲睹馬國翰《玉函山房輯佚書·經編》所輯《韓詩》諸輯本，馬書之經、子二編初刻於道光二十九年（1849），故補語必撰於1849年後。補者曾於王謨所撰序錄之後題寫跋文一則，論王輯本之缺憾頗中肯綮，茲迻錄於下，用廣其傳：

> 王氏此書，凡厚齋所引《外傳》，多不錄，然亦間採數語，未詳其義例。至於《釋文》《選注》《御覽》諸書，則採之猶未盡也。今悉筆之眉端，以補其闕。原引第稱書名，不詳卷數，亦補著之。《釋文》《詩疏》各見本條，無待注也。②

王輯本之三類闕略，在這段跋文中得到了清晰的呈現：（一）《韓詩外傳》所提供的《韓詩》異文對於重輯《韓詩經》之文本具有極其重要之價值，然王輯本"多不錄"；（二）《經典釋文》《文選注》《太平御覽》保留了大量《韓詩》遺說，然王輯本"採之猶未盡"；（三）輯佚本應詳注出處，然王輯本"第稱書名，不詳卷數"。以上三點實際上也暴露出《韓詩》早期輯本的不成熟之處：既不全，也不精。此外，王輯本還存在以下兩方面的不足：（一）誤輯。例如王氏於《抑》篇輯侯苞（芭）云："《抑》，衛武公刺王室，亦以自戒。"③ 按此條係侯芭《韓詩翼要》之文，王氏《漢魏遺書鈔》既已

---

① 《續修四庫全書》並未明確標記其影印《漢魏遺書鈔》的版本信息，但通過該本首頁"嘉慶戊午新鐫""西齋藏版"之語，及部分輯本題下所鈐朱文"復旦大學圖書館藏"之印，可知此本係復旦大學圖書館所藏嘉慶三年（1798，戊午）西齋刻本。
② 佚名：《〈漢魏遺書鈔·韓詩内傳〉跋》，王謨輯：《漢魏遺書鈔·韓詩内傳》卷首，《續修四庫全書》，上海古籍出版社2002年影印復旦大學圖書館藏嘉慶三年（1798）西齋刻本，第1999冊，第518頁。
③ 王謨輯：《漢魏遺書鈔·韓詩内傳》，《續修四庫全書》，上海古籍出版社2002年影印復旦大學圖書館藏嘉慶三年（1798）西齋刻本，第1999冊，第527頁。

據之輯入《韓詩翼要》①，自然不應重輯於《韓詩内傳》中。（二）沒有對來源不同、但内容相同的文本作妥善的拼合。例如王氏於《周南·卷耳》"我姑酌彼金罍"句下輯《韓詩》遺說二則：

（1）金罍，酒鐏。天子以玉飾，諸侯、大夫皆以黄金飾，士以梓。

（2）金罍，大夫器也。天子以玉，諸侯、大夫皆以金，士以梓。②

以上兩條内容顯然同出一源，而王氏未加拼合，統輯於書中，造成了無謂的重複。馬國翰《玉函山房輯佚書·韓詩說》則對此條進行了較好的拼合：

金罍，大夫器也。天子以玉飾，諸侯、大夫皆以黄金飾，士以梓，無飾。③

馬國翰删去了"酒鐏"（此二字非《韓詩》之文④），對王輯本兩則文字進行了整合，並以《三禮圖》爲據，在"士以梓"下增"無飾"二字，從而較好地還原了此條《韓詩》遺說的面貌。二本相

---

① 王謨輯：《漢魏遺書鈔·韓詩翼要》，《續修四庫全書》，上海古籍出版社 2002 年影印復旦大學圖書館藏嘉慶三年（1798）西齋刻本，第 1999 册，第 529 頁。
② 王謨輯：《漢魏遺書鈔·韓詩内傳》，《續修四庫全書》，上海古籍出版社 2002 年影印復旦大學圖書館藏嘉慶三年（1798）西齋刻本，第 1999 册，第 519 頁。第 1 條輯自《經典釋文》，第 2 條輯自《毛詩正義》引《韓詩》。
③ 馬國翰輯：《玉函山房輯佚書·韓詩說》，臺北文海出版社 1974 年影印同治十年（1871）濟南皇華館書局補刻本，第 511 頁。按此條實乃"《韓詩》說"，而非"《韓詩說》"，詳辨見本書第二章第四節。馬氏輯入《韓詩說》中，不確。
④ 《釋文》原文云："罍，盧回反，酒鐏也。《韓詩》云：天子以玉飾，諸侯、大夫皆以黄金飾，士以梓。"見陸德明《經典釋文》卷 5，中華書局 1983 年影印納蘭性德通志堂刻本，第 54 頁。可知"酒鐏（鐏）"乃陸德明語，而非《韓詩》之文。

較，王輯本之冗脞已相當直截地顯現出來。

不過雖然存在上述問題，但王輯本作爲較早出現的清人輯本，仍具備一定的學術意義。在王謨之前，僅有明季董斯張就《詩考》進行過補充，但規模太小，且有錯漏①，亦非專就《韓詩》進行補遺，至王謨始專以《韓詩》爲本，較爲完善地補充了《詩考》漏輯的諸多條目，這些補充涵蓋了《韓詩翼要》之外的多種《韓詩》佚著之遺説②，這由補語中大量出現的"《詩考》無""此句《詩考》所無"等字句即可窺見端倪。同時，對於《詩考》已經輯出的條目，王輯本亦能就其有問題者加以匡正，如王輯本首條云："《周南》叙曰：其地在南郡、南陽之間。"③ 此條已收録於王應麟《詩考·韓詩》，然誤原文之"其地"爲"楚地"，遂誤繫此遺説於《商頌·殷武》"奮伐荆楚"句下④。王謨則據《水經注》正之，準確安置於《周南》之下。綜上可見，王輯本對於《詩考》所輯《韓詩》的訂補均有一定的有效性。

最後再就復旦大學圖書館所藏《漢魏遺書鈔·韓詩内傳》之補語略述一二。由於補語對王輯本的缺失認識得較爲深入，所以其訂補便具備了對症發藥的意味，彌補了王輯本的諸多罅漏。根據補語内容，可將其訂補工作釐爲以下五個方面：

（1）補充《外傳》所提供的異文。如王輯本未輯《中谷有蓷》

---

① 清代四庫館臣爲《詩考》所撰提要即謂："明董斯張嘗摘其遺漏十九條，其中《子華子》'清風婉兮'一條，本北宋僞書，不得謂之疎略。"見永瑢等《四庫全書總目》卷16，中華書局1965年影印清刻本，第125—126頁。

② 倫明爲王輯本所撰提要稱"他輯本多兼薛君《章句》，謨獨不及"，見中國科學院圖書館整理：《續修四庫全書總目提要·經部》，中華書局1993年版，第443頁。按王輯本輯録了大量《韓詩章句》之文（輯自《文選注》者尤多），不知倫明何以言其"獨不及"《韓詩章句》。

③ 王謨輯：《漢魏遺書鈔·韓詩内傳》，《續修四庫全書》，上海古籍出版社2002年影印復旦大學圖書館藏嘉慶三年（1798）西齋刻本，第1999册，第519頁。

④ 王應麟：《詩考》，中華書局2011年版，第61頁。

之異文，補語則據《韓詩外傳》卷二補"惙其泣矣"①，保留了一條珍貴的《韓詩》異文。

（2）補充王輯本漏輯的遺説。如據《文選注》卷六補《韓詩·大雅·大明》"駟介彭彭"之《韓詩章句》遺説："介，界也。"②

（3）補足王輯本輯佚的卷次。例如王輯本《芣苢》條云："《芣苢》叙曰：傷夫有惡疾也。"注："《文選注》。"補語於其後補"五十四"三字③，提供了該遺説在《文選注》中的具體卷次，頗便於覆覈。

（4）補充王輯本漏標的遺説來源。在同一條遺説見於多種來源時，王輯本有時僅標注一種來源，補語則補出其他來源。如《韓詩·出其東門》："聊樂我魂。"《韓詩章句》云："魂，神也。"王輯本據《文選注》收録之，補語則增"《釋文》"二字④，指出該遺説不僅見於《文選注》，亦見於《經典釋文》。

（5）對王輯本所輯遺説進行校勘。如王輯本以《經典釋文》爲據，輯得《鄘風·定之方中》"星言夙駕"遺説一則："星，精也。"補語謂："按宋本《釋文》作：'晴也。'惟相臺岳氏注疏本《音義》

---

① 王謨輯：《漢魏遺書鈔·韓詩内傳》，《續修四庫全書》，上海古籍出版社 2002 年影印復旦大學圖書館藏嘉慶三年（1798）西齋刻本，第 1999 册，第 521 頁。《毛詩》"惙"作"啜"。

② 王謨輯：《漢魏遺書鈔·韓詩内傳》，《續修四庫全書》，上海古籍出版社 2002 年影印復旦大學圖書館藏嘉慶三年（1798）西齋刻本，第 1999 册，第 521 頁。按《文選注》僅引《韓詩章句》之文，未言此係解讀何篇之遺説，補語繫於《大雅·大明》之下，聊備一説而已。

③ 王謨輯：《漢魏遺書鈔·韓詩内傳》，《續修四庫全書》，上海古籍出版社 2002 年影印復旦大學圖書館藏嘉慶三年（1798）西齋刻本，第 1999 册，第 519 頁。

④ 王謨輯：《漢魏遺書鈔·韓詩内傳》，《續修四庫全書》，上海古籍出版社 2002 年影印復旦大學圖書館藏嘉慶三年（1798）西齋刻本，第 1999 册，第 522 頁。

引作'精也'。"① 這對保存《韓詩》該遺説的異文無疑有着重要價值。

當然，補語亦偶有千慮一失之處。如王輯本據《經典釋文》輯《周南·汝墳》之異文云："惄如調飢。"補語於"調飢"旁注曰："《韓》作'朝飢'。"② 按作"朝飢"者僅見《説文》"惄"字條："從心，叔聲，《詩》曰：'惄如朝飢。'"③ 然許慎並未言此係《韓詩》，故補語徑視之爲《韓詩》，似有武斷之嫌④。且《説文》所引"惄如朝飢"本身亦存異文，李仁甫本作"惄如輖飢"，段玉裁即以李本爲是⑤。如果這一判斷成立，則《説文》所引係《毛詩》，因今本《毛詩》雖作"惄如調飢"，但陸德明《釋文》謂："（調）又作輖。"⑥ 可見"惄如輖飢"乃《毛詩》之或本，而非補語所推定的《韓詩》。

---

① 王謨輯：《漢魏遺書鈔·韓詩内傳》，《續修四庫全書》，上海古籍出版社2002年影印復旦大學圖書館藏嘉慶三年（1798）西齋刻本，第1999册，第521頁。此條爲《詩考》所漏輯，故補語謂："《詩考》無。"陳喬樅亦輯爲"星，精也"，見《韓詩遺説考》卷1之3，《續修四庫全書》，上海古籍出版社2002年影印清刻《左海叢書》本，第76册，第546頁。大概覺得這一訓詁於義未安，故陳氏在按語中引用了姚鼐的考據："古'晴'字本作'暒'，'暒'亦作'星'。……《韓詩》：'星，精也。'精，明晴之謂也。"終於將"星"與"晴"的關聯溝通起來。但如果注意到《釋文》本有"星，晴也"之文，似乎可以免去姚氏迂曲的考證。

② 王謨輯：《漢魏遺書鈔·韓詩内傳》，《續修四庫全書》，上海古籍出版社2002年影印復旦大學圖書館藏嘉慶三年（1798）西齋刻本，第1999册，第519頁。

③ 《説文解字》第10篇下，中華書局1963年影印同治十二年（1873）陳昌治刻本，第219頁。

④ 不過補語將《説文》所引異於《毛詩》的《詩》文視爲《韓詩》，似乎亦有特定的學術淵源。清代有部分學者即認爲許慎所習爲《韓詩》，如章學誠《文史通義·言公中》謂："韓氏之《詩》雖亡，而許慎治《詩》兼韓氏，今《説文》具存，而韓嬰之《詩》，未盡亡也。"見葉瑛《文史通義校注》卷2，中華書局1985年版，第184頁。

⑤ 段玉裁：《説文解字注》第10篇下，上海古籍出版社1980年影印經韻樓刻本，第507頁。

⑥ 《毛詩正義》卷1之3，阮元校刻：《十三經注疏》，中華書局2009年影印清嘉慶刻本，第593頁。

此外，對於王輯本所漏輯的諸多《韓詩》異文遺説，補語並未搜羅殆盡，仍有不少遺漏。這些遺漏，既有出自傳世文獻者，亦有來自域外漢籍者。可見經過補語增訂後的王輯本，儘管已修葺一新，却仍然未臻於至善之境。

（四）《韓詩内傳考》，不分卷，邵晋涵輯

按：邵晋涵（1743—1796），字與桐，號二雲①，浙江餘姚人，乾隆三十六年（1771）進士，精於訓詁，所撰《爾雅正義》尤爲清代小學之鴻篇巨製②，其爲《四庫全書》所撰多篇集部提要稿，亦頗具學術價值③。王昶（1725—1806）、錢大昕、章學誠俱有記其生平學行之文④，而詳細排比邵氏生平學行的著作，則以黃雲眉（1898—1977）先生的《邵二雲先生年譜》最爲精審⑤，該譜在經過

---

① 洪亮吉（1746—1809）《邵學士家傳》謂晋涵"字與桐，一字二雲"，見《卷施閣文甲集》卷9，《清代詩文集彙編》，上海古籍出版社2010年影印光緒三年（1877）授經堂刻本，第413册，第469頁。此説以"二雲"爲晋涵之別字。江藩（1761—1831）則以"二雲"爲晋涵之號，見《國朝漢學師承記》卷6，中華書局1983年版，第95頁。按江藩之説是，詳細的考證可參觀羅炳良《黃雲眉〈邵二雲先生年譜〉補正》，《章實齋與邵二雲》附録2，商務印書館2013年版，第269頁。本書從江藩説，定"二雲"爲晋涵之號。

② 梁啓超曾對此書與郝懿行（1757—1825）《爾雅義疏》之優劣作過精審的裁別，認爲後者遠非前者之比，見《中國近三百年學術史》第13節，上海古籍出版社2014年版，第195—196頁。另參關清孝《邵晋涵〈爾雅正義〉研究序説》，《人文科學》第27號，2012年，第119—134頁。

③ 菅原博子：《邵晋涵の集部提要稿について》，《お茶の水女子大學中國文學會報》第6號，1987年，第107—120頁。此文對於邵晋涵撰寫集部諸提要背後的文學思想有着相當細密的抉發，對邵氏的學術貢獻亦有較好的評介。

④ 參閱王昶《翰林院侍講學士充國史館提調官邵君墓表》，《春融堂集》卷60，《續修四庫全書》，上海古籍出版社2002年影印上海辭書出版社圖書館藏嘉慶十二年（1807）塾南書社刻本，第1438册，第251頁；錢大昕《翰林院侍讀邵先生墓誌銘》，《潛研堂文集》卷43，陳文和主編《嘉定錢大昕全集》，鳳凰出版社2016年版，第9册，第681—682頁；章學誠《邵與桐別傳》，《章氏遺書》卷18，文物出版社1985年影印吳興劉氏嘉業堂刻本，第177頁。

⑤ 黃雲眉：《邵二雲先生年譜》，《史學雜稿訂存》，山東人民出版社1960年版，第1—108頁。

羅炳良的訂補之後①，內容愈加豐富，可參讀。

較早記録邵氏撰有《韓詩内傳考》的文獻是王昶的《蒲褐山房詩話》，該書"邵晋涵"條記邵氏"又有《孟子述義》《韓詩内傳考》《穀梁正義》諸書未成，皆藏稿於家。子秉華將匯而録之，以惠來者"②。"未成"二字清晰地描述了《韓詩内傳考》的狀態，即該書是一部並未最終完成的著作，所以僅有稿本（"藏稿于家"），而未得到刊刻。由後文記晋涵之子邵秉華"將匯而録之，以惠來者"之語，可知秉華確有將包括《韓詩内傳考》在内的諸多書稿付梓的打算。但對於《韓詩内傳考》最終是否實現了刊刻這一問題，清代學者有不同的記載。張之洞在成書於同治十三年（1874）的《書目答問》中曾明確提道："邵晋涵《韓詩内傳考》，有刻本，未見。"③但光緒十二年（1886）由繆荃孫總纂而成的《光緒順天府志·藝文志二》則謂："邵晋涵有《内傳考》稿，亦散失。"④ 這兩條記載均出自深諳文獻版本的學者之手，其言當各有依據，然限於史料，目前無法確定哪一説法是可靠的。不過可以確定的是，無論《韓詩内傳考》是刻本還是稿本形態，其流傳都相當有限。張之洞雖記該書有刻本，但直言"未見"；繆荃孫則直接記録該書乃稿本形態，且"亦散失"。可見在清末的知識界，即便偶有知曉邵晋涵撰有《韓詩内傳考》者，亦多以佚書視之，遑論就其内容之得失進行探討了。

但可喜的是，浙江圖書館藏有一部《韓詩内傳考》之稿鈔本⑤，乃此書於天壤間之唯一傳本，使邵書命延一綫，爲學界考察該書之

---

① 羅炳良：《黄雲眉〈邵二雲先生年譜〉補正》，《章實齋與邵二雲》附録2，商務印書館2013年版，第264—369頁。

② 王昶：《蒲褐山房詩話新編》卷上，人民文學出版社2011年版，第116頁。

③ 張之洞撰，范希曾補正：《書目答問補正》卷1，上海古籍出版社2010年版，第15頁。

④ 繆荃孫：《光緒順天府志》卷123，日本早稻田大學藏光緒十二年（1886）刻本，第2頁b。

⑤ 孫啓治、陳建華：《中國古佚書輯本目録解題》經部詩類，上海古籍出版社2017年版，第57頁。該本在浙江圖書館的古籍編號爲1584，索取號：善479，膠418。

相關內容提供了唯一的綫索，彌足珍貴。然此本並非邵晉涵家藏原稿本，而是鳴野山房轉鈔本。鳴野山房乃浙江山陰藏書家沈復粲（1779—1850）之藏書閣，可知該稿鈔本係由沈氏抄出。該本版心白口，單黑魚尾，上題"韓詩遺説攷"，下題"鳴野山房鈔本"。無序，首頁首行題"韓詩遺説攷"五字，下鈐長方朱文"浙江圖書館藏書畫印"一枚，次行題"餘姚邵晉涵與桐"，自第三行起即爲正文。鈔本凡十九頁：前十八頁共輯遺説約300則，皆按《毛詩》篇目順序排列，繫於相應詩句之下；第十九頁12則，所録遺説皆不知當繫於何篇何句之下。①

客觀地説，《韓詩内傳考》在《韓詩》的輯佚史中幾乎無影響可言，這與其傳播不廣有一定關係，但不能以此認定該書並無學術價值。王應麟的《詩考·韓詩》是對《韓詩》遺説的首次系統輯録，但亦有挂漏訛誤。《韓詩内傳考》雖非專爲補苴《詩考》而作，但其學術價值却在與《詩考》的對比中得到了較爲明晰的呈現：

首先，《韓詩内傳考》所輯《韓詩》遺説，有被《詩考》漏輯者。兹僅舉二例以證之：

（1）《曹風·蜉蝣》："采采衣服。"《詩考》未輯出與此相關的《韓詩》遺説。《韓詩内傳考》則以《文選·鸚鵡賦》李善注爲據，補出《韓詩章句》解釋該詩的遺説："采采，盛貌也。"②

（2）《小雅·常棣》："和樂且湛。"《詩考》未輯出與此相關的《韓詩》遺説。《韓詩内傳考》則以《釋文》爲據，補出《韓詩》解釋該詩的遺説："樂之甚也。"③

其次，《韓詩内傳考》所輯《韓詩》遺説，有《詩考》已輯、

---

① 這一安排方式乃清代《韓詩》輯本之通例，如臧庸《韓詩遺説》安置了篇句可考的遺説之後，另設"諸書引《韓詩》未詳所屬者"一節，用於保存不明所屬的《韓詩》遺説；馬國翰《玉函山房輯佚書·韓詩故》正文在將所輯遺説置於相應篇目經文之下以後，於書末另附"凡諸書引《韓詩》不知屬於何篇何句者"的遺説5則。

② 邵晉涵輯：《韓詩内傳考》，浙江圖書館藏沈復粲鳴野山房鈔本，第10頁a。

③ 邵晉涵輯：《韓詩内傳考》，浙江圖書館藏沈復粲鳴野山房鈔本，第10頁b。

但不完整者。例如《小雅・采菽》云："福禄腲之。"陸德明《釋文》云："厚也，《韓詩》作'肶'，注同。"① 可知《韓詩》"腲"作"肶"，"注同"則顯然説明《韓詩》亦訓"肶"爲"厚也"。《詩考》僅輯録了《韓詩》經文"福禄肶之"②，對於《韓詩》訓詁文字却付之闕如。《韓詩内傳考》則云："福禄肶之。肶，厚也。"③補足了《韓詩》的注文。

最後，《韓詩内傳考》還有部分條目可以糾正《詩考》之誤。如《毛詩・豳風・鴟鴞》有"徹彼桑土"之句，陸德明《釋文》云："《韓詩》作'杜'。"④ 可知《韓詩・鴟鴞》此句作"徹彼桑杜"。但《詩考》誤輯作"徹彼桑土"⑤，《韓詩内傳考》則作"徹彼桑杜"⑥，與《釋文》所載《韓詩》相合。

不過總體來看，《韓詩内傳考》的學術質量並未超越《詩考》，有不少《詩考》已經輯録的遺説，反而爲邵氏所遺漏，可見邵氏大概並未認真讀過《詩考》。且邵氏輯佚的來源主要以《毛詩釋文》《文選注》《後漢書注》爲主，連《初學記》《太平御覽》等常用類書都未參考，其掛漏自然較《詩考》爲多了。洪亮吉論此書足糾"王應麟之失，而補其所遺"⑦，不知這一判斷是出自朋友之間客氣的贊美，還是因爲洪氏根本沒有比對過《詩考》與《韓詩内傳考》的異同，總之這一評語完全不符合《韓詩内傳考》的學術質量。只要將該書與《詩考》逐條比勘，便可發現邵氏既未徹底糾正"王應

---

① 陸德明：《經典釋文》卷6，中華書局1983年影印納蘭性德通志堂刻本，第87頁。
② 王應麟：《詩考》，中華書局2011年版，第47頁。
③ 邵晉涵輯：《韓詩内傳考》，浙江圖書館藏沈復粲鳴野山房鈔本，第14頁b。
④ 陸德明：《經典釋文》卷6，中華書局1983年影印納蘭性德通志堂刻本，第73頁。
⑤ 王應麟：《詩考》，中華書局2011年版，第35頁。
⑥ 邵晉涵輯：《韓詩内傳考》，浙江圖書館藏沈復粲鳴野山房鈔本，第10頁b。
⑦ 洪亮吉：《邵學士家傳》，《卷施閣文甲集》卷9，《清代詩文集彙編》，上海古籍出版社2010年影印光緒三年（1877）授經堂刻本，第413册，第471頁。

麟之失"，也没有很好地"補其所遺"，反而產生了不少王應麟未曾出現的問題，這較爲集中地體現在以下五個方面：

（1）輯録遺説内容重複。如《漢廣》篇，邵氏據《文選·琴賦》注輯《韓詩章句》云："游女，漢神也，言漢神時見，不可求而得也。"又據《文選·七啓》注輯《韓詩章句》云："游女，謂漢神也。"① 這兩條材料顯然是同一文本，前者既已包含了後者，則後者不必再單獨輯録。《詩考》即徑以前者爲準②，頗合於輯佚之通例。

（2）輯録的部分遺説存在文字錯誤。如《關雎》篇，邵氏據《後漢書·明帝紀》注輯《韓詩章句》云："故咏《關雎》，説玉女，正容儀，以刺時。"③ 考此注之原文，"説玉女"作"説淑女"④，恰與《關雎》"窈窕淑女"之文對應，邵氏誤"淑女"爲"玉女"。再如《甘棠》篇，邵氏據《毛詩釋文》輯《韓詩經》云："勿箋勿伐。"⑤ 考《釋文》原文曰："《韓詩》作'劊'。"⑥ 可知《韓詩》之文應作"勿劊勿伐"，邵氏誤"劊"爲"箋"。以上兩例，《詩考》俱不誤⑦。

（3）對部分遺説的安置存在失誤。如邵氏曾據《文選·甘泉賦》注輯得《韓詩章句》遺説一條："振，動也。"⑧ 但不知應將此遺説繋於何篇何句之下。按此乃《韓詩章句》解讀《周頌·時邁》"薄言振之，莫不震疊"之遺説，見《後漢書·李固傳》："《周頌》

---

① 以上兩條均見邵晉涵輯《韓詩内傳考》，浙江圖書館藏沈復粲鳴野山房鈔本，第2頁。
② 王應麟：《詩考》，中華書局2011年版，第14頁。
③ 邵晉涵輯：《韓詩内傳考》，浙江圖書館藏沈復粲鳴野山房鈔本，第1頁a。
④ 《後漢書》卷2，中華書局1965年版，第112頁。
⑤ 邵晉涵輯：《韓詩内傳考》，浙江圖書館藏沈復粲鳴野山房鈔本，第3頁a。
⑥ 陸德明：《經典釋文》卷5，中華書局1983年影印納蘭性德通志堂刻本，第56頁。
⑦ 王應麟：《詩考》，中華書局2011年版，第12、15頁。
⑧ 邵晉涵輯：《韓詩内傳考》，浙江圖書館藏沈復粲鳴野山房鈔本，第19頁a。

曰：薄言振之，莫不震疊。"李賢注："《韓詩》薛君《傳》曰：薄，辭也。振，奮也。莫，無也。震，動也。疊，應也。"① 可證以"動"訓"振（震）"係薛君訓釋《時邁》之文。《詩考》即正確繫於《時邁》篇中②。

（4）誤標部分遺説的出處。如《摽有梅》篇，邵氏以《毛詩釋文》爲據，定《韓詩》題作"茻有梅"③。按該異文之出處並非《毛詩釋文》，而是宋人孫奭（962—1033）《孟子音義》"茻有梅"條引丁公著（762—826）云："《韓詩》也。"④ 可見"茻"並非出自《毛詩釋文》⑤。王應麟《詩考》即正確注明出處爲《孟子音義》⑥。

（5）擅改遺説之原貌。如《衛風·碩人》"大夫夙退"之句，邵氏據《毛詩釋文》輯《韓詩》云："夙退，朝罷也。"⑦ 考《釋文》"夙退"條之原文作："《韓詩》：退，罷也。"⑧ 邵氏於"退"上增"夙"，"罷"上增"朝"，顯然是改竄《釋文》所引《韓詩》之原貌，王應麟《詩考》則按原貌著錄⑨。

分析到這一步，洪亮吉謂《韓詩内傳考》糾正"王應麟之失，而補其所遺"的看法已完全失效。將《詩考》與《韓詩内傳考》逐

---

① 《後漢書》卷63，中華書局1965年版，第2077頁。
② 王應麟：《詩考》，中華書局2011年版，第56頁。
③ 邵晉涵輯：《韓詩内傳考》，浙江圖書館藏沈復粲鳴野山房鈔本，第3頁b。
④ 孫奭：《孟子音義》卷上，中華書局1991年版，第2頁。
⑤ 《毛詩釋文》在"摽有梅"條的確提供了《韓詩》異文，但並非"摽"作"茻"，而是"梅"作"楳"，見《經典釋文》卷5，中華書局1983年影印納蘭性德通志堂刻本，第56頁。但此條異文，邵氏反而沒有輯入，頗費解。《詩考》則正確收錄了此條異文，見王應麟《詩考》，中華書局2011年版，第16頁。點校本將"摽"誤印爲"標"，當改。
⑥ 王應麟：《詩考》，中華書局2011年版，第16頁。
⑦ 邵晉涵輯：《韓詩内傳考》，浙江圖書館藏沈復粲鳴野山房鈔本，第6頁a。
⑧ 陸德明：《經典釋文》卷5，中華書局1983年影印納蘭性德通志堂刻本，第62頁。
⑨ 王應麟：《詩考》，中華書局2011年版，第22頁。

條比勘，可以發現前者已輯而後者遺漏、前者不誤而後者反誤的例證在所多見。所以如果不考慮這兩部輯本的成書先後問題，則顯然是《詩考》糾正了"邵晉涵之失，而補其所遺"。不過如前所述，《韓詩內傳考》只是一部沒有成書的稿本，對於該書的上述缺漏，邵晉涵是否有在後續研究中加以彌合的通盤打算，現已不得而知。但從稿本客觀呈現的面貌而言，該書幾乎未將邵氏卓越的學識與輯佚的特長表現出來。作爲錢大昕一派的一流輯佚學家[①]，邵晉涵素以重輯《舊五代史》飲譽學林[②]，而同屬輯佚性質的《韓詩內傳考》則遠遠無法與之埒美。林良如在考察邵氏文獻學的專著中，曾特辟一章探討其在輯佚方面的成就[③]，對《舊五代史》推崇備至，然隻字未及《韓詩內傳考》，後者影響之微，在這一懸殊的對比中已展露無遺。

（五）《古韓詩説證》九卷，宋綿初輯

按：宋綿初，字守端，號瓞園，江蘇高郵人，乾隆四十二年（1777）貢生，《清史稿·儒林傳二》記其"邃深經術，長於説《詩》，著《韓詩內傳徵》四卷"[④]。

宋氏向以《韓詩內傳徵》而飲譽學界，但其《古韓詩説證》則知者甚少。較早關注此書的目錄學家是邵章（1872—1953），他在增補邵懿辰（1810—1861）《四庫簡明目錄標注》詩類附錄時，特列《古韓詩説證》九卷，並記錄了版次信息："清宋綿初撰，乾隆五十

[①] 喻春龍在研究清代輯佚學之時，曾將清儒的輯佚學派分爲以下三類：以吳人惠棟爲代表的"惠派"輯佚、以皖人戴震爲代表的"戴派"輯佚及以嘉定錢大昕爲代表的"錢派"輯佚，並將邵晉涵列入錢派，見《清代輯佚研究》第4章，上海古籍出版社2010年版，第203—251頁。上述分類曾受到漆永祥《乾嘉考據學研究》第4章《乾嘉考據學派別》的啓發與影響，喻氏已在其書第204頁注1中進行了説明。

[②] 參陳尚君《〈舊五代史〉重輯的回顧與思考》，《中國文化》第25—26期，2007年，第6—15頁。

[③] 林良如：《邵晉涵之文獻學探究》第5章，潘美月、杜潔祥主編：《古典文獻研究輯刊》，臺北花木蘭文化出版社2008年版，第6編第26冊，第53—76頁。

[④] 《清史稿》卷481，中華書局1976年版，第13213頁。

四年（1789）述古堂刊本，翁方綱、陳啓源批校。"① 按此本曾爲李勝鐸木犀軒之舊藏②，李氏去世后，由其子李滂出售於北京大學圖書館③，封面後半頁有"朱筆翁方綱手校，墨筆陳啓源手校"之語，此當即邵氏言"翁方綱、陳啓源批校"之據。然據房瑞麗考察，該本之校語"當是翁方綱一人所爲，其中有一條'陳啓源曰'語，亦是翁氏引用，並没有陳啓源校"④，據此可知爲北大藏本《古韓詩説證》作批者僅翁方綱（1733—1818）一人。在北大圖書館之外，雲南大學圖書館與四川師範大學圖書館亦藏有《古韓詩説證》，雲大著録爲"清乾隆間刻本二册"⑤，川師大著録爲"乾隆五十四年述古堂刻本"⑥。此外，孫殿起（1894—1958）也曾經手過一部《古韓詩説證》，明確記録乃"乾隆己酉述古堂刊"⑦，可知其亦述古堂本。

　　房瑞麗曾對《古韓詩説證》進行過專項夷考，其將該書之序跋、正文與《韓詩内傳徵》作了細緻的比較，發現《古韓詩説證》是《韓詩内傳徵》的初刻本，後者是對前者進行修訂完善後形成的，"反映了宋氏對《韓詩》研究認識的深化"⑧。雖然《古韓詩説證》並未成爲《韓詩》研究的典範之作，但其中所藴含的學術稽積，無疑爲六年後成書的《韓詩遺説徵》填充了耀眼的底色。

―――――――

　　① 邵懿辰撰，邵章續録：《增訂四庫簡明目録標注》經部3，中華書局上海編輯所1959年版，第72—73頁。
　　② 北京大學圖書館：《北京大學圖書館藏李氏書目》經部詩類，北京大學圖書館1956年版，第12頁。
　　③ 李滂出售其父藏書之始末可參看高田時雄《李滂與白堅：李盛鐸舊藏敦煌寫本流入日本之背景》，《近代中國的學術與藏書》，中華書局2018年版，第2頁。
　　④ 房瑞麗：《稀見清代三家〈詩〉學著作二種》，《文獻》2014年第6期，第181頁。
　　⑤ 雲南大學圖書館：《雲南大學圖書館善本書目》經部詩類，雲南大學圖書館2001年版，第3頁。
　　⑥ 四川省高等學校圖書情報委員會編：《四川省高校圖書館古籍善本聯合目録》經部詩類，四川大學出版社1994年版，第6頁。
　　⑦ 孫殿起：《販書偶記續編》卷1，上海古籍出版社1980年版，第11頁。
　　⑧ 上述内容均見房瑞麗《稀見清代三家〈詩〉學著作二種》，《文獻》2014年第6期，第181—183頁。

(六)《韓詩内傳徵》四卷，宋綿初輯

按：《韓詩内傳徵》是宋綿初最負盛名的學術著作，亦爲清代《韓詩》輯佚史中的名著。此書由志學堂初刻於乾隆乙卯（1795），《續修四庫全書》即據此本加以影印。在志學堂刊本之外，徐乃昌所刻《積學齋叢書》亦曾收録《韓詩内傳徵》，"從志學堂本到積學齋本，基本只是對參考材料和出處信息的修訂，停留在微觀層面"①，本書仍以志學堂刻本爲據。

該書正文之前由三部分内容構成，分别爲：（1）綿初之自序，講述撰述該書之動因；（2）《韓詩叙録》上，考證歷代修習《韓詩》之學者；（3）《韓詩叙録》下，考證《韓詩》著述，並輯録《韓詩》研究著作之序跋。正文之後亦由三部分内容構成，分别爲（1）綿初之《韓詩内傳徵補遺》，補充正文刻板之後新發現的《韓詩》遺説②；（2）綿初之《韓詩内傳徵疑義》，收録存疑或無從安置的《韓詩》遺説③；（3）綿初之子宋保所撰《後識》，綜論《韓詩》遺説的價值，其間不乏卓見。正文四卷，則遵循清人輯録《韓詩》之慣例，按《詩經》篇目順序輯録相應遺説。

如前所述，《韓詩内傳徵》乃綿初在其六年前（1789）成書的《古韓詩説證》的基礎上增訂而成，但録文更加完備，考訂更加精審，體例也更加嚴謹。關於《韓詩内傳徵》的總體成就，支偉成（1899—1929）已做了相當精簡的評騭："徵引翔實，訓故明詳，深

---

① 馬昕：《清代乾嘉時期的〈韓詩〉輯佚學》，《國學》2016年第1期。
② 《補遺》前有弁言，可説明其性質："編纂之書，搜羅貴富，囿于聞見，不無缺失，積日而增，補其未備，别紙録之，以待後得。"見宋綿初：《韓詩内傳徵》卷尾，《續修四庫全書》，上海古籍出版社2002年影印乾隆六十年（1795）志學堂刻本，第75册，第118頁。
③ 《疑義》前有弁言，可説明其性質："起漢之世，三家並立。説詩彬彬，言緐義密。自時厥後，雖善無徵。諸子義疏，統存其名。選注説部，無所坿益。凡此之類，槃從闕疑。大雅宏通，别而白之。"見宋綿初《韓詩内傳徵》卷尾，《續修四庫全書》，上海古籍出版社2002年影印乾隆六十年（1795）志學堂刻本，第75册，第119頁。

得西漢今文家法。"① 洪湛侯先生亦謂其"大輅椎輪，確是功不可沒"②。就《韓詩內傳徵》的學術地位與價值而言，上述評語均切中肯綮。具體來説，《韓詩內傳徵》作爲專門補苴《詩考·韓詩》的輯本③，因針對性强，故在以下幾個方面實現了對《詩考》的超越：

首先，基本實現了宋綿初定下的預期目標："王氏所遺者補之，略者詳之，疑似者去之。"④ 這一目標實際涵攝了宋氏訂補《詩考》的三方面工作：

"所遺者補之"，體現在《韓詩內傳徵》對《詩考》漏輯遺説的補充方面。如《太平御覽》卷八三五："《韓詩》云：'既詐我德，賈用不售。'一錢之物舉賣百，何時當售乎？"⑤ 此乃《韓詩·邶風·谷風》之經注，《詩考》未輯，而《韓詩內傳徵》則據《御覽》所引而補足之⑥。再如《鄘風·定之方中》："星言夙駕。"《詩考》未輯相關遺説，《韓詩內傳徵》則以《經典釋文》爲據，補出《韓詩》遺説云："星，精也。"⑦

---

① 支偉成：《清代樸學大師列傳》卷4，上海人民出版社2014年版，第115頁。
② 洪湛侯：《詩經學史》第9章，中華書局2000年版，第599頁。
③ 參閱江瀚爲《韓詩內傳徵》撰寫的提要："是書蓋因宋王應麟《詩考》所輯《韓詩》尚多遺略，特爲搜補。"見中國科學院圖書館整理《續修四庫全書總目提要·經部》，中華書局1993年版，第445頁。
④ 宋綿初：《〈韓詩內傳徵〉序》，《韓詩內傳徵》卷首，《續修四庫全書》，上海古籍出版社2002年影印乾隆六十年（1795）志學堂刻本，第75册，第81頁。
⑤ 《太平御覽》卷835，中華書局1960年重印涵芬樓影印宋本，第3727頁。
⑥ 宋綿初：《韓詩內傳徵》卷1，《續修四庫全書》，上海古籍出版社2002年影印乾隆六十年（1795）志學堂刻本，第75册，第92頁。按《御覽》引《韓詩》"既詐我德"，《毛詩》作"既阻我德"，宋氏失之眉睫，漏錄了這一處重要的異文。另，該遺説出自《御覽》卷835，宋氏誤標爲卷895，當正之。袁梅又誤標爲出自《御覽》卷838，見《詩經異文彙考辨證》，齊魯書社2013年版，第54頁。此外，袁氏謂《御覽》引《韓詩》作"賈用不讎"，並按云："讎，古售字。"今考《御覽》原文作"賈用不售"，並無作"讎"之文，不知其所據《御覽》爲何本。
⑦ 宋綿初：《韓詩內傳徵》卷2，《續修四庫全書》，上海古籍出版社2002年影印乾隆六十年（1795）志學堂刻本，第75册，第93—94頁。

所謂"略者詳之"，體現在《韓詩內傳徵》對《詩考》已輯遺說的增補方面。如《衛風·考槃》："考槃在阿。"《詩考》僅據《文選注》輯出《韓詩》"曲景曰阿"之遺說①，《韓詩內傳徵》則另據玄應《衆經音義》輯出該遺說之異文云："曲京曰阿。"並附按語加以考索："'曲京曰阿'，義極精確，《文選注》作'曲景'乃傳寫之誤。"②按"京"可訓丘陵，如《鄘風·定之方中》"景山與京"、《小雅·甫田》"如坻如京"，《毛傳》皆注爲："京，高丘也。"③而"景"則無此義。故宋氏以作"京（訓丘）"者爲是，這一訓釋適與《毛傳》所訓"曲陵曰阿"相協④。很顯然，這已在"略者詳之"的基礎上，實現了"譌者正之"。

所謂"疑似者去之"，體現在《韓詩內傳考》對《詩考》所輯存疑遺說的剔除方面。如《召南·甘棠》篇中，《詩考》曾將《説苑》"《傳》曰：自陝以東者，周公主之；自陝以西者，召公主之"一文視爲《韓詩》加以輯錄⑤，然此《傳》實乃《春秋·隱公五年》之《公羊傳》⑥，並非《韓詩》遺説，故《韓詩內傳徵》即將此條剔除，未加收錄。

其次，增加了對遺説內容的考證。這些考證往往體現在按語

---

① 王應麟：《詩考》，中華書局2011年版，第22頁。該遺説之原文見《六臣注文選》卷1，中華書局1987年影印涵芬樓所藏宋刊本，第29頁。宋綿初輯錄此文時，將材料來源誤標作卷2，見《韓詩內傳徵》卷2，《續修四庫全書》，上海古籍出版社2002年影印乾隆六十年（1795）志學堂刻本，第75冊，第94頁。當據正。

② 宋綿初：《韓詩內傳徵》卷2，《續修四庫全書》，上海古籍出版社2002年影印乾隆六十年（1795）志學堂刻本，第75冊，第94頁。

③ 《毛詩正義》卷3之1、14之1，阮元校刻：《十三經注疏》，中華書局2009年影印清嘉慶刻本，第666、1021頁。

④ 《毛詩正義》卷3之2，阮元校刻：《十三經注疏》，中華書局2009年影印清嘉慶刻本，第678頁。

⑤ 王應麟：《詩考》，中華書局2011年版，第15頁。

⑥ 見向宗魯：《説苑校證》卷5，中華書局1987年版，第94頁。《公羊傳》之原文見《春秋公羊傳注疏》卷3，阮元校刻：《十三經注疏》，中華書局2009年影印清嘉慶刻本，第4792頁。兩"以"字作"而"，可通用。

当中，其中既有對《韓詩》字義的探討，如《鄘風·柏舟》"實惟我直"句下輯《韓詩》云："直，相當值也。"宋氏按語云："《史記索隱》：'案姚氏云：古字例以直爲值。值者，相當值也。'"① 這顯然是援姚氏之言以印證《韓詩》之訓詁；也有對舊説的駁正，如《豳風·七月》之按語："《七月》篇，《韓詩》多有可考，而鄭樵《六經奧論》謂：'《齊》《魯》《韓詩》無《七月》篇。'不知何據。"② 宋氏因傳世文獻載録了多條《韓詩》解讀《七月》的遺説，所以駁正了鄭樵所謂"《韓詩》無《七月》篇"之説，其讞可定。

值得注意的是，宋綿初所作按語多以《韓詩》佚文爲本位，援用其他文獻來佐證《韓詩》的相關説法，考證賅備。這表明《韓詩》不僅是宋綿初輯佚的對象，亦是他進行疏解和維護的對象。如《周南·關雎》題下，宋氏據王應麟《詩考》輯《韓詩序》云："刺時也。"按語引用了宋儒鄭樵對《韓詩序》的説明，用以向讀者介紹前賢對於《韓詩序》的考證；同篇"關關雎鳩，在河之洲"句下，宋氏輯録了《韓詩章句》"故詠《關雎》，説淑女，正容儀以刺時"之文後，按語引《史記》曰："周道缺，詩人本之衽席，《關雎》作。"③ 顯然是爲《韓詩章句》"刺時"一語提供注脚。再如《鄭風·羔裘》"洵直且侯"句下，宋氏據《釋文》輯《韓詩》遺説云："侯，美也。"按語云："《毛傳》云：'侯，君也。'朱子

---

① 宋綿初：《韓詩内傳徵》卷 2，《續修四庫全書》，上海古籍出版社 2002 年影印乾隆六十年（1795）志學堂刻本，第 75 册，第 93 頁。

② 宋綿初：《韓詩内傳徵》卷 2，《續修四庫全書》，上海古籍出版社 2002 年影印乾隆六十年（1795）志學堂刻本，第 75 册，第 94 頁。宋氏對《韓詩·七月》遺説的搜集主要是以陸德明《毛詩釋文》爲據，而對於杜臺卿《玉燭寶典》所載豐富的《韓詩·七月》遺説則未加輯録，此係因宋氏成書時，《玉燭寶典》尚遠在東瀛，爲中土學者所不及見。

③ 宋綿初：《韓詩内傳徵》卷 1，《續修四庫全書》，上海古籍出版社 2002 年影印乾隆六十年（1795）志學堂刻本，第 75 册，第 88 頁。

《集傳》云：'侯，美也。'用《韓詩》說。"① 指明了《韓詩》對朱子《詩集傳》解詩的影響。另如《豳風·鴟鴞》"徹彼桑杜"句下，宋氏據《釋文》輯《韓詩》遺說云："桑杜，桑根也。"按語云："《方言》曰：'東齊謂根曰杜。'注引《詩》曰'徹彼桑杜'是也。義同。"② 援引《方言》來支持《韓詩》以"根"訓"杜"之説。很顯然，宋氏對於《韓詩》持極認可的態度，故其授子《詩》學，亦以《韓詩》爲主③。

第三，對王應麟不知繫於何句之下的遺説進行了歸位。《詩考》對於可以確定歸屬篇句的遺説採用對號入座的方式，置於遺説所屬句下，而對於歸屬不可確考的遺説，則列於卷末，以示俟考之意。《韓詩内傳徵》則對其中一部分遺説進行了歸位，例如被《詩考》置於不知所屬行列的"青，靜也""煦，暖也""袪，去也"之文，即被宋綿初分別置於《鄭風·野有蔓草》"青揚宛兮"、《邶風·匏有苦葉》"煦日始旦"、《鄭風·遵大路》"執子之袪兮"句下④。由於上述遺説在古籍引用時，並未提及其所釋字句，所以宋氏對這些遺説的安置俱出於己意，未必盡當。但這一做法在客觀上體現了宋氏欲更準確地安置游離的《韓詩》遺説的嘗試，則並無疑問。所以無論上述嘗試的有效性如何，從學術研究的角度來看，這不失爲積極的探索。

此外，《韓詩内傳徵》卷首對於《韓詩》著作的考證也是《詩考》所没有的。這雖非對《韓詩》遺説的輯録，但仍可爲瞭解《韓

---

① 宋綿初：《韓詩内傳徵》卷2，《續修四庫全書》，上海古籍出版社2002年影印乾隆六十年（1795）志學堂刻本，第75册，第96頁。

② 宋綿初：《韓詩内傳徵》卷2，《續修四庫全書》，上海古籍出版社2002年影印乾隆六十年（1795）志學堂刻本，第75册，第100頁。

③ 參宋保《〈韓詩内傳徵〉後識》："家大人纂《韓詩》成，授男保習之，以其古音古義之粲如也。"見宋綿初《韓詩内傳徵》卷尾，《續修四庫全書》，上海古籍出版社2002年影印乾隆六十年（1795）志學堂刻本，第75册，第119頁。

④ 宋綿初：《韓詩内傳徵》，《續修四庫全書》，上海古籍出版社2002年影印乾隆六十年（1795）志學堂刻本，第75册，第97、92、96頁。

詩》學派的著述脈絡提供重要的參考。

以上幾個方面，均能夠呈現宋氏在《詩考》基礎上對《韓詩》研究進行的更深一步的推拓。但從另一方面來看，《韓詩內傳徵》也存在一定的不足之處，反映了拓荒著作所不可避免的局限性。約言之，該書之不足可以分爲以下五個方面：

（1）沿襲了《詩考》的部分訛誤。例如王應麟在《詩考·韓詩·周南·芣苢》篇中曾輯《韓詩》遺說云："芣苢，木名，食似李。"① 宋綿初對該遺說並無異議，故收錄進《韓詩內傳徵》中②。但只要細加考索，便可知《詩考》輯錄的這條遺說並非《韓詩》。該遺說首見於徐鍇（920—974）《說文解字繫傳》卷二："《韓詩》：芣苢，木名，實似李。"③ 亦見宋人所編《大觀本草》。對此，陳喬樅在《韓詩遺說考》中已有所辯駁："《大觀本草》六引陶隱居云：'《韓詩》乃言："芣苢是木，似李，食其實，宜子孫。"此爲謬矣。'此陶隱居引《韓詩》而駁之也。然與《毛詩釋文》及《文選注》所引不合④，豈隱居誤記耶？"⑤ 由於《經典釋文》與《文選注》對於《韓詩》解讀《芣苢》的遺說詳贍可考，而《說文繫傳》據陶隱居（弘景，456—536）所引《韓詩》與《釋文》《文選注》扞格不入，顯然不可憑信。《詩考》已誤收此條，《韓詩內傳徵》未加辨別，復沿此誤。

---

① 王應麟：《詩考》，中華書局2011年版，第13—14頁。

② 宋綿初：《韓詩內傳徵》卷1，《續修四庫全書》，上海古籍出版社2002年影印乾隆六十年（1795）志學堂刻本，第75冊，第89頁。

③ 徐鍇：《說文解字繫傳》卷2，中華書局1987年影印道光十九年（1839）祁雋藻刻本，第14頁。

④ 此指《經典釋文》引《韓詩》云："直曰車前，瞿曰芣苢。"及《文選·辯命論》李善注引《韓詩》云："《采苢》，傷夫有惡疾也。詩曰：采采芣苢，薄言采之。薛君曰："芣苢，澤寫也。芣苢，臭惡之菜，詩人傷其君子有惡疾，人道不通，求已不得，發憤而作，以事興芣苢，雖臭惡乎，我猶采采而不已者，以興君子雖有惡疾，我猶守而不離去也。"

⑤ 陳壽祺撰，陳壽祺述：《韓詩遺說考》卷1之1，《續修四庫全書》，上海古籍出版社2002年影印清刻《左海叢書》本，第76冊，第519頁。

（2）以《韓詩外傳》爲《韓詩》遺説。如宋人江休復（1005—1060）《醴泉筆録》卷下曰："紂作炮烙之刑。陳和叔云：'《韓詩》作烙，《漢書》作格。'"①《韓詩内傳徵》以此爲據，定《韓詩》之文爲："紂作炮烙之刑。"並將此文輯入《周南·汝墳》"王室如燬"句下。按此文並非《韓詩》遺説，而是傳世的《韓詩外傳》之文，該書卷四首章首句即爲："紂作炮烙之刑。"② 可知陳和叔（睦，？—1086③）所引《韓詩》實爲《外傳》，而非《韓詩》佚著，故不應視爲遺説。

（3）漏輯了部分《詩考》已輯的條目。《韓詩内傳徵》雖以《詩考》爲《韓詩》輯佚的起點，但對於《詩考》已經輯録的《韓詩》遺説與異文，宋綿初仍有部分遺漏。如《韓詩外傳》卷九曾引《韓詩·邶風·谷風》"無以下禮"之句④，王應麟以此爲據，輯入《詩考》中⑤，而《韓詩内傳徵》却漏輯了此條。此類情況雖然不常見，但也顯示出宋綿初對於《詩考》的利用仍然存在粗疏之處。

（4）某些條目未輯録完整。《韓詩内傳徵》在輯録《韓詩》遺説時，有些條目只截取了遺説的一部分，未録出遺説之全貌，如《衛風·載馳》："歸唁衛侯。"《韓詩内傳徵》據玄應《衆經音義》輯《韓詩》遺説云："弔生曰唁。"⑥ 今考玄應原書，此句後尚有

---

① 江休復：《醴泉筆録》卷下，曹溶輯：《學海類編》，廣陵書社 2007 年影印道光間晁氏刻本，第 7 册，第 3748 頁。
② 屈守元：《韓詩外傳箋疏》卷 4，巴蜀書社 1996 年版，第 451 頁。
③ 陳睦又字子雍，吳雪濤、吳劍琴據《永樂大典》卷三一四五所載劉邠（1022—1088）《陳侗墓誌》"是歲元祐元年也，四月，君弟子雍終於知潭州"之文，定陳睦卒於元祐元年（1086），見《蘇軾交游傳》，河北教育出版社 2001 年版，第 324—325 頁。這一結論信實可靠，本書即用此説。睦之生年，因史料闕佚，暫時無從查考。
④ 屈守元：《韓詩外傳箋疏》卷 9，巴蜀書社 1996 年版，第 789 頁。《毛詩》"禮"作"體"。
⑤ 王應麟：《詩考》，中華書局 2011 年版，第 15 頁。
⑥ 宋綿初：《韓詩内傳徵》卷 2，《續修四庫全書》，上海古籍出版社 2002 年影印乾隆六十年（1795）志學堂刻本，第 75 册，第 94 頁。《詩考》漏輯此條遺説。

"亦弔失國曰唁"①，爲宋氏所漏録。《載馳》乃許穆夫人憑弔宗國危亡之作，故詩中的"唁"釋爲"弔失國"更切（《毛傳》即云："弔失國曰唁"），而宋氏恰好遺漏了這一信息，遂使讀者認爲《韓詩》僅以"弔生"訓"唁"，滋生誤解。

（5）對部分遺説的安置存在錯誤。由於古籍徵引的某些《韓詩》遺説，存在只引注文而不引經文的現象，所以輯佚家常常需要結合注文之義，推測其所釋經文，并加以安置。《韓詩內傳徵》在處理這一情況時，存在部分錯誤。如《文選·南都賦》李善注引《韓詩》云："醴，甜而不沛也。"② 由於李善僅僅徵引了《韓詩》注文，未連同徵引該注所釋經文，故宋綿初只能因其解釋"醴"字而置諸《大雅·行葦》"酒醴惟醹"句下③。在別無旁證的情況下，這一安置尚可視爲合理。但域外漢籍提供的新材料，則足以顛覆宋氏的上述安置。因日本鐮倉時代的歲時之書《年中行事抄》曾徵引過該遺説的經文及注文："《韓詩》：'且以酌醴。'天子飲酒曰酌醴也，甜而不濟，少麴多米。"④ "濟""沛"乃通用字，"甜而不濟"即李善所引"甜而不沛"，由此可證該遺説實乃《韓詩》解釋《小雅·吉日》"且以酌醴"之文，不應繫於《大雅·行葦》中。當然，《年中行事抄》乃宋氏未及見之書，不可以後見之明來苛責前賢。但對於宋氏可見的文獻，且明確徵引了經文及相應注文，還出現安置錯誤，則未免有千慮一失之嫌了。如《文選·長門賦》李善注："《韓詩》曰：'無矢我陵。'薛君《章句》曰：'四平曰陵。'"⑤ 很顯然，"四平曰陵"乃《韓詩章句》解釋《大雅·皇矣》"無矢我陵"之文，

---

① 玄應：《衆經音義》卷13，徐時儀校注：《一切經音義三種校本合刊》，上海古籍出版社2008年版，第282頁。
② 《六臣注文選》卷4，中華書局1987年影印涵芬樓所藏宋刊本，第86頁。
③ 宋綿初：《韓詩內傳徵》卷4，《續修四庫全書》，上海古籍出版社2002年影印乾隆六十年（1795）志學堂刻本，第75冊，第111頁。
④ 佚名：《年中行事抄》卷6，塙保己一：《續群書類從》，東京續群書類從完成會1933年版，第10輯上，第307頁。
⑤ 《六臣注文選》卷9，中華書局1987年影印涵芬樓所藏宋刊本，第177頁。

但宋綿初却將其繫於"我陵我阿"句下①，頗爲吊詭。

以上便是對《韓詩内傳徵》得失的初步判定，從中不難看出該書在輯録《韓詩》遺説時，已經實現了對《詩考》的超越，但也應看到其並未將《韓詩》輯録的工作做到至善至美，仍留下了不少問題留待後世學者去解決。

最後就《韓詩内傳徵》在刊行後的流傳情况作一簡要介紹。與該書高深的學術質量不吻合的是，《韓詩内傳徵》在清代的學術界並没有得到廣泛的流傳。黄體芳（1832—1899）曾在光緒九年（1883）九月二十六日的一通書札中訪求高郵學者的衆多著述，其中即有《韓詩内傳徵》②，但探訪了兩年，竟未獲致此書，故於光緒十一年（1885）九月再次致函索取，這一札特意提及了《韓詩内傳徵》："宋綿初名氏僅見《漢學師承記》附録之中，其所著《韓詩内傳徵》，海内論撰諸家罕有稱引及之者，表彰幽隱，必須甄列。"③《韓詩内傳徵》在晚清學術界慘淡蕭瑟的流傳情况，在"海内論撰諸家罕有稱引及之"一語的描述中，已得到了再清晰不過的呈現。直至民國時代，《韓詩内傳徵》仍被視爲罕覯之書，故當北平圖書館購進一部《韓詩内傳徵》後，袁同禮（1894—1965）先生在一篇序言中特意列入此書，用以顯示北平圖書館藏書之豐富，因爲在袁先生看來，《韓詩内傳徵》是珍貴的"罕傳本"，"海内尤罕流傳"④。但一部有價值的學術著作，終究會經受住時間的檢驗，重新回到主流學術界的視野中。《續修四庫全書》對其進行影印，便已説明此書的學術價值已得到後世學界的追認。這部書也由於《續修四庫全書》

---

① 宋綿初：《韓詩内傳徵》卷4，《續修四庫全書》，上海古籍出版社2002年影印乾隆六十年（1795）志學堂刻本，第75册，第110頁。

② 《黄體芳集》卷3《札高郵學》，上海社會科學院出版社2004年版，第81—82頁。

③ 《黄體芳集》卷3《札高郵學》，上海社會科學院出版社2004年版，第111頁。

④ 袁同禮：《〈國立北平圖書館善本書目乙編〉序》，《北京圖書館同人文選》編委會：《北京圖書館同人文選》，書目文獻出版社1987年版，第40頁。

的影印，而實現了從"罕有稱引及之者"到化身千萬的轉變。當然，在這一由晦至顯的軌跡背後，起決定作用的無疑是該書的學術價值。

此外，清代高郵學者王士濂所刻《鶴壽堂叢書》中收有不題撰者的《韓詩》一卷，張壽林爲此書所撰提要云：

> 不著撰人姓氏。高郵王士濂望溪以之刊入《鶴壽堂叢書》中。按《鶴壽堂叢書》中，别有宋綿初《脁園經説》三卷，其第二卷原闕。今考是編，蓋即《脁園經説》之第二卷，不知王氏何以析出，别爲一書，且不題撰人姓氏。①

按：張氏以《鶴壽堂叢書》所收《韓詩》作者爲宋綿初，這似乎説明宋綿初在《古韓詩説證》和《韓詩内傳徵》之外，還有研究《韓詩》的專著存在。但此説不能成立。《鶴壽堂叢書·韓詩》之成書年代雖不可確考，但從該書已談及程瑶田嘉慶八年（1803）刊刻的《通藝録》來看②，可知其成書必在嘉慶八年之後。而《韓詩内傳徵》由志學堂初刻於乾隆六十年（1795），可知該書至遲完成於1795年，在成書時間上，早於《鶴壽堂叢書·韓詩》至少八年。

今考《太平御覽》卷四六九曾引《韓詩·黍離》云："彼黍離離，彼稷之苗。"③ 宋綿初以此爲據，輯入《韓詩内傳徵》卷二中④。由此可知，至遲在《韓詩内傳徵》成書的1795年，宋綿初已完全瞭解《韓詩·黍離》之文爲"彼黍離離"。再考不早於1803年成書的

---

① 張壽林：《〈韓詩〉提要》，中國科學院圖書館整理：《續修四庫全書總目提要·經部》，中華書局1993年版，第445頁。

② 佚名：《韓詩》，王士濂輯：《鶴壽堂叢書》，國家圖書館藏光緒二十四年（1898）刻本，第8頁b。

③ 《太平御覽》卷469，中華書局1960年重印涵芬樓影印宋本，第2155頁。

④ 宋綿初：《韓詩内傳徵》卷2，《續修四庫全書》，上海古籍出版社2002年影印乾隆六十年（1795）志學堂刻本，第75册，第95頁。

《鶴壽堂叢書·韓詩》"《黍離》說"條云：

> 《玉篇》有"穖"字，云："禾苗也。"《廣韻》則云："穖穖，黍稷行列也。"《玉篇》《廣韻》皆六朝人之舊，其時《齊》《魯詩》逸，《韓詩》尚行。"穖穖"爲"黍稷行列"，所見必《韓詩》語也。《毛詩》作"離離"，三家作"穖穖"，音義並同。①

據此，《鶴壽堂叢書·韓詩》的作者認爲《韓詩·黍離》之文應爲"彼黍穖穖"，這證明該書作者根本不知曉《太平御覽》曾經明確引用過《韓詩·黍離》"彼黍離離"之文，所以做出了上述錯誤的判斷。而如前所述，宋綿初早在1795年便採用了《太平御覽》所引用的真實可靠的"彼黍離離"之文，斷不可能在1803年以後又突然改弦易轍，採取錯誤的"彼黍穖穖"。所以《韓詩内傳徵》與《鶴壽堂叢書·韓詩》在徵引《韓詩·黍離》文本時表現出的歧異，看似僅爲"離""穖"之別，實則爲二書非同一人所撰提供了關鍵證據。

此外，《韓詩内傳徵》與《鶴壽堂叢書·韓詩》的《詩》學立場幾乎處於對立狀態。宋綿初在《〈韓詩内傳徵〉序》中曾一再提到《韓詩》的重要，一則揭出朱子《詩集傳》取法《韓詩》之例，二則曰"考諸《韓詩》，則古文古義粲如也"，三則曰"兩漢文章，六朝辭賦，藝林誦習，中間引用事典，每與今訓根觸，不攷《韓詩》，則古書之義多不可得而通也"②，宋氏對於《韓詩》的認可真可謂再三致意。其子宋保爲《韓詩内傳徵》所作識語更是例舉《韓

---

① 佚名：《韓詩》，王士濂輯：《鶴壽堂叢書》，國家圖書館藏光緒二十四年（1898）刻本，第7b—8a頁。
② 宋綿初：《〈韓詩内傳徵〉序》，《韓詩内傳徵》卷首，《續修四庫全書》，上海古籍出版社2002年影印乾隆六十年（1795）志學堂刻本，第75冊，第81頁。

詩》之優①，用以印證宋氏尊崇《韓詩》之庭教。反觀《鶴壽堂叢書・韓詩》，其作者明顯站在《毛詩》的立場之上："楊子雲云：'一卷之書，必立之師。'毛公，我師也！吾從傳。毛公傳詩，遠有端緒。所稱述者，多先聖之遺言；所引證者，皆春秋之掌故。於經文，例不改字，訓詁必悉依《爾雅》，蓋其慎也。"②這與宋綿初一貫秉持的《韓詩》學立場顯然勢若冰炭。

因此，無論從具體條目還是《詩》學立場分析，《韓詩內傳徵》與《鶴壽堂叢書・韓詩》均不可能出自一人之手。後者非宋綿初所撰，至此已足可定讞。

(七)《韓詩故》二卷，沈清瑞輯

按：沈清瑞(1758—1791)，初名沅南，應童子試時，因才華出衆，被劉墉(1719—1804)贊爲"如芝草鳳凰，清時之瑞也"，遂易名清瑞，字吉人，又字芷生，江蘇長洲(今蘇州)人，乾隆五十二年(1787)進士，有《沈氏群峰集》③。《韓詩故》二卷即附於《群峰集》後，此書有光緒二年(1876)刻本及沈恩孚民國二十二年(1933)鉛印本。

此書雖名爲《韓詩故》，實際上輯錄了多種《韓詩》佚著之遺說，與《漢書・藝文志》所錄《韓故》名同而實異。其自序"薛氏之《章句》附焉"及"其餘所摭《內傳》之文"諸語，即可證實此書乃統輯《韓詩》遺說之作。觀自序"凡王氏之缺者補之，譌者釐之"一語，可知此書與《韓詩內傳徵》相似，亦由訂補《詩考》而發。具體而言，沈書在以下幾個方面較值得注意：

---

① 宋保：《〈韓詩內傳徵〉後識》，《韓詩內傳徵》卷尾，《續修四庫全書》，上海古籍出版社2002年影印乾隆六十年(1795)志學堂刻本，第75册，第119—120頁。

② 佚名：《韓詩》，王士濂輯：《鶴壽堂叢書》，國家圖書館藏光緒二十四年(1898)刻本，第36頁a。

③ 對沈清瑞生平的上述介紹，皆取自徐世昌：《晚晴簃詩匯》卷105，中華書局1990年版，第4478頁。《道光蘇州府志・人物・文苑七》亦有《沈清瑞傳》，見宋如林《道光蘇州府志》卷102，北京師範大學圖書館藏道光四年(1824)，第26b—27a頁。

第一章 《韓詩》著述考   117

　　首先，《詩考》對《韓詩》遺説的輯録往往據古籍原貌加以抄寫，不作校勘，沈輯本則在輯録的同時，對有問題的條目加以校勘。例如《詩考》曾據《文選注》輯《韓詩·淇奥》經注云："'緑薄如簀。'簀，積也。薛君曰：簀，緑薄盛如積也。"① 完全按照《文選注》的原貌録文。沈輯本亦輯此條，却作了一番校勘工作，定該條遺説爲："《章句》曰：簀，積也。緑薄盛如積也。"並附按語云："《文選注》'簀，積也'三字本在'薛君曰'上，今以意移下。"② 很明顯，沈清瑞認爲夾在《韓詩經》"緑薄如簀"和薛君《章句》之間的"簀，積也"三字殊顯突兀，故結合薛君《章句》以注文緊跟經文的體例，移此三字入《章句》中，讀書頗爲得間。幾乎與沈清瑞同時的胡克家（1756—1816）在《文選考異》中亦認爲"簀，積也"三字乃《章句》之文③，與沈清瑞暗合，可見客觀的學術研究足以閉門造車而出門合轍。

　　其次，《詩考》並未對《韓詩》佚著的佚失作出考證，而沈輯本則在部分遺説後的按語中涉及了這部分情况。仍以上引《文選注》之遺説爲例，沈氏在校正原文之後，對《韓詩故》的散佚情况作了論斷："《韓故》亡佚已久，《七録》《隋志》皆不載，唐人所見不過《章句》，執其所引，强名《韓故》，斯不然矣。"④ 在這段按語中，沈清瑞藉助目録書志的著録情况，對《韓故》的亡佚做出了判斷，他因阮孝緒（479—536）《七録》與《隋書·經籍志》均未著録《韓故》，故定此書亡佚已久，這一判斷是正確的。同時他又對唐人所能見到的《韓詩》書籍進行了推測，認爲"唐人所見不過《章

---

① 王應麟：《詩考》，中華書局2011年版，第22頁。
② 沈清瑞：《韓詩故》卷上，山東大學圖書館藏民國二十二年（1933）沈恩孚鉛印本，第11頁b。
③ 胡克家：《文選考異》卷1，載《文選》附録，中華書局1977年影印鄱陽胡氏重雕淳熙本，第844頁。
④ 沈清瑞：《韓詩故》卷上，山東大學圖書館藏民國二十二年（1933）沈恩孚鉛印本，第11b—12a頁。

句》",這一結論有待商榷,因爲從李善注《文選》還曾引録過數條《韓詩内傳》佚文來看,唐人所見《韓詩》著作除了《章句》之外,還應包括《内傳》。不過總體而言,就《韓詩》佚著的佚失作出推斷,仍是沈輯本之前的《韓詩》研究著作中厝意無多的方面,沈輯在此有所拓展,值得注意。

(八)《韓詩輯編》二十二卷,嚴可均輯

按:嚴可均(1764—1843),原名萬里,字景文,號鐵橋,浙江烏程人。嚴氏最擅輯佚之學,所輯《全上古三代秦漢三國六朝文》素爲學林所重,但《韓詩輯編》則傳播極爲有限,知者甚少。

《韓詩輯編》僅有一部手稿本庋藏於臺灣"國家圖書館",該館網站提供了此稿本的具體版次信息:"正文卷端題'韓詩卷之一 歸安嚴萬里叔卿輯編 韓詩國風章句'。11行,行21字,小字雙行,字數不等,版心白口,單魚尾,中間記書名卷第,下方右側記三體名,再下記葉次。藏印:'擇是居'朱文橢圓印、'國立中央圖書館收藏'朱文長方印、'張印鈞衡'白文方印、'石銘收藏'朱文方印、'吳興張氏適園收藏圖書'朱文長方印。"① 由藏書印可知該手稿本係吳興南潯藏書家張鈞衡舊藏,鈞衡字石銘,號適園主人,"擇是居"乃其藏書之所,與上述藏書印脗合。另據嚴靈峰(1903—1999)先生介紹,該書具體内容"分'古義''異字''異義'三欄,並標明'經'與'章句'(薛氏章句),並附齊、魯二家《詩》。前有《韓詩原委》《韓詩受授圖表》及《採摭書目》,計經史子集百五十四種"②,由此可略見該書之梗概。

---

① 臺灣"國家圖書館"館藏目録查詢系統,鏈接:https://aleweb.ncl.edu.tw/F/RCUP1IY18IGSHMRM64YKQT6DMNHY6RGCBUP5QK3II8BIQV284N－11119?func＝find－b&request＝%E9%9F%93E8%A9%A9%E8%BC%AF%E7%B7%A8&find_code＝WTI&adjacent＝Y&local_base＝&x＝50&y＝9&filter_code_1＝WLN&filter_request_1＝&filter_code_2＝WYR&filter_request_2＝&filter_code_3＝WYR&filter_request_3＝&filter_code_4＝WMY&filter_request_4＝&filter_code_5＝WSL&filter_request_5＝. 訪問時間:2022年5月8日。

② 嚴靈峰:《周秦魏諸子知見書目》,臺北正中書局1978年版,第5卷,第238頁。

筆者至今尚無緣獲睹《韓詩輯編》之正文，故無從作出具體的敘錄。管見所及，目前學界僅有馬昕曾就該書作過詳細的考評①，可參閱。

（九）《韓詩遺說》二卷，臧庸輯

按：臧庸，字西成，又字拜經，江蘇武進人。其生平學行，詳見阮元《臧拜經別傳》②。其所撰《拜經日記》在清人考訂筆記中堪稱典範，其所輯《韓詩遺說》亦爲清儒《韓詩》輯佚史中的精深之作。《韓詩遺說》較通行的版本是光緒六年（1880）《仰視千七百二十九鶴齋叢書》本及光緒二十一年（1895）《靈鶼閣叢書》本。前者爲趙之謙（1829—1884）校補本，後者爲陶方琦在趙校本基礎上進行重校的本子，故較前者更精③。《叢書集成初編》第1746册即據《靈鶼閣叢書》本排印，雖有部分斷句錯誤④，但在底本選擇上，仍表現出卓越的眼光。本書即以此本爲據，加以介紹。綜合來看，《韓詩遺說》對於《韓詩》佚文的輯錄與考證已經達到較爲完備的程度，清代《韓詩》之學也因此書而進入一個更加成熟的階段，所以趙之謙在對比了此前產生的多種《韓詩》輯本後，定臧輯本爲最優⑤。《韓詩遺說》的主要特色體現在以下幾個方面。

---

① 馬昕：《清代乾嘉時期的〈韓詩〉輯佚學》，《國學》2016年第1期，第406—414頁。

② 阮元：《臧拜經別傳》，《揅經室二集》卷6，《清代詩文集彙編》，上海古籍出版社2010年影印清道光儀徵阮氏珠湖草堂刻《文選樓叢書》本，第477册，第308—310頁。

③ 馬昕曾對《韓詩遺說》的成書刊刻歷程作過詳細的介紹，見《臧庸〈韓詩遺說〉的成書、刊刻與訂補》，《版本目錄學研究》第六輯，2016年，第181—190頁。

④ 如將卷首趙之謙序"侯氏《翼要》，爲最緐富"誤斷爲"侯氏翼，要爲最緐富"，再如將"宋氏《內傳徵》引'對彼雲漢'條"誤斷爲"宋氏《內傳》徵引'對彼雲漢'條"。這都是利用此本進行研究時，應加以注意之處。

⑤ 趙序云："近儒所輯《韓詩》本，餘姚邵氏、高郵宋氏皆述《內傳》，金谿王氏《經翼鈔》漏略殊甚，歷城馬氏《玉函山房輯佚書》分《韓詩故》《韓詩內傳》《韓詩說》《薛君章句》、侯氏《翼要》，爲最緐富，然采擇精審，亦不及也。"見臧庸：《韓詩遺說》卷首，《叢書集成初編》，中華書局1985年版，第1746册，第1頁。

首先，《韓詩遺説》對於佚文出處進行了更加完備且準確的著録。例如《周南·芣苢》篇，《詩考》與《韓詩內傳徵》皆據《文選注》輯出《韓詩》遺説，但前者僅標爲《文選注》，後者則更加具體，標出第五十四卷，在準確性上已有進步。《韓詩遺説》亦收録了該佚文，但對於出處的標記則更加完備，除了《文選注》卷五四，還增入了《太平御覽》卷七四二①。再如《文選注》曾屢引《韓詩·邶風·柏舟》"如有殷憂"之文，《詩考》僅標出處爲《文選注》，《韓詩內傳徵》則具體標出卷一六、卷二五、卷三七、卷五七。按《文選注》卷五七並無此文，此文實在卷五三。考《韓詩遺説》，則將出處正確著録爲卷五三②。由此可見，《韓詩遺説》對於佚文出處的著録，既完備，又準確。

其次，《韓詩遺説》匯集了不少同時代學者校勘《韓詩》的意見。這使得《韓詩遺説》在考釋《韓詩》佚文時，帶有集解的性質，這是此前《韓詩》輯佚著作所未見的部分。如《衛風·伯兮》篇，臧庸據《文選注》卷一九引《韓詩》云："伯也執殳。"按語引顧廣圻曰："疑韓作'伯兮執殳'。"③爲讀者提供了顧廣圻對該句的校勘意見。再如《齊風·東方之日》，臧庸據《文選注》輯此篇之《韓詩》經文云："東方之日兮。"按語引嚴元照（1773—1917）云："《宋玉〈神女賦〉》注、《顔之推〈秋胡詩〉》注，引俱無'兮'字。"④保留了嚴氏校勘該句的意見。再如《毛詩·魯頌·閟宮》"遂荒徐宅"句下，陸德明《釋文》云："《韓詩》作'荒'"，臧庸

---

① 臧庸：《韓詩遺説》卷上，《叢書集成初編》，中華書局1985年版，第1746册，第3頁。檢《御覽》卷742確有此文，惟誤將書名署爲《韓詩外傳》，"外傳"二字乃衍文，當删。
② 臧庸：《韓詩遺説》卷上，《叢書集成初編》，中華書局1985年版，第1746册，第6頁。
③ 臧庸：《韓詩遺説》卷上，《叢書集成初編》，中華書局1985年版，第1746册，第14頁。
④ 臧庸：《韓詩遺説》卷上，《叢書集成初編》，中華書局1985年版，第1746册，第19頁。

則引浦鐘云："疑下是'宎'字。"遂定《韓詩》之文作"遂宎徐宅"①。浦鐘的校勘意見可從，因細繹《釋文》特標《韓詩》作某字之義，顯然其用字與《毛詩》有別，《毛詩》作"荒"，則《韓詩》必不作"荒"，浦氏定其作"宎"當無問題，因"宎，通作荒"②。另如臧庸據《華嚴經音義》引孟康注《韓詩》，輯得《小雅·十月之交》"不敢告勞"之遺說云："古者名利休假曰告也。"按語又引王紹蘭（1760—1835）云："案康未嘗注《韓詩》，此引作《韓詩注》，蓋《漢書注》之誤耳。漢、韓聲相近，詩、書聲相混。"③保留了王紹蘭對此條遺說的校勘意見。按王氏之校是，考《漢書·高帝紀》："高祖嘗告歸之田。"孟康注："古者名吏休假曰告。"④可知孟康此文確係注釋《漢書》，而非《韓詩》。趙之謙曾就臧庸致誤之因作出判斷，認為臧氏所用《華嚴經音義》乃南藏本，而北藏本則不誤。⑤這也反映出臧庸輯錄《韓詩》佚文時，在版本選擇上還存在部分問題。

第三，《韓詩遺說》在輯錄佚文的同時，還附有嚴謹的考證。例如《邶風·凱風》篇，臧庸據《太平御覽》輯《韓詩》經文云："簡簡黃鳥，載好其音。"案語云："今本作'簡斤'。段云：'"簡斤"雙聲，如"雙關"之類，亦未必誤。'余所據宋本作'簡簡'，蓋《御覽》重文作ヒ，遂誤作斤。"⑥這段考證相當細緻，臧氏先引

---

① 臧庸：《韓詩遺說》卷下，《叢書集成初編》，中華書局1985年版，第1746冊，第52頁。
② 王念孫：《廣雅疏證》卷1，中華書局1983年影印清嘉慶間王氏家刻本，第6頁。
③ 臧庸：《韓詩遺說》卷下，《叢書集成初編》，中華書局1985年版，第1746冊，第32頁。
④ 《漢書》卷1上，中華書局1962年版，第6頁。
⑤ 趙之謙：《〈韓詩遺說〉序》，臧庸：《韓詩遺說》卷首，《叢書集成初編》，中華書局1985年版，第1746冊，第1頁。慧琳《一切經意義》卷22全文收錄慧苑《華嚴經音義》，亦誤作"孟康注《韓詩》"，見徐時儀：《一切經音義三種校本合刊》，上海古籍出版社2008年版，第874頁。
⑥ 臧庸：《韓詩遺說》卷上，《叢書集成初編》，中華書局1985年版，第1746冊，第7頁。

段玉裁認可"簡斤"的説法，再據其親自閲讀宋本《御覽》的經歷，斷定《韓詩》應作"簡簡"，並對訛作"簡斤"的原因作了推測，整個考證過程非常細密。再如《毛詩·鄭風·出其東門》有"聊樂我員"之文，臧庸據《文選注》卷一四輯《韓詩》云："聊樂我魂。"並輯薛君《章句》云："魂，神也。"後附按語考證了《韓詩》作"魂"的淵源問題："案《毛詩音義》：'員，本亦作云。'《春秋疏》引《孝經説》曰：'魂，云也。'然則《韓詩》作'魂'，即'云'之同聲假借字耳。薛君以爲魂魄字，蓋非也。"① 在這段考釋中，臧庸認爲《韓詩》作"魂"，實乃"云"之假借，而"云"又乃《毛詩》"員"之本字，可見《韓詩》《毛詩》字異而義同；而薛君依據"魂"字的本義加以釋讀，在臧庸看來，並不可據。這一考證雖不足以視爲塙論②，但其開啓的考證《韓詩》經注字義之風，則有力地推動了清代《韓詩》研究的進程。

此外，《韓詩遺説》後附《韓詩訂譌》一卷具有重要的學術意義。該部分共包含十二個條目，專"訂王伯厚《詩考》之譌"③。可見臧庸研究《韓詩》時，在輯佚之外，尚能推進到辨僞訂訛的層面，這無疑使後續的《韓詩》研究可以踏上更加成熟準確的道路，使該項研究穩健深入地開展下去。

當然，《韓詩遺説》也存在部分問題，這尤以臧庸對於《韓詩

---

① 臧庸：《韓詩遺説》卷上，《叢書集成初編》，中華書局 1985 年版，第 1746 册，第 17 頁。
② 例如清代中後期《韓詩》學大師陳喬樅即對此説持反面意見："毛、韓師傳各異，訓義不必强同。《孝經援神契》曰：'情者，魂之使。'此詩言：'有女如雲，匪我思存。'而獨以'縞衣綦巾'者爲'聊樂我魂'，其情深如此。下章言'聊可與娛'，'娛'亦樂也。人悲則神傷，而樂則神怡。故《韓詩》以'魂'爲'神'，其説殆未可厚非也。"見《韓詩遺説考》卷 2 之 1，《續修四庫全書》，上海古籍出版社 2002 年影印清刻《左海叢書》本，第 76 册，第 569 頁。客觀地説，陳喬樅的看法更加合理。尤其值得注意的是，陳氏所謂"毛、韓師傳各異，訓義不必强同"，對於理解《毛詩》與《韓詩》解《詩》的歧異問題，無疑是相當通達的見解。
③ 臧庸：《韓詩訂譌》，《韓詩遺説》附錄，《叢書集成初編》，中華書局 1985 年版，第 1746 册，第 67—68 頁。

内傳》的誤判最具代表性。根據《韓詩遺説》呈現的面貌，可知臧庸一直認定《韓詩内傳》是訓詁著作，因此對於古籍引用於《韓詩》經文之後的訓詁文字，例以《内傳》視之。如《文選·吴都賦》劉淵林注云："《韓詩》曰：考盤在干。地下而黃曰干。"① 臧庸據此輯入《韓詩遺説》，謂："與經文相連，蓋是《内傳》。"② 今考日本唐鈔本《文選集注》此條作："《韓詩》云：考般在干。《傳》曰：地下而廣曰干。"③ 可知"與經文相連"的内容出於"《傳》"，並不能直接視爲《韓詩内傳》。從目前可以見到的《韓詩》遺説來看，《韓詩》經文之後跟隨的訓詁語幾乎均爲《韓詩章句》，而非臧庸判定的《韓詩内傳》。兹據數例以證成此説：顧野王《玉篇》原本"繹"字條："《韓詩》：四牡繹繹。繹繹，盛貌也。"④ 此即臧氏所謂"與經文連引"之例，然其後訓詁實爲薛君《韓詩章句》文，見《文選·甘泉賦》李善注⑤。再如慧琳（737—820）《一切經音義》卷一六"避從"條音義："《韓詩》：或辟四方。辟，除也。"⑥ 此亦"與經文連引"，而其後訓詁亦爲《章句》之文，見《文選·上林賦》李善注⑦。另如《文選·西京賦》李善注："《韓詩》曰：嬿婉之求。嬿婉，好貌。"⑧ 此亦訓詁"與經文連引"者，而考法藏P.2528敦煌鈔本《文選》殘卷，此注則作："《韓詩》曰：嬿婉之求。薛臣善曰：嬿婉，好貌。"⑨ 高步瀛先生謂："各本引《韓詩》

---

① 《六臣注文選》卷4，中華書局1987年影印涵芬樓所藏宋刊本，第108頁。
② 臧庸：《韓詩遺説》卷上，《叢書集成初編》，中華書局1985年版，第1746册，第13頁。
③ 周勛初纂輯：《唐鈔文選集注彙存》第1册卷9，上海古籍出版社2000年版，第186頁。
④ 顧野王：《原本玉篇殘卷》"繹"字條，中華書局1985年版，第122頁。
⑤ 《六臣注文選》卷7，中華書局1987年影印涵芬樓所藏宋刊本，第142頁。
⑥ 慧琳：《一切經音義》卷16，徐時儀：《一切經音義三種校本合刊》，上海古籍出版社2008年版，第786頁。
⑦ 《六臣注文選》卷8，中華書局1987年影印涵芬樓所藏宋刊本，第165頁。
⑧ 《六臣注文選》卷2，中華書局1987年影印涵芬樓所藏宋刊本，第60頁。
⑨ 饒宗頤：《敦煌吐魯番本文選》，中華書局2000年版，第18頁。

句下脫去'薛君曰'三字。唐寫作'薛，臣善曰'，蓋'臣'爲'君'字之誤，又衍'善'字也。治《韓詩》者不見此本，故不敢輯入薛君《章句》中。然則此本雖誤，有益於古書亦大矣。"① 羅國威論"薛臣善曰"亦謂："按此四字當是'薛君曰'或'《薛君章句》曰'之誤。"② 上述諸例均可以證實古籍在《韓詩》經文之後徵引的訓詁文字多爲《韓詩章句》，即便未標記書名，也不可妄斷其爲《韓詩內傳》。

除此之外，《韓詩遺說》還存在其他不足之處。趙之謙在爲該書製序時，雖不乏讚詞，但也指出該書存在部分漏輯的情況③。而陶方琦在重校該書的過程中，也曾指出過臧庸多處考證失誤，如遺說出處標記錯誤，再如遺說位置的誤置，另如同一條遺說的重收等等④，其中既有陶方琦以後見之明（如利用了臧庸未及見的《韓詩遺說考》）而作出的訂正，也有因臧庸失考而造成的訛誤，均可見該書尚有部分問題。至於臧庸無緣看到的日藏漢籍保存的衆多《韓詩》遺說，則由陶方琦以專書的形式加以增補，這部分內容詳見下文爲陶氏《韓詩遺說補》所作敘錄，茲不贅言。

最後尚有一事實需予以指出，即今見《韓詩遺說》刻本，無論《仰視千七百二十九鶴齋叢書》本，還是《靈鶼閣叢書》本，均係就臧庸早期稿本校刻而成。而事實上，在早期稿本寫就之後，臧庸又陸續進行了訂改。很顯然，訂改本才是最能代表臧庸《韓詩遺說》最終面貌的版本，但很可惜，此本並未刊刻成書，而是庋藏於上海圖書館。最早發現該本的學者是陳先行，其《檢書札記》首次介紹

---

① 高步瀛：《文選李注義疏》，中華書局1985年版，第469頁。

② 羅國威：《敦煌石室〈文選〉李善注本殘卷考》，《六朝文學與六朝文獻》，巴蜀書社2010年版，第76頁。

③ 趙之謙：《〈韓詩遺說〉序》，臧庸：《韓詩遺說》卷首，《叢書集成初編》，中華書局1985年版，第1746冊，第1頁。

④ 分見《召南·摽有梅》《王風·君子陽陽》《陳風·防有鵲巢》陶氏所作按語，臧庸《韓詩遺說》卷首，《叢書集成初編》，中華書局1985年版，第1746冊，第5、15、23頁。

了上海圖書館所藏臧庸《韓詩遺説》訂改本的相關情況，發現訂改本在以下三個方面實現了對刻本的校正："首先在體例上作了調整，其次糾正了原來的訛誤，再次是在内容上進行了補充。"① 經歷了上述校正的《韓詩遺説》，在質量上更進一步。學界他日若整理此書，自當以訂改本爲據，始能最全面地反映臧庸《韓詩》研究的最終面貌。

（一〇）《韓詩内傳並薛君章句考》四卷，錢玫輯

按：錢玫，字元傑，號漢村，浙江上虞人，道光元年（1821）舉孝廉。著述豐富，最著者乃《國朝上虞詩集》《上虞金石略》等②。在《韓詩》研究方面，則有《韓詩内傳並薛君章句考》四卷，這是清中後期值得注意的一部《韓詩》輯考類著作。中國國家圖書館、復旦大學圖書館、浙江圖書館皆有該書鈔本或刻本；中國大陸以外，則有臺北"中央圖書館"所藏清末錢世叙烏絲欄寫本及日本九州大學所藏附録一卷的清鈔本。③

此書體例完備，卷首爲《韓詩師承》及《叙録》，分別考述《韓詩》學者及著述的學者及該學派之著述，其後乃爲正文四卷，卷末附《附録》《筆談》及《附編》。錢玫撰於道光元年的識語對於自己所撰的這部輯本曾下過八字評語："體例燦陳，引證明悉。"④ "體例燦陳"已見上述，"引證明悉"則表現在錢玫對於《韓詩》遺説的考證方面，馬昕曾將錢氏考證價值分爲五類加以詳研，即探討《韓詩》篇旨本事，探討《韓詩》字詞訓詁，揭示《韓詩》《毛詩》用字差異，揭示韓、毛《詩》説之同，判定《韓詩》師法，每類下

---

① 陳先行：《檢書札記》，上海圖書館：《建館三十五週年紀念文集》，上海圖書館 1987 年版，第 196—197 頁。《韓詩遺説》訂改本之扉頁及末頁圖片，收録於陳先行《打開金匱石室之門：古籍善本》下編，上海文藝出版社 2003 年版，第 203—204 頁。

② 以上材料採自潘衍桐《兩浙輶軒續録》卷 38，浙江古籍出版社 2014 年版，第 2967 頁；來新夏主編《清代目録提要》，齊魯書社 1997 年版，第 346 頁。

③ 夏傳才主編：《詩經學大辭典》下册，河北教育出版社 2014 年版，第 1539 頁。

④ 錢玫：《韓詩内傳並薛君章句考》卷末，復旦大學圖書館藏清鈔本，第 1 頁。

俱有例證①，足供參稽，兹不贅述。除此之外，孫人和（1894—1966）爲錢書所撰提要還表彰了以下三處優點：第一，"《韓詩》自晉以後，傳者漸少，唐末亡佚，玫則師承至唐而止，可供攷覈"；第二，"疏證《韓詩》，廣引先儒之説，亦足以備參稽"；第三，"引用諸書，如任淵《後山詩注》、余德鄰《佩韋齋新聞》之屬，多爲輯《韓詩》者所不措意"。不過孫氏對錢書更多地是持否定態度，其列舉該書之失，竟有八條之多②。考其所云，不爲無據。

但是如果將注意力集中在錢書的《筆談》及識語中，則不難發現錢氏在《韓詩》輯考方面仍有值得注意之處：

首先，《二雨堂筆談》對於與《韓詩》相關的多方面內容作了零散但不失創見的闡釋。如："《羔羊》之大夫有潔白之性，《振鷺》之學士皆潔白之人，可謂操履純潔矣。"③ 指出《韓詩》釋讀《羔羊》《振鷺》時均使用了"潔白"一詞，進而揭出在《韓詩》的闡釋語境中，"潔白"所特有的指稱"操履純潔"的含義，讀書確可謂眼明心細。

其次，錢玫識語較爲系統地梳理了此前的《韓詩》輯佚歷程，具備學術史的價值。跋文不長，兹全錄於下，以資考索：

《韓詩》既亡之後，搜掇殘剩者自宋王伯厚始，顧《詩考》一書，兼及齊、魯，於韓且有漏遺。國朝范衡洲家相曾經拾遺，學識譾陋，動筆輒訛，吾無取焉；餘姚邵二雲晉涵有《韓詩內傳考》，金溪王仁圃謨有《韓詩拾遺》，韓學於是有專門矣。洪稚存亮吉稱邵學士所著足正伯厚之失而補其遺，余觀其稿，蓋

---

① 馬昕：《清代乾嘉時期的〈韓詩〉輯佚學》，《國學》2016年第1期，第414—417頁。

② 孫人和：《〈韓詩內傳並薛君章句考〉提要》，中國科學院圖書館整理：《續修四庫全書總目提要·經部》，中華書局1993年版，第446頁。

③ 錢玫：《韓詩內傳並薛君章句考》附《二雨堂筆談》第6條，復旦大學圖書館藏清鈔本，第2頁b。

未成之書也；《拾遺》雖未經見，然《遺書鈔》中所刻《內傳》，尚多罣漏。兹編仍諸家之舊注，依《毛詩》篇次，彙而錄之，釐爲四卷。凡學韓者，另編附錄，間採近世説韓之言，疏於各條，顔曰《韓詩内傳並薛君章句考》。雖收蒐臻廣，漏略仍所不免，所採衆説，亦未必持平。而體例燦陳，引證明悉，較邵、王二家所著，未知優劣果何如也？道光元年春王正月錢玫識。①

這段識語對於前人輯本均有微詞，且出語凌厲，如謂范家相《三家詩拾遺》"動筆輒訛"，論王謨《漢魏遺書鈔》"尚多罣漏"，皆有目無餘子之概。但其中仍然不乏學術史方面的指陳，如《韓詩》之輯佚始於王應麟《詩考·韓詩》，再如清代《韓詩》晉升爲專家之學的開端是邵晉涵《韓詩内傳考》及王謨《韓詩拾遺》，另如其謂邵晉涵之輯本乃"未成之書"，恰可印證上文對浙江圖書館藏《韓詩内傳考》稿本諸多缺失的論述；其謂王謨《韓詩拾遺》"未經見"，恰可印證上文對該書傳播情況所作的判斷。這些内容，對於讀者瞭解《韓詩》的輯佚史均有助益。

（一）《韓嬰詩内傳》一卷，黃奭輯

按：黃奭，字右原，又字叔度，江蘇甘泉（今屬揚州）人。其生平學行，詳見《清史列傳》卷六九②。黃奭曾悉心問學於著名學者江藩（1761—1831），學殖醇厚，尤擅輯佚，以《黃氏逸書考》最爲知名。有關黃奭的輯佚成就，冀淑英和喻春龍均有專文探研③，可參看。

---

① 錢玫：《韓詩内傳並薛君章句考》卷末，復旦大學圖書館藏清鈔本，第1頁。
② 佚名：《清史列傳》卷69，中華書局1987年版，第5611—5612頁。
③ 參冀淑英《黃奭的輯佚工作》，《北京圖書館同人文選》編委會編《北京圖書館同人文選》，書目文獻出版社1992年版，第2輯，第314—316頁；喻春龍《黃奭所處的時代及其輯佚活動》，《揚州文化研究論叢》，廣陵書社2012年版，第10輯，第11—20頁。

《韓嬰詩內傳》列入《黄氏逸書考》，共一卷。通過與宋綿初《韓詩內傳徵》比讀，可定黄奭輯本乃剿襲《韓詩內傳徵》而來，除了增補宋氏漏輯的零星條目之外①，其餘內容與宋書幾乎全同：宋綿初對佚文出處的著録錯誤，黄輯本一仍其舊；宋氏所作按語，黄輯本幾乎也全部照搬。故該本價值不大，兹不詳述。

　　（一二）《韓詩輯》一卷，蔣曰豫輯

　　按：蔣曰豫（1830—1875），字侑石，號後白石生，江蘇陽湖（今常州）人。其生平學行，詳見黄彭年（1823—1890）《常州二子傳》②。蔣氏擅辭章，十歲效長慶體爲詩，塾師即贊爲"詩中飛將"，有《滂喜齋學録》十一卷，卷五即《韓詩輯》③，體現了蔣曰豫在《韓詩》輯佚方面的成就。

　　一如書題所示，《韓詩輯》旨在"輯"，故於考證遺説並未厝意。書僅一卷，但經過方恮（1849—1878）校補④，學術質量仍然有所保障。不過考其所輯，幾乎未出於宋綿初、臧庸等人之外，且

---

① 如宋綿初於《周南·關雎》"鐘鼓樂之"句下漏輯侯芭《韓詩翼要》之文，黄奭據《隋書·樂志》補之。見黄奭輯《黄氏逸書考·韓嬰詩內傳》，《續修四庫全書》，上海古籍出版社 2002 年影印清道光黄氏刻、民國二十三年（1934）江都朱長圻補刊本，第 1207 册，第 102 頁。

② 載閔爾昌：《碑傳集補》卷 51，燕京大學國學研究所 1923 年版，第 1—2 頁。題中"常州二子"指蔣曰豫及方恮。

③ 蔣曰豫：《韓詩輯》，古風主編：《經學輯佚文獻彙編》，國家圖書館出版社 2010 年影印光緒三年（1877）蓮池書局刻《蔣侑石遺書》本，第 10 册，第 580—594 頁。

④ 方恮的校補包含以下幾方面的工作：第一，據其他《韓詩》輯本補蔣書之未備，例如《周南·關雎》據馬國翰《玉函山房輯佚書》補"君子好仇""房中之樂有鐘磬"；第二，據自己閱讀所得補蔣書之未備，例如《王風·丘中有麻》據《顔氏家訓·勉學》補"將其來施施"；第三，對斠蔣書與其他《韓詩》輯本之别，如《鄘風·定之方中》："星言夙駕"，蔣書據《釋文》輯《韓詩》云："星，晴也。"方恮云："馬輯《韓詩故》引相臺岳氏注疏本作：'星，精也。'"分見蔣曰豫《韓詩輯》，古風主編：《經學輯佚文獻彙編》，國家圖書館出版社 2010 年影印光緒三年（1877）蓮池書局刻《蔣侑石遺書》本，第 10 册，第 580、584、583 頁。

存在不少宋、臧已輯，而蔣氏漏輯的情況，故總體而言，《韓詩輯》的參考價值不宜高估。除了輯録條目不夠豐富之外，《韓詩輯》輯録佚文時存在部分訛誤，如《周南·漢廣》"言刈其楚"，《釋文》引《韓詩》云："刈，取也。"但蔣輯本誤録爲："艾，取也。"再如《鄘風·載馳》："歸唁衛侯。"《衆經音義》引《韓詩》云："弔生曰唁，亦弔失國曰唁。"蔣輯本則録爲："弔生曰唁，弔失國亦曰唁。"① 此外，《韓詩輯》還將劉向引《詩》用《詩》的文字視爲《韓詩》，也有失偏頗。以上這些方面，都是利用《韓詩輯》時應予以注意之處。

（一三）《韓詩》，時庸勱輯

按：時庸勱，字吉臣，山東單縣人，同治三年（1864）舉人。其所輯《韓詩》乃未完稿，僅有數頁，《山東文獻集成》第一輯第八册曾影印此書②，從而爲人所知。該書先後輯録《韓詩故》《韓詩内傳》《韓詩章句》等佚籍，但内容幾乎都是對《韓詩》經文的輯録，主要依據則是《經典釋文》所載《韓詩》異字，對其他典籍徵引的《韓詩》佚文較少留意，因此該輯本存在較嚴重的漏輯現象，學術質量較低，參考價值不大。

（一四）《韓詩遺説補》一卷，陶方琦輯

按：陶方琦，字子珍，浙江會稽（今紹興）人，光緒二年（1876）進士。方琦受業於同郡李慈銘，《清史稿》本傳稱其"學有本末，汲汲於古，述造無間歲時。治《易》鄭注、《詩》魯故、《爾雅》漢注，又習《大戴禮記》。其治淮南王書，力以推究經訓，蒐采許注，拾補高誘。再三屬草，矻矻十年，實事求是。有《淮南許

---

① 分見蔣曰豫《韓詩輯》，古風主編《經學輯佚文獻彙編》，國家圖書館出版社2010年影印光緒三年（1877）蓮池書局刻《蔣侑石遺書》本，第10册，第580、583頁。

② 時庸勱輯：《韓詩》，韓寓群主編：《山東文獻集成》，山東大學出版社2007年版，第1輯第8册，第100—104頁。

注異同詁》、《許君年表》、《漢孳室文鈔》、駢文、詩詞"①。此處對陶方琦學術著作的列舉不可謂不詳，却獨獨漏及陶氏在《韓詩》輯佚方面的業績。不過從《清史稿》對陶方琦的介紹來看，陶氏酷嗜輯佚之學的特色已相當明朗，其所治之學，無論是《周易》鄭注、《魯詩》訓故，還是《爾雅》漢注、《淮南》許注，均屬蠹簡殘編，在性質上與《韓詩》佚著完全相同。所以在這樣一種治學旨趣的驅使下，陶氏進入《韓詩》輯考的領域，實屬自然而然之舉。

陶方琦對於《韓詩》遺說的研究，首先表現在重校臧庸《韓詩遺說》時所進行的訂補，這在上文介紹藏書時已有所揭示，茲不贅。陶氏重校《韓詩遺說》的意見附於藏書之內，尚不成其爲一部單獨著作；而《韓詩遺說補》雖亦以訂補《韓詩遺說》爲務，却自成一書，獨立刊行。從訂補內容看，陶氏重校《韓詩遺說》時增入的主要是臧氏漏輯的源自中土傳世文獻中的條目，而《韓詩遺說補》使用的則是日本所藏漢籍②，與重校《韓詩遺說》的資料恰好聯合反映了陶氏對傳世文獻和日藏漢籍所載《韓詩》的熟稔。在晚清的《韓詩》研究中，陶方琦是視野最開闊的學者，他既關注到了國內學界產生的重要輯本，又對從日本回傳的新史料有積極的利用，一時之間，確是貫通古今中外的第一人。

據馬昕考證，《韓詩遺說補》的撰寫不早於光緒九年（1883），信然可據。馬氏另介紹了《韓詩遺說補》的幾種版本，謂"此書共有六種鈔本傳世，分藏於國家圖書館、復旦大學圖書館、上海圖書館和中山大學圖書館等藏書機構"③，此數本中，筆者僅見復旦大學

---

① 《清史稿》卷486，中華書局1976年版，第13441頁。
② 陶氏《〈韓詩遺說補〉叙》曾詳細介紹了他的輯佚來源："方琦近歲得見唐釋慧琳《大藏音義》、希麟《續音義》及日本新刻《玉篇》零部、隋杜臺卿《玉燭寶典》。次第補輯《韓詩》一百五十餘條，多臧氏未采。"見《漢孳室文鈔》卷4，《清代詩文集彙編》，上海古籍出版社2010年影印清光緒十八年（1892）徐氏鑄學齋刻本，第758冊，第129頁。
③ 馬昕：《臧庸〈韓詩遺說〉的成書、刊刻與訂補》，《版本目錄學研究》第六輯，2016年，第187—190頁。

藏鈔本，其餘未見，詳情可參馬文。筆者另見浙江圖書館所藏姚覲元咫進齋藍格鈔本，因馬文未及此本，故略作紹介，用廣其傳。此本首列陶方琦《〈韓詩遺説補〉叙》，凡二頁，首頁並無藍格，乃徑抄於白紙之上，至次頁始有藍格，此下乃《韓詩遺説補》之正文。全書皆按《毛詩》篇目爲序，詩題以小字頂格抄寫，遺説則以大字寫成，後附小字説明遺説來源。部分遺説存在抄寫錯誤，但已隨手做了更正，如《邶風·泉水》"遂及伯姊"句下，鈔本所録遺説本爲："女曰兄姊，女弟曰妹。"後於"曰兄"二字間加一對調號，以示正本當作"女兄曰姊，女弟曰妹"①。這類情況的出現，也從側面反映出該鈔本較爲隨意。

總體而言，《韓詩遺説補》對於日藏漢籍所載《韓詩》遺説的著録相當完備，學術質量較高，馬昕對此論之甚詳②，兹不贅述。但《韓詩遺説補》仍存在以下兩方面的不足，需予以指出：

第一，某些條目的來源著録有誤。如《召南·小星》"抱衾與裯"句下，陶氏輯《韓詩》遺説云："裯，單帳也。"輯佚來源標記爲慧琳《大藏音義》（即《一切經音義》）卷六十③。按此文實在慧琳《一切經音義》卷六三中④，而非卷六十。

第二，某些遺説的著録有失原貌。如《〈韓詩遺説補〉叙》提到"《大藏音義》三十一引《韓詩》：'譌言，妖言也'"⑤，今考《一切經音義》"弦訛"條云："《韓詩》云：'訛言也。'郭注《爾雅》'世以妖言爲訛'是也。"⑥ 可見慧琳所引《韓詩》並無"妖言

---

① 陶方琦：《韓詩遺説補》，浙江圖書館藏咫進齋藍格鈔本，第2頁b。
② 馬昕：《臧庸〈韓詩遺説〉的成書、刊刻與訂補》，《版本目録學研究》第六輯，2016年，第187—190頁。
③ 陶方琦：《韓詩遺説補》，復旦大學圖書館藏清鈔本，第1頁b。
④ 慧琳：《一切經音義》卷63，徐時儀：《一切經音義三種校本合刊》，上海古籍出版社2008年版，第1625頁。
⑤ 陶方琦：《韓詩遺説補》卷首序，復旦大學圖書館藏清鈔本，第1頁b。
⑥ 慧琳：《一切經音義》卷31，徐時儀：《一切經音義三種校本合刊》，上海古籍出版社2008年版，第1053頁。

也"三字，陶氏蓋涉下文慧琳所引郭璞注《爾雅》"娱言爲訛"而誤。

所以在利用《韓詩遺説補》之時，理應按陶氏所示輯佚來源，逐條對勘原文，庶可斷絶以訛傳訛的可能。

（一五）《韓詩疏證》，卷數不詳，皮嘉祐撰

按：皮嘉祐（1872—?），字吉人，湖南善化人，晚清經學大師皮錫瑞次子。陳鴻森云："王先謙《集疏》引皮氏之説二十五事，不標書名。今按夏敬觀撰《善化皮鹿門先生年譜序》，末云：'嘉祐著有《三禮鄭注引漢制考》《月令章句》《韓詩疏證》。'則其書當名《疏證》。"① 此説良是。惟此書似已佚，今已無從了解全書之詳情。所幸王先謙《詩三家義集疏》曾引及該書内容二十五節②，可大致反映該書之内容及特色。從王書所引皮説來看，可知皮氏疏解的對象俱爲從日本新傳回的《韓詩》遺説，這與此前學界普遍以傳世文獻所載《韓詩》遺説爲輯考對象有所不同。皮氏對這些新遺説的疏證，與陳壽祺、喬樅《韓詩遺説考》類似，往往是廣引群書，就《韓詩》遺説的合理性予以疏解佐證，間涉與《毛傳》的比較，這些疏證都較好地抉發了《韓詩》遺説的内涵。

（一六）《韓詩》一卷，龍璋輯

按：龍璋，字研仙，號甓勤、潛叟，湖南攸縣人。其生平學行具見其子祖同所撰行狀③。龍氏在清季民初的教育界與實業界享有盛譽，學術研究則尤其精於小學，有《小學蒐逸》《爾雅邢疏删繁》

---

① 陳鴻森：《〈韓詩遺説〉補遺》，《大陸雜誌》第 85 卷第 4 期，1992 年，第 18 頁。

② 分見王書《卷耳》、《泉水》、《北門》、《北風》、《有狐》、《君子陽陽》、《大車》、《著》、《猗嗟》、《伐檀》、《蟋蟀》、《蒹葭》、《七月》（2 條）、《九罭》、《彤弓》、《沔水》、《十月之交》（2 條）、《何人斯》、《巷伯》、《四月》、《菀柳》、《大明》及《玄鳥》。

③ 龍祖同：《先父龍璋傳略》，《長沙文史》第 16 輯，2010 年，第 122—126 頁。按此文原題爲《龍公研仙府君行狀》。

等，詩文創作則有《甓勤齋詩文集》。

龍璋所輯《韓詩》附於《小學蒐逸》之後，篇幅不大。據筆者統計，龍氏共輯出《韓詩》遺說 145 條，所用文獻全部取自日本所藏中國古籍，而尤以唐鈔《玉篇零本》和慧琳《一切經音義》爲主。在輯佚來源方面，與陶方琦《韓詩遺說補》和顧震福《韓詩遺說考補》基本重疊，據此可覘清季民初的學者開始利用日藏漢籍來補輯《韓詩》的新風尚。就龍輯本所收錄的條目來看，與陶、顧二家大同小異，但龍輯本存在不少有失嚴謹之處，表現在以下幾個方面：

首先，龍輯本對於日藏漢籍所載《韓詩》遺說並未竭澤而漁，存在漏輯的情況。如《一切經音義》卷二〇 "熙怡" 條引《韓詩》云："熙，敬也。" 同卷 "西阿" 條引《韓詩》云："曲京曰阿，謂山曲限處也。" 卷二三 "烔然" 條引《韓詩》云："烔謂燒草传火焰盛也。"① 這些内容均爲龍璋所漏輯。此外，龍氏對於唐鈔《玉篇》零本的利用也存在漏洞，如《玉篇》"謐" 字條引《韓詩》云："賀以謐我。""誕" 字條引《韓詩》云："誕先登於岸。"② 皆不見於龍輯《韓詩》。這都反映了龍氏對於日藏漢籍的利用仍有不足之處。

其次，龍輯本存在同一條遺說反復輯錄的情況。按照輯佚學的慣例，對於泛見於多種典籍的同一條遺說，例應先錄遺說本文，然後綜合標記載錄該遺說的多種典籍。但龍輯本存在重複輯錄同一條遺說的情況，有違輯佚學之慣例。如龍輯本第 11 條，據慧琳《一切經音義》輯《韓詩》云："迺，大也。" 第 38 條復據《玉篇》零本再次輯錄了該遺說③，有失考索。同樣的情況，還有第 25 條與第 53 條分別據《一切經音義》和《玉篇》零本輯錄了《韓詩》"執筆操

---

① 慧琳：《一切經音義》卷 20、卷 23，徐時儀：《一切經音義三種校本合刊》，上海古籍出版社 2008 年版，第 846、851、891 頁。

② 顧野王：《原本玉篇殘卷》，中華書局 1985 年版，第 3、20 頁。

③ 龍璋輯：《韓詩》，《小學蒐逸》下册，國家圖書館出版社 2013 年影印民國十八年（1929）龍氏鉛印《甓勤齋遺書》本，第 254、256 頁。

牘"之文①。但需要指出的是，"執筆操牘"並非《韓詩》遺說，而是傳世至今的《韓詩外傳》之文，見該書卷七第八章："周舍曰：'願爲諤諤之臣，墨筆操牘，從君之過。'"② 此處體現了下文即將説明的龍輯本的第三類缺失。

最後，龍輯本對於部分條目的辨別有失粗疏。龍氏對於日藏漢籍所載《韓詩》並未進行嚴格的甄別，導致輯録了部分並非《韓詩》遺說的條目。上舉"執筆操牘"之文，即爲龍氏誤《韓詩外傳》爲《韓詩》遺説之例。無獨有偶，龍輯本第49條據慧琳《一切經音義》輯録《韓詩》云："後掘株，前有深坑。"③ 按此亦《韓詩外傳》之文④，龍氏不辨，誤視爲《韓詩》遺説。除此之外，龍輯本第6條及第145條重複輯録了孟康注《韓詩》的材料："古名吏休假曰告。"⑤ 按此條實乃孟康注《漢書》之文，上文論臧庸《韓詩遺說》時已辨明之。龍氏不查，仍將其輯入《韓詩》遺説中。

所以總體而言，龍輯本與其他利用日藏漢籍輯補《韓詩》遺説的輯本相比，參考價值較爲有限。但在日藏漢籍始歸中土之時，龍氏能够及時關注這一補輯《韓詩》的新來源，其眼光值得表彰。

（一七）《韓詩遺說摭遺》一卷，陳鴻森輯

按：陳鴻森，臺灣著名學者，"中研院"史語所研究員，精於經

---

① 龍璋輯：《韓詩》，《小學蒐逸》下册，國家圖書館出版社2013年影印民國十八年（1929）龍氏鉛印《甓勤齋遺書》本，第255、258頁。

② 許維遹：《韓詩外傳集釋》卷7，中華書局1980年版，第248頁。

③ 龍璋輯：《韓詩》，《小學蒐逸》下册，國家圖書館出版社2013年影印民國十八年（1929）龍氏鉛印《甓勤齋遺書》本，第257頁。

④ 見《韓詩外傳》卷10"楚莊王將興師伐晉"章："不知前有深坑，後有掘株也。"許維遹：《韓詩外傳集釋》卷10，中華書局1980年版，第360頁。屈守元以元本为底本，此文作"不知前有深坑，後有窟也"，屈氏箋疏以作"窟"者誤，作"掘株"者是，其所援論據即包括《一切經音義》所引的這條《韓詩》，見屈守元《韓詩外傳箋疏》卷10，巴蜀書社1996年版，第873頁。這一細節，也展現了《一切經音義》在《韓詩》校勘方面的珍貴價值。

⑤ 龍璋輯：《韓詩》，《小學蒐逸》下册，國家圖書館出版社2013年影印民國十八年（1929）龍氏鉛印《甓勤齋遺書》本，第253、267頁。

學研究與學術史研究。其所撰《韓詩遺説撮遺》，原題《韓詩遺説補遺》，刊於《大陸雜誌》第 85 卷第 4 期（1992 年），後經過細微修改後，以《韓詩遺説撮遺》爲題，收入陳鴻森剛出版的《漢唐經學研究》中①。

陳鴻森在《撮遺》卷首序言中説道："清季，皮嘉祐撰有《韓詩疏證》、陶方琦著《韓詩遺説補》、顧震福著《韓詩遺説續考》。惜皮、陶二書未刊，顧書則傳本絶少，臺灣未見其書。王先謙《詩三家義集疏》最後出，頗引皮、顧兩家之説。今乃通檢《集疏》所録《韓詩》義，大多採自陳喬樅《韓詩遺説考》；而陳氏所未見《慧琳音義》諸書，其所採集則闕漏殊甚，較余輯者僅十之二三；即所採集之條，復與鄙見時有參差。今於《集疏》失採者並明著之，或亦讀王氏書之一助歟。然皮、陶、顧三君之書迄未得見，不知余之弋獲者，視三家抑又如何。"② 據此可知，所謂"撮遺"，主要指撮拾王先謙《詩三家義集疏》遺漏的《韓詩》遺説。《撮遺》所用資料由兩部分組成，一爲"中土佚籍自日本回傳者"，一爲陳先生所閲"日本舊籍"。前者所輯資料基本已全部見於陶方琦、顧震福之輯本，故參考價值不大；後者則是《撮遺》最有價值的地方，因爲這些從日本舊籍輯出的《韓詩》佚文是此前輯本未曾發現的，這爲進一步增加《韓詩章句》佚文數量作出了貢獻。

不過《撮遺》也偶有部分失考之處。例如陳鴻森曾明確提到對於《集疏》漏輯的佚文，將會"明著之"，具體操作便是在《集疏》漏載的佚文按語中著明"王先謙《集疏》闕此注／此條闕"。但有部分條目，如《葛覃》"結曰絺，辟曰綌"，《集疏》已經收録，而《撮遺》仍云"《集疏》闕此注"，有失考索。再如慧琳《一切經音義》引《韓詩》云："執筆操牘。"陳鴻森以之爲《韓詩》釋《墻有茨》"中冓之言，不可讀也"之佚文，其按語云："今《詩》無

---

① 陳鴻森：《漢唐經學研究》，中西書局 2021 年版，第 159—192 頁。
② 陳鴻森：《漢唐經學研究》，中西書局 2021 年版，第 160—161 頁。

'牘'字，慧琳所引，疑《毛詩》'不可讀也'，《韓詩》作'牘'字。首章云'中冓之言，不可道也'，次章言'不可揚也'，三章言'不可牘也'，義正相因。《毛傳》云：'讀，抽也。'以'抽繹'爲義，似不如《韓詩》以'記述'解之，義爲長也。王先謙《集疏》闕此注。"① 這節疏證，乍看起來很有説服力，但上節討論龍璋輯本時已經提到，"執筆操牘"並非《韓詩》佚文，而是《韓詩外傳》卷七第八章所記周舍回答趙簡子的話，與《墻有茨》並無任何關係，因此陳鴻森的上述疏證是無效的。另如陳先生自陸佃《埤雅》卷十一録《韓詩》遺説："稺，幼稼也。"並繫之於《大田》"無害我田稺"句下，謂："王氏《集疏》此條闕。"按此條遺説乃《魯頌·閟宫》"稙稺菽麥"之遺説，陸德明《毛詩音義下》已經著録，王先謙《集疏》也已經收進《閟宫》中，因此陳先生的這一處輯考也存在疏失。

二　三家《詩》輯本所輯《韓詩》叙録

前人對《韓詩》佚文的輯録，在單輯以外，還存在另一種方式，即寓於三家《詩》的輯佚中。開風氣之先的便是宋季王應麟的《詩考》，此書對《魯詩》《齊詩》和《韓詩》均進行了輯録，這種三家合輯的方式深遠地影響了此後的同類著述。很顯然，以《詩考》爲代表的合輯本雖然並非專就《韓詩》進行輯佚，但《韓詩》佚文仍然佔據着相當高的比例，這當然是因爲下述事實決定的："諸書所引亦於《韓詩》多，惟齊、魯之《詩》久亡，非獨其書不傳，即説詩之大旨，有不得而考者矣。"②

本節即專就三家《詩》合輯本中所輯《韓詩》進行介紹。需預先説明的是，三家《詩》輯本實際上可分爲兩種體式：一爲將三家

---

① 陳鴻森：《漢唐經學研究》，中西書局2021年版，第167頁。
② 王昶：《汪少山〈齊魯韓詩義證〉序》，《春融堂集》卷36，《續修四庫全書》，上海古籍出版社2002年影印上海辭書出版社圖書館藏嘉慶十二年（1807）塾南書社刻本，第1438册，第48頁。

《詩》匯至一處的並輯本，如馮登府《三家詩遺説》，"據三百篇舊次，而各以三家遺説，附之其下"①，此前范家相（？—1769）的《三家詩拾遺》、此後王先謙的《詩三家義集疏》，皆屬此體；一爲對三家《詩》進行分別輯錄的分輯本，如王應麟《詩考》，"檢諸書所引，集以成帙，曰《韓詩》，曰《魯詩》，曰《齊詩》，以存三家逸文"②，此後阮元的《三家詩補遺》、陳壽祺父子的《三家詩遺説考》等均屬此體。直觀地看，並輯本的編排特點，取消了《韓詩》遺説的獨立性，將之散入各篇，與《魯詩》《齊詩》遺説打成一片，適用於對三家《詩》學的統籌研究；分輯本的編排特點，則將《韓詩》遺説輯爲自成一體的封閉單元，適用於對該學派的專門研究，葉德輝（1864—1927）對此有敏鋭的觀察，他曾評價分輯本譜系中的典範之作——陳壽祺、陳喬樅父子《三家詩遺説考》"各述師承，最爲治經家所推重"③，强調的正是分輯本爲專家之學的研究所提供的特殊意義④。很顯然，對本書這樣一篇專以《韓詩》爲研究對象的專著而言，分輯本的參考價值無疑更大，因它提供的範式恰好具足了《韓詩》研究的基本要求。故爲免枝蔓，本節僅對分輯本進行介紹。

（一）《詩考·韓詩》一卷，王應麟輯

按：王應麟，字伯厚，號厚齋、深甯居士，慶元府（今浙江寧波）人，淳祐元年（1241）進士。其生平學行，見《宋史·儒林

---

① 張壽林：《〈三家詩遺説〉提要》，中國科學院圖書館整理：《續修四庫全書總目提要·經部》，中華書局1993年版，第437頁。
② 江慶柏等整理：《四庫全書初次進呈存目》經部詩類，人民文學出版社2014年版，第35頁。《四庫全書總目》卷16《經部·詩類二·詩考》無此文。
③ 葉德輝：《阮氏〈三家詩補遺〉叙》，阮元：《三家詩補遺》卷首，《續修四庫全書》，上海古籍出版社2002年影印清光緒儀徵李氏崇惠堂刻本，第76册，第1頁。
④ 在本質上，分輯本與上節介紹的單輯本並無分異，二者唯一的不同，在於單輯本的輯家僅輯《韓詩》，而分輯本的輯家在單獨輯錄《韓詩》以外，還就《魯詩》與《齊詩》進行了分家輯錄。

八》①。應麟乃宋代少見的碩學鴻儒，治學領域寬廣，著述宏富，《宋史》本傳列其著作二十三種，四庫館臣爲王氏《困學紀聞》所撰提要謂"應麟博洽多聞，在宋代罕其倫比"②，實爲塙評。其所輯《詩考》一書，在學術史中發三家《詩》輯佚之嚆矢。此後的學人，無論如何看待《詩考》的輯佚成就或缺陷，都必須承認這一事實：《詩考》已在三家《詩》輯佚的學術史中奠下了恆久的典範地位，它是後世所有從事斯學之人所無法忘却的里程碑。尤其是清代學人，無論就《詩考》本書進行訂補者，還是有意在《詩考》之外另起爐竈者，都或顯或隱地映射着《詩考》的影響。

最能反映《詩考》輯佚質量的是佔比最重的《韓詩》，一如王應麟在卷首自序中所言，他對三家《詩》進行輯佚的首要動因是朱子嘗欲蒐輯《韓詩章句》③，只此一事，已不難覘見《韓詩》在王應麟輯佚活動中的統治地位。誠然，《詩考》對於《韓詩》的輯録尚有若干不足之處，但如果考慮到此前並無成熟的輯佚模式可供王應麟參稽，那麼對於《詩考》呈現出的部分弱點，便絲毫不需感到驚詫了。四庫館臣對於這一點，曾有相當透闢的分析："古書散佚，蒐採爲難，後人踵事增修，較創始易於爲力，篳路襤縷，終當以應麟爲首庸。"④《詩考》的可貴之處，在於它雖是《韓詩》輯佚的開山之作，但仍表現出較高的成熟度，且清代以降治《韓詩》者雖皆注意到此書，但對其利用猶有不足之處，前論部分清輯本時已間有涉及，兹再舉一例説明之：《大雅·大明》："天難忱斯。"《詩考》引《韓詩外傳》作"天難訦斯"⑤，"訦"之異文價值頗大，因今本《外傳》作"忱"，乃後人據《毛詩》所改，幸有《詩考》載此異文，千載之下的讀者仍知《韓詩》之"忱"作"訦"。屈守元《韓

---

① 《宋史》卷438，中華書局1977年版，第12987—12991頁。
② 永瑢等：《四庫全書總目》卷118，中華書局1965年影印清刻本，第1024頁。
③ 王應麟：《〈詩考〉序》，《詩考》卷首，中華書局2011年版，第1頁。
④ 永瑢等：《四庫全書總目》卷16，中華書局1965年影印清刻本，第126頁。
⑤ 王應麟：《詩考》，中華書局2011年版，第49頁。

詩外傳箋疏》以元本爲底本，並廣校數本，爲今見《外傳》之最佳校勘本，然此條異文亦失校①，可見目前學界對於《詩考》的運用尚有繼續開展的餘地。王應麟身當宋元之際，其所見古籍較今人爲多，其引《韓詩外傳》之文，多有別於今本，此皆宋本《外傳》之文，頗能揭示古本所載《韓詩》經文之遺貌，有益於校勘亦大矣。所以對於重輯《韓詩》經文而言，《詩考》仍是不可迴避的重要參考書。

至於《詩考》存在的引證不規範、輯錄不完善等問題，在清代學者的手中，已得到了較爲完備的訂補，在這些訂補的夾輔之下，《詩考》已變得更加充實，關於這一點，已有學者進行過較爲系統的介紹，② 此處便不再贅言了。

（二）《魯齊韓詩譜·韓詩》一卷，王初桐輯

按：王初桐（1730—1821），字于陽，號竹所，江蘇嘉定（今屬上海）人。其生平學行，詳見《光緒嘉定縣志·文學》③。王氏著述等身，以《奩史》一百卷、《貓乘》八卷最爲知名。其所撰《魯齊韓詩譜》凡四卷，刻入嘉慶四年（1799）《古香室叢書》中。

但《魯齊韓詩譜》的傳播相當有限，嚴靈峰先生上世紀70年代編纂周秦漢魏知見書目時，曾將王書涉及《韓詩》的部分單獨析出，命名爲《韓詩譜》，但已聲稱"未見"④，足見此書之難覓。筆者至今尚無緣獲睹此書，故對其詳情亦不甚瞭解。幸有《光緒嘉定縣志·藝文》曾錄王述祖爲此書所撰跋文，可略窺此書之涯涘：

---

① 屈守元：《韓詩外傳箋疏》卷10，巴蜀書社1996年版，第826頁。
② 參見馬昕《乾嘉學者對王應麟〈詩考〉的校、注、補、正》，《版本目錄學研究》第6輯，2015年，第25—46頁；李寒光：《臧庸〈詩考〉三種鈔本考述》，《版本目錄學研究》第7輯，2016年，第331—341頁。
③ 程其珏：《光緒嘉定縣志》卷19，《中國地方志集成·上海府縣志輯》，上海書店1991年版，第8冊，第412—413頁。
④ 嚴靈峰：《周秦魏諸子知見書目》，臺北正中書局1978年版，第5卷，第240頁。

三家惟《韓詩》散見於《釋文》《文選注》，而魯、齊無考。董逌所藏《齊詩》，乃後人依託，今并不存。存者，《子貢詩傳》《申培詩説》及《魯詩世學》，皆豐坊僞撰。是編屏而空之，獨於《魯詩》石刻殘碑，務存原舊。又於三家之授受師承，網羅次第之，使讀者開卷了然。三家先魯，本班氏《藝文志》。①

這段簡潔的跋文有助於判斷《魯齊韓詩譜》的內容構成，由"於三家之授受師承，網羅次第之，使讀者開卷了然"之語，可知此書首卷乃考證三家《詩》的師承關係，剩餘三卷當是《魯詩》《齊詩》《韓詩》遺説各佔一卷。此外，王初桐對於明人豐坊（1492—1563）僞造的一系列三家《詩》學著作均摒而不取，同時又關注到了真實可信的熹平《魯詩》殘碑，可見其輯佚具備嚴謹的學術基礎，故其所輯《韓詩》遺説當亦較真實可據。惟王述祖跋文"《韓詩》散見於《釋文》《文選注》"一語，似乎暗示了他讀到的王初桐《韓詩譜》主要即取資於《經典釋文》與《文選注》二書。如果這一推斷不致太誤，則《韓詩譜》在輯錄《韓詩》時當有不少遺漏，因《後漢書注》《太平御覽》等書中亦含有大量《韓詩》遺説。聊識於此，容他日親覩《韓詩譜》後再作細論。

　　（三）《三家詩補遺·韓詩》一卷，阮元輯

　　按：阮元，字伯元，號芸臺，江蘇揚州人，乾隆五十四年（1789）進士。其生平學行，詳見《清史稿》本傳②。阮氏"身歷乾嘉文物鼎盛之時，主持風會數十年，海内學者奉爲山斗"，一生輯書

---

① 程其珏：《光緒嘉定縣志》卷24，《中國地方志集成·上海府縣志輯》，上海書店1991年版，第8冊，第522頁。

② 《清史稿》卷364，中華書局1976年版，第11421—11424頁。對阮元生平的更詳細研究見黃慶雄《阮元輯書刻書考》第1章《阮元傳略》，潘美月，杜潔祥主編《古典文獻研究輯刊》，臺北花木蘭文化出版社2007年版，第4編第2冊，第5—45頁。

刻書無數，推廣文化之力甚鉅，由其校刻彙編的《十三經注疏》《經籍籑詁》《皇清經解》等不朽巨著，皆被"治經者奉爲科律"①。

《三家詩補遺》的具體作年已不可詳考，葉德輝定爲阮氏六十歲以後所撰②，李智儔（1855—？）③則認爲作於阮氏五十七歲之後④，可知此書乃阮元晚年所撰。但成書之後，並未立即梓行，導致其初不爲人所知，劉肇隅（1875—1938）云："阮文達《三家詩補遺》三卷，世無傳本，葉吏部師（筆者按：指葉德輝）得稿本於京師，儀徵李氏刻之，於是世知文達有是書矣。李本間有舛錯，吾師又取原稿，付手民寫刻之，而屬肇隅任校讎之役。"⑤這裏所說的"李本"，即《續修四庫全書》影印的李洛才《崇惠堂叢書》本，這是《三家詩補遺》的第一個刻本；而劉肇隅受葉德輝之命，在崇惠堂本基礎上重校之本，則收錄於葉氏《觀古堂彙刻書》第一集中，這是《三家詩補遺》的第二個刻本，此本與李本的最大區別在於卷首增入了劉肇隅撰於光緒己亥（1899）上元日的序言。若單就正文的具體內容而論，則崇惠堂本與觀古堂本的差別幾乎可以忽略不計。

《三家詩補遺》的輯佚順序依次爲《魯詩》《齊詩》《韓詩》，其中《韓詩》的條目最少。這是因爲阮氏此書"所謂'補遺'者，蓋補王氏《詩考》之遺而作也，或補錄其異文，或鉤攷其遺說，間

---

① 本段引文皆見《清史稿》卷364，中華書局1976年版，第11424頁。
② 葉德輝：《阮氏〈三家詩補遺〉叙》，阮元：《三家詩補遺》卷首，《續修四庫全書》，上海古籍出版社2002年影印清光緒儀徵李氏崇惠堂刻本，第76冊，第2頁。
③ 李智儔之生卒向來無考，陳玉堂繫其生平於"同治、光緒間"，見《中國近現代人物名號大辭典》（續編），浙江古籍出版社2001年版，第110頁。今考《清代官員履歷檔案全編》所載智儔於光緒十八年（1892）三月上奏時有"臣李智儔，江蘇儀徵縣監生，年三十八歲"之語，見秦國經主編《中國第一歷史檔案館藏清代官員履歷檔案全編》，華東師範大學出版社1997年版，第28冊，第110頁。據此可逆推其生年爲清咸豐五年（1855）。
④ 李智儔：《阮氏〈三家詩補遺〉跋》，阮元：《三家詩補遺》卷尾，《續修四庫全書》，上海古籍出版社2002年影印清光緒儀徵李氏崇惠堂刻本，第76冊，第39頁。
⑤ 劉肇隅：《重刊〈阮氏三家詩補遺〉序》，阮元：《三家詩補遺》卷首，葉德輝校刻：《觀古堂彙刻書》第1集第1種，民國八年（1919）重編本，第1頁a。

有與《詩考》重見者"①，所以凡爲王應麟《詩考》所輯録的《韓詩》遺說，阮書原則上不再重複輯録，而王輯《韓詩》較爲完備，所以留給阮氏補輯的餘地較少，自然便造成了阮書《韓詩》内容的寡少，經筆者統計，僅有近 70 條。但其中仍有部分條目存在問題，進一步降低了阮書所輯《韓詩》的有效性。具體而言，阮輯《韓詩》的缺失表現在以下幾個方面：

首先，誤《韓詩外傳》之文爲《韓詩》遺說。如《三家詩補遺·韓詩》於《衛風·伯兮》"伯也執殳，爲王前驅"句下，據《禮記注》卷二九輯《韓詩》云："亡國之社，以戒諸侯；人之戒，在於殳。"② 按此文並非《韓詩》遺說，而是《韓詩外傳》卷十"齊桓公出遊"章之文："故亡国之社，以戒諸侯；庶人之戒，在于桃殳。"③ 阮氏僅以《禮記注》爲據，未覆覈其來源，遂以傳世的《韓詩外傳》之文爲《韓詩》遺說。

其次，誤《毛詩傳》爲《韓詩》遺說。如《三家詩補遺·韓詩》於《小雅·小旻》"何日斯沮"句下，據《史記·劉敬傳》司馬貞《索隱》，輯《韓詩》遺說云："沮，止也，壞也。"④ 考《史記索隱》原文云："《詩傳》曰：沮，止也，壞也。"⑤ 並未明言是《韓詩傳》。且續加探考，可知該注實爲《毛詩傳》，不過是司馬貞拼合了兩條《毛詩傳》而成，即《小雅·巧言》："亂庶遄沮。"《毛詩傳》曰："沮，止也"；《小雅·小旻》："何日斯沮。"《毛詩傳》曰："沮，壞也。"司馬貞因這兩處訓詁所釋中心詞皆爲"沮"，遂合二爲一，並將《毛詩傳》簡稱爲《詩傳》。阮元未細考，徑視爲

---

① 李智儔：《阮氏〈三家詩補遺〉跋》，阮元：《三家詩補遺》卷尾，《續修四庫全書》，上海古籍出版社 2002 年影印清光緒儀徵李氏崇惠堂刻本，第 76 册，第 39 頁。

② 阮元：《三家詩補遺·韓詩》，《續修四庫全書》，上海古籍出版社 2002 年影印清光緒儀徵李氏崇惠堂刻本，第 76 册，第 36 頁。

③ 屈守元：《韓詩外傳箋疏》卷 10，巴蜀書社 1996 年版，第 857—858 頁。

④ 阮元：《三家詩補遺·韓詩》，《續修四庫全書》，上海古籍出版社 2002 年影印清光緒儀徵李氏崇惠堂刻本，第 76 册，第 37 頁。

⑤ 《史記》卷 99，中華書局 1982 年版，第 2718 頁。

《韓詩傳》而輯入，有失謹嚴。事實上，《史記索隱》共徵引了三次"《詩傳》"，除此之外，尚有《史記》卷九七、一一〇《索隱》徵引的"大曰橐，小曰囊"及"赤黄曰駓"①，這兩處"《詩傳》"亦爲《毛詩傳》，前者見《大雅·公劉》，後者見《周頌·駉》。由此可見，《史記索隱》徵引的《詩傳》實際皆爲《毛詩傳》。

再次，對《韓詩》缺乏深入的考證。如《三家詩補遺·韓詩》首條據《韓詩外傳》卷五輯《韓詩·周南·關雎》之文云："鼓鐘樂之。"② 按此文見明人薛來芙蓉泉書屋本《韓詩外傳》卷五"子夏問曰"章引詩③，元本《外傳》作"鐘鼓樂之"，與《毛詩》同。李梅訓曾撰有批駁"鼓鐘樂之"的短札，力陳"鼓鐘"乃"鐘鼓"誤乙所致，不可視爲《韓詩》之文④，其説信實有據。阮元對此處訛文則未予細考，不足爲憑。

復次，將其他資料輯入《韓詩》。如《三家詩補遺·韓詩》於《豳風·七月》"言私其豵，獻豜于公"句下，據《周官注》引鄭衆曰："一歲爲豵，二歲爲豝，三歲爲特，四歲爲肩，五歲爲慎。"阮氏隨後下一按語云："蓋三家《詩》也。"⑤ 但不知何故，阮氏竟將這條泛指爲三家《詩》的材料置於《韓詩》名下。實際上，這條材料絕非《韓詩》，因爲《後漢書·馬融傳》李賢注引薛君《韓詩章句》云："獸三歲曰肩。"⑥ 這與鄭衆所謂"四歲爲肩"顯有差別，所以阮氏將鄭衆之説輯入《韓詩》是不妥的。

最後，簡單地將鄭玄注《禮》的《詩》學化約爲《韓詩》。阮

---

① 《史記》卷97、110，中華書局1982年版，第2698、2895頁。
② 阮元：《三家詩補遺·韓詩》，《續修四庫全書》，上海古籍出版社2002年影印清光緒儀徵李氏崇惠堂刻本，第76册，第36頁。
③ 屈守元：《韓詩外傳箋疏》卷5，巴蜀書社1996年版，第437頁，注9。
④ 李梅訓：《〈韓詩外傳〉"鼓鐘樂之"辨析》，《古籍研究》2000年第4期，第15頁。
⑤ 阮元：《三家詩補遺·韓詩》，《續修四庫全書》，上海古籍出版社2002年影印清光緒儀徵李氏崇惠堂刻本，第76册，第37頁。
⑥ 《後漢書》卷60上，中華書局1965年版，第1962頁。

元在《三家詩補遺・韓詩》中有多條按語提及鄭玄注《禮》所用《詩》學爲《韓詩》的觀點。由於《後漢書・鄭玄傳》曾明確記録鄭玄早年從張恭祖受《韓詩》①,而其注《禮》又在箋釋《毛詩》之前,故其注所用《詩》學似應定爲《韓詩》,如王引之就斬截地認爲"鄭君注《禮》時用《韓詩》"②。但是相比之下,宋綿初的下述觀察似乎更具説服力:"鄭氏雖從張恭祖受《韓詩》,但其學該博,不名一家,如箋《詩》宗毛,有不同則下己意。注《禮》時未得《毛傳》,大率皆韓、魯家言,若確然定爲《韓詩》之説,恐未必然也。"③宋氏從鄭玄"不名一家"的學術宗尚出發,認爲鄭氏不會對《韓詩》師法亦步亦趨,故遽定其注《禮》時純用《韓詩》是不合理的。這顯然是非常客觀冷靜的看法,與若干清儒的觀察相似④。所以像阮元這樣,直接將鄭氏注《禮》所用《詩》學移入《韓詩》名下,始終有武斷之嫌。

由此可見,阮輯《韓詩》的學術質量較爲一般,似未達到清人《韓詩》輯本的平均水平,價值不大。

---

① 《後漢書》卷35,中華書局1965年版,第1207頁。
② 王引之:《經義述聞》卷6,上海古籍出版社2016年版,第341頁。
③ 宋綿初:《〈韓詩内傳徵〉序》,《韓詩内傳徵》卷首,《續修四庫全書》,上海古籍出版社2002年影印乾隆六十年(1795)志學堂刻本,第75册,第81頁。
④ 如陳喬樅《〈齊詩遺説考〉叙》認爲:"鄭君本治《小戴禮記》,注《禮》在箋《詩》之前,未得《毛傳》,《禮》家師説,均用《齊詩》,鄭君據以爲解,知其所屬多本《齊詩》之義。"見《齊詩遺説考》卷首,《續修四庫全書》,上海古籍出版社2002年影印清刻《左海叢書》本,第76册,第325頁。葉德輝(1864—1927)則謂:"鄭氏注《禮》,凡説《詩》義,多與《詩箋》不同,《鄭志・答炅模》以'爲《記注》時就盧君,先師亦然,後乃得毛公傳記',是鄭氏初學三家《詩》,本有明證。但其孰爲魯爲齊,則不可辨。陳書(筆者按:即陳壽祺父子《齊詩遺説考》)均併入《齊詩》,未免肊斷。"見《阮氏〈三家詩補遺〉叙》,阮元:《三家詩補遺》卷首,《續修四庫全書》,上海古籍出版社2002年影印清光緒儀徵李氏崇惠堂刻本,第76册,第2頁。雖然陳、葉意見不同,但這恰好反映出鄭玄注《禮》所用《詩》學的複雜,絕對不能一律視爲《韓詩》。從這一角度看,宋綿初對於鄭玄注《禮》所用《詩》學的認識,是相當冷靜客觀的。

（四）《三家詩遺説考·韓詩》五卷，陳壽祺、陳喬樅輯

按：陳壽祺，字恭甫，號左海，福建閩縣（今福州）人，嘉慶四年（1799）進士，有《五經異義疏證》《左海經辨》等。陳喬樅，字樸園，道光五年（1825）舉人，壽祺之子，有《齊詩翼氏學疏證》《詩經四家異文考》《毛詩鄭箋改字説》等。有關陳氏父子之生平學行，詳見《清史稿·儒林三》[①]。陳氏父子世習漢學，深諳考據，向與經學世家元和惠氏、高郵王氏並稱，在清代學術史中享有盛譽。由陳氏父子聯合撰述的《三家詩遺説考》代表了清代三家《詩》學的最高水準，《清史稿》對該書的成書歷程有過詳細的記録："初，壽祺以鄭注《禮記》多改讀，又嘗鉤考齊、魯、韓三家《詩》佚文、佚義與毛氏異同者，輯而未就。病革，謂喬樅曰：'爾好漢學，治經知師法，他日能成吾志，九原無憾矣！'喬樅乃紬繹舊聞，勒爲定本，成《禮記鄭讀考》六卷、《三家詩遺説考》十五卷。"[②] 由此可見，《三家詩遺説考》的成書飽含着陳氏父子遞相祖述的撰述熱情。

《三家詩遺説考》凡十五卷，含《魯詩遺説考》六卷、《齊詩遺説考》四卷及《韓詩遺説考》五卷。《韓詩遺説考》卷前由三部分内容構成：《叙録》考證歷代修習《韓詩》的學者，《附録》校勘《韓詩外傳》存在問題的字句，《補逸》輯補《韓詩外傳》佚文及疑似《韓詩内傳》之文。正文五卷，俱依《毛詩》篇目爲序，所輯《韓詩》經文均頂格，次行低一格羅列陳壽祺所輯《韓詩》遺説，陳喬樅所補遺説則於壽祺之後低兩格刻印，上鐫白文"補"字以明之，遺説之後則爲陳喬樅的考證按語，例以"喬樅謹案"起首，低三格排印。全書體例嚴明，經、注、補、考四層朗若列眉。總體來看，《韓詩遺説考》主要在以下兩個方面進行了有力的開拓：

第一，將傳世文獻中的《韓詩》遺説搜羅殆盡，輯録完備。在

[①] 《清史稿》卷482，中華書局1975年版，第13246—13249頁。
[②] 《清史稿》卷482，中華書局1975年版，第13248頁。

陳氏父子之前，雖然宋綿初和臧庸皆有質量較好的《韓詩》輯本，但是對於傳世文獻所載《韓詩》遺說，仍有不少漏輯的情況。而至《韓詩遺說考》，則舉凡傳世文獻所載《韓詩》遺說，幾乎已盡數收入陳書。據洪湛侯先生統計，《韓詩遺說考》"輯佚用書共46種，輯錄佚文共644則"①，雖然其中半數出自傳世《韓詩外傳》，但剩餘300多條遺說，已足冠清人輯本之首了。王先謙即謂："討論三家遺說者，不一其人，而侯官陳氏最爲詳洽。"② 其後王氏撰《詩三家義集疏》，使用的三家《詩》遺說幾乎完全照抄陳氏父子的成果，且並未根據陳氏提供的輯佚來源去覆覈原文，以至陳氏出現的錯誤，在王書中也得到了同樣的保留，部分錯誤一直影響到現當代的《詩經》研究③。

---

① 洪湛侯：《詩經學史》第4編，中華書局2000年版，第610頁。
② 王先謙：《詩三家義集疏》序例，中華書局1987年版，第5頁。
③ 最典型的一個例證是《秦風·渭陽》，二陳父子據《後漢書·馬援傳》注輯《韓詩》曰："秦康公送舅氏晉文公於渭之陽，念母之不見也，曰：我見舅氏，如母存焉。"王先謙《詩三家義集疏》完全照抄。考《毛詩序》曰："《渭陽》，康公念母也。康公之母，晉獻公之女。文公遭驪姬之難，未反，而秦姬卒。穆公納文公。康公時爲大子，贈送文公于渭之陽，念母之不見也，我見舅氏，如母存焉。"與陳、王所引《韓詩》若合符節。故王先謙曰："《韓序》與毛合。"整個論斷過程並無邏輯問題，所以得到了現代不少權威注本的認可，如程俊英、蔣見元便轉引了王氏的論斷，見《詩經注析》，中華書局1991年版，第358頁。臺灣學者王禮卿也將"《後漢書·馬援傳》注引《韓詩》"列入"韓說"，並在隨後的"本義"中極盡闡發之能事，見《四家詩恉會歸》卷11，華東師範大學出版社2009年版，第896—897頁。管見所及，尚未有人就該問題提出異議，故《渭陽》之"《韓序》與毛合"也一直以定論的標籤存在於《詩經》學界。但現在必須指出的是，二陳父子在文獻源頭處便犯了張冠李戴之誤。因爲覆覈其所據《後漢書·馬援傳》注，其文曰："《渭陽》，《詩·秦風》也。秦康公送舅氏晉文公於渭之陽，念母之不見也。其詩曰：'我見舅氏，如母存焉。'"見《後漢書》卷24，中華書局1965年版，第858頁。隻字未及《韓詩》，可見該材料根本不是《韓詩》遺說，而是李賢隱括《毛詩序》而成。值得注意的是，李賢原注的"其詩"二字爲《韓詩遺說考》脫去，而《詩三家義集疏》亦脫此二字，這再次證明了王先謙並未檢查該材料的原文，而是直接剿襲了二陳之書。程俊英、王禮卿亦未沿波討源，遂使以訛傳訛。在這條僞《韓詩》遺說被推破之後，上述諸位學者圍繞它進行的考證與闡發，自然也都失去了意義。所以對於清人輯本所錄《韓詩》，均應全部核查原文，始能確保每條遺說的準確性。

第一章 《韓詩》著述考　147

　　第二，陳喬樅對於《韓詩》遺説的訓解與考證，開拓了《韓詩》研究的若干面相。陳氏父子精於訓詁考證，尤其爲《韓詩遺説考》撰寫全部考據性按語的陳喬樅，對於四家《詩》的用字異同有着深湛的考據，這爲其疏解考證《韓詩》遺説和揭示《韓詩》經説的特點奠定了強大的知識基礎。據《清史稿》所記，"曾國藩見其書以爲可傳"①，足證喬樅的學識深孚衆望。陳氏之前的《韓詩》學人，亦有部分涉及《韓詩》考證者，如宋綿初《韓詩內傳徵》便有不少考據性質的按語，但這一風潮之蔚成大國，却是到了陳喬樅的手中始告完成。陳氏對於《韓詩》遺説的闡解，開拓了《韓詩》研究的若干面相：

　　（1）揭櫫《韓詩》經説的部分特色。例如《韓詩章句》解讀《周南·關雎》有"應門擊柝，鼓人上堂"，"故詠《關雎》，説淑女，正容儀以刺時"之文，陳氏按語云："《春秋説題辭》云：'人主不正，應門失守。故歌《關雎》以感之。'宋均注云：'應門，聽證之處也。言不以政事爲務，則有宜淫之心。《關雎》樂而不淫，思得賢人與之共化，修應門之政者也。'據《漢書·藝文志》言：'齊轅固、燕韓生皆爲《詩傳》，或取《春秋》，采雜説。'然則《韓詩》'詠《關雎》以刺時'之説，即本之《春秋緯》也。"②這段考證發現了《韓詩章句》解讀《關雎》主旨時受到了緯書《春秋説題辭》的影響，揭示出《韓詩》存在以緯解《詩》的特色。

　　（2）對部分僞《韓詩》遺説進行了辨析。例如對於《周南·芣苢》中"芣苢"的解釋，《釋文》引《韓詩》云："直曰車前，瞿曰芣苢。"訓解醒豁，本無造成歧解的餘地。但必須面對的一個問題是，《大觀本草》卷六提供了另一條《韓詩》解讀"芣苢"的材料，

----

　　① 《清史稿》卷482，中華書局1975年版，第13249頁。
　　② 陳壽祺撰，陳喬樅述：《韓詩遺説考》卷1之1，《續修四庫全書》，上海古籍出版社2002年影印清刻《左海叢書》本，第76册，第513—514頁。《王會》原文云："康民以穄苡者，其實如李，食之宜子。"見黄懷信、張懋鎔、田旭東《逸周書彙校集注》（修訂本）卷7，上海古籍出版社2007年版，第868頁。

此書引陶弘景云:"《韓詩》乃言:'芣苢,是木似李,食其實,宜子孫。'此爲謬矣。"① 何以同爲《韓詩》,對於"芣苢"的解釋却扞格如此?陳氏通過參稽文獻,考出陶弘景所引實乃《(逸)周書·王會解》之文②,而陶氏誤記爲《韓詩》。在這一過程中,陳喬樅完成了對陶弘景所引僞《韓詩》的辨析,從而不再將該材料收入《韓詩》遺説之中。《韓詩》對於"芣苢"的解讀,還是應以《釋文》所引最爲可靠。因爲車前與芣苢實爲一物,僅在形態上有直、瞿之别,在中國的本草典籍中,往往不像《韓詩》這樣作細微的區分,而是逕將二者視爲一物,如陶弘景《名醫别録》"車前子"條即謂:"一名芣苢,一名蝦蟆衣,一名牛遺,一名勝舄。"③ 可見在陶氏的知識結構中,芣苢(即芣苢)即車前,隸屬於草部,所以對於將其列入木部的"似李"之説,陶氏自然以"謬"字評之。同時,《名醫别録》"車前一名芣苢"之説,也再次印證了《釋文》所引《韓詩》釋讀"芣苢"的準確性竟與專業醫籍相契,陳喬樅以《釋文》爲準的立場是確然無誤的④。

(3) 討論《韓詩》與《毛詩》的異同。韓、毛異同是《詩》學史中的常見問題,陳喬樅的按語常常涉及二家之關係,並對此進行了細緻的辨别。如《邶風·匏有苦葉》:"招招舟子。"《韓詩》云:"招招,聲也。"陳喬樅云:"《毛傳》云:'招招,號召之貌。'

---

① 唐慎微原著,艾晟刊定:《大觀本草》卷6,安徽科學技術出版社2002年版,第196頁。
② 陳壽祺撰,陳喬樅述:《韓詩遺説考》卷1之1,《續修四庫全書》,上海古籍出版社2002年影印清刻《左海叢書》本,第76册,第519頁。
③ 陶弘景集,尚志鈞輯校:《名醫别録》(輯校本)上品,人民衛生出版社1986年版,第46頁。
④ 至於《逸周書·王會》與《釋文》所引《韓詩》對於"芣苢"截然有别的解讀,則應以陳逢衡(1774—1855)的解釋最爲透闢:"蓋康人所獻者自是芣苢木,《周南》所詠者自是芣苢草,以其食之均能宜子,故異物而同名。《藝文類聚》引郭氏《圖贊》云:'車前之草,别名芣苢。《王會》之云"其實如李",名之相亂,在乎疑似。'此贊分疏,確切不易。"見黄懷信、張懋鎔、田旭東《逸周書彙校集注》(修訂本)卷7,上海古籍出版社2007年版,第868—869頁。

此云'聲者',攷王逸《楚詞注》云:'以口曰召,以手曰招。'號召必手招之,故毛以貌言;手招亦必口呼之,故韓以聲言也。合毛、韓二家,其義始備。"① 對於"招招",《毛傳》側重從形貌方面作解,《韓詩》則從聲音方面立足,其實這正是號召這一動作的一事兩面,故陳氏認爲合毛、韓二家之言,"招招"聲、貌兼備的内涵才完足無缺,這裏揭出的是《韓詩》《毛詩》互爲補充的關係。再如《邶風·谷風》:"有洸有潰。"《韓詩》云:"潰潰,不善之貌。"陳喬樅云:"《毛傳》云:'潰潰,怒也。'怒亦不善之貌,義與韓同。"② 因《韓詩》的"怒"與《毛詩》的"不善"在表意上並無根本區別,故陳氏這裏揭出的是《韓詩》《毛詩》同義的關係。再如《鄭風·羔裘》:"恂直且侯。"《韓詩》云:"侯,美也。"《毛傳》云:"侯,君也。"這兩類説解顯然有別,陳氏在按語中結合其他典籍,論證了"韓義爲允"③,這裏揭出的是《韓詩》《毛詩》異義的關係。以上數例,分別指出了《韓詩》與《毛詩》互補、義同及義異三種關係,涵攝了韓、毛二家經解的主要關聯。

(4) 考訂《韓詩外傳》的史事。《漢書·藝文志》記韓嬰爲《詩》作傳,"取《春秋》,采雜説",故《韓詩外傳》不少内容涉及了歷史故事。陳喬樅對於書中須加考辨的部分史實進行了考證,有助於後世學者更準確地把握《外傳》中的史實。例如《韓詩外傳》卷一"楚白公之難"章記載了一位名爲莊之善的歷史人物,陳喬樅云:"《漢書·古今人表》有嚴善,列中中第五等,即《外傳》所云莊之善,避明帝諱,改'莊'字爲'嚴'也。《新序·義勇篇》正作莊善,無'之'字。俗本《外傳》作'仕之善'者,古'莊'

---

① 陳壽祺撰,陳喬樅述:《韓詩遺説考》卷1之2,《續修四庫全書》,上海古籍出版社2002年影印清刻《左海叢書》本,第76册,第536頁。
② 陳壽祺撰,陳喬樅述:《韓詩遺説考》卷1之2,《續修四庫全書》,上海古籍出版社2002年影印清刻《左海叢書》本,第76册,第538頁。
③ 陳壽祺撰,陳喬樅述:《韓詩遺説考》卷2之1,《續修四庫全書》,上海古籍出版社2002年影印清刻《左海叢書》本,第76册,第566頁。

'壯'通用，因譌'壯'爲'仕'，趙懷玉校本據《新序》改正，是已。《渚宮舊事》注引《新序》作'莊義'，疑'義'又'善'之譌字也。"① 對"莊之善"進行了詳細的正名，且分析了俗本訛作"仕之善"的原因，同時又校正了一條《渚宮舊事》引《新序》的訛誤，展現了高深的校勘能力。

(5) 探尋《韓詩》佚著的流傳與影響。陳喬樅的按語不僅就《韓詩》遺説的内部文本進行疏通考證，還對《韓詩》著作的流傳進行了介紹。如《周南·葛覃》按語："《後漢書·儒林傳》云：'張匡字文通，習《韓詩》，作《章句》。'《三國·蜀志》又云：'杜瓊字伯瑜，成都人，後主時爲中郎將、大鴻臚，著《韓詩章句》十餘萬言。'今攷《隋書·經籍志》止載'《韓詩》二十二卷，漢常山太傅嬰，薛氏章句'，是張、杜二家章句已罕傳本，故不收載。然則陸德明《釋文》、李善《文選注》各書所引單稱《韓詩章句》或單稱《韓詩》，皆薛氏章句也。"② 這一觀察相當敏鋭，因爲至唐代，《韓詩》學派的訓詁著作僅有《韓詩章句》傳世，故"單稱《韓詩》"者當屬《章句》無疑。陳氏之前，臧庸已有"《釋文》所載多《章句》"③ 之語，與陳氏按語若合符契。這一看法可以藉助文獻互證加以證實④，這對於《韓詩》輯佚時確定佚文歸屬，具有重要的啓發意義。陳喬樅的部分按語還涉及了《韓詩》經説的影響，如《周南·關雎》："鐘鼓樂之。"侯芭《韓詩翼要》謂后妃房中有鐘磬，陳氏按語引《北史·房暉遠傳》："隋文帝問房暉遠曰：'自古天子有女樂乎？'對曰：'臣聞"窈窕淑女，鐘鼓樂之。"此即王者

---

① 陳壽祺撰，陳喬樅述：《韓詩遺説考》卷1之2，《續修四庫全書》，上海古籍出版社2002年影印清刻《左海叢書》本，第76冊，第534頁。

② 陳壽祺撰，陳喬樅述：《韓詩遺説考》卷1之1，《續修四庫全書》，上海古籍出版社2002年影印清刻《左海叢書》本，第76冊，第516頁。

③ 臧庸：《韓詩遺説》卷上，《叢書集成初編》，中華書局1985年版，第1746冊，第13頁。

④ 詳後文對《一切經音義》所載《韓詩》的考釋。

房中之樂。'"陳氏隨後下一斷語："暉遠之對，蓋本《韓詩》也。"①指出房暉遠對於王者房中之樂的解讀受到了《韓詩翼要》的影響。此類開闊的治學視野，爲後續的《韓詩》研究提供了新的方向。

綜上所述，二陳父子在《韓詩》的輯佚與考證方面，均取得了較大的成就，且對《韓詩》進行了共時態（如與《毛詩》的對比）和歷時態（如《韓詩》對後人的影響）的研究，顯示出迥出時輩的治學視野。但另一方面，《韓詩遺説考》還存在着一定的學術缺陷，這些缺陷深遠地影響了此後的《韓詩》研究（尤以王先謙《詩三家義集疏》爲顯著），故須予以嚴肅的檢討。總體而言，《韓詩遺説考》的缺陷著重表現在對於《韓詩》學者的考察方面。二陳父子對於史書中明確記載傳習《韓詩》的學者作了詳盡的搜羅，功績卓著。不過兩漢還有一些學者，雖在自己的作品中使用了《詩經》，但史籍却並未記録他們的《詩》學派別，二陳父子搜集這些人的説《詩》材料後，便使用多種方法安置他們的《詩》學歸屬，而所用方法多數經不起推敲②。兹舉其常見方法，辨析於下：

第一，以徵引《韓詩》定《詩》派。例如二陳父子判定東漢辭賦家馮衍（字敬通）"所習爲《韓詩》"，其理由是："范書雖不言衍習何詩，然據衍自論有'伐冰之家，不利雞豚之息；委積之臣，不操市井之利'云云，語出《韓詩外傳》，則知敬通

---

① 陳壽祺撰，陳喬樅述：《韓詩遺説考》卷1之1，《續修四庫全書》，上海古籍出版社2002年影印清刻《左海叢書》本，第76册，第515頁。

② 以下幾篇論文已經或詳或略地涉及了清儒輯三家《詩》的方法論問題：渡邊末吾：《先儒の三家詩遺説分類批判》，《東洋學報》第26卷第2期，1939年，第213—253頁；葉國良：《詩三家説之輯佚與鑒别》，《經學側論》，臺北"清華大學"出版社2005年版，第81—100頁；賀廣如：《馮登府的三家〈詩〉輯佚學》，《中國文哲研究集刊》第23期，2003年，第305—336頁；馬昕：《對三家〈詩〉輯佚的系統反思》，《江蘇師範大學學報》2017年第3期，第63—74頁。賀文將清儒輯佚之法歸納爲"直引法""師承法""推臆法"及"删去法"，其説切中肯綮，爲讀者理解清儒輯佚方法論提供了便捷的門徑。

所習爲《韓詩》也。"① 僅僅因爲馮衍在賦中使用了"語出《韓詩外傳》"的一句話，便將馮衍視爲《韓詩》家，這在邏輯上是講不通的。因爲首先，《韓詩外傳》的原文是"駟馬之家，不恃雞豚之息；伐冰之家，不圖牛羊之入"②，與馮衍之語差別較大，所以無法確定馮衍使用的是《韓詩外傳》之文；其次，即便將此理解爲馮衍使用了《韓詩外傳》之意，也只能證明馮衍是《韓詩外傳》的讀者，與其是否爲《韓詩》學者並無絕對關聯，難道後世所有化用《韓詩外傳》的某些字句的作家，都可以定爲《韓詩》學者麼？很顯然，陳氏父子對於馮衍《詩》學派別的判定方法是十分危險的，其所得出的結論自然也不足爲據。由於在《詩》派判定的步驟已經出現了根本問題，此後的遺説輯佚自然也錯上加錯，例如《韓詩·邶風·終風》"壇壇其陰"句下，陳氏引馮衍《顯志賦》："日曀曀其將暮兮。"這一文句本無任何問題。但陳氏深受"敬通所習爲《韓詩》"這一成見的驅使，在毫無版本依據的情況下，竟言馮氏賦中"'曀曀'當作'壇壇'爲正，此後人轉寫，依《毛詩》改之"③。在上述論證過程中，陳氏父子的邏輯已經相當清晰地呈現如下：由（1）馮衍引用過《韓詩外傳》，推出（2）馮衍是《韓詩》學者，所以（3）馮衍《顯志賦》之"曀曀"本從《韓詩》作"壇壇"，因此（4）今本《顯志賦》之"曀曀"乃後人據《毛詩》所改。以上四步看似環環相扣，實則每一步都無從推出下一步，（1）無法推導出（2）已見上述，茲不贅；（2）亦無法推出（3），因爲即便馮衍修習《韓詩》，也無法保證他在辭賦創作過程中每個字都追求與《韓詩》相合，經學研究與文學創作本來就不存在必然的邏輯聯繫；（3）既然失效，（4）所主據《毛詩》該字之説亦無從著落，因爲馮衍作賦

---

① 陳壽祺撰，陳喬樅述：《韓詩遺説考》卷1之1，《續修四庫全書》，上海古籍出版社2002年影印清刻《左海叢書》本，第76冊，第514頁。
② 屈守元：《韓詩外傳箋疏》卷4，巴蜀書社1996年版，第388頁。
③ 陳壽祺撰，陳喬樅述：《韓詩遺説考》卷1之2，《續修四庫全書》，上海古籍出版社2002年影印清刻《左海叢書》本，第76冊，第532頁。

既然未必盡用《韓詩》，則完全可以直接使用"噎噎"（實際上這種概率極大，因爲歷代所傳之本皆作"噎噎"，足證此處並無異文問題），根本不勞後人改字。馮衍這一個案，反映了二陳父子單純依據作品徵引情況來斷定《詩》學歸屬的方法存在嚴重問題。

第二，以家法定《詩》派。漢代學者重視家法，這是經學史的常識，趙翼曾專就"累世經學"作過考述①，尤爲人所熟知。就包括《韓詩》的三家《詩》輯佚來說，最早使用家法確定《詩》學歸屬的學者是王應麟。他在《詩考後序》中提道："楚元王受《詩》於浮邱伯，向乃元王之孫，所述蓋《魯詩》也。"② 這便是運用劉氏家法來確定劉向的《詩》學歸屬之例③。但在王應麟手中，家法原則還是偶一爲之，並未成爲主要的輯佚方法，其主要方法還是輯錄古籍中直引三家《詩》的條目，所以較爲可靠。但到了二陳父子，則將家法的原則發揮到了極致。在二陳父子的視野中，凡是家族有修習某《詩》者，則定其所有家族成員均修習某《詩》。例如《韓詩遺說考》曾於《衛風·竹竿》"檜楫松舟"句下輯遺說云："孫皓

---

① 王樹民：《廿二史劄記校證》卷5，中華書局2013年版，第102—103頁。
② 王應麟：《詩考》，中華書局2011年版，第153頁。
③ 必須聲明的是，本書並不認可將劉向視爲《魯詩》家的看法。事實上，清代已有部分學者對此表示了質疑，例如王引之即通過劉向《列女傳》與《韓詩》著作的吻合，判定"向所述者乃《韓詩》也"，見《經義述聞》卷7，上海古籍出版社2016年版，第431—432頁。馬瑞辰（1777—1853）也通過考察劉向著作與《韓詩》的相通之處，得出"劉向所引《韓詩》實多，似不得謂其悉本《魯詩》"的結論，見《〈列女傳補注〉序》，載王照圓：《列女傳補注》卷首，華東師範大學出版社2012年版，第6頁。"似不得謂其悉本《魯詩》"一語頗微妙，言下之意仍承認劉向有"本《魯詩》"之處，只是不及《韓詩》主流而已，可見馬瑞辰並非斬截地將劉向的《詩》學淵源限定爲《韓詩》，而將《魯詩》亦一併計入。此序作於嘉慶十七年（1812），二十三年後（道光十五年，1835），馬氏的《詩》學巨著《毛詩傳箋通釋》成書，始將其對劉向《詩》學的判斷明確表述爲："劉向治《韓詩》，兼治《魯詩》。"見《毛詩傳箋通釋》卷1，中華書局1989年版，第16頁。可見馬氏以兼取《魯》《韓》來論定劉向《詩》學，確是一以貫之的。對於劉向《詩》學派別的最系統論述是張錦少：《論清人三家〈詩〉分類理論中的"師承法"：以劉向及〈說苑〉爲例》，《嶺南學報》復刊第四輯，2016年，第75—106頁。

嘗問：'《詩》云："泛彼柏舟。"柏中舟乎？'張尚對曰：'《詩》言："檜楫松舟。"則松亦中舟也。'"① 這一材料本爲孫皓與張尚之間的偶然問答，二人僅就作舟的木材進行討論，整個討論都是在《詩經》文本内部進行的，絲毫没有涉及《韓詩》的經説問題，而陳喬樅竟將其補入《韓詩遺説考》中。因爲在他看來，"張尚父紘從濮陽闓受《韓詩》，見於《吴書》，知尚於《詩》，亦習韓家也"②。陳氏的這一理據，展現了家法意識對其產生的重要影響：因爲張紘修習《韓詩》，所以其子張尚亦修習《韓詩》。但這一邏輯顯然誇大了家法在古代經學中的影響力。通過考察，並不難發現漢代經師大多並非終生固守家法而不敢悖。例如西漢經學大家薛廣德師事著名的《魯詩》學者王式③，但是他的後人——東漢的薛方丘、薛漢父子却"世習《韓詩》"，"以章句著名"④，這條材料很好地證明了漢儒對於家法的堅守並未達到二陳所標舉得那麼篤定。再如劉歆，他是漢楚元王劉交的後代，而根據《漢書・楚元王傳》的記載，劉交少時曾與《魯詩》的開門祖師申培"俱受《詩》于浮丘伯"⑤，故二陳據家法觀念，定劉歆爲《魯詩》學者。但是只要讀一讀《楚元王傳》所附《劉歆傳》，就可以知道劉歆根本不是恪守家法之人。他的父親劉向曾受漢宣帝之詔"受《穀梁春秋》"，而劉歆並未從父之志去研究《穀梁春秋》，反而在校書時"見古文《春秋左氏傳》，歆大好之"，並憑藉《左傳》"數以難向，向不能非間也"⑥，可見家法在劉歆身上絲毫不起作用。即以《詩》學而言，他也並不以家傳的《魯詩》爲意，相反，他還極力爭立《毛詩》於學官。可見家法

---

① 陳壽祺撰，陳喬樅述：《韓詩遺説考》卷1之3，《續修四庫全書》，上海古籍出版社2002年影印清刻《左海叢書》本，第76册，第558頁。
② 陳壽祺撰，陳喬樅述：《韓詩遺説考》卷1之3，《續修四庫全書》，上海古籍出版社2002年影印清刻《左海叢書》本，第76册，第558頁。
③ 《漢書》卷88，中華書局1962年版，第3611頁。
④ 《後漢書》卷79下，中華書局1965年版，第2066頁。
⑤ 《漢書》卷36，中華書局1962年版，第1921頁。
⑥ 《漢書》卷36，中華書局1962年版，第1967頁。

對於經師並沒有絕對的控制力，所以僅憑藉家法去判定《詩》學歸屬也是非常危險的方法。陳喬樅對於張尚《詩》學派別的認定，便存在這一問題。

第三，以個別《詩》說相合定《詩》派。陳氏父子對於《詩》學淵源並不明朗的學者，往往以他們作品中的某一條《詩》說為綫索，與三家《詩》遺說逐一相勘，凡相合者，即定該作者為習某《詩》者。例如曹植在《令禽惡鳥論》中提及《王風·黍離》為伯封所作，這與《韓詩》對這首詩的理解相同，僅憑這一個例，二陳父子即斷定"陳思王用《韓詩》"①。實際上這一判斷是缺乏說服力的，因為四家《詩》對於《詩經》的解讀未必每一篇都是截然不同的，有不少篇目的解釋大同小異②，所以即便曹植對《黍離》的理解與《韓詩》相合，也不能遽定其為《韓詩》家，因為《齊詩》或《魯詩》也完全存在與《韓詩》同解的可能，一旦這一可能成立，那麼曹植對於《黍離》的理解完全可能來自《魯詩》或《齊詩》的影響。事實上，即便曹植解讀《黍離》的確使用了《韓詩》，也僅能說明他對於《韓詩》的這一說解持認可態度，或曾受到《韓詩》的影響，但似乎還無法提升到修習《韓詩》的層面。且曹植所在的"漢末到三國，定於一尊的經學已越來越不能滿足人們的精神需要"③，文思敏捷的曹植遠不至於皓首窮於一經④，《三國志·陳思王傳》僅記其"年十歲餘，誦讀詩論及辭賦

---

① 陳壽祺撰，陳喬樅述：《韓詩遺說考》卷2之1，《續修四庫全書》，上海古籍出版社2002年影印清刻《左海叢書》本，第76冊，第560頁。

② 參見呂思勉云："《詩》的魯、齊、韓三家，沒有公共的祖師，然而三家的說法，總是大同小異。"《白話本國史》第2篇第8章，上海古籍出版社2016年版，第231頁。

③ 余英時：《合久必分：話之國大勢》，《歷史人物與文化危機》，臺北三民書局2004年版，第255頁。

④ 邢培順曾結合曹植用《詩》之例，指出曹植"對《詩經》的接受不拘一家，往往是擇善而從"，見《曹植與〈韓詩〉》，《巢湖學院學報》2011年第5期。

數十萬言，善屬文"①，於其經學成就則不置一詞，可知曹植的經學造詣尚未到達值得表彰的程度，這是再清楚不過的事實。但二陳父子抓住了曹植解讀《黍離》與《韓詩》的說法脗合的個例，便毅然決然地斷定曹植乃《韓詩》家，從而將曹植說過的"《柏舟》有'天只'之怨"這種單純引用《詩經》文本、與解《詩》毫無關聯的字句也輯入《韓詩遺說考》中②，這就不免事倍功半了。

以上三個方面，都暴露了二陳父子判定《詩》學歸屬時所存在的方法問題，由於在判定《詩》派層面已出現問題，所以以此爲據而輯錄的遺說自然也不盡可依，這造成了二陳所輯《韓詩》遺說雖在數量上迥出時輩，但其有效性却有待深入考察。除此之外，二陳輯錄《韓詩》遺說還存在另一處邏輯漏洞，即唐宋古籍所引《詩經》，凡文本與《毛詩》有別者，輒定爲《韓詩》，其依據爲"唐惟《韓詩》尚存"，所以唐人所引《詩經》非《毛詩》即《韓詩》。這一推論看似合理，實際卻忽略了另外一種可能：《毛詩》系統内部也存在一定數量的異文。所以某些與傳世本《毛詩》有别的用字，完全存在出自另一《毛詩》系統的可能③。例如《白氏六帖》曾引《邶風・谷風》"湜湜其止"之文，由於今本《毛詩》作"湜湜其沚"，故陳喬樅以"唐惟《韓詩》尚存"爲據，定"湜湜其止"之文爲《韓詩》④。但問題是，《說文解字・水部》"湜"字條引此句

---

① 《三國志》卷19，中華書局1971年版，第557頁。

② 陳壽祺撰，陳喬樅述：《韓詩遺說考》卷1之2，《續修四庫全書》，上海古籍出版社2002年影印清刻《左海叢書》本，第76册，第544頁。

③ 例如《韓詩・邶風・柏舟》"如有殷憂"之文，今本《毛詩》作"如有隱憂"，但是敦煌寫本《毛詩》作"如有殷憂"，見張涌泉主編：《敦煌經部文獻合集》，中華書局2008年版，第2册，第433頁。可見《毛詩》系統亦有作"殷憂"者，未可遽定爲《韓詩》。

④ 陳壽祺撰，陳喬樅述：《韓詩遺說考》卷1之2，《續修四庫全書》，上海古籍出版社2002年影印清刻《左海叢書》本，第76册，第537頁。朱珔（1769—1850）亦以"湜湜其止"爲"《毛詩》舊本也，《傳》亦用'止'義"，見《說文通假義證》卷3，《續修四庫全書》，上海古籍出版社2002年影印光緒二十一年（1895）嘉樹山房刻本，第214册，第468頁。

即作"湜湜其止",所以《白氏六帖》極有可能徵引自《説文》,而非引自不太流行的《韓詩》。而段玉裁藉助《毛傳》的解讀,判定《説文》所引"湜湜其止"實乃《毛詩》之古本,今本作"沚"係由鄭玄所改①。所以分析到最後,陳喬樅所據《白氏六帖》"湜湜其止"之文,極有可能轉引自《説文》所載古本《毛詩》之文,故不能遽定爲《韓詩》。尤其在大量敦煌唐寫本《毛詩》出土之後,可以看到很多文本與今本《毛詩》不同,且這些有别於今本《毛詩》的文字多半與《韓詩》相合。由此可見,《韓詩》《毛詩》的用字之别存在重新檢討的必要。

綜上所述,《韓詩遺説考》開創了清代《韓詩》輯佚的新紀元,無論是搜集遺説的數量,還是考證精審的按語,都爲《韓詩》研究帶來了生面别開的意義。與此同時,《韓詩遺説考》也留下若干值得商榷的問題,這尤其體現在輯佚思路和方法所暴露的邏輯漏洞方面,此外還存在將異於通行本《毛詩》的文本簡單地視爲《韓詩》之處,這都對此後的《韓詩》研究產生了不利的影響。在重新輯録《韓詩》之時,必須對二陳父子的成果進行全面檢討,才能對該工作的可靠性予以最基礎的保障。

(五)《三家詩異文疏證·韓詩》二卷,馮登府撰

按:馮登府,字雲伯,號勺園、柳東,浙江嘉興人,嘉慶二十五年(1820)進士。其生平學行,詳見史詮《馮柳東先生年譜》②。登府善詞,好金石篆刻,尤邃於經學,有《三家詩異文疏證》,重在疏證;又有《三家詩遺説》八卷,重在輯佚。二者雖重心不同,却互爲補充,張壽林爲《三家詩遺説》所作提要即謂:"然即其所輯,與《三家詩異文疏證》合而觀之,則於三家之學,

---

① 段玉裁:《説文解字注》第11篇上,上海古籍出版社1980年影印經韻樓刻本,第550頁。
② 史詮:《馮柳東先生年譜》,四川大學古籍整理研究所編:《儒藏·史部·儒林年譜》,四川大學出版社2007年影印民國間烏絲欄鈔本,第44册,第545—580頁。

亦可以知其概略矣。"① 此爲一針見血的觀點。但這兩部書採用了兩種不同的結構安排：《三家詩遺說》將三家《詩》之遺說統輯於相應詩句之下，屬於並輯本；《三家詩異文疏證》則分爲《魯詩》《齊詩》和《韓詩》三部分，屬於分輯本。如前所述，本節僅對分輯本進行介紹，故下文將著重圍繞《三家詩異文疏證》的《韓詩》部分（下稱《韓詩異文疏證》）展開考察。

《韓詩異文疏證》凡兩卷，被阮元刻入《皇清經解》中，遂廣爲人知。此書最厝意於《韓詩》與《毛詩》在用字方面的差別，且作者的基本立場是《韓詩》多用今文而《毛詩》多用古文。例如全書首條《周南·葛覃》篇，《韓詩》作"惟葉萋萋"，《毛詩》作"維葉萋萋"，馮登府云："《毛詩》從古文，作'維'；三家從今文，作'惟'。"② 再如《召南·小星》篇，《韓詩》作"寔命不同"，《毛詩》作"寔命不同"，馮登府云："今文'實'，作'寔'是古今字。"③ 這些例子都反映出馮登府對《韓詩》《毛詩》兩家用字特點的認識。除此之外，馮登府在疏證中，還涉及《韓詩》《毛詩》異文的表義問題。例如《鄘風·牆有茨》，《韓詩》作"不可揚也"，《毛詩》作"不可詳也"，馮登府云："揚、詳音之轉，僞揚之義，較毛審詳爲勝。"④ 在探討二家異文關係之餘，還指出了二家異文的不同意義：《韓詩》作"揚"，意爲"僞揚"；《毛詩》作"詳"，意

---

① 張壽林：《〈三家詩遺說〉提要》，中國科學院圖書館整理：《續修四庫全書總目提要·經部》，中華書局1993年版，第438頁。
② 馮登府：《三家詩異文疏證·韓詩》，古風主編：《經學輯佚文獻彙編》，國家圖書館出版社2010年影印光緒十四年（1888）南菁書院刻《皇清經解》本，第11冊，第198頁。
③ 馮登府：《三家詩異文疏證·韓詩》，古風主編：《經學輯佚文獻彙編》，國家圖書館出版社2010年影印光緒十四年（1888）南菁書院刻《皇清經解》本，第11冊，第200頁。
④ 馮登府：《三家詩異文疏證·韓詩》，古風主編：《經學輯佚文獻彙編》，國家圖書館出版社2010年影印光緒十四年（1888）南菁書院刻《皇清經解》本，第11冊，第203頁。

爲"審詳"，而兩相對比，則韓義勝毛。此類判斷合理與否是另外一個問題，但這顯然反映了馮登府對於二家異文問題的研究有所深入，他不再僅限於古文和今文的字面範疇，還涉及了異文在訓詁方面的差異，進入了經文闡釋的畛域。不過此類例子在全書中並不多見，蓋以此書之重點仍在斠異同，而非訓經義也。

《韓詩異文疏證》是清代學術史中，第一部專就《韓詩》《毛詩》異文進行研究的著作，具備較強的專業性。但是該書對於《韓詩》異文的搜羅仍有缺漏，李富孫（1764—1843）成書於道光十八年（1838）的《詩經異文釋》對於馮書有所補充，增補了部分馮氏漏輯的《韓詩》異文，將此項研究推向了新的高峰[1]。

（六）《齊魯韓三家詩釋·韓詩》十卷，朱士端輯

按：朱士端（1786—1872），字銓甫，江蘇寶應人，道光元年（1821）舉人。其生平學行，詳見《清儒學案·石臞學案下》[2]。寶應朱氏乃經學世家，士端少就學於從父朱彬（1753—1834），後親炙王引之，由是學有大成。著有《宜祿堂收藏金石記》《說文校定本》《彊識編》等，皆刻入其《春雨樓叢書》中[3]。《齊魯韓三家詩釋》並未付梓，僅有稿本、鈔本散藏於各地。此書近年已逐漸得到學界的重視，上海圖書館所藏稿本（再易稿）已影印面世[4]，虞萬里先生曾撰專文介紹，同時探討了此本與湖北省圖書館所藏初稿本及國家圖書館所藏清稿本之間的關聯，考辨精審，足資參稽[5]。此外，揚州市圖書館亦藏有《齊魯韓三家詩釋》稿本、鈔本各一部，爲虞文

---

[1] 《詩經異文釋》乃李氏《七經異文釋》之一種，該書之具體得失可參江瀚：《〈詩經異文釋〉提要》，中國科學院圖書館整理：《續修四庫全書總目提要·經部》，中華書局1993年版，第374頁。

[2] 徐世昌：《清儒學案》卷101，中華書局2008年版，第4077頁。

[3] 謝國楨：《〈春雨樓叢書〉提要》，吳格等整理：《續修四庫全書總目提要·叢書部》，北京圖書館出版社2010年版，第539—540頁。

[4] 載《上海圖書館未刊古籍稿本》第3册，復旦大學出版社2008年版。

[5] 虞萬里：《上海圖書館藏稿本〈齊魯韓三家詩釋〉初探》，《中國典籍與文化》2011年第4期。

所未及，劉建臻曾對其具體情況作過細緻的研究①，與虞文相得益彰。筆者所用乃國家圖書館藏本，該本原爲孫殿起所藏，後由鄭振鐸先生（1898—1958）購入，書前有鄭氏1956年手題識語②，叙此本流傳經歷甚詳。因此本乃《齊魯韓三家詩釋》之後起鈔本③，最接近該書之最終面貌④，其價值勝於其他稿鈔本，故本書以之爲據。

《齊魯韓三家詩釋》起首即爲《韓詩釋》十卷，書題爲"釋"，即明該書之懸鵠不僅在輯，更在考釋。通觀全書，也的確是釋勝於輯，幾乎每條遺説之下，皆有"士端按"引首的按語，足見"釋"在全書所佔比重。這些考證型的"釋"語含藴的内容非常豐富，既有對清代學者著作的詳細引用，如姜炳璋（1707—1785）《詩序廣義》、臧琳（1650—1713）《經義雜記》、陳壽祺《左海經辨》、王引之《經義述聞》、盧文弨《毛詩音義考證》、段玉裁《毛詩故訓傳定本》等⑤；亦有朱氏自己作出的考證，這部分内容更能够展現朱氏在《韓詩》研究方面的心得，這些考證主要涉及以下幾個方面：

用字特點。《韓詩·周南·兔罝》云："施于中馗。"《毛詩》"中馗"作"中逵"。朱士端按語云："《説文》：'馗，九達道也，似龜背，故謂之馗。逵，高也。或從辵從坴。'據此，則韓用本字，

---

① 劉建臻：《朱士端〈齊魯韓三家詩釋〉"稿本"管窺》，《揚州教育學院學報》2014年第3期，第1—3頁。

② 鄭振鐸撰，吴曉玲整理：《西諦書話》，文物出版社1998年版，第4頁。

③ 虞萬里：《上海圖書館藏稿本〈齊魯韓三家詩釋〉初探》，《中國典籍與文化》2011年第4期，第62頁。

④ 之所以使用"最接近最終面貌"的字句，是因爲國圖藏本亦非該書之寫定本，其最主要的證據便是仍有部分條目存在貼簽，例如卷二《邶風·終風》篇有題爲"抄《説文形聲疏證》"的貼簽，以小字抄寫了朱氏《説文形聲疏證》對該詩"壇壇其陰"之文的考證，見朱士端：《齊魯韓三家詩釋》卷2，國家圖書館藏鄭振鐸舊藏清吉金樂石山房鈔本，第3頁a。

⑤ 朱士端：《齊魯韓三家詩釋》卷1，國家圖書館藏鄭振鐸舊藏清吉金樂石山房鈔本，第2a、3a、4a、6a、9b、12a頁。

毛用或體。是亦許君本字用《韓詩》，或體用《毛詩》之例。"① 指出了《韓詩》多用本字而《毛詩》多用借字的特點。再如《韓詩·邶風·擊鼓》："于嗟夐兮。"《毛詩》"夐"作"洵"，《毛傳》訓爲"遠"，然《爾雅·釋言》訓"洵"爲"均"，可見"洵"並無"遠"義，但《韓詩》之"夐"則有"遠"義（《釋文》引《韓詩》云："夐亦遠也"），所以朱士端認爲《毛詩》此處使用的"洵"實際是"用'夐'之假借字"②，此處再次申明了韓、毛在本、借字使用方面的差異。這一看法，在全書中得到了一以貫之的展現，而最透闢的表述則是朱士端在《周南·漢廣》所作的按語："三家中訓詁聲音，有足與毛相發明者。三家今文，多正字；《毛詩》古文，多叚借。無三家，則叚借不通，三家亦豈可盡廢哉？甚矣讀書論世宜持平也！"③ 這節按語的討論已不再僅限於韓、毛二家，而是推拓到了漢代四家《詩》，認爲三家《詩》使用正字居多，而《毛詩》則多使用借字，不過"三家今文，多正字"仍舊包含了《韓詩》在內，所以朱士端對於《韓詩》多用正字的現象給予了足夠的重視。而按語末句"讀書論世宜持平"，雖在本語境中是針對姜炳璋《詩序廣義》而發，但將此語置於清代漢學語境中，則未嘗不含有消泯門戶之見的意味，對於因"阿其所好"而尊此抑彼者，亦堪稱當頭棒喝。

解詩特點。朱士端對於《韓詩》學派解讀《詩經》字義的特點亦有涉及，例如《衛風·淇奧》："綠薄猗猗。"《釋文》引《韓詩》云："薄，萹筑也。"朱士端對此條訓詁的原因作出了分析："'萹

---

① 朱士端：《齊魯韓三家詩釋》卷1，國家圖書館藏鄭振鐸舊藏清吉金樂石山房鈔本，第8頁。
② 朱士端：《齊魯韓三家詩釋》卷2，國家圖書館藏鄭振鐸舊藏清吉金樂石山房鈔本，第3頁。黃焯伯（1899—1970）因"洵、冋，假"，而認爲《毛傳》之"洵"乃"迥"之假借，因《爾雅》云："迥，遠也。"見《詩經蕞詁》卷1，中華書局2012年版，第63頁。亦可備一說。
③ 朱士端：《齊魯韓三家詩釋》卷1，國家圖書館藏鄭振鐸舊藏清吉金樂石山房鈔本，第10頁b。

筑'二字與'薄'爲疊韻,以疊韻訓也。"同篇"緑薄如簀",《文選注》引《韓詩》云:"簀,積也。"朱士端謂:"'簀,積',以疊韻訓也。"① 這兩處按語均指出了《韓詩》解詩存在利用疊韻進行訓釋的特點。

異文問題。朱士端在按語中常常提及《韓詩》學派的文本存在異文,並提出了相對通達的解釋:"師授不同耳。"② 但是將《說文解字》《説苑》等古籍所引用的未明所出的《詩經》也視爲《韓詩》,並在與真正的《韓詩》産生用字歧義時,也以"師授不同"作爲理由,便不免過於武斷了。原因很簡單:"師授不同"的前提是二者均在《韓詩》的"師授"範圍之内,而目前的文獻無法證實《説文》《説苑》等書所引必爲《韓詩》,所以其"師授"完全可能在《韓詩》系統之外,這樣一來,便取消了"師授不同"的前提,這自然無從導向"師授不同"的結論。而這一點,則是《韓詩釋》全書的根本癥結,嚴重影響了本書所輯《韓詩》遺説的有效性,兹略辨於下。

朱士端對於不明《詩》學派别的學者和著作往往進行以偏概全的推定,斬截的語氣在全書中處處可見,兹列其代表性論斷五種,辨明其誤:

(1)"《水經注》引《詩》皆《韓詩》説"③。按楊化坤曾對《水經注》的引《詩》情況作過專項研究,將該書所引共五十一條《詩經》全部輯出,並逐一與今本《毛詩》對勘,有三十一條内容與《毛詩》完全相同,剩餘二十條異於《毛詩》的内容則由漢字特點(通假字、古今字、異體字、俗體字)或徵引三家《詩》而致,

---

① 朱士端:《齊魯韓三家詩釋》卷2,國家圖書館藏鄭振鐸舊藏清吉金樂石山房鈔本,第16a、17a頁。
② 朱士端:《齊魯韓三家詩釋》卷2,國家圖書館藏鄭振鐸舊藏清吉金樂石山房鈔本,第20b—21a頁。
③ 朱士端:《齊魯韓三家詩釋》卷1,國家圖書館藏鄭振鐸舊藏清吉金樂石山房鈔本,第1頁a。

所以楊氏的結論是：《水經注》"引《詩》主要來自《毛詩》，但並未爲其所囿，而是兼採三家之《詩》"①。很顯然，這一結論建立在竭澤而漁式的文獻基礎之上，故信而有徵。朱士端僅因《水經注》徵引過"韓嬰叙《詩》"之文，即斷定"《水經注》引《詩》皆《韓詩》説"的結論是偏頗的。

（2）"劉向述《韓詩》，《列女傳》所引皆《韓詩》也"②。按朱士端持此説的依據是王引之的《經義述聞》，王氏發現劉向對《詩經》的部分解釋與《韓詩》相似，所以得出"劉向所述者乃《韓詩》"的結論。朱氏接受了這一結論，並繼續用王引之的方法，增補了數條劉向與《韓詩》同解的材料，於是更加確定"劉向述《韓詩》，無疑矣"。這一邏輯看似順理成章，但實際却存在致命的罅漏。因爲劉向説《詩》引《詩》固然存在與《韓詩》相通之處，但同時亦有與《魯詩》《齊詩》《毛詩》相通之處，遽定其爲《韓詩》家顯然過於武斷。早在北宋，曾鞏（1019—1083）已經指出劉向《列女傳》用《詩》多與《毛詩》相左的原因是"所取者博"③，其中已藴含了劉向不爲家法、師法束縛的信息。吴正嵐曾就今存所有劉向引《詩》用《詩》材料進行分析，發現"劉向著述中的《詩》説與四家《詩》均有合有不合處，因而劉向在其著述中引《詩》説《詩》時，對四家《詩》確實是兼收並蓄的"，劉向的《詩經》學"不拘家法，兼采衆説"④。這一結論最終印證了清儒全祖望（1705—1755）的觀察："向之學極博。其説《詩》，考之《儒林

---

① 楊化坤：《〈水經注〉引〈詩〉考論》，《新國學》，巴蜀書社2010年版，第9輯，第324頁。此文末尾所附"《水經注》引《詩》與今本《毛詩》相同條目表"最足以説明《水經注》引《詩》絶非朱士端所謂"皆《韓詩》説"。
② 朱士端：《齊魯韓三家詩釋》卷1，國家圖書館藏鄭振鐸舊藏清吉金樂石山房鈔本，第1頁b。
③ 《曾鞏集》卷11《列女傳目録序》，中華書局1984年版，第180頁。
④ 吴正嵐：《論劉向〈詩經〉學之家法》，《福州大學學報》2000年第2期，第120頁。

傳》，不言所師，在三家中未敢定其爲何《詩》也。"① 吕思勉先生亦與全氏同聲相應："劉向是個博極群書的人，自然不能謹守家法。"② 總覽以上諸家之見，劉向顯然非《韓詩》所能牢籠，故"劉向述《韓詩》"之説應視爲無法證實的假説。

（3）"王肅述《韓詩》"③。按朱士端之所以定王肅（195—256）乃"述《韓詩》"者，係因王肅注《毛詩》時，存在用《韓詩》改易《毛傳》的情形，不過這只能説明王肅注解《毛詩》時曾參考過《韓詩》，絕對無法推出"王肅述《韓詩》"的結論。因爲"述《韓詩》"直接抽換了王肅的《詩》學立場，與經學史的史實完全相悖。鄭玄亦有使用《韓詩》改易《毛傳》的案例，但絕對不能將鄭玄的《毛詩箋》視爲《韓詩》著作，他既爲《毛詩》作箋，自然是站在《毛詩》的立場上。而單就注釋《毛詩》來看，鄭玄動輒改字釋經，王肅則大多依循經文，其對《毛詩》的堅守程度遠過於鄭玄④，實較後者更接近《毛詩》本位。如果僅因引用《韓詩》的部分説法去注釋《毛詩》，便可推出"述《韓詩》"的結論，那麼幾乎所有漢代以降的《毛詩》學者都是"述《韓詩》"者，因爲他們都或多或少

---

① 全祖望：《全謝山先生經史問答》卷3，《續修四庫全書》，上海古籍出版社2002年影印乾隆三十年（1765）刻本，第1147册，第597頁。葉德輝《〈三家詩補遺〉叙》曾謂："兩漢經師，惟列傳儒林者，其學皆有家法，自餘諸人，早晚皆有出入。"見阮元《三家詩補遺》卷首，《續修四庫全書》，上海古籍出版社2002年影印清光緒儀徵李氏崇惠堂刻本，第76册，第1頁。這與全祖望"考之《儒林傳》，不言所師"之語冥符遥契，皆認定只有《儒林傳》所記學者才有嚴格的師法、家法譜系可循，而劉向未被列入《漢書·儒林傳》，自然"不言所師"，亦不在"其學皆有家法"之列。正因如此，故不易、亦不能將其《詩》學歸屬化約爲某一家。

② 吕思勉：《白話本國史》第1篇第3章，上海古籍出版社2015年版，第33頁。

③ 朱士端：《齊魯韓三家詩釋》卷1，國家圖書館藏鄭振鐸舊藏清吉金樂石山房鈔本，第4頁b。

④ 史應勇曾對鄭玄和王肅注釋《毛詩》之異同作過精細又全面的比較，見《鄭玄通學及鄭王之爭研究》第10章，巴蜀書社2007年版，第249—323頁。其中便提到鄭擅改字而王則篤守原經的風格。關於鄭王之爭，最新而又不乏卓見的成果是華喆《禮是鄭學：漢唐間經典詮釋變遷史論稿》第3章，生活·讀書·新知三聯書店2018年版，第194—237頁。

地參考過《韓詩》，但這顯然與學術史的常識迥不相侔。以漢魏經學史而論，馬融（79—166）、鄭玄、王肅等古文經學家雖在注解《毛詩》時存在差別①，但這一差別均是在《毛詩》系統內部發生的，他們即便偶有參稽《韓詩》之處，也是爲了更好地詮釋和完善《毛詩》。如果借用舊瓶新酒的比喻，則《韓詩》是古文經學家倒入《毛詩》這一舊瓶中的新酒，但新酒僅爲了充實舊瓶，且容量有限，遠未達到溢出舊瓶而另換新瓶的程度。所以朱士端所主"王肅述《韓詩》"之説，不啻將王肅塑造爲本末倒置的學者，而這表述的完全是顛倒的事實。

（4）"《鹽鐵論》引《詩》皆《韓詩》也"②。按朱士端僅因桓寬《鹽鐵論》"所引'宜犴宜獄'、'我是用戒'皆《韓詩》"③，便斷定《鹽鐵論》所引《詩經》皆爲《韓詩》，這仍然有待商榷。因爲《鹽鐵論》全書共引《詩經》四十三處，僅憑其中兩處與《韓詩》相合，便推定全書所引《詩經》皆爲《韓詩》，未免太以偏概全。而且進一步分析朱氏舉出的這兩處例證，可以發現均存在一定問題：首先，《小雅·小宛》的"宜犴宜獄"雖與《韓詩》相合④，但《文選·後漢書皇帝紀論》李善注引《毛詩》異文亦作"宜犴宜獄"⑤，所以無法排除《鹽鐵論》此處是徵引《毛詩》的可能；第二，"我是用戒"乃《小雅·六月》之文，但《韓詩·六月》今已不存，無從與《鹽鐵論》的引文比較異同，故朱氏以"我是用戒"乃用《韓詩》是毫無依據的判斷。由此可見，朱氏舉出的兩條例證

---

① 參見伊藤文定《馬融·鄭玄·王肅の經説：傳承と對立の批判》，《靜岡大學教育學部濱松分校研究報告：研究と教授》1950年第1期，第23—30頁。
② 朱士端：《齊魯韓三家詩釋》卷2，國家圖書館藏鄭振鐸舊藏清吉金樂石山房鈔本，第6頁a。
③ 朱士端：《齊魯韓三家詩釋》卷2，國家圖書館藏鄭振鐸舊藏清吉金樂石山房鈔本，第5頁b。
④ 《毛詩·小雅·小宛》："宜岸宜獄。"《釋文》云："《韓詩》作'犴'。"由此可知《韓詩》此句作"宜犴宜獄"，與《鹽鐵論》所引相合。
⑤ 《六臣注文選》卷49，中華書局1987年影印涵芬樓所藏宋刊本，第937頁。

均非絕對有效。如前所述，即便朱氏的兩處例證均來自《韓詩》，尚且無從推出《鹽鐵論》所引《詩經》皆爲《韓詩》的結論，何况現在已可斷定朱氏所有論據均屬無效，所以他對《鹽鐵論》的《詩》學派別的定位是無效的。龍文玲曾就《鹽鐵論》徵引所有《詩經》條目進行過考察，發現在四十三處引文中，與《毛詩》相同者有三十三處之多，剩餘十處則交錯引用包含《韓詩》在内的三家《詩》；而在用《詩》方面，《鹽鐵論》對於四家《詩》皆有採擷①。由此可見，《鹽鐵論》的引《詩》用《詩》均不限於一家，造成這一情形的原因，曹道衡（1928—2005）先生已經指出："它不是桓寬個人的著作，而主要是記錄别人的發言，而且發言人又並非一人。"② 而這些發言人又並非來自整齊劃一的學術派別，所以在討論中，不免各借其師説來發表意見。桓寬在將這些意見編輯爲《鹽鐵論》時，保留了來自於不同《詩》派的學者的看法，於是形成了該書含藴多家《詩》學的特點。只要明瞭這一事實，則朱士端將《鹽鐵論》中異見紛呈的《詩》學一律視爲《韓詩》的看法，自然不足爲據。

（5）"王充述《韓詩》，所引'傳曰'即《韓詩傳》也"③。按朱士端並未説明他判定王充習《韓詩》的根據，故此説在全書中相當突兀。不過很明顯，王充的《詩》學淵源並無史文明確記録，所以在未經過邏輯論證便遽定爲《韓詩》是有欠妥善的④。至於王充

---

① 龍文玲：《〈鹽鐵論〉引詩用詩與西漢昭宣時期〈詩經〉學》，《河北師範大學學報》2011 年第 5 期，第 88—92 頁。

② 曹道衡：《〈鹽鐵論〉與西漢〈詩經〉學》，《中古文學史論文集續編》，中華書局 2010 年版，第 307—308 頁。

③ 朱士端：《齊魯韓三家詩釋》卷 2，國家圖書館藏鄭振鐸舊藏清吉金樂石山房鈔本，第 15 頁 a。

④ 陳壽祺、陳喬樅父子因《論衡·謝短篇》解讀《關雎》的説法與他們藉助師法、家法等方法輾轉推考的所謂"《魯詩》"遺説相通，並因《論衡·書解篇》"言《詩》家，獨舉魯申公"，便推定王充所習乃《魯詩》，見《魯詩遺説考》卷 1 之 1，《續修四庫全書》，上海古籍出版社 2002 年影印清刻《左海叢書》本，第 76 册，第 59 頁。此説亦有以偏概全、求之過深之嫌，聊備一説而已。

在《論衡》中所引用的"傳曰"，本是兩漢古籍常見的引證方式。根據廖群先生的觀察，這裏的"傳"並不是指稱某一部具體的釋經著作，而是"取其'傳語'即轉告傳聞之義，即讀爲'chuán'"，或由"传（chuán）"轉化而來的"传（zhuàn）"[1]。考諸秦漢典籍所徵引的"傳曰"，其内容的確多爲"轉告傳聞"的故事，由此可定廖先生的這一釋讀是相當準確的。《論衡》曾多處徵引"傳曰"，但就其内容而言，俱爲口頭傳播的説法，所以將其視爲經籍傳解已有不妥，朱士端更坐實爲《韓詩傳》，則愈顯錯上加錯了。

通過上文所論，可以發現朱士端的不少論斷，多是藉助某些學人或著作某一處引《詩》與《韓詩》相同（似），便推定其所有引《詩》用《詩》材料俱爲《韓詩》，這種以偏概全的論斷，既悖於邏輯，又缺乏文獻依據，總體來看是無效的。必須指出的是，《韓詩釋》中還有不少藉助此類方法推定學者或著作的《詩》學歸屬之例，但限於篇幅，兹不縷舉了。

除此之外，朱氏的以偏概全還表現在對具體作品的理解方面，例如《韓詩釋》曾廣引文獻，證實漢代今文《詩》學曾將《小雅》中的《鹿鳴》《伐木》《采薇》《杕杜》四篇作品理解爲刺詩，這是歸納文獻材料而做出的判斷，較爲可信。但朱氏隨後下的結論却令人舌撟難下："《鹿鳴》《伐木》《采薇》《杕杜》皆爲刺詩，以四篇觀之，知以《小雅》皆爲刺詩矣。"[2]《詩經·小雅》凡七十四篇，僅因其中四篇爲刺詩，便斷定"《小雅》皆爲刺詩"，顯然是不能成立的。但朱氏不僅要將《小雅》的所有作品貼上"皆刺詩"的標籤，還要將"二南"（《周南》《召南》）也一併納入"皆刺詩"的

---

[1] 廖群：《"説"、"傳"、"語"：先秦"説體"考索》，《文學遺産》2006年第6期，第33頁。
[2] 朱士端：《齊魯韓三家詩釋》卷1，國家圖書館藏鄭振鐸舊藏清吉金樂石山房鈔本，第3頁a。

行列而後快："考之漢人之説，二南、正《小雅》皆刺詩也。"① 按《韓詩》以"傷夫有惡疾"解《周南·苤苢》，以"説人"解《周南·漢廣》，以"辭家"解《周南·汝墳》，這些作品都身處朱氏所謂"刺詩"的行列之中，但讀者實在看不出來這些題旨與"刺"有何關聯，朱士端的固執與偏激，在此處已一覽無餘。清儒輯《韓詩》者，雖或多或少存在偏頗之處，但像朱士端這樣信口雌黄者，則確屬百不一見。

毫無疑問，上述不足直接降低了《韓詩釋》的學術含量。所以雖然朱士端在"釋"的方面用力頗多，然考其實效，則不免是事倍功半，較之宋綿初、臧庸等短小精悍的輯本，《韓詩釋》顯然有些大而無當。

（七）《三家詩述·韓詩》六卷，徐堂輯述

按：徐堂（1797—1837），字紀南，號秋竹、澹人，浙江仁和（今屬杭州）人。其生平學行，詳見董兆熊（1806—1858）《徐君澹人墓誌銘》②。此銘詳細介紹了徐堂撰述《三家詩述》的原因及體例特色："嘗以《毛詩》得列注疏，齊、魯、韓之不顯於世也，薈粹古書，刺其字句，苟涉此者，片義單辭，靡不甄録。著古人之説於右，而自系其説於左。"由此可見，徐堂編纂《三家詩述》是出於扶危廣異的立場，在輯録三家《詩》遺説之後，以按語的形式加以考釋，從而形成了輯考結合的著述形態。

《三家詩述》凡十卷，先後包含《三家總義》一卷、《魯詩述》二卷、《齊詩述》一卷及《韓詩述》六卷。國家圖書館藏有《韓詩述》鈔本二種，編號分別爲 10738 及 10739，爲行文方便，暫稱編號 10738 者爲"鈔本一"，編號 10739 者爲"鈔本二"。鈔本二有大量

---

① 朱士端：《齊魯韓三家詩釋》卷1，國家圖書館藏鄭振鐸舊藏清吉金樂石山房鈔本，第2頁a。
② 載汪兆鏞：《碑傳集三編》卷71，《清碑傳合集》，上海書店1988年版，第5册，第2842頁。

夾寫於行間的小字補語，於正文亦多有墨改，顯然是反復修訂的稿本，由增訂文字與底稿文字風格一致來看，此本當出於徐堂本人之手，他先將底稿謄寫下來，此後再隨着見聞增加，不時在謄寫的底稿上附入大量的增補意見，因而形成了鈔本二現在的面貌。與鈔本二相比，鈔本一的繕寫相當整飭，幾乎沒有增補文字，已接近清鈔本的面目，但其書風與鈔本二不同，可知其並非由徐堂本人抄寫。不過這兩部鈔本的最重要區別體現在內容方面，二者在內容上多有不同，詳略亦有不少差別，所以二本對於理解徐堂成書過程皆有相當重要的參考價值。總體而言，鈔本一的信息含量多於鈔本二，考訂的準確性也高於鈔本二，可知鈔本一乃是後出專精的版本，其產生當後於鈔本二①。故本書對《韓詩述》的討論，皆以鈔本一爲

---

① 最能證實這一論斷的例子是兩個稿本對《商頌·殷武》"松柏丸丸"的考釋。鈔本二僅寫作："嵇康《長笛賦》注引《章句》曰：取松與柏。"隨後於"嵇康"二字加注刪節號，於左側補入"馬融"二字，以示《長笛賦》之作者乃馬融，見徐堂：《韓詩述》卷6，國家圖書館藏清鈔本（編號：10739），第11頁a。稿本一則寫作："《文選·馬融〈長笛賦〉》注引薛君曰：'取松與柏。'案《攷工記》：'治氏重三垸。'司農曰：'垸，量名，讀爲丸。'司農蓋見古訓有訓'丸'爲'量'者。若'垸'之本義，則爲以桼和灰，於義無取，故讀'垸'爲'丸'也。'量'有虛實兩義，今讀平、去兩音，古人無此分別。然則薛君云'取松與柏'，蓋謂量度其松柏之材而取之。《傳》云：'山有木，工則度之。'薛義或當如此。"見徐堂：《韓詩述》卷6，國家圖書館藏清鈔本（編號：10738），第18b—19a頁。很明顯，鈔本一不僅直接著錄了鈔本二後來修正的作者，且較鈔本二多出"《攷工記》"以下一大節疏解《韓詩章句》"取松與柏"含義的考釋文字，呈現出不斷增益完備的過程。所以合理的推測只能是徐堂在鈔本二的基礎上又增加了新的考釋文字，從而形成一個更新更全的修訂稿，而鈔本一則是對修訂稿的迻錄，故既一步到位著錄了《長笛賦》作者的正確姓名，又抄入了徐堂在鈔本二之後所補充的考釋文字。這一推測還可以得到下面這一例證的證實：鈔本二《周南·漢廣》按語云："案《內傳》此條，不過借以爲神女之證。"右側有以小字寫成的訂補意見，對此文作了三處更改：首先點去"內"字，增一"韓"字；又刪去"此條"，增"載交甫之事"五字；最後點去"以爲"的"以"字，見徐堂：《韓詩述》卷1，國家圖書館藏清鈔本（編號：10739），第5頁b。考鈔本一《周南·漢廣》按語直接寫作："案《韓傳》載交甫之事，不過借爲神女之證。"見徐堂：《韓詩述》卷1，國家圖書館藏清鈔本（編號：10738），第6頁a。這一版本與鈔本二的修改意見完全一致，其邏輯順序必是鈔本二修訂在前，而鈔本一謄錄在後。鈔本一的產生後於鈔本二，至此已可定讞。

中心。

　　與陳喬樅、朱士端等學者將不明《詩》學歸屬的學人與著作納入《韓詩》體系不同，徐堂的《韓詩述》完全立足於典籍直引的《韓詩》遺說，所以多數信實可據。在這種堅固的文獻基礎上作出的疏證，有效性明顯優於陳、朱等人。必須承認的是，無論是陳喬樅還是朱士端，他們在疏證《韓詩》遺說方面都用功極深，但可惜的是，由於他們輯錄遺說的方法存在不少問題，導致不少遺說本身的可靠性便很成問題，所以對此類遺說作出的疏證即使再精彩，也不過是鏡花水月，難脱離題萬里之嫌。相比之下，徐堂的疏證則穩健得多，他立足於真實可靠的《韓詩》遺說，談言微中，《韓詩述》也由此成爲清代疏證《韓詩》遺說的最佳著作。其主要特點體現在下述幾個部分：

　　首先，對《韓詩》遺說做了正本清源的工作。徐堂對於古籍徵引的《韓詩》遺說持客觀審視的態度，幾乎是逐一考辨，藉以確定其可靠性。具體來說，這類正本清源的工作又包括以下幾個方面：（1）辨析遺說之真僞。例如徐堂於《周南·芣苢》"采采芣苢"句下輯《韓詩》云："芣苢，木名，實似李。"隨後的疏證則直指此説之誤："《逸周書·王會解》曰：'康民以秠苢者，其實如李，食之宜子。'陶隱居《本草》云：'《韓詩》言芣苢是木，食其實，宜子孫。'此蓋誤以説《周書》者系之《韓詩》。"① 一語道破此文並非《韓詩》，而是由陶弘景誤記《逸周書》而生，簡潔明快，釋人疑雲。（2）糾正遺說之來源。再如《周南·漢廣》"漢有游女，不可求思"句下，徐堂據《文選注》輯《韓詩外傳》所載鄭交甫漢皋臺遇女之事，隨即下一斷語云："案：'《外傳》'當作'《内傳》'，觀下《江賦》注及《説文》可知。"② 今考《文選·江賦》李善注引

---

① 徐堂：《韓詩述》卷1，國家圖書館藏清鈔本（編號：10738），第5頁b。
② 徐堂：《韓詩述》卷1，國家圖書館藏清鈔本（編號：10738），第6頁b。

鄭交甫故事，確標爲《韓詩內傳》①；《說文》"魁"字條引鄭交甫故事，則標爲《韓詩傳》，段玉裁謂："蓋《韓詩內傳》語也。"②足證該故事確爲《內傳》之文。徐氏利用文獻互證的方法，將該遺說的來源確定爲《韓詩內傳》，允稱妥洽。（3）還原遺說之本貌。例如《太平御覽》卷九五〇引《韓詩》云："短狐，水神也。"③徐堂將其繫於《小雅·何人斯》"爲鬼爲蜮"句下。但是很明顯，《御覽》所引《韓詩》訓釋的對象是"短狐"，而"爲鬼爲蜮"句中並不含有"短狐"，所以無法直接建立二者之間的關聯。徐堂則認爲《御覽》此處乃節引《韓詩》遺說，其原文當云："蜮，短狐。短狐，水神也。"④對於這一推測的有效性，現在限於史料，已無法完全加以證實，但結合其他文獻，仍可基本確定其合理性。因爲首先，這種連環闡釋的模式在漢儒的釋經過程中有例可循，例如徐堂就曾舉出《毛傳》釋"采采芣苢"的文本："芣苢，馬舃。馬舃，車前。"第二，"蜮"確爲"短狐"，《說文》"蜮"字條即謂："短狐也，似鱉，三足，以氣躲害人。"⑤所以《御覽》所引"短狐，水神也"顯爲《韓詩》釋"蜮"之文，而"爲鬼爲蜮"乃《詩經》中唯一含"蜮"字之句，《韓詩》所釋當即此句。但"短狐，水神也"尚無法直接用於注釋"爲鬼爲蜮"，因爲這條注文沒有指出"短狐"解釋的是句中哪個具體的字，所以徐堂結合《毛傳》連環闡釋之例，推測此前必有"蜮，短狐"這一過渡語，這樣便重構了《韓詩》當時注釋"爲鬼爲蜮"的歷程：首先釋經文原句的"蜮"爲"短狐"，再進一步解釋"短狐"是"水神"，這完全符合經書之注例。所以

---

① 《六臣注文選》卷 12，中華書局 1987 年影印涵芬樓所藏宋刊本，第 245 頁。
② 段玉裁：《說文解字注》第 9 篇上，上海古籍出版社 1980 年影印經韻樓刻本，第 436 頁。
③ 《太平御覽》卷 950，中華書局 1960 年重印涵芬樓影印宋本，第 4219 頁。
④ 徐堂：《韓詩述》卷 4，國家圖書館藏清清鈔本（編號：10738），第 21 頁 b。
⑤ 許慎：《說文解字》第 13 篇上，中華書局 1963 年影印同治十二年（1873）陳昌治刻本，第 282 頁。

基本可以判定徐堂對該遺説本貌的還原是有效的。不過有時徐堂在辨析《韓詩》原貌時，也存在求之過深之處，例如《鄭風·東門之墠》篇，徐堂據《華嚴音義》輯《韓詩》云："墠，猶坦也。"據此，《韓詩》在"東門之墠"四字中，没有與《毛詩》相異的文字。但徐堂在隨後的按語中却提出了一個全新的看法："《禮記·祭法》：'燔柴于泰壇。'鄭注：'壇之言坦也。坦，明貌。'則《韓詩》經注'墠'字當作'坦'。"① 徐氏大概是受到清儒普遍接受的鄭玄注《禮》用《韓詩》的看法的影響，所以以鄭玄注《禮》爲綫索，推定《韓詩》此篇題目的本貌應寫作"東門之壇"。但這一推論並不能成立，原因至少有兩點：第一，鄭玄注《禮》均用《韓詩》這一命題，本身便存在若干可以商榷的餘地；第二，徐氏所引此條鄭注，並未引及《詩經》，可知其以"坦"釋"壇"僅是普通訓詁，並不構成與《詩經》的關聯，自然無法作爲推考《韓詩》經注的綫索。而且在《華嚴音義》之外，尚有《大唐三藏玄奘法師本傳音義》亦引録了這條《韓詩》遺説，其文亦曰："墠，坦也。"② 足見《韓詩》使用的文字確是"墠"字。不過此類失效的案例在徐堂的考索中並不常見，他在書中所作的大部分正本清源的工作是有效的。

其次，借用其他典籍印證《韓詩》訓詁。徐堂對於《韓詩》的訓詁相當熟悉，但他並非孤立地對這些訓詁進行純内部考察。恰好相反，他往往通過徵引其他典籍中的相關説法，實現與《韓詩》經説相發明的預期，藉以證實《韓詩》説解並非孤立無援，而是在古籍世界中擁有着廣泛的認同。例如《周南·漢廣》中的"游女"被《韓詩章句》解釋爲"漢神"，亦即漢水之神女。徐堂云："《史記·封禪書》：'沔祠漢中。'《索隱》引樂産曰：'漢女，漢神也。'與

---

① 徐堂：《韓詩述》卷3，國家圖書館藏清鈔本（編號：10738），第3頁a。
② 慧琳：《一切經音義》卷83，徐時儀：《一切經音義三種校本合刊》，上海古籍出版社2008年版，第1968頁。引文原疊"坦"字，徐氏校勘記謂衍一"坦"字，其説是，故引文從之。

《章句》合。"① 此處徐氏顯然是借《史記索隱》徵引的樂產之説與《韓詩章句》相印證，辨明《韓詩章句》的解釋存在依據。再如《小雅·四月》："亂離斯莫。"《韓詩章句》云："莫，散也。"徐堂引《廣雅·釋詁》云："莫，布也。又云：布，散也。"② 藉助"布"字，建立了"莫"與"散"之間的關聯，從而完成了與《韓詩章句》的互證。另如《大雅·思齊》"刑于寡妻"，《韓詩》云："刑，正也。"徐堂引趙岐《孟子注》："刑，正也。言文王正己適妻，則八妾皆從。"《大雅·生民》"誕彌厥月"，《韓詩章句》云："誕，信也。"徐堂引《廣雅·釋詁》云："誕，信也。"③ 俱爲《韓詩》的訓詁提供了來自於其他典籍的支持，從而證實了《韓詩》的訓詁並非另闢蹊徑，而是有着深厚的古典淵源。

再次，對《韓詩》遺説進行更加細緻的箋釋。由於部分《韓詩》佚文的説解較爲簡潔，故而存在繼續箋釋的必要，徐堂在這方面創造了卓有成效的業績。例如《周南·漢廣》："漢有游女，不可求思。"《韓詩章句》云："游女，漢神也。言漢神時見，不可求而得之。"這一闡釋充滿了迷幻色彩，但其理據則晦澀難明，一如寫意畫的留白，意味豐富，却留待闡發。徐堂則對此進行了補白，細緻箋釋了《章句》含而未發的内蘊："《章句》謂'游女，漢神'者，蓋如《離騷》《湘君》之流，詩人比貞潔之女，可望而不可即也。"④ 這段分析極其精彩，展示了徐堂在索解《韓詩章句》隱藏的意藴方面的功力，他認爲《章句》以"比"來理解"漢有游女"，"游女"之本體實爲"貞潔之女"，而托之於"漢神"，只是爲了表達"可望而不可即"的意藴，爲了便於讀者理解其義，徐堂又特地拈出《離騷》《湘君》中若即若離的神女形象與之印證，終於極盡《章句》

---

① 徐堂：《韓詩述》卷1，國家圖書館藏清鈔本（編號：10738），第7頁a。
② 徐堂：《韓詩述》卷4，國家圖書館藏清鈔本（編號：10738），第24頁b。
③ 分見徐堂《韓詩述》卷5，國家圖書館藏清鈔本（編號：10738），第6a、11b頁。
④ 徐堂：《韓詩述》卷1，國家圖書館藏清鈔本（編號：10738），第7頁a。

之所有曲折。再如《韓詩》解讀《召南·采蘋》"于以采蘋"曰："沈者曰蘋，浮者曰藻。"僅將沈、浮定爲區分蘋、藻的標準，徐堂的箋釋則注意到宋人羅願（1136—1184）曾具體解釋了《韓詩》立論的原因，遂加以徵引："案羅願《爾雅翼》曰：'苹、荓，其大者蘋，葉正，四方，中折如十字，根生水底，叶敷水上，不若水浮萍之无根而漂浮也。故《韓詩》曰：沈者曰蘋，浮者曰藻。'"① 這段考辨顯然將此條《韓詩》遺説的内涵闡釋得更加詳盡親切。另如《豳風·九罭》"九罭之魚"，《韓詩》云："九罭，取蝦笓也。"釋義相當簡約，徐堂則挖掘了其中的内涵："韓意蓋謂九罭只可以取蝦，不足以容鱒魴，比東土不足以留周公也。"② 若與徐氏上解《漢廣》之例合觀，則不難發現他對於"比"的使用可謂別有會心，幾乎將之視爲《韓詩》解讀《詩經》的一大關籥。這種新穎的觀感，在清代《韓詩》研究中的確具備一定的創造性。

最后，探究《韓詩》與《毛詩》釋義的異同。《韓詩》與《毛詩》的訓詁異同是一個發軔甚早的經學命題，東漢章帝時已有令賈逵（30—101）"撰《齊》《魯》《韓詩》與《毛氏》異同"③ 之事，其間顯然包含了《韓》《毛》異同。徐堂接續了這一悠久的學術命題，探究了兩家釋義的異同，愜心貴當。例如《韓詩·魯頌·泮水》有"鬍彼東南"之句，《毛詩》作"狄彼東南"，徐堂云："'鬍'與'剔'通。《儀禮·士喪禮》：'四鬍去蹄。'注：'今文"鬍"爲"剔"。'然則鄭箋云：'狄，當爲剔。剔，治。'蓋從韓義。毛於此句無傳，《瞻卬》傳云：'狄，遠也。'此亦當然。蓋以'狄'爲

---

① 徐堂：《韓詩述》卷1，國家圖書館藏清鈔本（編號：10738），第9頁a。檢《爾雅翼》原文，"水浮萍"作"小浮萍"，見羅願：《爾雅翼》卷6，黃山書社1991年版，第60頁。

② 徐堂：《韓詩述》卷3，國家圖書館藏清鈔本（編號：10738），第25b—26a頁。

③ 《後漢書》卷36，中華書局1965年版，第1239頁。

'逑'之假借。《爾雅·釋詁》：'遏，遠也。'遏、逑，古今字。"①在這條考辨中，徐氏還原了《韓》《毛》二家的本字，指出二者表義之別，附帶揭出了鄭玄以韓改毛之例，這些判斷非常明快。再如《韓詩·大雅·緜》："皋門有閌。"《毛詩》作"皋門有伉"。徐堂通過考證，說明"阬，正字；伉、閌，竝俗字"②，指出韓、毛用字雖有別，但均係"阬"之俗字，表義並無區別，從而揭櫫了韓、毛釋義相同的一面。另如《小雅·六月》"元戎十乘，以先啓行"，《韓詩》對"元戎"的解讀非常詳細，而《毛詩》的傳、箋皆未言及，徐氏遂謂："元戎之制，毛、鄭未詳，此可補之。"③這已超越了韓、毛異同的層面，上升到韓、毛互補的高度，可視爲由韓、毛異同研究延伸出的新領域，值得注意。

以上幾個方面，都表現出徐堂在疏證《韓詩》遺説方面的價值與貢獻。清代的《韓詩》輯佚與考辨大抵可分爲兩類：一類是輯佚成果較爲可靠，但在疏證方面厝意無多，宋綿初的《韓詩內傳徵》及臧庸的《韓詩遺説》均爲代表；一類是在疏證方面用力極大，但所輯遺説的有效性很成問題，陳壽祺、陳喬樅父子的《韓詩遺説考》和朱士端的《韓詩釋》均爲代表。而徐堂的《韓詩述》則既確保了所輯《韓詩》遺説的可靠性，又對這些遺説進行了高質量的疏證，可謂揚二者之長而避其短，故該書雖然僅有稿本傳世，却仍不失爲清代《韓詩》研究的上乘著述，應當予以足夠的重視。

（八）《三家詩遺説續考·韓詩》四卷，顧震福輯

按：顧震福（1872—1936），字竹侯，江蘇山陽（今淮安）人，光緒二十三年（1897）舉人。《三家詩遺説續考》有光緒十九年（1893）刻本，含《韓詩遺説續考》四卷及《魯詩遺説續考》《齊詩遺説續考》各一卷。《韓詩遺説續考》卷首分別爲段朝端序及震福

---

① 徐堂：《韓詩述》卷6，國家圖書館藏清鈔本（編號：10738），第10頁b。
② 徐堂：《韓詩述》卷5，國家圖書館藏清鈔本（編號：10738），第4頁b。
③ 徐堂：《韓詩述》卷4，國家圖書館藏清鈔本（編號：10738），第6頁b。

自序，正文四卷則依二陳父子《韓詩遺説考》之例，先列經文，次列《韓詩》遺説，殿以震福疏證，層次分明。《續修四庫全書總目提要》曾就此書具體内容作過評騭，兹引其要旨，以明大概："其書都凡四卷，不載全經，但捃拾群書所引《韓詩》，分條考釋，而標舉篇章及所釋詩句以爲目"，"清儒陳喬樅，網羅散佚，成《韓詩遺説考》五卷，頗稱詳核，惟近出諸古逸書所引《韓詩》遺文，尤多陳氏所未見。震福深以爲憾，因掇拾陳輯之遺，而補考之。今考其書，徵引宏富，考證精審，於陋儒僞撰之書，皆不加徵引。僅據《原本玉篇》《玉燭寶典》、慧琳《一切經音義》等書，詳爲採集，並芟其與陳輯重複者，得百有餘條。"① 由此可知《韓詩遺説續考》是補苴陳壽祺、陳喬樅父子《韓詩遺説考》之作，其中既結合新見漢籍，輯補了二陳所未見的《韓詩》遺説，又對這些遺説進行了精審的考證。

　　清季時，大量日藏漢籍回傳中土，這些漢籍中保存了不少前人未及見的《韓詩》遺説，爲《韓詩》遺説的補輯提供了前所未有的契機。據筆者所知，共有四部輯本注意到了這批新材料，除了《韓詩遺説續考》，還有皮嘉祐《韓詩疏證》、陶方琦《韓詩遺説補》及龍璋輯《韓詩》。其中陶、龍二本僅輯録佚文而未加疏證，皮、顧則兼具輯、證兩種工作，其價值高於陶、龍二家輯本。但皮本已佚，故目前可見的就這批新材料進行疏證者，僅有《韓詩遺説續考》一種，其重要性不言而喻。

　　總體來説，《韓詩遺説續考》延續了二陳父子重視訓詁考證的學風，它對新見《韓詩》遺説進行了異常深入的疏證，邏輯清晰，引證豐沛，考述謹嚴，代表了清季《韓詩》研究的最高水準。顧氏疏證往往先列《毛傳》文字，次就《韓詩》佚文進行疏證，藉與《毛傳》形成對照，從而呈現出韓、毛詩學的三種關係：（1）毛未釋而

---

① 張壽林：《〈韓詩遺説續考〉提要》，中國科學院圖書館整理：《續修四庫全書總目提要·經部》，中華書局1993年版，第447頁。

韓釋之①，（2）毛、韓義近（同）②，（3）毛、韓義異③。這種研究蘊含了自覺的比較詩學的意識，讀者通過這些疏證，可以較好地領會韓、毛二家解經之異同。與此同時，顧書又革除了二陳父子通過

---

① 如《采芑》"鴥彼飛隼"，《韓詩》云："隼，鷹也。"見杜臺卿《玉燭寶典》卷6，華東師範大學出版社2017年影印《古逸叢書》本，第253頁。顧震福云："毛無訓。《鄭箋》云：'隼，急疾之鳥也。'震福案：陸璣疏云：'隼，鷂屬也。齊人謂之擊征，或謂之題肩，或謂之雀鷹。'《文選·西京賦》薛注云：'隼，小鷹也。'《九家易》云：'隼，鷙鳥也，其性疾害。'《月令》：'鷹隼早鷙。'鄭注：'得疾厲之氣也。'韓本或作隼旁鳥者，《爾雅·釋鳥》：'鷹隼醜。'《釋文》云：'隼，本或作"鵻"。'《海內西經》云：'開明南有鵻。'郭注：'鵻，雕也。'《穆天子傳》：'爰有白鵻青鵰。'"見《韓詩遺說續考》卷3，復旦大學圖書館藏光緒刻本，第4頁b。

② 如《關雎》"寤寐求之"，《韓詩》云："寐，息也。"見慧琳《一切經音義》卷14"寤寐"條，徐時儀《一切經音義三種校本合刊》，上海古籍出版社2008年版，第743頁。顧震福云："《毛傳》云：'寐，寢也。'震福案：《說文》《廣雅》並云：'寐，臥也。'《廣韻》：'寐，寢也，息也。'蓋兼采毛、韓二說。《論語·公冶長》鄭注：'寢，臥息也。'《文選·永明九年策秀才文》李注：'寢，猶息也。'《釋名》：'寢，寖也，所寖息也。'毛、韓義同，謂起居作息閒皆求之耳。"見《韓詩遺說續考》卷1，復旦大學圖書館藏光緒刻本，第1頁。

③ 如《小星》"抱衾與裯"，《韓詩》云："幬，單帳也。"見慧琳：《一切經音義》卷63"蚊幬"條，徐時儀：《一切經音義三種校本合刊》，上海古籍出版社2008年版，第1625頁。顧震福云："《毛詩》'幬'作'裯'，《傳》云：'衾，被也。裯，單被也。'《鄭箋》云：'裯，床帳也。'震福案：《爾雅》邢疏引《詩》：'抱衾與幬。'並引《鄭箋》云：'幬，床帳也。'《文選·神女賦》李注引《毛詩箋》云：'幬，床帳也。'字皆作'幬'。今本作'裯'，蓋淺人順毛而改。《釋訓》：'帳謂之幬。'郭注：'今江東亦謂帳爲幬。'《說文》：'幬，襌帳也。'《文選·寡婦賦》注引《纂要》曰：'單帳曰幬。'《廣雅·釋器》：'幬，帳也。'《後漢書·馬融傳》注同。《文選》曹子建《贈白馬王彪詩》：'何必同衾幬。'李注云：'幬與裯古字同。'《爾雅》邢疏云：'幬與裯音義同。'《釋文》云：'幬，本又作"裯"。'《玉篇》云：'裯同幬。幬，正字；裯，俗字；裯，假字。'《鄭志》云：'張逸問：此《箋》不知何意易《傳》？又，諸妾抱裯進御於君，有常寢，何其碎？答曰：今人名帳爲幬，（原作"裯"，誤。）雖古無名被爲裯。諸妾何必人抱一帳？施者因之，如今漢抱帳也。'《正義》曰：'《內則》注："諸侯取九女，姪娣兩兩而御，則三日也。次兩媵，則四日也。次夫人專夜，則五日也。"是五日之中，一夜夫人，四夜媵妾。夫人御後之夜，則次御者抱衾而往。其後三夜，御者因之不復抱也。四夜既滿，其來者又抱之而還。'鄭君先通《韓詩》，後箋《毛詩》。此獨用韓義易《毛傳》，知韓與毛文義雖異，而鄭則以韓義爲優。"見《韓詩遺說續考》卷1，復旦大學圖書館藏光緒刻本，第4b—5a頁。

家法、師法等方法推求《韓詩》佚文的弊病，故其所輯文本的可靠性優勝於陳書，書中每條佚文都是毫無疑問的《韓詩》遺説。綜上所述，顧震福對二陳父子書的續考，既沿襲了二陳在考證方面的優長，又克服了二陳在輯佚方法上的缺陷，《續考》也由此成爲晚清《韓詩》研究質量最高的著作。

第三節 《韓詩外傳》校注評譯本叙録

《韓詩外傳》作爲《韓詩》學派留存至今的唯一著述，其價值是不言而喻的。與其他《韓詩》著作均以輯本形式流傳不同，《韓詩外傳》既有無注的白文刻本，又有校注評本，其版刻數量相當豐富。嚴靈峰先生《周秦魏諸子知見書目》第五卷及屈守元《韓詩外傳箋疏》附録一、二均曾就中國歷代《韓詩外傳》刻本、校注評本作過詳細的叙録①，嚴書尤富參考價值。故本着略人所詳而詳人所略的原則，本節對於中國的《韓詩外傳》版本僅作簡要介紹，而將關注重點轉移到產生於日本、朝鮮、美國等國外學者之手的《韓詩外傳》校本、注本及譯本，以期提供有別於海内版本的相關信息。

一　中國校注評本叙録

中國學者對《韓詩外傳》的關注與研究，至遲在東漢便已開始。謝承《後漢書·劉寬傳》云："寬少學《歐陽尚書》《京氏易》，尤明《韓詩外傳》。"② 可見《外傳》此時已成爲專家之學。但進入宋代，《韓詩外傳》才產生了第一部刻本，學界也由此開啓了校注此書

---

　　① 參見嚴靈峰《周秦魏諸子知見書目》，臺北正中書局1978年版，第5卷，第223—255頁；屈守元《韓詩外傳箋疏》附録一、二，巴蜀書社1996年版，第933—1023頁。

　　② 《後漢書》卷25《劉寬傳》李賢注引謝承《後漢書》，中華書局1965年版，第886頁。

的時代。宋本《外傳》雖已不存，但由此發軔的校注之學則惠及後世，至明清而蔚成大國。故追溯《韓詩外傳》校注本之始，必以宋本《外傳》爲端緒。

（一）《韓詩外傳》十卷，文彦博校，李用章刻

按：南宋洪邁《容齋續筆》卷八"韓嬰《詩》"條云："慶曆中，將作監主簿李用章序之，命工刊刻於杭，其末又題云：'蒙文相公改正三千餘字。'"① 這是文獻記載的最早的《韓詩外傳》刻本，其價值不言而喻。張端義（1179—1248後）《貴耳集》卷中亦記此事云："《韓詩》有四十一卷，慶曆中將作簿李用章序之。"② 與《容齋續筆》對斠，可知"《韓詩》有四十一卷"之文有誤，因李用章所刻實乃《韓詩外傳》十卷，張氏當涉《漢書·藝文志》所記"《韓説》四十一卷"而誤。李刻本《外傳》今已不存，錢謙益（1582—1664）之絳雲樓原藏有一部③，惜遭祝融之厄，故現已無法獲睹此本之原貌了。所以《容齋續筆》的介紹幾乎成爲瞭解此本相關信息的唯一綫索，好在這段簡介仍有不少參考價值。例如"文相公改正三千餘字"一語，説明《外傳》在宋初知識界已經得到重視，而校勘則是對該書展開研究的首要工作；再如《容齋續筆》還徵引了此本卷一第二章的内容，其中可與今本互校之文甚多，更值得注意的是，此節内容在今本的位置是卷一第三章，這是證實宋本《外傳》與今本有別的重要依據，對此，前文爲《韓詩外傳》所作叙錄中已加申明，此處不再重複了。

（二）《韓詩外傳》十卷，劉貞刻

按：劉貞，字庭幹，海岱人，元順帝時出爲嘉興路總管，"父克誠，字居敬，號節軒先生，累贈至禮部尚書，嗜校古書，庭幹所刻，

---

① 洪邁：《容齋續筆》卷8，《容齋隨筆》，中華書局2005年版，第313頁。
② 張端義：《貴耳集》卷中，《叢書集成初編》，中華書局1985年影印《津逮秘書》本，第2783册，第39頁。
③ 錢謙益：《絳雲樓書目》卷1，陳景雲注，《叢書集成初編》，中華書局1985年版，第35册，第5頁。

皆節軒所校，今流傳尚有《大戴禮》、《逸周書》、《韓詩外傳》、陳騤《文則》等書"①。劉貞所刻《韓詩外傳》初刊於元至正十五年（1355），爲今存最早的《韓詩外傳》刻本。

劉刻原本僅存卷三下至卷四中，藏於臺北"故宫博物院"。然其全帙於明代猶存，今存明人據之覆印之本，《天禄琳瑯書目》稱其爲"元刊而明印"②，屈守元則稱其爲"元至正十五年嘉興路學刻明修本"，簡稱"元刻明修本"。今以其始爲劉貞所刻，又經明人重印，故暫稱明印劉刻本。清天禄琳瑯藏有明印劉刻本兩部③，一爲一函六册本，今藏國家圖書館，屈守元撰《韓詩外傳箋疏》時，稱此本爲"元甲本"；一爲一函四册本，係用前者之書版橅印而成，然與原版相比，"紙色墨光，遠遜之"，本爲文彭（1498—1573）舊藏，今未得見。除了以上兩本，國家圖書館還藏有一部明印劉刻本，即袁廷檮舊藏黄丕烈校補本，其行款格式與元甲本全同，但橅印則後於元甲本，屈守元稱之爲"元乙本"，此本後經秦更年（1885—1956）翻刻於民國辛未（1931），遂爲學界所知，秦刻本現已影印出版④，較易見。

明印劉刻本的最大價值體現在對《韓詩外傳》文本原貌的保留方面，這爲校勘此書提供了相當珍貴的價值。對此，前賢如顧廣圻、黄丕烈、瞿中溶等已論之甚夥，而尤以屈守元《韓詩外傳箋疏》爲集大成，此書採用明印劉刻本以糾今本之誤者不勝縷舉，代表了對此本的最全面利用。

（三）《韓詩外傳》十卷，蘇獻可刻

按：蘇獻可，字子忠，江蘇吴郡人。蘇氏所刻《韓詩外傳》因版心鐫有"通津草堂"四字，故學界稱其爲"通津草堂本"。此本

---

① 繆荃孫：《藝風藏書記》卷2，上海古籍出版社2007年版，第24頁。
② 于敏中：《天禄琳瑯書目》卷7，上海古籍出版社2007年版，第207頁。
③ 于敏中：《天禄琳瑯書目》卷7，上海古籍出版社2007年版，第207—208頁。
④ 北京中國書店2015年影印本，題名爲"校元刊本韓詩外傳"。

書末附蘇獻可《志〈韓詩外傳〉後》，叙其校刻信息頗詳："韓氏有《外傳》在，余間讀而愛之，惜其未有善本也。嘉靖乙未之夏，游雲間得之，蓋勝國時刻於嘉禾者，歸而與二三同志校焉。因重刻諸家塾，期年告成。據錢曲江序，稱嘉禾本成於至正乙未，而甲子三周，余復有事於此，似非偶然者。"① 據此可知通津草堂本《韓詩外傳》係據劉貞刻本（即"嘉禾本"）重加校勘而成，且校勘工作完成於嘉靖十四年（乙未，1535），國家圖書館藏有此刻本。

通津草堂本《韓詩外傳》是明代較爲著名的《外傳》刻本，既保留了《外傳》早期刻本的基本面貌，又附以校勘，使《外傳》文本朝向更加精準的水平發展，這一貢獻是非常重要的。

（四）《韓詩外傳》十卷，沈與文刻

按：沈與文，字辨之，號姑餘山人，江蘇吳郡人。沈氏所刻《韓詩外傳》以錢惟善序弁其首，序後有亞形牌記，中刻篆文"吳郡沈辨之野竹齋校雕"，故學界稱其爲"野竹齋本"。葉德輝云："沈本即蘇（獻可）本，板爲蘇刻，後歸於沈，沈之牌記蓋後剜補者。"② 可知野竹齋本所用刻板即蘇獻可通津草堂本之舊板，故二本版式幾乎完全一致，稍有不同者在於以下兩點：第一，沈本將蘇本版心文字"通津草堂"剜去；第二，沈本在錢惟善序言後有亞形篆文牌記。除了版式略有差別，二本的部分文字亦有不同，這是因爲沈與文並未完全覆刻蘇本，而是對蘇本進行了重校，改正了部分文字，葉景葵（1874—1949）先生對此有簡單的説明："野竹得通津原板校正再印，與通津異字以墨筆注於下方，不與原校相溷。"③ 所以總體而言，沈本雖淵源自蘇本，但在版式和文本方面，仍有部分

---

① 韓嬰：《韓詩外傳》卷尾，蘇獻可校刻，國家圖書館藏嘉靖十四年（1535）通津草堂刻本，第 1 頁。

② 此語由葉啓勛（1900—1972）轉述，見《拾經樓紬書録》卷上，葉德輝等《湖南近現代藏書家題跋選》，岳麓書社 2011 年版，第 2 册，第 9 頁。

③ 葉景葵：《卷盦書跋》，顧廷龍編，古典文學出版社 1957 年版，第 8 頁。

改易，葉德輝認爲《外傳》刻本，在"宋本外，此爲第一善本"①，可見沈本在校勘方面確有成就。《四部叢刊》所收《韓詩外傳》即影印沈本，從而進一步擴大了此本的影響。日本當代學者伊東倫厚和吉田照子在校注《外傳》時，皆採用沈本爲底本，此爲沈本影響延及海外的重要表徵。

（五）《韓詩外傳》十卷，薛來刻

按：薛來，字汝脩，山東濟南人。薛氏刻《韓詩外傳》在嘉靖十八年（1539），因其版心鐫有"芙蓉泉書屋"五字，故學界稱其爲"芙蓉泉書屋本"。此本爲有明一代質量最高的《外傳》刻本。葉啓勛曾引傅增湘（1872—1949）云："《詩外傳》一書，明刻惟薛來芙蓉泉書屋本爲善，其中十之八九與元本合，蘇獻可通津草堂本不及也。"②這段記載是可信的，因傅氏在自撰《藏園群書經眼錄》卷一"《韓詩外傳》"條中曾表達過同樣的意思，且對薛本進行了要言不煩的介紹："明嘉靖十八年薛來芙蓉泉書屋刊本，九行十八字，版心下方有'芙蓉泉書屋'五字。前有嘉靖十八年濟南陳明序，又錢塘楊祐序，次韓嬰小傳，後有嘉靖己亥薛來刻書序。按：此書通津草堂所刻最稱善本，刊手亦最精，然余曾臨黄蕘圃校元本，則通津本誤字最多，而此本乃往往與元本合。乃知古書非比勘不知其優劣，未可據耳食而定論也。"③兩相參稽，足證在傅增湘的眼中，薛本確爲明刻之最佳者。屈守元遍校諸本《外傳》，於薛本所撰題記謂："《古今書刻》載《韓詩外傳》刻地有三，此刻於山東，爲三刻之一，影響頗大，其中字句往往與元刻及蘇、沈不同，校《外傳》者不得不注意"，"明代程、胡、唐悉出於此，《韓詩外傳》傳本之極有影響者也"④，亦認定薛本在明刻諸本中，影響頗大。此後程榮

---

① 葉德輝：《郋園讀書志》卷1，上海古籍出版社2010年版，第38頁。
② 葉啓勛：《拾經樓紬書録》卷上，葉德輝等：《湖南近現代藏書家題跋選》，岳麓書社2011年版，第2册，第8頁。
③ 傅增湘：《藏園群書經眼録》卷1，中華書局1983年版，第33—34頁。
④ 屈守元：《韓詩外傳箋疏》附録一，巴蜀書社1996年版，第955—956頁。

《漢魏叢書》所收《韓詩外傳》即據薛本翻印，不過由於疏忽，漏印了薛本卷一第二頁，之後出現的胡文煥《格致叢書》、唐琳《快閣藏書》所收《韓詩外傳》又據程本翻印而成，却都未發現程榮漏印的内容，不過這反而成爲判定胡本及唐本翻刻自程本而非薛本的證據。但無論是程本，還是據之翻印的胡本及唐本，都隸屬於薛本系統，這是薛本影響明刻的最好説明。

薛刻底本今已不可考，據此本卷末薛氏所撰《跋〈韓詩外傳〉後》，可知其所用底本乃"先君子所藏《韓詩外傳》"①，這應該是區别於元本的另一系統，因爲薛本有不少文字區别於劉貞刻本及隸屬該本系統的通津草堂本和野竹齋本。所以薛本實際上已在劉貞刻本系統以外，辟出了另一套《外傳》刻本系統，豐富了明刻《外傳》的版本類型。這兩套《外傳》系統，也奠下了清刻《外傳》的版本基礎。

（六）《韓詩外傳》十卷，程榮刻

按：程榮，字伯仁，安徽歙縣人。程氏所刻《韓詩外傳》因列入其彙刻的《漢魏叢書》中，故學界稱其爲"漢魏叢書本"。此本據薛來芙蓉泉書屋本翻印，故屈守元謂："程本無特長，翻薛本而已。"②

（七）《韓詩外傳》十卷，胡文煥刻

按：胡文煥，字德甫，號全庵、抱琴居士，浙江錢塘（今杭州）人。胡氏所刻《韓詩外傳》因列入其彙刻的《格致叢書》中，故學界稱其爲"格致叢書本"。此本刻於萬曆三十一年（1608），係據程榮《漢魏叢書》本翻印，版式内容全同於程本。

（八）《韓詩外傳》十卷，唐琳刻

按：唐琳，字玉林，浙江新都（今淳安）人。唐氏所刻《韓詩

---

① 韓嬰：《韓詩外傳》卷尾，薛來校刻，國家圖書館藏嘉靖十八年（1539）芙蓉泉書屋刻本，第1頁。

② 屈守元：《韓詩外傳箋疏》附録一，巴蜀書社1996年版，第957頁。

外傳》因列入其彙刻的《快閣藏書》中，故學界稱其爲"快閣藏書本"。此本刻於天啓六年（1626），係據程榮《漢魏叢書》本翻印，正文的版式内容全同於程本。所不同者在於頁眉收録了唐琳、張榜、孫鑛、汪道昆、王世貞、李贄六人評語，展現了明代中後期士人對於《韓詩外傳》的鑒賞與品評，這也是目前僅見的一部彙集衆人評語的版本。國家圖書館及美國國會圖書館皆藏有此書。

（九）《韓詩外傳》十卷，毛晉刻

按：毛晉（1599—1659），字子晉，號潛在，江蘇虞山（今常熟）人。毛氏所刻《韓詩外傳》因列入其彙刻的《津逮秘書》中，故學界稱其爲"津逮秘書本"。此本刻於崇禎年間，"其底本出於蘇、沈，每半葉九行，行十九字。清人頗珍視此本，蓋以其與原本爲一系統也"①。但毛晉刻本最大的缺陷，在於其以《毛詩》爲據，擅自修改《外傳》所引《韓詩》經文，顧頡剛（1893—1980）先生有慨於此，遂有"不知學術源流者不可以事校勘"②之歎。清人張海鵬（1755—1816）刻印《學津討原》時，曾對毛本進行重新校正。

（一〇）《韓詩外傳旁注評林》十卷，黃從誠評注

按：黃從誠，蕭山人，生平事跡不詳。《韓詩外傳旁注評林》扉頁有黃從誠題識一則，叙其書體例甚詳："《韓詩外傳》，漢孝文時韓嬰所作，其命意布詞，厲世範俗，皆順於道，宛然孔孟家法。又其言馴雅清婉，有先秦風，學士大夫尤喜道之。不佞博採典籍訓詁於旁，冠評於首，亦庶可以便觀覽而助藝苑之藻繢也。敢付殺青，以公同志。"③可見此本有注有評，這種體例在明代《外傳》刻本中較爲稀見。觀其正文版式，亦迥異其他《外傳》刻本，"每頁分上

---

① 屈守元：《韓詩外傳箋疏》附録一，巴蜀書社1996年版，第958頁。
② 顧頡剛：《湯山小記》卷12"《韓詩外傳》非完書；毛晉刻《韓詩外傳》改韓從毛之非"條，《顧頡剛讀書筆記》卷9，中華書局2011年版，第44頁。
③ 韓嬰撰，黃從誠評注：《韓詩外傳旁注評林》卷首，國家圖書館藏明翁見岡書堂本，第1頁。

下二格：下格全錄傳文，而以訓詁注於字旁，其傳文中有字異音別者，輒於其字之下，別加音釋；至於上格，則全錄評語，以發揮傳義。故以'旁注評林'名其書"①。

此本之音詞訓釋與正文評點皆有一定價值，張壽林爲此書撰寫提要，稱其"博採典籍，以爲之疏解，或訓詁字義，或考訂音讀，或詮釋文意，或考訂異同"②，這基本上涵蓋了黃從誠對《韓詩外傳》進行的多維研究，與該書的實際質量是吻合的。

（一一）《韓詩外傳》十卷，余寅評

按：余寅（1519—1595），字君房，號漢城，浙江鄞縣人，萬曆八年（1580）進士。余寅評本《外傳》藏於復旦大學圖書館，房瑞麗曾對余氏的評點特色進行過介紹，指出這些評語在解讀《外傳》文法、章法等行文特色及《外傳》解《詩》之説等方面的價值，同時對評語發揮傳義之處及其所體現的評者的某些思想也作出了分析③，可供參考。

（一二）《茅鹿門先生批評韓詩外傳》十卷，茅坤評

按：茅坤（1512—1601），字順父，號鹿門，浙江歸安（今吳興）人，嘉靖十七年（1538）進士。其生平學行，見《明史·文苑傳三》④。

茅氏評《韓詩外傳》，多側重闡釋傳文之義，如卷一"君子有辯善之度"章有文云："凡用心之術，由禮則理達。"茅坤評云："所謂治氣、養性、修身、自強，總不出一禮。"⑤完全闡釋了原文

---

① 張壽林：《〈韓詩外傳旁注評林〉提要》，中國科學院圖書館整理：《續修四庫全書總目提要·經部》，中華書局1993年版，第444頁。
② 張壽林：《〈韓詩外傳旁注評林〉提要》，中國科學院圖書館整理：《續修四庫全書總目提要·經部》，中華書局1993年版，第444頁。
③ 房瑞麗：《清代三家〈詩〉研究》，博士學位論文，復旦大學，2007年，第153—154頁。
④ 《明史》卷287，中華書局1974年版，第7374—7375頁。
⑤ 韓嬰撰，茅坤評：《茅鹿門先生批評韓詩外傳》卷1，國家圖書館藏明刻本，第3頁b。

重禮的思想。再如同卷"傳曰君子絜其身"章："馬鳴而馬應之，牛鳴而牛應之，非知也，其勢然也。故新沐者必彈冠，新浴者必振衣，莫能以己之皭皭，容人之混污。"茅氏評云："惟必同者合，類者應，所以己之皭皭，不骩容混污。"① 亦是緊貼原文之義作出闡釋。該本中還有不少類似評語，可見茅坤基本是站在《外傳》的立場進行評論，這與後來鍾惺（1574—1624）常常借題發揮的風格有所區別。此外，茅坤也間有對原文進行注音的情況，例如卷一引《詩》"胡不遄死"，茅氏於"遄"字右側注云："音傳。"② 再如卷八首章有"與魟鱧魚鼈爲伍"之文，茅氏於"魟鱧"字右側注云："音元毡。"③ 都通過注音的形式，爲讀者閱讀《外傳》提供了方便。總體而言，茅坤對《韓詩外傳》的品評既中規中矩，又側重通俗，這對於《外傳》在當時知識界的傳播，無疑有積極的作用。

（一三）《韓詩外傳》十卷，鍾惺評

按：鍾惺，字伯敬，號退谷，湖北竟陵（今天門）人，萬曆三十八年（1610）進士。其生平學行，詳見《明史·文苑傳四》④。鍾氏所評《韓詩外傳》，側重思想方面的表述。他常常以《韓詩外傳》的某些字句爲觸媒，展開自己對社會現實的評價，顯示出較爲通達的價值觀念⑤。這種游離於《外傳》文本之外的品評之風，與茅坤立足於文本內部的做法有所不同，展現了明後期《外傳》品評的多元化。

---

① 韓嬰撰，茅坤評：《茅鹿門先生批評韓詩外傳》卷1，國家圖書館藏明刻本，第5頁b。
② 韓嬰撰，茅坤評：《茅鹿門先生批評韓詩外傳》卷1，國家圖書館藏明刻本，第3頁a。
③ 韓嬰撰，茅坤評：《茅鹿門先生批評韓詩外傳》卷8，國家圖書館藏明刻本，第1頁a。
④ 《明史》卷288，中華書局1974年版，第7398—7399頁。
⑤ 參見房瑞麗《清代三家〈詩〉研究》，博士學位論文，復旦大學，2007年，第154頁。

（一四）《韓詩外傳校正》十卷，趙懷玉撰

按：趙懷玉，字億孫，號味辛，江蘇武進人，乾隆四十五年（1780）舉人。趙氏《韓詩外傳校正》乃清儒首部就《韓詩外傳》全書進行校正之作，最初由趙氏亦有生齋刻於乾隆五十五年（1790），國家圖書館有藏本。此書以毛晉汲古閣本爲底本，結合唐宋注書、類書所引《外傳》進行校勘，對於互見於其他典籍的文本亦加以引證。在卷首考察《外傳》版本流變時，彙集了上至歐陽脩、陳振孫等宋儒，下至臧琳等清儒的意見，較爲完備。卷末附有《〈韓詩外傳〉補逸》一卷，則專對不見於今本的《外傳》之文進行輯佚，屈守元云："《孫氏祠堂書目》謂盧文弨曾輯《韓傳》佚文，而趙懷玉刻之。則知趙本《補逸》，全出盧氏，其他參校之處，當亦有承用盧氏者也。"① 此說可從。

（一五）《韓詩外傳校注》十卷，周廷寀撰

按：周廷寀，字霱原，一字贊平，安徽績溪人。屈守元曾以法式善（1752—1813）《周贊平傳》爲據，對廷寀生平進行了細緻的考證②。周氏所撰《韓詩外傳校注》乃清儒第二部校注《外傳》全書之作，最初由周氏營道堂刊刻於乾隆五十六年（1791），書前有胡虞善序及周氏識語③，叙該書相關情況甚詳。周書與趙懷玉問世時間僅隔一年，由於成書時間相近，故學界常將這兩個注本相提並論。大致而言，二者相通處體現在以下兩點：第一，對於互見文獻的關注相當充分；第二，均附有輯錄《韓詩外傳》佚文的部分，不過二書輯佚部分均非出自校注者本人之手：趙書之輯佚乃盧文弨所爲，周書之輯佚則廷寀從子周宗杭所爲。趙本與周本的區別也體現爲兩點：第一，趙本有校而無注，周本則有校有注；第二，趙本多利用

---

① 屈守元：《韓詩外傳箋疏》附錄二，巴蜀書社1996年版，第962頁。
② 屈守元：《韓詩外傳箋疏》附錄二，巴蜀書社1996年版，第960—961頁。
③ 俱載韓嬰撰，周廷寀校注：《韓詩外傳校注》卷首，國家圖書館藏乾隆五十六年（1791）周氏營道堂刻本，第1—2頁。

古注書及類書的資料校勘《外傳》之文，而周本於"諸類書皆不取校"①，立足於《外傳》文本的本體，如果借用校勘學的術語來描述二者的區別，則趙懷玉使用的是他校法，而周廷寀使用的是本校法。趙、周二氏校注《韓詩外傳》時並未互通消息，所以二書各有其特色，可構成互補關係。清季吳棠（1813—1876）便將趙、周加以合刻，從而將二書的互補關係落實到具體刻本中，愈加擴大了趙、周二書的影響。

（一六）《韓詩外傳疏證》十卷，陳士珂撰

按：陳士珂，字琢軒，湖北蘄水人，乾隆四十二年（1777）舉人。陳氏所撰《韓詩外傳疏證》在生前並未付梓，其過世後，始由其孫陳沆、陳沄刊刻，且向張映漢請序，由是，此書方爲人所知，時在嘉慶二十三年（1818）②。陳氏另撰有與《韓詩外傳疏證》性質相同的《孔子家語疏證》，李慈銘在閱讀後者時，曾談到該書的體例特點："其書惟載《家語》本文，而每條下引他書互見者，低一格附之，不加論斷，亦絶無考辨。所引皆經子習見之書，無者則闕。"③ 這段評語也完全適用於陳氏的《韓詩外傳疏證》。與趙懷玉、周廷寀的校注本相比，陳士珂全部精力都放在了對《韓詩外傳》互見文獻的考察中，凡有可與《外傳》之文相印證的互見文獻，陳氏皆低一格列於正文之後。全書卷末附《〈韓詩外傳〉佚文》，輯錄諸書所引不見今本的《外傳》佚文九條。由於陳氏對《外傳》的研究僅停留在互見文獻方面，而沒涉及版本校勘、傳文注釋等方面，所以總體而言，其學術質量不及趙懷玉、周廷寀兼重互見文獻與文本校勘的注本。

---

① 屈守元：《韓詩外傳箋疏》附錄二，巴蜀書社1996年版，第961頁。
② 張映漢：《〈韓詩外傳疏證〉序》，陳士珂：《韓詩外傳疏證》卷首，《四庫未收書輯刊》，北京出版社2000年影印嘉慶二十三年（1818）刻本，第9輯第1册，第400頁。
③ 李慈銘：《越縵堂讀書記全編》第3册，上海古籍出版社2021年版，第1213頁。

（一七）《校訂毛本韓詩外傳》十卷，張海鵬刻

按：張海鵬，字若雲，號子瑜，江蘇常熟人。張氏所刻《校訂毛本韓詩外傳》因被收入著名的《學津討原》而爲人所知，所謂"校訂毛本"係指張氏不滿毛晉所刻《韓詩外傳》，遂加以重新校訂。此本正文前有錢惟善序，書末則附毛晉識語。

（一八）《周趙合校韓詩外傳》十卷，吳棠刻

按：吳棠，字棣華，號春亭、仲宣，安徽盱眙（今屬江蘇）人，道光十五年（1835）舉人。其生平學行，見《清史稿》本傳、《清史列傳》本傳①。所謂"周趙合校"係指綜合周廷寀和趙懷玉兩家的校注成果而成的彙刻本，據吳氏自序介紹，此本"以周氏本爲主，采趙氏校語臚列於下。字句之異同，考證之詳略，均兩載之，不加論斷，在學者善讀之而已。至於所據各書，字句亦多不合。蓋周據者多舊本，趙據者多國朝名人校定本，大概如是"②。初刻爲光緒元年（1875）望三益齋刊本，後經《叢書集成初編》排印，影響隨之而鉅。清人治《外傳》者，以趙懷玉、周廷寀最知名，吳氏將二氏之書取爲一集，集中了二者優異的校勘及考證成果，頗便於後世學者對《外傳》進行更加細緻深入的研討。民國時期，趙善詒（1911—1988）即以吳棠刻本爲據，就該書有問題的條目作了補正，成《韓詩外傳補正》一書，雖然據蔣維喬（1873—1958）介紹，趙善詒"每歎《韓詩外傳》，周注不詳，趙校未精，吳氏合刻，尚多遺漏"③，但他選用吳刻本作工作底本，仍是著眼於此本在合刻方面提供的便利，即便"尚多遺漏"，也不爲無益。

---

① 《清史稿》卷425，中華書局1976年版，第12222—12224頁；佚名：《清史列傳》卷53，中華書局1987年版，第4202—4209頁。
② 韓嬰：《韓詩外傳》卷首，吳棠校刻，《叢書集成初編》，中華書局1985年版，第524冊，第1頁。
③ 蔣維喬：《〈韓詩外傳補正〉序》，趙善詒：《韓詩外傳補正》卷首，長沙商務印書館1938年版，第1頁。

（一九）《韓詩外傳補正》十卷，趙善詒撰

按：趙善詒，江蘇蘇州人。1936 年畢業於上海光華大學中文系，歷任成都光華大學教授、華東師範大學中文系教授。趙氏學識博雅，撰有《韓詩外傳補正》《說苑疏證》等專著，并參與中華書局本《新唐書》《新五代史》的校點工作。

《韓詩外傳補正》列入王雲五（1888—1979）主編的《國學小叢書》中，於 1939 年在長沙出版。卷首依次爲蔣維喬序、趙氏自序、例略（介紹全書體例）、徵引書目（凡 29 部，以專著、筆記、類書、古注爲序）。此書以吳棠望三益齋刊本爲工作底本，但並不收錄《外傳》全文，僅針對趙懷玉、周廷寀校注有待訂補的具體文句展開校正，與俞樾《諸子平議》和孫詒讓《札迻》的體例相同。就校勘而言，趙善詒較好地利用了野竹齋刊本提供的異文，亦悉數收錄了瞿中溶校元本《外傳》的校勘記，同時還與古注、類書相參校，補充了趙、周漏校的重要異文。就考證而言，趙善詒利用了趙、周之後學界研究《外傳》的新成果，如俞樾《曲園雜纂》、孫詒讓《韓詩外傳札迻》等等，對於趙、周未加考釋或校勘有誤的字句進行了有效的補訂。無論是補校還是補注，都展現了較高的學術水準，在民國時代的《韓詩外傳》研究中，足以佔據一席之地。

（二〇）《韓詩外傳考徵》八卷，賴炎元撰

按：賴炎元（1930—1995），臺灣學者，其《韓詩外傳》研究的首部著作爲《韓詩外傳考徵》，此書原係作者攻讀臺灣師範大學國文研究所文學博士的學位論文，後於 1963 年由臺灣師範大學排印出版。該書"校訂文字，並附己見，附有'疏證'。全書分緒言、韓嬰事迹、考略、傳授源流考、校本考略、校勘記、引詩與齊魯毛三家異文考、《外傳》疏證、佚文考"[1]，是學界首部以現代治學方法研究《韓詩外

---

[1] 嚴靈峰：《周秦魏諸子知見書目》，臺北正中書局 1978 年版，第 5 卷，第 254 頁。

傳》的專著。

《韓詩外傳考徵》中篇幅最大的是卷七《韓詩外傳疏證》，該卷以吳棠刻本爲底本，參校明刻諸本，對《外傳》全書進行疏證。具體的内容大致可以分爲三類：第一是引用互見文獻，對《外傳》進行印證，如卷一"曾子仕於莒"章，賴氏引《孔子家語·致思》、《説苑·建本》的類似説法以佐證《外傳》[①]；第二是通過對《外傳》内容的解讀，分析其對於後世詩學（如鄭玄《毛詩箋》）産生的影響，例如卷六"比干諫而死"章，末尾引《大雅·抑》篇之文，賴氏通過對本章内容與鄭箋的比讀，得出了鄭箋"本《韓詩》以申述《毛傳》之義"的結論[②]，此類説法在全書還出現過不少次，值得注意；第三是將《外傳》的説法與《魯詩》《齊詩》《毛詩》的説法相比較，不過書中所引《魯詩》《齊詩》的資料基本上是以陳壽祺、陳喬樅父子的考證結果爲依據，如以《列女傳》《説苑》等劉向編輯的書籍所用《詩》爲《魯詩》，以《焦氏易林》所用《詩》爲《齊詩》等等，皆未必可靠。這是利用《韓詩外傳考徵》時需要注意之處。

（二一）《韓詩外傳今注今譯》十卷，賴炎元譯注

按：賴炎元《韓詩外傳考徵》對《外傳》作了深入的研究，具有明顯的專精化的特色，而賴氏刊行於1971年的《韓詩外傳今注今譯》則由專精走向通俗，這是《韓詩外傳》的第一部注譯本。此書以沈辨之野竹齋刻本爲底本進行注釋和翻譯，其注釋在解釋詞義之外，還包含着清代學者的校勘成果，作者在序言裏曾明確地介紹了自己作校注的材料來源與基本原則[③]；譯文則用通俗流暢的語體文寫成，有助於《外傳》的普及與流通。

（二二）《韓詩外傳校釋》十卷，瞿紹汀撰

按：瞿紹汀，臺灣學者，現任臺灣銘傳大學應用中國文學系教

[①] 賴炎元：《韓詩外傳考徵》下册，臺灣師範大學，1963年版，第197頁。
[②] 賴炎元：《韓詩外傳考徵》下册，臺灣師範大學，1963年版，第345頁。
[③] 賴炎元：《韓詩外傳今注今譯》卷首，臺北商務印書館1971年版，第3頁。

授。《韓詩外傳校釋》是瞿教授攻讀中國文化學院（今中國文化大學）中國文學研究所文學碩士的學位論文，完成於 1977 年。《校釋》共分爲以下五部分："一、緒言：包括序言及版本之考證；二、書影：凡十五種；三、校釋：《韓詩外傳校釋》分十卷，釋文共拾貳萬言；四、輯佚：輯得佚文百餘條，其排列按經、史、類書嘉文集爲序；五、附錄：參考書目。"① 全文以典雅的文言寫成，展現了作者深厚的舊學修養。

《韓詩外傳校釋》雖然是爲攻讀碩士學位撰述的論文，但在《韓詩外傳》研究史中，其學術價值絲毫不亞於已出版的專著。作者在序言中曾簡要介紹了她撰述此文的緣起及創新："諸家所校，或僅據一二元明刊本，或但就現存戰國漢人子書，彼此互勘，故誤文終不得而正之也。用是自忘魯鈍，遍檢古注疏、明代以前類書，旁參諸子之書，而以文字訓詁義理，定其是非，以求恢復原書原目，而補今本之闕佚。"② 這段話已將《校釋》的工作要點和盤托出："遍檢古注疏、明代以前類書，旁參諸子之書"是爲"校"，"以文字訓詁義理，定其是非"是爲"釋"，兩相結合，共同構成了《校釋》一書的學術特色。

就《校釋》的校勘而言，其最大特點體現在校勘資料的空前淹博。但這種淹博因建立在嚴謹的版本目錄學的基礎之上，故並未流於好奇炫博。據筆者統計，作者引證的文獻多達 195 種，遠遠超出此前及其後校勘《韓詩外傳》的著作，但這些參校資料具備很高的可信度，因爲它們均屬"古注疏、明代以前類書"。"明人刊書，動多刪易，而古人面目，不盡可見"③，故"明人刻書而書亡"④。瞿氏

---

① 中國文化大學中正圖書館交換組：《華岡碩士論文提要》（第二輯），臺北中國文化大學出版部 1981 年版，第 545 頁。
② 瞿紹汀：《韓詩外傳校釋》緒言，碩士學位論文，中國文化學院，1977 年，第 7 頁。
③ 吳梅：《〈宋詞紀事〉序》，載唐圭璋：《宋詞紀事》卷首，中華書局 2008 年版，第 1 頁。
④ 葉德輝：《書林清話》卷 7，復旦大學出版社 2008 年版，第 166 頁。

有鑒於此，使用的參校資料斷自明前，洵具隻眼。由於參校文獻的可靠性自始即得到足夠的保障，輔之以作者廣博的閱讀，遂發掘了許多前人漏校的異文。例如《外傳》卷一第三章"孔子曰：彼婦人其可與言矣乎"，瞿氏云："《紀纂淵海》《事類賦》《天中記》引此竝無'其''乎'二字。"① 這裏校出的兩處異文，許維遹均漏校，屈守元僅校出"乎"字而失校"其"字。這兩處異文看似無關緊要，但實際上却改變了對話的口脗，因爲若無"其""乎"，則整個句子將由之前的疑問句轉爲祈使句，適與下文"抽觿以授子貢"的文脉相貫通。但若按原文的疑問語氣，則在"抽觿以授子貢"之前，似乎缺乏子貢表示認可的環節，文義略有齟齬。可見這類看似無足輕重的異文，實際已關乎文本脉絡的暢通與否，不可輕易放過。再如《外傳》卷七第八章"墨筆操牘"，許維遹以"墨筆"無誤，因"墨筆連文，亦見《管子·霸行篇》"②。瞿氏則通過校對不同典籍，獲得了與許氏截然相反的意見："案《北堂書鈔》九十六、一〇四引作'秉'，《御覽》六〇六，《萬卷菁華》亦引作'秉'，《玉篇》殘卷一引'墨'作'執'，《御覽》一七七引作'抱'，《天中記》十五引同。執、秉義同，秉、抱義近，墨字誤。"③ 瞿氏參校資料的淹博，在這段校勘中已得到了具體而微的展示。從其校出的異文（執、秉、抱）來看，俱爲表義相同或相近的動詞，這説明唐宋人所見《外傳》在"筆"字之上是一個動詞④，而今本的"墨"字却是一個名詞，與古本面貌相悖，故瞿氏判定其誤，與許維遹的看法完

---

① 瞿紹汀：《韓詩外傳校釋》卷1，碩士學位論文，中國文化學院，1977年，第25頁。

② 許維遹：《韓詩外傳集釋》卷7第8章，中華書局1980年版，第248頁。

③ 瞿紹汀：《韓詩外傳校釋》卷7，碩士學位論文，中國文化學院，1977年，第120頁。

④ 瞿氏百密一疏，漏校了另一條唐人提供的異文，即慧琳《一切經音義》卷31"簡牘"條引《韓詩》作"執筆操牘"，見徐時儀《一切經音義三種校本合刊》，上海古籍出版社2008年版，第1053頁。這一例仍然證實了古本《外傳》在"筆"字之上確爲動詞，可補證瞿氏之校勘。

全相反。但是只要深入分析，便可知瞿氏的見解更爲合理。首先，瞿氏的結論導自多種古本《外傳》提供的異文，而許氏則僅有《管子·霸行》一個孤證；其次，"執（秉/抱）筆操牘"表義完整，且"執（秉/抱）筆"與"操牘"俱爲動賓結構，相對成文，符合秦漢典籍行文的普遍習慣；而"墨筆操牘"則不具備上述優勢。

就《校釋》的訓釋而言，由於作者深諳訓詁之道，所以往往能在校勘的基礎上，對《外傳》文本給予準確的解釋。例如《外傳》卷二第二十三章"黃鵠舉矣"，周廷寀校云："《新序·雜事》'黃'作'鴻'。"是以黃鵠與鴻鵠爲二物。瞿氏則云："案鴻鵠即是黃鵠。鴻本訓是大雁，鵠本訓是黃鵠，凡鴻鵠連文者，即鵠也。鵠又言轉作鶴。《爾雅翼》十三云：'鶴有玄，有黃，有白，有蒼。若黃鵠則古人常言之，古書多言鵠。鵠即是鶴之轉。《楚辭》"黃鵠一舉"及田饒説魯哀公，言黃鵠或爲鶴、或爲鵠者甚多，以此知鶴之外，別無有所謂鵠者。'"① 這不僅辨明了鴻鵠與黃鵠實爲一物，還通過《爾雅翼》的記載，證實鶴與鵠乃一音之轉，本質並無不同。

不過在《校釋》中，單純校勘或訓詁的條目並不常見，"校"與"釋"的關係更多地呈現出水乳交融的特點，即在校勘異文的基礎之上，指出異文的關係，同時利用訓詁知識，判斷異文的正誤。換言之，"校"與"釋"聯合完成對《外傳》文本的恢復與新詮，創見疊出，多人所未發者。例如《外傳》卷一第三章阿谷處女云："何問婦人乎？"瞿氏謂："案《北堂書鈔》《御覽》八二六、《萬卷菁華》引'婦人'竝作'婢子'。《史記·晉世家·集解》引服虔云：'《曲禮》曰："世婦以下，自稱婢子。"婢子，婦人之謙稱。'"② 這是"校""釋"結合的範例，瞿氏先校出《北堂書鈔》等著錄的異文"婢子"，隨後對其進行解釋，指出其爲女子之謙稱。

---

① 瞿紹汀：《韓詩外傳校釋》卷2，碩士學位論文，中國文化學院，1977年，第56頁。

② 瞿紹汀：《韓詩外傳校釋》卷1，碩士學位論文，中國文化學院，1977年，第25頁。

此處的校釋很有價值，因爲瞿氏的校勘依據皆爲唐宋類書①，可知唐宋人所見《外傳》此章即作"婢子"，其參校價值自然高於以元明刻本爲起點的今本《外傳》；且"何問婦人（婢子）乎"出自"達於人情而知禮"②的阿谷處女之口，則其與子貢的對話自然存在使用謙稱（"婢子"）的可能。再如《外傳》卷五第十八章："行可以爲輔弼者。"趙善詒謂："'弼'，《治要》引作'檠'。"③並未就此異文進行解析，許維遹亦僅謂"趙校是"④，別無申發。瞿氏則在校出異文的基礎上，論述了二者的關係："《説文》云：'弼，輔也。'段注云：'輔者，車之輔也。'引申爲凡左右之稱。檠，《説文》云：'榜也。'段注：'榜者，所以輔弓弩，謂之橄者，正之也；謂之榜者，以竹木異體。'檠、弼二字義同。"⑤藉助"弼"與"檠"具有"輔"義，疏通了二者的同義關係，與趙善詒校而不注相比，瞿氏之校釋顯然更爲詳備。

總體來説，《韓詩外傳校釋》對於《外傳》的校勘和訓釋達到了很高的學術水準。但由於《校釋》僅以學位論文的形式存在，並未出版發行，所以其傳播範圍較爲有限，導致學術界對缺乏最基本的瞭解。據筆者觀察，僅有日本學者伊東倫厚在《韓詩外傳校詮》第二卷中曾徵引過瞿氏《校釋》的部分見解。除此之外，學界的《韓詩外傳》研究均未將《校釋》納入參考範圍，至多只是在研究綜述中提及其名，對於該書的特色及價值則隻字未及，這導致瞿氏

---

① 《北堂書鈔》《太平御覽》乃唐宋常見類書，毋庸贅言；《萬卷菁華》則爲宋人黃庭堅所輯，知名度遜於《書鈔》《御覽》。明清至今，校勘《外傳》者不下數十人，然管見所及，僅有瞿氏在校勘中利用了《萬卷菁華》。這一現象，彰顯了瞿氏在校勘《外傳》過程中所展現的深厚學養。
② 這是《列女傳》所載孔子對阿谷處女的評語，見王照圓《列女傳補注》卷6，華東師範大學出版社2012年版，第246頁。
③ 趙善詒：《韓詩外傳補正》卷5，長沙商務印書館1938年版，第134頁。
④ 許維遹：《韓詩外傳集釋》卷5第18章，中華書局1980年版，第186頁。
⑤ 瞿紹汀：《韓詩外傳校釋》卷1，碩士學位論文，中國文化學院，1977年，第103頁。

的若干卓見至今仍未融入《外傳》研究中。所以儘管《校釋》完成於1977年，但對於今天的《外傳》研究而言，《校釋》仍是一座有待開採的寶礦，這是必須予以承認和注意的事實。

（二三）《韓詩外傳集釋》十卷，許維遹撰

按：許維遹，號駿齋，山東榮成人。許氏於20世紀20年代末求學於北京大學，浸淫經史之學，1932年畢業後執教於清華大學，以《呂氏春秋集釋》最聞名於學界。其爲撰《韓詩外傳集釋》，曾"收集了有關的校注材料和不同版本，約有數十種之多，并旁及諸子、類書和其他材料，悉心剪裁"①，但可惜的是，許氏在全書完成之前便溘然長逝，留下這部未完稿，由中華書局加以整理，出版於1980年。此書雖名爲"集釋"，但由於並未完成，所以其主要成就展現在集校部分，而涉及注釋之處並不太多。不過從零星的注釋來看，也有值得注意之處。例如許書存在以韓注韓的情況，即以《韓詩》遺説對《韓詩外傳》進行注解，《外傳》首章有"任事而敦其慮"之文，許氏以《釋文》引《韓詩》"敦，迫也"一語爲注②，便是以韓注韓的範例。許書還擅長以其他秦漢典籍的古注來訓釋《韓詩外傳》，例如卷三第十四章："明日袪衣請受業。"許氏以《呂氏春秋》高誘注"袪步，舉衣而步也"爲據，釋原文之"袪衣"爲"舉衣而往"③；再如《外傳》卷三第三十二章："由疏疏者何也？"許氏謂"疏疏"當讀爲"楚楚"，后引《毛詩傳》云："楚楚，鮮明貌。"④ 都是依據古籍舊注對《外傳》進行疏解。

就集校而言，許書較明清諸刻更上一層，這是因爲許氏搜集校勘材料相當完備，其中不乏爲趙懷玉、周廷寀等人所未見的新材料，例如國内的明印劉刻本（許書稱爲"元本"），再如日本所藏《原本

---

① 見中華書局爲《韓詩外傳集釋》所撰《出版説明》，許維遹《韓詩外傳集釋》卷首，中華書局1980年版，第2頁。
② 許維遹：《韓詩外傳集釋》卷1，中華書局1980年版，第1頁。
③ 許維遹：《韓詩外傳集釋》卷3，中華書局1980年版，第98頁。
④ 許維遹：《韓詩外傳集釋》卷3，中華書局1980年版，第118頁。

玉篇》《群書治要》等漢籍，或如新出土的文獻如《修文殿御覽》，以及趙、周之後的學者如俞樾、孫詒讓、劉師培、趙善詒等人的校議，皆爲趙、周所未見，所以其校勘仍不免有遺漏之處。許書則藉助後見之明，利用上述新材料與新成果，對明清刻本中的疏漏作了進一步的校正，體現出很高的學術水準。兹分類簡述如下：

第一，利用元本的成果。如《外傳》卷二第十章："彼雖多能。"許氏校云："諸本皆同，元本'多能'作'能多'。"① 再如卷七第九章："出則賣君以要利。"許維遹校云："諸本皆同，惟元本'要利'作'効利'。"② 在衆多《外傳》版本之外，仍能補充元本提供的新異文。

第二，利用日藏漢籍的成果。日藏漢籍中有不少引用早期《韓詩外傳》的文字，足供校勘之用。例如《外傳》卷七第八章："願爲諤諤之臣。"許氏校云："《原本玉篇》諤字下引同，《治要》引'諤諤'作'愕愕'，《史記·趙世家》集解引作'鄂鄂'。"③ 其中《原本玉篇》及《群書治要》俱爲日本所藏漢籍，於清季始回傳中土，故趙懷玉、周廷寀等乾嘉學人無緣寓目。許氏則利用這些新材料，對此章的異文進行了補校。

第三，利用出土文獻的成果。敦煌出土的《修文殿御覽》殘卷有涉及《韓詩外傳》的部分，可資校勘之用。例如《外傳》卷二第二十三章舊有"田饒事魯哀公而不見察，田饒謂哀公曰"之文，這兩句主語相同，按照文言承前句省略主語的慣例，後句之"田饒"不當有。許氏考《修文殿御覽》殘卷所引《外傳》此句果然無"田饒"，遂據删，勒定此文爲"田饒事魯哀公而不見察，謂哀公曰"④，文氣亦由此而轉爲平暢。

第四，利用趙懷玉、周廷寀之後的學者的成果。許維遹對於趙、

---

① 許維遹：《韓詩外傳集釋》卷2，中華書局1980年版，第42頁。
② 許維遹：《韓詩外傳集釋》卷7，中華書局1980年版，第249頁。
③ 許維遹：《韓詩外傳集釋》卷7，中華書局1980年版，第247—248頁。
④ 許維遹：《韓詩外傳集釋》卷2，中華書局1980年版，第60頁。

周以降的《韓詩外傳》校勘注釋有密切的關注和詳盡的搜羅，在《韓詩外傳集釋》中廣加徵引，用於補苴趙、周之不足。例如卷一第八章，許氏校注曾引俞樾、趙善詒之説①；再如卷二第四章，許氏曾引洪頤煊（1765—1837）、蕭道管（1859—1907）之説②；再如卷四曾引于省吾（1896—1984）、聞一多（1899—1946）等民國學者的校勘意見③。上述成果無疑在趙、周之後，將《外傳》的文本整理工作推向了新的高度。

綜上所述，《韓詩外傳集釋》不僅繼承了趙懷玉、周廷寀校勘《外傳》的成果，還吸收了學界在趙、周二書之後提出的校勘意見，代表了20世紀《外傳》校勘學的最高成就。

（二四）《韓詩外傳譯注》十卷，魏達純譯注

按：魏達純，四川成都人，華南師範大學文學院教授。其著《韓詩外傳譯注》是大陸學術界第一部就《韓詩外傳》全書進行注釋翻譯的著作，具有開創意義。全書卷首爲曹礎基序和作者自序，正文後有三個附錄，分別爲韓嬰小傳、望三益齋本所錄序跋、迻録盧文弨的《韓詩外傳補逸》。全書以許維遹《韓詩外傳集釋》爲底本，先注解疑難字句，再以現代漢語譯出全文，對《韓詩外傳》的普及起到了積極作用。

（二五）《韓詩外傳箋疏》十卷，屈守元撰

按：屈守元，四川成都人。其所撰《韓詩外傳箋疏》由巴蜀書社出版於1996年，在《外傳》研究史上產生了深遠的影響。由於許維遹的《韓詩外傳集釋》並未完全成書，所以雖在校勘方面已取得重要成就，但注釋部分較爲疏略。《韓詩外傳箋疏》則是校勘與注釋兼重之書，從而爲學界提供了校注合一的新版本。

《韓詩外傳箋疏》無論是校勘還是注釋，都仍採用傳統義疏體，

---

① 許維遹：《韓詩外傳集釋》卷1，中華書局1980年版，第9頁。
② 許維遹：《韓詩外傳集釋》卷2，中華書局1980年版，第35頁。
③ 許維遹：《韓詩外傳集釋》卷4，中華書局1980年版，第144、137頁。

例以文言結撰，校勘精審，注釋細密。其校勘不僅注重《外傳》諸本之異同，還重視與互見文獻對斠，藉以補脱文、删衍文、校異文，進而整理出更加可靠的《外傳》文本。注釋部分亦較有體例可循，凡是與《外傳》存在互見關係的章節，屈氏均於首條注中説明"又見某書"或"此文本某書"，對於每章篇末所引《詩經》，屈氏則均注明出自某篇。正文部分的注釋，屈氏往往廣引前代典籍，兼顧現當代學者之説，其中不乏孤本性質的資料，例如《外傳》卷四第九章有"舜兼二女，非達禮也"之文，屈氏引其師向宗魯（1895—1941）手校《淮南子》之文爲注①，這是常人無法接觸到的資料，其價值不言而喻。

《韓詩外傳箋疏》的主體部分是對《外傳》的校注，但除此之外，該書還搜集了相當豐富的與《外傳》相關的文獻材料，所以亦可視爲《外傳》研究的小型資料彙編。全書在對正文校注完畢之後，附佚文、參校諸本題記、引據書叙録並引用書目、歷代著録及前人評述資料纂要、舊本序跋輯録各一卷，殿以屈敬慈（守元之子）所編綜合索引一卷，用於檢索章目、人物、名句、奇詞、異字等信息②。這些都是《韓詩外傳集釋》未來得及做的工作，從這個角度來看，《韓詩外傳箋疏》恰好與《韓詩外傳集釋》構成了互補的關係。

屈氏箋釋《韓詩外傳》，堪稱焚膏繼晷，其注釋卷十第九章"楜木爲腦，芷草爲軀，吹竅定腦，死者復生"之文時，曾有"昨日校此條，閣筆至此，今日重讀元本之文"之語，對這處難解的語句進行了更加深入的詮解③，可見其對於《外傳》文本的探求的確是精益求精。所以此書雖然撰於晚年，但屈氏黽勉求學的精神則一以貫之。可以説，《韓詩外傳箋疏》代表了20世紀《外傳》箋證學

---

① 屈守元：《韓詩外傳箋疏》卷4，巴蜀書社1996年版，第371—372頁。
② 屈守元：《韓詩外傳箋疏》索引，巴蜀書社1996年版，第887—1154頁。
③ 屈守元：《韓詩外傳箋疏》卷10，巴蜀書社1996年版，第841—842頁。

的最高成就，與許維遹《韓詩外傳集釋》在《外傳》校勘方面取得的成就交相輝映。

（二五）《韓詩外傳解譯》十卷，徐芹庭、徐耀環注譯

按：徐芹庭，臺灣學者，以《周易》研究最負盛名，曾與南懷瑾合撰《周易今注今譯》；徐耀環，臺灣學者，復旦大學古典文獻學碩士，現任聖環圖書股份有限公司負責人。徐芹庭與徐耀環的學術合作非常頻繁，二人曾合作譯注《易經》《焦氏易林》等典籍，為傳統經典的普及做出了貢獻，《韓詩外傳解譯》也屬於這類著作。

在臺灣學術界，《韓詩外傳解譯》是賴炎元《韓詩外傳今注今譯》之後第二部就《外傳》全書做出注釋翻譯的著作。但該書與賴氏譯注尚有區別，例如賴書僅有今注今譯，徐書則在譯注以外，另附章節大義，用於疏通《外傳》每章所欲講述的事理；再如賴書未設置附錄，徐書則設置了兩個附錄，分別是韓嬰小傳和《韓詩外傳》引《詩》表[1]，後者對於輯錄《外傳》所引《韓詩經》與《毛詩》字句異同提供了便利。總體而言，《解譯》注釋詳贍，譯文流暢，與賴炎元的譯注本各有特色。

二　海外校注譯本敘錄

在中國校注評本之外，海外也存在研究《韓詩外傳》的著作。就目前掌握的史料來看，日本是最早接受《韓詩外傳》的國家，成書於891年的《日本國見在書目錄》已經著錄了《韓詩外傳》[2]，足見此書至遲已於9世紀傳入日本。不過日本今存的《外傳》古刻本並非昉自9世紀之本，而是俱以明刻諸本為據，由此亦可見明人所刻《外傳》的影響力。除了日本以外，朝鮮也曾翻刻過《外傳》，

---

[1]　韓嬰原著，徐芹庭、徐耀環注譯：《韓詩外傳解譯》，新北聖環圖書股份有限公司2013年版，第888—923頁。

[2]　藤原佐世撰，矢島玄亮注：《日本國見在書目錄：集證と研究》，東京汲古書院1984年版，第42頁。

從而形成了高麗刻本。進入 20 世紀以來，國際學界對於《韓詩外傳》的研究步入了新的階段，具體表現在不再局限於校刻領域，而是進入注釋與翻譯階段，日本和美國都出現了譯注本《外傳》，這些版本各有特色，值得介紹。

（一）《校點韓詩外傳》十卷，［日］闕名校刻

按：此本初刻於日本承應二年（1653），校刻者不詳，因其爲日本京師書坊勝村治右衛門所刻，故日本學界稱其爲"勝村本"，高橋良政有專文介紹①，可參看。筆者未見此本，但因臺北"故宫博物院"有藏，故部分臺灣學者曾就其概貌進行過介紹。據嚴靈峰先生考察，此本無注，以薛來芙蓉泉書屋本爲底本，加以斷句，頁眉另有校勘記②。瞿紹汀教授則對其具體版刻信息進行過介紹："凡五册，每半葉九行，行十九字，雙欄，花口，半口上端書'詩外傳'，正中書'卷之幾'，每卷首行書'韓詩外傳卷之幾'，次行'漢燕人韓嬰著'。"③

（二）《韓詩外傳》十卷，［日］鳥宗成校刻

按：鳥宗成，原姓鳥山，字世章，越前人④。其刻《韓詩外傳》十卷，爲寶曆九年（1759）星文堂刻本，原藏淺草文庫，後入藏日本國立公文書館。卷首依次爲陳明《韓詩外傳序》、紀藩秋儀《新刻韓詩外傳序》、鳥宗成《韓詩外傳序》及《韓詩外傳引詩篇目》。此後爲正文，每卷目後均題"漢燕人韓嬰著，皇和南越鳥宗成校"，正文每行右側多訓點文字，但並無注釋。

---

① 高橋良政：《和刻本韓詩外伝の書誌的考察——勝村本について》，《斯文會》112 號，2004 年，第 27—35 頁。

② 嚴靈峰：《周秦魏諸子知見書目》，臺北正中書局 1978 年版，第 5 卷，第 256 頁。

③ 瞿紹汀：《韓詩外傳校釋》緒言，碩士學位論文，中國文化學院，1977 年，第 4 頁。

④ 轉引自嚴靈峰《周秦魏諸子知見書目》，臺北正中書局 1978 年版，第 5 卷，第 256 頁。

有學者因此本卷首有陳明序，遂定其底本乃薛來芙蓉泉書屋本《韓詩外傳》①。但細加考索，即可發現此本絕非翻刻薛本，因薛本卷一第三章"孔子南遊適楚"章文完義足，隻字不闕，鳥宗成本則漏印了該章自"抽觿以授子貢"之"授"字始，至"漢有游女"之"游"字止的306個字②，經比勘，這段漏印的文字恰好是薛本卷一的第二頁③。巧合的是，流傳甚廣的程榮《漢魏叢書》本《韓詩外傳》翻刻薛本時，亦漏印了該頁內容④，據此可初步判斷鳥宗成校刻本實乃據程榮《漢魏叢書》本翻印而成。由此可見，僅憑鳥宗成本卷首有陳明序文，並不能推出其係翻印薛本而來的結論，因程本卷前亦附陳明序文，可知鳥宗成本卷首的陳明序文實自程本而來。但有趣的是，鳥宗成校本緊隨第三章之後的竟然仍是"孔子南遊適楚"章，所不同者，在於第四章刻印的是第三章的完整文本，不存在漏印⑤。由此可見，鳥宗成在程本之外，還參考了完整刻錄第三章的《外傳》版本，這一參校本很可能是沈辨之野竹齋刻本或毛晉汲古閣刻本，因爲以上兩本所刻"孔子南遊適楚"章皆無闕文。

鳥宗成校刻本重複出現的"孔子南遊適楚"章是一個有意味的案例。因爲它在揭示鳥宗成校刻《外傳》存在參校別本的情況以外，還暴露了他在校刻方面的草率，竟然完全沒有發現這兩章內容實爲

---

① 王曉平：《日本詩經學史》第3章，學苑出版社2009年版，第142頁。王氏對此本的介紹還有部分疏誤，例如其記紀藩秋儀序後有"原儀和印"，此乃誤讀篆文所致，印文實際爲"原儀私印"。
② 韓嬰：《韓詩外傳》卷1，鳥宗成校刻，日本國立公文書館藏寶曆九年（1759）星文堂刻本，第1頁b。由於這處漏印，造成了本章末尾竟以"抽觿以女，不可求思"這種不辭之句結束，更匪夷所思的是，鳥宗成將此句列入卷首的《韓詩外傳引詩篇目》中，並注明爲"逸詩"。
③ 韓嬰：《韓詩外傳》卷1，薛來校刻，國家圖書館藏嘉靖十八年（1539）芙蓉泉書屋刻本，第2頁。
④ 韓嬰：《韓詩外傳》卷1，程榮校刻，北京大學圖書館藏萬曆二十二年（1592）新安程氏《漢魏叢書》本，第1頁b。
⑤ 韓嬰：《韓詩外傳》卷1，鳥宗成校刻，日本國立公文書館藏寶曆九年（1759）星文堂刻本，第1b—2b頁。

一物。不過與其底本僅僅過錄白文相比，鳥宗成本有零星校勘記書於頁眉，例如卷五"君者民之源也"章有"故如此也"之句，頁眉校語曰："'故'字衍。"① 所以從本質上講，鳥宗成所刊《韓詩外傳》實乃校刻本，故仍與僅錄白文的《漢魏叢書》本有着性質上的區別。

以今天的眼光來看，雖然鳥宗成所刻《韓詩外傳》含有校勘的成分，但其校語無多，幾乎可以忽略不計，所以此本之主要價值並不體現在校勘方面。恰恰相反，卷首由紀藩秋儀所撰序言却有不可忽視的意義，因爲其中不少觀點有助於反映江户時代的日本學者對於《韓詩外傳》的觀感。兹撮其要者，略作紹介，以廣其傳。

首先，紀藩涉及了《韓詩外傳》的著述性質。其文云："燕人韓嬰亦著《内》《外傳》，惜矣《内傳》不存，唯《外傳》存其書，博采古人言行，引《詩》釋之。"在這段評語中，紀藩對於《詩》在《韓詩外傳》中的地位作了全新的界定。在他眼裏，《詩》不是《韓詩外傳》的終極旨歸，而是韓嬰用於"釋""古人言行"的工具。按照這一理解，《韓詩外傳》便區别於那些以《詩》爲中心的訓詁類著作，而是一部引《詩》著作。在這種語境下，與《詩》相關聯的古事古語（即"外傳"的"傳"）進入核心層面，《詩》則退居於邊緣位置，成爲印證"傳"的依據。只要明晰了這一轉變，那麽《韓詩外傳》只是引《詩》著作的結論便不待明言了。因爲《韓詩外傳》雖例以引《詩》作結，但真正爲引《詩》提供意義的却是古言古事，如果没有古言古事，則《外傳》每章所引用的《詩》文均無著落。所以分析到最後，在《韓詩外傳》中，韓嬰想要傳達的重點是各種古事古語，在實現了這一目標之後，才引《詩》加以印證，以使弟子及後世學人瞭解引用不同的《詩》文所各自對應的語境。由此可見，紀藩將《外傳》界定爲引《詩》著作的看法

---

① 韓嬰：《韓詩外傳》卷5，鳥宗成校刻，日本國立公文書館藏寶曆九年（1759）星文堂刻本，第3頁a。

是合理的。廖群先生在研究《韓詩外傳》所含"説體"材料時，亦曾點出該書的性質實爲"引《詩》彙編"①，與紀藩的觀察先後合轍。

　　其次，紀藩總結了《韓詩外傳》的用詩風格。如前所言，紀藩已將《外傳》視爲引《詩》著作，所以在這一認識的指引下，他自然發展出了對《外傳》用《詩》風格的看法："諸家訓詁，局於一經，豈如韓之旁通貫綜哉！"由於《韓詩外傳》並非以《詩》爲核心的訓詁派著作，所以它不必拘牽於《詩經》文本，它對於《詩經》的使用完全處於自由活潑的狀態，所謂"旁通貫綜"，指的正是《韓詩外傳》能够衝决《詩經》本義的網羅，在富於彈性的語境下發揮《詩》的作用。很顯然，這四個字在精要概括《外傳》用詩風格的同時，也再次印證了此書僅爲引《詩》著作而非解《詩》之作的本質：因爲不以解《詩》爲旨歸，所以不必"局於一經"，由於不必"局於一經"，所以對於《詩經》的引用左右逢源，著手成春。

　　再次，紀藩歸納了《韓詩外傳》的藝術特點。由於《外傳》對於《詩經》的運用不受《詩》本義之綁縛，故不必墨守於一字一句，而是遊弋於經史、諸子的廣闊天地，採擷可以爲其所用的各類材料。這樣蒐集來的材料看似駁雜，却能兼衆家之長，進而造就了紀藩序言所描述的藝術特點："其文贍，其辭縟，夫讀者欣然忘疲，厭而飫之，愈嚼愈覺其味之源長。於是乎，自經史而外，及諸子百家之言，渾然以融乎《詩》，而無凝滯焉。"這段評騭與《外傳》的藝術風貌相當吻合。在此之前，南宋目録學家晁公武已指出《外傳》"文辭清婉，有先秦風"②，但"清婉"二字過於簡略，相較之下，顯以紀藩的分析更加豐盈，從這個意義上看，後者的評語可視爲晁

---

　　① 廖群：《中國古代小説發生研究》第7章，山東教育出版社2016年版，第270頁。

　　② 晁公武撰，孫猛校證：《郡齋讀書志校證》卷2，上海古籍出版社1990年版，第64頁。

氏論斷的一個注脚。這不僅是因紀澐的"其文贍，其辭縟"擴充了晁氏所謂"文辭清婉"的内涵，還在於紀澐實際已在無意間揭出了晁氏所謂"有先秦風"的根源，此即"自經史而外，及諸子百家之言，渾然以融乎《詩》"。正因爲《韓詩外傳》廣采先秦經史、諸子之書，所以才很大程度地保留了這些材料本身的時代烙印。紀澐當然並未明確指出先秦經史、諸子對《外傳》藝術風格的影響，他可能根本也未留意這一問題，但他對《外傳》材料源頭的揭示，無疑對於讀者領會晁公武"有先秦風"的評語提供了重要的綫索。無獨有偶，鳥宗成的序言也涉及了《外傳》的藝術特色與先秦諸子散文的關聯，不過他出之以相反的口吻："其文也，非老也，非莊也，非孟也，非荀也。"其實不似任何一家的面貌，恰好反映出《外傳》對於秦漢諸子的吸納並不拘於一家，而是兼收並蓄，所以從這一角度去理解，實際可將鳥宗成的評語改爲："其文也，亦老也，亦莊也，亦孟也，亦荀也。"這些要素，顯然構成了《外傳》"先秦風"的底色。

通過上文的論述，可以發現紀澐對於《外傳》的理解是非常透闢的，但這一系列的認識，實際上都源自他對於《外傳》性質的正確理解。因爲只有接受了《外傳》爲引《詩》而非解《詩》著作這一前提，該書所呈現出的不"局於一經"的"旁通貫綜"的用詩風格，以及"自經史而外，及諸子百家之言，渾然以融乎《詩》"的藝術風格，才能獲得最根本的理解。

（三）《韓詩外傳考異》十卷，[日] 岡本保孝撰

按：岡本保孝（1797—1878），字子戒，號况齋。其著《韓詩外傳考異》有鈔本藏於臺北"故宮博物院"，據嚴靈峰先生介紹，該書"以沈辨之、程榮本爲底本，校訂文字異同"①。據此，則此書當是著録《外傳》全文，並於沈本及程本有文字歧異之處加以校勘。

---

① 嚴靈峰：《周秦魏諸子知見書目》，臺北正中書局1978年版，第5卷，第257頁。

除了《韓詩外傳考異》，岡本保孝還撰有《韓詩外傳考》及《韓詩外傳補遺》，二書鈔本並藏於臺北"故宫博物院"，前者爲札記體，"以明沈辨之之野竹齋刊本，校毛晉、程榮、何允中、張海鵬、鍾惺、張邦翼本、薛來本並和刻毛晉本及寬永活字本、南越鳥宗成校本，校訂文字文義"，後者則"引各家説，校訂文字文義"①。此二書，筆者皆未見，故無從詳細介紹其具體内容。不過從日本學者零星引用的《韓詩外傳考》來看，可知岡本保孝在訓解《外傳》文本方面，的確有不少創見。如《外傳》卷一第二章有"守節貞理"之文，岡本保孝釋爲："蓋貞而循理也。"② 這與此章謳歌的因"一物不具，一禮不備"便"守死不往"的"婦道之宜"完全吻合，當係確詁。再如《外傳》卷一第十九章講述公甫文伯生病後"不見士之視者"，岡本保孝云："視，謂問疾也。"③ 這一訓解無疑符合此文所在的語境。另如《外傳》卷二第八章："降雨興，流潦至。"岡本保孝注云："《管子·地度篇》：'當秋三月，山川百泉踴，降雨下，山水出。'《齊策》：'至歲八月，降雨下。'鮑注：'降，大。'孝桉：《六書故》：'潈、洪，實一字。'據此，'降'借字，'潈'正字。"④ 這一解釋將"降"視爲"潈"的借字，所以原文"降雨"隨之由字面的動賓結構轉換爲偏正結構，適與後句"流潦"構成對仗關係，符合秦漢古籍的行文習慣。這些例證都説明岡本保孝對於《韓詩外傳》的文本訓詁的確是創見迭現。正是由於他具備上述知識基礎，所以對《韓詩外傳》進行考異自然是水到渠成了。當然，岡本保孝作爲日本學者，有時亦不免會出現誤讀中文的現象，例如《外傳》

---

① 嚴靈峰：《周秦魏諸子知見書目》，臺北正中書局1978年版，第5卷，第257頁。

② 轉引自伊東倫厚《韓詩外傳校詮》（一），《北海道大學文學部紀要》第26卷第1號，1977年，第14頁。

③ 轉引自吉田照子《韓詩外傳注釋》卷1，《福岡女子短大紀要》第79號，1990年，第70頁。

④ 轉引自伊東倫厚《韓詩外傳校詮》（二），《北海道大學文學部紀要》第26卷第2號，1978年，第20頁。

卷一第八章有"當桀紂之世，不之能污也"之句，岡本保孝的注釋是："'之'字衍文。《荀子·儒效》有此句，'紂'作'跖'，無'之'字。"① 這裏體現出了國外學者對於中國文言的隔膜，因爲任何一位熟悉中國文言的讀者，都會理解此句正常語序爲"不能污之也"，而之所以將"之"字前置，係因其身處否定句中，故根據文言語法的習慣，將代詞前置，所以"之"字並非衍文，這是顯而易見的。不過以上這種誤讀現象，在岡本保孝的諸多創見相比，始終是小疵不害大醇。

（四）《校注韓詩外傳》十一卷，[日]川目直撰

按：此書未見。嚴靈峰先生據池田四郎次郎（1864—1933）《補訂經解要目》的著錄，收入其主編的《周秦魏諸子知見書目》中②。檢池田原書云："川目直著《校注韓詩外傳》十一卷，增考二卷，逸文一卷，未刊。"③ 傳世本《外傳》皆爲十卷，而川目之書却爲十一卷，不知是池田著錄時衍"一"字，還是正文之外另有一卷考證文字，因未見原書，不敢妄言，兹暫存疑。

據嚴氏推斷，此書"疑係據吳棠校周、趙合刊望三益齋本重訂而成"④，按照這種理解，似乎川目之書重在校勘訂訛。但實際情況恐非如此，因爲雖然目前尚難覿《校注韓詩外傳》之全璧，但日本研究《外傳》的學者對此書偶有徵引，從中可以窺見川目對於《外傳》的研究不僅有校勘，還含有詳細的訓詁，且其訓詁仍然遵循乾嘉以來的求實學風，時有新穎的見解。例如岡本保孝《韓詩外傳考》曾引用過川目直對《外傳》首章"君子橋褐趨時"的注解："川目氏云：橋褐，當讀爲竭蹶。《荀子·儒效》：'近者歌謳而樂之，遠

---

① 轉引自伊東倫厚《韓詩外傳校詮》（一），《北海道大學文學部紀要》第26卷第1號，1977年，第30頁。
② 嚴靈峰：《周秦魏諸子知見書目》，臺北正中書局1978年版，第5卷，第257頁。
③ 池田四郎次郎：《補訂經解要目》詩類6，東京二松學舍出版部1926年版，第21頁。
④ 嚴靈峰：《周秦魏諸子知見書目》，臺北正中書局1978年版，第5卷，第257頁。

者竭蹷而趨之。'① 蹷，本急遽之義②；竭，盡力疾走也。"③ 關於"橋褐"，屈守元曾列舉過中國學者的多種理解，如周廷寀以"橋"爲"蹻"，即草履，故"橋褐"義爲草履褐衣，乃窮困者之衣履；俞樾則以"橋褐"爲"矯褐"，亦即《文選·射雉賦》所用雙聲連語"揭驕"之倒置，其義爲"急欲赴之"④。川目直的考證顯然與以上觀點不同，他並未將"橋褐"視爲雙聲詞，而是將其讀爲《荀子·儒效》中的"竭蹷"，進而分別解讀了"竭"與"蹷"的字義，證實二字皆有急促之義。這一論斷雖與俞樾的結論相通，但考證的方法與使用的材料則大相徑庭。當然，川目直對《外傳》的解讀並非都使用繁瑣的訓詁手段，簡練清新之解亦往往有之，例如《外傳》卷二第五章有"閔子曰：吾出蒹葭之中"之語，川目云："（蒹葭，）猶言草茅草澤。"⑤ 這種解讀區別於音義假借等傳統方法，單刀直入，反具雅潔之妙。由此可見，川目直校注《韓詩外傳》時，並不限於校勘異文，還在注釋原文方面花費了功力，也取得了重要的成就。書名特題"校注"二字，可謂是名實相副。

（五）《韓詩外傳校詮》二卷，[日] 伊東倫厚撰

按：伊東倫厚，北海道大學文學部教授。其著《韓詩外傳校詮》僅見卷一及卷二，俱載於《北海道大學文學部紀要》1977—1978年。從目前發佈的這兩卷來看，《校詮》可以代表日本當代學術界校注《韓詩外傳》的最高成就。其校注之詳審、詮釋之精銳，皆體現

---

① 岡本保孝注："《新序·雜事五》引'蹷'作'走'。"

② 岡本保孝注："この箇所に関して、頭注の形で、'字書偶遺之。《曲禮》："衣毋撥，足毋蹷。"鄭注："行遽貌。"可徵。'と補記されている。"大義爲：關於此處（筆者按：即"蹷，本急遽之義"），川目直在頁眉補充了一條注語："字書偶遺之。《曲禮》：'衣毋撥，足毋蹷。'鄭注：'行遽貌。'可徵。"

③ 轉引自伊東倫厚《韓詩外傳校詮》（一），《北海道大學文學部紀要》第26卷第1號，1977年，第7—8頁。

④ 詳參屈守元《韓詩外傳箋疏》卷1，巴蜀書社1996年版，第3—4頁，注7。

⑤ 轉引自伊東倫厚《韓詩外傳校詮》（二），《北海道大學文學部紀要》第26卷第2號，1978年，第15頁。

出較高的學術水準。

據伊東倫厚在《韓詩外傳校詮》卷一所定凡例，可知其底本爲《四部叢刊》影印沈與文野竹齋刻本，主要的參考專著則包括吳棠彙刻趙懷玉、周廷寀的望三益齋刊本《韓詩外傳》、靜嘉堂文庫所藏岡本保孝《韓詩外傳考》鈔本、賴炎元《韓詩外傳考徵》及《韓詩外傳今注今譯》，從第二卷的校詮開始，則間或徵引瞿紹汀的《韓詩外傳校釋》，這是因爲《校詮》卷一定稿付印之時，伊東始讀到瞿書①，故僅能在後續開展的校詮中徵引瞿書了。除此之外，伊東倫厚對於陳壽祺、陳喬樅父子的《韓詩遺說考》也有所利用，不過這在他的凡例中未做出介紹。

《校詮》分校注、源委、餘説三部分，校注是對《外傳》具體字詞進行訓詁與解釋，源委對《外傳》互見文獻的介紹與分析，餘說則是在校注和源委之外的考證。總體而言，《校詮》所作的不僅是一項總結前賢成績的工作，還開創了研究《韓詩外傳》的新方向。茲分三方面加以論述。

第一，就校注部分而言，《校詮》徵引了不少清儒和臺灣、日本學者的成果，在紛紜的衆説中，如果伊東能够判定正確的説法，便直接加以引用，不再羅列其他異說，例如《外傳》卷一第十九章有"公甫文伯之母，貞女也"之文，伊東引川目直的校勘："貞，疑賢。"亦即懷疑此處"貞女"爲"賢女"之訛，伊東接受了這一看法，並以"卓見"評之②。但是當不太確定哪種爲正確說法時，伊東往往兼引之，以供讀者在各家的不同解讀中自行裁決，不過在諸多異說中，伊東仍會表明自己較爲認可的一種。例如，《外傳》卷二第三章有"權如之何"之文，前人對此句的解釋存在歧義，伊東也無法截然斷定何者所云符合原意，故既引用了川目直的解讀："衛女

---

① 伊東倫厚：《韓詩外傳校詮》（一）附記第 2 條，《北海道大學文學部紀要》第 26 卷第 1 號，1977 年，第 66 頁。
② 伊東倫厚：《韓詩外傳校詮》（一），《北海道大學文學部紀要》第 26 卷第 1 號，1977 年，第 48 頁。

有權,請嫁于齊,父母不聽,不可如何。"又徵引了賴炎元的譯文:"説她能把握權變,你以爲怎麽樣?"最後在賴説後注明"正解と考える"①(我認爲這是正解),説明了自己的態度。此外,伊東還存在不引前人注釋,自己直接作新注的情況,這更能體現出他的創新精神。例如《外傳》卷一第九章:"桷桑而無樞。"伊東注云:"このままでは文義が通じ難い。《莊子》には'桑以爲樞'に作り、《新序》には'揉桑以爲樞'に作る。當に《莊子》に從うべきで、桷及び揉は、桑字を誤つて重ねて寫したことから生じた衍文と考えられる。"②大意爲:"這種寫法很難講通,《莊子》寫作'桑以爲樞',《新序》寫作'揉桑以爲樞'。還是應該遵從《莊子》的寫法。(《外傳》的)'桷'以及(《新序》的)'揉'皆爲衍文,而產生這一衍文的原因可能是錯誤地重複抄寫了後面的'桑'字,(變成了'桑桑以爲樞',而第一個'桑'字)又訛作'桷'或'揉'。"伊東的這一解釋與中國學者的看法有相近之處,亦有不同之處,周廷寀認爲"無樞"應從《新序》作"爲樞",許維遹引元本正作"爲樞"證之③,足見這一處校勘完全存在版本依據,而伊東雖未見過元本,但亦認定《外傳》的"無樞"應從《莊子》作"爲樞",這是他與中國學者相合之處,亦是其與元本暗合的證明。但伊東的解釋亦有區別於中國學者之處,因爲後者僅認爲"桷"係誤文,而非衍文,周廷寀、許維遹認爲"桷"爲"揉"之誤④,屈守元則認爲"桷"爲"拥"之誤⑤,這些意見雖有分歧,但他們皆不主張"桷"

---

① 伊東倫厚:《韓詩外傳校詮》(二),《北海道大學文學部紀要》第26卷第2號,1978年,第8頁。
② 伊東倫厚:《韓詩外傳校詮》(一),《北海道大學文學部紀要》第26卷第1號,1977年,第32頁。
③ 許維遹:《韓詩外傳集釋》卷1,中華書局1980年版,第11頁。
④ 許維遹:《韓詩外傳集釋》卷1,中華書局1980年版,第11頁。
⑤ 屈守元:《韓詩外傳箋疏》卷1,巴蜀書社1996年版,第36頁,注3。據屈氏引王引之《經傳釋詞》之説,"拥"爲"遮截束縛之名",故《外傳》"桷(拥)桑"當理解爲"束縛桑條",這也可備一説。

爲衍文，則是可以確定的，而伊東異於中國學者之處，則在於他認爲"桷"爲衍文，且就其成爲衍文的原因進行了分析。伊東的這一解釋是否成立，是另外一個問題，但此處可以很明顯地反映出伊東對《外傳》文本的解讀絕非盲目拘限於中國學者構築的體系之内，他在面對有問題的文本之時，灌注了自己的獨立思考。

　　第二，就源委部分而言，《校詮》對於無法考出互見文獻的篇章，大多以"引詩以前の文章の出自に關する具體的なことは不明"的口吻標記出來，意爲：該章引詩之前的文本的具體出處無法考明；對於可以考出互見文獻的篇章，伊東也不再拘泥於陳士珂那種簡單羅列互見文獻的格局，而是在標明互見文獻的基礎之上，深入探討了《外傳》與互見文獻之間的複雜關係，其中不乏前人未加細論者。例如《外傳》卷一首章講述的是曾子在父母去世之前和之後對待出仕的不同態度，這與《外傳》卷七第七章存在不少雷同之處，以往的校注者通常點到爲止，不復深究。伊東則結合卷一首章的内容，就卷七第七章之文進行了探討，推測卷七第七章原原本本地抄寫自載有曾子言談的讀物中①，只是這一讀物現已亡佚，無從考其原始了。這看似是一個枝節性的問題，但對於探討《外傳》一書的性質問題，却有着不容恝置的意義。因爲《外傳》卷七第七章以"曾子曰"起首，整章以轉引曾子之語爲主體，但在曾子介紹自己的經歷結束以後，該章尚有"故家貧親老，不擇官而仕。若夫信其志約其親者，非孝也"四句。伊東認爲，這四句究竟出自何人口吻是很難確定的。因爲從原文的語境分析，這四句可以是曾子從其自身經歷而產生的感歎，也可以是韓嬰在引用曾子之言以後作出的評價。而這兩種可能性直接決定了《外傳》一書的性質問題，因爲如果這四句爲曾子所言，那麼本章除了末尾引《詩》部分以外，全部都是引

---

① 伊東倫厚：《韓詩外傳校詮》（一），《北海道大學文學部紀要》第 26 卷第 1 號，1977 年，第 9 頁。伊東在此處的考證相當迂曲複雜，需結合《外傳》卷一第一章和卷七第七章共同參稽，始能了解伊東考證的依據，限於篇幅，本書無法詳細徵引其原文，僅提供他考證的結果。

用曾子之言，這等於説《外傳》僅僅是韓嬰抄寫其他典籍的資料集，韓嬰唯一的能動性便體現在篇末引《詩》的環節；而如果這四句爲韓嬰所言，那麽韓嬰的能動性便會得到極大的提升，因爲這説明《外傳》是韓嬰在輯録前人資料的基礎上，重新加以自主闡釋的著作。换言之，按照前一種情況，韓嬰僅僅是前代若干史料的編輯者，《外傳》由此成爲韓嬰編選的資料集；而按第二種情況，則韓嬰是前代史料的闡釋者，他雖有引用前人資料的部分，但却對這些史料做出了自己的解釋，《外傳》由此成爲含有韓嬰原創内容的評論集。分析至此，可以發現伊東倫厚拈出的這一個案，看似在點綴毫末，而實已觸及了以下這個根本性的問題：《外傳》究竟能在多大程度上代表韓嬰自身的學術與思想？這是此前以單純校異同爲主的互見文獻研究所未反映、亦不可能涉及到的命題。而正是在這一關節，展現了伊東對互見文獻研究的推拓。

　　第三，就餘説部分而言，《校詮》則將《外傳》放在中國文化史的序列之内，充分挖掘《外傳》所含藴的文化元素，這與探討《外傳》字句及源委的内部考證有所不同。例如《外傳》卷一第十六章講述的是古代天子所用鐘禮，伊東在餘説中寫道："《新唐書·禮樂志》や《通典·唐開元禮》に、天子の出入の際に樂を奏する儀式に關する記述がある。恐らくは、《外傳》あるいは《大傳》などの文獻に見えるところに基きながら制定したものであろう。"[1] 大意爲：《新唐書·禮樂志》與《通典·唐開元禮》有關於天子出入時奏樂儀式的記載，恐怕就是以《韓詩外傳》或《尚書大傳》等傳世文獻爲基礎制定而成。這裏探討的便是《外傳》所載禮樂文化的某些方面對後世制禮作樂産生的影響。再如《外傳》卷二第二章講述了"魯監門之女嬰相從績"的故事，伊東在餘説中追溯了女子夜間相從織布的風俗淵源："婦人が夜、相會して績ぐ風俗の

---

[1] 伊東倫厚：《韓詩外傳校詮》（一），《北海道大學文學部紀要》第 26 卷第 1 號，1977 年，第 44 頁。

存したことは、《戰國策・秦策上》及び《史記・甘茂傳》中の甘茂が蘇代に發した言葉、《列女傳・辯通》齊女徐吾の説話①及び《漢書・食貨志》上の記述より推知される。なお、《容齋續筆》卷七に'女子夜績'の一條がある。"② 這裏利用《戰國策・秦策上》《史記・甘茂傳》《列女傳・辯通》《漢書・食貨志》及《容齋續筆》五條文獻記載，就《外傳》此章反映的女子夜績的習俗進行了補注，證據充足，爲讀者瞭解該故事所含蘊的民俗背景及文化信息提供了極大的助益。

總體而言，"校注"關注的是《外傳》的字句問題，"源委"關注的是《外傳》的篇章問題，"餘説"關注的是《外傳》的文化問題，這三個部分的排序顯然呈現爲由内向外、由專至博、由淺轉深的趨向，反映出伊東在《外傳》研究中的三大層次。雖然《校詮》目前僅見前兩卷，但其開創性的價值已經足以彰顯。

（六）《韓詩外傳注釋》十卷，[日] 吉田照子撰

按：吉田照子，福岡女子短期大學教授。日本當代學界對於《韓詩外傳》的研究，以吉田發表的成果最爲豐沛，其中既包括《外傳》與其他古籍之間的對比研究，又包括對《外傳》本體進行的譯注。其《韓詩外傳注釋》凡十篇，以《外傳》原書卷數爲單位，連續發表於《福岡女子短大紀要》第 39 至 48 號，後作爲宇野精一、鈴木由次郎主編的《中國古典新書續編》第 17 種，由明德出版社發行於 1993 年。

《韓詩外傳注釋》是日本學界唯一一部對《外傳》全書進行譯注的著作。據吉田所撰凡例，此書以《四部叢刊》影印沈與文野竹齋刻本爲底本，以《漢魏叢書》本爲校本；在注釋過程中，廣泛參

---

① 伊東倫厚自注："これは甘茂の言の内容が具體的に示されたもの。"意指徐吾的話是對甘茂之言的具體展示。

② 伊東倫厚：《韓詩外傳校詮》（二），《北海道大學文學部紀要》第 26 卷第 2 號，1978 年，第 8 頁。

考了中日古今的相關著作①，視野較爲開闊。全書主體分爲三部分：原文、日譯、注釋。與伊東倫厚《韓詩外傳校詮》相比，《韓詩外傳注釋》没有設置"源委"及"餘説"部分，但增加了日文譯本，更便於日本讀者瞭解《外傳》的主要内容。吉田的也相當簡略，大體僅對零星的疑難字詞進行解讀，且基本都是徵引前人觀點，很難看到吉田自身的注釋内容，對於《外傳》每章末尾的引《詩》，吉田均注明了出處，這是伊東倫厚《校詮》忽略的部分。將《校詮》和《注釋》合看，可以發現《校詮》的學術性較强，而《注釋》似乎更重在推廣與普及《外傳》，所以附帶了雅俗共賞的譯文和簡略的注釋，這與《校詮》的宗旨是完全不同的。

（七）《韓詩外傳》十卷，朝鮮刊本

按：筆者未見此本。《經籍訪古志》云："《韓詩外傳》十卷，朝鮮國刊本，求古樓藏。每卷題'詩外傳'，無'韓'字。載至正十五年曲江錢惟善序。序後有'吴郡沈辨之野竹齋校雕'記，在亞字形内，蓋依元板重雕者。此本校之毛晉本，小有異同。按《漢魏叢書》本脱落一板，計他誤謬亦夥，當以此本校訂矣。"② 由此可知該刊本爲翻刻沈與文野竹齋本而成。此外，臺北"故宫博物院"亦藏有朝鮮刊本《韓詩外傳》一部，見《中國所藏高麗古籍綜録》："《韓詩外傳》十卷，朝鮮覆刻明嘉靖間沈氏野竹齋本。"③ 瞿紹汀教授對此本有簡介，可知其雖據沈本覆刊，但"内容與野竹本小異，

---

① 據吉田所撰凡例，可知其主要參考論著爲以下九種：岡本保孝《韓詩外傳考》，伊東倫厚《韓詩外傳校詮》，賴炎元《韓詩外傳今注今譯》，陳士珂（"士"原誤作"子"）《韓詩外傳疏證》，陳喬樅《韓詩遺説考》，馮登府《三家詩異文疏證》，王先謙《詩三家義集疏》，臧庸《韓詩遺説》，内野雄一郎《漢初經書學の研究》，見吉田照子《韓詩外傳注釋》卷1，《福岡女子短大紀要》第 79 號，1990 年，第 61 頁。

② 澀江全善、森立之等：《經籍訪古志》卷1，上海古籍出版社 2014 年版，第 28 頁。

③ 黄建國、金初昇：《中國所藏高麗古籍綜録》經部詩類，漢語大詞典出版社 1998 年版，第 5—6 頁。

如卷一'君子橋褐趨時',此本橋即作蹻,書眉有校語"①,可見此本亦有一定的校勘價值。只是限於聞見之寡陋,目前尚未知其與求古樓本是否爲同一系統,聊識於此,以待翌日之券。

(八)《韓詩外傳譯注》十卷,[美]海陶瑋譯注

按:海陶瑋(James R. Hightower),哈佛大學遠東系教授,美國著名漢學家。海陶瑋對於《韓詩外傳》的譯注工作發軔於1941—1942年,此時他正以哈佛燕京學社研究員的身份留學於北平,且已完成了《韓詩外傳譯注》的初稿,至1947年再度留學北平時,又對初稿進行了全面的修訂,並於1952年由哈佛大學出版社出版。作者在序言中特別感謝了許維遹、王利器(1912—1998)和方志彤(Achilles Fang, 1910—1995)等當時的一流學人爲其英譯《韓詩外傳》所提供的專業意見②。這些意見與海陶瑋深湛的漢學素養融爲一體,確保了《韓詩外傳譯注》的學術質量。該書出版不久,柯潤璞(James. I. Crump. Jr)、大衛·霍克斯(David Hawkes)和喬治·肯尼迪(George A. Kennedy)便均撰寫了書評③,對這一譯注本給予很高的讚譽。到目前爲止,該書是西方唯一一部就《韓詩外傳》全書進行譯注的著作,對於西方學界認識和研究《外傳》具有無可替代的參考價值。

海陶瑋在正文之前,撰寫了一篇關於《外傳》的介紹(Intro-

---

① 瞿紹汀:《韓詩外傳校釋》緒言,碩士學位論文,中國文化學院,1977年,第5頁。

② James R. Hightower. *HAN SHIH WAI CHUAN*: *Han Ying's Illusion of the Didactic Application of the Classic of Songs* (Cambridge, Massachusetts: Harvard University Press, 1952), Preface, p. V.

③ J. I. Crump Jr. "HAN SHIH WAI CHUAN: Han Ying's Illusion of the Didactic Application of the Classic of Songs by James Robert Hightower", *The Far Eastern Quarterly*, Vol. 12, No. 2 (1953), pp. 201 – 212; David Hawkes. "HAN SHIH WAI CHUAN by James Robert Hightower", *Journal of The Royal Asiatic Society of Great Britain and Ireland*, No. 3/4 (1953), p. 165; George A. Kennedy. "Review of HAN SHI WAI CHUAN by James Robert Hightower", *Journal of The American Oriental Society*, Vol. 74, No. 4 (1954), pp. 279 – 280.

duction），其中不乏卓見。值得特別介紹的有以下兩點：

第一，對《韓詩外傳》性質的界定。海陶瑋認爲《韓詩外傳》的本質並非是注解《詩經》的著作，而是韓嬰向學生展示如何用《詩》的教材（It was a textbook used by Han Ying' school, not to present his interpretation of the Classics but to demostrate the practical use of the Classics.）①。用《詩》不能脫離特定的語境，所以在引《詩》之前需要創造語境。韓嬰創造的這些語境大多來自漢前典籍，對於這些典籍的内容，韓嬰偶爾進行改寫，但多數情況是一仍舊貌（The materials for the *HSWC* were derived for the most part from pre-Han dynasty sources, sometimes rewritten, more often reproduced without significant change）②。這些論述對於《外傳》性質的界説及該書對於秦漢典籍的運用情況都作了客觀的闡釋，體現了海陶瑋對於《外傳》文本的忠實理解。《外傳》是否解《詩》的問題在中國學術界可謂聚訟古今，但在海陶瑋看來，這根本不成其爲問題，因爲《外傳》一書的内容與《詩》的關聯確實極爲疏遠，顯然不是解《詩》之作。海陶瑋視《外傳》爲引《詩》教材，才是符合《外傳》本質屬性的看法。因爲《外傳》幾乎每章末尾都要引用《詩經》，這是引《詩》教材的根本特徵。但將《外傳》定義爲引《詩》教材，並不代表《外傳》是以《詩》爲本位的著作，恰恰相反，《外傳》的核心内容爲"傳"，亦即引《詩》之前的故事或議論。因爲《外傳》固然在每章之末傳授了引《詩》之道，但這種用《詩》之道必須放進與之相應的"傳"中才能生效。換言之，"傳"爲篇末所引《詩》文意義的實現提供了具體語境，倘無"傳"，則《詩》亦成無本之木，從這個意義去分析，《外傳》所引《詩》文顯然只是"傳"的附屬品，它只是爲"傳"提供經典層面的依據。關於這一點，上文介紹

---

① James R. Hightower. *HAN SHIH WAI CHUAN*：*Han Ying's Illusion of the Didactic Application of the Classic of Songs*, Introduction, p. 2.

② James R. Hightower. *HAN SHIH WAI CHUAN*：*Han Ying's Illusion of the Didactic Application of the Classic of Songs*, Introduction, p. 3.

鳥宗成刻本《韓詩外傳》卷首所載紀藩秋儀的序言之時，已做過論析。現在再看海陶瑋的觀點，與紀藩對《外傳》性質的界定若合符節。

第二，對《韓詩外傳》術語的分析。海陶瑋認爲出現在《韓詩外傳》中的衆多專業術語（technical terms）在不同語境中所表達的含義是不同的，所以在翻譯之時需要區別對待。隨後他舉了幾個例證，較爲細緻地梳理了《韓詩外傳》中某些專業術語的豐富內涵，例如"禮"的包含禮節、禮制、禮儀等多種含義（The word 禮 will be found as "etiquette", "ritual", "rites".），"道"不僅包含宇宙之道（true way），有時亦需理解爲統治之道（the Kingly Way）①。不過最值得注意的是海陶瑋對於頻繁出現在《外傳》中的"傳曰"的探討，自從《韓詩》輯佚的先驅王應麟將《外傳》中的部分"傳曰"視爲《韓詩》遺説後②，清代不少學者都遵循這一看法，如王先謙便將《外傳》卷一第二章所引"傳曰"視爲《韓詩內傳》之文③，但這一看法是完全沒有根據的，早在王先謙之前，臧庸便説道："《內傳》《外傳》並是韓嬰一人所撰，《外傳》中必不自引其《內傳》之文。"④這一看法是符合邏輯的，因爲《內傳》與《外傳》獨立成書，二者不存在相互徵引的必要。但以上學者大多針對具體條目進行分析，尚未從宏觀層面歸納《外傳》所引"傳曰"的內容特徵。而海陶瑋則在此處進行了開拓，他認爲韓嬰只有徵引以下三類文本時，才會冠以"傳曰"的字眼：第一，對於道德行爲的總體探討（a general disquisition on moral conduct）；第二，格言或警句（an aphorism）；第三，泛見於漢前典籍中的故事或逸聞（a story

---

① James R. Hightower. *HAN SHIH WAI CHUAN: Han Ying's Illusion of the Didactic Application of the Classic of Songs*, Introduction, pp. 3–4.
② 王應麟：《詩考》，中華書局 2011 年版，第 54 頁。
③ 王先謙：《詩三家義集疏》卷 2，中華書局 1987 年版，第 91 頁。
④ 臧庸：《韓詩訂譌》，《韓詩遺説》附錄，《叢書集成初編》，中華書局 1985 年版，第 1746 冊，第 68 頁。

or anecdote that is common to a number of pre-Han works)①。而且在海陶瑋看來，《外傳》中的"傳曰"基本和最常用的翻譯方式是："傳言説：……。"（*the basic and most general rendering of the phrase would be "There is a tradition that ……"*)② 這顯然是將"傳曰"的"傳"視爲"口頭傳説"（oral tradition），這與清人將之視爲書面（text）的《傳》大相徑庭。廖群先生研治"説體"文獻時，曾言秦漢古籍中的部分"傳曰"應"取其'傳語'即轉告傳聞之義，即讀爲'chuán'"③，這一看法在西方漢學家的觀察中竟亦獲得印證，真可謂"閉門造車，出門合轍"。正是基於這一認識，海陶瑋已不再尋求找出《外傳》所引"傳曰"的所有源頭（*there would be no reason always to expect to find the source in a text*）④，因爲這些口頭傳播的信息大多已風消雲散，未落實到文本形態，所以尋找此類内容只能是徒勞一場。必須承認，海陶瑋上述洞徹的觀察已經升堂入室，打通了秦漢時代口頭傳播與文本形態之間的津梁。

此外，海陶瑋還介紹了《韓詩外傳》的版本流變過程⑤，展現了他在目録學方面的豐富知識。不過他認爲《韓詩内傳》包含在今本《韓詩外傳》之中（*the ten-chüan text is essentially a combination of the HSWC and the Han-shih nei-chuan listed in the Han Shu*），這是無法

---

① James R. Hightower. *HAN SHIH WAI CHUAN：Han Ying's Illusion of the Didactic Application of the Classic of Songs*, Introduction, p. 5.

② James R. Hightower. *HAN SHIH WAI CHUAN：Han Ying's Illusion of the Didactic Application of the Classic of Songs*, Introduction, p. 5.

③ 廖群：《"説"、"傳"、"語"：先秦"説體"考索》，《文學遺産》2006 年第 6 期，第 33 頁。廖群先生近年又專就《韓詩外傳》中的"傳曰"進行了更加深入透闢的研究，指出了出現在《外傳》中的"傳曰"是"對源于口述然後被記録的文本的稱謂"，見《先秦説體文本研究》，中央編譯出版社 2018 年版，第 73 頁。這較海陶瑋的觀念又有所推拓，指出了"傳"在口述之後，又經歷過被記録爲文本的過程。

④ James R. Hightower. *HAN SHIH WAI CHUAN：Han Ying's Illusion of the Didactic Application of the Classic of Songs*, Introduction, p. 5.

⑤ James R. Hightower. *HAN SHIH WAI CHUAN：Han Ying's Illusion of the Didactic Application of the Classic of Songs*, Introduction, pp. 7 – 10.

成立的命題，上文介紹《韓詩內傳》存佚情況時已就此作過辨析，兹不贅述。

海陶瑋對《外傳》所作介紹已是勝義紛呈，其對《外傳》正文所作譯注更加精彩。兹就英譯和校注兩方面介紹如下：

（一）英譯

《韓詩外傳譯注》對原文的英譯多數出自海陶瑋之手，但亦有部分篇章採用了理雅各（James Legge，1815—1897）的英譯。對於這類篇章，海陶瑋均在腳注中加以説明①。除此之外，其他篇章均由海陶瑋獨立譯成。海陶瑋的譯文追求忠實地反映《外傳》原文的相關信息，對於原文的疑難字詞，他往往參稽多種古注的解釋，做出最準確的翻譯。例如《外傳》卷一第三章"有處子佩瑱而浣者"，"瑱"一本作"瑱"，海陶瑋自身更加認可作"瑱"之本（I take 瑱 as a better reading），但由於早期類書及古籍徵引此章皆作"瑱"，所以海陶瑋還是放棄了自己的看法，譯出的仍爲古本所作"瑱"字之義（a semi-circle of jade）②，體現了他對古本權威的尊重。當《外傳》原文存在文義壅滯或晦澀不明之時，海陶瑋不會强作解人，他往往採取以下兩種方式完成英譯：1. 借用前人校勘成果。例如《外傳》卷四第十五章有"惟便辟比己之是用"，海陶瑋認爲此句語義不

---

① 例如全書首卷第一章便採用了理雅各的譯文，海陶瑋的腳注寫道："此章由理雅各譯出，見其譯《詩經》，引言部分，第 87 頁。"（This paragraph is translated by Legge in Shih, Prolegomena, 87.）見 James R. Hightower. HAN SHIH WAI CHUAN：Han Ying's Illusion of the Didactic Application of the Classic of Songs, Charter I, p. 13。這種標記方式既示人以不掠美，又表現出對理雅各經典譯本的尊重。不過理雅各並未就《外傳》全書進行翻譯，僅選譯了 16 則，置於其英譯《詩經》卷首引言的附錄中，Cf. James Legge. The She King, The Chinese Classics（Taipei：SMC Publishin Inc.，1994）vol. IV, Prolegomena, Appendix Ⅲ，"Han Ying's Ilustrations of The She"，pp. 87 - 95。所以就《韓詩外傳》全書進行英譯者，仍推海陶瑋爲第一人。

② James R. Hightower. HAN SHIH WAI CHUAN：Han Ying's Illusion of the Didactic Application of the Classic of Songs, Charter I, p. 13. 事實上，海陶瑋此處按"瑱"字翻譯是正確的，許維遹對此有充分的辨析，可定"瑱"確乃訛文，見《韓詩外傳集釋》卷 1，中華書局 1980 年版，第 2 頁。

通，故採納趙懷玉的校勘意見，於"辟"下補入"親"字，從而將此句譯爲"沉溺於邪臣與寵臣（的虛情假意）"（bias and favoritism are what they are indulged in）①，以 bias 譯"便辟"，以 favoritism 譯"親比"，對原文進行了較爲通達的意譯。2. 參照互見文獻。例如《外傳》卷一第四章"勞過者"之文，海陶瑋即因其表義不够準確，而參照《孔子家語》"勞佚過度"之説（in toil and idleness go to excess）進行翻譯②，準確地表述了《外傳》原文之義。再如《外傳》卷七第十七章"攝纓縱緥與"之文，海陶瑋認爲"攝纓"無意義（make no sense），所以改從《説苑》"躡跡"（on the trail）來進行翻譯③。這都反映了海陶瑋在面臨問題文本（questioned text）時的應急措施，體現了高超的翻譯素養。

不過有時海陶瑋執著於《外傳》的字面意思，也會出現誤譯現象，這在翻譯篇末引《詩》時尤爲常見。例如《外傳》卷三第四章引《詩》云："明昭有周。""有周"自然指"周室"，亦即周王室，但海陶瑋却譯成了"周代的房室"（House of Chou）④，顯然悖於《詩經》之本義。再如《外傳》卷十第二十五章引《詩》云："惟此聖人，瞻言百里。"此處的"百里"顯然表示程度，而非表示距

---

① James R. Hightower. HAN SHIH WAI CHUAN：Han Ying's Illusion of the Didactic Application of the Classic of Songs, Charter IV, p. 141. 許維遹也主張在"辟"下補入"親"字，見《韓詩外傳集釋》卷4，中華書局1980年版，第145頁。不過亦有學者認爲此句並無脱文，例如賴炎元便將"便辟"解釋爲"在左右伺候的人"，將"比"解爲"親近"，所以整句話的意思便是"只知道任用左右親近的人"，見《韓詩外傳今注今譯》卷4，臺北商務印書館1971年版，第169頁。這種解讀也講得通。

② James R. Hightower. HAN SHIH WAI CHUAN：Han Ying's Illusion of the Didactic Application of the Classic of Songs, Charter I, p. 15.

③ James R. Hightower. HAN SHIH WAI CHUAN：Han Ying's Illusion of the Didactic Application of the Classic of Songs, Charter VII, p. 241.

④ James R. Hightower. HAN SHIH WAI CHUAN：Han Ying's Illusion of the Didactic Application of the Classic of Songs, Charter III, p. 79. 從這一處譯文來看，海陶瑋顯然已將"有周"視爲"周室"，但未將"室"字正確譯爲"王室"，而是誤譯爲"房室"。

離①，但海陶瑋的譯文是："他的眼光和話語傳到了一百里。"（His views and words reach to a hundred *li*.）② 將虛化的程度詞具化爲實際距離，不免消泯了原文的暗示意味。同樣的情況，還出現在對《外傳》卷四第三十章"良玉度尺，雖有十仞之土"的翻譯中，此處的"十仞"顯然也是虛指③，但海陶瑋却以 ten fathoms 譯之④，將原文的誇張手法坐實爲實地測量的精准數據。除了字面義的誤譯外，海陶瑋還存在誤讀《詩經》之處，例如《外傳》卷二第一章引《詩》云："彼姝者子，何以告之？"此句以抒情主人公的口吻寫成，故主語顯然應是"我"，即"我何以告之"，但海陶瑋却將此句主語誤解爲"他"，最終譯爲："他將告訴他什麽？"（What will he tell him?）⑤ 未將原文之意明白譯出。

（二）校注

《韓詩外傳譯注》的校注部分有極高的學術價值，這與海陶瑋自

---

① 例如賴炎元即譯爲："惟有聖人，他的眼光很遠大。"見《韓詩外傳今注今譯》卷10，臺北商務印書館1971年版，第439頁。

② James R. Hightower. *HAN SHIH WAI CHUAN*：*Han Ying's Illusion of the Didactic Application of the Classic of Songs*, Charter Ⅹ, p. 346.

③ 《太平御覽》引此句作"雖有千仞之土"，見《太平御覽》卷804，中華書局1960年重印涵芬樓影印宋本，第3572頁。"十仞""千仞"均爲形容土厚的程度詞，不可理解爲實地勘測的數據。

④ James R. Hightower. *HAN SHIH WAI CHUAN*：*Han Ying's Illusion of the Didactic Application of the Classic of Songs*, Charter Ⅳ, p. 155. 應該承認的是，中國古籍對於數字的虛化使用的確爲國外學者的閱讀與研究帶來了不少困惑，例如卜德（Derk Bodde, 1909—2003）曾對《史記》所記長城"萬餘里"的長度進行過估算，最終證實原文的"萬"字"很可能是比喻性的，而不是字面上的"，見崔瑞德（Denis Twitchett）等編，楊品泉等譯：《劍橋中國秦漢史》第1章附錄3"《史記》及其他史料的統計數字"，中國社會科學出版社2007年版，第97頁。該附錄中對中國典籍所記數字的探討，也涉及了數字虛化使用的問題。借用卜德提供的術語，《外傳》所引"瞻言百里""十仞之土"的"百里""十仞"顯然也是比喻性的，而非字面上的。

⑤ James R. Hightower. *HAN SHIH WAI CHUAN*：*Han Ying's Illusion of the Didactic Application of the Classic of Songs*, Charter Ⅱ, p. 39. 賴炎元譯作："那個美好的人，我將告訴他什麽呢！"見《韓詩外傳今注今譯》卷2，臺北商務印書館1971年版，第39頁。這是完全符合原意的譯述。

身的深厚學養及其轉益多師的問學態度有很大關係。大致來説，海陶瑋的注釋呈現出以下幾個特點：1. 標注互見文獻。由於《外傳》不少篇目别見於其他典籍，所以凡存在互見情況，海陶瑋均在該章首條注釋中指明這種互見關係。例如《外傳》卷一第二十章，海陶瑋題注云："參《説苑》卷一八，《家語》卷六，《大戴禮記》卷一三。"（Cf. *SY* 18；*Chia-yü* 6；*TTLC* 13. ）① 將互見文獻及相應卷數都詳細羅列出來。與此同時，海陶瑋在注釋中往往能通過《外傳》與互見文獻的比勘，確定一個更爲順暢的文本進行翻譯，但爲了尊重《外傳》的原貌，凡據互見文獻增字者，正文均以"［ ］"號進行標記，並在注釋中説明增字所依據的文獻。例如《外傳》卷一第八章"名傳於世"，海陶瑋的譯文是"名傳於後世"（his fame transmitted to [later] generations），注云："'世'，《説苑》作'後世'。"（*SY* reads 後世 for 世.）② 説明了他增譯"後"（later）的依據。但海陶瑋對於互見文獻所提供的異文，並非照單全收，而是視具體情況而定，凡無助於彌補《外傳》不足的異文，海陶瑋僅標示出來，不作翻譯。例如《外傳》卷三第五章"以矯其情"，文完義足，不須藉助互見文獻提供的異文，故海陶瑋僅注云："'以矯其情'，《荀子》作'以橋飾其情性'。"（以矯其情：*Hsün-tzǔ* has 以橋飾其情性。）③ 正文的翻譯則完全按照《外傳》原文，並未增譯。2. 譯出潛在含義。海陶瑋往往能夠體會漢語本身所具備的豐富暗示性，結合上下文的語境來理解原文，從而擺脱字面義的迷障，將潛在含義譯出。例如《外傳》卷一第三章有"吾野鄙之人也，僻陋而無心"之文，

---

① James R. Hightower. *HAN SHIH WAI CHUAN*：*Han Ying's Illusion of the Didactic Application of the Classic of Songs*, Charter I, p. 27.

② James R. Hightower. *HAN SHIH WAI CHUAN*：*Han Ying's Illusion of the Didactic Application of the Classic of Songs*, Charter I, p. 18. 海陶瑋指出的這一處，見向宗魯《説苑校證》卷4，中華書局1987年版，第78頁。

③ James R. Hightower. *HAN SHIH WAI CHUAN*：*Han Ying's Illusion of the Didactic Application of the Classic of Songs*, Charter Ⅲ, p. 80.

第一章 《韓詩》著述考 223

海陶瑋根據文意，將"無心"譯爲無知（ignorant），這是相當精準的理解。爲避免讀者誤會"無心"二字，海陶瑋在注釋中特意提道："'無心'，指的並非'不負責任''無意識的'等常用（後起）含義。"［無心：not in its usual (later) meaning of "irresponsible, unconscious".］① 補充説明了正文以 ignorant 譯"無心"的原因，無論注、譯，都展現了深湛的專業涵養。3. 廣采前人成果。海陶瑋在注釋《韓詩外傳》時，不僅採用了常見的明清校勘家的意見，還吸收了當代學人的考證成果，這些成果多未公開發表，藉海陶瑋的注釋才得以保留下來，其珍貴的價值不言而喻。例如《外傳》卷一第一章"曾子仕於莒"，曾慥《類説》引作"生於魯國"②，對此，海陶瑋注云："'生'當然是一個誤字，但'魯'很可能是正確的異文。這是參考了王利器先生的意見。"（生 is certainly a mistake, but 魯 may well be the correct reading. I owe this reference to Mr. Wang Li-ch'i. ）③ 這裏轉述了王利器對《外傳》的校勘意見，即正確的説法或應爲"曾子仕於魯"，這是一個全新的解釋④。海陶瑋不僅引用中國學者的相關成果，對於日本和西方漢學界的研究也有參考，例如對《外傳》卷七第二十五章"賦"字的注釋，海陶瑋參考了日本學者鈴木虎雄（1878—1963）《賦史大要》的相關論述⑤；再如對《外傳》卷二第六章"薄蝕"一詞的注解，海陶瑋

---

① James R. Hightower. HAN SHIH WAI CHUAN：Han Ying's Illusion of the Didactic Application of the Classic of Songs, Charter I, p. 14.
② 曾慥：《類説》卷38，《北京圖書館古籍珍本叢刊》，書目文獻出版社1988年影印天啓六年（1626）岳鍾秀刻本，第62册，第652頁。
③ James R. Hightower. HAN SHIH WAI CHUAN：Han Ying's Illusion of the Didactic Application of the Classic of Songs, Charter I, p. 11.
④ 伊東倫厚曾將古籍所記曾子出仕的傳聞異辭列爲表格，見《韓詩外傳校詮》（一），《北海道大學文學部紀要》第26卷第1號，1977年，第12頁。但皆未有曾子仕於魯的説法，王利器先生獨認同此説，或許因《類説》所引乃宋本《外傳》，較明清諸刻更近原貌。
⑤ James R. Hightower. HAN SHIH WAI CHUAN：Han Ying's Illusion of the Didactic Application of the Classic of Songs, Charter Ⅶ, p. 248.

參考了法國漢學家馬伯樂（Henri Maspero，1883－1945）《漢代以前的中國天文學》（L'astronomie chinoise avant les Han）的相關考證①；另如《外傳》卷二第十三章："盟者皆脫劍而入，言不疾、指不至血者死。"這節文字牽涉了"血在正式盟誓中的作用"（the use of blood in formal oaths），海陶瑋在注中指出馬伯樂《"明"這個字》（Le mot ming）及《中國古代司法程序中的誓言》（Le serment dans la procédure judiciare de la Chine antique）均討論過這一話題②，為讀者更透闢地領會《外傳》記載的這一文化現象提供了更加詳細深入的閱讀文獻。4. 重視注釋特定含義。海陶瑋對於同一個漢字在不同語境所表達的不同含義有細緻的區別與注釋，例如同樣是"氣"，海陶瑋對於《外傳》卷三第二十章"滋味適乎氣"和卷八第二章"莫貴於氣"的解釋便有所不同，對於前者，海陶瑋的注釋是："'氣'本指呼吸，但此處按專業術語使用，其用法與卷三第九章第 11 條注釋相同。"（氣：breath, but used technically here as in *HSWC* 3/9, note 11.）③ 即"風、寒、濕三氣"之"氣"④；而對於後者，海陶瑋的解釋則是"呼吸"（breath）⑤。"氣"既是中國醫學理論的重要概念，又含有"呼吸"這一生理機能層面的含義，海陶瑋在具體的語境中譯出了相應的含義，符合《外傳》本義。

　　不過由於語言的隔閡，某些含有典型的中國文化色彩的名詞仍

---

① James R. Hightower. *HAN SHIH WAI CHUAN*：*Han Ying's Illusion of the Didactic Application of the Classic of Songs*, Charter Ⅱ, p. 44. 馬文有中譯本，見馬伯樂：《馬伯樂漢學論著選譯》，佘曉笛，盛豐等譯，中華書局 2014 年版，第 140—230 頁。

② James R. Hightower. *HAN SHIH WAI CHUAN*：*Han Ying's Illusion of the Didactic Application of the Classic of Songs*, Charter Ⅱ, p. 51.

③ James R. Hightower. *HAN SHIH WAI CHUAN*：*Han Ying's Illusion of the Didactic Application of the Classic of Songs*, Charter Ⅲ, p. 98.

④ James R. Hightower. *HAN SHIH WAI CHUAN*：*Han Ying's Illusion of the Didactic Application of the Classic of Songs*, Charter Ⅲ, p. 85.

⑤ James R. Hightower. *HAN SHIH WAI CHUAN*：*Han Ying's Illusion of the Didactic Application of the Classic of Songs*, Charter Ⅷ, p. 253.

給海陶瑋的譯注帶來部分困惑。例如《外傳》卷一第三章有"阿谷之隧"之文,《北堂書鈔》引作"阿谷之陽"①,海陶瑋將"陽"譯爲"低處"(below)②。而事實上,阿谷爲山,"山南爲陽"③,故此句之"陽"實爲"南方"(south)之義,而非海陶瑋理解的"低處"。當然,此類情況在海陶瑋淵博的脚注中並不多見。

總體來看,海陶瑋對《韓詩外傳》的英譯和注釋都達到了很高的學術水平,填補了西方學界在《韓詩外傳》研究方面的空白,同時也展現了海陶瑋在校勘學、目錄學、訓詁學等多種中國傳統學科方面的豐富知識,對於《外傳》在西方學界的傳播有相當積極的作用。

---

① 虞世南:《北堂書鈔》卷159,孔廣陶校注,《續修四庫全書》,上海古籍出版社2002年影印光緒十四年(1888)南海孔氏三十有三萬卷堂刻本,第1213册,第140頁。
② James R. Hightower. *HAN SHIH WAI CHUAN*:*Han Ying's Illusion of the Didactic Application of the Classic of Songs*, Charter I, p. 13.
③ 《春秋穀梁傳注疏》卷9,阮元校刻:《十三經注疏》,中華書局2009年影印清嘉慶刻本,第5213頁。

第 二 章

《韓詩》佚文考

　　本書在導論中曾解釋"《韓詩》"一詞在狹義與廣義兩方面的意旨：就狹義層面來説，"《韓詩》"僅指由韓嬰傳授的二十八卷《詩經》原文；就廣義層面來説，"《韓詩》"則既可以指《韓詩》學派產生的衆多著述，又可以指由該學派各類著述發展出的一套自成體系的學術傳統。本章下設五節，第一節對《韓詩經》進行輯佚，隸屬狹義"《韓詩》"的範疇；餘下四節則分別就《韓詩內傳》《韓詩外傳》《韓詩説》《韓詩翼要》《韓詩章句》五部尚有佚文傳世的《韓詩》佚著進行輯錄，隸屬廣義"《韓詩》"的範疇。

　　在對《韓詩經》及《韓詩》學派諸佚著進行輯佚前，尚有必要就本書所利用的輯佚來源做出介紹。清儒輯《韓詩》佚文，除了利用《經典釋文》《韓詩外傳》等批量徵引《韓詩經》佚文的著作之外，最常使用的輯佚來源便是唐宋類書與經典古注，類書如《初學記》《藝文類聚》《太平御覽》，古注如《後漢書》章懷太子注、《文選》六臣注等等，皆載錄了豐富的《韓詩》佚文。本書對上述材料自然相當重視，所有佚文，皆逐一覆覈原文，並補苴上述文獻所載為清人遺漏的條目。在此基礎之上，另有一定突破。最主要者，在於本書利用了清儒輯錄未備或不及寓目的域外漢籍及日本古籍。清季陶方琦、顧震福、龍璋等學者雖然已對日藏《一切經音義》

《原本玉篇》等漢籍所載《韓詩》進行了初步輯佚，但皆有掛漏，仍存在不少補遺的餘地；而日本古籍如《令集解》《和漢年號字抄》等所載《韓詩》佚文，則完全未進入清儒輯佚的視野之内。除此之外，本書對出土文獻亦有一定關注，其中部分佚文爲清儒所未見。上述新内容，均會體現在本章對《韓詩經》及《韓詩》諸佚著的輯佚中。

第一節　《韓詩經》佚文輯校

《漢書·藝文志》所記《韓詩經》二十八卷之全文已經亡佚，故欲徹底恢復其原貌，至少在今天看來，還是無法實現的目標。但還原《韓詩經》的部分面貌，尚大有可爲。這是因爲《韓詩》亡佚較遲，所以不少古籍都曾徵引過數量可觀的《韓詩》佚文。本節即在全面整合前人輯本的基礎上，輔以讀書新得，對《韓詩經》進行新輯。兹定凡例於下：

1. 本節輯録《韓詩》經文，爲確保真實可據，皆以古籍直接徵引全句者或明確著録異字者爲準①，偶有改字，必出注説明緣由。前人據《韓詩》訓詁語逆推經文者及據師法、家法輾轉考訂所得者，因無法明確驗證其有效性，故俱不在採摭之列；

---

① 按《經典釋文》極少徵引完整的《韓詩》經文，其所引《韓詩》佚文多以具體異字及字詞訓詁爲主，可詳細分爲以下三種類型：（一）未列《韓詩》異字，但保留了《韓詩》訓詁，如《周南·卷耳》"不盈頃筐"，《釋文》云："《韓詩》云：頃筐，欹筐也。"（二）列出《韓詩》異字，且保留了《韓詩》訓詁，如《邶風·簡兮》："碩人俁俁"，《釋文》云："《韓詩》作'扈扈'，云：美貌。"（三）僅列《韓詩》異字，如《周南·汝墳》："惄如調飢。"《釋文》云："《韓詩》作'愵'。"在本章第五節"《韓詩章句》新輯"中，將會前兩類記録的訓詁及其所釋經文進行聯合著録，所以爲省篇幅，本節僅著録第三類，即僅有《韓詩》異字而無訓詁者。經過這種處理方式，《經典釋文》著録的所有關於《韓詩》的信息便無掛漏，皆散入到本章對《韓詩》經注的輯録中。

2. 《韓詩外傳》引《韓詩經》最爲集中，許維遹《韓詩外傳集釋》廣斟衆本，且又與其他典籍所引《韓詩》經文互勘，實爲校勘《外傳》之集大成者，故本書之輯錄凡以《外傳》爲據者，例以許氏《集釋》爲準，許氏改字依據皆見其注語，本書不再迻錄；許氏漏校或誤校增"或誤校"者，始以其他文獻爲準；

3. "傳《韓詩》者不一家"①，故古籍對同一條《韓詩》經文之徵引，容有異文。對此，凡可判定正誤者，則存正芟誤；不可判定正誤者，則兩存之，以"一作某"著錄；

4. 《詩經》之"世次、篇次三家亦不盡同於毛"②，然文獻闕如，《韓詩》之世次、篇次不得而知，故仍以風、雅、頌三部爲單位，篇次暫依《毛詩》爲據；

5. 本章對輯佚出處之交待，爲簡明計，皆採用隨文括注，需深入考辨者及稀見文獻，則施以脚注。

一 《韓詩經·風》

1. 《周南·關雎》

鐘鼓樂之。（《韓詩外傳》[下簡稱《外傳》]卷一第一六章、卷五第一章）

2. 《周南·朻木》

南有朻木。（《經典釋文》[下簡稱《釋文》]卷五）

3. 《周南·螽斯》

宜爾子孫，繩繩兮。（《外傳》卷九第一章、第二章）③

---

① 馬瑞辰：《毛詩傳箋通釋》卷6，中華書局1989年版，第197頁。

② 皮錫瑞：《經學通論·詩經》第20條，中華書局2015年版，第319頁。孔廣森（1751—1786）則認爲"《韓詩》次第與毛同"，見《經學卮言》卷3，中華書局2017年版，第66頁。可見在這一問題上，清儒並未達成共識。

③ 繩繩，許維遹《韓詩外傳集釋》原引作"承承兮"，云："'承承'舊作'繩繩'，《詩考》引作'承承'，今據正。"然《詩考》引"繩繩"作"承承"者，實爲《韓詩·大雅·抑》"子孫承承"句（此句《毛詩》作"子孫繩繩"），許氏誤記爲《螽斯》，不可從。且傳世諸本《韓詩外傳》卷九首二章引詩俱作"繩繩兮"，未有作"承承兮"者，此亦許説未塙之證。

4.《周南·兔罝》

蕭蕭兔罝，施于中馗。(《六臣注文選·蕪城賦》、《從軍行》李善注。《皇太子釋奠會作》李善注僅引後句)

5.《周南·芣苢》

采采芣苢，薄言采之。(《六臣注文選·辯命論》呂延濟注、《文選·辯命論》李善注［六臣注本未收此條善注］)

采采芣苢，薄言捋之。(《太平御覽》［下簡稱《御覽》］卷七四二)

6.《周南·漢廣》

南有喬木，不可休思。漢有游女，不可求思。(《外傳》卷一第三章。《六臣注文選·琴賦》《洛神賦》《七啓》李善注僅引後二句。《齊敬皇后哀策文》李善注僅引末句)

江之漾矣，不可方思。(《六臣注文選·登樓賦》李善注)

7.《周南·汝墳》

惄如調飢。(《釋文》卷五)

魴魚赬尾，王室如燬。雖則如燬，父母孔邇。(《後漢書·周磐傳》李賢注。《外傳》卷一第一七章僅引末二句，《外傳》卷九第四章僅引末句)

8.《召南·草蟲》

未見君子，憂心惙惙。(《外傳》卷一第一八章)

9.《召南·采蘋》

于以錡之，惟錡及釜。(《漢書·郊祀志上》顏師古注)①

10.《召南·甘棠》

蔽茀甘棠，勿剗勿伐，召伯所茇。(《外傳》卷一第二八章)

勿剗勿敗。(《集韻》卷五"剗"字條)

11.《召南·行露》

雖速我訟，亦不爾從。(《外傳》卷一第二章)

---

① "惟"原作"唯"，茲據《韓詩》語辭皆作"惟"而改。

12.《召南·羔羊》

羔羊之皮，素絲五紽。(《後漢書·王渙傳》李賢注)

13.《召南·摽有梅》

莩有棋。(《孟子音義》卷上，《釋文》卷五)①

14.《召南·小星》

夙夜在公，實命不同。(《外傳》卷一第一章)

抱衾與幬。(慧琳《一切經音義》[下簡稱《慧琳音義》]卷六三"蚊幬"條)

15.《召南·何彼襛矣》

何彼茂矣。(《釋文》卷五)

16.《邶風·柏舟》

耿耿不寐，如有殷憂。(《六臣注文選·歎逝賦》、《詠懷詩》、《勸進表》、《養生論》李善注、《文選·答靈運》李善注［六臣注本未收此條善注］)

我心匪鑑，不可以茹。(《外傳》卷一第一一章)

我心匪石，不可轉也；我心匪席，不可卷也。(《外傳》卷一第八章、第九章、第十章。《韓詩外傳集釋》卷九第六章僅引前二句)

憂心悄悄，慍于群小。(《外傳》卷一第一二章)

17.《邶風·日月》

胡能有定。(《外傳》卷九第一四章)

乃如之人兮，德音無良。(《外傳》卷一第一九章)

報我不術。(《六臣注文選·廣絕交論》李善注)

---

① 《孟子·梁惠王上》趙岐注："《詩》曰：'莩有梅。'"丁公著云："《韓詩》也。"見孫奭：《孟子音義》卷上，中華書局1991年版，第2頁。陸德明《毛詩音義上》"摽有梅"條謂："《韓詩》作'棋'。"見《經典釋文》卷5，中華書局1983年影印納蘭性德通志堂刻本，第56頁。二文相參，可知《毛詩》之"摽"，《韓詩》作"莩"；《毛詩》之"梅"，《韓詩》作"棋"。故《毛詩》之"摽有梅"，《韓詩》作"莩有棋"。

18.《邶風·凱風》

簡簡黃鳥，載好其音。(《御覽》卷九二三)①

19.《邶風·雄雉》

瞻彼日月，悠悠我思。道之云遠，曷云能來？(《外傳》卷一第二〇章)②

不忮不求，何用不臧。(《外傳》卷一第一三章、第一四章、第一五章)

20.《邶風·匏有苦葉》

深則厲，淺則揭。(《外傳》卷一第二一章)

21.《邶風·谷風》

密勿同心，不宜有怒。(《六臣注文選·爲宋公至洛陽謁五陵表》李善注)

凡民有喪，匍匐救之。(《外傳》卷一第二二章)

既詐我德，賈用不售。(《御覽》卷八三五)

22.《邶風·旄丘》

何其處也？必有與也。何其久也？必有以也。(《外傳》卷一第二三章、第二四章。《外傳》卷九第一九章僅引前二句)

23.《邶風·泉水》

泌彼泉水。(《釋文》卷五)

飲餞于坭。(《釋文》卷五)

---

① 關於此句經文，由於《御覽》有引作"簡斤黃鳥"者，故清儒分化出三種不同意見。段玉裁認爲："'簡斤'，如'雙闗'之類，亦未必誤。"認爲《韓詩》之文應作"簡斤黃鳥"。臧庸則謂："余所據宋本作'簡簡'，蓋《御覽》重文作匕，遂誤作斤。"見《韓詩遺說》卷上，《叢書集成初編》，中華書局1985年版，第1746册，第7頁。主張《韓詩》經文應爲"簡簡黃鳥"。陳喬樅則認爲"簡斤"之"斤"字"乃'反'之訛，疑《韓詩》本作'簡販黃鳥'，轉寫脱去目旁，僅存其半，爲'反'字。"見《韓詩遺說考》卷1之2，《續修四庫全書》，上海古籍出版社2002年影印清刻《左海叢書》本，第76册，第533頁。可見其認爲《韓詩》原文應作"簡販黃鳥"。考王應麟引《御覽》已作"簡簡黃鳥"，見《詩考》，中華書局2011年版，第18頁。可知宋本《御覽》確作"簡簡"，本書所據中華書局影印涵芬樓藏宋本亦作"簡簡"，故仍定《韓詩》經文作"簡簡黃鳥"。

② 此據屈守元《韓詩外傳箋疏》錄文。許維遹據《說苑》引《詩》，改"悠悠"爲"遙遙"，其立論基礎乃"劉子政固述《韓詩》"，該結論尚待證實，故本書不從許說，仍遵《外傳》原文，錄作"悠悠我思"。

24.《邶風·北門》

亦已焉哉！天實爲之，謂之何哉！(《外傳》卷一第二五章、第二七章。《外傳》卷一第二六章僅引後二句)

25.《邶風·北風》

北風其涼，雨雪其雱。(《原本玉篇殘卷》[下簡稱《原本玉篇》]"涼"字條)①

26.《邶風·靜女》

靜女其姝，俟我乎城隅，愛而(一作如)不見，搔首踟躕。(《外傳》卷一第二〇章。《六臣注文選·思玄賦》、《文選·琴賦》李善注僅引後二句。《六臣注文選·洞簫賦》、《招隱詩》、《贈張華》李善注、《慧琳音義》卷七二僅引末句。《慧琳音義》卷七三引"愛如不見"，可知《韓詩》此句亦有作"愛如不見"之本)

27.《邶風·新臺》

嬿婉之求。(《六臣注文選·西京賦》李善注)

魚網之設，鴻則離之；嬿婉之求，得此戚施。(《御覽》卷九四九)

28.《鄘風·君子偕老》

逶逶迆迆，如山如河。(《慧琳音義》卷一五)

29.《鄘風·鶉之奔奔》

人而無良，我以爲兄。(《外傳》卷九第七章)

30.《鄘風·蝃蝀》

蝃蝀在東，莫之敢指。(《後漢書·楊賜傳》李賢注、瞿曇悉達《開元占經》卷九八)

乃如之人兮，懷婚姻也，太無信也，不知命也。(《外傳》卷一第二〇章)

31.《鄘風·相鼠》

人而無儀，不死何爲？(《外傳》卷一第四章、卷五第三章)②

人而無禮，胡不遄死？(《外傳》卷一第五章、第六章、卷三第二二章、卷九第八章)

---

① "北風"前原衍"孔"字，茲刪去。

② 《外傳》卷一第七章亦引此句，許維遹從元本（即明刻劉貞本）系統作"人而無禮，不死何爲"，薛來芙蓉泉書屋本系統作"人而無儀，不死何爲"，參見屈守元《韓詩外傳箋疏》卷1第7章，巴蜀書社1996年版，第30頁，注4。茲從薛刻本。

32. 《鄘風·干旄》

彼姝者子，何以告之？（《外傳》卷二第一章）

33. 《鄘風·載馳》

大夫跋涉，我心則憂。（《外傳》卷二第二章）

既不我嘉，不能旋反。視我不臧，我思不遠。（《外傳》卷二第三章）

百爾所思，不如我所之。（《外傳》卷二第四章）

34. 《衛風·淇奧》

如切如瑳，如錯如磨。（《外傳》卷二第五章、第六章、卷三第九章）

綠蓐如簀。（《六臣注文選·西京賦》李善注）

寬兮綽兮。（《原本玉篇》"綽"字條）

35. 《衛風·考盤》

考般（一作盤）在干。（日本藏唐鈔《文選集注》卷九劉逵注。"般"，《六臣注文選·吳都賦》劉淵林注引作"盤"，可知《韓詩》亦有作"盤"之本）

36. 《衛風·碩人》

鱣鮪鱍鱍。（《釋文》卷五）

37. 《衛風·氓》

送子涉淇。（［日］佚名《大乘理趣六波羅蜜經釋文》）①

吁嗟女兮，無與士耽。（《外傳》卷二第七章）

38. 《衛風·芄蘭》

垂帶萃兮。（［日］菅原是善《東宮切韻》去聲"萃"字條）②

能不我狎。（《釋文》卷五）

39. 《衛風·伯兮》

伯也執殳，爲王前驅。（《六臣注文選·西京賦》李善注。《原本玉篇》"執"字條僅引首句）

焉得諼草，言樹之背。願言思伯，使我心痗。（《六臣注文選·西陵遇風

---

① 佚名：《大乘理趣六波羅蜜經釋文》，昭和四十七年（1972）《優鉢羅室叢書》影印日本古寫本，第30頁。

② 中村璋八：《神宮文庫本五行大義背記に引存する東宮切韻佚文について》，《東洋學研究》第11號，1955年，第81頁。

獻康樂》李善注。《贈從兄車騎》李善注僅引前二句)①

40.《衛風·有狐》

心之憂矣,之子無裳。(《外傳》卷三第三八章)

在彼淇厲。(《原本玉篇》"厲"字條)

41.《王風·黍離》

彼黍離離,彼稷之苗。行邁靡靡,中心搖搖。知我者,謂我心憂;不知我者,謂我何求。悠悠蒼天,此何人哉!(《外傳》卷八第九章。[日]滋野貞主《秘府略》卷八六四、《御覽》卷四六九、八四二僅引前二句)

42.《王風·君子陽陽》

其樂旨且。(《原本玉篇》"旨"字條)

君子陶陶。(《原本玉篇》"陶"字條)

43.《王風·中谷有蓷》

愍其泣矣,何嗟及矣。(《外傳》卷二第八章、第九章)

44.《王風·兔爰》

有兔爰爰,雉離于罦。(《御覽》卷八三二)

有兔爰爰,雉離于罿。(《御覽》卷八三二)

45.《王風·大車》

毳衣如㡡。(《慧琳音義》卷六六"㡡繡"條)②

大車轞轞。(《原本玉篇》"轞"字條)

謂余不信,有如皦日。(《六臣注文選·寡婦賦》李善注)

46.《王風·丘中有麻》

將來其施施。(《顏氏家訓·勉學》)

---

① "誼"原作"萱",范志新結合李善注《文選》引《詩》之體例,定"萱"應作"誼",見《〈文選〉李善注韓毛詩稱謂義例識小》,《廈大中文學報》第四輯,2017年,第92頁。其說可從。"焉得誼草,言樹之背"亦見《六臣注文選》卷24《贈從兄車騎》李善注,中華書局1987年影印涵芬樓所藏宋刊本,第455頁。

② 《原本玉篇》"繡"字條云:"《詩》曰'毳衣如繡'是也,《韓詩》爲'㡡'字,在帛部。"見顧野王:《原本玉篇殘卷》,中華書局1985年版,第145—146頁。亦可證明《韓詩》之文乃"毳衣如㡡"。

47.《鄭風·大叔于田》

執轡如組，兩驂如舞。（《外傳》卷二第十章、第一一章、第一二章）

48.《鄭風·清人》

二矛重鷮。（《釋文》卷五）

49.《鄭風·羔裘》

羔裘如濡，恂直且侯。彼己之子，舍命不偷。（《外傳》卷二第一三章）①

彼己之子，邦之司直。（《外傳》卷二第一四章、卷九第十章、第一一章）

彼己之子，邦之彥兮。（《外傳》卷二第一五章、卷九第一二章）

50.《鄭風·東門之墠》

東門之栗，有靜（一作靖）家室。（《藝文類聚》卷八七、《白氏六帖事類集》卷三〇。《御覽》引後句作"有靖家室"，可知《韓詩》此句亦有作"靖"之本）

51.《鄭風·子衿》

縱我不往，子寧不詒音？（《原本玉篇》"詒"字條）

52.《鄭風·出其東門》

縞衣綦巾，聊樂我魂。（日藏《文選集注·東武吟》李善注［李善單注本《文選》、六臣注本《文選》所錄李善注皆未收此條］。《六臣注文選·東征賦》、《舞鶴賦》李善注僅引末句）

53.《鄭風·野有蔓草》

野有蔓草，零露漙兮。有美一人，青陽宛兮（一作清揚皗兮）。邂逅相遇，適我願兮。（《外傳》卷二第一六章。陳彭年重修《宋本玉篇》卷四僅引"清揚皗兮"，可知《韓詩》亦有作"清揚皗兮"之本）

---

① 王觀國《學林》亦引此文，見《學林》卷1，中華書局1988年版，第22頁。然"偷"作"渝"，當係據《毛詩》而改，不可從。

54.《鄭風·溱洧》

溱與洧，方洹洹兮。士與女，方秉蕑兮。(《御覽》卷三〇)①

55.《齊風·雞鳴》

匪雞則鳴，蒼蠅之聲。(《御覽》卷九四四)

56.《齊風·還》

並驅從兩肩兮。(《後漢書·馬融傳》李賢注)

57.《齊風·著》

俟我於庭乎而。(《原本玉篇》"庭"字條)②

58.《齊風·東方之日》

東方之日兮，彼姝者子，在我室兮。(《六臣注文選·秋胡詩》、《美女篇》、《日出東南隅行》李善注。《神女賦》李善注僅引"東方之日")

59.《齊風·南山》

蓺麻如之何？橫由其畝。(《原本玉篇》"由"字條)

60.《齊風·盧令》

盧泠泠。(董迫《廣川詩故》)③

61.《齊風·猗嗟》

卬若陽兮。(《原本玉篇》"陽"字條)

清揚皛兮。(陳彭年重修《宋本玉篇》卷四)

舞則纂兮。(《六臣注文選·舞賦》李善注。《日出東南隅行》李善注誤作"舞則莫兮")

---

① 亦見宗懍撰，杜公瞻注《荆楚歲時記》，中華書局 2018 年版，第 34 頁；杜臺卿《玉燭寶典》卷 3 引《韓詩章句》，華東師範大學出版社 2017 年影印《古逸叢書》本，第 148 頁；歐陽詢《藝文類聚》卷 79 引《韓詩外傳》，上海古籍出版社 1999 年版，第 1357 頁；《後漢書》卷 74 上《袁紹傳》李賢注引《韓詩》，中華書局 1965 年版，第 2382 頁；徐堅等《初學記》卷 3 引《韓詩章句》，中華書局 1962 年版，第 46 頁；吳淑《事類賦注》卷 4 引《韓詩章句》，中華書局 1989 年版，第 72 頁；佚名《年中行事秘抄》卷 3 引《韓詩》，《新校群書類從》，東京内外書籍株式會社 1931 年版，第 4 輯，第 481 頁。但上述文獻的引文或不及《御覽》完整，或不及《御覽》準確，或產生於《御覽》之後，故本書以《御覽》所引爲據。

② "俟"原作"涘"，恐誤。

③ 參見吳國武《董迫〈廣川詩故〉輯考》，《北京大學中國古文獻研究集刊》第 7 輯，2008 年版，第 157 頁。爲省篇幅，下引《廣川詩故》皆據此文，不再一一出注。

62.《魏風·葛屨》

纖纖女手，可以縫裳。（《六臣注文選·古詩十九首·青青河畔草》《迢迢牽牛星》李善注）

63.《魏風·汾沮洳》

彼己之子，美如英，美如英，殊異乎公行。（《外傳》卷二第一七章）

美如玉，美如玉，殊異乎公族。（《外傳》卷二第一八章）

64.《魏風·園有桃》

心之憂矣，其誰知之？（《外傳》卷九第二〇章）

65.《魏風·伐檀》

胡取禾三百廛兮？（《原本玉篇》"廛"字條）

彼君子兮，不素餐兮。（《外傳》卷二第一九章、第二〇章）

不素飧兮！（《原本玉篇》"飧"字條）

66.《魏風·碩鼠》

逝將去女，適彼樂土。適彼樂土，爰得我所。（《外傳》卷二第二一章、第二二章）

逝將去女，適彼樂國。適彼樂國，爰得我直。（《外傳》卷二第二三章）

67.《唐風·蟋蟀》

蟋蟀在堂，歲聿其暮。（《六臣注文選·詠史詩》《鍾山詩應西陽王教》《游沈道士館》《長歌行》《學省愁臥》《王文憲集序》《三國名臣序贊》李善注。《雜體詩》李善注僅引末句）

今我不樂，日月其陶。（《原本玉篇》"陶"字條）

68.《唐風·山有樞》

子有衣裳，弗曳弗婁。（《外傳》卷二第二四章）①

他人是保。（[日]菅原爲長《和漢年號字抄》卷下）②

---

① 此據屈守元《韓詩外傳箋疏》録文。許維遹據陳喬樅說，改"婁"爲"摟"，見《韓詩外傳集釋》卷2第24章，中華書局1980年版，第66頁。按陳喬樅係據《玉篇》引《詩》而推定其爲《韓詩》，證據不足，故不從其說，仍依《外傳》原文録入。

② 新美寬編，鈴木隆一補：《本邦殘存典籍による輯佚資料集成》卷1，京都大學人文科學研究所1968年版，第14頁。

69.《唐風·椒聊》

椒聊之實，繁廣盈升。（［日］菅原爲長《和漢年號字抄》卷下）①

彼己之子，碩大且篤。（《外傳》卷二第二五章）

70.《唐風·鴇羽》

肅肅鴇羽，集于苞栩。王事靡盬，不能蓺稷黍，父母何怙？悠悠倉天，曷其有所！（《外傳》卷二第二六章）

71.《秦風·小戎》

温其如玉，在其板屋，亂我心曲。（《外傳》卷二第二七章）

72.《秦風·蒹葭》

宛在水中沶。（《六臣注文選·河陽縣作》李善注）②

73.《秦風·終南》

顔如渥沰。（《外傳》卷二第二八章）

君子至止，綷衣繡裳。（《原本玉篇》"綷"字條）

74.《秦風·晨風》

鴥彼晨風，鬱彼北林。未見君子，憂心欽欽。如何如何？忘我實多！（《外傳》卷八第九章）

75.《陳風·東門之枌》

穀旦于嗟。（《釋文》卷六）

76.《陳風·衡門》

衡門之下，可以棲遲。泌之洋洋，可以療飢。（《外傳》卷二第二九章）

---

① 新美寬編，鈴木隆一補：《本邦殘存典籍による輯佚資料集成》卷1，京都大學人文科學研究所1968年版，第14頁。

② "沶"原作"沚"，陳喬樅云："《毛詩》作'沚'，傳云：'小渚曰沚。'與韓義異。沈清瑞曰：'《文選》潘安仁《河陽縣詩》曰："歸雁映蘭畤。"李善注引《韓詩章句》："大渚曰沶。"以證之俗本改詩中"沶"字作"畤"，改注中所引作"沚"。考第二十二卷謝叔源《游西池詩》"寒裳順蘭沚"，注引潘安仁詩："歸雁映蘭沶。""沚"與"沶"同，據此知潘詩實作"沶"也。詩既作"沶"，則注亦作"沶"矣。若仍作"沚"字，是與《毛詩》同，李善何不徑引《毛詩》證乎？'"見《韓詩故》卷上，山東大學圖書館藏民國二十二年（1933）沈恩孚鉛印本，第18b—19a頁。此説精審，故依其説而改。

77.《陳風·東門之池》

彼美淑姬，可與晤言。(《外傳》卷九第二三章)

78.《陳風·澤陂》

有美一人，陽若之何！(《原本玉篇》"陽"字條)

有美一人，碩大且嬌。(《御覽》卷三六八)

寤寐無爲，展轉伏枕。(《六臣注文選·雜詩》李善注)

79.《檜風·匪風》

匪風發兮，匪車揭兮。顧瞻周道，中心怛兮。(《外傳》卷二第三〇章)

80.《曹風·蜉蝣》

采采衣服。(《六臣注文選·鸚鵡賦》李善注)

81.《曹風·鳲鳩》

淑人君子，其儀一兮。其儀一兮，心如結兮。(《外傳》卷二第三一章)

淑人君子，正是國人。正是國人，胡不萬年！(《外傳》卷二第三二章。《外傳》卷九第二七章僅引後二句)

82.《豳風·七月》

一之日畢發。(《玉燭寶典》卷一一)

二之日栗烈。(《玉燭寶典》卷一二)

三之日于耜，四之日舉趾。(《御覽》卷八二二)

七月鳴鵙。(《玉燭寶典》卷五)

四月秀葽。(《玉燭寶典》卷四)

六月食鬱及薁。(《爾雅·釋草》邢昺疏)

晝爾于茅，宵爾索綯，亟其乘屋，其始播百穀。(《外傳》卷八第二三章)

83.《豳風·鴟鴞》

既取我子，無毀我室。(《六臣注文選·檄吳將校》李善注)

予尾翛翛。([日]佚名《香字抄》)[1]

---

[1] 轉引自新美寬編，鈴木隆一補《本邦殘存典籍による輯佚資料集成》卷1，京都大學人文科學研究所1968年版，第15頁。

84.《豳風·東山》

鸛鳴于垤，婦歎于室。（《六臣注文選·情詩》李善注）

親結其縭，九十其儀。（《外傳》卷二第三四章）

85.《豳風·伐柯》

伐柯伐柯，其則不遠。（《外傳》卷二第二七章）

86.《豳風·九罭》

九罭之魚，鱒魴。（《御覽》卷八三四）

我遘之子，袞衣繡裳。（《原本玉篇》"綀"字條）

二 《韓詩經·雅》

87.《小雅·四牡》

周道威夷（一作倭遲，又作郁夷）。（《六臣注文選·西征賦》、《琴賦》、《金谷集作詩》、《秋胡詩》、《石闕銘》李善注）[1]

不遑啓處。（《外傳》卷八第三四章）

王事靡盬，不遑將父！（《外傳》卷七第一章）

88.《小雅·皇皇者華》

莘莘征夫，每懷靡及。（《外傳》卷七第二章）

---

[1] 《文選》卷27《北使洛》"威遲兩馬煩"句下，李善單注本引《韓詩》云："周道威遲。"六臣注本李善注引《韓詩》云："周道倭遲。""威遲""倭遲"與前引"周道威夷"均不同，程蘇東通過對《文選》李善注引《韓詩》體例的分析，論定"威遲""倭遲"並誤，應以作"威夷"者爲是，見《〈文選〉李善注徵引〈韓詩〉異文研究》，《信陽師範學院學報》2009 年第 5 期。此說可從，故本書不列入"威遲""倭遲"之文。另，陸德明《毛詩音義中》"倭遲"條謂："《韓詩》作'倭夷'。"見《經典釋文》卷 6，中華書局 1983 年影印納蘭性德通志堂刻本，第 75 頁。可知《韓詩》此句亦有作"周道倭夷"之本。又，《漢書·地理志上》顏師古注："《詩》曰：'四牡騑騑，周道倭遲。'《韓詩》作'郁夷'字，言使臣乘馬行於此道。"見《漢書》卷 28 上，中華書局 1962 年版，第 1548 頁。可知《韓詩》此句亦有作"周道郁夷"之本。

89.《小雅・夫栘①》

夫栘之華，萼不煒煒。凡今之人，莫如兄弟。(《藝文類聚》卷八九)②

賓爾籩豆，飲酒之醹。(《六臣注文選・魏都賦》張載注)③

妻子好合，如鼓瑟琴。兄弟既翕，和樂且耽。(《外傳》卷八第二三章)④

90.《小雅・伐木》

神之聽之，終和且平。(《外傳》卷九第二五章)

91.《小雅・天保》

天保定爾，亦孔之固。(《外傳》卷六第一六章)

92.《小雅・采薇》

四牡炭炭。(《原本玉篇》"炭"字條)

四牡繹繹。(《原本玉篇》"繹"字條)

昔我往矣，楊柳依依。(《六臣注文選・金谷集作詩》李善注。《休沐重還道中》李善注僅引後句)

93.《小雅・出車》

既見君子，我心則降。(《外傳》卷七第三章)

94.《小雅・杕杜》

檀車幱幱。(《釋文》卷六)

---

① 《毛詩》之《常棣》，《韓詩》作《夫栘》，見董逌《廣川詩故》引《韓詩叙》，吳國武：《董逌〈廣川詩故〉輯考》，《北京大學中國古文獻研究集刊》第 7 輯，2008 年，第 169 頁。

② 按《類聚》並未明言此處所引爲《韓詩》，但首句作"夫栘之華"，與《廣川詩故》引《韓詩叙》相合，故可定爲《韓詩》。陳壽祺即謂："《藝文類聚》引《詩》直作'夫栘'，此必《韓詩》也。"見《韓詩遺説考》卷 3 之 1，《續修四庫全書》，上海古籍出版社 2002 年影印清刻《左海叢書》本，第 76 册，第 606 頁。

③ 按本作"劉淵林注"，然注《魏都賦》者實爲張載，具體辨析見熊良智：《試論韓國奎章閣本〈文選・魏都賦〉注者題録的有關問題》，《四川師範大學學報》2007 年第 6 期，第 44—47 頁。兹據此説，定爲張載注。

④ 元本"耽"作"湛"，誤。陸德明《毛詩音義中》"且湛"條謂："又作耽，《韓詩》云：樂之甚也。"據此可推知《韓詩》作"和樂且耽"。慧琳《一切經音義》卷 68 "耽嗜"條亦引《韓詩》云："(耽,)樂之甚者也。"徐時儀：《一切經音義三種校本合刊》，上海古籍出版社 2008 年版，第 1699 頁。此亦《韓詩》作"耽"之證。

95.《小雅·湛露》

厭厭夜飲。(《六臣注文選·魏都賦》、《神女賦》李善注)

其桐其椅,其實離離。(《初學記》卷二八)

96.《小雅·彤弓》

鍾鼓既設。(《原本玉篇》"設"字條)

97.《小雅·菁菁者莪》

蓁蓁者莪。(《六臣注文選·東都賦》李善注)

98.《小雅·六月》

元戎十乘,以先啓行。(《史記·三王世家》裴駰集解)

99.《小雅·車攻》

東有圃草,駕言行狩。(《後漢書·班固傳》、《馬融傳》李賢注。《六臣注文選·東都賦》李善注僅引首句)

100.《小雅·吉日》

駓駓俟俟,或群或友。(《後漢書·馬融傳》李賢注)

以御嘉賓。(《文選集注·蜀都賦》陸善經注)

且以酌醴。([日]佚名《年中行事抄》卷六)

101.《小雅·沔水》

我友敬矣,讒言其興。(《外傳》卷七第五章)

102.《小雅·鶴鳴》

鶴鳴九皋,聲聞于天。(《外傳》卷七第六章)

103.《小雅·祈父》

有母之尸饔。(《外傳》卷七第七章)

104.《小雅·白駒》

皎皎白駒,在彼穹谷。(《六臣注文選·西都賦》李善注)[1]

---

[1] "穹谷"原作"空谷",誤。兹據李善注《苦寒行》所引《韓詩》改,見《六臣注文選》卷28,中華書局1987年影印涵芬樓所藏宋刊本,第520頁。《西都賦》注引《韓詩章句》云:"穹谷,深谷也。"亦可證《韓詩》原文作"穹谷"。

第二章 《韓詩》佚文考　243

105.《小雅·斯干》

如矢斯朸。（陳彭年重修《宋本玉篇》卷一二）

載衣之裼。（《釋文》卷六）

106.《小雅·節南山》

俾民不迷。（《外傳》卷三第二二章）

昊天不庸。（《原本玉篇》"庸"字條）

107.《小雅·正月》

瞻彼中林，侯薪侯蒸。（《外傳》卷七第九章）

天之仡我。（《原本玉篇》"削"字條）

108.《小雅·十月之交》

日月鞠訩。（《原本玉篇》"訩"字條）①

四國無政，不用其良。（《外傳》卷五第四章）

于何不臧。（《原本玉篇》"于"字條）

蘩維司徒。（《釋文》卷六）

胡爲我作，不即我謀？（《外傳》卷七第十章）

田芋汙萊。（《原本玉篇》"汙"字條）②

讒口嚻嚻。（《釋文》卷六）

四方有羨，我獨居憂。民莫不穀，我獨不敢休。（《外傳》卷七第一一章）

109.《小雅·雨無政》

若此無罪，勳胥以痛。（《後漢書·蔡邕傳》李賢注）

110.《小雅·小旻》

謀猷回沴。（《六臣注文選·西征賦》李善注）③

---

① 按此乃羅振玉本之文，引經完整，新美寬繫於《十月之交》，見新美寬編，鈴木隆一補：《本邦殘存典籍による輯佚資料集成》卷1，京都大學人文科學研究所1968年版，第15頁。這一安置絕無問題。黎庶昌本誤作"《韓詩》曰'鞠訩'"，見《原本玉篇殘卷》，中華書局1985年版，第224頁。與羅本對校，可知"曰"爲"日"之訛，且脫"月"字。

② "田"原誤作"曰"。

③《六臣注文選》卷14《幽通賦》李善注引《韓詩》云："謀猶回穴。"此當涉賦文"叛回穴其若茲兮"而改，暫不從。

翕翕訛訛。(《原本玉篇》"訛"字條)

謀夫孔多，是用不就。(《外傳》卷六第二七章)

111.《小雅·小宛》

翰飛厲天。(《文選·西都賦》李善注)①

我日斯邁，而月斯征。夙興夜寐，無忝爾所生。(《外傳》卷八第二一章)

溫溫恭人，如集于木；惴惴小心，如臨于谷；戰戰兢兢，如履薄冰。(《外傳》卷七第一三章。《外傳》卷七第一二章僅引前四句)

112.《小雅·小弁》

有漼者淵，萑葦淠淠。(《外傳》卷七第一四章)

君子無易由言。(《外傳》卷五第三四章)

113.《小雅·巧言》

昊天太憮，予慎無辜。(《外傳》卷四第一章、第二章、卷七第一六章。《外傳》卷七第一五章僅引末句)

匪其止恭，惟王之卭。(《外傳》卷四第三章、第四章)

他人有心，予忖度之。(《外傳》卷四第五章)

114.《小雅·巷伯》

慎爾言也，謂爾不信。(《外傳》卷三第三七章)

緝緝繽繽，謀欲譖言。(《原本玉篇》"緝"字條、"繽"字條)

115.《小雅·谷風》

將恐將懼。(《六臣注文選·天監三年策秀才文》李善注)

將安將樂，棄予作遺。(《外傳》卷七第一七章)②

習習谷風，惟山岑原。(《原本玉篇》"岑"字條)

116.《小雅·蓼莪》

無父何怙？無母何恃？(玄應《衆經音義》[下簡稱《玄應音義》]卷一"恃怙"

---

① 六臣注本所録李善注及《原本玉篇殘卷》"厲"字條皆誤引爲"翰飛戾天"，分見《六臣注文選》卷1，中華書局1987年影印涵芬樓所藏宋刊本，第34頁；顧野王：《原本玉篇殘卷》，中華書局1985年版，第463頁。

② 許維遹校釋本後句作"棄予如遺"，見《韓詩外傳集釋》，中華書局1980年版，第260頁。茲從屈氏所引元本，録作"棄予作遺"。

條、卷二"恃怙"條、卷三"恃是"條、卷一五"依怙"條、卷二四"舉恃"條、《慧琳音義》卷九"恃是"條、卷一八"依怙"條、卷二三"菩薩爲一切衆生恃怙"條、卷二六"恃怙"條、卷三〇"怙恃"條、卷五八"依怙"條、卷七〇"舉恃"條、卷七〇"依怙"條）

父兮生我，母兮鞠我。拊我畜我，長我育我。顧我復我，出入腹我。（《外傳》卷七第二七章）

117.《小雅·大東》

有饛簋飧。（《原本玉篇》"饛"字條）

周道如砥，其直如矢。（《外傳》卷三第二二章）

君子所履，小人所視。（《外傳》卷三第二二章）

睠焉顧之，潸焉出涕。（《外傳》卷三第二二章）

或以其酒，不以其漿。（《外傳》卷七第一八章）

跂彼織女，終日七襄。雖則七襄，不成報章。（《六臣注文選·夏夜呈從兄散騎車長沙》李善注。《關中詩》李善注僅引末二句）

惟南有箕，不可以簸揚。惟北有斗，不可以挹酒漿。（《外傳》卷四第六章、第七章）

118.《小雅·四月》

秋日淒淒，百卉具腓。（《六臣注文選·九日從宋公戲馬臺集送孔令詩》李善注）

亂離斯莫，爰其適歸？（《六臣注文選·關中詩》李善注）

廢爲殘賊，莫知其尤。（《外傳》卷七第一九章）①

何云能穀。（《原本玉篇》"云"字條）

119.《小雅·北山》

溥天之下，莫非王土。（《外傳》卷一第二七章）

120.《小雅·無將大車》

無將大車，惟塵冥冥。（《外傳》卷七第二〇章）

121.《小雅·小明》

眷眷懷顧。（《六臣注文選·登樓賦》、《思玄賦》、《西陵遇風獻康樂》、《從軍行》李善注）

靜恭爾位，正直是與。神之聽之，式穀以女。（《外傳》卷四第九章）

---

① "殘賊"，許書原誤作"殘疾"，兹據屈守元本改。

靜恭爾位，好是正直。神之聽之，介爾景福。(《外傳》卷四第八章。《外傳》卷七第二一章僅引前二句。《外傳》卷八第二六章、第二七章僅引第二句)

122.《小雅·鼓鍾》

鼓鍾伐鼛，淮有三州，憂心且陶。(《原本玉篇》"陶"字條)①

以雅以南，以籥不僭。(《後漢書·陳禪傳》李賢注)

123.《小雅·楚茨》

禮義卒度，笑語卒獲。(《外傳》卷四第十章、第一一章、第一二章)

萬壽攸酢。([日] 釋中算:《妙法蓮華經釋文》卷中)②

式禮莫愆。(《外傳》卷七第二二章)

馥芬孝祀。(《六臣注文選·詩四首》李善注、《慧琳音義》卷三七"芬馥"條、[日]佚名《香字抄》③)

子子孫孫，勿替引之。(《外傳》卷三第一一章)

124.《小雅·信南山》

上天同雲，雨雪雰雰。(陳元靚《歲時廣記》卷四)

中田有廬，疆場有瓜。(《外傳》卷四第一三章)

125.《小雅·甫田》

蒴彼甫田。(《宋本玉篇》卷一三"蒴"字條)④

126.《小雅·大田》

卜畀炎火。(《原本玉篇》"卜"字條)

有渰淒淒，興雲祈祈。(《外傳》卷八第二〇章)

---

① "淮"原訛作"准"。

② 中算:《妙法蓮華經釋文》卷中，《大正藏》，臺灣佛陀教育基金會1990年版，第56冊，第161頁。

③ 佚名:《香字抄》，影印杏雨書屋藏鈔本，大阪武田科學振興財團2007年版，第13頁。

④ 陸德明《毛詩釋文》謂"《韓詩》作'蒴'"，見《經典釋文》卷6，中華書局1983年影印納蘭性德通志堂刻本，第85頁。邢昺《爾雅注疏·釋詁》循陸説，定《韓詩》作"蒴彼甫田"，見《爾雅注疏》卷1，阮元校刻:《十三經注疏》，中華書局2009年影印清嘉慶刻本，第5584頁。陳喬樅以《釋文》之"蒴"乃"蒴"之訛，見《韓詩遺説考》卷3之3，《續修四庫全書》，上海古籍出版社2002年影印清刻《左海叢書》本，第76冊，第649頁。陳説精辨，兹從之。

彼有遺秉，此有滯穗，伊寡婦之利。（《外傳》卷四第一四章）

127.《小雅·裳裳者華》

左之左之，君子宜之。右之右之，君子有之。（《外傳》卷七第四章）

128.《小雅·頍弁》

先集惟霰。（《六臣注文選·雪賦》李善注）

死喪無日，無幾相見。（《外傳》卷四第一五章）

129.《小雅·車舝》

閒關車之舝兮，思孌季女逝兮。（《北堂書鈔》卷一四二）

高山仰止，景行行止。（《外傳》卷七第二三章）

以慍我心。（《釋文》卷六）

130.《小雅·賓之初筵》

鍾鼓既設。（《原本玉篇》"設"字條）

賓既醉止，載號載呶。（《後漢書·孔融傳》李賢注）

131.《小雅·采菽》

彼交匪紓，天子所予。（《外傳》卷四第一六章。《原本玉篇》"紓"字條僅引首句）

優哉柔哉，亦是戾矣。（《外傳》卷四第一七章、卷八第二五章）

132.《小雅·角弓》

民之無良，相怨一方。（《外傳》卷四第一八章、第一九章）[1]

受爵不讓，至于己斯亡。（《外傳》卷四第二一章）

雨雪麃麃，曣睍聿消。（《外傳》卷四第二二章、卷七第二五章）

如蠻如髦，我是用憂。（《外傳》卷四第二〇章、第二三章、第二四章）

133.《小雅·菀柳》

上帝甚陶（一作慆）。（《原本玉篇》"陶"字條）[2]

---

[1] 按此文亦見《後漢書》卷3《章帝紀》李賢注，中華書局1965年版，第144頁。李賢避唐太宗諱，易"民"爲"人"。

[2] 原作"上帝具心陶"，皮嘉祐云："《玉篇》'甚'訛作'具心'，今據《毛詩》訂正作'甚陶'，即《毛詩》之'甚蹈'。"轉引自王先謙《詩三家義集疏》卷20，中華書局1987年版，第799頁。茲依皮氏之說，定作"上帝甚陶"。另，此句亦有作"上帝甚慆"之本，見下注。

上帝甚慆（一作陶），無自瘵焉。(《外傳》卷四第二五章)①

134.《小雅·采綠》

薄言覯者。(《釋文》卷六)

135.《小雅·隰桑》

既見君子，德音孔膠。(《外傳》卷四第二六章)

中心藏之，何日忘之。(《外傳》卷四第二七章、第二八章)②

136.《小雅·白華》

泱泱白雲。(《釋文》卷六)

鼓鐘于宮，聲聞于外。(《外傳》卷四第二九章、第三〇章、第三一章、卷七第二六章)

之子無良，二三其德。(《外傳》卷四第三二章)

137.《小雅·緜蠻》

緜蠻黃鳥。(《六臣注文選·景福殿賦》《三月三日曲水詩序》李善注)

豈敢憚行，畏不能趨。(《外傳》卷四第三三章)

138.《小雅·何草不黃》

何草不鰥。(董逌《廣川詩故》)

139.《大雅·文王》

周雖舊邦，其命惟新。(《外傳》卷五第五章)

陳錫載周。(《原本玉篇》"陳"字條)③

濟濟多士，文王以寧。(《外傳》卷八第一九章、卷十第一章、第二章、第三章，《後漢書·邊讓傳》李賢注)

上天之載，無聲無臭。(《外傳》卷五第六章)

140.《大雅·大明》

天難忱斯，不易惟王。(《外傳》卷十第四章)

---

① 此據屈守元《韓詩外傳箋疏》錄文。許維遹集釋本從沈辨之刻本，作"上帝甚蹈"，見《韓詩外傳集釋》卷4，中華書局1980年版，第157頁。本書從屈守元所引元本，作"上帝甚慆"。另，此句亦有作"上帝甚陶"之本，見上注。

② 阮元引《外傳》作"忠心藏之"，見《三家詩補遺·韓詩》，《續修四庫全書》，上海古籍出版社2002年影印清光緒儀徵李氏崇惠堂刻本，第76冊，第37頁。未知何據。

③ "陳"下原衍"堂"字，茲刪去。

天謂殷適，使不俠四方。（《外傳》卷五第八章）

牧野洋洋，檀車皇皇，駟騵彭彭。維師尚父，時爲鷹揚，亮彼武王。肆伐大商，會朝清（一作澧）明。（《外傳》卷三第一三章）①

141.《大雅·緜》

緜緜瓜瓞。（《六臣注文選·在懷縣作》李善注）

周原膴膴。（《文選·魏都賦》李善注［六臣注本李善注未收此條］）

乃慰乃止。（《原本玉篇》"乃"字條）

縮版以載。（《原本玉篇》"縮"字條）

142.《大雅·棫樸》

亹亹我王，綱紀四方。（《外傳》卷五第九章）

143.《大雅·旱麓》

鳶飛厲天，魚躍于淵。（《六臣注文選·四子講德論》李善注）②

144.《大雅·思齊》

古之人無擇。（董逌《廣川詩故》）

145.《大雅·皇矣》

自太伯王季。惟此王季，因心則友，則友其兄，則篤其慶。載錫之光，受禄無喪，奄有四方。（《外傳》卷十第五章）

毋然歆羨。（《原本玉篇》"羨"字條）

誕先登于岸。（《原本玉篇》"誕"字條）

無矢我陵。（《原本玉篇》"陵"字條、《六臣注文選·長楊賦》李善注）

不識不知，順帝之則。（《外傳》卷五第一〇章）

與爾隆衝。（《釋文》卷七）

146.《大雅·靈臺》

蒙瞍奏公。（《六臣注文選·演連珠》李善注）

---

① 另，《玉篇》"澧"字條引《韓詩》云："會朝澧明"，見顧野王《原本玉篇殘卷》，中華書局 1985 年版，第 366—367 頁。可知《韓詩》此句亦有作"會朝澧明"之本。

② "淵"原作"泉"，當係李善避唐高祖諱而改。

147.《大雅·下武》

成王之孚，下土之式。永言孝思，孝思惟則。(《外傳》卷五第一一章)

於萬斯年，不遐有佐。(《外傳》卷五第一二章)

148.《大雅·文王有聲》

自東自西，自南自北，無思不服。(《外傳》卷四第一〇章)

詒厥孫謀，以燕翼子。(《外傳》卷四第一五章)

149.《大雅·生民》

或舂或揄。(董逌《廣川詩故》)

150.《大雅·既醉》

孝子不匱，永錫爾類。(《外傳》卷八第二三章)

151.《大雅·嘉樂》

嘉樂君子，憲憲令德。(《禮記·中庸》鄭玄注)[1]

不愆不忘，率由舊章。(《外傳》卷五第二八章、卷六第一五章)

152.《大雅·公劉》

止旅乃密，芮鞫之即。(《漢書·地理志上》顏師古注)

153.《大雅·泂酌》

愷悌君子，民之父母。(《外傳》卷六第二二章、卷八第十章。《外傳》卷八第一一章僅引前句)

154.《大雅·卷阿》

來游來歌。(《外傳》卷六第二一章)

愷悌君子，四方爲則。(《外傳》卷八第七章)

鳳皇于飛，翽翽其羽，亦集爰止。(《外傳》卷八第八章)

藹藹王多吉士，惟君子使，媚于天子。(《外傳》卷八第九章)

---

[1] 孔穎達云："《詩》本文'憲憲'爲'顯顯'，與此不同者，齊、魯、韓《詩》與《毛詩》不同故也。"見《禮記正義》卷52，阮元校刻：《十三經注疏》，中華書局2009年影印清嘉慶刻本，第3533頁。據此可知《韓詩》作"嘉樂君子，憲憲令德"。另，本詩題目係據首句前二字爲題，《毛詩》作"假樂君子"，故題爲"假樂"；據鄭注，《齊詩》作"嘉樂君子"，故清人迮鶴壽據此定《齊詩》題爲"嘉樂"，見《齊詩翼氏學》卷4，《續修四庫全書》，上海古籍出版社2002年影印嘉慶十七年（1812）蓬萊山房刻本，第75册，第31頁；《韓詩》亦作"嘉樂君子"，故本書題作"嘉樂"。

155.《大雅·板》

上帝板板，下民卒癉。（《外傳》卷五第一三章）

辭之懌矣，民之莫矣。（《外傳》卷十第六章、第七章、第八章）

先民有言，詢于芻蕘。（《外傳》卷三第一八章、卷五第一四章、第一五章）

老夫灌灌。（《外傳》卷十第十章）

多將熇熇，不可救藥。（《外傳》卷三第九章。《外傳》卷十第九章僅引末句）

誘民孔易。（《外傳》卷五第一六章）

156.《大雅·蕩》

天生烝民，其命匪諶，靡不有初，鮮克有終。（《外傳》卷五第一七章。《外傳》卷八第二二章、卷十第一三章僅引後二句）

不明爾德，以無陪無側。爾德不明，以無陪無側。（《外傳》卷五第一八章、卷八第三五章、卷十第一四章）

枝葉未有害，本實先撥。（《外傳》卷五第二〇章）

殷監不遠，在夏后之世。（《外傳》卷五第一九章。《外傳》卷十第一五章僅引首句）

157.《大雅·抑》

人亦有言：靡哲不愚。（《外傳》卷六第一章）

有覺德行，四國順之。（《外傳》卷五第二一章、卷六第二章）

訏謨定命，遠猷辰告。敬慎威儀，惟民之則。（《外傳》卷六第三章）

荒惺于酒。（《外傳》卷十第一六章）

夙興夜寐，灑埽庭內。（《外傳》卷六第四章）

謹爾侯度，用戒不虞。（《外傳》卷六第五章）

無易由言，無曰苟矣。（《外傳》卷五第二二章、卷六第六章）

無言不酬，無德不報。（《外傳》卷十第一七章）

惠于朋友，庶民小子。子孫承承，萬民靡不承。（《外傳》卷六第七章）

不僭不賊，鮮不爲則。（《外傳》卷六第八章）

聿喪厥國。（《釋文》卷七）

158.《大雅·桑柔》

其何能淑，載胥及溺。（《外傳》卷四第一三章、卷六第九章）

稼穡惟寶，代食惟好。(《外傳》卷十第二二章)

天降喪亂，滅我立王。(《外傳》卷八第一七章、卷十第二三)

靡有旅力，以念穹蒼。(《外傳》卷六第一〇章)

人亦有言：進退惟谷。(《外傳》卷六第一二章。《外傳》卷十第二四章僅引末句)

惟此聖人，瞻言百里。(《外傳》卷五第二三章、卷十第二五章)

惟彼不順，往以中垢。(《外傳》卷五第二六章)

大風有隧，貪人敗類。(《外傳》卷五第二七章)①

聽言則對，誦言如醉。(《外傳》卷六第一一章)

159.《大雅·雲漢》

蓟彼雲漢。(孔廣陶注本《北堂書鈔》卷一五五)②

薀（一作鬱）隆烔烔。(《慧琳音義》卷八一"烔然"條)③

昊天上帝，既不我遺。(《原本玉篇》"遺"字條)

旱魃爲虐，如炎如焚。(《後漢書·章帝紀》李賢注)

160.《大雅·嵩高》

嵩高惟嶽，峻極于天。惟嶽降神，生甫及申。惟申及甫，惟周之翰。四國于蕃，四方于宣。(《外傳》卷五第二四章)

世執其功。(《原本玉篇》卷九"執"字條)

周邦咸喜，戎有良翰。(《外傳》卷八第三章)

161.《大雅·蒸民》

天生蒸民，有物有則。民之秉彝，好是懿德。(《外傳》卷六第一六章。《後漢書·馬融傳》李賢注僅引前二句)

邦國若否，仲山甫明之。既明且哲，以保其身。夙夜匪懈，以事一人。(《外傳》卷八第三章。《外傳》卷六第一七章僅引首二句。《外傳》卷八第二章僅引三四句。《外傳》卷八第四章、第二三章僅引末二句)

---

① "隧"，許書誤爲"隨"，茲據屈守元箋疏本改。

② "蓟"原作"對"，孔廣陶據王引之《經義述聞》改，王說可從，茲據之定《韓詩》作"蓟"。

③ 《經典釋文》卷7謂《毛詩》之"薀"，《韓詩》作"鬱"，則《韓詩》亦有作"鬱隆烔烔"之本。

惟仲山甫，柔亦不茹，剛亦不吐。（《外傳》卷八第六章。《外傳》卷六第一八章、一九章、卷八第五章僅引末二句）①

不侮鰥寡，不畏強禦。（《外傳》卷六第一九章、第二〇章）②

德輶如毛，民鮮克舉之。（《外傳》卷五第二九章）

162. 《大雅·韓奕》

有倬其道。（《釋文》卷七）

幹不庭方。（《原本玉篇》"庭"字條）③

163. 《大雅·江漢》

或辟四方。（《玄應音義》卷一三"辟從"條、《慧琳音義》卷一六"避從"條、卷四六"大辟"條）

釐爾珪瓚，秬鬯一卣。（《外傳》卷八第一三章）④

明明天子，令聞不已。矢其文德，洽此四國。（《外傳》卷五第二五章）

164. 《大雅·常武》

緜緜翼翼，不測不克。（《外傳》卷八第一五章）

王猷允塞，徐方既來。（《外傳》卷六第二三章、第二四章、第二五章）

165. 《大雅·瞻卬》

人之云亡，邦國殄瘁。（《外傳》卷六第一三章）

不自我先，不自我後。（《外傳》卷六第一四章）

166. 《大雅·召旻》

昊天疾威，天篤降喪。瘨我飢饉，民卒流亡。（《外傳》卷六第二六章）

我居御卒荒。（《外傳》卷八第一五章）

如彼歲旱，草不潰茂。（《外傳》卷五第三〇章）

---

① 許維遹集釋本卷6第18章據《新序》補"不侮鰥寡，不畏強禦"，見《韓詩外傳集釋》，中華書局1980年版，第223頁。但由於諸本《外傳》皆無此文，故許校缺乏版本依據，茲從屈守元《韓詩外傳箋疏》。

② "鰥"，許書原作"矜"，茲據其校勘記所引元本改。

③ "幹"，原譌作"韓"，茲據《文選·西京賦》李善注引《韓詩章句》云"幹，正也"而改；"庭方"原誤乙，茲正之。

④ "珪"，許書原作"圭"，茲據其校勘記所引元本改。

三 《韓詩經·頌》

167. 《周頌·維天之命》

貿以謐我。(《原本玉篇》"謐"字條)

168. 《周頌·天作》

岐有夷之行，子孫保之。(《外傳》卷三第一章)

169. 《周頌·我將》

畏天之威，于時保之。(《外傳》卷三第二章、第三章、卷八第一七章)

170. 《周頌·時邁》

實右序有周，薄言振之，莫不震疊。(《外傳》卷八第一八章。《後漢書·李固傳》李賢注僅引末二句)

明昭有周，式序在位。(《外傳》卷三第四章、第五章、第六章、卷八第一九章)

171. 《周頌·執競》

執競武王。(日藏《文選集注·蜀都賦》李善注[李善單注本《文選》、六臣注本《文選》所錄李善注皆未收此條])

降福簡簡，威儀昄昄。既醉既飽，福祿來反。(《外傳》卷三第七章、卷五第三一章)

172. 《周頌·思文》

貽我嘉麰。(《六臣注文選·典引》李善注)

173. 《周頌·臣工》

嗟嗟臣工。(《原本玉篇》"工"字條)

嗟嗟保介。(《外傳》卷三第八章)

174. 《周頌·噫嘻》

帥時農夫，播厥百穀。(《六臣注文選·東都賦》、《南都賦》李善注)

175. 《周頌·振鷺》

振鷺于飛，于彼西雝。(《後漢書·邊讓傳》李賢注)

在彼無惡，在此無射。(《後漢書·班昭傳》李賢注)

176. 《周頌·豐年》

烝畀祖妣，以洽百禮。(《外傳》卷五第二三章)

177.《周頌·有瞽》

有瞽有瞽，在周之庭。(《外傳》卷三第一〇章)

178.《周頌·武》

勝殷遏劉，耆定爾功。(《外傳》卷三第一三章)

179.《周頌·閔予小子》

惸惸在疚。(《六臣注文選·寡婦賦》李善注)①

陟降庭止。(《原本玉篇》"庭"字條)②

180.《周頌·訪落》

紹庭上下。(《原本玉篇》"紹"字條)

181.《周頌·敬之》

日就月將，學有緝熙于光明。(《外傳》卷三第一六章。《外傳》卷三第一四章、第一五章、卷八第二三章、第二四章僅引首句)

弗時仔肩，示我顯德行。(《外傳》卷三第一七章)

182.《周頌·載芟》

蒸畀祖妣，以洽百禮。(《外傳》卷五第二三章)

183.《周頌·絲衣》

自堂徂基，自羊來牛。(《外傳》卷三第一八章)

184.《周頌·酌》

於鑠王師，遵養時晦。(《外傳》卷三第一九章、第二〇章、卷五第二二章)

185.《周頌·般》

於繹思。(《釋文》卷七)

186.《魯頌·駉》

思無邪。(《外傳》卷三第二一章)

---

① 《文選》李善單注本引作"惸惸余在疚"，"余"字當爲衍文。《毛詩》及《說文》"嬛"字條皆作"嬛嬛在疚"，《漢書·匡衡傳》引作"煢煢在疚"，《說文》"㚣"字條引作"㷀㷀在㚣"，並無"余"字，則"余"爲衍文甚明。《左傳·哀公十六年》哀公誄孔子有"惸惸余在疚"之文，李善單注本或涉此文而衍"余"字。

② "庭止"原脱，據胡吉宣《玉篇校釋》卷22補。

187.《魯頌·泮水》

載色載笑，匪怒伊教。(《外傳》卷三第二二章、第二三章、第二四章、卷八第二五章)

思樂泮水，薄采其茆。魯侯戾止，在泮飲酒。(《外傳》卷三第二五章)①

自求伊祜。(《外傳》卷八第二九章)

獲彼淮夷。(《六臣注文選·齊故安陸昭王碑文》李善注)

188.《魯頌·閟宮》

夏如沸羹。(杜臺卿《玉燭寶典》卷二)

太山巖巖，魯邦所瞻。(《外傳》卷三第二六章)

至于海邦。([日]安都宿禰笠主《跡記》)②

新廟奕奕，奚斯所作。(《六臣注文選·兩都賦序》、《魯靈光賦》李善注，《後漢書·曹褒傳》李賢注)

189.《商頌·那》

既和且平，依我磬聲。(《外傳》卷八第二八章)

190.《商頌·玄鳥》

方命厥后，奄有九域。(《六臣注文選·册魏公九錫文》、《廣絶交論》李善注)

191.《商頌·長發》

率禮不越，遂視既發。(《外傳》卷三第二七章)③

帝命不違，至于湯齊。(《外傳》卷三第二八章、第二九章)

湯降不遲，聖敬日躋。(《外傳》卷三第三〇章、第三一章、第三二章、卷八第三〇章、第三一章、第三二章、第三三章，《文選·閑居賦》李善注［六臣注本所録李善注未收此條］)

爲下國畷郵。(《禮記·郊特牲》鄭玄注)④

不競不求，不剛不柔。(《外傳》卷三第三四章、第三五章、卷五第三二章、第三

---

① 元本"薄采其茆"作"言采其芹"，見朱季海：《韓詩外傳校箋》，《初照樓文集》，中華書局 2011 年版，第 101 頁。此當涉上文"薄采其芹"而誤，兹不從。

② 轉引自三浦周行、瀧川政次郎《令集解釋義》卷 2，東京國書刊行會 1982 年版，第 37 頁。

③ 許書誤脱"發"，今據屈守元《韓詩外傳箋疏》補。

④ 孔穎達謂："所引《詩》者，齊、魯、韓《詩》也。"見《禮記正義》卷 26，阮元校刻：《十三經注疏》，中華書局 2009 年影印清嘉慶刻本，第 1454 頁。據此可知《韓詩》作"爲下國畷郵"。

三章)①

敷政優優，百禄是遒。(《外傳》卷三第三五章)

武王載發，有虔秉鉞。如火烈烈，則莫我敢遏。(《外傳》卷三第三六章)②

192.《商頌·殷武》

邦畿厥福。([日]安都宿禰笠主《跡記》)③

京師翼翼，四方是則。(《後漢書·樊準傳》)

松柏丸丸。(《六臣注文選·長笛賦》)

第二節 《韓詩內傳》佚文輯校

　　韓嬰身爲《韓詩》學派的開山祖師，撰有《韓詩內傳》與《韓詩外傳》，後者雖非原貌，但仍傳至今日；前者則在學術史的洪流中煙消雲散，僅藉部分古籍的徵引而存其毫末。所以對於《韓詩內傳》的考察，必須從後世的輯本入手。宋季王應麟《玉海·藝文志》曾對《韓詩內傳》的部分條目進行過相對集中的輯錄④，但這一工作至清代始蔚爲風氣，出現了幾部以"韓詩內傳"命名的輯本，如王謨輯《韓詩內傳》、宋綿初《韓詩內傳徵》、邵晉涵《韓詩內傳考》等等。但從這些輯本所輯錄的內容來看，書題中的"內傳"並非特指《韓詩內傳》，而是泛指亡佚的《韓詩》著作，因《韓詩外傳》

---

①　許維遹集釋本作"不競不絿"，屈守元《韓詩外傳箋疏》據元本作"不競不求"，此從元本。另，屈本卷5兩處引文皆作"不競不絿"，"絿"應依元本作"求"。

②　"如火烈烈，則莫我遏"亦見日本佚名《幼學指南抄》卷22中"火部"引《韓詩》，見片山晴賢，丁鋒：《京都大學附屬図書館藏〈幼學指南抄〉(翻字)》，《駒沢短期大學研究紀要》第21號，1993年，第59頁。此當即轉引自《韓詩外傳》，然於"我"字後誤脫"敢"字。

③　轉引自三浦周行、滝川政次郎《令集解釋義》卷2，東京國書刊行會1982年版，第37頁。

④　王應麟撰，武秀成、趙庶洋校證：《玉海藝文志校證》卷4，鳳凰出版社2013年版，第172頁。

傳世，故取與之相對的"內傳"，指示未傳世的《韓詩》諸佚著，此處的"內""外"之別表現的是存佚層面的意義。除此之外，在部分不以"韓詩內傳"爲名的《韓詩》輯本中，也收有或多或少的《韓詩內傳》佚文。尤其值得注意的是，清代出現了一部專門輯錄《韓詩內傳》的輯本，這便是馬國翰的《玉函山房輯佚書·韓詩內傳》。馬氏對於多部《韓詩》佚著均單獨輯錄，不相混淆，這區別於其他將所有《韓詩》佚著進行聯合輯錄的輯本。無論泛輯《韓詩》佚著的輯本還是專輯《韓詩內傳》的馬國翰輯本，對於《內傳》的輯錄既有内容相同的部分，也有獨爲某一輯本所有而不見於他本的佚文，在一定程度上可以互補，但同時也存在不少共有的缺失。如果以此爲據來開展《韓詩內傳》研究，其可靠性顯然存在問題。嚴謹的學術研究必須以真實可靠的文獻材料爲起點。所以在舊輯本的基礎上，重新輯錄一部真實的《韓詩內傳》確爲保障《韓詩》研究可靠性的最基礎工作。本節即從這一認識出發，先對舊輯本的偽材料進行刪汰，再將舊輯本中無法確定其爲《韓詩內傳》的佚文歸入"存疑材料"中，以供有意於《韓詩》研究的學者做進一步的甄別，繼而補充舊輯本未輯的新材料，整理出一部更加可靠的《韓詩內傳》新輯本。

一　《韓詩內傳》舊輯本的缺失

無論是普通《韓詩》輯本所輯《韓詩內傳》，還是馬國翰專門輯錄的《韓詩內傳》輯本，都存在一定程度的缺漏。大致而言，舊輯本《韓詩內傳》存在以下七個方面的問題。

（一）以《韓詩外傳》爲《韓詩內傳》

從舊輯本《韓詩內傳》所輯佚文來看，存在誤將《韓詩外傳》之文輯入《韓詩內傳》的現象。例如馬國翰輯本就收有一條佚文："亡國之社以戒諸侯，人之戒在于桃茢。"文末附材料來源："陳祥道《禮書》卷九十二引《韓詩傳》。"① 清代學者陳立（1809—1869）也關注了這條材料，在《公羊注疏》卷七十三中則徑將陳祥道（1053—1093）所引"《韓詩傳》"坐實爲"《韓詩内傳》"②。但實際上，此乃《韓詩外傳》卷十第十五章之文，原文寫作："故亡國之社，以戒諸侯；庶人之戒，在于桃茇。"③ 陳祥道引作"《韓詩傳》"，實爲《韓詩外傳》之淆，與《内傳》固無瓜葛。再如宋綿初《韓詩内傳徵》曾據《文選·洞簫賦》李善注輯《韓詩》云："夫爲人父者，必懷慈仁之愛，以畜養其子也。"④ 按此文實乃《外傳》卷七第二七章之文⑤，並非《韓詩内傳》。

（二）以《韓詩章句》爲《韓詩内傳》

例如黃奭輯《韓嬰詩内傳》於《周南·卷耳》"云何吁矣"句下輯得一條遺説："《韓詩内傳》：云，辭也。"⑥ 後附輯録出處爲《釋文》（即陸德明《經典釋文·毛詩音義》）。今考陸德明《經典釋文》，並無此條材料。而考《文選·贈何劭王濟》李善注引薛君《韓詩章句》正作"云，辭也"⑦。由此可見，該遺説實乃《韓詩章句》之文，而非《韓詩内傳》。

（三）以《韓詩》爲《韓詩内傳》

這一現象出現在清代之前，例如明代楊慎（1488—1559）《譚苑醍醐》卷六"由農字通"條引《韓詩内傳》云："東西耕曰從，

---

① 馬國翰輯：《玉函山房輯佚書·韓詩内傳》，臺北文海出版社1974年影印同治十年（1871）濟南皇華館書局補刻本，第509頁。
② 陳立：《公羊義疏》卷73，中華書局2017年版，第2822頁。
③ 許維遹：《韓詩外傳集釋》卷10第15章，中華書局1980年版，第355頁。
④ 宋綿初：《韓詩内傳徵》卷3，《續修四庫全書》，上海古籍出版社2002年影印乾隆六十年（1795）志學堂刻本，第75册，第105頁。
⑤ 許維遹：《韓詩外傳集釋》，中華書局1980年版，第270頁。
⑥ 黄奭輯：《黄氏逸書考·韓嬰詩内傳》，《續修四庫全書》，上海古籍出版社2002年影印清道光黄氏刻、民國二十三年（1934）江都朱長圻補刊本，第1207册，第103頁。
⑦ 《六臣注文選》卷25，中華書局1987年影印涵芬樓所藏宋刊本，第462頁。

南北耕曰由。"① 明季董説（1620—1686）在《七國考》中引《韓詩内傳》云："駟馬不著甲曰'倓駟'。"② 而實際上，以上兩條所謂"《韓詩内傳》"均來源於陸德明《毛詩音義》③，原書僅引作《韓詩》，並未如楊慎、董説所謂《韓詩内傳》。但這種情況在清代之前尚屬偶一見之，至清人尤其是臧庸手裏始蔚爲大觀。例如臧庸《韓詩遺説》輯有《韓詩内傳》遺説一條："懲，苦也。"繫於《周頌·小毖》"予其懲"句下④，後附出處爲《經典釋文》及唐人殷敬順《列子釋文》。今考《經典釋文》卷七僅作"《韓詩》云"⑤，《列子釋文》引作"《韓詩外傳》"⑥，無一標作《韓詩内傳》，所以這條材料最多只能放入"存疑"部分，並不能視爲《韓詩内傳》之文⑦。臧氏未作任何説明便徑直標爲《内傳》，顯有武斷之嫌。此類妄改材料來源以充作《韓詩内傳》佚文的例子在臧書中不勝縷舉，經筆者統計，有十六條之多⑧，但對照臧氏提供的材料來源進行逐一調查，

---

① 楊慎：《譚苑醍醐》卷6，《景印文淵閣四庫全書》，臺北商務印書館1986年版，第855册，第727頁。

② 董説：《七國考》卷11，中華書局1956年版，第297頁。

③ 陸德明：《經典釋文》卷5，中華書局1983年影印納蘭性德通志堂刻本，第69、66頁。

④ 臧庸：《韓詩遺説》卷下，《叢書集成初編》，中華書局1985年版，第1746册，第51頁。

⑤ 陸德明：《經典釋文》卷7，中華書局1983年影印納蘭性德通志堂刻本，第103頁。

⑥ 殷敬順撰，陳景元補遺：《列子沖虛至德真經釋文》卷下，《叢書集成初編》，中華書局1985年影印《湖海樓叢書》本，第556册，第37頁。

⑦ 屈守元認爲這條材料或係《韓詩章句》佚文，見《韓詩外傳箋疏》，第931頁。這是更貼近事實的觀察。

⑧ 分別爲：(1) 年二十行役，三十受兵，六十遣兵。(2) 古者霜降逆女，冰泮殺止。(3) 簀，積也。(4) 地下而黄曰干。(5) 蓷，益母也。(6) 埤，猶坦也。(7) 瀏，清貌也。(8) 遭，遇也。(9) 朸，木理也。(10) 短狐，水神也。(11) 自上而下曰雨雪。凡草木花多五出，雪花獨六出者，陰極之數。雪花曰霙，雪雲曰同雲。(12) 焖謂燒草傳火焰盛也。(13) 庳，共也。(14) 皮弁以征。(15) 麜，異色之衣也。(16) 逍，遥也。分見臧庸：《韓詩遺説》，《叢書集成初編》，中華書局1985年版，第1746册，第6、7、12、13、15、17、18、19、30、33、36、46、57頁。

就發現原書所引或爲《韓詩》，或爲《韓詩説》，或爲《韓詩外傳》，或爲《韓詩章句》，但無一作《韓詩内傳》，所以不應將其視爲真實可靠的《内傳》佚文。爲免拖沓，下文對"存疑"佚文的討論將不再收録這部分内容。

（四）以《韓詩傳》爲《韓詩内傳》

馬國翰曾將何休注《春秋公羊傳》所引《韓詩傳》的一則内容輯入《韓詩内傳》中："堵四十尺，雉二百尺。以板長八尺，接五板而爲堵，接五堵而爲雉。"① 按古籍徵引《韓詩傳》，並非俱爲《韓詩内傳》，其因如下：第一，《韓詩傳》有時可指《韓詩章句》，例如釋慧琳《一切經音義》卷九十六曾引用一條《韓詩傳》："煦，暖也。"② 而事實上，這條《韓詩傳》既非《内傳》，亦非《外傳》，《文選·演連珠》李善注引薛君《韓詩章句》云："煦，暖也。"③ 據此可知該材料乃《韓詩章句》之文。第二，《韓詩傳》可以作爲《韓詩外傳》的簡稱，上揭陳祥道《禮書》之例就很有代表性。第三，今本《韓詩外傳》存在佚文，這是早在明代就被焦竑（1540—1620）指出的事實④，既然《韓詩外傳》可以簡稱爲《韓詩傳》，那麼其佚文自然亦可寫作《韓詩傳》，所以即便偶有"《韓詩傳》"不見於今本《外傳》，在客觀上也無法排除其爲《外傳》佚文的可能。由此可見，對於前代典籍中的"《韓詩傳》"必須嚴謹對待，而不能直接納入《韓詩内傳》。

（五）以《毛詩傳》爲《韓詩内傳》

在某些舊輯本中，還存在誤將《毛詩傳》輯入《韓詩内傳》的

---

① 馬國翰輯：《玉函山房輯佚書·韓詩内傳》，臺北文海出版社 1974 年影印同治十年（1871）濟南皇華館書局補刻本，第 510 頁。
② 慧琳：《一切經音義》卷 96 "嫗煦"條，徐時儀：《一切經音義三種校本合刊》，上海古籍出版社 2008 年版，第 2135 頁。
③ 《六臣注文選》卷 55，中華書局 1987 年影印涵芬樓所藏宋刊本，第 1024 頁。
④ 焦竑：《焦氏筆乘·續集》卷 3 "《韓詩外傳》"條，中華書局 2008 年版，第 327 頁。

現象。例如阮元《三家詩補遺·韓詩》曾據《史記·劉敬傳》司馬貞《索隱》輯得"《韓詩傳》曰：沮，止也，壞也"①。阮輯本旨在輯録《韓詩》遺説，則此處所謂"《韓詩傳》"係指亡佚已久的《韓詩内傳》，當無疑問。而考《史記》卷九十九《索隱》所引僅爲"《詩傳》曰"②，並未確指爲《韓詩傳》。實際上，司馬貞這裏所引用的《詩傳》是《毛詩傳》，與《韓詩内傳》毫無關係。這在本書第一章介紹《三家詩補遺·韓詩》時已加以考證，此處不再贅言了。

（六）以未詳出處之"《詩傳》"爲《韓詩内傳》

上條所論司馬貞引《詩傳》雖然没有明確標記"《毛詩傳》"，但只要與《毛詩傳》加以對勘，即可知其真實面目。不過部分古籍還徵引過有别於《毛詩傳》的"《詩傳》"，對於這類材料，有些舊輯本就存在盲目將其輯入《韓詩内傳》的情况。例如黄奭《韓嬰詩内傳》曾據《漢書·天文志》輯得《韓詩内傳》佚文一條："月食非常也，比之日猶長也。日食則不臧矣。"③ 按考《漢書·天文志》，原文僅作"《詩傳》曰"，隻字未及《韓詩内傳》，故不宜將此説與《韓詩》貿然聯繫。王先謙《漢書補注》引陳喬樅《齊詩遺説考》謂"此《齊詩傳》"④，似乎更接近事實。因《齊詩》學派多以天文星象之説解《詩》⑤，而上引《詩傳》恰好使用的是月食、日食等關乎陰陽消長的知識，故陳氏之見不爲無據。

---

① 阮元：《三家詩補遺·韓詩》，《續修四庫全書》，上海古籍出版社2002年影印清光緒儀徵李氏崇惠堂刻本，第76册，第37頁。
② 《史記》卷99，中華書局1982年版，第2718頁。
③ 黄奭輯：《黄氏逸書考·韓嬰詩内傳》，《續修四庫全書》，上海古籍出版社2002年影印清道光黄氏刻、民國二十三年（1934）江都朱長圻補刊本，第1207册，第122頁。
④ 王先謙：《漢書補注》本志卷6，上海古籍出版社2008年版，第1844頁。
⑤ 丁晏曾對《齊詩》"五際"説作過精湛的疏證，見《詩考補注》卷1，清華大學圖書館藏光緒十一年（1885）蛟川張氏花雨樓刻本，第53頁。其中包含的陰陽天象知識，是《齊詩》學派最顯著的特色。

(七) 以 "傳曰" 爲《韓詩內傳》

在《韓詩外傳》中，有不少章節以 "傳曰" 冠首，所以有學者認爲這裏的 "傳" 即《韓詩內傳》。例如王應麟在《詩考》中曾將《韓詩外傳》卷八所引 "傳曰：予小子，使爾繼邵公之後" 一節輯入《韓詩考》中①，馬國翰也同樣把此條輯入《韓詩內傳》中②。但是臧庸却在《韓詩訂訛》中對這條材料進行了辨僞："案《內傳》《外傳》並是韓嬰一人所撰，《外傳》中必不自引其《內傳》之文，王氏誤矣。"③ 臧氏從韓嬰的著述層面推翻了《外傳》引用《內傳》的可能，這是非常合理的分析。但臧庸的說法並未引起足夠的重視，以致同樣的錯誤一直延續到晚清王先謙手裏，他在《詩三家義集疏》卷二《召南·行露》題下據《韓詩外傳》卷一引《韓詩》遺說 "傳曰：夫《行露》之人許嫁矣" 一節，後附案語："所稱 '傳曰'，蓋《內傳》文。"④ 屈守元謂："此章所論之事，又見《列女傳·貞順篇》，似當別有成文，韓嬰亦無自引其《內傳》說《詩》之理。王氏肛說，不足憑也。"⑤ "韓嬰亦無自引其《內傳》說《詩》之理" 云云，與臧庸之見若合符節，可見舊輯本這一缺失早經前賢定讞。

上揭七個方面是廣泛存在於舊輯本《韓詩內傳》中的缺失，其間體現出的不可靠性已經不言而喻。但本小節職在就多種缺失進行簡述，不可能對舊輯本的所有僞材料進行證僞。對舊輯本所錄僞材料及存疑材料的甄別將在以下兩小節完成，這同時也是在新輯工作開始之前必須解決的遺留問題。

---

① 王應麟：《詩考》，中華書局 2011 年版，第 54 頁。
② 馬國翰輯：《玉函山房輯佚書·韓詩內傳》，臺北文海出版社 1974 年影印同治十年（1871）濟南皇華館書局補刻本，第 511 頁。
③ 臧庸：《韓詩訂訛》，《韓詩遺說》附錄，《叢書集成初編》，中華書局 1985 年版，第 1746 册，第 68 頁。
④ 王先謙：《詩三家義集疏》卷 2，中華書局 1987 年版，第 91 頁。
⑤ 屈守元：《韓詩外傳箋疏》卷 1，巴蜀書社 1996 年版，第 5 頁。

二 舊輯本《韓詩內傳》所錄僞材料與存疑材料

本小節將分爲以下兩個部分：第一，對目前可見的前人《韓詩》輯本中明確標爲《韓詩內傳》的僞材料進行辨別。按照《詩經》篇目順序，將舊輯本中非《韓詩內傳》的十條材料羅列出來，後加括號説明其來源的輯本，再附按語以解釋證僞原因。對於上小節已經提及的相關條目，不再放入本節重複論述。對於不同輯本收錄的同一條佚文，有詳略之別者，則於括號中選取詳者來源加以著錄；無詳略之別者，則於括號中選取時代最早者加以著錄。第二，對前人輯本明確標爲《韓詩內傳》的存疑材料進行分析，所謂"存疑"，指的是就目前能够掌握的文獻來看，尚無證據可以判定這批材料絕非《韓詩內傳》，但同時也不能斷定它們屬於《內傳》，此類材料共有三條。

（一）舊輯本《韓詩內傳》所錄僞材料甄別

1. 直曰車前，瞿曰芣苢。[1]（馬國翰輯本繫於《周南·芣苢》）

按：該材料首見於陸德明《經典釋文》卷五《毛詩音義上·周南·芣苢》引《韓詩》[2]，馬國翰在此之外還另附一出處，來自陸佃（1042—1102）《埤雅·釋草》引《韓詩傳》[3]。但是《釋文》與《埤雅》皆未坐實爲《韓詩內傳》，故無法定其爲《內傳》之文。事實上，單就該材料反映出的訓詁性質而言，無疑與《韓詩章句》的

---

[1] 馬國翰輯：《玉函山房輯佚書·韓詩內傳》，臺北文海出版社 1974 年影印同治十年（1871）濟南皇華館書局補刻本，第 509 頁。
[2] 陸德明：《經典釋文》卷 5，中華書局 1983 年影印納蘭性德通志堂刻本，第 54 頁。
[3] 陸佃：《埤雅》卷 16，《叢書集成初編》，中華書局 1985 年影印《五雅全書》本，第 1173 冊，第 415 頁。

特點更吻合。臧庸曾言："《釋文》所載多《章句》。"① 本章第五節將藉助文獻對勘的方法，論證《原本玉篇》《經典釋文》《一切經音義》等古籍徵引的訓詁性質的《韓詩》遺說皆爲《韓詩章句》。

2. 詩人言溱與洧方盛流洹洹然，謂三月桃花水下之時。"士與女，方秉蘭兮。"秉，執也。衆士與女，方執蘭而被除。②
（黄奭輯本繫於《鄭風·溱洧》）

按：此條乃捏合多種類書記載而成，然考類書原文所録出處，則或標爲《韓詩》，或標爲《韓詩外傳》③，無一標爲《韓詩内傳》，黄氏徑標爲"《内傳》"顯然缺乏文獻依據。如果進一步對該材料進行溯源，可考出其實乃《韓詩章句》之文，因爲徵引該材料的文獻莫早於隋人杜臺卿的《玉燭寶典》，該書卷三曾兩引這段材料，但均標記爲《韓詩章句》④，《韓詩章句》在隋代仍然傳世，所以杜臺卿的徵引是可信的。需要指出的是，誤將此條《章句》視爲《内傳》的情形，似乎在明初即已出現，例如宋濂（1310—1381）在《桃花澗修禊序》中引用這一風俗材料時，便已繫於《韓詩内傳》名下了⑤。

---

① 臧庸：《韓詩遺説》卷上，《叢書集成初編》，中華書局1985年版，第1746册，第13頁。
② 黄奭輯：《黄氏逸書考·韓嬰詩内傳》，《續修四庫全書》，上海古籍出版社2002年影印清道光黄氏刻、民國二十三年（1934）江都朱長圻補刊本，第1207册，第114頁。
③ 詳見屈守元《韓詩外傳箋疏》卷尾《佚文》，巴蜀書社1996年版，第920頁。
④ 杜臺卿：《玉燭寶典》卷3，華東師範大學出版社2017年影印《古逸叢書》本，第148、158頁。
⑤ 《宋濂全集》，人民文學出版社2014年版，第432頁。

3.《雨無政》。無,衆也。①（馬國翰輯本繫於《小雅·雨無政》）

按：馬氏謂此條出自呂祖謙《呂氏家塾讀詩記》,考該書卷二十《雨無正》題解下注："劉諫議曰：'嘗讀《韓詩》,有《雨無極》篇,序云："《雨無極》,正大夫刺幽王也。"比《毛詩》篇首多'雨無其極,傷我稼穡'八字。'○董氏曰：'《韓詩》作"雨無政",正大夫刺幽王也。《章句》曰：無,衆也。'"②末句已準確注明"無,衆也"爲《韓詩章句》之文③,馬國翰輯之入《韓詩内傳》,有失深考。

4. 短狐,水神也。④（馬國翰輯本繫於《小雅·何人斯》）

按：此條見《太平御覽》卷九五〇引《韓詩外傳》⑤,馬國翰注："臧庸《拜經日記》云：'爲鬼爲蜮',《何人斯》傳云：'蜮,短狐也。'《御覽》引《韓詩内傳》云云。"臧庸在毫無根據的前提下,徑將《御覽》所引《韓詩外傳》定爲《韓詩内傳》,頗顯武斷。但《韓詩外傳》並非訓詁之書,而此文乃訓釋"爲鬼爲蜮"之語,

---

① 馬國翰輯：《玉函山房輯佚書·韓詩内傳》,臺北文海出版社 1974 年影印同治十年（1871）濟南皇華館書局補刻本,第 509 頁。

② 吕祖謙：《吕氏家塾讀詩記》卷 20,國家圖書館藏宋淳熙九年（1182）江西漕臺刻本,第 48 頁 b。注中"劉諫議"乃劉安世,"董氏"乃董逌。

③ 對於劉安世和董逌所引《韓詩》佚文的可靠性,學界存在不同意見。臧庸認爲不可爲據："案劉、董之説,不見所本,並是僞撰。且劉以爲作《雨無極》,董以爲作《雨無政》,一《韓詩序》也,何不同若此？劉引經而不言有章句,董引章句而不言及于經,一《韓詩經》及《章句》也,何又不同若此？不待於辨,而可見其妄矣。"見：《韓詩訂訛》,《韓詩遺説》附錄,《叢書集成初編》,中華書局 1985 年版,第 1746 册,第 62—63 頁。馬昕則認爲臧氏之説存在邏輯漏洞,詳見氏著：《清代乾嘉時期的〈韓詩〉輯佚學》,《國學》第 1 集,2016 年,第 401 頁。此亦可備一説。

④ 馬國翰輯：《玉函山房輯佚書·韓詩内傳》,臺北文海出版社 1974 年影印同治十年（1871）濟南皇華館書局補刻本,第 509—510 頁。

⑤ 《太平御覽》卷 950,中華書局 1960 年重印涵芬樓影印宋本,第 4219 頁。

故頗疑《御覽》誤將《韓詩章句》引爲《韓詩外傳》。此類誤引在《御覽》中不乏其例，如《玉燭寶典》引《韓詩章句》釋《鄭風·溱洧》之文①，在《御覽》卷五九中便冠以《韓詩外傳》之名②；再如《秘府略》引《韓詩章句》釋《王風·黍離》之文③，在《御覽》卷八十二中亦冠以《韓詩外傳》之名④。足見《御覽》對於《韓詩章句》的引用不甚嚴格，常常誤題作《韓詩外傳》。

5. 凡草木花多五出，雪花獨六出。雪花曰霙。⑤（馬國翰輯本繫於《小雅·頍弁》）

按：此條泛見於唐人類書，然皆謂出自《韓詩外傳》⑥。馬國翰注云："今《外傳》無此語，蓋《内傳》文。"這種簡單的排除法完全忽視了《外傳》存在版本流變的複雜事實。本書第一章已經證出唐宋本《韓詩外傳》與今本不同，所以該材料完全存在出於唐宋本《外傳》的可能。余嘉錫（1884—1955）亦以精審的考證，論述了此條材料爲《外傳》佚文⑦，本書尊重余先生之説，仍以古籍著録的原貌爲準，定其爲《韓詩外傳》之文。

---

① 杜臺卿：《玉燭寶典》卷3，華東師範大學出版社2017年影印《古逸叢書》本，第148頁。
② 《太平御覽》卷59，中華書局1960年重印涵芬樓影印宋本，第284頁。
③ 滋野貞主：《秘府略》卷864，塙保己一：《續群書類從》，東京續群書類從完成會1933年版，第30輯下，第3頁。
④ 《太平御覽》卷842，中華書局1960年重印涵芬樓影印宋本，第2155頁。
⑤ 馬國翰輯：《玉函山房輯佚書·韓詩内傳》，臺北文海出版社1974年影印同治十年（1871）濟南皇華館書局補刻本，第510頁。
⑥ 歐陽詢：《藝文類聚》卷2，上海古籍出版社1999年版，第23頁；徐堅等：《初學記》卷2，中華書局1962年版，第27頁；白居易：《白氏六帖事類集》第1函卷1，文物出版社1987年影印傅增湘藏紹興刻本，第10頁b。
⑦ 余嘉錫：《四庫提要辨證》卷1，中華書局1980年版，第41頁。

6. 嗚，歎聲也。①（臧庸輯本繫於《大雅·抑》）

按：此條見《文選·赴洛道中作》"嗚咽辭密親"句下李善注引《韓詩章句》②，非出自《韓詩內傳》。又，善注"歎聲"作"歎詞"。

7. 炯謂燒草傅火焰盛也。③（馬國翰輯本繫於《大雅·雲漢》）

按：此條見《一切經音義》卷二三引《韓詩傳》④，馬氏遽定爲《韓詩內傳》，不可從。觀其爲訓釋《雲漢》"藴隆炯炯"之文，當出於《韓詩章句》。另，馬氏引文之"炯"乃"烔"之訛。

8. 上受爵命于天子。乃歸即位何？明爵天子有也，臣無自爵之義。⑤（馬國翰輯本繫於《大雅·韓奕》）

按：此條見《禮記正義》孔穎達所引《韓詩內傳》⑥。考班固《白虎通》卷一引《韓詩內傳》云："諸侯世子三年喪畢，上受爵命于天子。所以名之爲世子何？言欲其世世不絕也。何以知天子？子亦稱世子也。"⑦可知《正義》所引《內傳》之文應至"上受爵命于天子"止，下文"乃歸即位何？明爵天子有也，臣無自爵之義"

---

① 臧庸：《韓詩遺說》卷下，《叢書集成初編》，中華書局1985年版，第1746册，第45頁。
② 《六臣注文選》卷26，中華書局1987年影印涵芬樓所藏宋刊本，第493頁。
③ 馬國翰輯：《玉函山房輯佚書·韓詩內傳》，臺北文海出版社1974年影印同治十年（1871）濟南皇華館書局補刻本，第510頁。
④ 慧琳：《一切經音義》卷23"洞然"條，徐時儀：《一切經音義三種校本合刊》，上海古籍出版社2002年版，第891頁。
⑤ 馬國翰輯：《玉函山房輯佚書·韓詩內傳》，臺北文海出版社1974年影印同治十年（1871）濟南皇華館書局補刻本，第510頁。
⑥ 《禮記正義》卷4，阮元校刻：《十三經注疏》，中華書局2009年影印清嘉慶刻本，第1261頁。
⑦ 陳立：《白虎通疏證》卷1，中華書局1994年版，第29—30頁。

三句乃孔穎達疏引班固《白虎通》語，非《內傳》之文。

9. 岐道雖僻而人不遠。①（馬國翰輯本繫於《周頌·天作》）

按：此條引自《後漢書·西南夷列傳》朱輔上書所引《周頌·天作》"彼徂者，岐有夷之行"之《傳》②。然此《傳》並非《韓詩內傳》，而是李賢注所引《韓詩薛君傳》，亦即《韓詩章句》："徂，往也。夷，易也。行，道也。彼百姓歸文王者，皆曰岐有易道，可往歸矣。易道謂仁義之道而易行，故**岐雖阻僻而人不難**。"③ 朱輔所引《傳》顯即《章句》之最末一句（已黑體標記）。字句小異，則或由朱輔、李賢徵引《章句》版本不同而致，或因朱輔隱括《章句》大意而非直引所致，猶盧文弨所言："大凡昔人援引古書，不必盡如本文。"④

10. 楚有屠羊説。⑤（馬國翰輯本置於"逸句不知何屬者"）

按：此條見鄭樵《通志·氏族略》引《韓詩內傳》⑥，但鄭氏所引有誤，因此條材料實爲《韓詩外傳》之文。《外傳》卷八第三章云："吳人伐楚，昭王去國。國有屠羊説從行。"屈守元注：

---

① 馬國翰輯：《玉函山房輯佚書·韓詩內傳》，臺北文海出版社 1974 年影印同治十年（1871）濟南皇華館書局補刻本，第 511 頁。

② 《後漢書》卷 86，中華書局 1965 年版，第 2855 頁。對於所引詩句，點校本作"彼徂者岐，有夷之行"，但考《韓詩外傳》卷 3 首章引此詩作："岐有夷之行，子孫保之。"可證《韓詩》學派以"岐"字屬下句，故據之重新斷句。

③ 《後漢書》卷 86，中華書局 1965 年版，第 2855 頁。"岐雖險僻"原作"岐道險阻"，此據朱熹所見之本改，見朱熹：《詩集傳》卷 19，中華書局 2017 年版，第 340 頁。

④ 盧文弨：《抱經堂文集》卷 20《與丁小雅進士論校正〈方言〉書》，中華書局 1990 年版，第 284 頁。

⑤ 馬國翰輯：《玉函山房輯佚書·韓詩內傳》，臺北文海出版社 1974 年影印同治十年（1871）濟南皇華館書局補刻本，第 511 頁。

⑥ 鄭樵：《通志二十略》卷 4，中華書局 1995 年版，第 160 頁。

"《元和姓纂·平聲·十虞》'屠羊'下云:'《韓詩内傳》:楚大夫屠羊說。'誤'《外傳》'爲'《内傳》',以屠羊說爲楚大夫,亦不確。"① 可見至遲從唐人林寶《元和姓纂》開始,已經將《外傳》的這條材料誤引作《内傳》,鄭樵應該就是在林寶基礎上的以訛傳訛,這一訛誤又一直保留到了馬國翰的《韓詩内傳》輯本中。

(二)舊輯本《韓詩内傳》所錄存疑材料

1. 佩玉上有蔥衡,下有雙璜。衝牙、蠙珠,以納其間。②
(馬國翰輯本繫於《小雅·采芑》)

按:此條見《周禮注疏·玉府》"佩玉、珠玉"句下鄭玄注引《詩傳》,賈公彦疏:"引'《詩傳》曰',謂是《韓詩》。"③則此係《韓詩傳》之佚文。但賈氏並未確指爲《韓詩内傳》,故存在《韓詩章句》或《韓詩外傳》佚文之可能,暫置於"存疑"之中。

2. 堵四十尺,雉二百尺。以板長八尺,接五板而爲堵,接五堵而爲雉。④(馬國翰輯本繫於《小雅·鴻雁》)

按:此條見孔穎達《毛詩正義·鴻雁》引何休注《公羊傳》所

---

① 屈守元:《韓詩外傳箋疏》卷8第3章,巴蜀書社1996年版,第668—670頁。
② 馬國翰輯:《玉函山房輯佚書·韓詩内傳》,臺北文海出版社1974年影印同治十年(1871)濟南皇華館書局補刻本,第509頁。
③ 《周禮注疏》卷6,阮元校刻:《十三經注疏》,中華書局2009年影印清嘉慶刻本,第1459頁。
④ 馬國翰輯:《玉函山房輯佚書·韓詩内傳》,臺北文海出版社1974年影印同治十年(1871)濟南皇華館書局補刻本,第510頁。

用《韓詩傳》文①（案今本何注之文作"八尺曰板，堵凡四十尺"②，與孔氏所引有別），未言是《韓詩内傳》。此或係《韓詩章句》釋《小雅·鴻雁》"百堵皆作"之文。

3. 伯邑考、武王發、周公旦、管叔鮮、蔡叔鐸、成叔處、霍叔武、康叔封、南季載。③（馬國翰輯本繫於《大雅·思齊》）

按：此條見《白虎通》卷九所引《詩傳》④，未可遽定爲《韓詩内傳》，兹存疑。

三 《韓詩内傳》新輯

不難看出，以上所列舊輯本存在的僞材料與存疑材料之所以廣泛存在，主要是因爲前代輯佚家並没有尊重其輯佚來源所著録的原書名，只要逐條對舊輯本所提供的輯佚來源進行排查，就可以發現其中並没有明確寫作"《韓詩内傳》"者。輯佚家將這批不明真實身份的材料輯入《韓詩内傳》，或出於徑改書名，或出于無據猜測，最終只能歸入留待辨僞或存疑的行列。本小節將對《韓詩内傳》進行重新輯録，收録在這裏的十三條材料可以確定爲《内傳》佚文，它們最初被引用時，均明確冠以"《韓詩内傳》"之名。易言之，就目前可以看到的材料而言，《韓詩内傳》流傳至今的可靠佚文僅有以下十三條。

兹按照輯佚來源的時代先後，將《韓詩内傳》佚文逐條列

---

① 《毛詩正義》卷11之1，阮元校刻：《十三經注疏》，中華書局2009年影印清嘉慶刻本，第924頁。
② 《春秋公羊傳注疏》卷26，阮元校刻：《十三經注疏》，中華書局2009年影印清嘉慶刻本，第5089頁。
③ 馬國翰輯：《玉函山房輯佚書·韓詩内傳》，臺北文海出版社1974年影印同治十年（1871）濟南皇華館書局補刻本，第510頁。
④ 陳立：《白虎通疏證》卷9，中華書局1994年版，第418頁。

出。對於不同輯本所引録的同一條佚文，如無詳略之別，則選用時代最早者加以著録；如有詳略之別，則選用最詳細者加以著録。

　　1.《韓詩内傳》曰："諸侯世子三年喪畢，上受爵命于天子。所以名之爲世子何？言欲其世世不絕也。何以知天子？子亦稱世子也。"

　　按：見班固《白虎通》卷一引《韓詩内傳》①。《文選》卷二十一左思《咏史詩》李善注引《韓詩内傳》曰："所以爲世子何？言世世不絕。"② 即節引此文。

　　2.《韓詩内傳》曰："孔子爲魯司寇，先誅少正卯。謂佞道已行，亂國政也；佞道未行，章明，遠之而已。"

　　按：見班固《白虎通》卷五引《韓詩内傳》③。鄭樵《通志·氏族略》"少正氏"條引《韓詩内傳》曰："魯大夫有少正卯，仲尼誅之。"④ 即本於此。

　　3.《韓詩内傳》曰："師臣者帝，友臣者王，臣臣者伯，虜臣者亡。"

―――――――――

　① 陳立：《白虎通疏證》卷1，中華書局1994年版，第29—30頁。
　② 《六臣注文選》卷21，中華書局1987年影印涵芬樓所藏宋刊本，第387頁。
　③ 陳立：《白虎通疏證》卷5，中華書局1994年版，第217頁。按"佞道未行"句，吳則虞先生原斷作"佞道未行章明，遠之而已"，現考陳立疏語釋此句曰："若佞惡未著，則但聲言其佞，遠之而不用"，是分此句爲三節："佞惡未著"釋原文"佞道未行"，"但聲言其佞"釋原文"章明"，"遠之而不用"釋原文"遠之而已"；且自"佞道未行"爲斷，適與前文"佞道已行"爲對。故兹依陳立疏語重加斷句。
　④ 鄭樵：《通志二十略》卷4，中華書局1995年版，第153頁。

按：見班固《白虎通》卷七引《韓詩內傳》①。董斯張《補王伯厚〈詩考〉》亦引此條，"友臣者王"作"交愛臣者王"②，未知何據。《白虎通》所引句式整飭，當爲原文。疑董氏所據本"友"訛作"交"，而"交臣者王"句意不通，遂於"交"下增"愛"，但這反而打破了原有句式的整齊劃一。

4.《韓詩內傳》曰："太子生，以桑弧蓬矢六，射上下四方，明當有事天地四方也。"

按：見班固《白虎通》卷九引《韓詩內傳》③。《文選》卷二十九棗據《雜詩》李善注亦引此條④，"太子"作"男子"。作"男子"者，疑李善因所注詩句"士生則懸弧，有事在四方"而改，因以"太子"注"士"不可，但以"男子"注"士"則可。亦有可能是李善因涉《白虎通》上文"以桑弧蓬矢六射者，何也？此男子之事也"而誤引。今已不可詳考其因，兹以班固年代近於韓嬰，暫從《白虎通》。

5.《韓詩內傳》："舜漁雷澤。"

按：見應劭《風俗通義》卷十引《韓詩內傳》⑤。

6.《韓詩內傳》曰："鸞在衡，和在軾前。升車則馬動，馬動則鸞鳴，鸞鳴則和應。"

---

① 陳立：《白虎通疏證》卷7，中華書局1994年版，第326頁。
② 董斯張：《吹景集》卷8，《續修四庫全書》，上海古籍出版社2002年影印崇禎刻本，第1134冊，第74頁。
③ 陳立：《白虎通疏證》卷9，中華書局1994年版，第408頁。
④ 《六臣注文選》卷29，中華書局1987年影印涵芬樓所藏宋刊本，第554頁。
⑤ 王利器：《風俗通義校注》卷10，中華書局2010年版，第477頁。

按：見《禮記·經解》鄭玄注引《韓詩内傳》①。《史記·禮書》裴駰《集解》亦引此條鄭注，文字全同②。《毛詩注疏·駉騭》孔穎達疏僅引"鸞在衡，和在軾"二句③，而《春秋左傳正義》卷五孔穎達疏引則爲"鸞在衡，和在軾前"七字④，可見"前"字究屬上句抑屬下句而讀，於唐時已存歧見。兹暫屬上句。另，董逌《廣川詩故》引《韓詩》云："在軾曰和，在軶曰鸞"⑤，與《經解》鄭注所引不同，當爲該遺説之異文。

7.《韓詩内傳》曰："王者舞六代之樂，舞四夷之樂，大德廣之所及。"

按：見《六臣注文選·魏都賦》張載注引《韓詩内傳》⑥。

8.《韓詩内傳》云："天子奉玉升柴，加于牲上而燔之。"

按：見《禮記正義·郊特牲》孔穎達正義引《韓詩内傳》⑦。孔疏所引至"加于牲上"即止，杜佑《通典》卷四二亦引此文⑧，較

---

① 《禮記正義》卷50，阮元校刻：《十三經注疏》，中華書局2009年影印清嘉慶刻本，第3494頁。
② 《史記》卷23，中華書局1982年版，第1162頁。
③ 《毛詩正義》卷6之3，阮元校刻：《十三經注疏》，中華書局2009年影印清嘉慶刻本，第786頁。
④ 《春秋左傳正義》卷5，阮元校刻：《十三經注疏》，中華書局2009年影印清嘉慶刻本，第3784頁。
⑤ 董逌：《廣川詩故》，見吳國武：《董逌〈廣川詩故〉輯考》，《北京大學中國古文獻研究集刊》第7輯，2008年，第173頁。
⑥ 《六臣注文選》卷6，中華書局1987年影印涵芬樓所藏宋刊本，第132頁。
⑦ 《禮記正義》卷25，阮元校刻：《十三經注疏》，中華書局2009年影印清嘉慶刻本，第3130頁。
⑧ 《通典》卷42，中華書局1988年版，第1165頁。《通典》此處誤引作《韓詩外傳》，此據《禮記正義》正之。

孔疏多"而燔之"三字，兹據補。又，杜書誤引此作《韓詩外傳》之文，陳祥道《禮書》卷五九引此文亦誤作《外傳》①，並當據孔疏正之。

9.《韓詩內傳》云："禘，取毀廟之主，皆升合食於太祖。"

按：見杜佑《通典》卷四九引《韓詩內傳》②。

10.《韓詩內傳》曰："湯爲天子十三年，年百歲而崩，葬於徵。"

按：見李昉等《太平御覽》卷八三引《韓詩內傳》③。

11.《韓詩內傳》曰："春曰畋，夏曰狻，秋曰獮，冬曰狩。天子抗大綏，諸侯小綏，辟小獻禽其下，天子親射之旂門。夫田獵，因以講道、習武、簡兵也。"

---

① 陳祥道：《禮書》卷59，《景印文淵閣四庫全書》，臺北商務印書館1986年版，第130冊，第372頁。
② 《通典》卷49，中華書局1988年版，第1380頁。
③ 《太平御覽》卷83，中華書局1960年重印涵芬樓影印宋本，第389頁。按《御覽》於"葬於徵"後，尚有"今扶風徵陌是也"七字，前人亦以爲《內傳》之文。考《漢書·景帝紀》："三輔舉不如法令者。"應劭注："京兆尹，左馮翊，右扶風，共治長安城中，是爲三輔。"顏師古注："時未有京兆、馮翊、扶風之名。此三輔者，謂主爵中尉及左右內史也。應說失之。"見《漢書》卷5，中華書局1962年版，第149頁。韓嬰爲漢初儒生，而景帝時尚未有扶風之名，則"今扶風徵陌是也"當非韓嬰之語，故暫不收錄。孫星衍云："《帝王世紀》：'《韓詩內傳》曰：湯爲天子十三年，年百歲而崩，葬於徵。今扶風徵陌是也。'按：'葬於徵'已下是皇甫謐語。"見《岱南閣集》卷1《澄城陵》，中華書局1996年版，第189頁。是孫氏亦不以"今扶風徵陌是也"爲韓嬰語。其所以定爲皇甫謐語者，蓋因《帝王世紀》乃謐所撰，故以之爲謐申釋《內傳》之語。然考顧觀光（1799—1862）輯《帝王世紀》，未見《內傳》此文，不知星衍何據，聊識於此，留待深考。

按：見李昉等《太平御覽》卷八三一引《韓詩內傳》①。

12.《韓詩》云：鶌鶋胎生，孔子渡江見之，異，衆莫能名。孔子嘗聞河上人歌曰："鶋兮鶌兮，逆毛衰兮，一身九尾長兮。"鶌鶋也。

按：見陳彭年《鉅宋廣韻》卷五引《韓詩》②。《大戴禮記·易本命》盧辯注引《韓詩內傳》曰："鶬鶋胎生，孔子渡江見而異之。"③ 由此知《廣韻》所引《韓詩》實爲《內傳》文，以其詳於盧注，故此處引陳書。另，"鶌鶋胎生"爲陳書所未有，此據盧注"鶬鶋胎生"補，並因陳書"鶋兮鶌兮"及"鶌鶋也"之文，改爲"鶌鶋胎生"。

13.《韓詩內傳》："鄭交甫將南適楚，遵彼漢皋臺下，乃遇二女魃服，佩兩珠，大如荊雞之卵。與言曰：'願請子之佩。'二女與交甫。交甫受而懷之，趨而去。十步循探之，即亡矣。迴顧二女，亦即亡矣。"

按：見蕭士贇《分類補注李太白詩》卷一《惜餘春賦》注引《韓詩內傳》④。《文選》李善注兩引《韓詩內傳》此條佚文⑤，然無"將南適楚"及"佩兩珠，大如荊雞之卵"之句。考《文選》卷四李善注引《韓詩外傳》曰："鄭交甫將南適楚，遵彼漢皋臺下，乃

---

① 《太平御覽》卷831，中華書局1960年重印涵芬樓影印宋本，第3707頁。
② 陳彭年：《鉅宋廣韻》卷5，上海古籍出版社1983年影印宋乾道五年（1169）建寧府黃三八郎書鋪刊本，第394頁。
③ 孔廣森：《大戴禮記補注》卷13，中華書局2013年版，第250頁。
④ 李白著，楊齊賢集注，蕭士贇補注：《分類補注李太白詩》卷1，哈佛燕京圖書館藏元刊本，第11頁a。
⑤ 《六臣注文選》卷12、卷19，中華書局1987年影印涵芬樓所藏宋刊本，第245、354頁。

遇二女，佩兩珠，大如荆鷄之卵。"① "遵彼漢皋臺下，乃遇二女"已見善注引《韓詩内傳》，"大如荆鷄之卵"又見《太平御覽》卷八〇二引《韓詩内傳》②，是知善注引此條《韓詩外傳》實爲《韓詩内傳》，則"將南適楚"及"佩兩珠，大如荆鷄之卵"皆爲《内傳》文。蕭士贇統諸善注，詳備而不失其真，故據以録入。又"乃遇二女魅服""大如荆鷄之卵"二句中"乃""之"二字爲蕭注所缺，此據上引善注《韓詩外傳》增。"魅服"亦爲蕭注所闕，此據唐人長孫訥言《切韻箋注》卷四引《韓詩傳》"鄭交甫逢③二女魅服"而增④，由"鄭交甫逢二女"可知長孫所引《韓詩傳》爲《韓詩内傳》。長孫書久佚，幸賴敦煌有出土殘卷，得睹遺貌。"即亡矣"之"亡"本訛作"之"，此據李善注引《韓詩内傳》改。

第三節 《韓詩外傳》佚文輯校

《韓詩外傳》最初著録於班固《漢書・藝文志》，但今天見到的《外傳》已非漢時舊貌。本書第一章曾結合文獻記載與徵引情況，論證了《韓詩外傳》在版本流變中，至少經歷過三個較爲明確可考的階段，即漢代六卷本、隋至宋時十卷本、元代以來十卷本。這三個階段，使得《外傳》在卷帙與篇章方面均發生了一定的變化。故清代學者胡廣善曾言簡意賅地指出："《韓詩外傳》非漢時之舊，並非

---

① 《六臣注文選》卷 4，中華書局 1987 年影印涵芬樓所藏宋刊本，第 83 頁。
② 《太平御覽》卷 802，中華書局 1960 年重印涵芬樓影印宋本，第 3561 頁。
③ "逢"字原訛作"逄"，當涉字形相近而誤。
④ 長孫訥言：《切韻箋注》卷 4，張涌泉主編審訂：《敦煌經部文獻合集》，中華書局 2008 年版，第 5 册，第 2475 頁。

復唐宋之舊。"① 本節將以古籍徵引、但不見於今本的《外傳》之文爲中心，介紹此前的輯佚情況，辨別非《外傳》佚文的類型，並對《外傳》佚文進行重新輯録，藉以鈎沉元前《外傳》遺貌之彷彿。

一 《韓詩外傳》輯佚資料簡介

由於《韓詩外傳》傳世至今，佚文問題並不突出，所以與《韓詩》佚著相比，學界對《外傳》佚文的關注並不充分。儘管《外傳》佚文在廣義上亦隸屬於《韓詩》佚文的範疇，但多數《韓詩》輯本並未將之視爲輯佚對象，僅有陳喬樅《韓詩遺説考》卷首略有涉及。真正對《外傳》佚文進行系統輯録的著作，是一系列以《韓詩外傳》的校勘注釋爲中心的著作和部分輯佚叢書，前者可以趙懷玉《校刻韓詩外傳》、陳士珂《韓詩外傳疏證》等爲例，後者可以王仁俊《經籍佚文》爲例。同時，有部分考據類的學術筆記，如焦竑的《焦氏筆乘續集》、陸以湉《冷廬雜識》等，也涉及過《外傳》的佚文問題，所輯內容雖然相對鬆散，却不無價值，因爲其中有些條目並未被專輯《外傳》佚文的著述吸納。這些先行成果，皆爲進一步完善《外傳》的輯佚工作奠下了堅實的基礎。屈守元在《韓詩外傳佚文》弁言中曾簡略梳理過《外傳》佚文輯録史②，但遺漏較多，有待補苴。兹就聞見所及，以時間爲序，將歷代輯録《韓詩外傳》佚文的資料簡要介紹於下，用以梳理《外傳》輯佚的學術歷程。

焦竑《焦氏筆乘續集》卷三曾專設"《韓詩外傳》"一條，輯録了佛教典籍徵引的兩條《外傳》佚文③。焦氏並未厝意於專門輯録

---

① 胡虔善：《〈韓詩外傳校注〉序》，《新城伯子文集》卷3，《清代詩文集彙編》，上海古籍出版社2010年影印嘉慶四年（1799）井觀室刻本，第357冊，第74頁。

② 屈守元：《韓詩外傳箋疏》卷尾《韓詩外傳佚文》，巴蜀書社1996年版，第887頁。

③ 焦竑：《焦氏筆乘·續集》卷3"《韓詩外傳》"條，中華書局2008年版，第327頁。

《外傳》佚文，這一條筆記當是他閱讀佛典的意外發現，但在客觀上却開啓了《外傳》輯佚的法門，引起了後來學者的注意。稍後於焦竑的董斯張即以焦氏此條筆記爲契機，對《外傳》佚文進行了補輯①。學問淹博的文廷式（1856—1904）則專就焦竑的這則筆記作過考證："案弱侯（筆者按：即焦竑）所謂佛典，未知何書。唐釋道世《法苑珠林》卷六引《韓詩外傳》'鬼，歸也'云云，與此第二條同。注云：'出《御覽》。'則北齊《修文殿御覽》所引也。"② 這段文字延續並深化了焦氏對《外傳》佚文的探研。直到當代學界，焦竑的影響仍然存在，例如屈守元即因《焦氏筆乘》這一條筆記而將《外傳》佚文的發見之功歸於焦竑③。從整個《外傳》輯佚歷程來看，明代僅有焦竑和董斯張曾關注過《外傳》的佚文問題，所得雖不足與清儒相埒，但篳路藍縷，其發軔之功終不可湮滅。

清代是《韓詩外傳》校勘注釋的黃金時代。不少研究《韓詩外傳》的學者，都對該書佚文給予了關注。趙懷玉的《韓詩外傳校正》後附有盧文弨所輯《韓詩外傳補逸》一卷④，共輯錄佚文 39 條⑤，但自"王者舞六代之樂"條以下，俱爲《韓詩內傳》與盧氏認定"皆

---

① 董斯張：《世所傳〈韓詩〉〈汲冢〉〈國策〉諸書非全書》，《吹景集》卷12，《續修四庫全書》，上海古籍出版社 2002 年影印崇禎刻本，第 1134 册，第 107 頁。此文在焦竑之外，又輯出五條佚文。但其中"鄭交甫將南適楚"條乃《韓詩內傳》之文、"溱與洧，謂鄭國之俗"條乃《韓詩章句》之文，故有效者實際僅三條。

② 文廷式：《純常子枝語》卷 1，江蘇廣陵古籍刻印社 1990 年影印雙照樓刻本，第 23 頁。

③ 屈守元：《韓詩外傳箋疏》卷尾《韓詩外傳佚文》，巴蜀書社 1996 年版，第 887 頁。

④ 孫星衍《孫氏祠堂書目》在"《韓詩外傳》十卷"後有"又《補逸》一卷，盧文弨輯，趙懷玉刊"之語，見《孫氏祠堂書目》內編卷 1，《叢書集成初編》，中華書局 1985 年版，第 40 册，第 5 頁。據此可知附於《韓詩外傳校正》後的《補逸》出自盧文弨之手。

⑤ 盧文弨輯：《韓詩外傳補逸》，載趙懷玉《韓詩外傳校正》卷尾，國家圖書館藏乾隆五十九年（1790）亦有生齋刻本，第 1—5 頁。

《章句》之文"者①，實際均不宜置於《外傳》的補逸中。盧氏輯《韓詩外傳》佚文，按佚文來源的性質排列，出自經部者居首，次為出自史、集兩部者，殿以出自類書者，利用較多的是《文選注》及《北堂書鈔》《太平御覽》等常見類書，對於出自僻書的《外傳》佚文則遺漏不少。但作為首部較為集中地輯錄《外傳》佚文的輯本，其仍具備重要的學術價值，魏達純於上世紀90年代刊行的《韓詩外傳譯注》曾在附錄中全文迻錄了盧氏輯本②，便是該輯本學術影響的有力證明。周宗杬《韓詩外傳校注拾遺》後附跋文，其中談及"今《傳》殆非完書"時，曾舉出三處不見今本的《外傳》佚文③，其中"（閔）子騫早喪母"條為盧文弨所漏輯。陳士珂《韓詩外傳疏證》卷末附有《韓詩外傳佚文》一卷，共輯得九條佚文④，"昔鮑叔有疾"條為盧氏、周氏所未輯，具有一定價值。郝懿行《韓詩外傳考證》雖未梓行，但其為該書所撰序言之後附有《補遺》一卷，共得佚文十則⑤，間有前人漏輯者，亦有資於新輯《外傳》佚文之用。陳壽祺、陳喬樅父子的《韓詩遺說考》雖以輯錄《韓詩》佚著為旨歸，但卷首有《韓詩內外傳補逸》一卷，專就《韓詩外傳》佚文及不知繫於何篇的《韓詩》佚文進行蒐輯，共得佚文29條⑥，其中《外傳》佚文23條，餘者乃不明所屬的《韓

---

① 俱見盧文弨輯《韓詩外傳補逸》，載趙懷玉《韓詩外傳校正》卷尾，國家圖書館藏乾隆五十九年（1790）亦有生齋刻本，第4—5頁。
② 魏達純：《韓詩外傳譯注》附錄3《韓詩外傳補逸》，東北師範大學出版社1993年版，第365—368頁。
③ 周宗杬：《韓詩外傳校注拾遺》跋，《叢書集成初編》，中華書局1985年版，第525冊，第6頁。
④ 陳士珂：《韓詩外傳疏證》卷尾《韓詩外傳佚文》，《四庫未收書輯刊》，北京出版社2000年影印嘉慶二十三年（1818）刻本，第9輯第1冊，第632—633頁。
⑤ 郝懿行：《韓詩外傳補遺》，《曬書堂文集》卷3，《清代詩文集彙編》，上海古籍出版社2010年影印光緒十年（1884）東路廳署刻《郝氏遺書》本，第449冊，第336—337頁。
⑥ 陳壽祺撰，陳喬樅述：《韓詩遺說考》卷首《韓詩內外傳補逸》，《續修四庫全書》，上海古籍出版社2002年影印清刻《左海叢書》本，第76冊，第509—511頁。

詩》佚文。二陳父子對於《外傳》佚文的輯錄詳備準確，展現了高超的輯佚素養。顧觀光的《古書逸文》亦包含了對《韓詩外傳》佚文的輯錄，與盧文弨輯本各有異同。此外，王仁俊《經籍佚文》對《韓詩外傳》佚文的輯錄也值得注意，他先對郝懿行所輯條目進行了迻錄，後附自己新輯的六條佚文（其中"曾參喪妻"條已爲郝懿行輯出）①，既有與前人輯錄重疊者，亦有不見於前人輯本者，故王輯本仍有可取之處。陸以湉（1802—1865）《冷廬雜識》卷五"《韓詩外傳》"條也提及了不見於今本《外傳》的幾則佚文，得出"十卷雖仍《隋志》之舊，而已非全書"的結論②。總體而言，清代學者對於《外傳》佚文的輯錄進入了較爲成熟的境地，這不僅表現爲所輯佚文數量的增多，還體現爲佚文可靠性的提升，尤其是盧文弨和二陳父子，他們對《外傳》佚文的輯錄呈現出質和量兩方面的成熟。

現當代學界接續了清儒對《韓詩外傳》的校勘注釋工作，對該書的佚文亦給予了足夠的關注。趙善詒在上世紀30年代曾撰寫過詳備審慎的《韓詩外傳補正》，書末所附《韓詩外傳佚文考》③展現了趙氏在《外傳》研究方面的突出成就。《佚文考》上卷乃專輯群書所載《外傳》佚文，並附詳細的考證；下卷則收錄誤題爲《外傳》的《韓詩》遺説，以按語形式説明其辨僞理由。這種體例設置，衝決了清人輯而不考、錄而不辨等傳統模式的限制，形成了輯佚與辨僞兼重的研究範式，對後來瞿紹汀、屈守元等人的相關研究均起到了示範作用。臺灣瞿紹汀教授亦精於《外傳》輯

---

① 王仁俊：《經籍佚文》經編，《玉函山房輯佚書續編三種》，上海古籍出版社1989年影印上海圖書館藏稿本，第361頁。
② 陸以湉：《冷廬雜識》卷5，中華書局1984年版，第273頁。
③ 趙善詒：《韓詩外傳補正》卷尾《韓詩外傳佚文考》，長沙商務印書館1938年版，第247—267頁。

佚，其所輯《外傳》佚文附於《韓詩外傳校釋》之後①，共有一百餘條。這一數量超過了以往輯錄《外傳》佚文的所有輯本，但其中不少條目實為同一章内容，只是由於不同典籍徵引時存在詳略之别，且各本之間又不乏字句之異與互補之處，難以遽定何者為最善之本，故瞿氏全部收録，供讀者決斷。這種輯錄方式看似重疊繁瑣，實則異常審慎，因為這保留了同一條異文的不同面貌，且各本之間的字句與詳略之别，都可以相當直觀地呈現出來。瞿氏輯錄《外傳》的優勢不僅體現在蒐集了數量豐富的遺説，還表現在對遺説的辨别上。瞿氏對於古籍誤題為《外傳》的《韓詩》佚文，均能結合相關史料加以辨偽，延續了趙善詒輯錄與考辨兼重的研究特色。雖然其中偶有失考之處②，但仍不失為一部極有價值的輯本。不過由於《校釋》在學術界流傳不廣，導致其輯佚成果至今未得到應有的重視，不少瞿氏已經輯出的條目，在後來的《外傳》輯本並未得到體現，這不能不説是一大遺憾。

屈守元的《韓詩外傳箋疏》附有《韓詩外傳佚文》一卷③，其體例為先録其認為可靠的《外傳》佚文，次之為存疑材料，最後則為辨偽。屈氏成書較晚，故對於前人相關研究成果掌握得比較

---

① 瞿紹汀：《韓詩外傳校釋》卷尾《韓詩外傳輯佚》，碩士學位論文，中國文化學院，1977年，第172—189頁。

② 例如瞿氏曾據《文選·中山王孺子妾歌》李善注輯《韓詩外傳》佚文云："趙簡子與諸大夫飲於洪波之臺，西都賓曰：視往昔之遺館，獲林光於秦餘。"見《韓詩外傳校釋》卷尾《韓詩外傳輯佚》，碩士學位論文，中國文化學院，1977年，第187頁。按考善注，其引《韓詩外傳》之文實際僅有"趙簡子與諸大夫飲於洪波之臺"一句，後文"視往昔之遺館，獲林光於秦餘"實乃張衡《西京賦》之文，李善誤記為《西都賦》之西都賓語，辯見胡克家《文選考異》卷5，載《文選》附録，中華書局1977年影印鄱陽胡氏重雕淳熙本，第924頁。復檢今本《外傳》卷七第八章，有"周舍死，簡子如喪子，后與諸大夫飲於洪波之臺"之文，見許維遹《韓詩外傳集釋》，中華書局1980年版，第248頁。可知李善所引《外傳》"趙簡子與諸大夫飲於洪波之臺"之句在今本中，並非佚文。所以瞿氏此處的輯録是無效的。

③ 屈守元：《韓詩外傳箋疏》卷尾《韓詩外傳佚文》，巴蜀書社1996年版，第887—932頁。

豐富，當其認爲前人有誤時，往往極盡嬉笑怒罵之能事①。但儘管屈氏在客觀上佔據總結前人成果的優勢，其所輯《外傳》佚文却並未反映出集大成的面貌。其輯本首先存在漏輯的情况，《永樂大典》殘卷保留的《外傳》佚文，屈氏即俱未輯入；其次，屈氏輯本存在失考之處②；第三，屈氏録文的準確性常常存在問題③；第四，

---

① 例如屈氏曾譏諷余嘉錫先生"近於鑿空無稽"，又嘲笑趙善詒"疏舛如此，輯佚云乎哉"！見《韓詩外傳箋疏》卷尾《韓詩外傳佚文》，巴蜀書社 1996 年版，第 921、932 頁。

② 屈氏失考之處可以分爲以下三個方面：（一）誤他書爲《外傳》。例如屈氏曾據唐人李瀚《蒙求》卷中舊注輯《外傳》佚文云："伯瑜有過，其母笞之，泣。母曰：'他日笞汝，未及泣；今泣，何也？'對曰：'他日得杖，常痛；今母老矣，無力，不能痛，是以泣。'"見《韓詩外傳箋疏》卷尾《韓詩外傳佚文》，巴蜀書社 1996 年版，第 888 頁。其所謂"舊注"當即宋人徐子光注本，今考徐注《蒙求》並無卷中，屈氏引文見徐注本卷下，但並非出自《韓詩外傳》，而是出於《説苑》，見李瀚著，徐子光注：《蒙求集注》卷下，《景印文淵閣四庫全書》，臺北商務印書館 1986 年版，第 892 册，第 754 頁。不知屈氏所據《蒙求》舊注爲何本。下文新輯《外傳》佚文，將不再收録這條材料。（二）改竄原典。例如屈氏據《公羊傳》成公二年徐彦疏輯《外傳》佚文云："皮并以征。"見《韓詩外傳箋疏》卷尾《韓詩外傳佚文》，巴蜀書社 1996 年版，第 912 頁。今考徐彦原文云："《解》云：時王之禮，即昭二十五年注云'皮弁以征不義'是也。《韓詩傳》亦有此文。"見《春秋公羊傳注疏》卷 17，阮元校刻《十三經注疏》，中華書局 2009 年影印清嘉慶刻本，第 4972 頁。可見此文實出自《韓詩傳》，未可遽定爲《韓詩外傳》。對勘引文，又可見屈氏誤"弁"爲"并"，且脱"不義"二字。下文新輯《外傳》佚文時，不再收録此條《韓詩傳》。（三）著録輯佚來源時有誤。例如《法苑珠林》曾引《韓詩外傳》"死爲鬼"一節佚文，文廷式《純常子枝語》卷一早已考出此節佚文出自卷 6，但屈守元却誤録爲卷 10，見《韓詩外傳箋疏》卷尾《韓詩外傳佚文》，巴蜀書社 1996 年版，第 906 頁。

③ 例如《水經注·滍水》引《韓詩外傳》佚文云："以桐葉爲圭，曰：吾以封汝"，屈氏誤作"以桐葉爲珪，以封汝"；再如《初學記》卷七引《韓詩外傳》佚文云"二月不得泉"，屈氏誤作"三月不得泉"；再如《法苑珠林》卷六引《韓詩外傳》佚文有"骨歸於木""露歸於草"之文，屈氏誤作"腎歸於木""髮歸於草"。見《韓詩外傳箋疏》卷尾《韓詩外傳佚文》，巴蜀書社 1996 年版，第 898、904、906 頁。這都降低了屈氏輯本的準確度。

屈氏輯本有疑古太甚之嫌①。何志華與朱國藩編著的《唐宋類書徵引〈韓詩外傳〉資料彙編》將唐宋類書徵引的《韓詩外傳》之文悉數輯出，其中既包括見於今本的篇章，也包括今本佚去的章節②，後者即屬於《外傳》輯佚的範疇。但由於該書以唐宋類書爲工作依據，所以類書之外的古籍所引《外傳》並不在該書收錄範圍之內，故就《外傳》輯佚而言，此書尚無法成爲完善的《外傳》輯本（當然這亦非該書之編纂目的）。

二 《韓詩外傳》僞佚文的三種類型

如前所述，輯錄《外傳》佚文的工作發軔於明代，發展於清代，發達於現當代，但這並不表明《外傳》佚文的輯錄工作在今天已告完成。因爲《外傳》輯佚的基本綫索是古籍徵引的《外傳》文本，而只要仔細分析前人徵引的《韓詩外傳》，即可發現不少內容不盡可靠。易言之，前人徵引的不少不見於今本《外傳》却冠以"《韓詩外傳》"之名的文字實際並非出自《外傳》，所以根本不具備輯入《外傳》佚文的資格；同時，前人輯本中還輯錄過保存在今本《外傳》裏的文本，這些材料雖屬於《外傳》，却絕非《外傳》佚文。

---

① 這集中體現在屈氏常常在並無强證的情況下，便將古籍著錄的《韓詩外傳》佚文置入"存疑"之中。例如《北堂書鈔》曾徵引過《外傳》記載孔子占卜的故事（詳下文"《韓詩外傳》佚文新輯"），屈氏僅因類似的故事亦見於《衝波傳》，即認爲"《書鈔》似誤錄《衝波傳》之文，以爲《外傳》也"，見《韓詩外傳箋疏》卷尾《韓詩外傳佚文》，巴蜀書社 1996 年版，第 916 頁。在没有確切文獻證據的情況下，這種判斷顯然毫無說服力，因爲《衝波傳》在客觀上完全存在取資於《外傳》的可能。故本書不從屈説，仍尊重《北堂書鈔》的原始記載，定此文爲《韓詩外傳》佚文。再如對於宋人羅璧《羅氏拾遺》所引《外傳》"蜃能吐氣爲樓臺"之文，屈氏僅以"蜃樓之説，古書中多有之，未聞出於《韓詩外傳》"爲由，便將此文置於"存疑"中，見《韓詩外傳箋疏》卷尾《韓詩外傳佚文》，巴蜀書社 1996 年版，第 918 頁。這一判斷顯然也缺乏足夠的文獻依據，因爲古書不引《外傳》"蜃樓之説"，無法推定《外傳》並無"蜃樓之説"，屈氏的論證邏輯顯然存在漏洞，故下文新輯《外傳》佚文時不從其説，仍將羅璧所引《外傳》視爲真實的佚文。

② 何志華，朱國藩：《唐宋類書徵引〈孔子家語〉資料彙編；唐宋類書徵引〈韓詩外傳〉資料彙編》，香港中文大學出版社 2009 年版，第 256—259 頁。

爲行文方便，兹暫稱上述材料爲"《韓詩外傳》僞佚文"。綜合來看，前人所輯《外傳》佚文中或多或少都摻雜了《外傳》僞佚文，從而部分地影響了輯本的可靠性。所以，對《韓詩外傳》僞佚文進行分類辨別，是確保新輯《外傳》佚文可靠性的重要基礎和必要工作。大致而言，《韓詩外傳》僞佚文主要由以下三類文本構成。

第一，其他《韓詩》佚著佚文。這種情況的出現，很大程度是由於《韓詩》學派著作在南北朝後走向衰微，僅有《外傳》流傳至今，所以在多數學者的眼中，《外傳》是他們對於《韓詩》著作的唯一印象。在這種認識下，對於古籍徵引的《韓詩》佚文，不少學人並未嚴肅探討其歸屬，例皆視爲《韓詩外傳》之文。這種情形，在隋唐以降的著作中已經表現得非常普遍了。限於篇幅，兹僅舉四則代表性的例證，用以參驗上述觀察。（一）《史記·鄭世家》："晉悼公伐鄭，兵於洧上。"唐人張守節《正義》云："《韓詩外傳》云：鄭俗，二月桃花水出時，會於溱、洧水上，以自被除。"[1] 陳師道（1053—1102）《贈二蘇公》："上帝惠顧被不祥。"任淵注："《韓詩外傳》曰：鄭國之俗，三月上巳，秉蘭草，被除不祥。"[2] 按張守節、任淵所引"《韓詩外傳》"實爲《韓詩章句》之文，隋人杜臺卿在《玉燭寶典》卷三中曾明確徵引過兩次[3]，故其非《外傳》之文，確然無疑。但古人徵引古籍並不嚴格，所以不少典籍將該遺説簡引爲《韓詩》，對於不瞭解《韓詩》學派著述情況的學者而言，便自然將這裏的《韓詩》視爲廣爲人知的《韓詩外傳》了。（二）《荀子·正論》："和鸞之聲。"唐人楊倞注引《韓詩外傳》云："鸞在

---

[1] 《史記》卷42《鄭世家》，中華書局1982年版，第1770頁。宋人樂史在《太平寰宇記》中迻録了張守節的這條注文，亦寫作《韓詩外傳》，見《太平寰宇記》卷9，中華書局2007年版，第171頁。

[2] 陳師道撰，任淵注，冒廣生補箋：《後山詩注補箋》卷1，中華書局1995年版，第24頁。

[3] 杜臺卿：《玉燭寶典》卷3，華東師範大學出版社2017年影印《古逸叢書》本，第148、158頁。

衡，和在軾前。升車則馬動，馬動則鸞鳴，鸞鳴則和應。"① 按此文亦見《禮記·經解》鄭玄注引《韓詩內傳》②，南朝裴駰《史記集解》引此條鄭注亦作《韓詩內傳》③，可知此文確屬《韓詩內傳》，楊倞引作《韓詩外傳》是不正確的。（三）元代類書《羣書通要》甲集卷五引《韓詩外傳》云："冰者，窮谷陰氣所聚，不洩則結而爲伏陰。"④ 按《初學記》卷七引此文，注明出自《韓詩説》⑤。由此可知，《羣書通要》所引"《韓詩外傳》"實爲《韓詩説》。（四）宋人鮑雲龍《天原發微》卷三上引《韓詩外傳》云："太白晨見東方爲啓明，昏見西方爲長庚。"⑥ 按《史記·天官書》司馬貞《索隱》引此文，僅題"《韓詩》云"⑦，並未明言此爲《外傳》之文，鮑氏徑引作《外傳》，有失武斷。之所以選取以上四個例證，是因爲它們分別代表了前人將《韓詩章句》《韓詩內傳》《韓詩説》《韓詩》等佚著誤視爲《韓詩外傳》的做法，只要採用嚴格的文獻學立場加以分析，那麼這些做法顯然都不構成有效的《外傳》輯佚。

　　第二，存在將《韓詩》訓詁之文視爲《外傳》的情形。在《韓詩外傳》成書不久之後，司馬遷已對《韓詩外傳》的性質進行了明確的介紹，即該書爲韓嬰"推詩之義而作"，這一特點在今本《外傳》中體現得也相當明顯，可見此書並非訓詁類的著作。但是如前所述，由於《韓詩外傳》是《韓詩》學派傳世至今的唯一一部著

---

① 王先謙：《荀子集解》卷12，中華書局1988年版，第335頁。點校本將"和在軾前"以下三句視爲楊倞之語，誤。

② 《禮記正義》卷50，阮元校刻：《十三經注疏》，中華書局2009年影印清嘉慶刻本，第3494頁。

③ 《史記》卷23，中華書局1982年版，第1162頁。

④ 佚名：《羣書通要》甲集卷5，《續修四庫全書》，上海古籍出版社2002年影印《宛委別藏》影抄元至正本，第1224冊，第186頁。

⑤ 徐堅等：《初學記》卷7，中華書局1962年版，第150頁。

⑥ 鮑雲龍：《天原發微》卷3上，《景印文淵閣四庫全書》，臺北商務印書館1986年版，第806冊，第132頁。

⑦ 《史記》卷27，中華書局1982年版，第1322頁。

作，不少學者在《外傳》之外，並不了解《韓詩》學派的其他著作，所以對於古籍徵引的《韓詩》訓詁類的遺說，也往往在並不細加分析的情況下，就直接冠以《韓詩外傳》之名而加以徵引。這種誤解發展到極端，便形成了將一切《韓詩》遺說均視爲《韓詩外傳》的局面，例如《文選·七命》李善注引《韓詩章句》"齊顔色，均衆寡，謂之流；閉門不出，謂之湎"①，用以訓釋《韓詩·大雅·蕩》"天不湎爾以酒"之句，但宋人竇苹《酒譜》徵引此文時，却寫成了《韓詩外傳》②；再如《經典釋文·毛詩音義》卷中引《韓詩》"鄉亭之繫曰犴，朝廷曰獄"③，用以訓釋《韓詩·小雅·小宛》"宜犴宜獄"之文，但任淵在《山谷詩集注》中則引作《韓詩外傳》④。這類做法既有悖於典籍記錄，又與《韓詩外傳》的性質相乖違，爲《外傳》佚文的輯録工作製造了極大的混亂。事實上，《韓詩》學派的訓詁著作僅有《韓詩故》和《韓詩章句》兩種，《韓詩故》亡佚甚早，自然不可能得到古籍的集中徵引，至今尚未見一條明確引用《韓詩故》的材料，這是該書亡佚已久的重要證明，所以隋唐以降的古籍所引用的訓詁性質的《韓詩》遺說實際上多爲《韓詩章句》之文，其中既有《文選注》《後漢書注》等明確標記《韓詩章句》的規範注例，亦有《經典釋文》《一切經音義》等省稱爲《韓詩》的簡略注例⑤。但無論如何，都不可將其劃歸於"推詩之意而作"的《韓詩外傳》之列，則是毫無疑問的。所以瞿紹汀教授曾將載籍誤標爲《韓詩外傳》的《韓詩》訓詁遺説蒐於一處，以"非

---

① 《六臣注文選》卷35，中華書局1987年影印涵芬樓所藏宋刊本，第660頁。
② 竇苹：《酒譜》，中華書局1991年版，第12頁。
③ 陸德明：《經典釋文》卷6，中華書局1983年影印納蘭性德通志堂刻本，第82頁。
④ 黄庭堅著，任淵等注：《山谷詩集注》卷6《和答子瞻和子由常父憶館中故事》，上海古籍出版社2003年版，第136頁。
⑤ 在本章第五節中，筆者將會藉助古籍互證的方法，論述《經典釋文》《原本玉篇》《一切經音義》等典籍徵引的訓詁類《韓詩》佚文皆爲《韓詩章句》。

《外傳》文，諸書誤引"的按語加以排除①，屈守元亦將類似材料置於"辨誤"之列②，均體現了卓越的學術識見。

第三，傳世《外傳》之文。雖然《韓詩外傳》傳世至今，但若非專門從事該書的研究，仍然很難將全書內容都牢記於胸，所以輯佚家對於古籍徵引的《外傳》文本，便存在誤將傳世之文視爲佚文的情況。例如陳喬樅曾將《後漢書注》《文選注》所引的多條見於今本《外傳》的文字輯入《韓詩內外傳補逸》中，屈守元在《韓詩外傳佚文》"辨誤"部分已進行了考察，足正陳氏之誤。

前人存在的上述缺失，是重新輯錄《韓詩外傳》佚文應極力避免的。具體來說，今天重新輯錄《外傳》佚文，在統合前人優質輯本的既有成果的基礎上，還必須經歷尋根溯源的步驟，嚴謹對待古籍徵引的《外傳》文本，考察其初見於文獻記載時的題名，始可排除將《韓詩》佚著之文溷入《外傳》佚文的可能。對於誤題爲《韓詩外傳》的訓詁文本，亦應予以剔除。與此同時，還應強化對今本《外傳》的熟悉，以免將傳世文本誤認爲佚文。

三 《韓詩外傳》佚文新輯

本小節以瞿紹汀及屈守元所輯《韓詩外傳》佚文爲基礎，就《外傳》佚文進行重新輯錄，以期提供一部更爲完備的《外傳》佚文輯本。故爲免枝蔓，對於前人有效證僞的文本（瞿紹汀與屈守元在這一方面貢獻最大），本書將不再收錄，亦不轉引前人與之相關的辨僞考證文字。對於前人輯錄的可靠的《外傳》佚文，本書皆覆覈原始出處，忠實著錄文獻所載原貌。同時，結合個人閱讀所得，對前人輯佚成果進行補充，凡新輯佚文，於佚文前冠以"【增】"；凡補充前人已輯佚文之新來源，於佚文來源前冠以"【補】"。兹先定

---

① 瞿紹汀：《韓詩外傳校釋》卷尾《韓詩外傳輯佚》，碩士學位論文，中國文化學院，1977年，第185頁。

② 屈守元：《韓詩外傳箋疏》卷尾《韓詩外傳佚文》，巴蜀書社1996年版，第929—931頁。

凡例如下：

（一）本書所輯《韓詩外傳》佚文，按佚文來源之時代先後爲序；

（二）不同典籍徵引《韓詩外傳》同章佚文，若無詳略之别，則録其時代最先者；若有詳略之别，則録其詳者，其餘異文冠以"【異文】"之名，附於其後，用存異文全貌；

（三）前人所引《韓詩外傳》，凡斷定實非《外傳》之文者，概不闌入；

（四）《韓詩》訓詁材料而冠以《韓詩外傳》之名者，以其實非《外傳》，亦不闌入。

1. 周成王與弟戲，以桐葉爲圭："吾以此封汝。"周公曰："天子無戲言。"王應時而封，故曰應侯鄉。

按：見《漢書·地理志》應劭注①。
【異文】
周成王與弟戲，以桐葉爲圭曰："吾以封汝。"周公曰："天子無戲言。"王乃應時而封，故曰應侯鄉，亦曰應鄉。（酈道元《水經注·滍水》引應劭②）

周成王與弟戲，以桐葉爲珪："以封汝。"周公曰："天子無戲言。"王應時而封，曰應侯，今應城是也。（李昉等《太平御覽》卷一五九③）

2. 曾子喪妻，不更娶。人問其故，曾子曰："以華、元善人也。"

---

① 《漢書》卷28上，中華書局1962年版，第1561頁。
② 陳橋驛：《水經注校證》卷31，中華書局2007年版，第724頁。
③ 《太平御覽》卷159，中華書局1960年重印涵芬樓影印宋本，第771頁。

按：見《漢書·王駿傳》如淳注①。

【異文】

曾子喪妻，不更娶。人問之，曰："以華、元善也。"（白居易《白氏六帖事類集》卷六②）

3. 陰陽相勝，氛祲絪氳也。

按：見《大戴禮記·少閒》盧辯注③。【補】四庫本《大戴禮記》"絪氳"作"絪縕"④。

4. 孔子使子貢適齊，久而未回。孔子占之，遇《鼎》，謂弟子曰："占者遇《鼎》，無足而不來。"顏回掩口而笑。孔子曰："回也，何哂乎？"曰："回謂賜必來。"孔子曰："如何？"回曰："卜而《鼎》，無足，必乘舟而來矣。"賜果至。

按：見《北堂書鈔》卷一三七⑤。

5. 顏回望吳門馬，見一疋練。孔子曰："馬也。"然則馬之光景，一疋長耳。故後人號馬爲一疋。

---

① 《漢書》卷72，中華書局1962年版，第3067頁。

② 《白氏六帖事類集》第2函卷6，文物出版社1987年影印傅增湘藏紹興刻本，第18頁b。

③ 孔廣森：《大戴禮記補注》卷11，中華書局2013年版，第218頁。

④ 戴德：《大戴禮記》卷11，盧辯注，《景印文淵閣四庫全書》，臺北商務印書館1986年版，第128冊，第523頁。

⑤ 虞世南：《北堂書鈔》卷137，陳禹謨校補，東京大學東洋文化研究所藏明萬曆二十八年（1600）陳禹謨校刻本，第11頁a。按《續修四庫全書》影印孔廣陶校注本《書鈔》所引此條《外傳》未若陳禹謨本完備，故本書此處徵引陳本。

按：見《藝文類聚》卷九三①。

【異文】

孔子與顏回登山，望見一匹練，前有藍，視之果馬，馬光景一匹長也。（《史記·貨殖列傳》司馬貞《索隱》②）

孔子、顏淵登魯東山，望吳昌門，淵曰："見一疋練，前有生藍。"子曰："白馬蘆葧也。"（李昉等《太平御覽》卷八一八③）

顏回望吳門馬，見一匹練。孔子曰："馬也。"然則馬之光景，長一匹耳。故人呼馬爲一匹。（【補】趙令時《侯鯖錄》卷六④，蘇軾《蘇軾詩集·元翰少卿……次韻奉和》馮景注引至"馬也"而止⑤）

【增】馬夜行，目光所及，與匹練等。（程大昌《演繁露》卷一四⑥）

顏回望吳門，見一疋練。孔子曰："馬也。"然則馬之光景，一疋長耳。故從來號馬爲疋。（曾慥《類說》卷三八⑦）

6. 太公使南宮适至義渠，得駭雞犀，以獻紂。

按：見《藝文類聚》卷九五⑧，《白孔六帖》卷九七引同⑨。段公路《北户錄》卷一崔龜圖注亦引此文，"适"作"括"，無

---

① 歐陽詢：《藝文類聚》卷93，上海古籍出版社1999年版，第1612頁。
② 《史記》卷129，中華書局1982年版，第3281頁。
③ 《太平御覽》卷818，中華書局1960年重印涵芬樓影印宋本，第3641—3642頁。
④ 趙令時：《侯鯖錄》卷6，中華書局1985年版，第54頁。
⑤ 蘇軾著，馮應榴輯注：《蘇軾詩集合注》卷10，上海古籍出版社2001年版，第483頁。
⑥ 程大昌：《演繁露》卷14，上海師範大學古籍整理研究所編：《全宋筆記》，大象出版社2008年版，第4編第9册，第121頁。
⑦ 曾慥：《類說》卷38，《北京圖書館古籍珍本叢刊》，書目文獻出版社1988年影印天啓六年（1626）岳鍾秀刻本，第62册，第657頁。
⑧ 歐陽詢：《藝文類聚》卷95，上海古籍出版社1999年版，第1044頁。
⑨ 白居易、孔傳：《白孔六帖》卷97，臺北新興書局1969年影印臺灣"國防研究院"圖書館藏明嘉靖間覆宋刻本，第9頁a。

"以"①;《太平御覽》卷八九〇亦引此文,"太公使南宫适"作"太史南宫括"②。

7. 天子社廣五丈,東方青,南方赤,西方白,北方黑,上冒以黄土。將封諸侯,各取其方色土,苴以白茅,以爲社,明有土,謹敬絜清也。

按:見《尚書正義·禹貢》孔穎達疏③。
【異文】
天子社廣五丈,東方青,南方赤,西方白,北方黑,上冒以黄土。將封諸侯,各取方土。苴以白茅,以爲社也。(《史記·夏本紀》張守節《正義》④)

天子太社方五丈,諸侯半之。(杜佑《通典》卷四五⑤,【補】《新唐書·儒學列傳中·張齊賢》、【補】陳祥道《禮書》卷九二引同⑥)

天子太社廣五丈,各方置四方色,訖,上冒以黄土。(杜佑《通典》卷四五⑦)

天子大社,東方青,南方赤,西方白,北方黑,中央黄。若封四方諸侯,各割其方色土,苴以白茅而與之,諸侯以此土封之爲社,名受於天子也。(《孝經注疏·諸侯章》邢昺疏⑧)

---

① 段公路:《北户錄》卷1,崔龜圖注,中華書局1985年版,第1頁。
② 《太平御覽》卷890,中華書局1960年重印涵芬樓影印宋本,第3953頁。
③ 《尚書正義》卷6,阮元校刻:《十三經注疏》,中華書局2009年影印清嘉慶刻本,第312頁。
④ 《史記》卷2,中華書局1982年版,第57頁。
⑤ 《通典》卷45,中華書局1988年版,第1271頁。
⑥ 《新唐書》卷199,中華書局1975年版,第5674頁;陳祥道:《禮書》卷92,《景印文淵閣四庫全書》,臺北商務印書館1986年版,第130册,第580頁。
⑦ 《通典》卷45,中華書局1988年版,第1271頁。
⑧ 《孝經注疏》卷2,阮元校刻:《十三經注疏》,中華書局2009年影印清嘉慶刻本,第5537頁。

第二章 《韓詩》佚文考　293

8. 晋趙武與叔向觀於九原。

按：見《禮記正義·檀弓下》孔穎達疏①。
【異文】
趙文子與叔向觀於九原。（《禮記正義·檀弓下》孔穎達疏②）

9. 陳不占，齊人也。崔杼弒莊公，不占聞君有難，將往赴之。食則失哺，上車失軾。其僕曰："敵在數百里外，而懼怖如是，雖往，其益乎？"不占曰："死君之難，義也；無勇，私也。"乃驅車而奔之。至公門之外，聞鍾鼓之聲，遂駭而死。君子謂："不占無勇而能行義也，可謂志士矣。"

按：見《文選·長笛賦》李善注③。
【異文】
崔杼殺莊公，陳不占聞君有難，將死之。飡則失哺，上車失軾。僕曰："雖往，其有益乎？"不占曰："死君，義也；無勇，私也。"遂驅車。比至公門外，聞鍾鼓戰鬥之聲，遂駭而死。（李昉等《太平御覽》卷四一八④）

崔杼殺莊公。陳不占，東觀漁者，聞君有難，將往死之。飡則失哺，上車失軾。僕曰："敵在數百里外，今食則失哺，上車失軾，雖往，其有益乎？"陳不占曰："死君，義也；無勇，私也。"遂驅車。比至門，聞鍾鼓之音、鬥戰之聲，遂駭而死。君子聞之，曰：

---

① 《禮記正義》卷10，阮元校刻：《十三經注疏》，中華書局2009年影印清嘉慶刻本，第2846頁。
② 《禮記正義》卷10，阮元校刻：《十三經注疏》，中華書局2009年影印清嘉慶刻本，第2849頁。
③ 《六臣注文選》卷18，中華書局1987年影印涵芬樓所藏宋刊本，第331頁。李善單注本《文選》引此文多脱誤，兹從六臣注本。
④ 《太平御覽》卷418，中華書局1960年重印涵芬樓影印宋本，第1926頁。

"陳不占可謂志士矣。無勇而能行義，天下鮮矣。"（李昉等《太平御覽》卷四九九①）

10. 衆或滿堂而飲酒，有人向隅而悲泣，則一堂爲之不樂。王者之於天下也，有一物不得其所，則爲之悽愴心傷，盡祭不舉樂焉。

按：見《文選·笙賦》李善注②。"向"後本脱"隅"字，此據下文所引異文補。

【異文】

衆或滿堂而飲酒，有人向隅悲泣，則一堂皆爲之不樂。（溫庭筠《溫飛卿詩集·開成五年秋……一百韻》曾益注③）

一人向隅，滿座不樂。（蘇軾《蘇軾詩集·立春日病中……以撥滯悶也》馮景注④）

11. 天見其象，地見其形，聖人則之。

按：見《文選·晋武帝華林園集詩》李善注⑤。

---

① 《太平御覽》卷 499，中華書局 1960 年重印涵芬樓影印宋本，第 2281—2282 頁。
② 《文選》卷 18，中華書局 1977 年影印鄱陽胡氏重雕淳熙本，第 260 頁。此條佚文未見於六臣注本《文選》所收李善注。
③ 溫庭筠著，曾益等箋注：《溫飛卿詩集箋注》卷 6，上海古籍出版社 1998 年版，第 119 頁。
④ 蘇軾著，馮應榴輯注：《蘇軾詩集合注》卷 14，上海古籍出版社 2001 年版，第 631 頁。
⑤ 《六臣注文選》卷 20，中華書局 1987 年影印涵芬樓所藏宋刊本，第 374 頁。

12. 白骨類象，魚目似珠。

按：見《文選·到大司馬記室牋》李善注①。

13. 子路謂孔子曰："夫子尚有遺行乎，奚居之隱也？"

按：見《文選·辨命論》李善注②，《文選·對楚王問》李善注亦引此文，無"也"字③。

14. 禽息，秦人。知百里奚之賢，薦之穆公。爲私，而加刑焉。公後知百里之賢，乃召禽息，謝之。禽息對曰："臣聞忠臣進賢不私顯，烈士憂國不喪志。奚陷刑，臣之罪也。"乃對使者，以首觸楗而死。以上卿之禮葬之。

按：見《文選·演連珠》李善注④。
【異文】
【增】禽息，秦人。薦百里奚于秦穆。爲私，而加刑焉。公後知奚之賢，召禽息，謝之。禽息曰："臣聞忠臣進賢不私顯，烈士憂國不喪志。奚陷刑，臣之罪也。"乃對使者，以首觸楗而死。（傅恒等

---

① 《六臣注文選》卷40，中華書局1987年影印涵芬樓所藏宋刊本，第756頁。屈守元僅因此句"似爲古語，未必最早見於《韓詩外傳》"，便將此文移入"存疑"之中，見氏著：《韓詩外傳箋疏》卷尾《韓詩外傳佚文》，巴蜀書社1996年版，第925頁。實際上，《外傳》在採集前代文獻（如《荀子》）而來的篇章中，常常一併轉錄了其中的古語格言，所以此句完全存在《外傳》轉引前代古語的可能。故不從屈說，仍據李善注，錄爲《外傳》佚文。
② 《六臣注文選》卷54，中華書局1987年影印涵芬樓所藏宋刊本，第1005頁。
③ 《六臣注文選》卷45，中華書局1987年影印涵芬樓所藏宋刊本，第839頁。
④ 《六臣注文選》卷55，中華書局1987年影印涵芬樓所藏宋刊本，第1022頁。

《通鑑輯覽》卷一一二①）

15. 死爲鬼，鬼者歸也。精氣歸於天，肉歸於土，血歸於水，脉歸於澤，聲歸於雷，動作歸於風，眼歸於日月，骨歸於木，筋歸於山，齒歸於石，膏歸於露，露歸於草，呼吸之氣歸復於人。

按：見《法苑珠林》卷六②。

【異文】

人死肉歸於土，血歸於水，骨歸於石也，魂氣生於天，其陰氣薄然獨存，無所依也。（徐鍇《説文解字繫傳》卷一七③）

人死曰鬼，鬼者歸也。精氣歸於天，肉歸於土，血歸於水，脉歸於澤，聲歸於雷，動作歸於風，眼歸於日月，骨歸於木，筋歸於山，齒歸於石，膏歸於露，髮歸於革，呼吸之氣歸復於人。（李昉等《太平御覽》卷八八三④）

16. 禽息，秦大夫。薦百里奚，不見納。繆公出，當車以頭擊闑，腦乃精出，曰："臣生無補於國，不如死也。"繆公感寤而用百里奚，秦以大化。

按：見《後漢書·朱穆傳》李賢注⑤，《太平御覽》卷三七五引

---

① 傅恒等：《通鑑輯覽》卷112，《景印文淵閣四庫全書》，臺北商務印書館1986年版，第339冊，第591頁。

② 周叔迦、蘇晉仁：《法苑珠林校注》卷6，中華書局2003年版，第200—201頁。

③ 徐鍇：《説文解字繫傳》卷17，中華書局1987年影印道光十九年（1839）祁雋藻刻本，第184頁。

④ 《太平御覽》卷883，中華書局1960年重印涵芬樓影印宋本，第3923頁。

⑤ 《後漢書》卷43，中華書局1965年版，第1466頁。

同①。另，《後漢書·孟嘗傳》李賢注引此文，"精出"作"播出"②；《太平御覽》卷三六三引此文，"感寤"作"感悟"，無"秦以大化"③。

【異文】
【增】秦大夫禽息碎首薦百里奚。（鄧名世《古今姓氏書辯證》卷一九④）

17. 婦人有五不娶：喪婦之長女不娶，爲其不受命也；世有惡疾不娶，棄於天也；世有刑人不娶，棄於人也；亂家女不娶，類不正也；逆家女不娶，廢人倫也。

按：見《後漢書·應奉傳》李賢注⑤，【補】《册府元龜》卷一百亦録此注⑥。

18. 人有五藏六府。何謂五藏？精藏於腎，神藏於心，魂藏於肝，魄藏於肺，志藏於脾，此謂之五藏也。何謂六府？咽喉者，量腸之府也；胃者，五穀之府也；大腸者，轉輸之府也；小腸者，受成之府也；膽者，積精之府也；旁光者，湊液之府也。《詩》曰："天生蒸民，有物有則。"

按：見《後漢書·馬融傳》李賢注⑦。
【異文】
惟天命，本人情。人有五藏六府。何謂五藏？情藏於腎，神藏

---

① 《太平御覽》卷375，中華書局1960年重印涵芬樓影印宋本，第1731頁。
② 《後漢書》卷76，中華書局1965年版，第2475頁。
③ 《太平御覽》卷363，中華書局1960年重印涵芬樓影印宋本，第1673頁。
④ 鄧名世：《古今姓氏書辯證》卷19，《景印文淵閣四庫全書》，臺北商務印書館1986年版，第922册，第197頁。
⑤ 《後漢書》卷48，中華書局1965年版，第1409頁。
⑥ 《册府元龜》卷100，鳳凰出版社2006年版，第1095頁。
⑦ 《後漢書》卷60上，中華書局1965年版，第1955頁。

於心，魂藏於肝，魄藏於肺，志藏於脾。何謂六府？咽喉，量入之府；胃者，五穀之府；大腸，轉輸之府；小腸，受成之府；膽，積精之府也；膀胱者，精液之府也。(李昉等《太平御覽》卷三六三①)

19. 知者知其所知，乃爲知矣。

按：見《後漢書·杜篤傳》李賢注②。

20. 孤竹君是殷湯三月丙寅日所封，相傳至夷、齊之父名初，字子朝；伯夷名允，字公信；叔齊名致，字公達。

按：見《史記·伯夷列傳》司馬貞《索隱》③。

21. 孔子升泰山，觀異姓而王可得而數者七十餘人，不得而數者萬數也。

按：見《史記·封禪書》張守節《正義》④，杜佑《通典》卷五四亦引此文，"人"作"氏"，"不得"作"不可得"，無"也"⑤；《通志·禮略》引同《通典》⑥。
【異文】
古封泰山、禪梁甫者萬餘人，仲尼觀焉，不能盡識。(見孔穎達

---

① 《太平御覽》卷363，中華書局1960年重印涵芬樓影印宋本，第1671頁。
② 《後漢書》卷80上，中華書局1965年版，第2596頁。
③ 《史記》卷61，中華書局1982年版，頁2123。
④ 《史記》卷28，中華書局1982年版，頁1362。
⑤ 《通典》卷54，中華書局1988年版，頁1507。
⑥ 鄭樵：《通志二十略》卷19，中華書局1995年版，第676頁。

《尚書正義序》①，王應麟《小學紺珠》卷五引同②）

【增】

22. 還來叩我採桑娘。□□衛適陳，陳國大夫發兵圍之，俾穿九曲明珠乃釋。孔子嘗聞桑女九曲明珠，穿不過之，言使門人往問焉。女曰："絲將繫蟻，蟻將繫絲，如不肯過，則煙薰之。"

按：見《金石索·石索》卷五錄《唐〈韓詩外傳〉殘石》拓本③。馮雲鵬云："予每從空山堂借拓，觀其背面刻《心經》，字畫細勁，真唐人書。此刻更在先，即以爲唐刻可也。"④ 據《山左金石志》介紹，此拓原石"高九寸七分，廣八寸八分，在滋陽縣牛家"⑤，然朱學勤則定此爲"北宋殘石"⑥。可見學界於此石之書寫年代，仍存歧見。然其所錄文字不見今本，故仍屬《外傳》佚文。

23. 天老曰："夫鳳文曰：首戴德，項倡義，背負仁，心抱忠，翼挾信，足履正，尾聲擊武，小音金，大音鼓。延首奮翼，五光備舉。昏鳴曰固常，晨鳴曰發明，晝鳴曰保長，舉鳴曰上翔，集鳴曰歸昌。見則有福，仁聖皆服。"

---

① 《尚書正義》卷首，阮元校刻：《十三經注疏》，中華書局 2009 年影印清嘉慶刻本，第 236 頁。
② 王應麟：《小學紺珠》卷 5，中華書局 1987 年影印《津逮秘書》本，第 110 頁。
③ 馮雲鵬、馮雲鵷：《金石索·石索》卷 5，《續修四庫全書》，上海古籍出版社 2002 年影印道光元年（1821）紫琅馮氏邃古齋刻本，第 894 冊，第 497 頁。
④ 馮雲鵬、馮雲鵷：《金石索·石索》卷 5，《續修四庫全書》，上海古籍出版社 2002 年影印道光元年（1821）紫琅馮氏邃古齋刻本，第 894 冊，第 497 頁。
⑤ 畢沅、阮元：《山左金石志》卷 13，《續修四庫全書》，上海古籍出版社 2002 年影印儀徵阮氏小瑯環僊館刻本，第 909 冊，第 601 頁。
⑥ 朱學勤：《朱修伯批本四庫簡明目錄》卷 2，北京圖書館出版社 2001 年影印管禮耕鈔本，第 73 頁。

300　《韓詩》研究

　　按：見《說文解字繫傳》卷七①，《太平御覽》卷九一五亦引此節，文字頗有不同（見【異文】），此節乃今本《外傳》卷八第八章之佚文，辯見趙善詒《韓詩外傳補正》卷八②。

【異文】

　　鳳舉曰上翔，集鳴曰歸昌。（《文選·七命》李善注引《韓詩外傳》）③

　　鳳雞冠、鷰喙、蛇頸、龍胼、鶴翼、魚尾、鴻前、麟後、鶴顙、鴛鴦臆、龜目而中注。（白居易《白氏六帖事類集》卷二九④，佚名《錦繡萬花谷前集》卷三七亦引此條，無"蛇頸"，"麟"作"鱗"⑤）

　　住即文，來則喜。遊必擇所，飢不妄下。其鳴也，雄曰節節，雌曰足足。昏鳴曰固常，晨鳴曰發明，晝鳴曰保長，舉鳴曰上翔，集鳴曰歸昌。（《太平御覽》卷九一五⑥）

　　黃帝時，鳳巢於阿閣。（高承《事物紀原》卷八⑦，李昉等《太平御覽》卷一八四亦引此文，"巢"作"止"⑧）

24. 道可以為人之輔縈。

　　按：見《說文解字繫傳》卷一一⑨。

---

　　① 徐鍇：《說文解字繫傳》卷7，中華書局1987年影印道光十九年（1839）祁雋藻刻本，第72頁。
　　② 趙善詒：《韓詩外傳補正》卷8，長沙商務印書館1938年版，第191—192頁。
　　③ 《六臣注文選》卷35，中華書局1987年影印涵芬樓所藏宋刊本，第653頁。
　　④ 白居易：《白氏六帖事類集》第6函卷29，文物出版社1987年影印傅增湘藏紹興刻本，第45頁a。
　　⑤ 佚名：《錦繡萬花谷》前集卷37，上海辭書出版社1992年影印嘉靖十五年（1536）秦汴刻本，第307頁。
　　⑥ 《太平御覽》卷915，中華書局1960年重印涵芬樓影印宋本，第4054頁。
　　⑦ 高承撰，李果訂：《事物紀原》卷8，中華書局1989年版，第443頁。
　　⑧ 《太平御覽》卷184，中華書局1960年重印涵芬樓影印宋本，第894頁。
　　⑨ 徐鍇：《說文解字繫傳》卷11，中華書局1987年影印道光十九年（1839）祁雋藻刻本，第117頁。

25. 老而不學者，如無燭而夜行，倀倀然。

按：見《說文解字繫傳》卷一五①。

26. 趙簡子太子名伯魯，小子名無恤。簡子自爲二書牘，親自表之，書曰："節用聽聰，敬賢勿慢，能勿使賤。"與二子，使誦之。居三年，簡子坐清臺之上，問二書所在。伯魯忘其表，令誦不能得；無恤出其書於袖，令誦習焉。乃出伯魯而立無恤。

按：見《太平御覽》卷一四六②，同書卷六〇六亦引此節，惟書名節題曰《韓詩》，"二書牘"作"二牘"，"問二書所在"作"問二子書所在"，"忘其表"作"亡其表"，"於袖"作"於左袂"，"出伯魯而立無恤"作"黜伯魯而嘉無恤"③。

【異文】
趙簡子少子名無恤，簡子自爲書牘，使誦之。居三年，簡子坐青臺之上，問書所在。無恤出其書於左袂，令誦習焉。（《文選·古詩十九首》李善注④）

27. 楚襄王遣使者持金千斤，白璧百雙，聘莊子欲以爲相。莊子曰："獨不見未入廟之牲乎？衣以文繡，食以芻豢，出則清道而行，止則居帳之內：此豈不貴乎？及其不免於死，宰執旌居前，或持在後。當此之時，雖欲爲孤犢，從雞鼠遊，豈可得乎？僕聞之：左手據天下之國，右手刎其吭，愚者不爲也。"

---

① 徐鍇：《說文解字繫傳》卷15，中華書局1987年影印道光十九年（1839）祁雋藻刻本，第165頁。
② 《太平御覽》卷146，中華書局1960年重印涵芬樓影印宋本，第712頁。
③ 《太平御覽》卷606，中華書局1960年重印涵芬樓影印宋本，第2726頁。
④ 《六臣注文選》卷29，中華書局1987年影印涵芬樓所藏宋刊本，第542頁。

302　《韓詩》研究

　　按：見《太平御覽》卷四七四①。

　　【異文】

　　楚襄王遣使者持金千片②，白璧百雙，聘莊子欲以爲相，莊固辭而不許。使者曰："黄金白璧，寶之至也；卿相，尊位也。先生辭不受，何也？"（歐陽詢《藝文類聚》卷八三③）

　　楚襄王遣使者持金十斤，白璧百雙，聘莊子以爲相，莊子固辭。（歐陽詢《藝文類聚》卷八四④）

　　楚襄王遣使持金千斤，聘莊子欲以爲相，莊子固辭不許。（徐堅等《初學記》卷二七⑤）

　　楚襄王遣使持白璧百雙聘莊子。（《文選·月賦》李善注⑥）

　　楚襄王遣使者持金千斤，白璧百雙，聘莊子欲以爲相，莊子不許。（《文選集注·擬古》李善注⑦，《文選·擬古》李善注引無"欲"⑧）

　　楚襄王遣使，以金千斤，白璧百雙，聘莊子以爲相，莊子固辭。（李昉等《太平御覽》卷八〇六⑨，【補】董説《七國考》卷六引"楚襄王"作"莊襄王"，無"莊子固辭"⑩）

　　楚襄王遣使者持金千斤，白璧百雙，聘莊子欲以爲相，莊子固辭。（李昉等《太平御覽》卷八一一⑪，吳淑《事類賦注》卷九引同⑫）

---

①　《太平御覽》卷474，中華書局1960年重印涵芬樓影印宋本，第2176頁。
②　"金千片"不可解，"片"當係"斤"之訛，觀本條其他異文可知。
③　歐陽詢：《藝文類聚》卷83，上海古籍出版社1999年版，第1422頁。
④　歐陽詢：《藝文類聚》卷84，上海古籍出版社1999年版，第1433頁。
⑤　徐堅等：《初學記》卷27，中華書局1962年版，第646頁。
⑥　《六臣注文選》卷13，中華書局1987年影印涵芬樓所藏宋刊本，第255頁。
⑦　周勛初纂輯：《唐鈔文選集注彙存》第1册卷61，上海古籍出版社2000年版，第645頁。
⑧　《六臣注文選》卷31，中華書局1987年影印涵芬樓所藏宋刊本，第586頁。
⑨　《太平御覽》卷806，中華書局1960年重印涵芬樓影印宋本，第3583頁。
⑩　董説：《七國考》卷6，中華書局1956年版，第207頁。
⑪　《太平御覽》卷811，中華書局1960年重印涵芬樓影印宋本，第3602頁。
⑫　吳淑：《事類賦注》卷9，中華書局1989年版，第173頁。

28. 魯哀公使人穿井，三月不得泉，得一玉羊焉。公以爲玉羊，使祝鼓舞之，欲上於天，羊不能上。孔子見曰："水之精爲玉，土之精爲羊，願無怪之。此羊肝，土也。"公使殺之，視肝，即土矣。

按：見《太平御覽》卷九〇二①。

【異文】

孔子曰："水之精爲土，老蒲爲葦，願無怪之。"（《文選·齊故安陸昭王碑文》李善注②）

老蒲爲葦也。（《文選·齊故安陸昭王碑文》吕延濟注③，葉廷珪《海録碎事》卷八引同④）

孔子曰：老雈爲雀，老蒲爲葦。（釋道世《法苑珠林》卷三二⑤）

魯哀公使人穿井，二月不得泉，得一玉羊，哀公甚懼。孔子曰："聞水之精爲玉，土之精爲羊。此羊肝，乃土爾。"哀公使人殺羊，其肝即土也。（徐堅等《初學記》卷七⑥）

魯哀公穿井，得土羊，公懼。孔子聞之，見公，曰："臣聞水之精爲玉，土之精爲羊，是羊肝必土。"殺羊，視之，果然。（吳淑《事類賦注》卷八⑦）

魯哀公使人穿井，三月不得泉，得一生羊焉。公使祝鼓舞之，欲上於天，羊不能上。孔子見曰："水之精爲玉，土之精爲羊，此羊肝，土也。"公使殺羊，視肝，即土。（吳淑《事類賦注》卷二二⑧）

---

① 《太平御覽》卷902，中華書局1960年重印涵芬樓影印宋本，第4002頁。
② 《六臣注文選》卷59，中華書局1987年影印涵芬樓所藏宋刊本，第1099頁。
③ 《六臣注文選》卷59，中華書局1987年影印涵芬樓所藏宋刊本，第1099—1100頁。
④ 葉廷珪：《海録碎事》卷8，中華書局2002年版，第350頁。
⑤ 周叔迦、蘇晉仁：《法苑珠林校注》卷32，中華書局2003年版，第1014頁。
⑥ 徐堅等：《初學記》卷7，中華書局1962年版，第154頁。
⑦ 吳淑：《事類賦注》卷8，中華書局1989年版，第153頁。
⑧ 吳淑：《事類賦注》卷22，中華書局1989年版，第452頁。

魯哀公穿井，得土羊。孔子曰："此羖羊也，土之怪。"（祝穆《古今事文類聚·續集》卷十①）

29. 周宣王大夫韓侯子有賢德。

按：見《鉅宋廣韻》"侯"字條②。

30. 鮑叔有疾，管仲爲之不食，不內水漿。甯戚患之，曰："鮑叔有疾，而爲之不內水漿，無益於鮑叔，又將自傷。且鮑叔非君臣之恩、父子之親，爲之不內水漿，不亦失宜乎？"管子曰："非子之所知也。昔者吾嘗與鮑叔負販於南陽，而見辱於市中。鮑子不以我爲不勇者，知吾欲有名於天下。吾與鮑子說諸侯，三見而三不中，不以我爲不肖者，知吾不遇賢主人。吾與鮑子分財而多自與，不以我爲貪者，知吾貧無有也。生我者父母，知我者鮑子。士爲知己者死，馬爲知禦者良。鮑子卒，天下莫我知，安用水漿？誠有知者，雖爲之死，亦何可傷乎？"

按：見《册府元龜》卷八八一引③。

【異文】

昔鮑叔有疾，管仲爲之不食，不內漿，甯戚患之。管仲曰："生我者父母，知我者鮑子。士爲知己者死，馬爲知己者良。鮑子死，天下莫吾知，安用水漿？雖爲之死，亦何傷哉？"（徐堅等《初學記》卷一八④）

---

① 祝穆：《古今事文類聚·續集》卷10，《景印文淵閣四庫全書》，臺北商務印書館1986年版，第927册，第200頁。

② 陳彭年：《鉅宋廣韻》卷2，上海古籍出版社1983年影印宋乾道五年（1169）建寧府黄三八郎書鋪刊本，第141頁。

③ 《册府元龜》卷881，鳳凰出版社2006年版，第10233頁。

④ 徐堅等：《初學記》卷18，中華書局1962年版，第434頁。

31. 韓伯瑜至孝，時有過，母杖之，大泣。母曰："往者杖汝，常悦受之，今者杖汝，何得泣悲？"瑜對曰："往者得杖，常痛，知母康健。今杖不痛，知母乃衰，是以悲泣。"

按：見《增廣分門類林雜説》卷一①。《羣書通要》丁集卷十亦引此條，"乃衰"作"力衰"②。

32. 楚人卞和得玉璞於荆山，獻之武王，使人相之曰："石也。"王怒，刖其左足。及文王即位，又獻之，玉人又曰："石也。"刖其右足。至成王時，和抱其璞哭於荆山下，王乃使玉人理，得寶焉，名曰和氏璧。

按：見《增廣分門類林雜説》卷一四③。

33. 壯士悲秋，感陰氣也。

按：見《記纂淵海》卷二④。

---

① 王朋壽：《增廣分門類林雜説》卷1，《續修四庫全書》，上海古籍出版社2002年影印民國九年（1920）劉氏《嘉業堂叢書》本，第1219冊，第304頁。

② 佚名：《羣書通要》丁集卷10，《續修四庫全書》，上海古籍出版社2002年影印《宛委別藏》影抄元至正本，第1224冊，第335頁。

③ 轉引自瞿紹汀《韓詩外傳校釋》卷尾《韓詩外傳輯佚》，碩士學位論文，中國文化學院，1977年，第183頁。瞿氏所用爲臺灣"中央"圖書館藏鐵琴銅劍樓鈔本。《續修四庫全書》乃據劉承幹《嘉業堂叢書》本影印，此條見王朋壽《增廣分門類林雜説》卷14，《續修四庫全書》，上海古籍出版社2002年影印民國九年（1920）劉氏《嘉業堂叢書》本，第1219冊，第356頁。但文本與瞿氏所引大異，暫不據。

④ 潘自牧：《記纂淵海》卷2，《景印文淵閣四庫全書》，臺北商務印書館1986年版，第930冊，第51頁。按此條佚文出自《記纂淵海》"歲時部"，此部不見於宋本，故兹引四庫本。

34. 陶犬无守夜之益，瓦雞無司晨之警。

按：見《記纂淵海》卷一六〇①。

35. 東郭先生書知宋將亡，故褰褐而過其朝，曰："宋將荆棘之患縈吾褐，故索而避之。"宋王以爲妖言而殺之。居三年，而宋果亡。

按：見《類説》卷三八②。
【異文】
東郭書知宋之將亡，故褰褐而過鬲其朝，曰："宋將有荆棘，故褰褐而避之也。"居三年，宋果亡。（李昉等《太平御覽》卷六九三③）

36. 閔子騫母死，父更娶。子騫爲父御車，失轡。父持其手，衣甚單。父歸，呼其後母兒，持其衣，甚厚。即謂婦曰："吾所以娶，乃爲吾子。今汝欺我，去！無留！"子騫曰："母在一子單，母去三子寒。"父曰："孝哉！"

按：見《類説》卷三八④。
【異文】
子騫早喪母，父娶後妻，生三子，疾惡子騫，以蘆花衣之。父察知之，欲逐後母。子騫啓曰："母在一子寒，母去三子單。"父善

---

① 潘自牧：《記纂淵海》卷 160，中華書局 1988 年影印宋刊本，第 2519—2520 頁。
② 曾慥：《類説》卷 38，《北京圖書館古籍珍本叢刊》，書目文獻出版社 1988 年影印天啓六年（1626）岳鍾秀刻本，第 62 册，第 653 頁。
③ 《太平御覽》卷 693，中華書局 1960 年重印涵芬樓影印宋本，第 3094 頁。
④ 曾慥：《類説》卷 38，《北京圖書館古籍珍本叢刊》，書目文獻出版社 1988 年影印天啓六年（1626）岳鍾秀刻本，第 62 册，第 657 頁。

之而止。母悔改之，後至均平，遂成慈母。（朱熹《論語或問》卷一一引吳氏①，【補】真德秀《西山讀書記》卷一一亦引此文，"善之"作"喜之"②）

閔損，字子騫。性至孝，早喪母，父娶後妻，生二子。損孝心不怠，母疾之，衣所生子以棉絮，衣損以蘆花絮。父冬月令損御車，體寒失紖，父察知之，欲遣後母。損咎父曰："母在一子寒，母去三子單。"父善之。母亦悔改，遂成慈母。（《永樂大典》卷一二〇一五③）

37. 凡草木花多五出，雪花獨六出。雪花曰霙，雪雲曰同雲。同謂雲陰與天同爲一色也。故《詩》云："上天同雲，雨雪雰雰。"

按：見《歲時廣記》卷四④。《初學記》卷二亦引此條，至"雪雲曰同雲"而止⑤；《太平御覽》卷一二、《事類賦》卷三亦引此條，至"雪花曰霙"而止⑥。

【異文】

草木花多五出，雪花六出。六者，陰極之數。（陳禹謨校補本《北堂書鈔》卷一五二⑦）

---

① 朱熹：《論語或問》卷11，《四書或問》，朱傑人、嚴佐之、劉永翔主編：《朱子全書》，上海古籍出版社、安徽教育出版社2002年版，第6冊，第788頁。

② 真德秀：《西山讀書記》卷11，《景印文淵閣四庫全書》，臺北商務印書館1986年版，第705冊，第330頁。

③ 《永樂大典》卷12015，中華書局1986年版，第5156頁。

④ 陳元靚：《歲時廣記》卷4，《叢書集成初編》，中華書局1985年版，第179冊，第44頁。

⑤ 徐堅等：《初學記》卷2，中華書局1962年版，第27頁。

⑥ 《太平御覽》卷12，中華書局1960年重印涵芬樓影印宋本，第58頁；吳淑：《事類賦注》卷3，中華書局1989年版，第56頁。

⑦ 虞世南：《北堂書鈔》卷152，陳禹謨校補，東京大學東洋文化研究所藏明萬曆二十八年（1600）陳禹謨校刻本，第4頁a。

雪花飛六出。(韓鄂《歲華紀麗》卷四①)

凡草木花多五出，雪花獨六出者，陰極之數。雪花曰霙，雪雲曰同雲。(董斯張《世所傳〈韓詩〉〈汲冢〉〈國策〉諸書非全書》引《藝文類聚》引《韓詩外傳》②，今本《類聚》引《外傳》無"者陰極之數"五字③)

38. 蜃能吐氣爲樓臺，海中春夏閒見。

按：見《羅氏拾遺》卷七④。

39. 子曰："堯舜清微其身，以聽天下，務來賢人。夫舉賢，百福之宗也，神明之主也。"

按：見《孔子集語·持盈》引《韓詩外傳》⑤。

40. 子曰："終日言，不遺己憂；終日行，不遺己患；唯智者有之。故恐懼，所以除患也；恭敬，所以越難也。終日爲之，一言敗之，可以不謹乎？"

按：見《孔子集語·子觀》引《韓詩外傳》⑥。

----

① 韓鄂：《歲華紀麗》卷4，長澤規矩也編：《和刻本類書集成》第1輯，上海古籍出版社1990年重印汲古書院影印本，第32頁。

② 董斯張：《世所傳〈韓詩〉〈汲冢〉〈國策〉諸書非全書》，《吹景集》卷12，《續修四庫全書》，上海古籍出版社2002年影印崇禎刻本，第1134冊，第107頁。

③ 歐陽詢：《藝文類聚》卷2，上海古籍出版社1999年版，第23頁。

④ 羅璧：《羅氏拾遺》卷7，《叢書集成初編》，中華書局1991年版，第320冊，第85—86頁。

⑤ 薛據：《孔子集語》卷上，山東友誼出版社1989年影印清乾隆二年（1737）孔廣榮刻本，第42頁。

⑥ 薛據：《孔子集語》卷上，山東友誼出版社1989年影印清乾隆二年（1737）孔廣榮刻本，第46頁。

41. 衛公子交見於子思曰："先生聖人之後，執清高之操，天下之君子莫不服先生之大名也。交雖不敏，竊慕下風，願師先生之行，幸顧鄰之。"子思曰："公子不宜也。夫清高之節，不以私自累，不以利自意，擇天下之至道，行天下之正路。今公紹康叔之緒，處戰伐之世。當務收英雄，保其疆土，非所以明否臧，立規檢修匹夫之行之時也。"

按：見《永樂大典》卷九二二引《韓詩外傳》①。此文與《孔叢子·抗志》全同②，未知是《外傳》與《孔叢子》俱有此文，抑《大典》誤引《孔叢子》爲《外傳》。兹錄之備考。

以上輯出的 41 則《韓詩外傳》佚文體現了以下幾個特點：**首先，重視在故事中寄寓道德教化**。例如佚文 9 通過陳不占赴君難的故事，表彰了"無勇而能行義"的壯舉；佚文 14 以禽息自殺的故事，宣揚了"忠臣進賢不私顯，烈士憂國不喪志"的價值觀；佚文 26 藉助趙簡子以書牘賜二子的故事，宣揚了慎獨的人生觀。**其次，傾向於通過格言傳遞立身之道**。例如佚文 24、25 分別提倡重道和重學的思想，佚文 40 倡導立身應有敬畏與恭恪之德。**再次，記載了孔子與門生的多種軼事**。例如佚文 2 記曾子喪妻不更娶，佚文 4 記孔子占卜，佚文 5 記孔子與顏回登山而見馬，佚文 36 記閔子騫忠孝之事。上述三個特點，在今本《韓詩外傳》中也有集中的體現。從這一角度來看，這些佚文無疑深化了《外傳》一書在思想性和故事性兩個方面所具備的價值。

---

① 《永樂大典》卷 922，中華書局 1986 年版，第 444 頁。
② 傅亞庶：《孔叢子校釋》卷 10，中華書局 2011 年版，第 179 頁。

第四節　《韓詩說》《韓詩翼要》佚文輯校

本書第一章在考索《韓詩》學派的著述之時，曾就《韓詩說》與《韓詩翼要》的作者、性質等問題作過考證，本節將就以上兩書的輯佚問題續作探研。考慮到《韓詩說》及《韓詩翼要》的輯本數量和佚文數量均極少，故本節徑設"《韓詩說》舊輯考辨與新輯"和"《韓詩翼要》舊輯考辨與新輯"兩小節，不再將二書的舊輯與新輯拆分介紹。

一　《韓詩說》舊輯考辨與新輯

唯一專就《韓詩說》進行輯佚的學者是馬國翰，他在《玉函山房輯佚書》經編詩類中曾輯有《韓詩說》一卷，共得佚文九則。但只要對這九則佚文的歸屬進行覆覈，即可發現其中僅有第七則屬於信實可據的《韓詩說》佚文，其餘八則俱不可靠。由於馬氏輯本乃《韓詩說》的唯一輯本，故在新輯《韓詩說》之前，須就馬輯本所輯僞材料予以辨析。茲按馬輯本所輯佚文之原序，對第七則以外的僞材料逐條辨析於下：

【馬輯本第一則】金罍，大夫器也。天子以玉飾，諸侯、大夫皆以黃金飾，士以梓，無飾。①

按：此條見孔穎達《毛詩正義·周南·卷耳》引許慎《五經異

---

① 馬國翰輯：《玉函山房輯佚書·韓詩說》，臺北文海出版社 1974 年影印同治十年（1871）濟南皇華館書局補刻本，第 511 頁。

義·罍制》①。考許慎原文爲："《韓詩》說：金罍，大夫器也。……"② 此處之所以標點爲"《韓詩》說"，而非"《韓詩說》"，是因爲在《五經異義》的書寫體例中，凡用於領起某一觀點的"說"字均是使用其最常見的義項——"說法"，而非指示文體的"說"體，因此自然不能將其視爲書名的一部分。這類"某某說"的用法，廣泛且穩定地存在於《五經異義》中，"某某"可以是人，如"侍中騎都尉賈逵說曰"；也可以是經記著作，如"《春秋公羊》說""《春秋左氏》說""《大戴》說"。漢代並無《春秋公羊說》《春秋左氏說》《大戴說》，可見"說"字確爲獨立於人名、書名之外的用字。"《韓詩》說"當然也是遵循這一體例的書寫方式。但馬國翰似乎不諳《五經異義》的這種表述方式，亦未就《五經異義》的上述稱引體例進行深稽，不假思索地將《五經異義》的"《韓詩》說"納入《韓詩說》輯本中，名實遂不能相符。事實上，就這條材料而論，還有一個旁證可以證明其非《韓詩說》之文，即陸德明《毛詩釋文·卷耳》曾言："《韓詩》云：天子以玉飾，諸侯、大夫皆以黄金飾，士以梓。"③ 這與上引《五經異義》之文顯係同文，而許慎稱"《韓詩》說"，陸德明稱"《韓詩》云"，可見"說"與"云"同義，即"說到"之謂，這與《韓詩說》的"說"並無關聯。下文凡涉誤《五經異義》"《韓詩》說"爲《韓詩說》者，均不再辨。

【馬輯本第二則】一升曰爵，爵，盡也，足也。二升曰觚，觚，寡也，飲當寡少。三升曰觶，觶，適也，飲當自適也。四升曰角，角，觸也，不能自適，觸罪過也。五升曰散，散，訕

---

① 《毛詩正義》卷1之2，阮元校刻：《十三經注疏》，中華書局2009年影印清嘉慶刻本，第583頁。
② 陳壽祺：《五經異義疏證》卷上，中華書局2014年版，第16頁。
③ 陸德明：《經典釋文》卷5，中華書局1983年影印納蘭性德通志堂刻本，第54頁。

也，飲不自適，爲人謗訕。總名曰爵，其實曰觴。觴者，餉也。觥亦五升，所以罰不敬。觥，廓也，所以著明之貌，君子有過，廓然著明，非所以餉，不得名觴。①

按：此條見《五經異義》引"《韓詩》說"②，非《韓詩說》之文。杜臺卿《玉燭寶典》卷一引"一升曰爵，爵，盡也，足也"，題作"《韓詩》云"③；董逌《廣川書跋》卷三跋《宣甲觥》引此文，題以"韓嬰謂"④。二家俱無隻字言及《韓詩說》，可證此文確非《韓詩說》之文。

【馬輯本第三則】昔召公述職，當民事時，舍於棠下而聽斷焉。是時，人皆得其所。後世思其仁恩，至乎不伐甘棠，《甘棠》之詩是也。⑤

按：引見《漢書·王吉傳》⑥。馬國翰注："《吉傳》云習《韓詩》。案：此引《韓說》也。"此注提供的兩條信息均誤。首先，王吉習《韓詩》的記載見《漢書·儒林傳·趙子》⑦，而非《王吉傳》。其次，此條非《韓說》，而是隱括《韓詩外傳》卷一第二十八章之意，郝懿行已予以指出："《漢書·王吉傳》：'昔召公述職，當

―――――

① 馬國翰輯：《玉函山房輯佚書·韓詩說》，臺北文海出版社 1974 年影印同治十年（1871）濟南皇華館書局補刻本，第 511 頁。
② 陳壽祺：《五經異義疏證》卷上，中華書局 2014 年版，第 18—19 頁。
③ 杜臺卿：《玉燭寶典》卷 1，華東師範大學出版社 2017 年影印《古逸叢書》本，第 19 頁。
④ 董逌：《廣川書跋》卷 3，《叢書集成初編》，中華書局 1985 年影印《津逮秘書》本，第 1511 冊，第 31 頁。
⑤ 馬國翰輯：《玉函山房輯佚書·韓詩說》，臺北文海出版社 1974 年影印同治十年（1871）濟南皇華館書局補刻本，第 511—512 頁。
⑥ 《漢書》卷 72，中華書局 1962 年版，第 3058 頁。
⑦ 《漢書》卷 88，中華書局 1962 年版，第 3614 頁。

民事時，舍於棠下而聽斷焉。是時，人皆得其所。後世思其仁恩，至虖不伐甘棠，《甘棠》之詩是也。'吉爲《漢書》，故與《韓詩》說同。"① 其言信實可據，故此文絕非出自《韓說》。

【馬輯本第四則】騶虞，天子掌鳥獸官。②

按：此條見《五經異義》引"《韓詩》說"③，非《韓詩說》之文。

【馬輯本第五則】古者霜降逆女，冰泮則止。④

按：此條見《周禮注疏·地官·媒氏》引《韓詩傳》⑤，非《韓詩說》之文。

【馬輯本第六則】南北曰縱，東西曰廣。⑥

按：此條見《一切經音義·阿毗達摩俱舍論》"從廣"條引《韓詩傳》⑦，非《韓詩說》之文。且《一切經音義》作："南北曰從，東西曰橫。"馬國翰錄文有誤。《一切經音義》所引《韓詩傳》

---

① 許維遹：《韓詩外傳集釋》卷1第28章，中華書局1980年版，第30頁。
② 馬國翰輯：《玉函山房輯佚書·韓詩說》，臺北文海出版社1974年影印同治十年（1871）濟南皇華館書局補刻本，第512頁。
③ 陳壽祺：《五經異義疏證》卷下，中華書局2014年版，第253頁。
④ 馬國翰輯：《玉函山房輯佚書·韓詩說》，臺北文海出版社1974年影印同治十年（1871）濟南皇華館書局補刻本，第512頁。
⑤ 《周禮注疏》卷14，阮元校刻：《十三經注疏》，中華書局2009年影印清嘉慶刻本，第1580頁。
⑥ 馬國翰輯：《玉函山房輯佚書·韓詩說》，臺北文海出版社1974年影印同治十年（1871）濟南皇華館書局補刻本，第512頁。
⑦ 慧琳《一切經音義》卷70，徐時儀：《一切經音義三種校本合刊》，上海古籍出版社2008年版，第1740頁。

實爲《韓詩章句》，具體考辨見本章第五節，茲不贅。

【馬輯本第八則】辟廱者，天子之學。圓如璧，雍之以水，示圓，言辟，取辟有德。不言辟水，言辟廱者，取其廱和也。所以教天下春射、秋饗、尊事三老五更。在南方七里之內，立明堂於中，五經之文所藏處，蓋以茅草，取其潔清也。①

按：此條見《五經異義》引"《韓詩》説"②，非《韓詩説》之文。

【馬輯本第九則】明堂在南方七里之郊。③

按：此條見《大戴禮記·盛德》盧辯注引"《韓詩》説"④，非《韓詩説》之文。將上條《五經異義》"在南方七里之內，立明堂於中"之文與盧注"明堂在南方七里之郊"對勘，可知二者顯係同一文本，而馬國翰却將其視爲毫無關聯的兩則材料，分别繫於《大雅·靈臺》"于樂辟廱"及《周頌·絲衣》"自堂徂基"句下，有失嚴謹。

通過上述辨析，可以發現馬國翰雖是唯一一位單就《韓詩説》進行輯佚的學者，但其輯本質量不無可議，不盡可據。事實上，由於《韓詩説》亡佚較早，所以古籍徵引其佚文相當有限。鉤稽載籍所引《韓詩説》，僅有兩條佚文真實可靠，茲輯録於下，並附考索：

---

① 馬國翰輯：《玉函山房輯佚書·韓詩説》，臺北文海出版社 1974 年影印同治十年（1871）濟南皇華館書局補刻本，第 512—513 頁。
② 陳壽祺：《五經異義疏證》卷中，中華書局 2014 年版，第 160—161 頁。
③ 馬國翰輯：《玉函山房輯佚書·韓詩説》，臺北文海出版社 1974 年影印同治十年（1871）濟南皇華館書局補刻本，第 513 頁。
④ 孔廣森：《大戴禮記補注》卷 8，中華書局 2013 年版，第 161 頁。

1. 是非古之風也，發發者；是非古之車也，揭揭者：蓋傷之也。

按：見《漢書·王吉傳》："《詩》云：'匪風發兮，匪車揭兮，顧瞻周道，中心怛兮。'《說》曰：（即上文）。"① 王吉修習《韓詩》，故其引《說》應爲《韓詩説》。馬國翰輯本第七則即爲此條②，可從。宋人劉邠認爲這條《韓詩説》存在錯簡，故訂正爲："發發者，是非古之風也；揭揭者，是非古之車也；怛怛者，蓋傷之也。"③ 事實上，這條佚文的順序是否存在錯簡，在此處並非關鍵問題，重要的是，這條材料顯示了《韓詩説》"依經立說"的特點，即圍繞經文進行闡釋。王吉先引《韓詩經》，次之以《説》，其意雖在勸諫，却在無意之間保留了《韓詩説》的釋經體例，彌足珍貴。

2. 冰者，窮谷陰氣所聚，不洩則結而爲伏陰。

按：見《初學記》卷七"冰"字條："《韓詩説》云：（即上文）。"④ 此處可斷定徐堅所引爲《韓詩説》，而非《韓詩》。因若引《韓詩》，寫作"《韓詩》説"或"《韓詩》云"即可，不必使用"《韓詩》説云"這種悖於常規文言的表述；且考《初學記》引書體例，皆爲"某書云"或"某書曰"，絕無"某書説云"之例。據此，可知此處所引確爲《韓詩説》⑤。與上一條《韓詩説》佚文不同的是，這條佚文僅存說解部分，未提及其對應的經文。不過清代學者

---

① 《漢書》卷72，中華書局1962年版，第3058頁。
② 馬國翰輯：《玉函山房輯佚書·韓詩説》，臺北文海出版社1974年影印同治十年（1871）濟南皇華館書局補刻本，第512頁。
③ 轉引自王先謙《漢書補注》列傳卷42，上海古籍出版社2008年版，第4758頁。
④ 徐堅等：《初學記》卷7，中華書局1962年版，第150頁。
⑤ 許逸民爲《初學記》編製的引書索引亦以此條爲《韓詩説》，確然無誤，見《初學記索引》，中華書局1980年版，第243頁。

普遍將其定爲解釋《豳風·七月》"二之日鑿冰沖沖"的文字①，從該遺説的内容分析，這一安置應是較爲合理的，因爲冰"不洩則結而爲伏陰"恰好爲"鑿冰"的緣由提供了解釋，即陳喬樅所謂"冰者，寒氣之所凝聚，鑿冰亦所以散固陰沍寒、深山窮谷之氣"②。

二　《韓詩翼要》舊輯考辨與新輯

關於侯苞《韓詩翼要》一書，前人共有三部輯本，分别是馬國翰《玉函山房輯佚書》本、王謨《漢魏遺書鈔》本、王仁俊《玉函山房輯佚書續編》本。孫啓治、陳建華所著《中國古佚書輯本目録解題》對此做過周密的考證與介紹：

> 《隋志》載《韓詩翼要》十卷，漢侯苞撰。《新唐志》亦作十卷，不題撰者，《舊唐志》題卜商撰，誤。王謨謂《漢志》不載其書，苞當是後漢人。王謨從《隋書·音樂志》《毛詩正義》采得四節，馬國翰亦從二書采得四節。按二家采自《正義》者各缺一節，王缺《斯干》"載衣之裼"，馬缺《江漢》"武夫滔滔"一節。王仁俊補馬氏之缺，所補即《江漢》一節。③

通過這段提要，可知雖然馬國翰、王謨與王仁俊所輯《韓詩翼要》佚文在條目上各有異同，但合併來看，已將傳世文獻所引《翼

---

① 參看宋綿初：《韓詩内傳徵》卷2，《續修四庫全書》，上海古籍出版社2002年影印乾隆六十年（1795）志學堂刻本，第75册，第100頁；陳壽祺撰，陳喬樅述：《韓詩遺説考》卷2之3，《續修四庫全書》，上海古籍出版社2002年影印清刻《左海叢書》本，第76册，第598頁；王先謙：《詩三家義集疏》卷13，中華書局1987年版，第523頁。
② 陳壽祺撰，陳喬樅述：《韓詩遺説考》卷2之3，《續修四庫全書》，上海古籍出版社2002年影印清刻《左海叢書》本，第76册，第599頁。
③ 孫啓治、陳建華：《中國古佚書輯本目録解題》經部詩類，上海古籍出版社2017年版，第58頁。

要》佚文悉數輯出。所以在清儒所輯多種《韓詩》佚著輯本中，對《韓詩翼要》的輯錄是最完備的。茲統合以上三家輯佚成果，並加考述如下：

（1）房中之樂有鐘磬。

按：此乃釋《周南·關雎》"鐘鼓樂之"之文。馬國翰、王謨並輯之，然佚文來源有所不同。馬國翰輯自陳暘《樂書》卷一一三①，馬氏自注云："案《隋書·音樂志》、杜佑《通典》卷一百四十七並云：'宏又請皇后房內之樂，據毛萇、侯苞、孫毓故事，皆有鐘鼓。而王肅之意，乃言不可。'"②考陳暘原文作："毛萇、侯苞、孫毓皆言有鐘磬。"③實轉引自《隋書·音樂志下》："據毛萇、侯苞、孫毓故事，皆有鐘聲。"④依輯佚古書之慣例，當內容一致時，理應徵引年代最早者。王謨輯本即據《隋書》，然改動爲"后妃房中樂有鐘聲"⑤，與原文不盡一致。

（2）示之方也。

按：此乃釋《小雅·斯干》"載衣之裼，載弄之瓦"之文。僅見馬國翰輯本，輯自《毛詩正義》卷十一之二孔穎達正義："侯苞

---

① 陳暘：《樂書》卷113，《景印文淵閣四庫全書》，臺北商務印書館1986年版，第211冊，第469頁。
② 馬國翰輯：《玉函山房輯佚書·韓詩翼要》，臺北文海出版社1974年影印同治十年（1871）濟南皇華館書局補刻本，第523頁。
③ 陳暘：《樂書》卷113，《景印文淵閣四庫全書》，臺北商務印書館1986年版，第211冊，第469頁。
④ 《隋書》卷15，中華書局1973年版，第354頁。
⑤ 王謨輯：《漢魏遺書鈔·韓詩翼要》，《續修四庫全書》，上海古籍出版社2002年影印復旦大學圖書館藏嘉慶三年（1798）西齋刻本，第1999冊，第529頁。

云：示之方也。"① 馬輯本原作："示之方也，明褖制方令女子方正事人之義。"②"明褖制"句實爲孔穎達解説"示之方也"之文，非《翼要》之文，當删。此條王謨輯本漏輯。

（3）天行艱難于我身，不我可也。

按：此乃釋《小雅·白華》"天步艱難，之子不猶"之文。馬國翰、王謨並輯之，俱出《毛詩正義》卷十五之二孔穎達正義："侯苞云：'天行艱難于我身，不我可也。'"③。

（4）衛武公刺王室，亦以自戒，行年九十有五，猶使臣日誦是詩，而不離于其側。

按：此乃釋《大雅·抑》題愾之文。馬國翰、王謨並輯之，俱出《毛詩正義》卷十八之一孔穎達正義："侯包亦云：'衛武公刺王室（下略，即上文）。'"④。這一説法當援自《國語·楚語上》："昔衛武公年數九十有五矣，猶箴儆於國。……於是乎作《懿》詩以自儆。"《懿》即《抑》，韋昭注云："《懿》，《詩·大雅·抑》之篇也。"⑤

（5）滔滔，衆至大也。

---

① 《毛詩正義》卷11之2，阮元校刻：《十三經注疏》，中華書局2009年影印清嘉慶刻本，第938頁。
② 馬國翰輯：《玉函山房輯佚書·韓詩翼要》，臺北文海出版社1974年影印同治十年（1871）濟南皇華館書局補刻本，第523頁。
③ 《毛詩正義》卷15之2，阮元校刻：《十三經注疏》，中華書局2009年影印清嘉慶刻本，第1066頁。
④ 《毛詩正義》卷18之1，阮元校刻：《十三經注疏》，中華書局2009年影印清嘉慶刻本，第1194頁。
⑤ 徐元誥：《國語集解》卷17，中華書局2002年版，第500—502頁。

按：此乃釋《大雅·江漢》"武夫滔滔"之文。見王謨、王仁俊輯本，俱出《毛詩正義》卷十八之四孔穎達正義①。王謨輯本原作"衆至大貌"，考《正義》作"衆至大也"，因據正，王仁俊輯本不誤②。此條馬國翰輯本漏輯。

第五節　《韓詩章句》佚文輯校

東漢薛方丘、薛漢父子合撰的《韓詩章句》是《韓詩》學派最爲重要的訓詁著作。與《韓詩內傳》《韓詩外傳》等"推《詩》之意而作"的推演著作不同，《韓詩章句》以《韓詩經》爲中心，對其中的疑難字詞進行訓釋，同時對經文大義進行闡解，爲深入瞭解《韓詩經》的本義提供了至爲關鍵的鑰匙。若從忠實本經的要求出發，《韓詩章句》的學術價值是《韓詩》學派其他著作所無法比擬的。所以，有效、忠實地輯錄《韓詩章句》佚文，不僅是部分還原《章句》原貌的必要工作，也是深入把握《韓詩》學派解讀《詩經》特色之關捩，不可不予以嚴肅的重視。

前人對《韓詩章句》的輯佚多數包含在《韓詩》佚著輯本中，馬國翰《玉函山房輯佚書·韓詩章句》是唯一一部專門針對《章句》開展輯佚的版本。但無論專門輯錄，還是附從於宏觀的《韓詩》佚著輯錄，前人皆未對《章句》佚文進行充分鉤稽。這是因爲他們在輯錄之時，僅僅關注到此前文獻明確標記爲《韓詩章句》的佚文，而對於標記爲《韓詩》或《韓詩傳》的訓詁材料，或未加深考，或徑視爲其他《韓詩》佚著之文，皆有失草率。因此前人對於《韓詩章句》的輯佚工作並未完成，大有繼續深入的餘地。

---

① 《毛詩正義》卷18之4，阮元校刻：《十三經注疏》，中華書局2009年影印清嘉慶刻本，第1235頁。

② 王仁俊：《玉函山房輯佚書續編》經部詩類，《玉函山房輯佚書續編三種》，上海古籍出版社1989年影印上海圖書館藏稿本，第28頁。

本節將先以保存《韓詩》訓詁類遺説最爲豐富的三部古籍（慧琳《一切經音義》、顧野王《原本玉篇》、陸德明《經典釋文·毛詩音義》）爲考察對象，藉助文獻互勘的方法，考證以上三部書所徵引的題爲"《韓詩》"或"《韓詩傳》"的典籍實際皆爲《韓詩章句》；同時，對《韓詩章句》穩定的注釋體例進行揭示，用以鑒別身份不明的《韓詩》遺説。通過以上兩種方法，可輯出大量隱藏於古籍中的《韓詩章句》之文，在極大地擴充《章句》佚文數量的同時，也對這批歷來被模糊處理的《韓詩》遺説進行歸位。

一　慧琳《一切經音義》所引《韓詩》遺説實爲《韓詩章句》考

唐代僧人慧琳所撰《一切經音義》凡一百卷，陳垣（1880—1971）先生叙其流傳源流甚明①。該書明確引用了近二百條來自《韓詩》學派的訓詁《詩經》的文本，可謂犖犖其大。由於《韓詩》學派的訓詁著作已告消亡，所以保存在慧琳書中的這些《韓詩》遺説具備彌足珍貴的輯佚價值。有關這一點，清季學者在該書自日本回傳中土後不久，便已給予了充分重視，並在輯録《韓詩》遺説時進行了不同程度的利用。當今學界亦有學者關注及此，就《一切經音義》所引《韓詩》進行了深入的考探，並與清人所輯《韓詩》進行了對比研究②，具有重要的參考價值。

但對於《一切經音義》所引《韓詩》，還有一個關鍵問題未獲妥善的解決，此即該書所引多種《韓詩》佚籍的身份問題。總體而言，《一切經音義》對於《韓詩》佚籍的題名較爲混亂，含"《韓詩》""《韓詩傳》"和"《韓詩外傳》"（非今本《韓詩外傳》，詳下文）三種。但管見所及，迄今尚未有學者就書中所引這三部《韓

---

① 陳垣：《中國佛教史籍概論》卷4，上海書店出版社2005年版，第64—70頁。
② 王華權：《高麗藏本〈一切經音義〉引〈韓詩〉考探》，《寧夏大學學報》2011年第6期，第17—20頁。

詩》佚籍的關係進行深入的考證與辨析。若不對這批材料進行正本清源的考證工作，將會導致此後的《韓詩》輯佚工作繼續停留在混沌的狀態中，進而使後續研究的準確性失去保障。故結合相關材料，詳考於下。

（一）《一切經音義》所引"《韓詩》""《韓詩外傳》"實皆爲"《韓詩傳》"

三書之中，先論"《韓詩》"。首先可以確定的是，《一切經音義》所引《韓詩》"乃一簡稱。因"《韓詩》"一詞作全稱使用時，指《漢書·藝文志》所著錄的"《詩經》二十八卷，齊、魯、韓三家"中的《韓詩》，這二十八卷書純係《韓詩》經文，即王先謙《漢書補注》所謂"三家全經"①。因漢初儒家經典的經、傳別行，故此處所録二十八卷《韓詩》不含訓詁材料。然而，出現在《一切經音義》中的"《韓詩》"很明顯是一部具體解釋經文的訓詁著作，與純經文的體例不合，可證慧琳所引"《韓詩》"並非《藝文志》著録的白文本《韓詩》，而是對某部《韓詩》訓詁著作的簡稱。通過對《一切經音義》所引"《韓詩傳》"的考察，可確定本書中的"《韓詩》"實際是"《韓詩傳》"的簡稱。這可以通過書中徵引的內容相同而書名有別的材料得到驗證。兹擇要列出數例，以明慧琳所引"《韓詩》"與"《韓詩傳》"實爲一書：

（1）《韓詩》曰：南北爲縱，東西爲橫。（卷十一"縱橫"條）

《韓詩傳》曰：南北曰縱，東西曰橫。（卷九"從廣"條）

（2）《韓詩》：縮，斂也。（卷十五"申縮"條）

《韓詩傳》云：縮，斂也。（卷四十"縮眉"條）

（3）《韓詩》云：騁，施也。（卷二十四"騁武"條）

《韓詩傳》曰：騁，施也。（卷四十九"騁壯思"條）

（4）《韓詩》：攘，除也。（卷五十七"攘故"條）

---

① 王先謙：《漢書補注》本志卷10，上海古籍出版社2008年版，第2914頁。

《韓詩傳》云：攘，除也。（卷二十九"攘郤"條）
(5)《韓詩》：馥，香貌也。（卷十八"更馥"條）
《韓詩傳》曰：馥，香貌也。（卷八十一"普馥"條）
(6)《韓詩》云：邂逅，不固之貌也。（卷八十四"邂逅"條）
《韓詩傳》云：邂逅，不固之貌也。（卷四十"邂逅"條）

上述諸例可證《一切經音義》所引"《韓詩》"常在其他卷中冠以"《韓詩傳》"之名，這說明二者實爲同一部書。

下面繼續討論書中的"《韓詩外傳》"。經筆者統計，慧琳在《一切經音義》中共引用21條"《韓詩外傳》"，其中僅有1條見今本《外傳》①，其餘20條均不見於今本。而且這20條材料均爲訓詁性質的文字，顯與今天所見的以"雜引古事古語，證以詩詞，與經義不相比附"②爲主要特徵的《韓詩外傳》不合。所以合理的解釋是，慧琳在書中引用的這本"《韓詩外傳》"並非真實的《韓詩外傳》，而是某一部《韓詩》訓詁著作的訛稱。而種種迹象表明，《一切經音義》中的"《韓詩外傳》"實爲"《韓詩傳》"之訛稱。其據有二：

第一，對於同一卷的同一條音義，不同刻本的《一切經音義》存在混淆"《韓詩傳》"和"《韓詩外傳》"的情形，這爲二者的親緣關係提供了證明。例如日本獅谷白蓮社刻本《一切經音義》卷七十六"如瀅瀞水"條音義："《韓詩外傳》云：瀞，清也。"③按此文

---

① 該材料乃《一切經音義》卷30《寶雨經第一卷》"株杌"條音義所引："後欐株前有深坑。"見徐時儀《一切經音義三種校本合刊》，上海古籍出版社2008年版，第1031頁。其原文爲："不知前有深坑，後有掘株也。"見許維遹《韓詩外傳集釋》卷10第21章，第360頁。

② 這是四庫館臣對《外傳》的評語，見永瑢等《四庫全書總目》卷16，中華書局1965年影印清刻本，第136頁。

③ 徐時儀：《一切經音義三種校本合刊》卷76校勘記第20條，上海古籍出版社2008年版，第1866頁。

實爲《韓詩》訓釋《大雅·大明》"會朝淸明"之遺説①，其立足訓詁的特徵與慧琳所引一系列"《韓詩傳》"相近。考高麗藏本《一切經音義》卷七十六，此條音義所引出處適作"《韓詩傳》"②。這是"《韓詩傳》"誤爲"《韓詩外傳》"的明證。

第二，有些内容相同的《韓詩》遺説被《一切經音義》重複引用時，存在此卷標爲"《韓詩傳》"而彼卷又繫於"《韓詩外傳》"的情况。例如卷十七"捲縮"條音義引《韓詩外傳》云："縮，斂也。"③ 但是卷四十"縮眉"條音義却寫作："《韓詩傳》云：縮，斂也。"④ 這再次證明了二者存在着緊密的關係，即"《韓詩外傳》"爲"《韓詩傳》"的訛稱。這種情况還蔓延到了其他佛教音義書中，例如慧琳《一切經音義》卷二十一"依怙"條音義下引《韓詩傳》曰："怙，賴也。"⑤ 而在遼僧希麟所編《續一切經音義》卷一"依怙"條音義中則引作："《韓詩外傳》云：怙，賴也。"⑥ 此皆爲誤"《韓詩傳》"爲"《韓詩外傳》"之例。

由此可見，《一切經音義》引録同一條"《韓詩傳》"時，無論在不同刻本還是不同卷數中，都存在訛作"《韓詩外傳》"的現象。此類訓詁遺説既不見於今本《外傳》，又與《外傳》的推演性質相悖離，顯非《外傳》之文，而是誤"《韓詩傳》"爲"《韓詩外傳》"的結果。

---

① 顧野王：《原本玉篇殘卷》，中華書局 1985 年版，第 366—367 頁。
② 慧琳：《一切經音義》卷 76，徐時儀：《一切經音義三種校本合刊》，上海古籍出版社 2008 年版，第 1852 頁。
③ 慧琳：《一切經音義》卷 17，徐時儀：《一切經音義三種校本合刊》，上海古籍出版社 2008 年版，第 796 頁。
④ 慧琳：《一切經音義》卷 40，徐時儀：《一切經音義三種校本合刊》，上海古籍出版社 2008 年版，第 1198 頁。
⑤ 慧琳：《一切經音義》卷 21，徐時儀：《一切經音義三種校本合刊》，上海古籍出版社 2008 年版，第 864 頁。
⑥ 希麟：《續一切經音義》卷 1，徐時儀：《一切經音義三種校本合刊》，上海古籍出版社 2008 年版，第 2211 頁。

綜上所述，慧琳在《一切經音義》中所引的具有明顯訓詁特色的"《韓詩》"和"《韓詩外傳》"，實際都是"《韓詩傳》"在題名上的變相書寫："《韓詩外傳》"爲"《韓詩傳》"之訛稱，而"《韓詩》"爲"《韓詩傳》"之簡稱。據此，三者實爲同一部書（"《韓詩傳》"）。所以在慧琳書中亦可找到大量"《韓詩》"與"《韓詩外傳》"同文之例：

(1)《韓詩外傳》云：（繽紛，）往來貌也。(卷二十八"繽紛"條)
《韓詩》：（繽紛，）往來貌也。(卷三十二"繽紛"條)

(2)《韓詩外傳》：（減，）少也。(卷四十四"缺減"條)
《韓詩》：減，少也。(卷一"有減"條)

(3)《韓詩外傳》云：嗤者，意志和悅貌也。(卷六十一"嗤笑"條)
《韓詩》云：（嗤，）志意和悅貌也。(卷七"嗤笑"條)

(4)《韓詩外傳》：（憚，）惡也。(卷六十三"畏憚"條)
《韓詩》云：憚，惡也。(卷五十七"不憚"條)

(5)《韓詩外傳》云：袪，去也。(卷七十二"能袪"條)
《韓詩》云：（袪，）去也。(卷九十五"袪之"條)

很顯然，這類若合符契的現象，只有在"《韓詩》"與"《韓詩外傳》"異名同實的層面上解釋才可以旁通無滯。

(二)"《韓詩傳》"非《韓詩內傳》《韓詩外傳》

現在要追問的是，這部訓詁色彩濃厚的"《韓詩傳》"究竟是哪一部具體的《韓詩》著述呢？因爲歷代目錄書所著錄的《韓詩》學派的作品，都沒有"《韓詩傳》"這一書名，所以它一定是某一部《韓詩》著作的簡稱或別稱。茲先從簡稱的方向進行推測。

根據班固《漢書·藝文志》的著錄，西漢時期與"《韓詩傳》"

名稱相近的是以下兩部著作：《韓詩內傳》四卷和《韓詩外傳》六卷①。前文已證《韓詩外傳》"與經義不相比附"的情況並不合於"《韓詩傳》"重於訓詁的特徵，且慧琳書中所引的這些"《韓詩傳》"無一條見於今本《韓詩外傳》，故可排除"《韓詩傳》"是《外傳》的可能。這樣一來，似乎只能將答案確定爲《韓詩內傳》了。

現在要指出的是，慧琳書中的"《韓詩傳》"同樣不可能是《韓詩內傳》。因爲從目前掌握的材料來看，還找不到一條能夠說明《韓詩內傳》是訓詁著作的證據。清儒大多因《韓詩外傳》係推演詩意之作，遂定《韓詩內傳》爲訓詁之作，而事實上，這是毫無依據的假想。因爲根據司馬遷和班固的相關記載，可以確定《韓詩內傳》與《韓詩外傳》大致屬於同一類型的著作。關於這一問題，筆者將於下文第三章第一節進行詳考，此處暫不展開了。

綜上可確定《一切經音義》所引"《韓詩傳》"的確既非《韓詩外傳》，亦非《韓詩內傳》。這說明，從簡稱來推斷"《韓詩傳》"的方法尚無從揭出真相，故而在下一小節中，需從別稱的方向考察"《韓詩傳》"的真實身份。

（三）"《韓詩傳》"爲薛君《韓詩章句》

《韓詩章句》的相關情況，在本書第一章第一節中亦作過介紹，此處並無贅述的必要。但在考察《一切經音義》所引《韓詩》佚籍的問題上，《韓詩章句》仍有至關重要的一個特點可供參考，即該書爲《韓詩》學派最爲重要的訓詁著作，而這一特點與慧琳所引"《韓詩傳》"正相吻合，這是判定二者係同一部書的直觀感覺。但要證成這一結論，尚須借助客觀論據的支持。通過細繹其他古籍所引《韓詩》佚籍，的確能夠覓得兩方面的客觀證據，可證"《韓詩傳》"確爲薛君《韓詩章句》。

第一，從名稱上看，"傳"與"章句"均爲注釋性文字，二者

---

① 《漢書》卷30，中華書局1962年版，第1708頁。

可以相互轉換，薛氏父子爲《韓詩》所作《章句》自然可以別稱爲《傳》。而且，唐代的確存在以後者指稱前者之例，這集中體現在唐章懷太子所注《後漢書》中，茲舉四例以證之：

（1）《韓詩》曰："新廟奕奕，奚斯所作。"薛君《傳》云："是詩公子奚斯所作也。"（卷三十五《曹褒傳》注）

（2）《韓詩》曰："東有圃草，駕言行狩。"薛君《傳》曰："圃，博也。有博大之茂草也。"（卷四十下《班固傳》注）

（3）《韓詩·齊風》曰："並驅從兩肩兮。"薛君《傳》曰："獸三歲曰肩。"（卷六十上《馬融傳》注）

（4）《韓詩》薛君《傳》曰："薄，辭也。振，奮也。莫，無也。震，動也。疊，應也。美成王能奮舒文武之道而行之，則天下無不動而應其政教。"（卷六十三《李固傳》注）

這裏的"薛君《傳》"正是薛君《韓詩章句》的別稱。應特別提到的是第4條材料，注中"振，奮也"一句亦見李善注《文選·甘泉賦》，但後者標記了該書的全稱——"薛君《韓詩章句》"①。可見"《韓詩傳》"的確可指稱《韓詩章句》。這是判定二者係同一部書的客觀依據之一。

第二，現有相當豐富的材料可證《一切經音義》引錄的"《韓詩》"或"《韓詩（外）傳》"亦曾出現在《六臣注文選》的"薛君《韓詩章句》"名下，這是它們爲同一部書的最有力證據。茲舉數例以證之：

（1）《韓詩》："騰，乘也。"（《一切經音義》卷六十九"翻騰"條）
薛君《韓詩章句》曰："騰，乘也。"（《六臣注文選·甘泉賦》注）

---

① 《六臣注文選》卷7，中華書局1987年影印涵芬樓所藏宋刊本，第141頁。

(2)《韓詩》:"或辟四方。"辟,除也。(《一切經音義》卷十六"避從"條)

薛君《韓詩章句》曰:"辟,除也。"(《六臣注文選·上林賦》注)

(3)《韓詩》云:"騁,施也。"(《一切經音義》卷二十四"騁武"條)

薛君《韓詩章句》曰:"騁,施也。"(《六臣注文選·射雉賦》注)

(4)《韓詩》:"(隤,)遺也。"(《一切經音義》卷八十八"隤綱"條)

薛君《韓詩章句》曰:"隤,猶遺也。"(《六臣注文選·歎逝賦》注)

(5)《韓詩》:"馥,香貌也。"(《一切經音義》卷十八"更馥"條)

《韓詩》曰:"馥芬孝祀。"薛君曰:"馥,香貌也。"(《六臣注文選·蘇武詩四首》注)

(6)《韓詩》云:"術,法也。"(《一切經音義》卷三"技術"條)

《韓詩》曰:"報我不術。"薛君曰:"術,法也。"(《六臣注文選·廣絕交論》注)

(7)《韓詩傳》云:"煦,暖也。"(《一切經音義》卷九十六"嫗煦"條)

薛君《韓詩章句》曰:"煦,暖也。"(《六臣注文選·演連珠》注)

(8)《韓詩外傳》云:"翻,飛貌。"(《一切經音義》卷六十三"瞼翻"條)

薛君《韓詩章句》曰:"翻,飛貌。"(《六臣注文選·張子房詩》注)

很明顯,《六臣注文選》所引薛君《韓詩章句》是一個有利的參照物。它的内容分别與《一切經音義》所引"《韓詩》"(第1—6條)、

"《韓詩傳》"（第7條）和"《韓詩外傳》"（第8條）相吻合，這有力地證明了薛君《韓詩章句》曾經分別以"《韓詩》""《韓詩傳》"和"《韓詩外傳》"三個名字出現在慧琳的《一切經音義》中。這一發現，不僅夯實了前文對《一切經音義》所引"《韓詩》""《韓詩傳》"與"《韓詩外傳》"爲同一部書的考證，還可進一步證明這同一部書正是薛君《韓詩章句》。

尤應指出的是，上述的論證思路和方法不僅適用於對《一切經音義》所引《韓詩》佚籍的正名工作，還同樣適用於考察顧野王《原本玉篇殘卷》和陸德明《經典釋文》所引《韓詩》諸遺說的真實身份。之所以選這兩部書作爲附論，係因這兩部書所引《韓詩》遺說的數量很多，但同樣没有獲得身份的澄清。

二 《原本玉篇》《經典釋文》所引《韓詩》遺說亦爲《韓詩章句》考

對《原本玉篇殘卷》和《經典釋文》所引《韓詩》遺說進行輯錄後，可發現二書所引《韓詩》遺說大部分完全相同，這説明《玉篇》與《釋文》取資於同一部《韓詩》著作。其例甚多，兹就《風》《雅》《頌》中各舉一例爲證：

（1）《韓詩》："縱我不往，子寧不詒音？"詒，寄也，曾不寄問也。（《原本玉篇》"詒"字條）

《韓詩》作"詒"。詒，寄也，曾不寄問也。（《釋文》卷五）

（2）《韓詩》："昊天不庸。"庸，易也。（《原本玉篇》"庸"字條）

《韓詩》作"庸"。庸，易也。（《釋文》卷六）

（3）《韓詩》云：渚，魚池也。（《原本玉篇》"渚"字條）

《韓詩》云：渚，魚池。（《釋文》卷七）

以上 3 條分別爲解釋《鄭風·子衿》《小雅·節南山》及《周頌·泮》①之文。很明顯，兩本書中所引用的《韓詩》內容一致，係對同一部《韓詩》著作的引用。

繼續將兩書所引《韓詩》與其他古注書和類書進行對勘，便可發現兩書所引《韓詩》與《一切經音義》中的《韓詩》佚籍一樣，亦爲薛君《韓詩章句》之文。兹擇要列出 12 組例證，6 組與《原本玉篇殘卷》同，6 組與《經典釋文》同：

(1)《韓詩》："四牡繹繹。"繹繹，盛貌也。（《原本玉篇》"繹"字條）

薛君《韓詩章句》曰："繹繹，盛貌。"（《六臣注文選·甘泉賦》注）

(2)《韓詩》："毋然歆羨。"羨，願也。（《原本玉篇》"羨"字條）

薛君《韓詩章句》曰："羨，願也。"（《六臣注文選·遊天台山賦》注）

(3)《韓詩》："緜蠻，文貌也。"（《原本玉篇》"縣"字條）

《韓詩》曰："緜蠻黃鳥。"薛君曰："緜蠻，文貌。"（《六臣注文選·景福殿賦》注）

(4)《韓詩》："誕先登于岸。"誕，信也。（《原本玉篇》"誕"字條）

薛君《韓詩章句》曰："誕，信也。"（《六臣注文選·大將軍宴會被命作詩》注）

(5)《韓詩》：送行飲酒曰餞。（《原本玉篇》"餞"字條）

薛君《韓詩章句》曰："送行飲酒曰餞。"（《六臣注文選·九日從宋公戲馬臺集送孔令詩》注）

(6)《韓詩》："有章曲曰歌，無章曲曰謠。"（《原本玉篇》"謠"字條）

---

① 《毛詩》"泮"作"潛"。

《韓詩章句》曰："有章曲曰歌，無章曲曰謠。"（《初學記》卷十五）

(7)《韓詩》云："一溢一否曰渚。"（《釋文》卷五）

薛君《韓詩章句》曰："水一溢一否爲渚。"（法國藏 P. 2528 敦煌鈔本《文選》殘卷①）

(8)《韓詩》作"愔愔"，和悦之貌。（《釋文》卷六）

《韓詩》："愔愔夜飲。"薛君曰："愔愔，和説之貌也。"（《六臣注文選·魏都賦》注）

(9)《韓詩》作"魂"。魂，神也。（《釋文》卷五）

《韓詩》曰："聊樂我魂。"薛君曰："魂，神也。"（《六臣注文選·東征賦》注）

(10)《韓詩》云："順風而流曰淪。淪，文貌。"（《釋文》卷五）

薛君《韓詩章句》曰："從流而風曰淪。淪，文貌。"（《六臣注文選·月賦》注）

(11)《韓詩》云："瓞，小瓜也。"（《釋文》卷七）

《韓詩》曰："緜緜瓜瓞。"薛君曰："瓞，小瓜也。"（《六臣注文選·在懷縣作》注）

(12)《韓詩》云："（耗，）惡也。"（《釋文》卷七）

薛氏《韓詩章句》曰："耗，惡也。"（《後漢書·章德竇皇后傳》注）

以上12組古注書和類書中引用的薛君《韓詩章句》皆與《原本玉篇》和《釋文》所引"《韓詩》"相合。這可以證明以上兩本書中引用的"《韓詩》"亦爲薛君《韓詩章句》。

行筆至此，本書已經通過兩條平行的路綫分别就《一切經音義》所引《韓詩》佚籍和《原本玉篇》《釋文》所引"《韓詩》"究爲何

---

① 饒宗頤：《敦煌吐魯番本文選》，中華書局2000年版，第4頁。按今本《文選》李善注脱"一否"二字，幸有敦煌殘卷，始能獲睹善注之原貌。

書的問題進行了考證，最終發現這兩條路綫殊途同歸，二者引用的數量巨大的《韓詩》遺說均爲薛君《韓詩章句》之文。正因如此，所以《一切經音義》中的《韓詩》佚籍也常常以"《韓詩》"之名，存在於《原本玉篇》和《經典釋文》中，其例不勝縷舉，兹列數條，以概其餘：

(1)《韓詩》云：禽獸居之曰藪。(《釋文》卷五)
《韓詩傳》曰：澤中可爲禽獸居之曰藪。(《一切經音義》卷二十一"林藪"條)

(2)《韓詩》云：不由蹊遂而涉曰跋涉。(《釋文》卷五)
《韓詩》云：不游蹊遂而涉曰跋涉。(《一切經音義》卷三十七"跋山"條)

(3)《韓詩》："曰卒汚萊。"污，穢也。(《原本玉篇》"污"字條)
《韓詩》：(污，)穢也。(《一切經音義》卷十一"污涅"條)

(4)《韓詩》："會朝瀞明。"瀞，清也。(《原本玉篇》"瀞"字條)
《韓詩傳》云：瀞，清也。(《一切經音義》卷七十六"如瀅瀞水"條)

正因其均爲薛君《韓詩章句》之佚文，所以才出現了上述書名不同而内容相同的例子。揭出了這一事實，對于本書所舉的這些異名同實之例，也就絲毫不感到意外了。

以上兩小節，通過對大量相同《韓詩》遺說的排列對比，證實了分佈於《一切經音義》《原本玉篇》《經典釋文》三書中的雜亂無章的《韓詩》遺說原係殊途同歸，其歸屬實爲東漢薛方丘、薛漢父子的《韓詩章句》。在此之前，對薛君《韓詩章句》進行輯佚的學者往往只對古籍中明確標記"《薛君(韓詩)章句》"的材料加以搜集，故導致《韓詩章句》輯本的内容十分單薄，僅一百餘條。而據初步統計，《一切經音義》《原本玉篇》和《經典釋文》所引《韓詩章句》至少有三百餘條，爲現存輯本的三倍之多，這可以極大地擴充《韓詩章句》的容量。如上所陳,《韓詩外傳》是《韓詩》學派現存最具代表性的推演著作,而《韓詩章句》是《韓詩》學派最爲重要的訓詁著作。現在後者又得到了很大程度的還原,這對於學術界重估《韓詩》學派在《詩經》學史中的意義以及深入開展《韓詩》研究,無疑提供了更爲堅實的文本基礎。

同時,這一結論的導出也對學術界提出了新的要求,即重新審視《韓詩》與《毛詩》在訓詁方面的關係。韓、毛二家在《詩》之訓詁方面存在不少相似之處,按照以往今文經學家的意見,大多因爲《韓詩》學派起於漢初,便認定後起的《毛詩》掇拾《韓詩》牙慧。現在看來,這一成見或許恰恰表達了顛倒的事實。因爲今文經學家持以立論的"《韓詩》"並非西漢韓嬰的學說,而是東漢薛氏父子的成果,而在此之前,《毛詩》業已較爲廣泛地傳播於當時的知識界了。所以對於韓、毛訓詁的相通之處,合理的解釋或許是薛氏父子吸收了《毛詩》的某些成果去爲《韓詩經》作注,而不是《毛詩》如矮人觀場那樣在《韓詩》身後人云亦云。當然,這已溢出本節論述的中心,此處並無必要詳細展開了。

三 《韓詩章句》義例對於該書輯佚的指導意義

《原本玉篇》《經典釋文》及《一切經音義》所引《韓詩章句》之佚文相當豐富,這在下文新輯《章句》時即可相當明晰地呈現出來。但在以上三書之外,還有不少典籍曾徵引過數量可觀的《韓詩》學派訓詁類佚文,且無法與《原本玉篇》等三部著作所引《韓詩》構成對勘,所以這三部著作對於判定其他古籍所引《韓詩》訓詁類遺說,並無太大參考價值。這樣,欲澄清此類古籍所引《韓詩》訓詁遺說的真實身份,只能在文獻對勘之外另闢蹊徑。在文獻闕如的困境下,從《韓詩章句》的義例入手,無疑是行之有效的方法。本小節將以一條存在錯簡的《韓詩章句》佚文爲入口,對《韓詩章句》的義例進行歸納,以求爲判定古籍徵引的身份不明的《韓詩》訓詁類佚文提供新的參考。

《文選·西京賦》"芳草如積"句下，李善引《韓詩·衛風·淇奧》"綠薷如簀"句的訓詁爲注：

  《韓詩》曰："綠薷如簀。"簀，積也。薛君曰：簀，綠薷盛如積也①。

清代學者在上注"簀，積也"三字究屬何書的問題上看法有別，遂分化出兩種意見：（一）認爲"簀，積也"是獨立於《韓詩》經文與薛君《韓詩章句》之外的材料，例如臧庸《韓詩遺說》卷上視此三字爲《韓詩内傳》之文，後附案語云："李善首引經文，次引此三字，次引薛君曰云云，則此是韓嬰《内傳》。"②（二）認爲這三字並非獨立材料，而是其後薛君注文的錯簡。例如胡克家《文選考異》卷一認爲善注"簀積也薛君曰簀" "當作'薛君曰簀積也'六字"③，乙正之後則爲：

  《韓詩》曰："綠薷如簀。"薛君曰：簀，積也。綠薷盛如積也。

可見這種意見認爲這三字屬薛君《韓詩章句》之文。持這一意見的還有范家相，他在《三家詩拾遺》卷五《淇奧》中輯《韓詩》遺

---

 ①　《六臣注文選》卷2，中華書局1987年影印涵芬樓所藏宋刊本，第47頁。
 ②　臧庸：《韓詩遺說》卷上，《叢書集成初編》，中華書局1985年版，第1746册，第12頁。此外，清人馮登府也引用了這條材料，見氏著《三家詩遺說》卷2，華東師範大學出版社2010年版，第28頁。不過馮氏僅將"簀，積也"引作"《韓詩》"，並未像臧庸那樣將之坐實爲《韓詩内傳》之文，這是他治學嚴謹的表現。但在將此三字視爲獨立材料方面，臧庸與馮登府意見一致，則是顯而易見的。
 ③　胡克家：《文選考異》卷1，載《文選》附錄，中華書局1977年影印鄱陽胡氏重雕淳熙本，第844頁。

説，便直接以"薛君曰"統轄"蕢，積也"三字①，與胡克家的判斷若合符節。清人這一分歧，尚未有論著進行專門考索，因其關涉到《韓詩》遺説的歸屬問題，特爲辨析。

先看以臧庸爲代表的第一種意見。臧氏將"蕢，積也"三字視爲《韓詩内傳》之佚文，其理由已見上文所引案語。據其案語，可以看出他認定這條注釋是李善先引《韓詩》經文，次引《韓詩内傳》以注釋《韓詩》經文，再引《韓詩章句》以注釋《韓詩内傳》。這一判斷實際上暗含着臧庸的兩個預設，即（1）《韓詩内傳》爲注釋《韓詩經》之作，（2）《韓詩章句》爲注釋《韓詩内傳》之作。由於臧庸並未對這兩個預設的依據進行解釋，所以今天已無從確定他作此預設的原因。但可以確定的是，這兩個預設均缺乏強證的支撐。因爲首先，《韓詩内傳》並非注釋《詩經》之作，這從本章第二節所輯《内傳》佚文即可看出。其次，《韓詩章句》並非注釋《韓詩内傳》的作品。目前尚無一條可靠的史料能夠支撐臧庸的第二點預設。相反，最早著録《韓詩章句》的典籍是《隋書·經籍志》，其中提道："《韓詩》二十二卷，漢常山太傅韓嬰，薛氏章句。"② 隻字不提《韓詩内傳》，可見其與《内傳》並無關係。這是史書提供的反證。而且從古籍徵引的《韓詩章句》來看，《章句》很明顯是直接訓釋《韓詩》經文的著作（詳見下文引具體例證）。這是由章句只釋原始文本的體裁特點決定的③。章句在兩漢時代十分盛行，不僅有訓釋儒家原始文本的五經章句，還出現了像王逸《楚辭章句》、河上公《老子章句》或嚴浮調《沙彌十慧章句》等針對楚辭、道經、佛經的原始文本進行訓釋的著作。這都可以助證"章句"訓釋的對象僅是原始文本，而不是像《内傳》這類推演原始文本的著作。

---

① 范家相：《三家詩拾遺》卷5，《叢書集成初編》，中華書局1985年版，第1744冊，第63頁。

② 《隋書》卷27，中華書局1973年版，第915頁。

③ 詳參呂思勉《章句論》，《文字學四種》，上海教育出版社1985年版，第1—60頁。

綜上所述，臧庸以"黃，積也"爲《韓詩內傳》佚文的兩個預設不僅沒有強證支持，反有不少能夠推翻其說的證據。預設的真實性既已面臨着嚴峻的挑戰，由此預設導出的結論自然就不很可靠。

再看以胡克家爲代表的第二種意見。就目前掌握的文獻而言，這當是更近於事實的判斷。理由有二：

其一，從《文選》李善注引《韓詩》的體例來看①，凡同時徵引《韓詩》經文及該學派的訓詁文字，則該訓詁文字均爲薛君《韓詩章句》，體現爲"《韓詩經》+《章句》"的模式，在《韓詩》經文與《章句》之間並不夾雜其他訓詁材料。這一固定體例在書中運用得相當嚴謹，鮮有例外。茲據善注，舉二十例以證成之：

（1）《韓詩》曰："翰飛厲天。"薛君曰："厲，附也。"（《西都賦》注）

（2）《韓詩》曰："帥時農夫，播厥百穀。"薛君曰："穀類非一，故言百也。"又曰："蓁蓁者莪。"薛君曰："蓁蓁，盛貌也。"（《東都賦》注）

（3）《韓詩》："愔愔夜飲。"薛君曰："愔愔，和說之貌也。"（《魏都賦》注）

（4）《韓詩》曰："無矢我陵。"薛君《章句》曰："四平曰陵。"（《長楊賦》注）

（5）《韓詩》曰："聊樂我魂。"薛君曰："魂，神也。"（《東征賦》注）

（6）《韓詩》曰："周道威夷。"薛君曰："威夷，險也。"

---

① 關於李善注《文選》引《韓詩》的情況，王禮卿早在1968年撰寫的《〈選〉注釋例》中已有涉及，文章第十六例討論的便是"引詩分著《毛》《韓》"，見俞紹初、許逸民主編《中外學者文選學論集》，中華書局1998年版，第659—660頁。但此文並非專就善引《韓詩》立論。真正詳細討論李善引《韓詩》體例的論文是程蘇東的《〈文選〉李善注徵引〈韓詩〉異文研究》，見《信陽師範學院學報》2009年第5期，第116—120頁。本書討論的重點在具體注文的辨析工作，與程文有所不同。

(《西征賦》注)

(7)《韓詩》曰:"江之漾矣,不可方思。"薛君曰:"漾,長也。"(《登樓賦》注)

(8)《韓詩》曰:"肅肅兔罝,施于中馗。"薛君曰:"中馗,馗中,九交之道也。"(《蕪城賦》注)

(9)《韓詩》曰:"綿蠻黃鳥。"薛君曰:"綿蠻,文貌。"(《景福殿賦》注)

(10)《韓詩》曰:"先集惟霰。"薛君曰:"霰,霙也。"(《雪賦》注)

(11)《韓詩》曰:"采采衣服。"薛君曰:"采采,盛貌也。"(《鸚鵡賦》注)

(12)《韓詩》曰:"搔首踟躕。"薛君曰:"踟躕,躑躅也。"(《鸚鵡賦》注)

(13)《韓詩》曰:"聊樂我魂。"薛君曰:"魂,神。"(《舞鶴賦》注)

(14)《韓詩》曰:"松柏丸丸。"薛君曰:"取松與柏。"(《長笛賦》注)

(15)《韓詩》曰:"兩驂雁行。"薛君曰:"兩驂,左右騑驂。"(《應詔詩》注)

(16)《韓詩》曰:"蟋蟀在堂,歲聿其暮。"薛君曰:"暮,晚也。言君之年歲已晚。"(《鍾山詩應西陽王教》注)

(17)《韓詩》曰:"焉得萱草,言樹之背;願言思伯,使我心痗!"薛君曰:"諼草,忘憂也。"(《西陵遇風獻康樂》注)

(18)《韓詩》曰:"跂彼織女,終日七襄;雖則七襄,不成報章。"薛君曰:"襄,反也。"(《夏夜呈從兄散騎車長沙》注)

(19)《韓詩》曰:"纖纖女手,可以縫裳。"薛君曰:"纖纖,女手之貌。"(《古詩十九首》注)

(20)《韓詩》曰:"方命厥後,奄有九域。"薛君曰:"九域,九州也。"(《冊魏公九錫文》注)

很明顯，李善在徵引《韓詩》經文之後，緊接的訓詁材料皆爲薛君《韓詩章句》，在經文和《章句》之間，並不夾雜其他材料。需要特別指出的是，李善注《文選》在聯引《韓詩》經文及訓詁材料時，也偶爾存在特例，表現爲"《韓詩經》＋非《章句》的訓詁材料"，例如《西京賦》"從嬺婉"的注文："《韓詩》曰：'嬺婉之求。'嬺婉，好貌。"① 按照上揭李注之體例，"嬺婉，好貌"前當脱去"薛君曰"三字。但傳世諸本皆未有此三字，無法爲上述推斷提供依據。幸有法藏 P. 2528 敦煌唐鈔本《文選》殘卷，證實了今本確有脱文："《韓詩》曰：'嬺婉之求。'**薛臣善曰**：嬺婉，好貌。"② 高步瀛謂："各本引《韓詩》句下脱去'薛君曰'三字。唐寫作'薛，臣善曰'，蓋'臣'爲'君'字之誤，又衍'善'字也。治《韓詩》者不見此本，故不敢輯入薛君《章句》中。然則此本雖誤，有益於古書亦大矣。"③ 可證唐寫本的"薛臣善曰"爲"薛君曰"之訛，與今本"《韓詩經》＋《章句》"的模式相吻合。高先生説這條材料"有益於古書亦大"，用在印證李善引《韓詩》注《文選》的體例方面，堪稱塙評。

如上所論，李善在連引《韓詩經》及該學派的訓詁材料之時，總是嚴格遵循"《韓詩經》＋《章句》"的體例，二者之間並不夾雜其他材料。而回到本書起首所引那條注解，在《韓詩經》"緑薵如簀"與《章句》"簀，緑薵盛如積也"之間，突兀地多出"簀，積也"三字，變成"《韓詩經》＋非《章句》的訓詁材料＋《章句》"的模式，與全書統一的徵引體例相悖，應爲錯簡所致。相反，按照胡克家的校勘意見，將注文調整爲"《韓詩》曰：'緑薵如簀。'薛

---

① 《六臣注文選》卷 2，中華書局 1987 年影印涵芬樓所藏宋刊本，第 60 頁。
② 饒宗頤：《敦煌吐魯番本文選》，中華書局 2000 年版，第 18 頁。
③ 高步瀛：《文選李注義疏》，中華書局 1985 年版，第 469 頁。羅國威《敦煌石室〈文選〉李善注本殘卷考》論"薛臣善曰"也説道："按此四字當是'薛君曰'或'《薛君章句》曰'之誤。"見《六朝文學與六朝文獻》，巴蜀書社 2010 年版，第 76 頁。這與高步瀛的判斷一致。

君曰：蕢，積也，綠蓐盛如積也"，則與"《韓詩經》+《章句》"的體例吻合無間。當然，由于文獻無徵，胡氏只能採用理校法來考察這條注文，但體現在李善注中的穩定嚴謹的徵引體例，無疑爲他的理校提供了有力的佐證。

其二，從古籍徵引的薛君《韓詩章句》來看，該書訓釋《韓詩經》的體例往往是先釋字義，然後在字義基礎上解讀句意，體現爲"字義+句意"的模式。這一特點非常集中地體現在《韓詩章句》的訓釋中。兹從群書徵引的薛君《韓詩章句》佚文中略舉數例，以具體説明其先字後句的訓釋體例：

(1)《韓詩》曰："《汝墳》，辭家也。"其卒章曰："魴魚赬尾，王室如燬。雖則如燬，父母孔邇。"薛君《章句》："赬，赤也。燬，烈火也。孔，甚也。邇，近也。言魴魚勞則尾赤，君子勞苦則顏色變，以王室政教如烈火矣，猶觸冒而仕者，以父母甚迫近飢寒之憂，爲此祿仕。"（《後漢書·章磐傳》注）

(2)《韓詩·羔羊》曰："羔羊之皮，素絲五紽。"薛君《章句》曰："小者曰羔，大者曰羊。素，喻潔白；絲，喻屈柔。紽，數名也。詩人賢仕爲大夫者，言其德能稱有潔白之性、屈柔之行，進退有度數也。"（《後漢書·王涣傳》注）

(3)《韓詩》曰："振鷺于飛，于彼西雍。"薛君《章句》曰："鷺，絜白之鳥也。西雍，文王之辟雍也。言文王之時，辟雍學士皆絜白之人也。"（《後漢書·邊讓傳》注）

(4)《韓詩》曰："新廟弈弈，奚斯所作。"薛君曰："奚斯，魯公子也。言其新廟弈弈然盛，是詩公子奚斯所作也。"（《文選·魯靈光殿賦》注）

(5)《韓詩》曰："鸛鳴于垤，婦嘆于室。"薛君曰："鸛，水鳥。巢處知風，穴處知雨。天將雨而蟻出壅土，鸛鳥見之，長鳴而喜。"（《文選·情詩》注）

(6)《韓詩》曰："《采苢》，傷夫有惡疾也。"詩曰："采采茉苢，薄言采之。"薛君曰："茉苢，澤寫也。茉苢，臭惡之菜，詩人傷其君子有惡疾，人道不通，求已不得，發憤而作，以事興茉苢，雖臭惡乎，我猶采采而不已者，以興君子雖有惡疾，我猶守而不離去也。"（《文選·辨命論》注）

以上6條材料均採自《後漢書》章懷太子注和《文選》李善注，能夠較爲完整地呈現出《韓詩章句》訓釋具體詩句的原貌。通過這些佚文，可以發現薛君對於《韓詩》經文的訓釋都是按照從字義到句意的綫路展開。第一例先釋"頳""烄""孔""邇"諸字之義，後解"魴魚頳尾，王室如烄。雖則如烄，父母孔邇"之句意；第二例先釋"羔""羊""素""絲""紽"等字義，後解"羔羊之皮，素絲五紽"之句意；後四例亦均與之相同。由此可見《韓詩章句》訓釋體例之嚴謹，的確昭然可考。需要特別指出的是，前文論"《韓詩經》+《章句》"的模式，曾舉二十例薛君注文，但其中没有解讀句意的部分，這應是因爲李善僅截取《章句》訓釋字義的部分，並非《章句》體例不純而致。

現在回到本書開篇那條注文。今本呈現的面貌是"《韓詩》+非《章句》的字義+《章句》的句意"，顯然有悖於李善引《韓詩》和薛君訓釋《韓詩》的模式。但是按照胡克家的校勘意見，將解釋字義的"薋，積也"置於"薛君曰"的名下，則與《韓詩章句》"字義+句意"的體例相吻合："薋，積也"屬解釋字義，"綠蓐盛如積也"則是在字義基礎上，對"綠蓐如薋"句意進行的解讀。所以，將夾在《韓詩經》和《韓詩章句》之間的"薋，積也"三字移歸"薛君曰"之下，既合於李善引《韓詩》注《文選》的體例，也與薛君注釋《韓詩》的模式相契合。"薋，積也"與"綠蓐盛如積也"完全是合則雙美、離則兩傷的關係。胡克家將其視爲薛君《韓詩章句》之文，是更近情理的判斷。

上文雖然是就《文選》李善注文的一處錯簡進行的考證，但已經涉及了《韓詩章句》一書的義例。這對於判定古籍未詳細著錄具體書名的《韓詩》訓詁類遺説的真實身份，有重要的參驗價值。李善和李賢對於《韓詩章句》的徵引最稱規範，從中可以推定《章句》的基本體式是由兩部分構成，即（1）《章句》所釋《韓詩》原經＋（2）《章句》訓釋之文，所以古籍所引"《韓詩經》＋訓詁"之文，即便未在訓詁語前注明"《章句》"之稱，亦可根據《章句》之義例，斷定訓詁語爲《章句》之文。例如《一切經音義》《原本玉篇》及《經典釋文》引及《韓詩》時，例爲"《韓詩經》＋訓詁"，但上文已通過文獻對勘的方法，考出三書所引訓詁之文皆爲《韓詩章句》。至此，以上三書所引《韓詩》乃《章句》的結論，在文獻對勘的途徑之外，又得到了來自《章句》義例層面的支持。同時，明晰了《韓詩章句》訓釋《韓詩經》的邏輯順序，亦有助於判定身份模糊的《韓詩》遺説，因爲《韓詩章句》包含了（1）解釋經文之字義＋（2）闡釋經文之句意這兩個環節，所以前人所引訓詁字詞與闡釋句意的《韓詩》遺説亦當爲《章句》之文。必須指出的是，《韓詩》學派在《章句》之外，還另有一部訓詁著作，即西漢出現的《韓詩故》，這在本書第一章第一節已作過論述。但由於該書亡佚甚早，所以揆之常理，唐宋著作徵引的浩繁的《韓詩》訓詁類遺説不太可能是《韓詩故》之文，而只能是彼時尚傳世的《韓詩章句》之文。所以分析到最後，無論從《韓詩章句》一書解經要素（字詞訓詁與句意疏解）還是存佚時間來看，後世徵引的《韓詩》訓詁類遺説都只能是《章句》之文。這是重新輯録《韓詩章句》之前，必須予以澄清的事實。

四 《韓詩章句》新輯

本小節旨在對《韓詩章句》進行全新的輯録，以期使這部《韓詩》學派最爲重要的訓詁闡釋著作呈現更加完整的面貌。與前人輯本相比，本節呈現出的主要特色包括三個方面。第一，藉助上文對群書所引《韓詩》訓詁材料真實身份的考證成果，極大地擴充了《章句》佚文的數量；第二，在利用中土傳世文獻之外，還最大限度地利用了目前可見的域外漢籍、出土文獻載錄的《章句》資料；第三，有效吸收前賢的相關考辨，這既包括對存在問題的文本進行訂正，也包括對部分佚文來源的重新利用，例如董逌《廣川詩故》一書曾引錄過不少《韓詩章句》，但清代學者對其多持懷疑態度，棄如弁髦，本節則尊重當代學者對董書的辯護①，仍視其所引爲可信的《章句》之文而加以輯錄。

本節所輯《韓詩章句》佚文，分以下兩部分：（一）所釋經文可考的《章句》佚文②。此類情況，皆先錄《韓詩》經文（以"【經】"標示），次以《章句》（以"【章句】"標示），以保留該書義例之原貌；（二）所釋經文待考的《章句》佚文。此類情況，僅錄《章句》之文，以備他日續加探賾。對於不同典籍徵引的同條《韓詩章句》佚文，若無詳略之别，則錄其時代最先者；若有詳略之别，則錄其詳者；對於存在異文的遺説，皆在按語中説明。

另外，本書第一章第一節已考證《韓詩序》在唐代已經散入《韓詩章句》之中，形成"序＋經＋章句"的結構，在後世流傳過程中，實際已與《韓詩章句》融爲一體，故本節在輯錄《章句》佚文的同時，亦連帶就《韓詩序》進行輯佚，以"【序】"標示於佚文前。

（一）所釋經文可考的《章句》佚文

1.《周南·關雎》

【序】詩人感而後思，思而後積，積而後滿，滿而後作。言之不

---

① 以下三篇文獻皆涉及了董逌《廣川詩故》的引《詩》真僞問題：吳國武《董逌〈廣川詩故〉輯考》，《北京大學中國古文獻研究集刊》第 7 輯，2008 年，第 148—197 頁；虞萬里《董逌所記石經及其〈魯詩〉異文》，《文獻》2015 年第 3 期，第 148—165 頁；馬昕《清代乾嘉時期的〈韓詩〉輯佚學》，《國學》2016 年第 1 集，第 387—422 頁。在這些學者看來，清儒對《廣川詩故》所引《詩經》異文進行的辨僞缺乏必要依據，因此無法成立。換言之，至少在今天的語境中，《廣川詩故》徵引的《詩經》異文（包括《韓詩》異文）仍屬有效。

② 所謂"可考"，既包含明確引用章句及其所釋經文者，亦包含僅有章句、但可以推知所釋經文者。對於後者，若前人在推求經文方面存在爭議，本書將擇善而從，並説明原委。

足，故嗟嘆之。嗟嘆之不足，故詠歌之。詠歌之不厭，不知手之舞之，足之蹈之也。①（日本藏《文選集注》卷一○二王褒《四子講德論》）《關雎》，刺時也。（王應麟《詩考》）

【經】關關雎鳩，在河之州。窈窕淑女，君子好逑。

【章句】窈窕，貞專貌。（《六臣注文選·秋胡詩》李善注）淑女奉順坤德，成其紀綱。（《六臣注文選·宋文皇帝元皇后哀策文》李善注）詩人言雎鳩貞絜慎匹，以聲相求，隱蔽于無人之處。故人君退朝，入于私宮。后妃御見有度，應門擊柝，鼓人上堂，退反宴處，體安志明。今時大人內傾于色，賢人見其萌，故詠《關雎》，說淑女，正容儀，以刺時。（《後漢書·孝明帝紀》李賢注。《後漢書·馮衍傳下》李賢注引薛夫子《韓詩章句》於此少異：“詩人言雎鳩貞絜，以聲相求，必於河之洲、蔽隱無人之處。故人君動靜退朝，入于私宮，妃后御見，去留有度。今人君內傾於色，大人見其萌，故詠《關雎》，說淑女，正容儀也。”）

【經】寤寐思服。

【章句】寐，息也。（《慧琳音義》卷一四"寤寐"條）

2.《周南·葛覃》

【經】惟葉萋萋。

【章句】惟，辭也。（《文選·羽獵賦》李善注［六臣注本所録李善注未收此條］、《六臣注文選·詠懷詩》李善注）萋萋，盛也。（《六臣注文選·藉田賦》李善注）

【經】是刈是濩，爲絺爲綌。

【章句】刈，取也。（《釋文》卷五）濩，瀹也。（《原本玉篇》"濩"字

---

① 按此節文字，王褒原引作"《傳》曰"，《文選集注》引《鈔》云："《傳》曰，此《韓詩傳》也。"然觀其文辭，與《詩大序》相近，故頗疑此乃《詩大序》之別本，《韓詩》輾轉傳授，至隋唐間《韓詩》後學創製《韓詩序》時，納入其中。其與今本之別，蓋師傳不同，容有異文，而溯其本源，則無二致。本書因倣《毛詩》之例，弁之於《關雎》經文之前。觀此亦可知《詩大序》元非《毛詩》一家之學，乃漢初儒者習見共用之文。

條、《釋文》卷五）結曰綌，辟曰綌。① (《原本玉篇》"綌"字條)

3.《周南·卷耳》

【經】不盈頃筐。

【章句】頃筐，攲筐也。(《釋文》卷五) 攲，傾佹不正也。② (《原本玉篇》"攲"字條。《慧琳音義》卷九十"自攲"條引作"攲，傾也")

【經】我姑酌彼金罍。

【章句】金罍，大夫器也。天子以玉，諸侯、大夫皆以金，士以梓。(《毛詩正義·卷耳》孔穎達正義引許慎《五經異義》。《釋文》卷五亦引此條，無"金罍大夫器也"，"玉"後有"飾"，"金"作"黃金飾")

【經】陟彼高岡。

【章句】岡嶺曰岡。③ (《原本玉篇》"岡"字條)

【經】我姑酌彼兕觥。

【章句】一升曰爵，爵，盡也，足也。二升曰觚，觚，寡也，飲當寡少。三升曰觶，觶，適也，飲當自適也。四升曰角，角，觸也，飲不能自適，觸罪過也。五升曰散，散，訕也，飲不能自節，爲人所謗訕也。總名曰爵，其實曰觴。觴者，餉也。兕亦五升，所以罰不敬。兕，廓也，所以著明之貌，君子有過，廓然明著，非所以餉，不得名觴。(《毛詩正義·卷耳》孔穎達正義、《禮記正義·禮器》孔穎達正義引許慎《五經異義》。杜臺卿《玉燭寶典》卷一僅引"一升曰爵，爵，盡也，足也"，《釋文》卷五僅引"容五升"，《春秋左傳正義·桓公二年》孔穎達正義僅引"一升曰爵"至"總名曰爵"，《周禮注疏·梓人》賈公彥疏僅引"一升曰爵，二升曰觚，三升曰觶，四升曰角，五升曰散"，董逌《廣川書跋》卷三《宣甲觚》僅引"一升曰爵，二

---

① "辟曰綌"，原作"辟曰綌"。按該章句釋"爲絺爲綌"之文，當以"結"訓"絺"而以"辟"訓"綌"，故"辟曰綌"應作"辟曰綌"。

② "不"，原作"小"。由《重修玉篇》"攲"字條云"傾低不正，亦作欹"，可知"小"爲"不"之訛，因據改。

③ "岡嶺"原作"列施"。"列施"義不可解，當係抄脫"岡嶺"之山部而致訛。《原本玉篇》"岡"字條云："韓嬰說《詩》'山岡嶺'者，即《爾雅》所說'山脊'也。"可證《韓詩》之文確爲"岡嶺"。《一切經音義》卷78"岡嶺"條云："《古今正字》：岡嶺，山丘相連也。二字並從山，形聲字也。""山丘相連"則形成山脊，山脊即"岡"，故云"岡嶺曰岡"。

升曰觓，三升曰觶，四升曰檊"）

4.《周南·螽斯》

【經】宜爾子孫，繩繩兮。

【章句】繩繩，敬貌也。(《原本玉篇》"繩"字條)

5.《周南·兔罝》

【經】肅肅兔罝，施于中逵。

【章句】中逵，逵中，九交之道也。(《六臣注文選·蕪城賦》《皇太子釋奠會作》李善注。《從軍行》李善注僅引"九交之道也"。葉廷珪《海錄碎事》卷四下引作"逵，九交之道也"）

6.《周南·芣苢》

【序】《芣苢》，傷夫有惡疾也。(《六臣注文選·辯命論》呂延濟注)

【經】采采芣苢，薄言采之。

【章句】直曰車前，瞿曰芣苢。(《釋文》卷五) 芣苢，澤寫也。芣苢，臭惡之菜，詩人傷其君子有惡疾，人道不通，求已不得，發憤而作，以事興芣苢，雖臭惡乎，我猶采采而不已者，以興君子雖有惡疾，我猶守而不離去也。(《文選·辯命論》李善注〔六臣注本所收此條李善注有脫誤，故從單注本錄文〕)

【經】采采芣苢，薄言捋之。

【章句】芣苢，澤瀉也。芣苢，臭惡之菜，猶捋之不已，君子雖有惡疾，我猶不能去離也。①(《太平御覽》卷七四二)

7.《周南·漢廣》

【序】《漢廣》，悅人也。(《六臣注文選·七啓》李善注)

【經】漢有游女，不可求思。

【章句】游女，漢神也。言漢神時見，不可求而得之。(《六臣注文選·琴賦》《洛神賦》李善注。《七啓》《齊敬皇后哀策文》李善注僅引"游女，謂漢

---

① 按此節章句，惟"捋之不已"一語係就"薄言捋之"而發，其餘諸語皆與上節章句重複，或《御覽》編者揑合上節及"捋之不已"而成。陳壽祺父子《韓詩遺說考》僅列上條遺說，似以該遺說與上條重複。茲以此遺說所引經文及注文與上條皆有不同，故仍加以輯錄。

神也")

【經】江之漾矣，不可方思。

【章句】漾，長也。（《六臣注文選·登樓賦》李善注）

8. 《周南·汝墳》

【序】《汝墳》，辭家也。（《後漢書·周磐傳》李賢注）

【經】魴魚赬尾，王室如燬。雖則如燬，父母孔邇。

【章句】赬，赤也。燬，烈火也。孔，甚也。邇，近也。言魴魚勞則尾赤，君子勞苦則顔色變，以王室政教如烈火矣，猶觸冒而仕者，以父母甚迫近飢寒之憂，爲此禄仕。（《後漢書·周磐傳》李賢注）

9. 《周南·麟之趾》

【經】吁嗟麟兮。

【章句】吁嗟，歎辭也。（《六臣注文選·和王著作八公山詩》李善注。日藏《文選集注》李善注引作"于嗟，歎辝也"，"于嗟"當涉詩文"于嗟命不淑"而改，暫不從）

10. 《召南·草蟲》

【經】陟彼南山。

【章句】土高大有石曰山。（《原本玉篇》"山"字條）

11. 《召南·采蘋》

【經】于以采蘋，南澗之濱。于以采藻，于彼行潦。

【章句】沈者曰蘋，浮者曰藻。（《釋文》卷五、《慧琳音義》卷七五"蘩藻"條、[日] 佚名《塵袋》卷三①）

12. 《召南·羔羊》

【經】羔羊之皮，素絲五紽。

【章句】小者曰羔，大者曰羊。素，喻潔白；絲，喻屈柔。紽，數名也。詩人賢仕爲大夫者，言其德能稱有潔白之性、屈柔之行，進退有度數也。（《後漢書·王涣傳》李賢注）

【經】逶迤逶迤。

---

① 佚名：《塵袋》卷3，日本古典全集刊行會1934年版，第194頁。

【章句】逶迤，公正貌。(《釋文》卷五)

【經】素絲五緎。

【章句】緎，數也。(《原本玉篇》"緎"字條)

13.《召南·殷其靁》

【經】殷其靁。

【章句】靁，雷也。① (《廣韻》"靁"字條)

14.《召南·摽有梅》

【經】迨其吉兮。

【章句】迨，願也。(《釋文》卷五)

15.《召南·小星》

【經】實命不同。

【章句】實，有也。(《釋文》卷五)

【經】抱衾與幬。

【章句】幬，單帳也。(《慧琳音義》卷六三"蚊幬"條)

16.《召南·江有汜》

【經】江有渚。

【章句】水一溢一否爲渚。(法國藏 P. 2528 敦煌鈔本《文選注·西京賦》

---

① 《廣韻》云："靁，雷也。出《韓詩》。"陳壽祺據此而定《韓詩》"殷其雷"作"靁其雷"。王先謙《詩三家義集疏》循其説，於《殷其雷》下亦云："《韓》'殷'作'靁'。"按此説恐不確，疑《韓詩》此篇當題爲"殷其靁"。原因有二：其一，《韓詩》訓"靁"爲"雷"，可知"靁"與"雷"爲對文，《毛詩》作"殷其雷"，《韓詩》作"殷其靁"，字異義同。若作"靁其雷"，以《韓詩》"靁，雷也"之訓，則《韓詩》此題意爲"雷其雷"，有不辭之嫌。其二，《毛詩·邶風·終風》卒章云："曀曀其陰，虺虺其雷。"漢石經《魯詩》殘碑第一面第三十四行錄此句作"曀曀其陰，虺虺其靁"。可見《毛詩》作"雷"，《魯詩》作"靁"，這一強證可輔助説明漢人不僅有以"雷"訓"靁"的情況，還存在二字通用的現象，這再次證實與"靁"對應的字是"雷"，而不是"殷"。故本書推定《韓詩》之經文當作"殷其靁"。另，陳壽祺又將此條遺説繫於《小雅·采芑》"如霆如靁"句下，與置於《殷其雷》篇相牴牾。

殘卷①。《釋文》卷五、《倭名類聚抄》卷一"渚"字條亦引此文，無"水"②；今本《文選·西京賦》李善注亦引此文，脱"一否"。皆未若法藏鈔本殘卷詳備）

【經】其嘯也歌。

【章句】歌無章曲曰嘯。（《慧琳音義》卷一五"吟嘯"條）

17. 《召南·騶虞》

【經】吁嗟乎騶虞。

【章句】騶虞，天子掌鳥獸官。（《周禮·鍾師》賈公彦疏）

18. 《邶風·柏舟》

【經】胡戡而微。

【章句】戡，常也。（《釋文》卷五）

19. 《邶風·緑衣》

【經】緑衣黄裳。

【章句】衣下曰裳。（《慧琳音義》卷九二"襦裳"條）

20. 《邶風·燕燕》

【經】仲氏任只。

【章句】仲，中也，言位在中也。（《玄應音義》卷九"伯仲"條。《慧琳音義》卷四六"伯仲"條僅引"仲，中也"）

21. 《邶風·日月》

【經】報我不術。

【章句】術，法也。（《六臣注文選·廣絶交論》李善注，《慧琳音義》卷三"技術"條、卷一五"射術"條、卷二十"幻術"條）

22. 《邶風·終風》

【經】終風且暴。

【章句】終風，西風也。（《釋文》卷五）時風又且暴，使己思益隆。（《六臣注文選·爲顧彦先贈婦》李善注）

【經】謔浪笑敖。

---

① 饒宗頤：《敦煌吐魯番本文選》，中華書局2000年版，第4頁。
② 源順：《倭名類聚抄》卷1，日本早稻田大學藏元和三年（1617）和刻本，第9頁a。

【章句】浪，起也。(《釋文》卷五)

【經】壇壇其陰。

【章句】壇壇，天陰塵也。(《廣川詩故》①)

23.《邶風·擊鼓》

【經】土國城漕，我獨南行。

【章句】年二十行役，三十受兵，六十還兵。(《禮記正義·王制》孔穎達疏引許慎《五經異義》。《毛詩正義·擊鼓》孔穎達疏、《周禮注疏·大胥》賈公彥疏引作"二十從役"，《後漢書·班超傳》李賢注引作"二十行役，六十免役"。)

【經】死生契闊。

【章句】契闊，約束也。(《釋文》卷五)

【經】吁嗟敻兮。

【章句】敻，亦遠也。(《釋文》卷五)

24.《邶風·雄雉》

【經】雄雉于飛。

【章句】雉，耿介之鳥也。(《六臣注文選·射雉賦》李善注)

【經】自詒伊阻。

【章句】阻，憂也。(《慧琳音義》卷六"阻險"條。《原本玉篇》"阻"字條引作"阻阻，憂也"，衍一"阻"字)

25.《邶風·匏有苦葉》

【經】深則厲。

【章句】至心曰厲。(《經典釋文》卷五。"厲"，《原本玉篇》"砅"字條引作"砅"，可知《韓詩》亦有作"砅"之本)

【經】煦日始旦。

【章句】煦，暖也。(《六臣注文選·演連珠》李善注、《慧琳音義》卷九六"嫗煦"條)

【經】士如歸妻，迨冰未泮。

【章句】古者霜降逆女，冰泮則止。(《周禮注疏·地官·媒氏》賈公

---

① 參見吳國武《董逌〈廣川詩故〉輯考》，《北京大學中國古文獻研究集刊》第7輯，2008年，第156頁。下引《廣川詩故》，皆以此文爲據，不另出注。

彥疏）

【經】招招舟子。

【章句】招招，聲也。（《釋文》卷五）

26.《邶風·谷風》

【經】密勿同心，不宜有怒。

【章句】密勿，僶俛也。（《六臣注文選·爲宋公至洛陽謁五陵表》李善注）

【經】中心有違。

【章句】違，很也。①（《釋文》卷五）

【經】毋發我笱。

【章句】發，亂也。（《釋文》卷五）

【經】既詒我德，賈用不售。

【章句】一錢之物舉賣百，何時當售乎？（《太平御覽》卷八三五）

【經】有洸有潰。

【章句】潰潰，不善之貌。（《釋文》卷五）

27.《邶風·簡兮》

【經】方將萬舞。

【章句】萬，大舞也。（《初學記》卷一五）

【經】碩人俣俣。

【章句】俣俣，美貌。（《釋文》卷五）

【經】右手秉狄。

【章句】以夷狄大鳥羽。（《毛詩正義·簡兮》孔穎達疏引許慎《五經異義》）

28.《邶風·泉水》

【經】飲餞于坭。

【章句】送行飲酒曰餞。（《原本玉篇》"餞"字條、《六臣注文選·九日從

---

① "很"，原作"張"，據王應麟引《釋文》改，見氏著《詩考》，中華書局2011年版，第19頁。

宋公戲馬臺集送孔令詩》《應詔讌曲水作詩》《應詔樂遊苑餞呂僧珍詩》《三月三日曲水詩序》李善注）

【經】遂及伯姊。

【章句】女兄為姊。（《慧琳音義》卷三"姊妹"條）

29.《邶風·北門》

【經】王事敦我。

【章句】敦，迫也。（《釋文》卷五）

【經】室人交徧讁我。

【章句】讁，就也。（《釋文》卷五）

30.《邶風·北風》

【經】北風其涼，雨雪其雱。

【章句】涼，寒貌也。（《原本玉篇》"涼"字條）

【經】既亟只且。

【章句】亟，猶急也。（《慧琳音義》卷八十"亟徑"條）

31.《邶風·靜女》

【經】靜女其姝。

【章句】靜，貞也。（《文選·思玄賦》《神女賦》《洛神賦》李善注［六臣注本所錄李善注未收以上三條］）姝姝然，美也。（《慧琳音義》卷三一"姝麗"條。同書卷三二"姝好"條引作"姝，好然美也"）

【經】搔首踟躕。

【章句】踟躕，躑躅也。（《六臣注文選·思玄賦》李善注。《文選·琴賦》李善注［六臣注本所錄李善注未收此條］、《六臣注文選·贈張華》李善注、《慧琳音義》卷七四"躅足"條引作"踟躕，躑躅也"。《慧琳音義》卷八十"跼躅"條引作"跼躅即躑躅也"）猶俳佪不進也。（《慧琳音義》卷六十"踟躕"條、希麟《續一切經音義》［下簡稱《希麟音義》］卷九"踟躕"條）

32.《邶風·新臺》

【經】嬿婉之求。

【章句】嬿婉，好貌。（法國藏 P. 2528 敦煌鈔本《文選·西京賦》殘卷李善注。①“嬿婉”前，法藏敦煌鈔本較今本多“薛臣善曰”四字，高步瀛《文選李注義疏》卷二《西京賦》疏云：“各本引《韓詩》句下脱去‘薛君曰’三字。唐寫作：‘薛臣善曰。’蓋‘臣’爲‘君’字之誤，又衍‘善’字也。治《韓詩》者不見此本，故不敢輯入薛君《章句》中。然則此本雖誤，有益於古書亦大矣。”據此，“嬿婉，好貌”乃《章句》之文，確然可信。）

【經】新臺有灌，河水浘浘。

【章句】灌，鮮貌。浘浘，盛貌。（《釋文》卷五）

【經】魚網之設，鴻則離之。嬿婉之求，得此戚施。

【章句】鴻，大蝦也。（［日］菅原爲長《和漢年號字抄》卷上②）戚施，蟾蜍，蠍蛸，喻醜惡。（《太平御覽》卷九四九）

33.《鄘風·柏舟》

【經】實惟我直。

【章句】直，相當值也。（《釋文》卷五）

34.《鄘風·牆有茨》

【經】中冓之言。

【章句】中冓，中夜，謂淫僻之言也。（《釋文》卷五）

【經】不可揚也。

【章句】揚，猶道也。（《釋文》卷五）

35.《鄘風·君子偕老》

【經】逶逶迤迤，如山如河。

【章句】德之美貌也，言象山河之迂曲。（《慧琳音義》卷十五“逶迤”條。《釋文》卷五僅引“德之美貌”。《玄應音義》卷三“委佗”條、《慧琳音義》卷三十三“委佗”條引作“委佗，德之美貌也”。《慧琳音義》卷九“逶佗”條引作：“逶佗，德之美貌也。”可知《韓詩》亦有作“委佗”“逶佗”之本）

【經】子之清揚。

---

① 饒宗頤：《敦煌吐魯番本文選》，中華書局2000年版，第18頁。

② 轉引自新美寬編，鈴木隆一補《本邦殘存典籍による輯佚資料集成》卷1，京都大學人文科學研究所1968年版，第12頁。

【章句】眼睞之間曰清也。（［日］菅原爲長《和漢年號字抄》卷下①）

【經】邦之援也。

【章句】援，取也。（《釋文》卷五）

36.《鄘風·鶉之奔奔》

【經】鶉之奔奔，鵲之彊彊。

【章句】奔奔、彊彊，乘匹之貌。（《釋文》卷五）

37.《鄘風·定之方中》

【經】椅桐梓漆。

【章句】梓實桐皮曰椅。（《慧琳音義》卷九八"椅檟"條）

【經】星言夙駕。

【章句】星，晴也。（《釋文》卷五。"晴"，通志堂刻本《釋文》作"精"）

38.《鄘風·蝃蝀》

【序】《蝃蝀》，刺奔女也。（《後漢書·楊震傳》李賢注、瞿曇悉達《開元占經》卷九八）

【經】蝃蝀在東，莫之敢指。

【章句】蝃蝀，東方名也。詩人言蝃蝀在東者，邪色乘陽，人君淫泆之徵。臣爲君父隱諱，故言莫之敢指。刺衛奔女私奔淫泆，決成家室之計，皆指女也。（瞿曇悉達《開元占經》卷九八。《後漢書·楊震傳》李賢注亦引此條，然未若《開元占經》詳備，茲錄之備考："詩人言蝃蝀在東者，邪色乘陽，人君淫佚之徵。臣子爲君父隱藏，故言莫之敢指。"）

39.《鄘風·相鼠》

【經】人而無止。

【章句】止，節。無禮節也。（《釋文》卷五）

40.《鄘風·干旄》

【經】素絲紕之。

【章句】紕，織組器也。（《原本玉篇》"紕"字條）

---

① 轉引自新美寬編，鈴木隆一補《本邦殘存典籍による輯佚資料集成》卷1，京都大學人文科學研究所1968年版，第13頁。

41.《鄘風·載馳》

【經】歸唁衛侯。

【章句】弔生曰唁,亦弔失國曰唁。(《玄應音義》卷一三"弔唁"條、《慧琳音義》卷五二"弔唁"條)

【經】大夫跋涉。

【章句】不由蹊遂而涉曰跋涉。(《釋文》卷五。《慧琳音義》卷三七"跋山"條亦引此條,"由"作"遊")

【經】許人尤之。

【章句】尤,非也。(《六臣注文選·贈劉琨》李善注)

【經】控于大邦。

【章句】控,赴也。(《玄應音義》卷九"控告"條、《慧琳音義》卷四六"控告"條)

42.《衛風·淇奧》

【經】有匪君子。

【章句】匪,美貌也。(《釋文》卷五)

【經】瑟兮僩兮,赫兮咺兮。

【章句】僩,美貌。咺,顯也。(《釋文》卷五)

【經】綠薄如簣。

【章句】薄,萹筑也。(《釋文》卷五)簣,積也。綠薄盛如積也。(《六臣注文選·西京賦》李善注。薄,原作"藉",據沈清瑞說改①)

【經】寬兮綽兮。

【章句】綽,柔貌也。(《原本玉篇》"綽"字條。《慧琳音義》卷七九"華婥"條亦引此節,"綽"作"婥")

---

① 沈清瑞云:"《章句》'藉'字當作'薄',傳寫脫水旁耳。《文選》注'簣,積也'三字本在'薛君曰'上,今以意移下。或云:'此即《韓故》文,凡《釋文》等書所引不稱薛君者,皆非《章句》。'今考《韓故》與《章句》各自爲書,《韓故》亡佚已久,《七錄》《隋志》皆不載。唐人所見不過《章句》,執其所引,強名《韓故》,斯不然矣。"見《韓詩故》卷上,山東大學圖書館藏民國二十二年(1933)沈恩孚鉛印本,第11頁b。

43.《衛風·考槃》

【經】考槃在干。

【章句】地下而黃曰干。(《六臣注文選》卷五《吳都賦》劉淵林注[日藏《文選集注》本所收劉注"黃"作"廣"]、董逌《廣川詩故》) 干，境埒之处也。(《釋文》卷五)

【經】考槃在阿。

【章句】曲京曰阿。(《玄應音義》卷一"西阿"條、《慧琳音義》卷二十"西阿"條。《文選·西都賦》李善注引作"曲景曰阿"，"景"乃"京"之訛①)

【經】碩人之㦧。

【章句】㦧，美貌。(《釋文》卷五)

【經】考槃在陸。

【章句】高平無水謂之陸。(《慧琳音義》卷二"水陸"條。《原本玉篇》"陸"字條僅引"高平無水")

44.《衛風·碩人》

【經】東宮之妹。

【章句】女弟为妹。(《慧琳音義》卷三"姊妹"條)

【經】巧笑倩兮，美目盼兮。

【章句】倩，蒼白色。盼，黑色也。(《經典釋文》卷五。"蒼"，宋元遞修本《釋文》引作"倉")

【經】大夫夙退。

【章句】退，罷也。(《釋文》卷五)

【經】施罛濊濊。

【章句】濊，水浸流也。(《慧琳音義》卷九三"汪濊"條。《釋文》卷五引作"濊濊，流貌")

---

① 宋綿初云："'曲京曰阿'，義極精確，《文選注》作'曲景'乃傳寫之誤。"見《韓詩內傳徵》卷2，《續修四庫全書》，上海古籍出版社2002年影印乾隆六十年(1795)志學堂刻本，第75冊，第94頁。陳喬樅亦謂"'景'字乃'京'之誤"，見《韓詩遺說考》卷1之3，《續修四庫全書》，上海古籍出版社2002年影印清刻《左海叢書》本，第76冊，第555頁。

【經】庶姜孽孽，庶士有朅。

【章句】孽，長貌。朅，健也。（《釋文》卷五）

45.《衛風·氓》

【經】氓之蚩蚩。

【章句】氓，美貌。（《釋文》卷五）蚩者，志意和悅貌也。（《慧琳音義》卷六十一"蚩笑"條。前書卷七"蚩笑"條引無"者"，卷十五"蚩笑"條引無"也"，卷七十八"蚩笑"條引作"志意和悅之貌"）

【經】送子涉淇。

【章句】涉，度也。（［日］佚名《大乘理趣六波羅蜜經釋文》①。"度"，《慧琳音義》卷二"涉壙"條引作"渡"）

【經】履無咎言。

【章句】履，幸也。（《釋文》卷五）

【經】靡室勞矣。

【章句】靡，共也。（《釋文》卷二、殷敬順《列子沖虛至德真經釋文》卷下）

46.《衛風·芄蘭》

【經】垂帶悸兮。

【章句】悸，垂貌。（《釋文》卷五、［日］菅原是善《東宮切韻》去聲"悸"字條。② 元弘鈔本《五行大義》卷三背記鈔作"悸，垂白"，③ "白"乃"貌"之訛。）

47.《衛風·伯兮》

【經】伯兮朅兮。

【章句】朅，桀，俊也，疾驅貌。（《六臣注文選·高唐賦》李善注）

【經】伯也執殳。

---

① 佚名：《大乘理趣六波羅蜜經釋文》，昭和四十七年（1972）《優鉢羅室叢書》影印日本古寫本，第30頁。

② 轉引自中村璋八《神宮文庫本五行大義背記に引存する東宮切韻佚文について》，《東洋學研究》第11號，1955年，第81頁。

③ 轉引自新美寬編，鈴木隆一補《本邦殘存典籍による輯佚資料集成》卷1，京都大學人文科學研究所1968年版，第13頁。

【章句】執，持也。（《原本玉篇》"執"字條）

【經】焉得諼草，言樹之背；願言思伯，使我心痗。

【章句】諼草，忘忧也。（《六臣注文選·西陵遇風獻康樂》李善注）

48.《衛風·有狐》

【經】在彼淇厲。

【章句】水絶石曰厲。（《原本玉篇》卷二十二"厲"字條。"水"，原作"冰"，據胡吉宣《玉篇校釋》卷廿二改）

49.《王風·黍離》

【序】《黍離》，伯封作也。（《太平御覽》卷四六九。"伯封"，[日]滋野貞主《秘府略》卷八六四"黍"字條、"稷"字條皆引作"百邦"。）

【經】彼黍離離，彼稷之苗。行邁靡靡，中心搖搖。知我者，謂我心憂；不知我者，謂我何求。悠悠蒼天，此何人哉。

【章句】離離，黍貌也。詩人求亡不得，憂懣，不識於物，視彼黍離離然，憂甚之時，反以爲稷之苗，乃自知憂之甚也。（《太平御覽》卷四六九。"兄"字原脱，[日]滋野貞主《秘府略》卷八六四"黍"字條、"稷"字條、《御覽》卷八四二引作："詩人求己兄不得，憂不識物。視彼黍，乃以爲稷也。"因據補）

50.《王風·君子于役》

【經】曷其有佸。

【章句】佸，至也。（《釋文》卷五）

【經】苟無飢渴。

【章句】苟，得也。（《玄應音義》卷二"苟能"條、《慧琳音義》卷二十六"苟能"條、智圓《涅槃經疏三德指歸》卷十七①)

51.《王風·君子陽陽》

【經】君子陽陽。

【章句】陽陽，君子之貌也。（《原本玉篇》"陽"字條）

【經】其樂旨且。

---

① 智圓：《涅槃經疏三德指歸》卷17，《卍續藏經》，臺北新文豐出版公司1977年版，第37冊，第571頁。

【章句】旨，亦樂也。（《原本玉篇》"旨"字條）

【經】君子陶陶。

【章句】陶陶，君子之貌也。（《原本玉篇》"陶"字條）

52.《王風·揚之水》

【經】不與我戍申。

【章句】戍，舍。（《釋文》卷五）

53.《王風·中谷有蓷》

【經】中谷有蓷。

【章句】蓷，益母也。（《毛詩草木鳥獸蟲魚疏》卷上）茺蔚也。（《釋文》卷五）

54.《王風·兔爰》

【經】有兔爰爰。

【章句】爰，發縱之貌也。（《玄應音義》卷二十三"爰發"條、《慧琳音義》卷四十七"爰發"條。"縱"，原作"蹤"，據胡承珙說改①）

【經】雉離于罿。

【章句】施羅於車上曰罿。（《釋文》卷五。《慧琳音義》卷九八"罿網"條、《太平御覽》卷八三二引作"張羅車上曰罿"）

【經】逢此百凶。

【章句】凶，危也。（《慧琳音義》卷二八"凶禍"條）

【經】尚寐無聰。

【章句】聰，明也。（《慧琳音義》卷三"聰叡"條、卷五"聰敏"條、卷二十九"聰叡"條、卷六十六"聰叡"條、卷六十七"聰叡"條、卷六十八"聰叡"、"聰慢"條、卷八十四"聰叡"條、［日］佚名《令釋》②）

---

① 胡承珙云："《一切經音義》引《韓詩》曰：'爰爰，發蹤之貌也。''蹤'當作'縱'。顏師古注《漢書·蕭何傳》曰：'發縱，謂解絏而放之也。'《箋》云'聽縱'，與《韓詩》義同。"見《毛詩後箋》卷6，《續修四庫全書》，上海古籍出版社2002年影印道光十七年（1837）求是堂刻本，第67冊，第174頁。

② 轉引自三浦周行、滝川政次郎《令集解釋義》卷15，東京國書刊行會1982年版，第394頁。

55.《王風・大車》

【經】大車檻檻，毳衣如菼。

【章句】檻檻，盛貌也。(《原本玉篇》"陶"字條) 菼，異色之衣。(殷敬順《列子沖虛至德真經釋文》卷下)

56.《鄭風・緇衣》

【經】緇衣之蓆兮。

【章句】蓆，儲也。(《釋文》卷五)

57.《鄭風・大叔于田》

【經】叔在藪。

【章句】澤中可爲禽獸居之曰藪。(《慧琳音義》卷二十一"林藪"條。《釋文》卷五引作"禽獸居之曰藪"。)

【經】兩驂鴈行。

【章句】兩驂，左右騑驂。(《六臣注文選・應詔詩》李善注)

58.《鄭風・清人》

【經】河上乎翱翔。

【章句】翱翔，遊也。(《慧琳音義》卷三"翱翔"條、卷六"翱翔"條、卷一百"翱翔"條)

【經】河上乎消搖。

【章句】消搖，逍遙也。(《文選・南都賦》李善注〔六臣注本所錄李善注未收此條〕。善注原無"消搖"，據陳喬樅説補①)

59.《鄭風・羔裘》

【經】恂直且侯。

【章句】侯，美也。(《釋文》卷五)

60.《鄭風・東門之墠》

【經】東門之墠。

---

① 陳喬樅云："此'逍遙也'乃'河上乎消搖'之訓。《説文》無'逍遙'字，《字林》有之，見張參《五經文字序》。又，《文選・上林賦》注引司馬彪云：'消搖，逍遙也。'即本《韓詩》訓義。"見《韓詩遺説考》卷2之1，《續修四庫全書》，上海古籍出版社2002年影印清刻《左海叢書》本，第76冊，第566頁。

【章句】埤猶坦，言平地也。(《慧琳音義》卷二十一"壇埤形"條。前書卷八十三"埤周"條引作"埤，坦坦也"，衍一"坦"字)

【經】東門之栗，有踐家室。

【章句】栗，木名。踐，善也。言東門之外，栗樹之下，有善人可與成爲室家者。(《太平御覽》卷九六四。《白氏六帖》卷三〇引作"東門樹外，有善人可爲家室也。")

61.《鄭風·子衿》

【經】縱我不往，子寧不詒音。

【章句】詒，寄也，曾不寄問也。(《原本玉篇》"詒"字條、《釋文》卷五)

62.《鄭風·出其東門》

【經】聊樂我魂。

【章句】魂，神也。(《釋文》卷五、《六臣注文選·東征賦》《舞鶴賦》《東武吟》李善注)

63.《鄭風·溱洧》

【序】《溱與洧》，悦人也。(《太平御覽》卷八八六)

【經】溱與洧，方洹洹兮。士與女，方秉蕑兮。

【章句】洹洹，盛貌也。謂三月桃花水下之時至盛也。秉，執也；蕑，蘭也。當此盛流之時，衆士與衆女方執蘭拂除邪惡。鄭國之俗，三月上巳之辰，此雨水之上，招魂續魄，拂除不祥。故詩人願與所悦者俱往觀之。(《太平御覽》卷三十。此條後世轉引頗多，另見《宋書》卷二十九《禮志二》，宗懍《荆楚歲時記》，杜臺卿《玉燭寶典》卷三、卷十一，《北堂書鈔》卷一五五，《藝文類聚》卷七十九，《文選》卷四十六《三月三日曲水詩序》李善注，《初學記》卷三、卷四，蕭吉《五行大義》卷三，韓鄂《歲華紀麗》卷一，《通典》卷五五，吳淑《事類賦注》卷四，杜甫《春水》趙次公注，高承《事物紀原》卷八，[日]佚名《幼學指南抄》卷三，[日]佚名《年中行事抄》卷三，[日]佚名《年中行事秘抄》卷三等。然或未及《御覽》詳備準確，或時代後於《御覽》。故兹以《御覽》爲據録文)

【經】恂盱且樂。

【章句】恂盱，樂貌也。(《釋文》卷五)

【經】贈之以勺藥。

【章句】離草也，言將離別，贈此草也。(《釋文》卷五)

【經】瀄其清矣。

【章句】瀄，清貌也。(《文選·南都賦》李善注〔六臣注本所錄李善注未收此條〕)

64.《齊風·雞鳴》

【序】《雞鳴》，讒人也。(《太平御覽》卷九四四。"讒"，王應麟《玉海》卷三十八引作"說"，誤)

【經】匪雞則鳴，蒼蠅之聲。

【章句】雞遠鳴，蠅聲相似也。(《太平御覽》卷九四四)

【經】無庶予子憎。

【章句】憎，猶惡也。(《慧琳音義》卷三"愛憎"條。前書卷七十九"憎前"條亦引此文，無"猶"字)

65.《齊風·還》

【經】子之還兮，遭我乎峱之閒兮。

【章句】還，好貌。(《釋文》卷五) 遭，遇也。(《慧琳音義》卷二十二"生難遭想"條)

【經】並驅從兩肩兮。

【章句】獸三歲曰肩。(《後漢書·馬融傳》李賢注)

【經】揖我謂我儇兮。

【章句】儇，好貌。(《釋文》卷五)

【經】子之昌兮。

【章句】昌，美貌。(〔日〕菅原是善《東宮切韻》①)

66.《齊風·著》

【經】俟我於庭乎而。

【章句】參分堂塗，一曰庭。(《原本玉篇》"庭"字條)

67.《齊風·東方之日》

【經】東方之日兮，彼姝者子，在我室兮。

---

① 轉引自上田正《切韻逸文の研究·逸文總覽》卷2，東京汲古書院1984年版，第125頁。

【章句】詩人言所說者顏色盛也，言美如東方之日出也。（《六臣注文選·美女篇》李善注。《神女賦》《秋胡詩》《日出東南隅行》李善注亦引此條，然未若《美女篇》注詳備）

【經】在我闥兮。

【章句】門屏之間曰闥。（《釋文》卷五、日藏唐鈔《文選集注·爲顧彥先贈婦詩》之《文選鈔》）

68.《齊風·東方未明》

【經】東方未晞。

【章句】明不明之際曰晞。（《慧琳音義》卷四十七"即晞"條）

69.《齊風·南山》

【經】蓺麻如之何？橫由其畝。

【章句】東西耕曰橫，南北耕曰由。（《原本玉篇》"由"字條、《釋文》卷五。《玄應音義》卷三"縱廣"條、卷六"縱廣"條、宗曉《金光明經照解》卷二皆引作"南北曰縱，東西曰橫"①，《玄應音義》卷二十四"從橫"條引作"南北曰從，東西曰橫"，釋栖復《法華經玄贊要集》卷一三引作"南北曰縱，東西曰廣"②。）

70.《齊風·甫田》

【經】無田甫田。

【章句】甫，博也。（《原本玉篇》卷十八"甫"字條）

71.《齊風·敝笱》

【經】其魚遺遺。

【章句】遺遺，言不能制也。（《釋文》卷五）

72.《齊風·載驅》

【經】齊子發夕。

【章句】發，旦也。（《釋文》卷五）

---

① 宗曉：《金光明經照解》卷2，《卍續藏經》，臺北新文豐出版公司1977年版，第20冊，第516頁。

② 栖復：《法華經玄贊要集》卷13，《卍續藏經》，臺北新文豐出版公司1977年版，第34冊，第483頁。

73.《齊風·猗嗟》

【經】卬若陽兮。

【章句】眉上曰陽。(《原本玉篇》"陽"字條)

【經】舞則纂兮。

【章句】言其舞則應雅樂也。(《六臣注文選·日出東南隅行》李善注。《舞賦》李善注亦引此條，無"則"字)

【經】四矢變兮。

【章句】變，易。(《釋文》卷五)

74.《魏風·葛屨》

【經】纖纖女手，可以縫裳。

【章句】纖纖，女手之貌。(《六臣注文選·古詩十九首》李善注)

75.《魏風·園有桃》

【經】我歌且謠。

【章句】有章曲曰歌，無章曲曰謠。(《原本玉篇》"陽"字條、《初學記》卷一五)

76.《魏風·陟岵》

【經】陟彼岵兮。

【章句】山有木無草曰岵。(《慧琳音義》卷九八"升岵"條。《原本玉篇》"岵"字條引作"有木無草曰岵也")

【經】陟彼屺兮。

【章句】有草無木曰屺。(《原本玉篇》"屺"字條)

77.《魏風·伐檀》

【經】胡取禾三百廛兮。

【章句】廛，篅也。(《原本玉篇》"廛"字條)

【經】不素餐兮。

【章句】何謂素餐？素者，質。人但有質朴，而無治民之材，名曰素湌。(《原本玉篇》"素"字條。"食祿"原作"食位"，"食位"不可解，當涉上文"居位"而訛。"居位食祿"乃居官位而食俸祿之意，用作貶詞，義近於尸位素餐。王充《論衡·量知》："文吏空胸，無仁義之學，居位食祿，終無以效，所謂'尸位素餐'者也。"是其證。"居位食禄"乃漢人常語，如《後漢書志·五行》劉昭注引《京房占》云："今蝗蟲四起，此爲國多邪人，朝無忠臣，蟲與民爭食，居位食禄如蟲矣。"又如《禮記·表記》鄭玄注云："無事而居位食禄，是'不義而富且貴。'"《六臣注文選·關中詩》《贈何劭王濟》《求自試表》亦引此條，"素質也"前有"何謂素餐"四字，然無"居位食禄，多併君之加賜"十字。《七啓》李善注僅引"素，質也。言人但有質樸，無治人之材也"。《舞賦》李善注僅引"素，質也"。）

【經】河水清且淪猗。

【章句】順風而流曰淪。淪，文貌。（《釋文》卷五。"順"，《六臣注文選·月賦》李善注引作"從"）

【經】不素飧兮。

【章句】无功而食禄謂之素飧。人但有質朴，無治民之材。居位食禄，多得君之加賜，名曰素飧。素者，質也；飧者，食之加惡。小人蒙君加賜温飽，故喰言之也。（《原本玉篇》卷九"飧"字條。"但有"原作"俱有"，"俱"涉形近"但"字而訛，兹據胡吉宣《玉篇校釋》卷九改。）

78.《唐風·蟋蟀》

【經】蟋蟀在堂，歲聿其暮。

【章句】蟋蟀，蜻蛚也。（《慧琳音義》卷六十六"蟋蟀"條）聿，辭也。（《六臣注文選·江賦》李善注）暮，晚也。言君之年歲已晚也。（《六臣注文選·詠史詩》《長歌行》《學省愁臥》《王文憲集序》李善注。《鍾山詩應西陽王教》《游沈道士館》李善注亦引此條，"晚"下無"也"字。《三國名臣序贊》李善注僅引"言君之年歲已晚也"。《雜體詩》李善注僅引"言年歲已晚也"）。

【經】今我不樂，日月其陶。

【章句】陶，除也，養也。（《慧琳音義》卷八十四"陶鑄"條。《原本玉篇》"陶"字條僅引"陶，除也"）

79.《唐風·山有樞》

【經】他人是保。

【章句】保，有也。（[日]菅原爲長《和漢年號字抄》卷下①）

---

① 轉引自新美寬編，鈴木隆一補《本邦殘存典籍による輯佚資料集成》卷1，京都大學人文科學研究所1968年版，第14頁。

80.《唐風·椒聊》

【經】椒聊之實，繁衍盈升。

【章句】一手曰升。（［日］菅原爲長《和漢年號字抄》卷下①）

【經】繁衍盈匊。

【章句】四指曰匊。（《慧琳音義》卷四二"匊物"條）

81.《唐風·綢繆》

【經】見此邂覯。

【章句】邂覯，不固之貌。（《釋文》卷五。《慧琳音義》卷四十"邂逅"條、卷八十四"邂逅"條引作"邂逅，不固之貌也"，可知《韓詩》亦有作"邂逅"之本）

82.《唐風·有杕之杜》

【經】逝肯適我。

【章句】逝，及也。（《釋文》卷五）

【經】生于道周。

【章句】周，右也。（《釋文》卷五）

83.《秦風·車鄰》

【經】寺人之伶。

【章句】伶，使伶。（《釋文》卷五）

84.《秦風·駟驖》

【經】駟驖孔阜。

【章句】阜，肥也。（《原本玉篇》"阜"字條、［日］佚名《大乘理趣六波羅蜜経釈文》②）

【經】公之媚子。

【章句】媚，愛也。（《慧琳音義》卷四一"媄媚"條）

---

① 轉引自新美寬編，鈴木隆一補《本邦殘存典籍による輯佚資料集成》卷1，京都大學人文科學研究所1968年版，第14頁。

② 佚名：《大乘理趣六波羅蜜経釈文》，昭和四十七年（1972）《優鉢羅室叢書》影印日本古寫本，第6頁。

85.《秦風·小戎》

【經】俴駟孔群。

【章句】駟馬不著甲曰俴駟。(《釋文》卷五)

86.《秦風·蒹葭》

【經】道阻且長。

【章句】阻，險也。(《原本玉篇》"阻"字條、《慧琳音義》卷六"險阻"條。《原本玉篇》原作"道阻且險也"，胡吉宣以《一切經音義》所引《韓詩》爲據，訂正爲"道阻且長。阻，險也"，是)

【經】宛在水中溡。

【章句】大渚曰溡。(《六臣注文選·河陽縣作》李善注。"溡"原作"沚"，據沈清瑞説改①)

87.《秦風·終南》

【經】顏如渥沰。

【章句】沰，赭也。(《釋文》卷五)

【經】君子至止，紼衣繡裳。

【章句】異色繼袖曰紼。(《原本玉篇》"紼"字條)

88.《陳風·墓門》

【經】歌以誶之。

【章句】誶，諫也。(《原本玉篇》"誶"字條。"誶"，《釋文》卷六作

---

① 沈清瑞云："《文選》潘安仁《河陽縣詩》曰：'歸雁映蘭溡。'故引《韓詩》證之。俗本改詩中'溡'字作'時'，改注中所引作'沚'。今考第二十二卷謝叔源《游西池詩》'褰裳順蘭沚'，注引潘安仁詩：'歸雁映蘭溡。''沚'與'溡'同，據此知潘詩實作'溡'也。詩既作'溡'，則注亦作'溡'矣。若仍作'沚'字，是與毛同，李善何不逕引《毛詩》證乎？"見《韓詩故》卷上，山東大學圖書館藏民國二十二年（1933）沈恩孚鉛印本，第18b—19a頁。

"訊",誤,錢大昕有詳説①)

89.《陳風·防有鵲巢》

【經】誰侜予娓。

【章句】娓,美也。(《釋文》卷六)

【經】心焉惕惕。

【章句】惕惕,説人也。(《爾雅·釋訓》郭璞注)

90.《陳風·澤陂》

【經】有美一人,陽若之何。

【章句】陽也,傷也。(《原本玉篇》"陽"字條)

【經】有蒲與蕳。

【章句】蕳,蓮也。(《釋文》卷五。此文原在《釋文·溱洧》"蕳兮"條下,據馬瑞辰説改繫於此②)

【經】有美一人,碩大且儼。

【章句】儼,重頤也。(《太平御覽》卷三六八)

---

① 錢大昕云:"'誶'訓告,'訊'訓問,兩字形聲俱別,無可通之理。六朝人多習草書,以'卒'爲'卂',遂與'卂'相似。陸元朗不能辨正,一字兩讀,沿訛至今。《詩·陳風》:'歌以訊之。訊予不顧。'陸云:'本又作"誶",音信,徐息悴反,告也。'《小雅》:'莫肯用訊。'陸云:'音信,徐息悴反,告也。'案此兩詩本是'誶'字,王逸注《楚詞》引'誶予不顧',其明證矣。徐仙民兩音息悴反,是徐本亦从卒也。陸氏狃於韻緩不改字之説,讀'誶'爲'信',豈其然乎?《大雅》:'執訊連連。'此正訊問字,陸音信,是矣,而又云:'字又作訙,又作誶,並同。'《禮記·王制》:'以訊馘告。'陸云:'本又作誶。'《學記》'多其訊',陸云:'字又作"誶"。'則真以'訊''誶'爲一字矣。《爾雅》:'誶,告也。'陸引沈音粹、郭音碎,當矣,而又云:'本作"訊",音信。'其誤亦同。今《毛詩正義》、石經皆作'訊',又承陸氏之誤。"見《十駕齋養新録》卷1"陸氏釋文誶訊不辨"條,陳文和主編《嘉定錢大昕全集》,鳳凰出版社2016年版,第7册,第55頁。

② 馬瑞辰云:"《溱洧》詩《釋文》引《韓詩傳》曰:'蕳,蓮也。'正釋'有蒲與蕳',爲《鄭箋》所本,《釋文》誤移於《溱洧章》耳。據《太平御覽》引《韓詩》曰:'秉,執也。蕳,蘭也。'是知《韓詩》於《溱洧》'秉蕳'亦訓爲'蘭',與《毛詩》同,未嘗以'蕳'爲'蓮'也。"見《毛詩傳箋通釋》卷13,中華書局1989年版,第423頁。

91.《曹風·蜉蝣》

【經】采采衣服。

【章句】采采，盛貌也。(《六臣注文選·鸚鵡賦》李善注)

92.《豳風·七月》

【經】一之日觱發。

【章句】夏之十一月也。(《玉燭寶典》卷一一)

【經】二之日栗烈。

【章句】夏之十二月也。(《玉燭寶典》卷一二)

【經】三之日于耜，四之日舉趾。

【章句】三月之時，可預取耒耜，脩繕之。至於四月，始可以舉足而耕也。(《太平御覽》卷八二三)

【經】饁彼南畝。

【章句】饁，餉田也。(《原本玉篇》"饁"字條)

【經】七月鳴鵙。

【章句】夏之五月，陰氣始動於下，鳴鵙破物於上，應陰氣而殺也。(《玉燭寶典》卷五)

【經】四月秀葽。

【章句】葽草如出穗。(《玉燭寶典》卷四)

【經】六月莎雞振羽。

【章句】莎雞，昆雞也。(《玉燭寶典》卷六)

【經】八月在宇。

【章句】宇，屋霤也。(《釋文》卷六)

【經】塞向墐戶。

【章句】向，北向窗也。(《釋文》卷六)

93.《豳風·鴟鴞》

【經】既取我子，無毀我室。

【章句】鴟鴞，鸋鳩，鳥名也。鴟鴞所以愛養其子者，適以病之。愛憐養其子者，謂堅固其窠巢；病之者，謂不知託於大樹茂枝，反敷之葦苕。風至，苕折巢覆，有子則死，有卵則破，是其病也。

(《六臣注文選·橄吳將校》李善注。日本藏唐鈔《文選集注》亦收此條李善注,"鴟鴞"作"鵄鴞","鵄""鴟"通。《三教旨歸》卷中覺明注與此稍異,兹錄之以備考:"鳲鴞,鶻鳩,鳥名。鳲鴞所以愛憐養其子者,謂堅固其寓;病之者,謂不知托于大樹茂林巢,反敷葦苕。風至,苕折巢覆,有子則死,有卵則破,是其病也。"[①] "鳲鴞"乃"鴟鴞"之訛)

【經】徹彼桑杜。

【章句】桑杜,桑根也。(《釋文》卷六)

【經】予手拮据。

【章句】口足爲事曰拮据。(《釋文》卷六)

【經】予所蓄租。

【章句】租,積也。(《釋文》卷六)

94.《豳風·東山》

【經】熠燿宵行。

【章句】(熠燿,)鬼火。(《毛詩正義·東山》孔穎達正義引曹植《螢火論》)

【經】鸛鳴于垤,婦歎于室。

【章句】鸛,水鳥。巢處知風,穴處知雨。天將雨而蟻出壅土,鸛鳥見之,長鳴而喜。(《六臣注文選·情詩》李善注)

【經】烝在栗薪。

【章句】薪,衆薪也。(宋元遞修本《釋文》卷六。通志堂本《釋文》"薪"作"蓼","衆"作"聚")

【經】親結其縭。

【章句】縭,帶也。(《六臣注文選·思玄賦》李善注)

95.《豳風·破斧》

【經】又缺我錡。

【章句】錡,木屬。(《釋文》卷六)

【經】又缺我銶。

---

① 覺明:《三教旨歸注》第 4 册卷中,日本國立國會圖書館藏寬永十一年(1634)鈔本,第 45 頁 b。

【章句】銶，鑿屬也。(《釋文》卷六)

96.《豳風·九罭》

【經】九罭之魚，鱒魴。

【章句】九罭，取蝦芘器也。(《太平御覽》卷八三四)

【經】我覯之子，袞衣繡裳。

【章句】袞衣，纁衣也。(《原本玉篇》"袞"字條)

97.《小雅·鹿鳴》

【經】承筐是將。

【章句】承，受也。(《六臣注文選·贈劉琨》李善注)

98.《小雅·四牡》

【經】周道威夷。

【章句】威夷，險也。(《六臣注文選·西征賦》《金谷集作詩》李善注)

99.《小雅·夫栘》

【序】《夫栘》，燕兄弟也，閔管、蔡之失道也。(《廣川詩故》)

【經】原隰裒矣。

【章句】裒，聚也。(《慧琳音義》卷九十八"浮磬"條)

【經】賓爾籩豆，飲酒之醧。

【章句】能者飲，不能者已，謂之醧。(《初學記》卷二十六。《六臣注文選·魏都賦》張載注僅引"能者飲，不能者已，謂之醧"，《藝文類聚》卷三十九、《初學記》卷十四僅引"不脫屨而即席，謂之禮；跣而上坐，謂之燕；能飲者飲，不能飲者已，謂之醧；閉門不出，謂之湎"，《六臣注文選·東都賦》李善注僅引"飲酒之禮，下跣而上坐者，謂之宴")

【經】和樂且耽。

【章句】耽，樂之甚者也。(《慧琳音義》卷六十八"耽嗜"條。前書卷三十"耽著"條引無"樂之"，《釋文》卷六引無"者")

100.《小雅·伐木》

【序】《伐木》廢，朋友之道缺，飢者歌食，勞者歌其事。詩人伐木，自苦其事，故以爲文。(《六臣注文選·遊西池》李善注。"飢者歌食"爲善注所無，《初學記》卷十五、《太平御覽》卷五七三引作"飢者歌食，勞者歌事"，因據補。《六臣注文選·閑居賦》李善注僅引"勞者歌其事"）

【經】相彼鳥矣。

【章句】鳥，微物也。（《六臣注文選·鸚鵡賦》《應詔讌曲水作詩》李善注）

101.《小雅·天保》

【經】如山如阜。

【章句】積土高大曰阜。（《北堂書鈔》卷一五七）

102.《小雅·采薇》

【經】四牡骙骙。

【章句】骙骙，盛貌也。（《原本玉篇》"骙"字條）

【經】四牡繹繹。

【章句】繹繹，盛貌也。（《原本玉篇》"繹"字條、《六臣注文選·甘泉賦》李善注）

【經】昔我往矣，楊柳依依。

【章句】昔，始也。（《釋文》卷六）依依，盛貌。（《六臣注文選·金谷集作詩》李善注）

103.《小雅·出車》

【經】玁狁于襄。

【章句】襄，除也。（《慧琳音義》卷二十九"襄邵"條、卷五十七"襄故"條）

104.《小雅·南有嘉魚》

【經】烝然罩罩。

【章句】烝，善也。（《慧琳音義》卷四十一"又烝"條）

105.《小雅·湛露》

【經】愔愔夜飲。

【章句】愔愔，和悅之貌也。（《釋文》卷六、《六臣注文選·魏都賦》《神女賦》李善注。《文選·琴賦》李善注引作"和悅貌"［六臣注本《文選》未收此條善注］）

【經】其桐其椅，其實離離。

【章句】離離，長貌。（《初學記》卷二十八）

106.《小雅·彤弓》

【經】鍾鼓既設。

【章句】設,陳也。(《原本玉篇》"設"字條)

107.《小雅·菁菁者莪》

【經】菁菁者莪。

【章句】菁菁,盛貌也。(《六臣注文選·東都賦》李善注)

108.《小雅·六月》

【經】元戎十乘,以先啓行。

【章句】元戎,大戎,謂兵車也。車有大戎十乘,謂車縵輪,馬被甲,衡挽之上盡有劍戟,名曰陷君之車。所以冒突先啓敵家之行伍也。(《史記·三王世家》裴駰集解)

109.《小雅·采芑》

【經】鴥彼飛隼。

【章句】隼,鷹也。(《玉燭寶典》卷六)

【經】方叔元老。

【章句】元,長也。(《宋本玉篇》"元"字條)

【經】有瑲葱衡。

【章句】佩玉上有葱衡,下有雙璜。衝牙、蠙珠以納其間。(《周禮注疏·玉府》鄭玄注引《詩傳》,賈公彥疏云:"引'《詩傳》曰',謂是《韓詩》。")

110.《小雅·車攻》

【經】東有甫草,駕言行狩。

【章句】甫,博也。有博大之茂草也。(《後漢書·班固傳》李賢注。《六臣注文選·東都賦》李善注亦引此條,無"之"字)

111.《小雅·吉日》

【經】駾駾駿駿。

【章句】趨曰駾,行曰駿。(《六臣注文選·西京賦》李善注)

【經】以御嘉賓,且以酌醴。

【章句】御,享也。(日本藏唐鈔《文選集注·蜀都賦》陸善經注)天子飲酒曰酌醴也，甜而不濟，少麴多米。（［日］佚名《年中行事抄》卷六①。《北堂書鈔》卷一四八引作"甜而不濟，少麴多朱白醴"，"朱"乃"米"之訛，"白"乃"曰"之訛。《六臣注文選·南都賦》李善注引作"醴，甜而不沛也"。新羅薩守真《天地瑞祥志》卷十六引作"少麴多迷曰醴"②，"迷"爲"米"之訛。參《漢書·楚元王傳》："常爲穆生設醴。"顏師古注："醴，甘酒也。少麴多米，一宿而熟，不齊之。"）

112.《小雅·鴻鴈》

【經】劬勞于野。

【章句】劬，數也。（《釋文》卷六、《玄應音義》卷二十三"劬勞"條、《慧琳音義》卷二十"劬勞"條、卷五十"劬勞"條、卷六十八"劬勞"條、日僧普珠《因明論疏明燈抄》卷二③）

【經】百堵皆作。

【章句】八尺爲板，五板爲堵，五堵爲雉。板廣二尺，積高五板爲一丈。五堵爲雉，雉長四丈。（《春秋左傳正義·隱公元年》孔穎達疏引許慎《五經異義》。《春秋公羊傳·定公十二年》何休《解詁》引作"八尺曰板，堵凡四十尺"，《毛詩正義·鴻雁》孔疏引何注則作："堵四十尺，雉二百尺。以板長八尺，接五板而爲堵，接五堵而爲雉。"）

113.《小雅·庭燎》

【經】夜未艾。

---

① 佚名：《年中行事抄》卷6，塙保己一：《續群書類從》，東京續群書類從完成會1933年版，第10輯上，第307頁。

② 薩守真：《天地瑞祥志》卷16，薄樹人編：《中國科學技術典籍通匯》第4卷，河南教育出版社1995年影印日本京都大學人文科學研究所藏1932年寫本，第380頁。需要特別指出的是，在最初的研究中，學界普遍認爲薩守真爲唐人。但隨着研究的深入，現已證實薩守真爲新羅人。參見趙毅、金程宇《〈天地瑞祥志〉若干重要問題的再探討》，《南京大學學報》2012年第3期，第123—127頁；朴勝鴻撰，李新春譯：《〈天地瑞祥志〉編纂者研究》，《古典文獻研究》第17輯下卷，2014年，第29—53頁。

③ 普珠：《因明論疏明燈抄》卷2，《大日本仏教全書》，東京仏書刊行會1922年版，第83冊，第171頁。

【章句】乂，央也。（［日］佚名《大乘理趣六波羅蜜経釈文》①）

114. 《小雅·沔水》

【經】不可弭忘。

【章句】弭，滅也。（《慧琳音義》卷五四"弭謗"條）

【經】民之訛言。

【章句】訛言，謏言也。（《原本玉篇》"訛"字條。《慧琳音義》卷三十一"妶訛"條引作"訛言也"，"言"下當脱"謏言"二字）

【經】讒言其興。

【章句】讒言縁間而起。（《六臣注文選·宦者傳論》李善注）

115. 《小雅·鶴鳴》

【經】鶴鳴九皐。

【章句】九皐，九折之澤。（《釋文》卷六）

116. 《小雅·祈父》

【經】亶不聰。

【章句】聰，察也。（《慧琳音義》卷八十四"聰叡"條、［日］佚名《令釋》②）

117. 《小雅·白駒》

【經】皎皎白駒，在彼穹谷。

【章句】穹谷，深谷也。（《六臣注文選·西都賦》李善注）

118. 《小雅·斯干》

【經】如矢斯朸。

【章句】朸，隅也。（《釋文》卷六）木理也。（《宋本玉篇》"朸"字條）

【經】如鳥斯翶。

【章句】翶，翅也。（宋元遞修本《釋文》卷六。"翶"，通志堂本《釋文》作"勒"）

---

① 佚名：《大乘理趣六波羅蜜経釈文》，昭和四十七年（1972）《優鉢羅室叢書》影印日本古寫本，第30頁。

② 轉引自三浦周行、滝川政次郎《令集解釋義》卷15，東京國書刊行會1982年版，第394頁。

119.《小雅·無羊》

【經】或寢或訛。

【章句】訛，覺也。(《原本玉篇》"訛"字條、《釋文》卷六)

120.《小雅·節南山》

【經】節彼南山。

【章句】節，視也。(《釋文》卷六)

【經】何用不監。

【章句】監，領也。(《釋文》卷六)

【經】昊天不傭。

【章句】傭，易也。(《原本玉篇》"傭"字條、《釋文》卷六)

【經】降此大戾。

【章句】戾，不善也。(《慧琳音義》卷六十八"籠戾"條)

【經】蹙蹙靡所騁。

【章句】騁，馳也。(《六臣注文選·登樓賦》李善注。《六臣注文選·射雉賦》、《詠史詩》李善注、《慧琳音義》卷二四"騁武"條、卷四九"騁壯恩"條、卷一百"騁棘"條亦引此條，皆誤"馳"爲"施")

【經】昊天不平，我王不寧。

【章句】萬人顛顛，仰天告愬。(《六臣注文選·百辟勸進今上牋》《齊故安陸昭王碑文》李善注)

121.《小雅·正月》

【經】視天夢夢。

【章句】夢夢，惡貌也。(《釋文》卷六)

【經】有倫有迹。

【章句】迹，理也。([日]佚名《令釋》①)

【經】又窘陰雨。

【章句】窘，迫也。(《廣川詩故》)

---

① 轉引自三浦周行、滝川政次郎《令集解釈義》卷15，東京國書刊行會1982年版，第415頁。

【經】乃棄爾輔。

【章句】輔，助也。(《慧琳音義》卷二六"輔弼"條)

122. 《小雅·十月之交》

【經】日月鞠訩。

【章句】訩，聲也，訩訩也。(《原本玉篇》"訩"字條)

【經】于何不臧。

【章句】于何，猶奈何也。(《原本玉篇》"于"字條)

【經】抑此皇父。

【章句】抑，意也。(《釋文》卷六)

【經】田卒汙萊。

【章句】汙，穢也。(《原本玉篇》"汙"字條、《慧琳音義》卷十一"污渥"條、卷五十七"污之"條)

【經】不憖遺一老。

【章句】憖，闇也。(《釋文》卷六)

123. 《小雅·雨無政》

【序】《雨無政》，正大夫刺幽王也。(《廣川詩故》)

【章句】無，衆也。(《廣川詩故》)

【經】降喪饑饉。

【章句】一穀不升曰歉，二穀不升曰饑，三穀不升曰饉，四穀不升曰荒，五穀不升曰大侵。(《後漢書·光武紀》李賢注)

【經】若此無罪，勳胥以痡。

【章句】勳，帥也。胥，相也。痡，病也。言此無罪之人，而使有罪者相帥而病之，是其大甚。(《後漢書·蔡邕傳》李賢注。董逌《廣川詩故》未引"言此"至"大甚"，"勳"作"薰")

124. 《小雅·小旻》

【經】謀猶回遹。

【章句】回，邪；遹，僻也。(《六臣注文選·西征賦》李善注。"遹"字原脱，據徐堂説補①。《釋文》卷六引作"欪，僻也"）

【經】翕翕訿訿。

【章句】訿訿，不善之貌也。（《原本玉篇》"訿"字條、《釋文》卷六。"訿"，《慧琳音義》卷二十"毁訾"條引作"訾"，二字通用。）

【經】民雖靡膴。

【章句】靡膴，猶無幾何。（《釋文》卷六）

125.《小雅·小宛》

【經】翰飛厲天。

【章句】厲，附也。（《原本玉篇》"厲"字條、《文選·西都賦》李善注〔六臣注本所收李善注所引經文誤"厲"爲"戾"〕）

【經】哀我瘨寡，宜犴宜獄。

【章句】瘨，苦也；鄉亭之繫曰犴，朝廷曰獄。（《釋文》卷六）

126.《小雅·小弁》

【經】怒焉如疛。

【章句】疛，心疾也。（《釋文》卷六）

127.《小雅·巧言》

【經】僭始既減。

【章句】減，少也。（《釋文》卷六、《慧琳音義》卷一"有減"條、卷四"若減"條、卷三十二"漸減"條、卷四十四"缺減"條、卷五十四"耗減"條）

【經】君子信盜。

【章句】盜，讒也。（《原本玉篇》"盜"字條）

【經】趯趯毚兔，遇犬獲之。

【章句】趯趯，往來貌；獲，得也。言趯趯之毚兔，謂狡兔數往來，逃匿其迹，有時遇犬得之。（《史記·春申君列傳》裴駰集解）

---

① 徐堂云："'僻'上脱一'沈'字。曹大家注《幽通賦》曰：'回，邪也；穴，僻也。'可證。《毛傳》：'回，邪；遹，僻也。'與韓同。'喬'聲與'穴'聲相近，故得互通。《呂覽·明理篇》有'背鐍'，《漢志》作'背穴'。《水經·渭水注》云：'沇水，亦謂是水爲滿水。'《晨風》：'欪彼晨風。'《韓詩外傳》八引作作'欪。'"見《韓詩述》卷4，國家圖書館藏清鈔本（編號：10738），第18頁a。

128. 《小雅·何人斯》

【經】胡逝我陳。

【章句】堂塗左右曰陳。（《原本玉篇》"陳"字條。"堂"字原脱，據《爾雅·釋宫》"堂塗謂之陳"增）

【經】我心施也。

【章句】施，善也。（《釋文》卷六）

【經】出此三物。

【章句】天子諸侯以牛、豕，大夫以犬，庶人以雞。（《禮記正義·曲禮下》孔穎達正義引許慎《五經異義》）

【經】爲鬼爲蜮。

【章句】蜮，短狐。短狐，水神也。（《太平御覽》卷九五〇。"蜮短狐"原闕，據徐堂説補①）

129. 《小雅·巷伯》

【經】緀兮斐兮。

【章句】緀，文貌。（《原本玉篇》"緀"字條）

【經】緝緝繙繙，謀欲譖言。

【章句】繙繙，往來貌也。② （《原本玉篇》"繙"字條、《慧琳音義》卷二十八"繽紛"條、卷三十二"繽紛"條、卷九十四"繽紛"條）

130. 《小雅·谷風》

【經】將恐將懼。

---

① 徐堂云："《韓傳》當云：'蜮，短狐。短狐，水神也。'如《毛傳》'芣苢，馬舄。馬舄，車前'之例，《御覽》節引之耳。陸璣《疏》：'短狐，一名射影，江淮水濱皆有之，人在岸上，影見水中，投人影則殺之，故曰射影也。'《玄中記》云：'水狐者，視其形，蟲也，其氣乃鬼也。'皆與韓説合。"見《韓詩述》卷4，國家圖書館藏清鈔本（編號：10738），第21頁 b。

② 《原本玉篇》"緝"字條又引《韓詩》云："緝緝，往來貌也。"見《原本玉篇殘卷》，中華書局1985年版，第168頁。按："緝緝"乃"咠咠"之假借（説詳胡承珙《毛詩後箋》卷十九、馬瑞辰《毛詩傳箋通釋》卷十七），《説文·口部》："咠咠，聶語也。"《廣韻·緝韻》："咠咠，譖言也。"《玉篇·口部》："咠咠，口舌聲也。"是"咠咠"俱爲口舌興讒之義，《玉篇》所載韓訓"緝緝，往來貌"，疑乃顧野王誤引"繙繙，往來貌"所致，未必韓訓之原本，故本書不輯此條。

【章句】將,辭也。(《六臣注文選·甘泉賦》《天監三年策秀才文》李善注)

【經】惟山岑原。

【章句】岑原,山巔也。(《原本玉篇》"岑"字條)

131.《小雅·蓼莪》

【經】無父何怙,無母何恃。

【章句】怙,賴也;恃,負也。(《玄應音義》卷一"恃怙"條、卷二"恃怙"條、卷十五"依怙"條、《慧琳音義》卷二十三"菩薩爲一切衆生恃怙"條、卷二十六"恃怙"條、卷五十八"依怙"條。《釋文》卷六僅引"怙,賴也")

132.《小雅·大東》

【經】孅孅公子。

【章句】孅孅,往來貌。(《釋文》卷六、《慧琳音義》卷八十四"孅曲"條)

【經】跂彼織女,終日七襄。雖則七襄,不成報章。

【章句】襄,反也。(《六臣注文選·夏夜呈從兄散騎車長沙》李善注)

【經】東有啓明,西有長庚。

【章句】太白晨出東方爲啓明,昏見西方爲長庚。(《史記·天官書》司馬貞索隱)

133.《小雅·四月》

【序】《四月》,歎征役也。(《廣川詩故》)

【經】秋日淒淒,百卉具腓。

【章句】腓,變也,俱變而黃也。(《六臣注文選·九日從宋公戲馬臺集送孔令詩》李善注。《釋文》卷六僅引"腓,變也")

【經】亂離斯莫,爰其適歸。

【章句】莫,散也。(《六臣注文選·關中詩》李善注)

【經】廢爲殘賊。

【章句】賊仁者謂之賊,賊義者謂之殘。([日]菅原是善《東宮切韻》①、［日］信瑞《淨土三部經音義集》卷二②。《慧琳音義》卷三"殘賊"條引作"殘義曰賊"，當即"賊義者謂之殘"之節文，且應作"賊義曰殘"）

【經】何云能穀。

【章句】云，辭也。（《原本玉篇》"云"字條。辭，《文選·贈何劭王濟五言》李善注引作"詞"［六臣注本所錄李善注未收此條］）

134.《小雅·鼓鍾》

【經】鼓鍾伐鼛，淮有三州，憂心且陶。

【章句】陶，暢。感其樂聲，陶□其人。（《原本玉篇》"陶"字條。《六臣注文選·七發》李善注、《後漢書·杜篤傳》李賢注僅引"陶，暢也"）

【經】以雅以南，以籥不僭。

【章句】南夷之樂曰南。四夷之樂，唯南可以和於雅者，以其人聲音及籥不僭差也。（《後漢書·陳禪傳》李賢注）

135.《小雅·楚茨》

【經】執爨踖踖。

【章句】踖踖，敬也。（《原本玉篇》"踖"字條）

【經】馥芬孝祀。

【章句】馥亦芬也。（《慧琳音義》卷二十六"芬馥"條，卷二十九"芬馥"條）芬馥者，香氣貌也。（《慧琳音義》卷六"芬馥"條。前書卷八"芬馥"條、卷十五"芬馥"條引無"者"字。日本藏唐鈔《文選集注·蜀都賦》《吳都賦》李善注［李善單注本《文選》、六臣注本《文選》所錄李善注均未收以上兩條］、《六臣注文選·蘇武詩》李善注、《慧琳音義》卷十八"更馥"條、卷八十一"普馥"條、［日］佚名《香字抄》"楾"字條引作"馥，香貌也"。《慧琳音義》卷五"芬馥"條、卷十九"芬馥"條引作"馥，香氣貌也"③。前書卷三十"芬馥"條引作"馥，芳也"。前書卷二"芬馥"條作"馥亦芬也，香氣也"）

---

① 轉引自上田正《切韻逸文の研究》，東京汲古書院1984年版，第407頁。

② 信瑞：《淨土三部經音義集》卷2，《続淨土全書》，東京宗書保存會1928年版，第17冊，第260頁。

③ 佚名：《香字抄》，影印杏雨書屋藏鈔本，大阪武田科學振興財團2007年版，第13頁。

136.《小雅·信南山》

【經】既霑既足。

【章句】霑，溺也。(《慧琳音義》卷三"霑彼"條、卷七"霑彼"條、卷八"霑濡"條、卷九十"霑濕"條)

137.《小雅·甫田》

【經】菿彼甫田。

【章句】菿，卓也。(《釋文》卷六。"菿"原作"蓟"，據馬瑞辰說改①)

138.《小雅·大田》

【經】卜畀炎火。

【章句】卜，報也。(《原本玉篇》"卜"字條、《釋文》卷六)

139.《小雅·鴛鴦》

【經】戢其左翼。

【章句】戢，捷也，捷其噣於左也。(《釋文》卷六)

【經】莝之秣之。

【章句】莝，委也。②(《釋文》卷六)

140.《小雅·頍弁》

【經】先集惟霰。

---

①　馬瑞辰云："《爾雅·釋詁》：'菿，大也。'舊疏引《韓詩》作'菿彼圃田'，云：'菿，卓也，亦大也。'《說文》：'倬，大也。''圃''甫'古通用，甫田爲大田，則'倬'宜爲'大'貌。而《傳》訓'明貌'者，'倬'兼'明''大'二義。《說文》：'倬，箸大也。'合二義言之，是也。'倬'從卓聲，'菿'從到聲，古音同部，故通用。《說文》有'菿'無'蓟'，《玉篇》引《韓詩》作'菿彼甫田'，今《爾雅》《釋文》作'蓟'者，傳寫之譌。《爾雅釋文》及邢疏並引《說文》：'菿，草大也。'《廣韻·三十七号》云：'菿，大也。''四覺'又引《說文》：'菿，草大也。'"見《毛詩傳箋通釋》卷22，中華書局1989年版，第713頁。

②　《玄應音義》卷13"莝碓"條曰："《詩》云：'莝之秣之。'《傳》曰：'莝，剉也，謂斬剉所以養馬者也。'"經文與《韓詩》相同，且所引傳文亦不同於《毛詩傳》"摧，莝也"，故客觀上存在出自《韓詩》系統之可能。惟《釋文》引《韓詩》以"委"訓"莝"，《音義》引《傳》則以"剉"訓"莝"，似有齟齬，故疑《韓詩》原作"莝，委剉也"，與《說文》訓"莝"爲"斬剉也"相近，《釋文》《音義》或各脫一字。

【章句】霰，英也。(《宋書·符瑞志下》。《六臣注文選·雪賦》李善注、《太平御覽》卷十二引作"霰，霙也")

141.《小雅·車舝》

【序】《車舝》，不答也。(《北堂書鈔》卷一四二。陳禹謨本《北堂書鈔》無此文，茲據孔廣陶注本補錄。)

【經】間關車之舝兮，思孌季女逝兮。

【章句】間關，好貌。(《北堂書鈔》卷一四二)

【經】德音來括。

【章句】括，約束也。(《六臣注文選·答盧諶》《辯亡論》李善注。《香字抄》引原本《玉篇》引作"括，約也"①，當脫"束"字；《慧琳音義》卷一"綜括"條作"束也"②，當脫"約"字)

【經】以慰我心。

【章句】慰，恚也。(《釋文》卷六)

142.《小雅·青蠅》

【經】構我二人。

【章句】構，亂也。(《釋文》卷六、《慧琳音義》卷三一"鬬構"條)

143.《小雅·賓之初筵》

【序】《賓之初筵》，衛武公飲酒悔過也。(《後漢書·孔融傳》李賢注)

【經】賓之初筵，左右秩秩。

【章句】言賓客初就筵之時，賓主秩秩然，俱謹敬也。(《後漢書·孔融傳》李賢注)

【經】威儀昄昄。

【章句】昄昄，善貌。(《釋文》卷六。昄昄，宋元遞修本《釋文》作"飯飯")

【經】賓既醉止，載號載呶。

---

① 轉引自新美寬編，鈴木隆一補《本邦殘存典籍による輯佚資料集成》卷1，京都大學人文科學研究所1968年版，第12頁。

② 慧琳：《一切經音義》卷1，徐時儀：《一切經音義三種校本合刊》，上海古籍出版社2008年版，第524頁。

【章句】不知其爲惡也。(《後漢書·孔融傳》李賢注)

144.《小雅·魚藻》

【經】有頒其首。

【章句】頒，衆貌。(《釋文》卷六)

145.《小雅·采菽》

【經】彼交匪紓。

【章句】紓，緩也。(《原本玉篇》"紓"字條)

【經】便便左右。

【章句】便便，閑雅之貌。(《釋文》卷六)

【經】紼纚維之。

【章句】纚，笮也。①(《原本玉篇》"纚"字條。"笮"，《釋文》卷六引作"筰")

【經】福祿肬之。

【章句】肬，厚也。(《釋文》卷六)

146.《小雅·角弓》

【經】民之無良，相怨一方。

【章句】良，善也。言王者所爲無有善者，各相與於一方而怨之。(《後漢書·孝章帝紀》李賢注)

【經】如食宜饇。

【章句】儀，我也。(《釋文》卷六)

【經】曤晛聿消。

【章句】曤晛，日出也。(王應麟《詩考·韓詩》引《釋文》，今本《釋文》卷六"晛"作"見"，誤，應以"曤晛"爲是，馬瑞辰有説②)

---

① "笮"當涉形近"筰"而訛，"筰"與《釋文》所引"筰"字通用。

② 馬瑞辰云："《説文》曰：'晛，日見也。'義本《韓詩》。《漢書·劉向傳》引《詩》：'見晛聿消。'顏師古注：'見，無雲也。'亦本《韓詩》。'見'當作'曤'，今作'見'者，後人據《毛詩》改也。'曤'音義近'晏'，《説文》：'晏，天清也。'《荀子·非相篇》引《詩》：'晏然聿消。''晏'即'曤'字之假借。'晛''睍'古同字，見《玉篇》《廣韻》，'然'即'曘'字之省借。《廣雅·釋詁》：'曤曘，煖也。''曤曘'即《韓詩》'曤晛'也。"見《毛詩傳箋通釋》卷23，中華書局1989年版，第768頁。

147.《小雅·菀柳》

【經】上帝甚陶。

【章句】陶，變也。(《原本玉篇》"陶"字條、《慧琳音義》卷九十五"陶鑄"條)

148.《小雅·都人士》

【經】垂帶而厲。

【章句】厲，彌蒩也。(《原本玉篇》"厲"字條)

149.《小雅·白華》

【經】露彼菅茅。

【章句】露，覆也。(《慧琳音義》卷九二"湛露"條)

【經】樵彼桑薪。

【章句】樵，取也。(《慧琳音義》卷五七"擔樵"條)

【經】視我怖怖。

【章句】怖怖，意不說好也。(《釋文》卷六)

150.《小雅·綿蠻》

【經】綿蠻黃鳥。

【章句】綿蠻，文貌也。(《原本玉篇》"緜"字條、《文選·景福殿賦》《三月三日曲水詩序》李善注，"緜"作"綿"，二字通用)

【經】豈敢憚行。

【章句】憚，畏也。(《慧琳音義》卷四"不憚"條) 憚，惡也。(《慧琳音義》卷六"不憚"條、卷五七"不憚"條、卷六三"畏憚"條)

151.《大雅·文王》

【經】亹亹文王。

【章句】亹亹，水流進貌。(《文選·吳都賦》李善注。六臣注本《文選》所錄善注、《慧琳音義》卷八十九"亹亹"條皆引作"亹亹，進貌")

【經】陳錫載周。

【章句】陳，見也。(《原本玉篇》"陳"字條)

【經】於緝熙敬止。

【章句】熙，敬也。(《慧琳音義》卷二十"熙怡"條)

【經】無遏爾躬。

【章句】遏，病也。（《釋文》卷七）

152.《大雅·大明》

【經】使不浹四方。

【章句】浹，通也。（《慧琳音義》卷八三"浹辰"條、卷九六"浹辰"條）

【經】磬天之妹。

【章句】磬，譬也。（《釋文》卷七）

【經】造舟爲梁。

【章句】舟滿水中曰造舟。（《原本玉篇》"舟"字條）

【經】亮彼武王。

【章句】亮，相也。（《釋文》卷七）

【經】會朝瀞明。

【章句】瀞，清也。（《原本玉篇》"瀞"字條、《慧琳音義》卷七十六"如瀅瀞水"條）

153.《大雅·緜》

【經】緜緜瓜瓞。

【章句】瓞，小瓜也。（《釋文》卷七、《六臣注文選·在懷縣作》李善注）

【經】周原膴膴。

【章句】膴膴，美也。（《釋文》卷七）

【經】乃慰乃止。

【章句】乃，大也。（《原本玉篇》"乃"字條。乃，《慧琳音義》卷二十"迺聖"條引作"迺"，"乃""迺"通用。）

【經】縮版以載。

【章句】縮，斂也。（《原本玉篇》"縮"字條、《慧琳音義》卷十四"拳縮"條、卷十五"申縮"條、卷十七"捲縮"條、卷二十"惱縮"條、卷三十六"漸縮"條、卷四十"縮眉"條、卷四十二"延縮"條、卷四十五"延縮"條、卷五十四"瘸縮"條、卷六十七"卷縮"條、卷七十九"怖縮"條）

【經】作廟翼翼。

【章句】鬼神所居曰廟。（《玄應音義》卷十四"寺廟"條。廟，《慧琳音義》卷五十九"寺廟"條引作"廟","廟"乃古文"廟",二字通用。《原本玉篇》"廟"字條引作"鬼神所居曰廣神","廣"係"廟"之訛,"神"乃衍文。)

【經】度之薨薨。

【章句】度,填也。(《釋文》卷七)

【經】皋門有閌。

【章句】閌,盛貌。(《釋文》卷七)

154.《大雅·旱麓》

【經】鳶飛戾天,魚躍于淵。

【章句】魚喜樂,則踴躍於淵中。(日本藏唐鈔《文選集注·四子講德論》李善注。淵,尤袤本李善注作"泉",當係李善避唐高祖諱而改,茲以《集注》本爲據,回改爲"淵")

【經】清酒既載。

【章句】載,設也。(《六臣注文選·西征賦》李善注)

155.《大雅·思齊》

【經】刑于寡妻。

【章句】刑,正也。(《釋文》卷七)

156.《大雅·皇矣》

【經】上帝耆之。

【章句】耆,惡也。(《釋文》卷七。《釋文》本繫之於《周頌·武》"耆定爾功"句下,據馬瑞辰説改繫於此①)

【經】其菑其翳。

【章句】菑,反草也;翳,因也,因高填下也。(《釋文》卷七)

---

① 馬瑞辰云:"《韓詩》'耆,惡也'當爲《皇矣》'上帝耆之'章句,蓋《毛》《韓詩》同義,《釋文》誤引入此章(筆者按:指《周頌·武》),亦猶'苚,蓮也'本《韓詩·澤陂》之章句,而《釋文》誤引入《溱洧》也。若云'惡定其功',則不詞矣。"(《毛詩傳箋通釋》卷二十八)又云:"《廣雅》:'諸,怒也。'《玉篇》:'耆,怒訶也。'《廣韻》:'諸,訶怒也。''怒''惡'義同。《傳》蓋以'耆'爲'諸'之借字,故訓爲'惡'。《説文》無'諸'字,古蓋止借作'耆'耳。又按'耆'從旨聲,'旨''責'二字雙聲。《廣雅》:'怒,責也。''讀,怒也。''責'與'怒'皆'惡'也,以聲爲義,則'耆'字亦得訓'惡'耳。"見《毛詩傳箋通釋》卷24,中華書局1989年版,第840頁。

【經】孝孫有慶。

【章句】慶,善也。(《慧琳音義》卷三十"慶善"條)

【經】莫其德音。

【章句】莫,定也。(《釋文》卷七)

【經】毋然畔援。

【章句】畔援,武強也。(《釋文》卷七。武強,宋元遞修本《釋文》作"跋扈")

【經】毋然歆羨。

【章句】羨,願也。(《原本玉篇》"羨"字條、《六臣注文選·遊天台山賦》李善注、《慧琳音義》卷十四"歆羨"條、卷三十二"貪羨"條)

【經】誕先登于岸。

【章句】誕,信也。(《原本玉篇》"誕"字條、《六臣注文選·大將軍宴會被命作詩》李善注)

【經】無矢我陵。

【章句】四隤曰陵。(《原本玉篇》"陵"字條。《六臣注文選·長楊賦》李善注亦引此條,"隤"作"平")

【經】崇墉仡仡。

【章句】仡仡,搖也。(《釋文》卷七)

157.《大雅·靈臺》

【經】麀鹿濯濯,白鳥翯翯。王在靈沼,於牣魚躍。

【章句】文王聖德,上及飛鳥,下及魚鱉。(《六臣注文選·應詔讌曲水作詩》李善注)

【經】于樂辟雍。

【章句】辟雍者,天子之學,圓如璧,雍之以水,示圓,言辟,取辟有德。不言辟水,言辟雍者,取其雍和也。所以教天下春射、秋饗、尊事三老五更。在南方七里之內,立明堂於中,五經之文所藏處,蓋以茅草,取其潔清也。(《毛詩正義·靈臺》孔穎達正義引許慎《五經異義》)

【經】鼉鼓逢逢,蒙瞍奏公。

【章句】薛薛，聲也。（《原本玉篇》卷九"薛"字條）無珠子曰蒙，珠子具而無見曰瞍。（《六臣注文選·演連珠》李善注）

158.《大雅·文王有聲》

【經】文王烝哉。

【章句】烝，美也。（《釋文》卷七）

【經】築城伊淢。

【章句】淢，深也。（《釋文》卷七）

【經】王公伊濯。

【章句】濯，美也。（《釋文》卷七）

159.《大雅·生民》

【經】厥初生民，時惟姜原。

【章句】姜，姓；原，字。（《史記·周本紀》裴駰集解）

【經】履帝武敏歆，攸介攸止。載震載夙，載生載育，時惟后稷。

【章句】聖人皆無父，感天而生。（《毛詩正義·生民》孔穎達正義引許慎《五經異義》）

【經】拂厥豐草。

【章句】拂，弗也。（《釋文》卷七）

160.《大雅·公劉》

【經】浹其皇澗。

【章句】浹，沾徹也，遍也。（《慧琳音義》卷八十八"浹減"條）

161.《大雅·卷阿》

【經】鳳凰于飛。

【章句】鳳，靈鳥，五色成文章。（敦煌鈔本李嶠《雜詠·鳳》張庭芳注①）

162.《大雅·蕩》

【經】天不湎爾以酒。

---

① 王三慶：《敦煌類書》，高雄復文圖書出版社1993年版，第546頁。

【章句】齊顏色，均眾寡，謂之流；閉門不出，謂之湎。(《六臣注文選·七命》李善注。《原本玉篇》"湎"字條、《釋文》卷七引作"飲酒閉門不出客曰湎"，《六臣注文選·魏都賦》李善注引作"均眾謂之流，閉門不出容謂之湎")

163.《大雅·抑》

【經】嗚呼小子。

【章句】嗚，歎聲也。(《文選·寡婦賦》李善注［六臣注本所錄李善注未收此條］。《六臣注文選·赴洛道中作》李善注亦引此條，"聲"作"辭")

164.《大雅·雲漢》

【經】倬彼雲漢。

【章句】宣王遭亂仰天也。(《北堂書鈔》卷一五五)

【經】鬱隆炯炯。

【章句】炯，旱熱也。(《慧琳音義》卷六"炯然"條。前書卷三十一"炯炯"條引作"炯炯然熱貌也"，卷五十四"炯然"條引作"炯炯，旱貌") 謂燒草傳火焰盛也。(《慧琳音義》卷二十三"洞然"條)

【經】耗斁下土。

【章句】耗，惡也。(《釋文》卷七、《後漢書·竇皇后紀》李賢注)

【經】昊天上帝，既不我隤。

【章句】隤，猶遺也。(《六臣注文選·歎逝賦》李善注。《慧琳音義》卷八十八"隤綱"條、卷一百"隤年"條、《希麟音義》卷十"隤年"條亦引此節，無"猶"字。《原本玉篇》"隤"字條亦引此節，脫"遺"字)

【經】我心憚暑。

【章句】憚，苦也。(《釋文》卷七)

【經】胡寧疹我以旱。

【章句】疹，重也。(《釋文》卷七)

【經】靡人不瞯。

【章句】瞯，瞯急也。(［日］佚名《大乘理趣六波羅蜜経釈文》[①]。"瞯

[①] 佚名：《大乘理趣六波羅蜜経釈文》，昭和四十七年（1972）《優鉢羅室叢書》影印日本古寫本，第42頁。

急",原作"忽",據陳鴻森說改①)

165.《大雅·崧高》

【經】王踐之事。

【章句】踐,任也。(《釋文》卷七)

【經】世執其功。

【章句】執,有也。(《原本玉篇》"執"字條)

166.《大雅·烝民》

【經】天生烝民。

【章句】烝,衆也。(《慧琳音義》卷四一"又烝"條)

【經】仲山甫徂齊。

【章句】封於齊。(《漢書·杜欽傳》顏師古引鄧展曰)

167.《大雅·韓奕》

【經】有倬其道。

【章句】倬,明貌。(《釋文》卷七)

【經】幹不庭方。

【章句】幹,正也。(《六臣注文選·西京賦》李善注)使汝主汝不易之方也。(《原本玉篇》"庭"字條。主,疑應作"正")

【經】四牡奕奕。

【章句】奕奕,盛貌。(《六臣注文選·詠懷詩》李善注)

【經】王錫韓侯,其追其貊,奄受北國,因以其伯。實墉實壑,實畝實籍。獻其貔皮,赤豹黃羆。

【章句】宣王中興,韓侯爲伯,日蠻退陌,獻其黃熊也。②(劉賡《稽瑞》)

---

① 陳鴻森《〈韓詩〉遺說摭遺》云:"'忽'字當作'急',古鈔轉寫形誤。又注'睭'字當重,蓋其注本作:'睭,睭急也。'寫本脫誤,惜無別本可參對耳。《毛詩》'睭'字作'周',《箋》云:'周,當作「睭」。王以諸臣困於食,人人睭給之,權救其急。'是其義也。"見《漢唐經學研究》,中西書局2021年版,第188頁。

② 劉賡:《稽瑞》,《叢書集成初編》,中華書局1985年影印《後知不足齋叢書》本,第702冊,第84頁。

168.《大雅·江漢》

【經】或辟四方。

【章句】辟,除也。(《六臣注文選·上林賦》李善注、《玄應音義》卷九"大辟"條、卷十三"辟從"條、《慧琳音義》卷十六"避從"條、卷四十六"大辟"、卷一百"辟散"條)

【經】肇敏戎公。

【章句】肇,長也。(《釋文》卷七)

169.《大雅·常武》

【經】敷敦淮濆。

【章句】敷,大也。(《釋文》卷七、《慧琳音義》卷五十五"敷演"條)敦,迫。(《釋文》卷七)

【經】民民翼翼。

【章句】民民,靚也。(《釋文》卷七)

【經】徐方來庭。

【章句】庭,見也。(《原本玉篇》"庭"字條)

170.《大雅·瞻卬》

【經】伊胡爲慝。

【章句】慝,悅也。(《文選·神女賦》李善注〔六臣注本所錄李善注未收此條〕)

【經】天何以刺。

【章句】刺,非也。(《慧琳音義》卷一三"譏刺"條)

171.《大雅·召旻》

【經】我位孔貶。

【章句】貶,摩也。(〔日〕佚名《大乘理趣六波羅蜜経釈文》)①

172.《周頌·惟天之命》

【經】惟天之命。

---

① 佚名:《大乘理趣六波羅蜜経釈文》,昭和四十七年(1972)《優鉢羅室叢書》影印日本古寫本,第31頁。

【章句】惟，念也。(《六臣注文選‧臨終詩》李善注。惟，《釋文》卷七引作"維"，此係順《毛詩》而改，陳喬樅、馮登府、王先謙並有説①)

173.《周頌‧天作》

【經】彼徂矣，岐有夷之行，子孫保之。

【章句】徂，往也。夷，易也。行，道也。彼百姓歸文王者，皆曰岐有易道，可往歸矣。易道謂仁義之道而易行，故岐道阻險而人不難。(《後漢書‧西南夷傳》李賢注)

174.《周頌‧時邁》

【經】薄言振之，莫不震疊。

【章句】薄，辭也。振，奮也。莫，無也。震，動也。疊，應也。美成王能奮舒文武之道而行之，則天下無不動而應其政教。(《後漢書‧李固傳》李賢注。《六臣注文選‧甘泉賦》李善注僅引"振，奮也"。《文選‧七命》李善注引作"振，猶奮也"[六臣注本所録李善注未收此條])

175.《周頌‧執競》

【經】執競武王。

【章句】執，服也。(《原本玉篇》"執"字條、《釋文》卷七、陳禹謨校補本《北堂書鈔》卷八十九[孔廣陶校注本《書鈔》未録此文])

176.《周頌‧思文》

【經】貽我嘉麳。

【章句】麳，大麥也。(《六臣注文選‧典引》李善注)

【經】無此疆爾介。

【章句】介，界也。(《六臣注文選‧魏都賦》《述祖德》李善注)

---

① 陳喬樅云："《釋文》引《韓詩》云：'維，念也。'此順《毛詩》之文。《毛詩》'維'字，三家皆作'惟'。"見《韓詩遺説考》卷5之1，《續修四庫全書》，上海古籍出版社2002年影印清刻《左海叢書》本，第76册，第717頁。馮登府云："《毛詩》從古文，作'維'；三家從今文，作'惟'。"見《三家詩異文疏證‧韓詩》，古風主編《經學輯佚文獻彙編》，國家圖書館出版社2010年影印光緒十四年(1888)南菁書院刻《皇清經解》本，第11册，第198頁。王先謙《〈詩三家義集疏〉序例》亦謂："《毛》'維'字，三家作'惟'，或作'唯'。"見《詩三家義集疏》卷首，中華書局1987年版，第16頁。

392　《韓詩》研究

177.《周頌·臣工》

【經】嗟嗟臣工。

【章句】工，巧也。（《原本玉篇》"工"字條）

178.《周頌·噫嘻》

【經】帥時農夫，播厥百穀。

【章句】穀類非一，故言百也。（《六臣注文選·東都賦》《南都賦》李善注）

179.《周頌·振鷺》

【經】振鷺于飛，于彼西雍。

【章句】鷺，絜白之鳥也。西雍，文王之辟雍也。言文王之時，辟雍學士皆絜白之人也。（《後漢書·邊讓傳》李賢注）

【經】在彼無惡，在此無射。

【章句】射，厭也。（《後漢書·班昭傳》李賢注）

180.《周頌·豐年》

【經】萬億及秭。

【章句】陳穀曰秭也。（《釋文》卷七）

181.《周頌·潛》

【經】潛有多魚。

【章句】潛，魚池也。（《原本玉篇》"潛"字條。《釋文》卷七引無"也"。魚，《文選·長笛賦》李善注引作"漁"〔六臣注本所收此條善注引作"潛，池也"〕）

182.《周頌·武》

【經】耆定爾功。

【章句】耆，大也。（《慧琳音義》卷八二"耆艾"條）

183.《周頌·閔予小子》

【經】惸惸在疚。

【章句】凡人喪曰疚。（《文選·寡婦賦》李善注〔六臣注本所錄李善注未收此條〕）

【經】陟降庭止。

【章句】庭，繼也。言成王升取文、武之道，下繼而行也。（《原

本玉篇》"庭"字條。升，原作"舛"；文，原作"父"，據胡吉宣《玉篇校釋》卷二十二改）

184. 《周頌·訪落》

【經】紹庭上下。

【章句】紹，取也。（《原本玉篇》卷二十七"紹"字條、[日]菅原是善《東宮切韻》"紹"字條①、[日]菅原爲長《和漢年號字抄》卷下②）

185. 《周頌·小毖》

【經】予其懲而。

【章句】懲，苦也。（《釋文》卷七、《列子釋文》卷下）

【經】自求辛螫。

【章句】螫，事也。（《釋文》卷七）

【經】翻飛惟鳥。

【章句】翻，飛貌也。（《慧琳音義》卷六十三"瞼翻"條、六臣注本《文選·張子房詩》李善注引無"也"字。翻，《文選》李善單注本引作"翻"，劉躍進《文選舊注輯存》云"疑未確，當同正文作'翻'"。上引慧琳書及《文選》六臣注可證劉說）

186. 《周頌·載芟》

【經】民民其麃。

【章句】民民，衆貌。（《釋文》卷七）

187. 《周頌·絲衣》

【經】絲衣其紑。

【章句】紑，盛貌也。（《原本玉篇》"紑"字條）

188. 《周頌·賚》

【經】敷時繹思。

【章句】敷，遍也。（《慧琳音義》卷六十四"敷榮"條）

──────────

① 轉引自上田正《切韻逸文の研究·逸文總覽》卷3，東京汲古書院1984年版，第212頁。

② 轉引自新美寬編、鈴木隆一補《本邦殘存典籍による輯佚資料集成》卷1，京都大學人文科學研究所1968年版，第18頁。

189.《魯頌·駉》

【經】有驈有駱。

【章句】驈,白馬黑髦也。(《釋文》卷七、卷三十)

【經】以車祛祛。

【章句】祛,猶去也。(《慧琳音義》卷九十二"用祛"條。《六臣注文選·南州桓公九井作》李善注、《慧琳音義》卷十"永祛"條、卷七十二"能祛"條、卷九十五"祛之"條、《希麟音義》卷五"永祛"條引無"猶"字)

190.《魯頌·泮水》

【經】屈此群醜。

【章句】屈,收也,收斂得此衆聚。(《釋文》卷七)

【經】鬚彼東南。

【章句】鬚,除也。(《釋文》卷七)

【經】烝烝皇皇。

【章句】烝烝,美也。([日]佚名《大乘理趣六波羅蜜經釋文》[①])

【經】獷彼淮夷。

【章句】獷,覺寤之貌。(《六臣注文選·齊故安陸昭王碑文》李善注)

191.《魯頌·閟宮》

【經】實實枚枚。

【章句】枚枚,閒暇無人之貌也。(《釋文》卷七)

【經】稙穉菽麥。

【章句】稙,長稼也;穉,幼稼也。(《釋文》卷七)

【經】夏如沸羹。

【章句】夏祭曰沸羹,爓麦祭也。(杜臺卿《玉燭寶典》卷二)

【經】不震不騰。

【章句】騰,乘也。無敢乘陵也。(《慧琳音義》卷六十九"翻騰"條。

[①] 佚名:《大乘理趣六波羅蜜經釋文》,昭和四十七年(1972)《優鉢羅室叢書》影印日本古寫本,第3頁。

"敢"，原作"不"，據陳鴻森說改①。《六臣注文選·甘泉賦》《車駕幸京口侍游蒜山作》李善注僅引"騰，乘也"）

【經】貝胄朱綅。

【章句】綅，綫也。（《原本玉篇》"綅"字條）

【經】遂宂大東。

【章句】宂，至也。（《釋文》卷七。宂，原作"荒"，據徐堂說改②）

【經】至于海邦。

【章句】邦，界也。（［日］安都宿禰笠主《跡記》③）

【經】新廟奕奕，奚斯所作。

【章句】奚斯，魯公子也。言其新廟奕奕然盛，是詩公子奚斯所作也。（《六臣注文選·兩都賦序》《魯靈光賦》李善注。《後漢書·曹襃傳》李賢注僅引"是詩公子奚斯所作也"）

【經】孔曼且碩。

【章句】曼，長也。（《六臣注文選·四子講德論》李善注）

192.《商頌·那》

【序】《那》，美襄公也。（王應麟《詩地理考》卷五。《史記·宋微子世家》裴駰《集解》引作《章句》之文）

193.《商頌·玄鳥》

【經】方命厥后，奄有九域。

【章句】九域，九州也。（《六臣注文選·册魏公九錫文》《廣絕交論》李善注）

【經】大饎是承。

---

① 陳鴻森《〈韓詩〉遺說摭遺》云："注文'不'字疑當作'敢'。'不震不騰'，言無敢撼動，無敢乘陵也。"見《漢唐經學研究》，中西書局2021年版，第190頁。

② 徐堂云："《釋文》云：'荒，如字。《韓詩》作"宂"，云："至也。"'則韓、毛不異。蓋當云：'《韓詩》作"宂"。'《玉篇》：'宂，及也，至也。'正本韓訓。'荒''宂'古字通用。"見《韓詩述》卷6，國家圖書館藏清鈔本（編號：10738），第12頁a。

③ 轉引自三浦周行、滝川政次郎《令集解釈義》卷2，東京國書刊行會1982年版，第37頁。

【章句】大禘，大祭也。(《原本玉篇》"禘"字條。禘，《釋文》卷七引作"糦")

194.《商頌·長發》

【經】玄王桓發。

【章句】發，明也。(《釋文》卷七)

【經】湯降不遲，聖敬日躋。

【章句】言湯聖敬之道，上聞於天。(《文選·閑居賦》李善注〔六臣注本所錄李善注未收此條〕)

【經】爲下國駿厖。

【章句】厖，寵也。(《原本玉篇》"厖"字條。"寵"疑爲"龐"之訛，"龐"有"厚"義，與《毛傳》"厖，厚也"字異義同)

【經】苞有三蘖。

【章句】蘖，絕也。(《釋文》卷七)

195.《商頌·殷武》

【經】撻彼殷武。

【章句】撻，達也。(《釋文》卷七)

【經】勿予禍適。

【章句】讁，數也。(《原本玉篇》"讁"字條。"讁"，《釋文》卷七引作"適")

【經】邦畿厥福。

【章句】邦，大也。([日]安都宿禰笠主《跡記》①)

【經】京師翼翼，四方是則。

【章句】翼翼然，盛也。(《後漢書·樊準傳》李賢注)

【經】松柏丸丸。

【章句】取松與柏。(《六臣注文選·長笛賦》李善注)

【經】旅楹有閑。

---

① 轉引自三浦周行、滝川政次郎《令集解釈義》卷2，東京國書刊行會1982年版，第37頁。

【章句】閑，大也，謂閑然大也。（《六臣注文選·魏都賦》李善注）

【經】寢成孔安。

【章句】宋襄公去奢即儉。（《六臣注文選·東京賦》李善注）

（二）所釋經文待考的《章句》佚文

1. 漠，靜也。

按：見《文選·西征賦》李善注①。六臣注本所録李善注引作"寂，無聲之貌也；寞，靜也"，陳喬樅繫於《大雅·皇矣》"莫其德音"句下，恐不可從，詳下文第 3 條。

2. 清，靜也。

按：見《文選·射雉賦》李善注②。《韓詩遺説考》繫之於《鄭風·野有蔓草》"清揚宛兮"句下③。"清揚宛兮"乃《韓詩外傳》所引之本，《玉篇》"皖"字條引《韓詩》作"清揚皖兮"④，日本字書《和漢年號字抄》卷下引《韓詩》云："眼映之間曰清也。"⑤此即《韓詩》釋"清揚"之文，非釋"清"爲"靜"。因此這處訓詁當非釋"清揚"之文。

3. 寂，無聲之貌也；寞，靜也。

按：見《六臣注文選·西征賦》李善注⑥。陳喬樅繫之於《大雅·皇矣》"莫其德音"句下，謂："疑韓嬰《内傳》釋'莫'爲'寂寞'，而薛君著《韓詩章句》，又申釋其義也。"⑦ 按此説不可從。

---

① 《文選》卷 10，中華書局 1977 年影印鄱陽胡氏重雕淳熙本，第 158 頁。六臣注本所録李善注未收此條。

② 《六臣注文選》卷 9，中華書局 1987 年影印涵芬樓所藏宋刊本，第 178 頁。

③ 陳壽祺撰，陳喬樅述：《韓詩遺説考》卷 2 之 1，《續修四庫全書》，上海古籍出版社 2002 年影印清刻《左海叢書》本，第 76 册，第 570 頁。

④ 陳彭年：《宋本玉篇》卷 4，中國書店 1983 年影印張氏澤存堂刻本，第 80 頁。

⑤ 菅原爲長：《和漢年號字抄》卷下，轉引自新美寛編，鈴木隆一補《本邦殘存典籍による輯佚資料集成》卷 1，京都大學人文科學研究所 1968 年版，第 13 頁。

⑥ 《六臣注文選》卷 10，中華書局 1987 年影印涵芬樓所藏宋刊本，第 203 頁。

⑦ 陳壽祺撰，陳喬樅述：《韓詩遺説考》卷 4 之 1，《續修四庫全書》，上海古籍出版社 2002 年影印清刻《左海叢書》本，第 76 册，第 675—676 頁。

因《内傳》非解讀《韓詩經》之作，並無"釋'莫'爲'寂寞'"之可能。且《章句》亦非"申釋"《内傳》之書，而是直接就《韓詩經》進行訓釋的著作。陸德明《釋文》已明確引用《韓詩》釋此句之文爲"莫，定也"①，則"寂，無聲之貌也；寞，靜也"顯非此文之章句。

4. 靡，好也。

按：見《文選·文賦》李善注②。陳喬樅繫之於《小雅·巷伯》"縷兮斐兮，成是貝錦"句下，謂："'斐'字，《韓詩內傳》當訓爲'靡'，故薛君《章句》申釋之曰'好也'。"③ 此説未安，因《内傳》非訓詁之書，《章句》亦非"申釋"《内傳》之書。

5. 纚，繫也。

按：見《文選·宋文皇帝元皇后哀策文》李善注④。陳喬樅置之於《小雅·采菽》"紼纚維之"句下⑤，恐不可從。因此句之"纚"當係與"紼"並列的名詞，由《釋文》引《韓詩》云"纚，筰也"可知，而解爲"繫也"則爲動詞，有悖於此句之文法。

6. 怯，惡也。

按：見《一切經音義》卷一三"怯憚"條⑥。陳鴻森先生疑爲《鄭風·遵大路》"無我惡（怯）兮"之遺説⑦，未知當否。疑"惡

---

① 陸德明：《經典釋文》卷7，中華書局1983年影印納蘭性德通志堂刻本，第92頁。
② 《六臣注文選》卷17，中華書局1987年影印涵芬樓所藏宋刊本，第313頁。
③ 陳壽祺撰，陳喬樅述：《韓詩遺説考》卷3之2，《續修四庫全書》，上海古籍出版社2002年影印清刻《左海叢書》本，第76册，第635頁。
④ 《六臣注文選》卷58，中華書局1987年影印涵芬樓所藏宋刊本，第1068頁。
⑤ 陳壽祺撰，陳喬樅述：《韓詩遺説考》卷3之4，《續修四庫全書》，上海古籍出版社2002年影印清刻《左海叢書》本，第76册，第656頁。
⑥ 慧琳：《一切經音義》卷13，徐時儀：《一切經音義三種校本合刊》，上海古籍出版社2008年版，第721頁。
⑦ 陳鴻森：《〈韓詩〉遺説摭遺》，《漢唐經學研究》，中西書局2021年版，第191頁。

也"實乃"憚"字之訓，今本誤作"怯"之訓①。

7. 術，藝也。

按：見《一切經音義》卷二九"技術"條②。王先謙繫之於《邶風·日月》"報我不術"句下，恐不可從。考《文選·廣絕交論》李善注云："《韓詩》云：報我不術。薛君曰：術，法也。"③可知《韓詩》解"報我不術"之文爲"術，法也"，非"藝也"。王氏謂："'術，藝也'，蓋《韓詩》之元文；'術，法也'，《章句》申明韓訓。"④所謂"《韓詩》之元文"，大概是王先謙認爲韓嬰先對《韓詩經》進行過訓解，《章句》再就韓嬰注文續加闡釋，這與上文第3、4條提及的陳喬樅所謂"申釋"之説相類。但此類判斷根本不符合《韓詩章句》的體例特點，上文已多次介紹《韓詩章句》是直接就《韓詩經》進行訓釋的著作，這是由"章句"的體裁決定的，在本經和章句之間，並不夾雜其他内容。

8. 陶，養也。

按：見《一切經音義》卷八四"陶鑄"條⑤。

第六節　待考的《韓詩》佚文輯校

對於古籍徵引的浩繁的《韓詩》學派之佚文，凡明確標記書名

---

①　此條另引鄭玄箋《詩》云："狋，難也。"遍檢今本鄭箋，並無"狋"字，而《小雅·緜蠻》"豈敢憚行"句下鄭箋適作"憚，難也"，此或"怯憚"條所記乃"憚"字之訓的旁證。如果這一推測合理，那麼此條所引《韓詩》遺説實應作"憚，惡也"，此訓另見慧琳《一切經音義》卷6"不憚"條、卷57"不憚"條、卷63"畏憚"條，本書已繫於"豈敢憚行"句下。
②　慧琳：《一切經音義》卷29，徐時儀：《一切經音義三種校本合刊》，上海古籍出版社2008年版，第1018頁。
③　《六臣注文選》卷55，中華書局1987年影印涵芬樓所藏宋刊本，第1014頁。
④　王先謙：《詩三家義集疏》卷3上，中華書局1987年版，第146頁。
⑤　慧琳：《一切經音義》卷84，徐時儀：《一切經音義三種校本合刊》，上海古籍出版社2008年版，第1986頁。

或可通過考證而確定歸屬者，皆已在以上五節分別輯入相應的《韓詩經》《韓詩內傳》《韓詩外傳》《韓詩說》《韓詩翼要》及《韓詩章句》中。但除此之外，還有部分條目雖可確定爲《韓詩》佚文，却無法確定其究竟屬於哪一部具體的《韓詩》著作，更無法確定其是否爲解經之文，故暫錄於本節，留待他日之深考。需特別加以説明的一條材料是《一切經音義》卷一四"門樞"條引《韓詩》云："樞機者，制動之主。"① 新美寬將其置於"未詳屬於何篇"之列②，已發現其與本經難以建立關聯。按這則材料雖冠以"《韓詩》"之名，但可以確定其並非《韓詩》之文。因《周易·繫辭上》："言行，君子之樞機。"韓康伯注："樞機，制動之主。"③ 可證其真實出處爲《周易》韓康伯注。故下文不再收錄這一材料。

此外，唐宋古籍還徵引了部分有別於《毛詩傳》的解《詩》文字，考慮到在《毛詩》之外，唐宋時期僅有《韓詩》還有所流通，故這類解《詩》文字在客觀上存在源自《韓詩》系統的可能。王華權曾就《衆經音義》《一切經音義》徵引的有別於今本《毛詩》的文本進行過探研，將這類文本區分爲"與今本文字相近""與今本文字相通"及"與今本文字相異"④，但王氏並未就這三類文本的具體歸屬作出辨析。事實上，以上三類文本皆有出自《韓詩》系統的可能，一個較強的證據是，《衆經音義》《一切經音義》等書所徵引的區別於《毛詩》系統的"《詩》曰""《詩》云"，有不少可確定爲來自《韓詩》系統之例。例如《衆經音義》卷八"不怙"條：

---

① 慧琳：《一切經音義》卷14，徐時儀：《一切經音義三種校本合刊》，上海古籍出版社2008年版，第741頁。

② 新美寬編，鈴木隆一補：《本邦殘存典籍による輯佚資料集成》卷1，京都大學人文科學研究所1968年版，第20頁。

③ 《南宋初刻本周易注疏》卷11，上海古籍出版社2014年影印日本足利學校藏南宋陸子遹朱點標閣本，第645頁。

④ 王華權：《高麗藏本〈一切經音義〉所引〈詩〉異文略考》，《中南大學學報》2011年第6期，第247—252頁。

"《詩》云：無父何怙。怙，賴也。無母何恃。恃，負也。"① 此與《衆經音義》卷一"恃怙"條所引《韓詩》全同②，可斷爲《韓詩》。再如《衆經音義》卷一二"陶演"條："《詩》云：憂心且陶。陶，暢也。"③ 雖未明確標記所引者爲《韓詩》，但其文本與《文選·七發》李善注，《後漢書·杜篤傳》李賢注引《韓詩章句》完全一致④，可定其爲《韓詩》。另如《一切經音義》卷二四"陶現"條："《詩》云：上帝甚陶。《傳》曰：陶，變也。"⑤ 按此乃《小雅·菀柳》之文，《毛詩》作"上帝甚慆"，"上帝甚陶"乃《韓詩》之文，見《原本玉篇》"陶"字條引《韓詩》⑥，故慧琳此處所引雖未明標爲《韓詩》，但實爲《韓詩》無疑。之所以會出現這種情況，陳喬樅認爲："《衆經音義》兼採毛、韓二家，有明著爲《韓詩》者，……有明著爲《毛詩》者，……閒有不著其爲韓爲毛者，以《毛傳》、鄭箋立於國學，世所遵用；《韓詩》亦經注尚存，可攷而知，故文從略耳。"⑦ 這一解釋是較爲合理的。陳鴻森先生曾就慧琳《一切經音義》引《毛傳》的情況作過通盤校讀，發現此書"間有稱毛而與《毛傳》絶不類者，蓋誤以《韓詩》爲《毛傳》"⑧，不爲無見。所以對於此類古籍徵引的有別於《毛詩》系統的《詩經》

---

① 玄應：《衆經音義》卷8，徐時儀：《一切經音義三種校本合刊》，上海古籍出版社2008年版，第166頁。
② 玄應：《衆經音義》卷1，徐時儀：《一切經音義三種校本合刊》，上海古籍出版社2008年版，第10頁。
③ 玄應：《衆經音義》卷12，徐時儀：《一切經音義三種校本合刊》，上海古籍出版社2008年版，第249頁。
④ 《六臣注文選》卷34，中華書局1987年影印涵芬樓所藏宋刊本，第639頁；《後漢書》卷80上，中華書局1965年版，第2604頁。
⑤ 慧琳：《一切經音義》卷24，徐時儀：《一切經音義三種校本合刊》，上海古籍出版社2008年版，第918頁。
⑥ 顧野王：《原本玉篇殘卷》，中華書局1985年版，第501頁。
⑦ 陳壽祺撰，陳喬樅述：《韓詩遺説考》卷1之1，《續修四庫全書》，上海古籍出版社2002年影印清刻《左海叢書》本，第76册，第517頁。
⑧ 陳鴻森：《〈韓詩〉遺説摭遺》，《漢唐經學研究》，中西書局2021年版，第162頁。

經文或注文，本書尊重其源自《韓詩》系統的可能性，仍録以備考。

本節亦由此析爲兩部分，第一部分輯録確屬《韓詩》系統、但無法確定具體歸屬的佚文，第二部分則輯録古籍所引有別於《毛詩傳》、存在源自《韓詩》系統之可能的解《詩》文本。具體次序大致以佚文來源先後爲據。

一　歸屬不可考的《韓詩》佚文

1. 其地在南郡、南陽之間。

按：見《水經注》卷三四《江水注》引"韓嬰叙《詩》云"①。此乃《韓詩》釋"周南"之文，陳立《句溪雜著》卷五《周南召南解》云："韓嬰《詩序》：'在南郡、南陽之間。'是專斥周南。《漢·地志》：南陽、南郡，皆屬荆州也。"② 釋讀此文之義甚明。但其以之爲"韓嬰《詩序》"則不可成立，所謂"韓嬰叙《詩》"之"叙"，按程元敏的解釋，"是述説，則爲韓嬰説《詩》，非《韓詩序》也"③。本書第一章第一節已考出《韓詩序》成書在隋唐之際，西漢韓嬰並非其作者。

2. 三王各正其郊。

按：見《禮記·郊特牲》孔穎達正義引張融引《韓詩》説④。王應麟《詩考·韓詩》繫於《大雅·生民》"后稷肇祀"句下⑤，陳喬樅《韓詩遺説考》卷四之二從之⑥，意其以經文、佚文俱涉郊祀，故以二者相協應。但"三王各正其郊"指"夏用建寅之月郊，

---

① 陳橋驛：《水經注校證》卷34，中華書局2007年版，第797頁。
② 陳立：《句溪雜著》卷5，《續修四庫全書》，上海古籍出版社2002年影印同治三年（1864）刻本，第176册，第594頁。
③ 程元敏：《詩序新考》，臺北五南圖書出版公司2005年版，第164頁。
④ 《禮記正義》卷26，阮元校刻：《十三經注疏》，中華書局2009年影印清嘉慶刻本，第3147頁。
⑤ 王應麟：《詩考》，中華書局2011年版，第51頁。
⑥ 陳壽祺撰，陳喬樅述：《韓詩遺説考》卷4之2，《續修四庫全書》，上海古籍出版社2002年影印清刻《左海叢書》本，第76册，第683頁。

殷用建丑之月郊，周用建子之月郊"①，與"后稷肇祀"關聯不密，故疑佚文非釋此經。

3. 君親之南郊謝過，自責曰："政不一與？民失職與？宮室崇與？婦謁盛與？苞苴行與？讒夫倡與？"

按：見《春秋公羊傳》桓公五年何休解詁，徐彦疏云："皆《韓詩傳》文。"②

4. 湯時大旱，使人禱於山川。

按：見《春秋公羊傳》僖公三十一年何休解詁引《韓詩傳》③。陳喬樅連同上則，綴成一條④，可從。以上兩則記湯遇大旱而以六問自責之事，又見《説苑·君道》《論衡·感虚》等。觀其記叙雜説，與《内傳》《外傳》之體相契，故疑其爲《内傳》或《外傳》佚文。

5. 皮弁以征不義。

按：見《春秋公羊傳》成公二年何休解詁云："禮：皮弁以征。"徐彦疏釋之云："即昭二十五年注云'皮弁以征不義'是也，《韓詩傳》亦有此文。"⑤ 可知《韓詩傳》有"皮弁以征不義"之文，惟此文之具體歸屬已難考出，故暫置於此。

6. 子産卒，鄭人耕者輟耒，婦人捐其佩玦也。

按：見《史記·循吏列傳·子産》司馬貞索隱引《韓詩》⑥。屈守元以此爲《韓詩外傳》卷三"季孫氏之治魯"章之脱文⑦，出於

---

① 陳立：《白虎通疏證》卷12，中華書局1994年版，第562—563頁。
② 《春秋公羊傳注疏》卷4，阮元校刻：《十三經注疏》，中華書局2009年影印清嘉慶刻本，第4810頁。
③ 《春秋公羊傳注疏》卷12，阮元校刻：《十三經注疏》，中華書局2009年影印清嘉慶刻本，第4915頁。
④ 陳壽祺撰，陳喬樅述：《韓詩遺説考》卷4之3，《續修四庫全書》，上海古籍出版社2002年影印清刻《左海叢書》本，第76册，第703頁。
⑤ 《春秋公羊傳注疏》卷17，阮元校刻：《十三經注疏》，中華書局2009年影印清嘉慶刻本，第4972頁。
⑥ 《史記》卷119，中華書局1982年版，第3101頁。
⑦ 屈守元：《韓詩外傳箋疏》卷3，巴蜀書社1996年版，第300頁，注8。

臆測，未可憑據。

7. 四肢以應四時。

按：見《一切經音義》卷三九"四胑"條引"韓嬰説"①，同書卷四二"桎一敦條亦引此文，稱"韓嬰云"，"肢"作"胑"②。《黄帝内經·靈樞·邪客》記伯高論述天人相應之關係，有云："天有四時，人有四肢"③，韓嬰之説當本於此。考《韓詩外傳》有多章叙及"四時"，此句或爲《外傳》之佚文。

8. 殷商屋而夏門也。

按：見杜佑《通典》卷五五引《韓詩》④。陳壽祺置於《秦風·權輿》"於我乎夏屋渠渠"句下⑤，恐不可從。因按常規理解，該詩之"夏"乃一形容詞（《毛傳》《詩集傳》皆訓爲"大"），而杜佑所引遺説之"夏"乃指示朝代的名詞，不容相混。退一步看，即便《韓詩》解"夏"爲"夏朝"，杜佑所引的這條佚文也仍然不可置於"夏屋渠渠"句下，因爲杜氏引文以"屋"屬殷商而以"門"屬夏，這與《權輿》"夏屋"連屬顯然扞格。

二 疑似《韓詩》的佚文

1. 《詩》曰"淑女"，《傳》曰：淑，美也。

按：見《衆經音義》卷八"淳淑"條、卷九"純淑"條、卷一

---

① 慧琳：《一切經音義》卷39，徐時儀：《一切經音義三種校本合刊》，上海古籍出版社2008年版，第1175頁。

② 慧琳：《一切經音義》卷42，徐時儀：《一切經音義三種校本合刊》，上海古籍出版社2008年版，第1236頁。

③ 張志聰：《黄帝内經靈樞集注》卷8，上海科學技術出版社1958年版，第392頁。

④ 《通典》卷55，中華書局1988年版，第1544頁。

⑤ 陳壽祺撰，陳喬樅述：《韓詩遺説考》卷2之2，《續修四庫全書》，上海古籍出版社2002年影印清刻《左海叢書》本，第76冊，第589頁。

二"淑女"條①，亦見《一切經音義》卷五五"淑女"條②。此乃訓《周南·關雎》"窈窕淑女"之文，《毛詩傳》云："淑，善。"此訓"美也"，與《毛傳》有別，或出自《韓詩》。

2.《詩》云："陟彼高岡。"陟，登也。

按：見《衆經音義》卷二五"升陟"條③。此乃訓《周南·卷耳》之文，陳喬樅謂："此所引是據《韓詩》之説，《毛傳》訓'陟'爲'升'，升亦登也。"④

3.《毛詩》云："桃之媄媄。"女子壯貌。

按：見《一切經音義》卷六一"媄妍"條⑤，同書卷四一"媄媚"條僅引"《詩》云：桃之媄媄"⑥。《毛詩》作"桃之夭夭"，《毛傳》云："其少壯也。"與《一切經音義》引者有別，或出自《韓詩》。

4.《毛詩傳》曰："獸皮治去毛曰革。"

按：見《一切經音義》卷四五"革屣"條⑦。此乃訓《召南·羔羊》"羔羊之革"之文，《毛傳》云："革猶皮也。"與此大異，或出自《韓詩》。

---

① 玄應：《衆經音義》卷8、9、12，徐時儀：《一切經音義三種校本合刊》，上海古籍出版社2008年版，第168、187、256頁。
② 慧琳：《一切經音義》卷55，徐時儀：《一切經音義三種校本合刊》，上海古籍出版社2008年版，第1479頁。
③ 玄應：《衆經音義》卷25，徐時儀：《一切經音義三種校本合刊》，上海古籍出版社2008年版，第502頁。
④ 陳壽祺撰，陳喬樅述：《韓詩遺説考》卷1之1，《續修四庫全書》，上海古籍出版社2002年影印清刻《左海叢書》本，第76册，第517頁。
⑤ 慧琳：《一切經音義》卷61，徐時儀：《一切經音義三種校本合刊》，上海古籍出版社2008年版，第1593頁。
⑥ 慧琳：《一切經音義》卷41，徐時儀：《一切經音義三種校本合刊》，上海古籍出版社2008年版，第1222頁。
⑦ 慧琳：《一切經音義》卷45，徐時儀：《一切經音義三種校本合刊》，上海古籍出版社2008年版，第1295頁。

5.《詩傳》云："析，分析也。"

按：見《一切經音義》卷六三"剖析"條①。此乃訓《齊風·南山》"析薪如之何"之文，《毛傳》全書於"析"字皆無訓，此訓"分析"，或出自《韓詩》。

6.《詩》云："娶妻如之何？"《傳》云："娶婦也。"

按：見《衆經音義》卷二四"娶妻"條②。此乃訓《齊風·南山》之文，陳喬樅謂："此句《毛詩》無《傳》，《釋文》云：'取，七喻反。'《衆經音義》曰：'取，七句切，取也。'引《詩》及《傳》云云。段氏玉裁曰：'元（即"玄"，避清聖祖諱而改）應所據《詩》與陸（德明）異，疑是《韓詩》。'"③

7.《毛詩傳》："（噎，）憂抑也。"

按：見《一切經音義》卷七九"噎不得納"條④。此乃訓《王風·黍離》"中心如噎"之文，《毛傳》云："憂不能息也。"此訓"憂抑"，與《毛傳》有別，或出自《韓詩》。

8.《詩》云："顏如渥赭。"《傳》曰："渥，厚也。"

按：見《衆經音義》卷九"豐渥"條⑤。此乃訓《秦風·終南》之文，《毛傳》無訓，或出自《韓詩》。另，《邶風·簡兮》"赫如渥赭"句下，《毛傳》云："渥，厚漬也。"未知玄應此處所引《詩傳》是否因誤記《簡兮》傳文所致。

---

① 慧琳：《一切經音義》卷63，徐時儀：《一切經音義三種校本合刊》，上海古籍出版社2008年版，第1633頁。

② 玄應：《衆經音義》卷24，徐時儀：《一切經音義三種校本合刊》，上海古籍出版社2008年版，第494頁。

③ 陳壽祺撰，陳喬樅述：《韓詩遺說考》卷2之2，《續修四庫全書》，上海古籍出版社2002年影印清刻《左海叢書》本，第76冊，第575頁。

④ 慧琳：《一切經音義》卷79，徐時儀：《一切經音義三種校本合刊》，上海古籍出版社2008年版，第1907頁。

⑤ 玄應：《衆經音義》卷7，徐時儀：《一切經音義三種校本合刊》，上海古籍出版社2008年版，第195頁。

9.《毛詩傳》云："甍，瓽甋也。"

按：見《一切經音義》卷九四"構甍"條①。此乃訓《陳風·防有鵲巢》之文，《毛傳》云："甍，瓴甋也。"此訓"瓽甋"，與《毛傳》有別，或出自《韓詩》。

10.《毛詩傳》云："未開曰芙蓉，已開曰菡萏。"

按：見《續一切經音義》卷二"菡萏"條、卷四"菡萏"條②。此乃訓《陳風·澤陂》"有蒲菡萏"之文，《毛傳》云："菡萏，荷華也。"與希麟所引大異，或出自《韓詩》。

11.《詩·曹風》曰："彼己之子，三百赤紱。"刺其無德居位者多也。

按：見《後漢書·東平憲王傳》李賢注③。陳喬樅謂："《毛詩》'己'作'其'，'紱'作'芾'，與此異。章懷太子所引蓋據《韓詩》也。"④

12.《詩傳》云："熠燿，鮮明也。"

按：見《衆經音義》卷十"熠燿"條⑤，亦見《一切經音義》卷三一"熠燿"條、卷四九"熠燿"條⑥。此乃訓《豳風·東山》"熠燿宵行"之文，《毛詩傳》云："熠燿，燐也，燐，螢火也。"此訓"鮮明"，與《毛傳》有別，或出自《韓詩》。

---

① 慧琳：《一切經音義》卷94，徐時儀：《一切經音義三種校本合刊》，上海古籍出版社2008年版，第2104頁。

② 希麟：《續一切經音義》卷2、卷4，徐時儀：《一切經音義三種校本合刊》，上海古籍出版社2008年版，第2222、2253頁。

③《後漢書》卷42，中華書局1965年版，第1436頁。

④ 陳壽祺撰，陳喬樅述：《韓詩遺說考》卷2之3，《續修四庫全書》，上海古籍出版社2002年影印清刻《左海叢書》本，第76冊，第595頁。

⑤ 玄應：《衆經音義》卷10，徐時儀：《一切經音義三種校本合刊》，上海古籍出版社2008年版，第208頁。

⑥ 慧琳：《一切經音義》卷31、49，徐時儀：《一切經音義三種校本合刊》，上海古籍出版社2008年版，第1051、1372頁。

13.《詩》:"百神廟皆曰祠。"

按:見《一切經音義》卷十三"法祠"條①。此乃訓《小雅·天保》"禴祠烝嘗"之文,《毛傳》云:"春曰祠。"此訓"百神廟",與《毛傳》有別,或出自《韓詩》。

14.《毛詩》云"卉木萋萋"也,《傳》云:"衆也。"

按:見《續一切經音義》卷四"卉木"條②。此乃訓《小雅·出車》之文,《毛詩傳》於"萋萋"無訓,此訓"衆也",或出自《韓詩》。

15.《毛詩傳》曰:"湑,浴也。"

按:見《一切經音義》卷二二"苦海淪湑"條③。此乃訓《小雅·蓼蕭》"零露湑兮"之文,《毛傳》云:"湑湑然蕭上露貌。"此訓"浴",與《毛傳》有別,或出自《韓詩》。

16.《毛詩傳》曰:"譽,謂人美稱揚也。"

按:見《一切經音義》卷二一"名譽"條④。此乃訓《小雅·蓼蕭》"是以有譽處兮"之文,《毛傳》無釋,此訓"人美稱揚",或出自《韓詩》。

17.《詩》云:"振旅闐闐。"言盛貌也。

按:見《一切經音義》卷三四"闐闐"條⑤。此乃訓《小雅·采芑》之文,《毛傳》云:"入曰振旅,復長幼也。"此訓"盛貌",與《毛傳》有別,或出自《韓詩》。

---

① 慧琳:《一切經音義》卷13,徐時儀:《一切經音義三種校本合刊》,上海古籍出版社2008年版,第526頁。
② 希麟:《續一切經音義》卷4,徐時儀:《一切經音義三種校本合刊》,上海古籍出版社2008年版,第2253頁。
③ 慧琳:《一切經音義》卷22,徐時儀:《一切經音義三種校本合刊》,上海古籍出版社2008年版,第882—883頁。
④ 慧琳:《一切經音義》卷21,徐時儀:《一切經音義三種校本合刊》,上海古籍出版社2008年版,第860頁。
⑤ 慧琳:《一切經音義》卷34,徐時儀:《一切經音義三種校本合刊》,上海古籍出版社2008年版,第1105頁。

18.《毛詩》云："惟石巖巖。"注云："峻也。"

按：見《續一切經音義》卷二"巖岫"條①。此乃訓《小雅·節南山》之文，《毛傳》云："巖巖，積石貌。"此訓"峻"，與《毛傳》有别，或出自《韓詩》。

19.《詩》云："正月繁霜。"《傳》曰："繁，多盛。"

按：見《衆經音義》卷二五"無繁"條②。此乃訓《小雅·正月》之文，《毛詩傳》云："繁，多也。"此訓"多盛"，與《毛傳》有别，或出自《韓詩》。

20.《毛詩傳》曰："吸，猶弘也。"

按：見《一切經音義》卷三一"吸鐵"條③，此乃訓《小雅·大東》"載翕其舌"之文，《毛詩》"吸"作"翕"，訓作"合也"，其用字及訓詁皆有别於《一切經音義》之引文，或出自《韓詩》。

21.《毛詩傳》曰："莠似禾而非禾，待穟出方知别也。"

按：見《一切經音義》卷一九"稗莠"條④，此乃訓《小雅·大田》"不稂不莠"之文，《毛傳》云："莠，似苗也。"此訓"似禾而非禾，待穟出方知别"，與《毛傳》有别，或出自《韓詩》。

22.《詩》云："彼發有的。"《傳》曰："的，射質也。"

按：見《衆經音義》卷二"中的"條⑤。此乃訓《小雅·賓之初筵》之文，"彼發"誤乙，應作"發彼"。《毛詩傳》云："的，質也。"此訓"射質"，較《毛傳》更詳，或出自《韓詩》。

---

① 希麟：《續一切經音義》卷2，徐時儀：《一切經音義三種校本合刊》，上海古籍出版社2008年版，第2232頁。
② 玄應：《衆經音義》卷25，徐時儀：《一切經音義三種校本合刊》，上海古籍出版社2008年版，第503頁。
③ 慧琳：《一切經音義》卷31，徐時儀：《一切經音義三種校本合刊》，上海古籍出版社2008年版，第1054頁。
④ 慧琳：《一切經音義》卷19，徐時儀：《一切經音義三種校本合刊》，上海古籍出版社2008年版，第824頁。
⑤ 玄應：《衆經音義》卷2，徐時儀：《一切經音義三種校本合刊》，上海古籍出版社2008年版，第45頁。

23.《詩》云："屢舞僛僛。"《傳》曰："僛僛，醉舞貌也。"

按：見《眾經音義》卷七"僛僛"條①。此乃訓《小雅·賓之初筵》之文，《毛詩傳》云："僛僛然。"此訓"醉舞貌"，與《毛傳》有別，或出自《韓詩》。

24.《詩》云："大任有娠。"《傳》曰："娠，動也。"

按：見《眾經音義》卷八"妊娠"條、卷一九"有娠"條②。此乃訓《大雅·大明》之文，《毛詩》"娠"作"身"，《毛詩傳》云："身，重也。"此作"娠"，訓"動也"，與《毛詩》經傳皆有別，或出自《韓詩》。

25.《詩傳》云："捫，摸，猶以手撫持也。"

按：見《一切經音義》卷一六"捫摸"條③。此乃訓《大雅·抑》"莫捫朕舌"之文，《毛傳》云："捫，持也。"此訓"摸，猶以手撫持"，與《毛傳》有別，或出自《韓詩》。

26.《詩傳》云："（削，）侵削也。"

按：見《一切經音義》卷六三"刷削"條④。此乃訓《大雅·桑柔》"亂況斯削"之文，《毛傳》無訓，此訓"侵削"，或出自《韓詩》。

27.《毛詩傳》云："贅，猶聚也。"

按：見《一切經音義》卷九四"贅疣"條⑤。此乃訓《大雅·桑柔》"亂況斯削"之文，《毛傳》云："贅，屬。"此訓"聚"，與《毛傳》有別，或出自《韓詩》。

---

① 玄應：《眾經音義》卷7，徐時儀：《一切經音義三種校本合刊》，上海古籍出版社2008年版，第156頁。

② 玄應：《眾經音義》卷8、19，徐時儀：《一切經音義三種校本合刊》，上海古籍出版社2008年版，第178、398頁。

③ 慧琳：《一切經音義》卷16，徐時儀：《一切經音義三種校本合刊》，上海古籍出版社2008年版，第775頁。

④ 慧琳：《一切經音義》卷63，徐時儀：《一切經音義三種校本合刊》，上海古籍出版社2008年版，第1634頁。

⑤ 慧琳：《一切經音義》卷94，徐時儀：《一切經音義三種校本合刊》，上海古籍出版社2008年版，第2114頁。

第 三 章

《韓詩》文體與闡釋考

　　《韓詩》學派著述衆多，在不同的文體風格的規約之下，這些著作呈現出迥然有別的文本特質。只有對《韓詩》不同著作的文體特點有所把握，才能夠深入理解這些著作的性質問題，以及與之相關聯的闡釋風格。所以對《韓詩》著作的問題進行研究，是進一步解決後續諸多問題的必由之路。

　　前賢對於《韓詩》學派著作的文體研究雖然並不系統，但其基本預設已經形成，這可以較爲集中地概括以下兩個方面：（一）《韓詩內傳》是訓詁《韓詩經》的著作；（二）《韓詩章句》是解釋《韓詩內傳》的著作。筆者之所以稱其爲"基本預設"，主要是因清人對此沒有進行系統論述，而是直接視爲不證自明的論斷，並在此基礎上展開了對《韓詩》遺說的研究。但事實上，只要綜合考慮原始文獻、傳世遺說等材料，便可發現清人的上述基本預設皆存在商榷的餘地，無法作爲後續研究的基點。職是之故，本章將對文本傳世相對豐富的《韓詩內傳》《韓詩外傳》《韓詩章句》的文體特點進行考察，在歸納其文體特點的同時，進一步分析這些特點對這些著作帶來的影響，諸如對文本產生的規約作用，對文學意味生成所產生的影響等等。對於其他無佚文傳世或少量佚文傳世的《韓詩》著作，由於在客觀上已經不具備討論其文體特點的文本基礎，本節只能付之闕如，這是必須要預先聲明的。

第一節 《韓詩內傳》《韓詩外傳》《韓詩章句》的文體特徵

在《韓詩》學派的著作中,《韓詩內傳》《韓詩外傳》是"傳"體著作,《韓詩章句》是"章句"體著作,它們雖然皆是呈現《韓詩》學術特色的著作,但由於性質不同,其表現形式和風格亦有不同,存在深入分析的必要。對"傳"和"章句"的文體特徵進行辨析,既可以澄清這些著作的各自性質,又可以對前人的部分誤解進行糾正,進而爲更加細緻地探究《韓詩》不同著作的特色提供良好的基礎。

一 《韓詩內傳》《韓詩外傳》的"傳"體特徵

"傳"作爲釋經文體之一,在漢代非常流行。《漢書·藝文志》曾著録過多種"傳"體著作,與《韓詩》相關的有兩部,即韓嬰所撰《韓詩內傳》與《韓詩外傳》。後者傳世至今,其文體面貌爲學界所熟識,可暫置不論。本節要著重討論的是《韓詩內傳》。此書雖已亡佚,但其保留下來的十餘條可靠的佚文,在探討其文體特徵時,仍然可以作爲最直觀有力的證據,因爲文本是反映著作面貌的核心載體。但遺憾的是,清人在論述《韓詩內傳》的性質問題之前,並未對《內傳》的佚文進行嚴謹可靠的考辨與輯録,因此多數判斷較爲浮泛,難以切中肯綮(詳下)。本書有鑒於此,在本章討論《內傳》的文體特徵之前,已於前一章第二節專就《內傳》佚文的相關問題進行了考辨,並輯出該書佚文十三則,從而爲本章的論述奠下文本基礎。

清人對《韓詩內傳》的最大誤解,是將此書視爲對《韓詩經》進行訓詁的著作(下文稱"《內傳》訓詁説")。之所以會形成這樣一種認識,應與清人心目中的"內""外"對立的觀念息息相關。

由於他們見到的《韓詩外傳》並非訓詁著作，所以在討論《韓詩内傳》的性質問題方面，出於"内""外"相對的考慮，他們自然便發展出《韓詩内傳》是訓詁著作的看法。這一誤解，主要表現在以下三個方面：**第一，清代產生的一系列以《韓詩》訓詁類遺説爲輯録對象的輯本，不少以"韓詩内傳"命名**。如邵晋涵《韓詩内傳攷》、宋綿初《韓詩内傳徵》、黄奭《韓嬰詩内傳》等，這種題名方式本身即反映出在輯家的心目中，《韓詩内傳》乃訓詁類著作。**第二，在具體的輯佚實踐中，幾乎所有輯家均將《韓詩内傳》佚文置於他們推定的經文之下，儼然形成《内傳》訓釋經文的面目**。如宋綿初於《韓詩·斯干》"乃生男子"句下輯《韓詩内傳》云："太子生，以桑弧蓬矢六，射天地四方，明當有事天地四方也"[1]，再如陳壽祺、陳喬樅父子於《韓詩·雲漢》"圭璧既卒"句下輯《韓詩内傳》云："天子奉玉升柴，加於牲上"[2]，皆極力建立《内傳》與經文的關聯，這當然是深受"《内傳》訓詁説"的驅使而做出的判斷。**第三，對於無法判定具體歸屬的《韓詩》訓詁類遺説，輯家往往視其爲《韓詩内傳》之文**。如《王風·中谷有蓷》，臧庸據陸璣《毛詩草木鳥獸蟲魚疏》輯《韓詩》遺説云："蓷，益母。"因其與《經典釋文》所引《韓詩》"蓷，茺蔚也"不同，故在毫無依據的前提下，推斷訓"益母"者"蓋《内傳》"[3]，其中顯然暗含着《内傳》訓經的觀念（以"益母"訓經文之"蓷"）。上述三方面内容，皆或隱或顯地傳遞出《内傳》訓解《韓詩經》的訊息，對後世產生了不容忽視的影響。學問淹博的民國史家吕思勉先生曾以極扼要的語句介紹韓嬰所作《内傳》與《外傳》："《外傳》係韓嬰所記，皆推論

---

[1] 宋綿初：《韓詩内傳徵》卷3，《續修四庫全書》，上海古籍出版社2002年影印乾隆六十年（1795）志學堂刻本，第75册，第103頁。

[2] 陳壽祺撰，陳喬樅述：《韓詩遺説考》卷4之3，《續修四庫全書》，上海古籍出版社2002年影印清刻《左海叢書》本，第76册，第701頁。

[3] 臧庸：《韓詩遺説》卷上，《叢書集成初編》，中華書局1985年版，第1746册，第15頁。

義理，而名物訓詁則均在《內傳》。"① 這一論斷，很能概括清人對《內傳》性質的判定②。時至上世紀 60 年代，海外仍然不乏接受此説的學者，如日人西村富美子即謂："我認爲《內傳》不同於《外傳》，它是一本將重點放在訓詁方面的書。"③ 由此可見，這一誤解無論在時間還是空間上，都産生了重要的影響，所以必須就該問題予以澄清，才能繼續深入地研究該書其他相關問題。

事實上，清人雖然幾乎異口同聲地認定《內傳》乃就《韓詩經》進行訓詁之書，但在他們的實際研究中，已經陷入了無法自圓其説的困境之中。例如臧庸對於《白虎通》所引《內傳》佚文"孔子爲魯司寇，先誅少正卯"及《大戴禮記》盧辯注引《內傳》佚文"鷦鴟胎生也"等材料，便感到無法找出與之相應的經文，所以只好置入"未詳所屬"之列④。臧庸是力主"《內傳》訓詁説"的學者，但他在該説的指引下，竟走進《內傳》無法訓詁經文的境地，實在是莫大的諷刺。以此可見，"《內傳》訓詁説"的擁護者，根本無法解决此説在其具體輯佚實踐中帶來的危機，這恰好説明"《內傳》訓詁説"是不成熟的論點。

如果繼續對有關《韓詩內傳》的最原始史料記錄展開調查，更可以發現"《內傳》訓詁説"根本無法成立。這一認識，完全導源於以下兩條史料的介紹：

韓生者，燕人也。孝文帝時爲博士，景帝時爲常山王太傅。

---

① 吕思勉：《羣經概要》第 2 節，《中國文化思想史九種》，上海古籍出版社 2009 年版，第 77 頁。

② 以下兩篇文獻也涉及了相似的觀點，可一併參閱：陳澧《東塾讀書記》第 6 篇，生活·讀書·新知三聯書店 1998 年版，第 107—108 頁；余嘉錫《古書之分內外篇》，《古書通例》卷 3，上海古籍出版社 1985 年版，第 109—118 頁。

③ 西村富美子：《韓詩外傳の一考察——説話を主體とする詩傳の持つ意義》，《中國文學報》第 19 册，1964 年，第 4 頁。

④ 臧庸：《諸書引〈韓詩〉未詳所屬者十七條附録于後》，《韓詩遺説》附録，《叢書集成初編》，中華書局 1985 年版，第 1746 册，第 57 頁。

韓生推《詩》之意而爲《内》《外傳》數萬言，其語頗與齊、魯間殊，然其歸一也。（《史記·儒林列傳·韓生》）

漢興，魯申公爲《詩》訓故。而齊轅固、燕韓生皆爲之作《傳》，或取《春秋》，采雜説，咸非其本義。（《漢書·藝文志》）

兩條材料側重點各異，須略作分疏。第一條材料首次對《韓詩内傳》與《韓詩外傳》的性質問題作出了介紹，韓嬰"推《詩》之意而爲《内》《外傳》數萬言"之語，足以表明《韓詩内傳》與《韓詩外傳》皆爲韓嬰"推《詩》之意"而作，二書在性質上並不存在差異，楊樹達由此得出"《内傳》本同《外傳》之體裁"[①] 的結論，確然不移。司馬遷的這一記載具有特殊的史料價值。因爲雖然韓嬰生卒不可確考，司馬遷生卒亦存在爭議，但《漢書·儒林傳》記載過韓嬰與董仲舒在武帝面前有過廷辯，《漢書·司馬遷傳》記載司馬遷在武帝面前爲李陵辯護，可知二人的活動時間有所重疊，不存在徹底的隔層，所以他對韓嬰著作的觀察是非常可靠的，同時也是無比珍貴的。但司馬遷提供的史料，只能證實《韓詩内傳》與《韓詩外傳》性質相同，對於二書性質的具體内蘊，則僅以"推《詩》之意"四字帶過，不免太過簡略，仍需續加探賾，才能洩其餘蘊。《史記》的"推《詩》之意"，在《漢書·儒林傳·韓嬰》中被表述爲"推詩人之意"[②]，對於這一處差異，已有學者進行過細緻的探討[③]。但必須注意的是，以上兩種表述，皆保留了最能反映《韓詩内傳》《韓詩外傳》本質特徵的"推"字。只有正確理解"推"字之義，才能徹底瞭解《韓詩内傳》的具體性質，而這恰好需要藉助第二條材料提供的信息。第二條材料記叙了漢興以來的官方《詩》學概貌，並以"或取《春秋》，采雜説，咸非其本義"來

---

① 楊樹達：《〈韓詩内傳〉未亡説》，《積微居小學金石論叢》卷5，上海古籍出版社2014年版，第218頁。
② 《漢書》卷88，中華書局1962年版，第3613頁。
③ 袁長江：《説〈韓詩外傳〉》，《中國韻文學刊》1996年第1期，第10—11頁。

評價轅固與韓嬰所撰之《傳》，轅固之《傳》係指荀悦《漢紀》記載的《齊詩內傳》與《齊詩外傳》①，韓嬰之《傳》當然是《韓詩內傳》與《韓詩外傳》。班固雖然未像司馬遷那樣與韓嬰同時，但他提供的這條史料，在價值上並不亞於《史記》，因爲班固親自閲讀過《韓詩內傳》（這由其《白虎通義》曾多次引及《內傳》可知），所以他在《漢書·藝文志》中對於《韓詩內傳》所下的判斷是相當可信的。綜上所述，與韓嬰時代相交的司馬遷介紹了《韓詩內傳》與《韓詩外傳》乃性質相同的著作，親自閲讀過《韓詩內傳》的班固又明確評價該書"或取《春秋》，采雜説"，由於司馬遷與班固提供的史料具有無可替代的可靠性，所以統合二氏所言，只能推出下述結論：《韓詩內傳》與《韓詩外傳》性質相同，二者俱爲"推《詩》之意而作"，而"推《詩》"所用的主要方法則是"或取《春秋》，采雜説"，呈現的面貌則是"非其本義"。明人黄佐《詩傳通解自序》云："他如《齊詩》之'五際'，《韓詩》之二《傳》，皆非本義。"②既將《韓詩》之《內傳》《外傳》視爲統一的整體，又論及二書"皆非本義"，適將司馬遷、班固提供的史料煉造爲最簡約的結論。"皆非本義"的根源，自然因《韓詩》之《內傳》《外傳》意在"推《詩》"，而非注《詩》、解《詩》，"推"義爲推演，王先謙所謂"《內、外傳》皆韓氏依經推演之詞"③，堪稱一語中的。

---

① "齊人轅固生爲景帝博士，作《詩外、內傳》。"見荀悦《漢紀》卷25，中華書局2017年版，第435頁。陸德明謂："齊人轅固生作《詩傳》，號《齊詩》。"見《經典釋文》卷1，中華書局1983年影印納蘭性德通志堂刻本，第9頁。統稱"《詩傳》"，是合《齊詩內傳》《齊詩外傳》而言。

② 轉引自朱彝尊撰，林慶彰、蔣秋華、楊晋龍、馮曉庭主編《經義考新校》卷113，上海古籍出版社2010年版，第2101頁。

③ 王先謙補注：《漢書補注》本志卷10，上海古籍出版社2008年版，第2915頁。但不知何故，王氏在撰寫《詩三家義集疏》時，似乎又將《內傳》視爲訓詁之作，頗爲吊詭。如《鄭風·大叔于田》："叔于藪。"王氏自《經典釋文》輯《韓詩》遺説曰："禽獸居之曰藪。"按語云："《釋文》引《韓詩》文，蓋《內傳》也。"見《詩三家義集疏》卷5，中華書局1987年版，第340頁。《釋文》所載顯係訓詁語，而王氏定爲《內傳》，與其所持《內傳》爲"依經推演"之作的看法相抵牾。

由此可見，《韓詩內傳》的性質問題本不成其爲問題，因爲可靠的第一手史料早已對其性質進行過準確的介紹，原無產生歧解的餘地。可惜清人執著於"內""外"之別，將訓詁著作的標籤強加於《內傳》之上，造成了不必要的誤解，且在《韓詩》研究中形成了一系列的誤判。現在回到本節起首關於清人誤解《韓詩內傳》爲訓詁著作的三種表現，便皆有重新檢討之必要：第一，《韓詩內傳》既然爲推演類著作，自然不宜作爲《韓詩》訓詁類遺說輯本之名，所以《韓詩內傳考》《韓詩內傳徵》等題名方式實際皆有名不副實之嫌。第二，《韓詩內傳》與《韓詩外傳》同爲推演著作，顯然不以訓釋具體經文爲要，故不宜將其佚文散入經文之下。第三，《韓詩內傳》以推演爲代表特色，所以不明具體歸屬的《韓詩》訓詁類遺說定非《內傳》之文，考慮到《韓詩》學派的訓詁著作只有《韓詩章句》亡佚最晚，故後世徵引的《韓詩》訓詁遺說多爲《章句》之文。臧庸因《毛詩草木鳥獸蟲魚疏》所載"萑，益母"之訓有別於《經典釋文》所引"萑，茺蔚也"，即斷定前者爲《內傳》，這是深受《內傳》釋經觀念的影響。事實上，這兩條遺說雖然內容有別，却完全有可能皆出於《章句》。考《神農本草經》卷二《上品》"茺蔚子"條云："茺蔚子，一名益母。"① 可見茺蔚與益母實乃一物，存在互訓的關係，故頗疑《韓詩章句》之文原作："萑，益母。益母，茺蔚也。"陸璣節引"益母"之訓，陸德明則節引"茺蔚"之訓。這種連環闡釋的模式，在漢人解經著作中可以獲得印證，如《周南·芣苢》："采采芣苢。"《毛傳》即解爲："芣苢，馬舄。馬舄，車前。"就此節注文來看，無論引作"芣苢，馬舄"還是"芣苢，車前"，皆爲《毛詩傳》之文，二者內容雖然不同，却不能斷定出自不同來源。同時，臧庸無法安置於經文之下的《內傳》佚文，也不再是問題，因爲《內傳》並非對《韓詩經》進行訓詁的著作，不必

---

① 馬繼興：《神農本草經輯注》卷2，人民衛生出版社2013年版，第45頁。

像其他訓詁經書的著作那樣，將訓詁的文句繫於經文之下。綜上可見，若不明《韓詩內傳》的本質屬性，一系列與之相關的問題將得不到正確的解釋。

在《內傳》"依經推演"的性質得到澄清之後，還可附加討論其與《外傳》的差異。傳統觀點以《內傳》主訓詁，故距離《詩經》本義較近；《外傳》主推演，故距離《詩經》本義甚遠。依此說，則內、外之別在于距離《詩》本義之遠近。此說建立在《內傳》爲訓詁著作的基礎上，其不確之處已見上辯，兹不贅。徐復觀則提出了另一種推測："先成的部分，稱之爲內；補寫的部分，便稱之爲外。所謂內外者，不過僅指寫成的先後次序而言。"① 按此說亦不可從。古書之分內外，未嘗有以"寫成的先後次序"爲據者，晉人葛洪的《抱朴子外篇》即撰成於《內篇》之前②，此足證徐說之無稽。考《抱朴子》內外之分，按葛洪自己的解釋，實在於"《內篇》言神仙、方藥、鬼怪、變化、養生、延年、禳邪、却禍之事，屬道家；其《外篇》言人間得失，世事臧否，屬儒家"③。而在道、儒二家之間，葛洪更傾向於道家，其因"世儒徒知服膺周、孔，桎梏皆死，莫信神仙之事，謂爲妖妄之説"，故撰《內篇》，用以"使來世好長生者，有以釋其惑"④。可見《內篇》之作，實出於對"服膺周、孔"的崇儒之風的反動，而其終極目的則是闡述道教理論，使觀者起信。很明顯，此處的內、外之別，體現了作者對其心目中的主流學術與支流學術所作的軒輊。而這一傳統，早在先秦兩漢時

---

① 徐復觀：《〈韓詩外傳〉的研究》，《兩漢思想史》第3册，九州出版社2014年版，第10頁。

② 葛洪在《抱朴子内篇·黄白》回擊世俗對他的攻訐之時，曾言"余所著《外篇》及雜文二百餘卷，足以寄意於後代，不復須此"，參見王明《抱朴子内篇校釋》卷16，中華書局1985年版，第283頁。可知《內篇》寫作之時，"《外篇》及雜文二百餘卷"已經完成。

③ 楊明照：《抱朴子外篇校箋》（下册）卷50，中華書局1997年版，第698頁。

④ 葛洪：《抱朴子内篇序》，載王明《抱朴子内篇校釋》附録，中華書局1985年版，第368頁。

代便已形成。例如漢淮南王劉安有《淮南内篇》與《外篇》，顏師古注："《内篇》論道，《外篇》雜説。"① 淮南王對於神仙方術的喜愛，是秦漢史中的常識，其將"論道"之文歸爲"内"而雜説之類則名爲"外"，可見《内篇》代表了他認可的主流學術，而《外篇》則爲支流學術的彙編，其内外之分與《抱朴子》先後合符。再如劉向校勘《晏子春秋》時分其書爲《内篇》六卷與《外篇》二卷，其所作書録謂《内篇》"皆忠諫其君，文章可觀，義理可法，皆合六經之義"，而《外篇》二卷則一爲"又有複重，文辭頗異"而一爲"又有頗不合經術，似非晏子言，疑後世辯士所爲者"②。劉向從儒家立場出發，將晏子符合儒家理念的文本編爲《内篇》，而將除此之外的内容編爲《外篇》，體現的仍是主流學術與支流學術的差異。最能呈現古籍内外之分的著作，當屬《莊子》的《内篇》與《外篇》，前者爲莊子自作，是最能代表莊子思想的部分，而後者則是莊子後學的引申之作，顯然未若《内篇》醇厚。上揭諸例，均可證明古書之"内"體現的是作者或編者觀念中的主流學術，在其學術思想中居於核心地位；而"外"呈現的則是作者或編者觀念中的支流學術，在其學術思想中居於從屬地位。韓嬰的《韓詩内傳》與《韓詩外傳》亦以"内""外"名書，自然與上述風氣不無關聯。

所以，在分析《韓詩内傳》與《外傳》之別時，若能將韓嬰儒家經師的身份與古書内、外篇的劃分通例結合起來，便可對二書的差別收穫全新的理解，即《内傳》的"依經推演"，所用材料大抵圍繞儒家學派（詳下文）；《外傳》的"依經推演"，則突破了儒家

---

① 《漢書》卷30，中華書局1962年版，第1741—1742頁。
② 劉向：《晏子書録》，載張純一《晏子春秋校注》卷首《總目》，中華書局2014年版，第7頁。

的範圍，還包含道家、陰陽家、名家、法家等内容①，一如内藤湖南（1866—1934）所言，書中"有許多是對戰國以後各種事實的傳説，例如那些與《左傳》《國語》所載内容類似的佚事、雜説"②。所以《外傳》的踳駁龐雜，必須從古書通例中"外"的本質特徵分析，始能得到最根本的理解。

現專從《韓詩内傳》的可靠佚文入手，論述其與儒家學派諸多要素的緊密關聯，以證實《韓詩内傳》對《詩經》的推演，的確是以韓嬰的主流學術——儒學——爲中心開展的，這一個案亦可再一次印證古書之"内"偏向主流學術，而"外"則偏向支流學術。總體而言，《韓詩内傳》推演《詩經》的材料，多數是圍繞儒家禮制、儒家聖人和儒家思想展開。兹舉數例以證之：

講述儒家禮制之例，如《白虎通》卷一引《韓詩内傳》曰："諸侯世子三年喪畢，上受爵命于天子。所以名之爲世子何？言欲其世世不絕也。何以知天子？子亦稱世子也。"陳立注云："諸侯薨，使臣歸瑞珪于天子，故嗣君除喪之後，上受爵命于天子也。禮有受命，無來錫命。"③講述的是諸侯薨後，嗣子即位的相關規矩，遵循

---

① 對《韓詩外傳》道家思想的評述，可參看徐復觀《〈韓詩外傳〉的研究》，《兩漢思想史》第3册，九州出版社2014年版，第25頁；吉田照子《〈韓詩外伝〉と老莊思想》，《福岡女子短大紀要》第70號，2007年，第89—101頁。對《外傳》的法家思想進行的研究，可參看金春峰《漢代思想史》（增補第三版），中國社會科學出版社2012年版，第89頁。對《外傳》所沾有的陰陽家習氣的考察，可見劉毓慶、郭萬金《從文學到經學：先秦兩漢〈詩經〉學史論》卷3，華東師範大學出版社2009年版，第237—238頁。此外，錢穆先生在1932年《致胡適書》中曾説："漢人講《易》、講《詩》、講《春秋》，乃至于講《尚書》，雖則在他們手裏得到的是古書，而在他們並世所聽到的一切學界的説法，只是那一套。即是六國末乃至秦的所謂陰陽五行黄老家言，方士神仙、封禪、明堂，稍進則爲申韓法家。"見《素書樓餘瀋》，《錢賓四先生全集》，臺北聯經出版公司1998年版，第53册，第189—190頁。此説爲《外傳》出現的"陰陽五行黄老家言""申韓法家"等内容提供了學術史背景下的解釋。

② 内藤湖南：《中國史學史》第4章第4節，馬彪譯，上海古籍出版社2016年版，第59頁。

③ 陳立：《白虎通疏證》卷1，中華書局1994年版，第29—30頁。

的是嚴格的儒家禮制。再如《白虎通》卷九引《韓詩內傳》曰："太子生，以桑弧蓬矢六，射上下四方，明當有事天地四方也。"陳立注云："天子太子既生，既有告天地之禮，則諸侯世子生，雖非君薨之後，亦宜有告山川社稷之禮。"① 涉及的是儒家對皇室禮教的解讀。它如《六臣注文選·魏都賦》劉良注引《韓詩內傳》曰："王者舞六代之樂，舞四夷之樂，大德廣之所及。"② 此乃就儒家所標舉的王者之樂進行的介紹，何休《春秋公羊傳解詁》於昭公二十五年"以舞大夏"句下亦云："舞四夷之樂，大德廣及之也。"③ 足見此說已爲儒家學派所接受。而杜佑《通典》卷四九引《韓詩內傳》云："禘，取毀廟之主，皆升合食于太祖。"④ 則是就禘禮進行的描述，與《禮記·中庸》"郊社之禮，禘嘗之義"相通，亦屬儒家禮教之畛域。《太平御覽》卷八三一引《韓詩內傳》云："春曰畋，夏曰獀，秋曰獮，冬曰狩。"⑤ 是就大蒐禮進行的介紹，與《周禮·大司馬》相吻合⑥。劉毓慶、郭萬金在研究秦漢《詩經》學時，亦曾指出"以禮説《詩》，這應該是《韓詩內傳》說詩的一個特點"⑦，洵具隻眼。

介紹儒家聖人之例，如應劭《風俗通義》卷十引《韓詩內傳》云："舜漁雷澤。"⑧ 文本雖脫略過重，但仍可知此文乃就舜的事跡進行的介紹，舜乃儒家標舉的聖王形象，《韓詩內傳》的這處介紹顯然

---

① 陳立：《白虎通疏證》卷9，中華書局1994年版，第408頁。
② 《六臣注文選》卷6，中華書局1987年影印涵芬樓所藏宋刊本，第132頁。
③ 《春秋公羊傳注疏》卷24，阮元校刻：《十三經注疏》，中華書局2009年影印清嘉慶刻本，第5059頁。
④ 《通典》卷49，中華書局1988年版，第1380頁。
⑤ 《太平御覽》卷831，中華書局1960年重印涵芬樓影印宋本，第3707頁。
⑥ 詳參楊寬《"大蒐禮"新探》，《古史新探》，上海人民出版社2016年版，第260—284頁。
⑦ 劉毓慶、郭萬金：《從文學到經學：先秦兩漢〈詩經〉學史論》卷3，華東師範大學出版社2009年版，第239頁。
⑧ 王利器：《風俗通義校注》卷10，中華書局2010年版，第477頁。

與儒家有關。另如《白虎通》卷五引《韓詩内傳》曰："孔子爲魯司寇，先誅少正卯。謂佞道已行，亂國政也；佞道未行，章明，遠之而已。"① 此文講述的是孔子事跡，也屬於對儒家標舉的聖人階層的介紹。雖然《内傳》存世佚文極少，但無論是對舜還是孔子的介紹，皆已彰顯了《内傳》的儒家立場。《太平御覽》卷八三引《韓詩内傳》曰："湯爲天子十三年，年百歲而崩，葬於徵。"② 則是對儒家推崇的另一位聖王商湯的介紹，亦可展現《内傳》所持的儒家立場。就史源而言，舜漁雷澤事，見於《墨子·尚賢下》③；孔子誅少正卯事，則見《荀子·宥坐》④。

宣揚儒家思想之例，如《白虎通》卷七引《韓詩内傳》曰："師臣者帝，友臣者王，臣臣者伯（霸），魯（虜）臣者亡。"⑤ 這是對儒家尊師重道思想的闡述，相似的表達已先見於1973年出土的馬王堆帛書《稱》："帝者臣，名臣，其實師也；王者臣，名臣，其實友也；霸者臣，名臣也，其實賓也；危者臣，名臣也，其實庸也；亡者臣，名臣也，其實虜也。"⑥ "《稱》主旨是通過對陰陽、雌雄節、動靜、取予、屈伸、隱顯、實華、強弱、卑高等矛盾對立轉化關係的論述，爲人們權衡選出最有效的治國修身的方案"⑦，雖看似爲道家文獻，但不乏表述儒家思想内容的部分，上舉尊師重道即爲顯例。

行文至此，《内傳》所持的儒家立場已相當明晰，這些佚文或言禮制，或叙故實，顯非訓詁《詩經》之作，却與《史記·儒林傳》

---

① 陳立：《白虎通疏證》卷5，中華書局1994年版，第217頁。
② 《太平御覽》卷83，中華書局1960年重印涵芬樓影印宋本，第389頁。
③ 吴毓江撰，孫啓治點校：《墨子校注》（中華書局1993年版）卷二，第97頁。
④ 王先謙：《荀子集解》卷20，中華書局1988年版，第520—521頁。
⑤ 陳立：《白虎通疏證》卷7，中華書局1994年版，第326頁。
⑥ 佚名：《稱》，裘錫圭主編：《長沙馬王堆漢墓簡帛集成》，中華書局2014年版，第4册，第176—177頁。
⑦ 陳鼓應：《先秦道家研究的新方向》，《黄帝四經今注今譯》卷首，中華書局2016年版，第2—3頁。

所言《内傳》"推詩之義"的記載若合符節。同時值得注意的是，上引《内傳》佚文多别見於其他先秦典籍，這再次證明了《内傳》與《外傳》"依經推演"的材料來源均爲前代典籍，所别僅在前者圍繞儒家而後者則兼收並蓄。

經過以上論述，可以將《韓詩内傳》的性質定義爲：**一部基於儒家立場的通過採擇前代文獻來推演《詩經》的著作**。這一定義係據原始史料、真實文本及古書通例之綜合分析而來，於《内傳》根本性質之論定，雖不中亦不甚遠。與之相對，**《韓詩外傳》也是利用前代文獻來推演《詩經》的著作，只是取材更加寬泛，不囿於儒家**。這一特性在今本《外傳》中體現得相當充分，前人謂其"非嬰傳《詩》之詳者"①，"非解經之深者"②，"多雜説，不專解《詩》"③，"多奄取荀卿書，與《賈子》《説苑》、戴德《記》相出入"④，都指出了該書駁雜的内容及其與《詩經》的疏離，這正是"外"的當行本色，限於篇幅，本書不再舉證論述了。趙翼云："古人著書，凡發明義理，記載故事，皆謂之傳。"⑤ 作爲"傳"體著作的《韓詩内傳》與《韓詩外傳》皆包含"發明義理，記載故事"的成分，趙翼之言放在此處，真可謂曲終奏雅。

二 《韓詩章句》的"章句"體特徵

《韓詩内傳》的性質問題曾經歷過一番複雜的誤解，藉助史料記載、古書通例及傳世佚文始能加以澄清。《韓詩章句》則自始便未遭遇上述困擾，這當然是由於該書保留在古籍中的佚文較多，且訓釋

---

① 《歐陽脩全集》卷124《崇文總目叙釋》，中華書局2001年版，第1881頁。
② 晁公武撰，孫猛校證：《郡齋讀書志校證》卷2，上海古籍出版社1990年版，第64頁。
③ 陳振孫：《直齋書錄解題》卷2，上海古籍出版社2015年版，第35頁。
④ 沈欽韓：《漢書藝文志疏證》卷1，王承略、劉心明主編：《二十五史經籍藝文志考補萃編》，清華大學出版社2011年版，第2卷，第24頁。
⑤ 趙翼：《陔餘叢考》卷5，上海古籍出版社2011年版，第78頁。

經文的特點極爲明顯，不存在被誤解的條件。

不過，這並不代表前人對《章句》一書的方方面面皆有正確的認識。在《韓詩》輯佚蔚成風氣的清代，不少學者就曾將《韓詩章句》視爲解讀《韓詩内傳》的著作。例如《文選·西京賦》李善注云："《韓詩》曰：'綠蕁如蕢。'蕢，積也。薛君曰：蕢，綠蕁盛如積也。"① 臧庸云："李善首引經文，次引此三字，次引薛君曰云云，則此是韓嬰《内傳》。"② 這顯然便體現了《内傳》解《韓詩經》而《章句》解《内傳》的看法。再如《文選·文賦》李善注引《韓詩章句》云："靡，好也。"③ 陳喬樅置之於《小雅·巷伯》"萋兮斐兮，成是貝錦"句下，謂："'斐'字，《韓詩内傳》當訓爲'靡'，故薛君《章句》申釋之曰'好也'。"④ 體現的顯然也是《内傳》以"靡"解《韓詩經》之"斐"、《章句》則以"好"字"申釋"《内傳》的邏輯。此類例證頗多，不煩贅舉。清儒之所以會有上述觀點，一方面固然與他們將《韓詩内傳》誤認爲訓詁著作有關，另一方面則暴露出他們對於《韓詩章句》的本質屬性缺乏根本的理解。由此看來，《韓詩章句》的本質屬性仍存在進一步討論的必要。

"章句"在中國傳統學術中佔有重要地位。黄侃（1886—1935）論《文心雕龍·章句》曾云："凡爲文辭，未有不辨章句而能工者也；凡覽篇籍，未有不通章句而能識其義者也。故一切文辭學術，皆以章句爲始基。"⑤ 黄氏對秦漢經籍極其諳熟，發爲斯論，足見"章句"實爲進入中國傳統學術世界之鎖匙。前人對"章句"的本質特徵有所涉及，且對章句的解讀對象進行過明確的記録，早者如

---

① 《六臣注文選》卷2，中華書局1987年影印涵芬樓所藏宋刊本，第47頁。

② 臧庸：《韓詩遺説》卷上《叢書集成初編》，中華書局1985年版，第1746册，第12頁。

③ 《六臣注文選》卷17，中華書局1987年影印涵芬樓所藏宋刊本，第313頁。

④ 陳壽祺撰，陳喬樅述：《韓詩遺説考》卷3之2，《續修四庫全書》，上海古籍出版社2002年影印清刻《左海叢書》本，第76册，第635頁。

⑤ 黄侃：《文心雕龍札記》，中華書局1962年版，第125頁。

漢人趙岐《孟子章句題辭》述其所作章句"具載本文，章別其指"①，沈欽韓所謂"章句者，經師指括其文，敷暢其義，以相教授"②即與趙氏同義；遲者如《後漢書·桓譚傳》李賢注："章句，謂離章辨句，委曲枝派。"③"離章辨句"指出章句包含"離章"與"辨句"兩個環節，按胡樸安（1878—1946）的解釋，前者指"將古書一篇分爲若干段落"，後者指"於一篇之中畫其節目，再於一節之中析其句讀"④，故吕思勉先生謂"章句之朔，即今符號之類耳"⑤。趙岐側重於章句在内容上的特點，李賢則側重於章句在形式上的功能，二氏切入點雖有不同，但"具載本文""離章辨句"云云顯然皆指出了章句是直接針對經書本文而起的。

但前人對於章句之體的涉及往往較爲零散，不够系統。真正就章句之體作出細緻又深刻的論述的學者，應推已故復旦大學教授蔣天樞（1903—1988）先生。蔣先生在《論〈楚辭章句〉》中專辟一節，討論"章句之體制"，盡發其餘藴：

> "兼備衆説"實爲"章句"之方法。漢人"章句"之所以繁至數十萬言、百萬言，其故蓋基於此。……漢人所爲"章句"，亦有不傾向於"枝葉蕃滋"者。叔師之爲《楚辭章句》，即具"兼備衆説"之體，復要括不繁，則漢人所謂"小章句"者是也。……"章句"之又一特點，爲"具載經文"。《漢書·藝文志》著録古經，於各經經、傳、解故等書，皆分別單行，獨"章句"則"具載本文"，不與其他"故""傳"同。蓋漢

---

① 趙岐：《孟子題辭》，載焦循：《孟子正義》卷1，中華書局1987年版，第26頁。
② 沈欽韓：《漢書藝文志疏證》卷1，王承略、劉心明主編：《二十五史經籍藝文志考補萃編》，清華大學出版社2011年版，第2卷，第15頁。
③ 《後漢書》卷28上，中華書局1965年版，第955頁。
④ 胡樸安：《古書校讀法》，江蘇古籍出版社1985年版，第118、120頁。
⑤ 吕思勉：《章句論》，《文字學四種》，上海教育出版社1985年版，第7頁。

人章句之學，本供講說與"讀本"之需，既具專家之學，亦寓普及之義，則今所謂講義、教本者有所近似。采用此種形式以釋經，其起殆在宣帝之世。《漢書·夏侯勝傳》既叙夏侯建"從五經諸儒問，與《尚書》相出入者，牽引以次章句"，復言其"具文飾説"。"具文"者，謂所爲"章句"書，具列全部經文；"飾説"，則言其牽引衆説以次章句，繁飾其辭而爲之説也。①

筆者之所以詳引此文，是因其雖本就《楚辭章句》而發，但語語關涉《韓詩章句》的若干本質特點，這實因"章句"體裁使然。但國内學界論章句者於此文缺乏關注，最初認識其價值者反出於日本學界②，這確是一個不小的遺憾。在上引文中，蔣先生梳理了漢儒所撰"章句"採用的方法、呈現的面貌，以及文本的構成，並論述了與之相關的學術史歷程，可謂洞燭幽微，盡發其覆。兹結合《韓詩章句》傳世佚文，略作申釋：

就採用的方法而言，"章句"乃"兼備衆説"而成，這體現了"章句"類著作取材廣泛的特點。以《韓詩章句》而論，其中既有吸收緯書成果以解經的成分③，也不乏參考其他《詩》派有益成果的例證，例如《章句》對不少字詞的訓釋，皆與《毛詩傳》相同，若單以"巧合"來解釋如此多的相通之處，似乎太過牽強，所以合理的解釋應是《章句》參考過《毛詩傳》，因爲《毛詩傳》成書遠

---

① 蔣天樞：《論〈楚辭章句〉》，《楚辭論文集》，陝西人民出版社1982年版，第214—216頁。
② 田宮昌子：《テクストとしての王逸〈楚辭章句〉：その問題点》，《宫崎公立大學人文學部紀要》第13卷第1號，2006年，第171—181頁。
③ 詳參曹建國、張莉莉《〈韓詩〉與讖緯關係新考》，《武漢大學學報》2015年第6期，第59—67頁。

在《章句》之前①。

　　就呈現的面貌而言,"章句"或有"枝葉蕃滋",動輒十百萬言者;但亦不乏要言不煩的"小章句"。從《韓詩章句》存世的佚文來看,此書在簡短地訓釋經文字義之後,即續之以句意的解讀及義理的發揮,行文簡淨,當亦隸屬於"小章句"之列。東漢盛行删減章句之風②,《韓詩章句》的簡省不繁,應與此相關。

　　就文本的構成而言,漢代的釋經著作只有"章句"類著述"具載本文",具體的解説之辭則置於經文之下,這説明"章句"類著作的文本構成包含兩個部分,即經典原文和具體説解,這與趙岐、李賢等學者所記章句與經典原文直接建立關聯的説法相吻合。《韓詩章句》也是這樣一種著作,所以古籍徵引的完整的《韓詩章句》之文,皆爲"經+章句"的結構,如《文選·東都賦》李善注:"《韓詩》曰:'東有圃草。'薛君曰:'圃,博也。有博大茂草也。'"或《琴賦》李善注:"《韓詩》曰:'漢有游女,不可求思。'薛君曰:'游女,漢神也。言漢神時見,不可求而得之。'"③"薛君曰"之前爲經,之後爲章句,次序井然,完全由"具文"和"飾説"兩個環節構成。同時,"獨'章句'則'具載本文'"的特殊體例,也可以佐證古籍連引《韓詩》經文及訓詁時,經文之後的訓詁語確爲《韓詩章句》之文,因爲只有《章句》是先引經文而後附訓釋,《章句》

---

①　李梅、鄭傑文等定毛亨作《毛詩詁訓傳》在景帝後元二年(前142),見《秦漢經學學術編年》,鳳凰出版社2015年版,第106頁。但不知何故,此書記録了東漢杜撫對薛氏父子《韓詩章句》的删定(頁491),却隻字不提此前《韓詩章句》成書這件學術史的大事件。按由《後漢書·儒林傳》可知薛氏父子活動於西漢末年,遲於《毛詩》近一個世紀。則判斷《毛詩傳》的成書遠在《韓詩章句》之前,應無太大問題。

②　可參閲牟潤孫《論魏晋以來之崇尚談辯及其影響》第一節,《注史齋叢稿》(增訂本),中華書局2009年版,第157—160頁。此外,周予同(1898—1981)《博士制度與秦漢政治》對東漢删減章句之風也有部分涉及,見《中國經學史論著選編》,復旦大學出版社2015年版,第473—474頁。

③　《六臣注文選》卷1、18,中華書局1987年影印涵芬樓所藏宋刊本,第37、339頁。

之外的釋經著作並無"具載本文"的特色。這可以爲第二章第五節考訂《原本玉篇》《一切經音義》等書所載《韓詩》訓詁類佚文實爲《韓詩章句》的結論提供重要的旁證，因爲《原本玉篇》等書徵引《韓詩》時的確是經注連引，這正是"章句"著作的正宗形態。

《韓詩章句》的主體特徵，在以上三方面的論述中已經較爲完整地呈現出來。同時，也可以證實清儒認定的《韓詩章句》乃注釋《韓詩內傳》之作是無法成立的預設。因爲"章句"類著作的解讀對象是原經，而非推演原經的"傳"。清儒大抵因《毛詩》學派的經解體系包含"《毛詩經》—《毛詩故訓傳》—《毛詩箋》"三環節，便推定《韓詩》學派亦當有與之類似的三環節，於是創造了"《韓詩經》—《韓詩內傳》—《韓詩章句》"的鏈條，看似嚴絲合縫，實則不符於事實。因爲《內傳》乃推演著作，不以訓釋《韓詩經》爲務；《章句》乃訓釋原經之作，不以解讀《韓詩內傳》爲務。清儒始則不諳《內傳》本質，誤以《內傳》解原經；繼則不諳《章句》本質，誤以《章句》解《內傳》，終使其虛構的《韓詩》經解鏈條走向斷裂。由此可見，正確認識各類著作的文體特徵，是正確解決相關問題的重要基礎。

論述至此，本書對於《韓詩》學派的兩類解經著作的本質特徵已介紹完畢。很明顯，本節的主題就是"辨體"。"辨體"對於輯佚有着重要的參考價值，古籍引録《韓詩》佚文，在題名上往往不盡準確，此時若熟悉《韓詩》著作的不同體制特徵，便可爲對號入座提供有益的參考。同時，"辨體"使得不同類型的《韓詩》著作所具有的各不相同的文體特點愈發清晰地呈現出來，這爲討論這些著作的文學意味的生成提供了重要的文體學基礎，這將是下一節要著重論述的內容。

第二節 "傳"的推演特徵與
文學意味的生成

　　由於《韓詩內傳》《韓詩外傳》皆爲韓嬰"推《詩》之義而作"的推演著述，"不必依經循文"①，這決定了這兩部典籍較少受到《詩經》本義的束縛，從而能够在更加開闊的視野內"取《春秋》，采雜説"②，藉以發揮自己的思想。由於二書推演《詩經》所用材料多數取自前代的口説記録或書面文獻，在組織成書的過程中，不免要花費一定的剪裁雕琢之功，在這一過程中，便有了文學意味的生成。早在宋代，晁公武已指出《韓詩外傳》具備"文辭清婉，有先秦風"③的文學價值，頗具隻眼。進入文學評點蔚成風尚的中晚明時代，《韓詩外傳》的文學價值終於得到系統集中的認識，尤其是晚明學者唐琳攢集多位評點家的批語而成的《韓詩外傳》集評本，將《外傳》的文學意味分析得極其具體親切，本節將就該集評本對《韓詩外傳》文獻、文學價值的揭示作出集中介紹。

一 《韓詩內傳》《韓詩外傳》與"説體"

　　美國漢學家海陶瑋在英譯《韓詩外傳》一書時，曾對該書徵引的"傳曰"進行過分析，認爲"傳"是由三種類型的文本構成，即第一，對於道德行爲的總體探討（a general disquisition on moral conduct）；第二，格言或警句（an aphorism）；第三，泛見於漢前典籍中的故事或逸聞（a story or anecdote that is common to a number of pre-

---

① 余嘉錫：《古書之分內外篇》，《古書通例》卷3，上海古籍出版社1985年版，第110頁。
② 《漢書》卷30，中華書局1962年版，第1708頁。
③ 晁公武撰，孫猛校證：《郡齋讀書志校證》卷2，上海古籍出版社1990年版，第64頁。

Han works)①。這一觀察無疑是非常透徹的。事實上,只要通讀《韓詩外傳》,便可發現不僅《外傳》所引"傳曰"是由以上三類文本構成,其他未冠以"傳曰"的篇章內容也包含以上三類,除此之外,還附有部分介紹禮制的篇章②。如果再就《韓詩內傳》流傳至今的十餘條佚文進行分析,可以發現其主要內容基本也在以上四類的範圍之內,如該書所記孔子誅少正卯的故事(引見《白虎通》卷五③),涉及了對道德行爲的探討;《內傳》"師臣者帝,友臣者王,臣臣者伯,魯臣者亡"之文(引見《白虎通》卷七④),則是流傳於先秦時代的格言警句,已先見於戰國帛書《稱》⑤;《內傳》所記商湯故事(引見《太平御覽》卷八三⑥)、鄭交甫故事(引見《文選·江賦》李善注⑦)則是講述了漢前故事;至於講述禮制的部分,則是更加普遍的,上節論述《內傳》的儒家立場時,已作過較爲全面的揭示,茲不贅述。所以綜上所述,《韓詩內傳》《韓詩外傳》的**主要內容由以下四個方面構成:(1)關於道德行爲的探討;(2)格言警句;(3)故事或逸聞;(4)禮制的介紹**。以上四個方面皆出於韓嬰推演《詩經》的需要,但只有講述故事或逸聞的部分能夠體現文學意味,因爲其他三個方面多爲道德之訓和禮儀之法,質木無文,鮮有生成文學意味的潛能。

與其他三種文本的來源相同,《內傳》《外傳》講述故事或逸聞

---

① James R. Hightower. *HAN SHIH WAI CHUAN*: *Han Ying's Illusion of the Didactic Application of the Classic of Songs*, Introduction, p. 5.

② 例如《韓詩外傳》卷一第一六章記鐘禮,卷二第三三章記昏禮,卷三第一六章記學禮,參見許維遹《韓詩外傳集釋》,第16、76、99頁。《外傳》記禮的篇章還有不少,不煩贅舉。

③ 陳立:《白虎通疏證》卷5,中華書局1994年版,第217頁。

④ 陳立:《白虎通疏證》卷7,中華書局1994年版,第326頁。

⑤ 佚名:《稱》,裘錫圭主編:《長沙馬王堆漢墓簡帛集成》,中華書局2014年版,第4册,第176—177頁。

⑥ 《太平御覽》卷83,中華書局1960年重印涵芬樓影印宋本,第389頁。

⑦ 《六臣注文選》卷12,中華書局1987年影印涵芬樓所藏宋刊本,第245頁。

的部分也由"取《春秋》，采雜説"所得。從本質來看，這部分内容的源頭即廖群師所拈出的"説體"。按照廖先生的界定，"説體"是"先秦時期多被稱作'説''傳''語'的源自講誦、記録成文的具有一定情節性的叙述體故事文本"①，"説體"的文本特徵包括描述性、虚飾性和變異性②，這對於考察《内傳》《外傳》收録的先秦"説體"文本無疑具有重要的啓發作用，因爲《内傳》《外傳》叙事部分既已採用了先秦的"説體"故事，其文本特徵自然受到這一體式的規約，兹結合《内傳》《外傳》相關條目，詳述於下。凡引《内傳》之文，皆以本書第二章輯佚爲據；引《外傳》之文，則以許維遹先生《韓詩外傳集釋》爲據，爲省篇幅，均不再出注介紹出處。

第一，"説體"文本的描述性。"説體"文本以叙述故事爲核心，其描述性表現在叙事的完整性，對話的生動性和舉止描述的逼真性三個方面③。《韓詩外傳》卷二第四章便很好地展現了以上三方面特徵：

> 楚莊王聽朝罷晏。樊姬下堂而迎之，曰："何罷之晏也，得無飢倦乎？"莊王曰："今日聽忠賢之言，不知飢倦也。"樊姬曰："王之所謂忠賢者，諸侯之客歟，國中之士歟？"莊王曰："則沈令尹也。"樊姬掩口而笑。莊王曰："姬之所笑者何等也？"姬曰："妾得侍於王，尚湯沐，執巾櫛，振衽席，十有一年矣。然妾未嘗不遣人之梁鄭之間，求美女而進之於王也。與妾同列者十人，賢於妾者二人。妾豈不欲擅王之愛，專王之寵哉？不敢以私願蔽衆美也，欲王之多見，則知人能也。今沈令尹相楚

---

① 廖群：《先秦説體文本研究》第1章，中央編譯出版社2018年版，第114頁。
② 廖群：《先秦説體文本研究》第6章，中央編譯出版社2018年版，第500—551頁。
③ 廖群：《先秦説體文本研究》第6章，中央編譯出版社2018年版，第500—516頁。

數年矣，未嘗見進賢而退不肖也，又焉得爲忠賢乎？"莊王旦朝，以樊姬之言告沈令尹。令尹避席而進孫叔敖。叔敖治楚三年，而楚國霸。楚史援筆而書之於策曰："楚之霸，樊姬之力也。"《詩》曰："百爾所思，不如我所之。"樊姬之謂也。

這則故事講述了因"楚莊王聽朝罷晏"而引發的樊姬對於楚國內政問題的探討，文完義足，體現了敘事的完整性。就對話而言，此節故事以樊姬之言所佔篇幅最大，她先從自身說起，講述自己雖有集莊王萬千寵愛於一身的私願，却能從"欲王之多見，則知人能"的立場出發，爲楚王廣覓淑女，藉以顯示自己能夠不因一己之私慾而蔽人之美；隨後話鋒直轉，折入對沈令尹的批判，沈氏相楚數年，却未嘗盡獻替之職，這與樊姬不計私願而引薦良人的做法無疑形成了鮮明的對比，樊姬之口吻頗有戰國策士之風采，堪稱生動。"下堂而迎""掩口而笑"等舉止描寫雖僅僅數語，却將樊姬溫良賢淑、善於進言的特點刻畫得相當突出，逼真地還原了故事發生的場景。

《韓詩外傳》卷九第八章也很有代表性：

齊景公縱酒，醉而解衣冠，鼓琴以自樂。顧左右曰："仁人亦樂此乎？"左右曰："仁人耳目猶人，何爲不樂乎！"景公曰："駕車以迎晏子。"晏子聞之，朝服而至。景公曰："今者寡人此樂，願與大夫同之，請去禮。"晏子曰："君言過矣。自齊國五尺已上，力皆能勝嬰與君，所以不敢亂者，畏禮也。故自天子無禮則無以守社稷，諸侯無禮則無以守其國。爲人上無禮則無以使其下，爲人下無禮則無以事其上。大夫無禮則無以治其家，兄弟無禮則不同居。人而無禮，不若遄死。"景公色媿，離席而謝曰："寡人不仁，無良左右，淫湎寡人，以至於此。請殺左右，以補其過。"晏子曰："左右無過。君好禮，則有禮者至，無禮者去。君惡禮，則無禮者至，有禮者去。左右何罪乎？"景公曰："善哉！"乃更衣而坐，觴酒三行。晏子辭去，景公拜送

《詩》曰："人而無禮，胡不遄死。"

這講述的是齊景公縱酒失禮，後經晏子規勸，終於衷心補過的故事，在情節發展方面，有因有果，首尾完整。晏子的說辭則從自身講起，進而闡釋了"禮"在維繫社會各階層和諧安定方面的功用，最後落到對景公失禮的批評上，可謂娓娓道來，循循善誘，爲其與景公的對話平添了生動性。尤其值得注意的是本章對景公舉止的細節描寫，先是"醉而解衣冠，鼓琴以自樂"的放浪形骸，繼之以"色愧，離席而謝"的侷促不安，隨後則是"更衣而坐，觴酒三行"的彬彬有禮，終之以"拜送"晏子的尊賢重道。在這樣一系列逼真的舉止描寫中，景公合理地完成了由頑劣向知禮的轉變。

再如頗爲後世正統學者詬病的卷一"孔子南遊適楚"章，其實也是趣味橫生的敘事作品，無論是情節的曲折完整，還是對話、舉止描寫的生動傳神，都堪稱優秀。這則故事雖未必屬實，但至遲於平原君所在的戰國中後期已有傳播（見《孔叢子·儒服》[①]），廖群先生據此推定"這故事分明是講說傳播的'說體'文本"[②]，信實可從。《韓詩外傳》還有不少篇章都具備"說體"文本在敘事完整、對話生動、舉止逼真三方面的特點。限於篇幅，就不再一一列舉了。

第二，"說體"文本的虛飾性。所謂"虛飾性"，指的是"'說體'文本存在大量虛擬、志怪、傳奇、誇張等距離歷史紀錄較遠，而更接近文學化敘事的成分，許多文本不可以作爲歷史文獻來對待"[③]。上述特點，在《韓詩內傳》《韓詩外傳》中也有體現，茲據"虛飾性"的四種類別，各舉一例以證之。

虛擬例。《韓詩外傳》卷八第四章云：

[①] 傅亞庶：《孔叢子校釋》卷4，中華書局2011年版，第297頁。
[②] 廖群：《先秦說體文本研究》第4章，中央編譯出版社2018年版，第415頁。
[③] 廖群：《先秦說體文本研究》第6章，中央編譯出版社2018年版，第517頁。

齊崔杼弑莊公。荆蒯芮使晋而反，其僕曰："崔杼弑莊公，子將奚如？"荆蒯芮曰："驅之，將入死而報君。"其僕曰："君之無道也，四鄰諸侯莫不聞也。以夫子而死之，不亦難乎？"荆蒯芮曰："善哉而言也。早言我，我能諫；諫而不用，我能去。今既不諫，又不去。吾聞之：食其食，死其事。吾既食亂君之食，又安得治君而死之？"遂驅車而入死。其僕曰："人有亂君，猶必死之；我有治長，可無死乎？"乃結轡自刎于車上。

這則故事記荆蒯芮得知崔杼弑殺齊莊公後，毅然決然要爲君慷慨赴死，並與其車僕有着生動的對話，陳説忠君大義。但問題是，荆蒯芮和車僕二人在對話之時，並無第三者在場，所以只有荆蒯芮和車僕知曉他們對話的内容，但隨後荆蒯芮"驅車而入死"，其車僕則"結轡自刎于車上"，二人皆無機會將上述對話記録並保存下來。所以唯一合理的解釋，只能是"説體"作者結合當時的場景，發揮合理的想象，虚擬了對話的内容。錢鍾書先生曾指出這類"生無傍證，死無對證"的情形，"非記言也，乃代言也，如後世小説、劇本中之對話獨白也"，是作者"設身處地，依傍性格身分，假之喉舌，想當然耳"[①]。其爲虚擬，是一目了然的。

志怪例。《韓詩内傳》佚文云：

鄭交甫將南適楚，遵彼漢皋臺下，遇二女魃服，佩兩珠，大如荆雞卵。與言曰："願請子之佩。"二女與交甫。交甫受而懷之，趨而去。十步循探之，即亡矣。迴顧二女，亦即亡矣。

該故事叙鄭交甫於漢皋臺下偶遇二女，二女之裝束頗不尋常："魃"

---

① 錢鍾書：《管錐編》第 1 册，中華書局 1979 年版，第 165 頁。

為"鬼服也，一曰小兒鬼"①，則"魅服"絕非人衣，其二女佩戴的"大如荆鷄卵"的"兩珠"亦非常人飾品，這些裝束都暗示故事的女主人公並非凡人；接下來的情節則更加出人意表：鄭交甫循珠而珠亡，顧女而女亡。很明顯，整則故事都充溢着虛幻迷離的志怪色彩，且已具備志怪小説常見的人神相遇等基本叙事模式。需要指出的是，劉向撰集《列仙傳》之時，亦將鄭交甫與江妃二女的傳說收入書中，然所記内容較《韓詩内傳》更加曲折離奇②，與《内傳》所記當屬同源異流的關係，由此亦可見出這條"説體"文本的傳播十分廣泛。

傳奇例。《韓詩外傳》卷十第七章云：

> 東海有勇士，曰菑丘訢，以勇猛聞於天下。遇神淵，曰："飲馬。"其僕曰："飲馬於此者，馬必死。"曰："以訢之言飲之。"其馬果沈。菑丘訢去朝服，拔劍而入，三日三夜，殺三蛟一龍而出。雷神隨而擊之，十日十夜，眇其左目。要離聞之，往見之，曰："訢在乎？"曰："送有喪者。"往見訢於墓。曰："聞雷神擊子十日十夜，眇子左目，夫天怨不全日，人怨不旋踵。至今弗報，何也？"叱而去，墓上振憤者不可勝數。要離歸，謂門人曰："菑丘訢，天下之勇士也。今日我辱之人中，是

---

① 許慎：《説文解字》第 9 篇上，中華書局 1963 年影印同治十二年（1873）陳昌治刻本，第 188 頁。

② 王叔岷：《列仙傳校箋》卷上，中華書局 2007 年版，第 52 頁。其文云："江妃二女者，不知何所人也。出遊於江漢之湄，逢鄭交甫，見而悦之，不知其神人也。謂其僕曰：'我欲下請其佩。'僕曰：'此閒之人皆習於辭，不得，恐罹悔焉。'交甫不聽，遂下與之言曰：'二女勞矣。'二女曰：'客子有勞，妾何勞之有！'交甫曰：'橘是柚也，我盛之以笥，令附漢水，將流而下，我遵其傍，采其芝而茹之，以知吾爲不遜也。願請子之佩。'二女曰：'橘是柚也，我盛之以莒，令附漢水，將流而下，我遵其傍，采其芝而茹之。'遂手解佩與交甫。交甫悦，受而懷之，中當心，趨去數十步，視佩，空懷無佩。顧二女，忽然不見。"與《内傳》相比，《列仙傳》記載的故事情節更加豐富，且明確記錄了這兩位女子乃"神人"，可見這則故事的確由志怪情節構成。

其必來攻我。暮無閉門，寢無閉戶。"菑丘訢果夜來，拔劍拄要離頸，曰："子有死罪三：辱我以人中，死罪一也；暮不閉門，死罪二也；寢不閉戶，死罪三也。"要離曰："子待我一言。子有三不肖：昏暮來謁，不肖一也；拔劍不刺，不肖二也；刃先辭後，不肖三也。能殺我者，是毒藥之死耳。"菑丘訢引劍而去曰："嘻！所不若者，天下惟此子爾！"

這則故事所叙情節，皆具傳奇色彩。第一奇，乃菑丘訢入水三日夜，殺三蛟一龍而出；第二奇，乃菑丘訢與雷神苦戰十日夜而眇其左目。以上情節本已千奇百幻，自成首尾，完全可以結束。此時却橫生第三奇，突然安排著名刺客要離登場；遂有了下文的第四奇，即身懷絕世神功的菑丘訢被要離說到理屈詞窮，被迫放棄刺殺計劃；而第四奇中又隱藏着第五奇：要離本以擊劍之術名震四方，而在故事中，保全其身的却非精湛的劍術，而是巧妙的辯辭。很明顯，這則故事的主角自登場開始，便先後處於來自自然和人際的緊張之中，一波初平而一波又起，情節緊密，引人入勝。

誇張例。《韓詩外傳》卷四第二章云：

桀爲酒池，可以運舟，糟丘足以望十里，一鼓而牛飲者三千人。關龍逢進諫曰："古之人君，身行禮義，愛民節財，故國安而身壽。今君用財若無窮，殺人若恐弗勝。君若弗革，天殃必降，而誅必至矣。君其革之。"立而不去朝。桀囚而殺之。君子聞之曰："天之命矣。"

這則故事主要爲了突出夏桀的昏庸無道和關龍逢的直言敢諫，但將夏桀的驕奢淫逸描述爲酒池可以運舟、糟丘十里、牛飲者三千，則顯然有所誇張，不足採信。

第三，"說體"文本的變異性。由於"'說體'文本來自於'說'，'說'比'寫'就版本而言，最大的不同即在於'無憑'

'無定'",所以變異性"是'説體'文本與生俱來的本質特徵和存在形式"①。茲以《韓詩外傳》與其他典籍所載同源故事爲據,分"同事異人"及"同人異事"兩方面加以討論。

所謂"同事異人",顧名思義,指的是"基本情節相同,却被安在不同人物身上,亦即俗語所謂'張冠李戴'"②。《韓詩外傳》卷三第二一章云:

> 公儀休相魯而嗜魚。一國人獻魚而不受。其弟諫曰:"嗜魚不受,何也?"曰:"夫欲嗜魚,故不受也。受魚而免於相,則不能自給魚。無受而不免於相,長自給於魚。"

此事亦見《韓非子·外儲説右下》③,對話較《外傳》略詳,但主人公姓名及該故事所欲傳達的人生哲學則完全相同。《淮南子·道應》亦記此事④,除了發問者由公儀休之弟改爲公儀休之弟子以外,其他信息均與《韓非子》《韓詩外傳》的記敘相合。但劉向《新序·節士》却提供了另外一個版本:

> 昔者有饋魚於鄭相者,鄭相不受。或謂鄭相曰:"子嗜魚,何故不受?"對曰:"吾以嗜魚,故不受魚。受魚,失禄,無以食魚;不受,得禄,終身食魚。"⑤

很明顯,《新序》的這則故事與《外傳》所載者在情節與事理上完全相同,但主人公却由公儀休換爲鄭相,發問者則有公儀休之弟換

---

① 廖群:《先秦説體文本研究》第6章,中央編譯出版社2018年版,第535頁。
② 廖群:《先秦説體文本研究》第6章,中央編譯出版社2018年版,第535頁。
③ 王先慎:《韓非子集解》卷14,中華書局1998年版,第338頁。
④ 何寧:《淮南子集釋》卷12,中華書局1998年版,第869頁。
⑤ 劉向:《新序》卷7,《叢書集成初編》,中華書局1985年影印《鐵華館叢書》本,第529册,第111頁。

爲無名氏，這是典型的"同事異人"之例。

所謂"同人異事"，"與'同事異人'剛好相反，這裏的情況是主角相同，情節結構也大致相同，但具體事件被轉換"①。這在《韓詩外傳》内部即有例證：

> 曾子仕於莒，得粟三秉。方是之時，曾子重其祿而輕其身。親没之後，齊迎以相，楚迎以令尹，晋迎以上卿。方是之時，曾子重其身而輕其祿。懷其寶而迷其國者，不可與語仁；窘其身而約其親者，不可與語孝。任重道遠者，不擇地而息；家貧親老者，不擇官而仕。故君子橋褐趨時，當務爲急。（卷一第一章）

> 曾子曰："往而不可還者，親也；至而不可加者，年也。是故孝子欲養，而親不待也；木欲直，而時不待也。是故椎牛而祭墓，不如雞豚逮存親也。故吾嘗仕爲吏，祿不過鍾釜，尚猶欣欣而喜者，非以爲多也，樂其逮親也。既没之後，吾嘗南游於楚，得尊官焉，堂高九仞，榱題三圍，轉轂百乘，猶北鄉而泣涕者，非爲賤也，悲不逮吾親也。"故家貧親老，不擇官而仕。若夫信其志、約其親者，非孝也。（卷七第七章）

以上這兩則故事内容相近，可確定來自同源文本。直觀來看，卷一是轉述曾子經歷，卷七則是直引曾子自述經歷。但深入分析，却可以發現這兩處文本有重要區别：卷一記曾子於父母殁後，分别受到齊、楚、晋三國邀請，但曾子"重其身而輕其祿"，亦即重視高尚的名節而輕視優渥的俸祿，暗示了曾子不因利益而輕易出仕；卷七則未記齊、晋邀請曾子之事，却明確記録了曾子在楚國"得尊官"，過上了"堂高九仞，榱題三圍，轉轂百乘"的生活，這顯然與卷一記載的"重其身而輕其祿"的曾子形象相悖。這兩種文本究竟以何者

---

① 廖群：《先秦説體文本研究》第6章，中央編譯出版社2018年版，第543頁。

可靠，這是另外一個問題，此處並無討論的必要。從"說體"變異性的特徵分析，更應討論的是這兩則文本記載曾子事跡的分歧上，因爲這充分證實了對於曾子在親殁之後的行跡，當時的"說體"至少有兩種不同的聲音，《韓詩外傳》則皆收入書中，充分保留了"說體"文本在傳播過程中出現的變異現象。

由此可見，《韓詩內傳》《韓詩外傳》的推演特徵決定了二書自由而開闊的取材範圍，尤其是它們借用先秦"說體"文本進行推演時，更顯現出珍貴的文學價值。這一方面是由於"說體"文本本身具備較強的故事性，另一方面則出於韓嬰對"說體"文本進行的剪裁與修飾。韓嬰的剪裁與修飾，帶有二次創作的特徵，其藝術風貌已呈現在今本之中。《韓詩內傳》存世文本數量無多，難以系統地挖掘其藝術特徵；但《韓詩外傳》則保存得相對完整，明代評點家首次細緻、系統、深入地揭橥了該書的藝術特色，他們的評語被晚明學者唐琳彙於一處，以眉評的形式繫於各篇之中，最便於使用。下一小節，將專就唐琳集評本《韓詩外傳》進行論述，此本所輯批語，將《外傳》的文學特點揭示得相當透徹，爲讀者認識《外傳》的文學價值提供了至爲關鍵的鑰匙。

二 《韓詩外傳》的文學意味：以美藏唐琳集評本批語爲中心

美國國會圖書館藏有明天啓年間唐琳校點本《韓詩外傳》一部，這一刻本有別於常見的《韓詩外傳》。其最大特點體現在保存了明代中後期評點家張榜、孫鑛（1542—1613）、汪道昆（1525—1593）、李贄（1527—1602）、王世貞及唐琳所作評語凡二百五十三條，是目前僅見的一部明人集評本《韓詩外傳》，這些評語較爲集中地展現了晚明學術界對《韓詩外傳》一書的品評與鑒賞。但目前學界尚未有論著對該刻本的相關情況進行研究，致使其價值尚未得到關注，這確是一個不小的遺憾。由於集評本《韓詩外傳》在文獻版本上具備重要價值，且在揭示《外傳》一書的藝術特色方面也展現了獨到的審美眼光，故本節論述《韓詩外傳》的文學意味，即以集評本所解釋者爲中心而展開。

（一）集評本《韓詩外傳》的版本信息及相關内容的考索

王重民在《美國國會圖書館藏中國善本書録》卷一《經部》0028號著録了集評本《韓詩外傳》的相關情況：

> 《韓詩外傳》十卷。四册一函，明天啓間刻本，九行二十字。原題："漢燕人韓嬰著，明新都唐琳點校。"琳字玉林，號公華，眉端批語當出其手。又有天啓六年《刻韓詩外傳略記》，不言所據爲何本。以其兼載陳明《序》，知從嘉靖間薛來本翻雕者。卷内有"曹炎印""文侯""詩禮傳家""彭城""不求于人"等印記。①

多年以後，王重民又將這段文字原封不動地納入其《中國善本書提要》中②，收藏單位標記"國會"，可見此本確爲王重民極其重視的善本。但王重民對該書的著録，尚有三處值得商榷，這關係到集評本的版本信息及遞藏順序，不可不辨：

第一，"琳字玉林，號公華"的説法有誤，唐琳的表字確是玉林，但其號則並非公華。集評本《韓詩外傳》卷首有唐瑜《刻韓詩外傳略紀》，末署"新都唐瑜公華甫詮次"，下鈐印章二枚，分別爲白文"唐瑜"、朱文"公華氏"，可知"公華"係唐瑜的表字，而非唐琳之號。

第二，集評本係據程榮《漢魏叢書》本《韓詩外傳》翻刻而成，而非王重民斷定的薛來本。薛來本即本書第一章第三節介紹的嘉靖十八年（1539）芙蓉泉書屋刻本《韓詩外傳》，近代著名藏書

---

① 王重民輯録，袁同禮重核：《美國國會圖書館藏中國善本書録》經部詩類，廣西師範大學出版社2014年版，第17頁。

② 王重民：《中國善本書提要》經部詩類，上海古籍出版社1983年版，第11頁。

第三章 《韓詩》文體與闡釋考 441

家傅增湘曾向葉啓勛"言及《詩外傳》一書，明刻惟薛來芙蓉泉書屋本爲善，其中十之八九與元本合"①，足見其校勘之精良。此本卷一"孔子南游適楚"章共350字，講述孔子指使子貢考驗阿谷處子之事，文完義足。爲便於下文比勘，兹錄於下：

> 孔子南游適楚，至於阿谷之隧，有處子佩瑱而浣者。孔子曰："彼婦人其可與言矣乎！"抽觴以授子貢，曰："善爲之辭，以觀其語。"子貢曰："吾北鄙之人也，將南之楚，逢天之暑，思心潭潭，願乞一飲，以表我心。"婦人對曰："阿谷之隧，隱曲之泛，其水載清載濁，流而趨海，欲飲則飲，何問婦人乎？"受子貢觴，迎流而挹之，奂然而棄之，促流而挹之，奂然而溢之，坐置之沙上，曰："禮固不親受。"子貢以告。孔子曰："丘知之矣。"抽琴去其軫，以授子貢，曰："善爲之辭，以觀其語。"子貢曰："向子之言，穆如清風，不悖我語，和暢我心。於此有琴而無軫，願借子以調其音。"婦人對曰："吾野鄙之人也，僻陋而無心，五音不知，安能調琴？"子貢以告。孔子曰："丘知之矣。"抽絺紘五兩，以授子貢，曰："善爲之辭，以觀其語。"子貢曰："吾北鄙之人也，將南之楚。於此有絺紘五兩，吾不敢以當子身，敢置之水浦。"婦人對曰："客之行，差遲乖人，分其資財，弃之野鄙。吾年甚少，何敢受子，子不早去，今竊有狂夫守之者矣。"《詩》曰："南有喬木，不可休思。漢有遊女，不可求思。"此之謂也。②

程榮《漢魏叢書》所收《韓詩外傳》以薛來本爲底本翻刻，但此章僅44字，亦錄于下：

---

① 葉啓勛：《拾經樓紬書錄》卷上，葉德輝等：《湖南近現代藏書家題跋選》，岳麓書社2011年版，第2册，第8頁。
② 韓嬰：《韓詩外傳》卷1，薛來校刻，國家圖書館藏嘉靖十八年（1539）芙蓉泉書屋刻本，第1b—3a頁。

孔子南游適楚，至于阿谷之隧，有處子佩瑱而浣者。孔子曰："彼婦人其可與言矣乎！"抽觴以……女，不可求思。此之謂也。①

比勘這兩種版本，可以發現程榮本漏掉的文字從"授子貢"始而至"漢有游"止，即下劃綫部分的文字。而薛來本卷一第二頁的内容恰好是始於"授子貢"而終於"漢有游"，這説明程榮本在翻印薛來本之時，漏印了卷一第二頁，遂出現"抽觴以女，不可求思"這類不辭之句。再考集評本"孔子南游適楚"章，亦僅44字，内容與程榮本完全相同。可證集評本實際上是根據程榮《漢魏叢書》本翻印而成，所以程本漏印的文字，集評本也同樣未加補充。如果集評本係據薛來本翻印，則此章亦當與薛來本同爲350字，而非與程榮本全同的44字。這條强證，可以説明王重民以集評本係翻印薛來本的見解並非塙論。實際上，自程榮《漢魏叢書》大行其道之後，薛來本便日益式微，到唐琳所在的明季，已成爲不易覓得的僻書。潘景鄭先生曾説："芙蓉泉書屋刊本十卷，藏家鮮有著録，蓋傳本絶少。"② 黄裳也説道："《韓詩外傳》嘉靖中凡三刻，而以芙蓉泉書屋刊本爲最善而罕傳。"③ "絶少""罕傳"諸語均可助證上文對薛來本流傳式微的描述，在這種實情下，唐琳翻印薛來本的可能性顯然不容高估。

第三，王重民對集評本所鈐印章的著録並不完整，遂堙没了此刻本的遞藏經歷。按國會圖書館所藏集評本於"韓詩外傳卷之一"下，有未經王重民著録的印章三枚，分別爲銅錢形朱文"忠孝之家"、朱文"孝標"及白文"興國之印"。這爲考證該集評本的第一位藏書者提供了綫索，因爲這三枚印章乃清初常熟藏書家錢興國所

---

① 韓嬰：《韓詩外傳》卷1，程榮校刻，北京大學圖書館藏萬曆二十二年（1592）新安程氏《漢魏叢書》本，第1頁b。
② 潘景鄭：《著硯樓書跋》，古典文學出版社1957年版，第4頁。
③ 黄裳：《來燕榭書跋》，中華書局2011年版，第54頁。

用印信。按王應奎《海虞詩苑》卷十五"錢文學興國"小傳："興國，字孝標。"① 錢姓與"忠孝之家"的銅錢肖形印相合，"興國，字孝標"則分別與白文"興國之印"和朱文"孝標"相合，可證國會圖書館所藏這部集評本原爲錢興國之舊藏。

通過分析鈐蓋在該集評本中的其他印章，可以證明繼錢興國之後收藏該書的是另一位常熟藏書家曹炎。王重民著錄了曹炎鈐在該書的"曹炎印""文侯""詩禮傳家""不求於人"四枚印章，"不求於人"之釋文有誤，考集評本所鈐印文實爲"無求於世"。這枚印章與"詩禮傳家"均爲曹炎藏書常用章。張元濟《涵芬樓燼餘書錄》著錄王禹偁《王黃州小畜集》鈔本三十卷，曾經錢曾和曹炎遞藏，書中藏印有"虞山錢曾遵王藏書""曹炎印""彬侯""詩禮傳家""無求於世"等②，所用閑章與集評本《韓詩外傳》完全相合。所不同者，《韓詩外傳》所鈐曹炎表字印爲"文侯"，《小畜集》所鈐爲"彬侯"，由此可知曹炎字彬侯，又字文侯。例如蔣汝藻傳書堂曾藏有高儒《百川書志》鈔本二十卷，與《小畜集》相似，亦是經錢曾和曹炎遞藏的善本，王國維《傳書堂藏善本書志》卷上《史部六》記該本藏印有"虞山錢曾遵王藏書""曹炎印""文侯"等③。可見曹炎在藏書中所鈐表字印，時用"文侯"而時用"彬侯"。曹炎是清初常熟藏書界的名家，尤以抄書享有盛名，顧廣圻跋《清河書畫舫》曾說："藏書有常熟派，錢遵王、毛子晉父子諸公爲極盛，至席玉照而殿。一時嗜手鈔者如陸勑先、馮定遠爲極盛，至曹彬侯亦殿之。彬侯名炎，即席氏客也。"④ 顧氏拈出的"常熟派"，是極

---

① 王應奎：《海虞詩苑》卷15，上海古籍出版社2013年版，第329頁。
② 張元濟：《涵芬樓燼餘書錄》，《張元濟全集》，商務印書館2009年版，第8卷，第395頁。
③ 王國維：《傳書堂藏善本書志》，謝維揚，房鑫亮主編：《王國維全集》，浙江教育出版社2010年版，第9卷，第438頁。
④ 顧廣圻：《題〈清河書畫舫〉後》，《思適齋集》卷15，《清代詩文集彙編》，上海古籍出版社2010年影印清道光二十九年（1849）徐渭仁刻本，第482冊，第755頁。

具概括性的詞彙，它表示常熟藏書在清代有着"極盛"的聲譽，已達到開宗立派的程度。毫無疑問，國會圖書館所藏集評本《韓詩外傳》也曾是"常熟派"遞藏的故物，因爲錢興國爲錢謙益之侄孫，曹炎爲席鑑（字玉照）之門客，二者均爲常熟藏書群體中人。①

通過上述分析，可對國會圖書館藏集評本《韓詩外傳》的版本信息及相關內容有更細緻的理解。借助薛來本、程榮本和集評本的比對，可以證實集評本乃據程榮本翻印；從集評本扉頁及正文第一頁所鈐印章中，可以考出該集評本先後經清初常熟藏書家錢興國、曹炎收藏。這些信息對於考證該本《外傳》的版本淵源均有一定的助益。

（二）集評本《韓詩外傳》的文獻價值

集評本《韓詩外傳》收錄了唐琳與晚明其他五位評點家對《韓詩外傳》所作的評語，是目前僅存的一部明人集評本《韓詩外傳》，無論在《詩經》文獻學還是三家《詩》學方面，都有着重要的參考價值。同時，校刻者唐琳還時常通過眉評的形式，對《韓詩外傳》的文本問題進行校勘，爲清代學者深入校正此書提供了先行經驗。這些方面無一不彰顯着集評本《韓詩外傳》的文獻價值。

1. 僅見的明人集評本《韓詩外傳》

《中國古籍善本書目·經部》共著錄明人評點本《韓詩外傳》四種，分別是茅坤《鹿門茅先生批評韓詩外傳》十卷、余寅評《韓詩外傳》十卷、鍾惺評《韓詩外傳》十卷和黃從誠《韓詩外傳旁注

---

① 錢興國有部分藏書後來均爲曹炎所續藏，除了國會藏集評本《韓詩外傳》，目前可考者尚有錢龍惕手定本《大衮集》殘卷。徐兆瑋（1867—1940）在民國八年（1919）九月一日的日記中引及《重刊〈大衮集〉殘本跋》，記敘了《大衮集》殘本的相關情況："只存四、五兩卷，卷四有朱文'忠孝之家''孝標'二印，卷五有白文'曹炎印'，朱文'彬侯'二印。孝標爲夕公從子興國字，疑此爲夕公手定本，後歸曹彬侯收藏者。"見《棣秋館日記》，《徐兆瑋日記》，黃山書社 2013 年版，第 3 册，第 2019—2020 頁。可見《大衮集》殘本也是先爲錢興國所藏，後歸曹炎，這與集評本《韓詩外傳》的遞藏情況是完全相同的。

評林》①，而未著錄國會圖書館藏唐琳集評本《韓詩外傳》。就《善本書目》著錄的四種評點本來看，雖在評點内容上有所不同，但均爲單評本，亦即批語係評點者一人所爲，並不涉及其他評點家的品評内容。唐琳本《韓詩外傳》雖也是評點本，但與上述四本有着質的不同，這體現在該本並非單評本，而是彙集多位評點家的批語於一書的集評本。在目前可以檢索的明刻《韓詩外傳》中，唐琳本是唯一一部集評本。從彙集衆人評語的層面來看，此本的價值確是絕無僅有的。

據筆者統計，集評本共收錄評語二百五十三則，均爲眉評。其中共涉及六位明中後期評點家，分別是張榜（四十五則）、孫鑛（八十一則）、汪道昆（三十則）、李贄（四則）、王世貞（一則）、唐琳（九十二則）。兹結合相關資料，依次對這六位評點家進行簡介。

張榜（生卒年不詳），字賓王，萬曆三十一年（1603）舉人，《江南通志》卷一六五有傳②。曾刻有《群言液》叢書，包括《戰國策纂》《淮南鴻烈解輯略》等七種典籍，每種均附眉評，可證張氏對於古籍評點的熱衷。明人徐奮鵬《詩經百方家問答》記錄了徐氏父子及師友之間就《詩》之要義展開的問答，其間便有張榜的參與③，可見其對《詩》學亦有涉及。集評本所錄張榜評語，同時呈現了他在評點與《詩經》學兩方面的成就，值得重視。

孫鑛，字文融，號月峰，萬斯同《明史》卷三三二有傳④。孫鑛的古籍評點在明中後期產生了極大影響，錢謙益曾在《葛端調編

---

① 中國古籍善本編輯委員會：《中國古籍善本書目》，上海古籍出版社1989年版，第162—163頁。
② 趙弘恩、黄之雋：《江南通志》卷165，《景印文淵閣四庫全書》，臺北商務印書館1986年版，第511册，第720頁。
③ 劉毓慶、賈培俊：《歷代詩經著述考（明代）》，中華書局2008年版，第282頁。
④ 萬斯同：《明史》卷332，《續修四庫全書》，上海古籍出版社2002年影印國家圖書館藏清鈔本，第330册，第22—23頁。

次諸家文集序》説道:"評騭之滋多也,議論之繁興也,自近代始,而尤莫甚於越之孫氏,楚之鍾氏。"①"越之孫氏"即爲孫鑛。梁章鉅《制義叢話》卷六引王耘渠語亦言:"孫月峰先生手評經史古文,何啻萬卷!"②均真實刻畫了孫氏在評點古籍方面所生發的影響。目前學界對於孫鑛在《詩經》評點方面的研究,均以其所著《批評詩經》爲對象。今有集評本所録孫鑛評《外傳》八十餘則,可知他在《詩經》評點領域中還另有重要成果。

汪道昆,字伯玉,號南溟,張廷玉《明史》卷二八七有傳③。汪道昆的評點範圍也比較開放,既有集部的唐詩,亦有説部的《水滸》。從集評本蒐輯的汪氏評語來看,他最大的特點在於發掘《韓詩外傳》體現出的諸多文體特徵。例如卷二第十五章云:"外寬而内直,自設於隱括之中,直己不直人,善廢而不悒悒,蘧伯玉之行也。"汪評曰:"絶好誄語。"揭示出此章具有誄文的文體特徵。再如《外傳》卷三"問者曰夫智者何以樂于水也""問者曰夫仁者何以樂于山也"兩章,汪評曰:"兩段又是《魯論》外傳。"《魯論》指《論語》,汪氏發現這兩章是對《論語·雍也》"仁者樂山,智者樂水"一語的推演,其體頗類似於以"翼經"見長的"外傳"④,故出此評語。

李贄,字宏甫,號卓吾,其生平詳見袁中道《珂雪齋集》卷一七《李温陵傳》⑤。集評本保留的李贄評語側重於政治得失的評論,與其所著《藏書》《續藏書》等大膽臧否古人的精神息息相通。例如《外傳》卷三第六章講述魏文侯向李克詢問丞相人選的故事,卷

---

① 錢謙益:《牧齋初學集》卷29,上海古籍出版社2009年版,第872頁。
② 梁章鉅:《制義叢話》卷6,上海書店出版社2001年版,第87頁。
③ 《明史》卷287,中華書局1974年版,第7382頁。
④ "翼經"二字參吕思勉先生《傳、説、記》:"翼經之作,見於《漢志》者,曰外傳,曰雜傳。"見《吕思勉讀史札記》(增訂本)乙帙,上海古籍出版社2005年版,第753頁。
⑤ 袁中道:《珂雪齋集》卷17,上海古籍出版社2011年版,第719—725頁。

四第五章講述齊桓公詢問管仲何以國人知其有討伐莒地之謀，均在君臣對話中彰顯出臣子識人的智慧，李贄分別評曰："克大知人""仲大知人。"將李克和管仲的政治智慧揭示出來。再如卷八第八章講述"黃帝即位，施惠承天"的故事，李贄評曰："聖王之心思不同。"在發思古之幽情的背後，亦存借古諷今的意味。

　　王世貞，字元美，號鳳洲，張廷玉《明史》卷二八七有傳①。王氏對《韓詩外傳》的見解，以《讀韓詩外傳》一文最負盛名②，該文對《外傳》的得失進行了言簡意賅的評述，可見他對該書極爲熟稔。集評本僅收錄其評語一則，所評文字爲《外傳》卷三第一九章。此章主要講述太平時代的聖王能夠滿足各類人民的生活需求，"通四方之物，使澤人足乎水，山人足乎魚，餘衍之財有所留"。王世貞評云："懋遷化居，是生財第一，籌財富而民安樂矣。""懋遷化居"出自《尚書·益稷》"懋遷有無化居"，僞孔傳云："勉勸天下徙有之無，魚鹽徙山，林木徙澤，交易其所居積。"③ 亦即通過商業貿易來互通有無。這則簡短的批語透露出王世貞重視經濟發展的觀念，這說明他在此處對於《外傳》的理解主要著眼於經濟思想方面，與其《讀韓詩外傳》側重文學性的傾向有所區別。

　　唐琳（生卒年不詳），字玉林，號仁華。他對《外傳》所作的批語最多，內容很豐富，在以上五家品評範圍之外，還有對文本的校勘，從而在文學評點中注入了文獻校勘的成分。

2. 眉批的校勘價值

　　《韓詩外傳》版本衆多，而且又有不少章節與先秦兩漢其他典籍存在相似之處，這爲《外傳》的文本校勘工作製造了一定的難度。集評本主要通過唐琳的部分眉評，對該書有疑義的字句進行了校勘，

---

① 《明史》卷287，中華書局1974年版，第7379—7381頁。
② 王世貞：《弇州山人四部稿》卷112，《明代論著叢刊》，臺北偉文圖書出版社1976年影印明萬曆世經堂本，第10種，第5273—5274頁。
③ 《尚書正義》卷5，阮元校刻：《十三經注疏》，中華書局2009年影印清嘉慶刻本，第297頁。

既包含不同文本之間的對校,又有依據文例進行的理校。這些校勘成果爲清代學者進一步校正《外傳》,提供了一定的經驗。

唐琳的眉批常用其他秦漢典籍對《韓詩外傳》進行對校。例如卷三"傳曰宋大水"章,本事亦見《左傳·莊公十一年》,但在叙事細節上頗有差別。《外傳》曰:"魯人弔之曰:天降淫雨,害于粢盛,延及君地。……孔子聞之曰:宋國其庶幾乎!"唐琳眉評曰:"《左傳》無'延及君地'句","(孔子),《左傳》作臧文仲。"檢核《左傳》原文①,確如唐琳之眉評所校。再如卷五第五章:"用萬乘之國,則舉錯而定,一朝之白。"唐琳評曰:"'白'字誤,《荀卿子》作'伯'字。"考《荀子·儒效》確作"一朝而伯"②,楊倞注:"伯,讀爲霸,言一朝而霸也。"另如卷五"楚成王讀書於殿上"章,唐琳眉評云:"漆園作'齊桓公'。""漆園"指莊子,考《莊子·天道》正作"桓公讀書於堂上",成玄英疏:"桓公,齊桓公也。"③ 清代治《外傳》的學者常將該書與其他叙事類似者對校,而這一傳統在集評本中已萌蘖先發。

唐琳還常有校訂整章的眉評,與上舉校訂異文的性質有所不同,因爲這牽扯到篇章錯簡、篇末缺失詩辭等問題,因無其他資料參稽,所以其推測多據行文之例,隸屬於理校的範疇。例如《外傳》卷四"出則爲宗族患"章僅27字,在書中洵屬少見,唐琳眉評云:"疑是下文錯出於此。"考此章之後爲"有君不能事"章,其言曰:"有君不能事,有臣欲其忠;有父不能事,有子欲其孝;有兄不能敬,有弟欲其從令……",恰與"出則爲宗族患"章構成邏輯上的關聯,唐琳的推測或有一定道理。此外,《外傳》最顯著的體例特點在於幾乎每章都引《詩經》作結,對於偶爾可見的篇末未引詩的現象,唐琳也在眉評中做出相應推測。例如卷七第二十章末無詩,唐評云:

---

① 《春秋左傳正義》卷9,阮元校刻:《十三經注疏》,中華書局2009年影印清嘉慶刻本,第3842頁。

② 王先謙:《荀子集解》卷4,中華書局1988年版,第141頁。

③ 劉文典:《莊子補正》卷5中,中華書局2015年版,第395頁。

"疑與下段同一詩辭。"推測該章所闕詩辭爲下一章末徵引的《小雅·小明》："靖共爾位，好是正直。"這一推測不無道理，因《小明》之詩適能照應第二十章"正直者順道而行，順理而言，公平無私"云云。當然，目前尚無可靠的版本可以印證唐琳的上述推測，所以僅可將其視爲較有價值的校勘意見，以供學者繼續深入探究。

（三）集評本眉評對《韓詩外傳》文學價值的揭櫫

集評本的眉評可以分爲兩大類，一類是對具體字句的評論，屬句評；一類是對整個章節的評論，屬章評。無論句評還是章評，對於《外傳》的文學價值都有着積極的揭示作用。劉毓慶先生在《從經學到文學：明代〈詩經〉學史論》一書中，曾敏銳地指出明代《詩經》學的一大特色："這個時代第一次用藝術心態面對這部聖人的經典，把它納入了文學研究的範疇。"① 將這一灼見用於分析集評本的眉評，也同樣適用。

1. 善於分析《韓詩外傳》用字的精妙之處

收錄在集評本中的諸多眉評，對於《韓詩外傳》精妙的用字藝術進行了闡發，有利於讀者領會該書的字法特點。

例如《外傳》卷三第三章講述文王莅國八年時突患重病，同時國中四方均有地震，群臣以之爲妖異之事，後文王通過"謹其禮節""飾其辭令"等行爲，使國家恢復安定的狀態；言下之意，是文王的仁德使妖異之事偃旗息鼓。對此，《外傳》的評語是："此文王之所以踐妖也。"孫鑛評曰："'踐妖'字佳。"在這裏，孫鑛著重發掘了"踐"字的文學性。《呂氏春秋·制樂》亦載此事，但寫作"荮妖"，高誘注："荮，除。"② 趙懷玉校注《韓詩外傳》云："荮、踐，古亦通用。"③ 可見《外傳》"踐妖"意爲荮除妖异，這比"除妖""滅

---

① 劉毓慶：《從經學到文學：明代〈詩經〉學史論》，商務印書館2001年版，第5頁。
② 陳奇猷：《呂氏春秋新校釋》卷6，上海古籍出版社2011年版，第359頁。
③ 趙懷玉：《韓詩外傳校正》卷3，國家圖書館藏乾隆五十九年（1790）亦有生齋刻本，第2頁b。

妖"等直率的説法更耐人尋味。

在以"佳"品評《外傳》之外，集評本還有不少以"奇"來概括該書用字特點的評語。例如卷六第十章曰："古之謂知道者曰先生，何也？猶言先醒也。不聞道術之人，則冥於得失，不知亂之所由。……故世主有先生者，有後生者，有不生者。"孫鑛評曰："'先醒'奇！""'不生'更奇！"瞭解大道之人爲"先生"，就像先從蒙昧狀態中清醒過來，故可描述爲"先醒"，這確有奇巧之趣。在這一奇的基礎上，《外傳》將"不醒"之人稱爲"不生"，又翻出一層奇趣。孫鑛用"奇""更奇"兩則精簡的評語，揭示出《外傳》用字強度的遞進，大有探驪得珠之妙。再如卷二第六章有"人妖最可畏也"之語，孫鑛評曰："'人妖'字，奇！"可見孫鑛對《外傳》用字奇巧的特點三致其意。此類評語，有助於讀者領略《外傳》的用字藝術。

值得注意的是，集評本在論字奇的基礎上，還進而分析情節之奇，這可以視爲以"奇"論文的延伸。例如卷七第十章講述衛懿公之臣弘演出使國外時，狄人殺死懿公，"盡食其肉，獨舍其肝"。弘演返回衛國後，向懿公之肝彙報出使情況，而後呼天哀號，"自剋出腹實，内（納）懿公之肝，乃死"。張榜評曰："內肝事，更奇！"弘演向衛懿公之肝彙報出使情況已出人意表，彙報完畢後竟自剖其腹，將懿公之肝置入自己腹中，更是奇上加奇。張榜用"更奇"來評價"內肝"之文，深得文心。另如卷二第二章唐琳評云"哭得奇"，同卷第十一章唐琳評曰"馬能言，奇"等等，也皆以慧眼捕捉了《外傳》的奇幻之美。

2. 發掘《韓詩外傳》在行文方面的特點

集評本所輯評語不僅注意到了該書字法上的特色，還評價了《外傳》在筆法上的特色，亦即行文方面的諸多特點。

張榜的評語對《外傳》所用的轉折筆法有着深入的探析。例如卷一第八章："三者（忠、信、廉）存乎身，名傳乎世，與日月並而息。天不能殺，地不能生，當桀、紂之世不之能污也。然則非惡生而樂死也，惡富貴、好貧賤也。"張榜評曰："轉筆輕捷。"這是對該段文字轉折結構的分析，"然則"之前講述的是不惜以生命去捍衛美名的那類人，"然則"之後講述的是他們並非不愛惜生命，只是在生命與美名之間，果敢地選擇了後者而已，其大意與《孟子·告子上》所講的"生，我所欲也；義，亦我所欲也。二者不可兼得，舍生而取義者也"[1] 相通。很明顯，《外傳》在"然則"二字的前後形成了轉折關係，但這一轉折如羚羊挂角，並無痕迹，故張榜以"轉筆輕捷"論之。再如卷四第十、十一兩章從正反角度論證禮制的作用，張榜評曰："此下兩段，發明一'禮'字，而旋轉回環，盡情盡致。西漢文章所以爲貴！"用"旋轉回環"來點評《外傳》的轉折與照應筆法，確能揭示該書此前不被人注意的某些行文特點。孫鑛對於《外傳》常見的轉折結構也別有會心，卷二第一章："區區之宋，猶有不欺之臣，何以楚國而無乎？吾是以告之也。莊王曰：雖然，吾子今得此而歸爾。"孫鑛評曰："'有''雖然'一轉，文情更自委曲。"這又是側重轉折結構在推動故事情節發展方面的作用。

在集評本的視野中，《外傳》除了一波三折的轉折結構，還有波瀾不驚的平鋪直敘筆法。例如卷一末章以悠長的筆觸將《召南·甘棠》的本事娓娓道來，唐琳評曰："此又是直述體，筆法轉變不窮。"無獨有偶，卷三第三十章以平易自然之語，對舜與周文王的事迹進行介紹，孫鑛評曰："多直述處，亦竟不見筆法。"這都可以看出評點家對於《外傳》的直敘筆法是較爲重視的。

此外，《外傳》往往在篇末徵引詩辭，但偶有變體，這種現象也得到了唐琳的關注。例如卷三第二二章引《詩》並不在篇末，而在文章中段。唐琳評云："錯綜點出，筆法又一變。"再如卷六第二一章，一反篇末引詩的傳統，而將詩辭置於此章之首，唐琳評曰："先述《詩》，又是一法。"在唐琳看來，這都屬於對常規行文結構做出的調整，其間暗含着作者筆法的變化。

---

[1] 焦循：《孟子正義》卷23，中華書局1987年版，第783頁。

3. 對《韓詩外傳》多樣藝術風格的探討

唐琳在集評本卷首《韓詩外傳叙》中曾評論該書"雖非解經之深，而曲暢旁通，初無訓詁氣像。至其鞭策經傳，奴隸子史，望而知爲漢朝全盛之文"，並在全書第一條眉評中說："《國策》妙於峻潔，西漢宗之，余於《外傳》益云"，可見他對《外傳》的藝術性是有所厝意的。在集評本中，有不少評語是對該書藝術風格的探討，使這部西漢元典擺脱了"經部附録"的掩翳①，焕發出文學的光芒。

在章評方面，集評本對《外傳》瀟灑飄逸、雄奇清峻的藝術風格進行了論述。例如卷一第一七章，唐琳評曰："曲暢旁通，正不死《詩》下句。""曲暢旁通"亦見上引唐琳《韓詩外傳叙》，可見他對《外傳》的這一特點領會較深。"正不死《詩》下句"則贊揚《外傳》能夠解除《詩》本義的捆縛，並未死在句下，這是對該書開闊自如的瀟灑文風的肯定。張榜和孫鑛則對《外傳》雄奇清峻的風格加以揭示。例如卷二第一八章，張榜章評曰："此段文勢雄而軼！""雄"爲雄奇，"軼"爲超越凡俗的曠放。再如卷三第一二章，孫鑛章評謂："何等峻潔！"仍是側重該書雄奇清峻的藝術風格。

在句評方面，集評本的評語則更加豐富。明人素喜以一字一詞來評點古籍，這一特點在集評本中亦有顯現。"雋"是集評本常見的詞彙，例如卷二第一章記司馬子反曰："嘻！甚矣憊！"同卷第四章記楚莊王曰："則沈令尹也。"孫鑛俱評曰："句法雋！"亦即此類對話具有耐人尋味的內涵。在此基礎上，孫鑛又以"雋冷"進行評點，例如卷二第二一章講述楚國國君派遣使者以重金聘任隱士接輿"治河南"，接輿之妻流露出濃重的反感情緒，說道："先生少而爲義，豈將老而遺之？門外車軼，何其深也！"孫鑛評"門外"二句曰：

---

① "經部附録"一詞借用劉咸炘《舊書別錄·韓詩外傳》之語："王世貞謂是書引經以斷事，非引事以證經。《四庫提要》因置之經部附錄。"見黃曙輝編：《劉咸炘學術論集·子學編》，廣西師範大學出版社2007年版，第347頁。考《韓詩外傳》在《四庫全書總目·詩類》之"附録"中，見永瑢等《四庫全書總目》卷16，中華書局1965年影印清刻本，第136—137頁。此即劉氏所謂"《四庫提要》因置之經部附録"。

"句法雋冷！"接輿之門素來無人問津，此刻突然車轍縱橫，老妻出此一言，不僅有耐人尋味的"雋"，亦有惡言相向的"冷"，孫鑛以"雋冷"評此八字，使《外傳》句法之美躍出紙面。"精"也是評點家常常選用的評語，例如卷二第一二章記顏淵曰："獸窮則噬，鳥窮則啄，人窮則詐。"形象揭示出人和動物在陷入死地後常常會竭力一搏的狀態，孫鑛評此句曰："琢句精。"意爲此句的雕琢堪稱精粹。《外傳》卷一第九章有"養身者忘家，養志者忘身"之句，與顏淵之言同樣精粹，故孫鑛評曰："粹句！"這與"琢句精"是字異義同的表達，這些評語都彰顯出《外傳》文風簡要精煉的特點。此外，評點家還有用"快利"和"峭拔"等詞概括該書藝術特點的評語，分別見卷一第九章唐琳評和卷一第十一章張榜評，這表明在評點家的眼中，《外傳》具有多元化的藝術特點。

尤應指出的是，集評本還有若干評語通過《外傳》與其他典籍的比較來揭示其藝術特點。例如卷三第二一章借公儀休身居相位却不接受百姓贈魚的故事，申明《老子》第七章"後其身而身先，外其身而身存"的道理。張榜評曰："輔嗣注《道德經》，無此直捷。"這是通過王弼（字輔嗣，226—249）《老子注》與《外傳》的對比，發現了後者所特有的"直捷"，因王弼多以玄言注釋《道德經》，而《外傳》則以老嫗能解的故事闡發《老子》深意，是故張榜以"直捷"美之。另如卷五第一三章與《荀子·儒效篇》相似，但《外傳》起首寫道："儒者儒也，儒之爲言無也，不易之術也。"此三句爲《儒效》所無，張榜評曰："陡起三語，荀卿《儒效》一篇絕不可及。"這是通過對比《外傳》與《荀子·儒效》，發現前者能於起首便闡明一章主旨，殊爲明快。當然，對於《外傳》不及其他典籍之處，集評本的某些眉評也能夠予以客觀的揭示。例如卷一"魯公甫文伯死"章，其事亦見《禮記·檀弓下》[1]，但文筆遠較《外傳》

---

[1]《禮記正義》卷9，阮元校刻：《十三經注疏》，中華書局2009年影印清嘉慶刻本，第2823—2824頁。

精煉，唐琳即評云："不如《檀弓》簡雋。"再如卷六第一八章講述楚、鄭邲之役，涉及楚莊王和鄭伯的不少對話，唐琳評曰："辭令似不及《左氏》。"按此事見《春秋公羊傳·宣公十二年》①，唐琳誤記爲《左傳》。對比《外傳》與《公羊傳》的辭令，後者在典雅及簡練方面，確勝前者一籌，唐琳的眉評是符合實際情況的。

總而言之，明人將《韓詩外傳》這一儒家經籍納入文學評點的畛域，爲《詩經》學史的書寫楔入濃墨重彩的一筆。正是由於打通了橫亘在經部與文學之間的壁壘，《外傳》才成爲明中後期若干評點家青眼有加的古籍，進而產生了不乏真知灼見的評點本。但在評點家獨抒己見的單評本盛行書林之際，唐琳獨能攢集衆家之品評文字，成爲有明一代絕無僅有的集評本，其文獻價值也在此處展露無遺。而集評本所錄諸多批語，在《外傳》字法、句法及總體藝術風格方面均有精到的揭示，這無疑爲讀者領會此書的文學特色提供了金針，這又體現了集評本在文學研究方面的重要價值。

第三節 《韓詩章句》闡釋《詩經》的特色

與《韓詩内傳》《韓詩外傳》等推演《詩經》的著作不同，薛方丘、薛漢父子的《韓詩章句》以《韓詩經》爲中心，緊緊圍繞本經進行解讀，集中展現了《韓詩》學派對《詩經》本體的訓釋情況，同時也爲漢代《詩經》闡釋學提供了珍貴的訓詁材料。《韓詩章句》原書雖已亡佚，但佚文傳世數量仍然較爲客觀，筆者在前人輯佚的基礎上續加增補，對該書進行了全新的輯錄，共得分屬於 195 篇詩的《章句》佚文 400 餘條。本節旨在通過對《韓詩章句》佚文的分析，分別揭示該書闡釋《詩經》字詞義及句意的特色所在。

---

① 《春秋公羊傳注疏》卷 16，阮元校刻：《十三經注疏》，中華書局 2009 年影印清嘉慶刻本，第 4960 頁。

一 《韓詩章句》闡釋《詩經》字義詞義的特色

《韓詩章句》對經文字義與詞義的解讀是該書訓釋《韓詩經》的起點，在訓釋字詞的過程中，《韓詩章句》體現出三個較爲穩定的特色，茲結合具體例證加以介紹。以下所引《韓詩章句》之出處已見上章輯佚部分之括注，故不再出注介紹佚文來源。

（一）以親緣的字音訓解字義

《韓詩章句》最常用的訓詁方式是借助親緣的字音，來就《詩經》字義進行訓釋。所謂親緣字音，指的是聲同或聲近。茲舉數例以證之：

（1）《周南·漢廣》："江之漾矣，不可方思。"《韓詩章句》云："漾，長也。"此當從《爾雅·釋詁》"羕，長也"而來①，"羕，楷作漾"②。"漾"與"長"具備疊韻關係，故可互訓，《章句》此訓體現了藉助字音相近進行訓釋的方法。

（2）《邶風·燕燕》云："仲氏任只。"《韓詩章句》云："仲，中也，言位在中也。"意指"仲氏"在家中排行第二，"仲氏"猶言"二姑娘"。"仲"與"中"聲近，所以《章句》在二字之間建立了關聯。可貴的是，這一語言現象直至今天仍然存在。例如農曆八月十五日猶有"仲秋"及"中秋"兩種稱謂，《章句》正是藉助這種聲近現象對《詩》文進行了訓釋。

（3）《鄘風·柏舟》："實惟我直。"《韓詩章句》云："直，相當值也。"很明顯，"直"與"值"屬同音字，《章句》仍是利用聲音的通假關係進行訓釋。這一訓釋還可在其他古籍中找到印證，例如宋綿初《韓詩内傳徵》云："《史記索隱》：'案姚氏云：古字例以

---

① 郭璞注：《爾雅》卷上，《叢書集成初編》，中華書局1985年影印《五雅全書》本，第1139册，第5頁。

② 説見王育《説文引詩辨證》，轉引自劉毓慶、賈培俊等《詩義稽考》，學苑出版社2006年版，第1册，第160頁。

直爲値。値者，相當値也。'"① 陳喬樅亦謂："《史記·封禪書》'遂因其直北'，《集解》引孟康曰：'直，値也。'"②

（4）《鄘風·定之方中》："星言夙駕。"《韓詩章句》云："星，晴也。""星"與"晴"亦疊韻關係，故得互訓。陳喬樅《韓詩遺說考》卷一引姚鼐曰："古'晴'字本作'暒'，'暒'亦作'星'。"③ 則以"星"即"晴"字，亦可備一説。

（5）《衛風·淇澳》："赫兮宣兮。"《韓詩章句》云："宣，顯也。""宣"與"顯"音近，《章句》仍以此爲據訓釋《詩》文。今天仍將彰"顯"某一件事情稱爲"宣傳"，實際上也同樣利用了二者的音近關係。《章句》的訓釋，正應從這一角度去理解。

（6）《鄭風·出其東門》："聊樂我魂。"《韓詩章句》云："魂，神也。"這也是非常明顯的借聲音接近而進行訓詁。《大雅·思齊》的例子也與此相似，詩曰："刑于寡妻。"《韓詩章句》云："刑，正也。"這裏的"刑"，《毛傳》訓爲"法"，《章句》訓作"正"，實際上是一個意思。"法"者，值得效法之意；"正"者，正宗正規之意，引申爲可以效法的榜樣，與《毛傳》相通。不同的是，《韓詩》運用的方法是以音近字去解釋經文。

上句數例側重反映了《韓詩章句》通過韻母相似的音近訓釋經文的情形，除此之外，《章句》還有藉助雙聲關係來釋讀文本的例子。如《小雅·節南山》："蹙蹙靡所騁。"薛君《韓詩章句》曰："騁，馳也。""騁"和"馳"乃雙聲字，發音近似，《章句》以"馳"訓"騁"，即出於這一原理。

此外，《韓詩章句》不僅擅長用音同或音近來解釋單字，而且還

---

① 宋綿初：《韓詩内傳徵》卷2，《續修四庫全書》，上海古籍出版社2002年影印乾隆六十年（1795）志學堂刻本，第75冊，第93頁。
② 陳壽祺撰，陳喬樅述：《韓詩遺說考》卷1之3，《續修四庫全書》，上海古籍出版社2002年影印清刻《左海叢書》本，第76冊，第544頁。
③ 陳壽祺撰，陳喬樅述：《韓詩遺說考》卷1之3，《續修四庫全書》，上海古籍出版社2002年影印清刻《左海叢書》本，第76冊，第546頁。

用同樣的方法解釋連綿詞。例如《邶風·靜女》的名句："愛而不見，搔首躊躇。"文中的"躊躇"爲連綿詞，《韓詩章句》云："躊躇，躑躅也。""躊躇"和"躑躅"屬於音近複合詞，這種注釋可以使讀者親切地感受到這一對連綿詞的親緣關係。另外應該提到的是，慧琳《一切經音義》卷六十中還徵引過《章句》在"躑躅也"之後的注文云："猶俳佪不進也。"對"躊躇"之義進行了更加直白的解釋。

上揭數例非常清晰地呈現了《韓詩章句》訓釋《詩經》時，對於聲音的倚重。可以說，藉助音同或聲近，是《韓詩章句》訓釋《詩經》的一大特色。

（二）以簡短的互訓闡釋經文

除了利用親緣字音解釋經義之外，《韓詩章句》還善於運用簡短的互訓來注釋經文。所謂互訓，指用同義詞去注釋生詞，甲可以等同於乙，乙也可以等同於甲。限於篇幅，僅按詩篇順序，舉六例以證之：

（1）《王風·君子陽陽》："其樂旨且。"《韓詩章句》云："旨，亦樂也。"在這裏，《章句》選用與"旨"意思相近的"樂"來解讀"旨"，用的就是互訓的方法。相較而言，"樂"之義久爲讀者熟知，以此來訓釋"旨"，對疏通經文非常有助。

（2）《鄭風·東門之墠》："東門之墠。"《韓詩章句》云："墠，猶坦。""墠"與"坦"意思非常接近，所以《韓詩》選用較爲常用的"坦"去訓釋偶一見之的"墠"，屬於非常典型的互訓之例。

（3）《齊風·雞鳴》："無庶予子憎。"《韓詩章句》云："憎，猶惡也。"這條互訓易於理解，因爲直至今天的語體文，還每每出現"憎惡"連用之例。

（4）《唐風·蟋蟀》："蟋蟀在堂，歲聿其暮。"《韓詩章句》云："暮，晚也。"[1] 很明顯，這也是一組同義詞之間的相互訓釋，

---

[1] 《六臣注文選》卷22，中華書局1987年影印涵芬樓所藏宋刊本，第417頁。

後世詩人同時用"歲暮"和"歲晚"指示年底，展現的就是"暮"與"晚"的同義。例如蘇軾《九月二十日微雪懷子由弟二首》其一云："岐陽九月天微雪，已作蕭條歲暮心。"① 其二則謂："官舍度秋驚歲晚，寺樓見雪與誰登。"② 這兩聯詩表達的都是詩人在秋天便已萌生舊年將盡之意，但爲避免重複，蘇軾分別使用了"歲暮"和"歲晚"這兩個同義不同字的詞，反映的也是"暮"與"晚"的同義關係。

（5）《小雅·鹿鳴》："承筐是將。"《韓詩章句》云："承，受也。""承"與"受"爲同義詞，今人猶以"承受"連用，與《韓詩》本條互訓相合。《韓詩》用彼注此，令讀者易於理解。

（6）《小雅·彤弓》："鐘鼓既設。"《韓詩章句》云："設，陳也。""陳"與"設"同義，現代漢語仍使用"陳設"一詞，"陳"指陳列，"設"指擺設，故得以互訓。

（三）以對比的形式區分近義詞

《韓詩章句》還習慣通過對比的方式，將容易混淆的事物講述清楚。這種訓釋方法，既短小精悍，又明白易曉。兹舉數例以證之：

（1）《周南·芣苢》："采采芣苢。"《韓詩章句》云："直曰車前，瞿曰芣苢。"這是很典型的對比，車前之莖直而芣苢之莖曲，讀者知道這一分別，自然就很容易將二者區分開來了。

（2）《召南·采蘋》："于以采蘋？南澗之濱。于以采藻？于彼行潦。""蘋""藻"二字，《韓詩章句》解云："沉者曰蘋，浮者曰藻。"簡潔地將"蘋""藻"一沉一浮的特點介紹清楚。用字不多，但釋義準確。

（3）《齊風·南山》："橫由其畝。"《韓詩章句》云："東西耕

---

① 蘇軾著，馮應榴輯注：《蘇軾詩集合注》卷3，上海古籍出版社2001年版，第121頁。

② 蘇軾著，馮應榴輯注：《蘇軾詩集合注》卷3，上海古籍出版社2001年版，第122頁。

曰横，南北耕曰由。"僅用十個字就將"耕"與"由"的區分標準講述清楚，即耕地的方向，南北爲"由"，東西爲"横"。

（4）《魏風·園有桃》："我歌且謡。"《韓詩章句》云："有章曲曰歌，無章曲曰謡。"將判別"歌""謡"的依據定爲有無章曲，使讀者易於理解。

（5）《魏風·陟岵》："陟彼岵兮"，"陟彼屺兮。"《韓詩章句》云："有木無草曰岵"，"有草無木曰屺。"解釋了"岵"與"屺"的主要分別在於有無草木。

（6）《小雅·雨無政》："降喪饑饉。"《韓詩章句》云："二穀不升曰饑，三穀不升曰饉。"簡潔地指出"饑"與"饉"的區別在於穀物歉收的程度。

二 《韓詩章句》闡釋《詩經》句意的特色

由於"章句"在"離章辨句"[①]的基礎上，需對經文意指進行解釋，其步驟是先釋字義，而後闡釋句意，此即沈欽韓所謂"指括其文，敷暢其義"[②]。《韓詩章句》對《詩經》的解釋，也體現了上述特色，即在訓釋字義以後，往往還附有對整句詩義的解釋。與此同時，《韓詩章句》對於句意的解讀還涉及了民俗學的信息，這也是該書解經的特色之一。

（一）字義訓釋與句意講解並重

《韓詩章句》對於句意的解讀，是建立在字義詞義解讀的基礎上進行的。所以不少被完整引用的《章句》佚文都是字義訓釋與句意講解並重，茲舉數例以證之。

（1）《邶風·終風》："終風且暴。"《韓詩章句》云："終風，西風也。時風又且暴，使已思益隆。"《章句》在此處先解釋了經文

[①] 《後漢書》卷28上，中華書局1965年版，第955頁。
[②] 沈欽韓：《漢書藝文志疏證》卷1，王承略、劉心明主編：《二十五史經籍藝文志考補萃編》，清華大學出版社2011年版，第2卷，第15頁。

"終風"的詞義爲"西風",隨後解釋了經文之句意爲"時風又且暴,使已思益隆"。釋義雖然簡短,却爲後世學者推求《韓詩》篇恉提供了重要的綫索。如魏源即以此爲據,論證了《韓詩》將《終風》視爲描述夫婦生活的作品,進而推翻了《毛詩序》所謂莊姜"遭州吁之暴"的説法:"考《文選注》引《韓詩章句》曰:'時風又且暴,使已思益隆。'爲陸士衡《代顧彥先贈婦詩》'隆思亂心曲'之所本①。此夫婦之詞,而非母子,證一也。'願言則嚏',《箋》曰:'今俗,人嚏云人道我。'蓋用韓義以易毛訓。此又夫婦之情,而非母子。證二也。'願言則懷',《箋》云:'懷,安也。女思我心如是,我則安也。'又以韓義易毛訓,此思莊公之詞,不可施於州吁。證三也。苟非《韓詩》以爲夫婦之詞,《箋》曷爲易《毛傳》'嚏,跲''懷,傷'之訓,而同長門相思之賦乎②?"③ 很明顯,《韓詩章句》對"終風且暴"句意的呈現,在無意中保留了《韓詩》學派對於《終風》篇恉的理解,其價值之大,無庸贅辭。

(2)《鄘風·牆有茨》:"中冓之言。"《韓詩章句》云:"中冓,中夜。謂淫僻之言也。"《章句》仍然是先釋經文"中冓"的詞義爲"中夜",然後解釋經文之句意爲"淫僻之言"。《毛詩傳》釋此詩"中冓"爲"内冓",鄭玄箋申釋其義爲"宮中所冓成頑與夫人淫昏之語","淫昏之語"當即受《韓詩》"淫僻之言"之啓發。

(3)《鄘風·相鼠》:"人而無止。"《韓詩章句》云:"止,節。無禮節也。"很明顯,《章句》仍是先釋經文"止"之字義爲"節",後釋"無止"爲"無禮節"之義,則句意顯然指"人如果沒有禮

---

① 【魏源原注】《選注》:"隆則繁也。"陳啓源曰:"陸詩正用薛君語。"

② 【魏源原注】《長門賦》:"廓獨潛而專精兮,天飄飄而疾風。浮雲鬱而四塞兮,天窈窈而晝陰。雷隱隱而響起兮,聲象君之車音。言我朝往而莫來兮,飲食樂而移人。修薄具而自設兮,君曾不肯乎幸臨。心憑噫而不舒兮,邪氣壯而攻中。惕寐覺而無見兮,魂廷廷若有亡。"皆近此詩之旨。

③ 魏源:《詩古微》(二十卷本)中編之2《邶鄘衛風答問》,《魏源全集》編輯委員會:《魏源全集》,岳麓書社2004年版,第1册,第369—370頁。

節"，這既使整句經文的意義變得明晰，也使"止"訓"節"之義得到了明確化，即"節"指"禮節"。

（4）《鄭風·東門之墠》："東門之栗，有踐家室。"《韓詩章句》云："栗，木名。踐，善也。言東門之外，栗樹之下，有善人可與成爲室家者。"在對"栗""踐"的字義進行訓釋之後，又對經文句意進行了闡釋，將"東門之栗"具化爲"東門之外，栗樹之下"，爲"踐家室"的位置提供了更加清晰的描述。

（5）《鄭風·子衿》："縱我不往，子寧不詒音？"《韓詩章句》云："詒，寄也。曾不寄問也。"在這段解説中，《章句》先釋經文"詒"字爲"寄"義，後釋"子寧不詒音"爲君子"曾不寄問"，句意亦相當醒豁。

（6）《小雅·巧言》："趯趯毚兔，遇犬獲之。"《韓詩章句》云："趯趯，往來貌；獲，得也。言趯趯之毚兔，謂狡兔數往來，逃匿其迹，有時遇犬得之。"《章句》仍是先釋經文中"趯趯"及"獲"之字義詞義，再申釋句意。

總而言之，《韓詩章句》對於句意的闡釋是在解釋字義詞義的基礎上進行的，字義詞義是句意的基礎，句意是字義詞義的有機連接。《韓詩章句》正是把握了這兩個端點，才對《詩經》原文作出了富有邏輯的解釋。

（二）以民俗學解讀句意

《韓詩章句》解讀部分《詩經》句意時，還涉及過民俗學的相關知識，這集中表現在《章句》對《鄭風·溱洧》的解讀中。詩云："溱與洧，方渙渙兮。士與女，方秉蕑兮。"《韓詩章句》云："渙渙，盛貌也。謂三月桃花水下之時至盛也。秉，執也；蕑，蘭也。當此盛流之時，眾士與眾女方執蘭拂除邪惡。鄭國之俗，三月上巳之辰，此兩水之上，招魂續魄，拂除不祥。故詩人願與所悦者俱往觀之。"按《章句》釋《溱洧》，涉及了上巳節的相關風俗。上巳節係由古代巫術儀式"祓禊"發展而來①,《周禮・女巫》云:"女巫掌歲時祓除。"鄭玄注:"歲時祓除,如今三月上巳,如水上之類。"賈公彥疏:"'歲時祓除'者,非謂歲之四時,惟謂歲之三月之時。故鄭君云'如今三月上巳'解之。一月有三巳,據上旬之巳而爲祓除之事,見今三月三日水上戒浴是也。"② 所謂"祓除",即《韓詩章句》提到的"拂除不祥"。除了這一功用,上巳節還有青年男女於水濱洗浴的風俗,賈公彥所謂"戒浴"即就此而言,這乍看確有"男女同川淫猥"③ 之嫌,但其背後却不乏偶合生子的寄託,"展現了人們對生命延續的渴望和追求,表現出濃郁的生命信仰"④。由此來看,《韓詩章句》對於《溱洧》開篇數句的解釋,顯然是在上巳節的民俗背景下展開的。漢代學者討論《溱洧》詩,多將該詩與"鄭聲淫"建立聯繫⑤,《毛詩序》以"淫風大行"論《溱洧》之背景尤具代表性,這些解讀顯然沒有將《溱洧》背後的上巳風俗考慮在内,從而大異於《韓詩》。所以同樣是《溱洧》,《韓詩序》以之爲"悦人"之作,而《毛詩序》則以之爲"刺亂"之詩。

雖然在目前可見的《章句》佚文中,僅有對《溱洧》的解讀涉及了民俗知識,但這仍然是值得注意的。因爲它對上巳節相關民俗的介紹較爲詳細,對於推求秦漢時代的上巳風俗裨益甚多。當然,《韓詩章句》有時也會誤解《詩經》中的部分民俗現象,從未作出不合實情的解讀。如《大雅・生民》講述姜原(《毛詩》作"姜

---

① 有關上巳節與"祓禊"的關係,可參看孫思旺《上巳節淵源名實述略》,《湖南大學學報》2006 年第 2 期。

② 《周禮注疏》卷 26,阮元校刻:《十三經注疏》,中華書局 2009 年影印清嘉慶刻本,第 1763 頁。

③ 田村和親:《鄭聲の概念の生成過程:春秋思想との関連に於て》(下),《二松學舍大學人文論叢》第 17 號,1980 年,第 35 頁。

④ 袁子微:《上巳節的歷史流變》,《文藝評論》2014 年第 4 期,第 149 頁。

⑤ 最詳細的綜述是李真:《上巳習俗の基礎的研究——詩経・鄭風・溱洧篇の韓詩説と上巳習俗の関係を中心として》(上),《岩大語文》第 14 輯,2009 年,第 104 頁。

嫄")"履帝武敏歆,攸介攸止",這裏表現的是上古祭祀風俗中的履跡環節。聞一多謂:"上云禋祀,下云履跡,是履跡乃祭祀儀式之一部分,疑即一種象徵的舞蹈。所謂'帝'實即代表上帝之神尸。神舞於前,姜嫄尾隨其後,踐神尸之跡而舞。其事可樂,故曰'履帝武敏歆',猶言與尸伴舞而心甚悦喜也。……舞畢而相攜止息於幽閑之處,因而有孕也。"① 這一節解讀相當精彩,還原了姜原有妊的基本面貌。但是《韓詩章句》對《生民》給出的解釋却是"聖人皆無父,感天而生"②,這顯然未將履跡這一民俗現象考慮在內,故而未達一間。不過需要指出的是,聖人無父的觀念並非《韓詩》學派的專有解釋,而是多數漢儒所普遍認同的理念。康有爲云:"《詩》言'赫赫姜源',又言'時惟姜源',又言'姒續妣祖'。一有太婆而無太公,一以姒加祖上,此即今文家所謂'聖人無父,感天而生'之説也。"③ 所謂"今文家",即指《韓詩》以及《魯詩》《齊詩》《春秋公羊傳》等學派,因爲許慎《五經異義》明確記錄過這一學說:"《詩》齊、魯、韓、《春秋》公羊説:聖人皆無父,感天而生。"④ 由此可見,以"聖人無父,感天而生"來解釋姜原有妊,已是漢代經學家的共識。劉向《列女傳·棄母姜嫄》雖未有"感天而生"之語,但所記却爲"感天而生"之事,這亦可爲漢儒的上述理解提供一個旁證。陳慶鏞(1795—1858)曾敏銳地發現《列女傳》與《毛詩傳箋》在解釋姜原有妊時存在歧異,特撰《生民首章魯毛異同解》以辨之⑤,堪稱讀書有間。但必須指出的是,《毛詩》學派對於姜原有妊一事,亦未從履跡風俗方面著眼,所以霧裏看花,終隔一層。這一問題的最終澄清,在民國時代聞一多所撰《姜嫄履大

---

① 聞一多:《姜嫄履大人跡考》,《神話與詩》,中華書局1956年版,第73頁。
② 陳壽祺:《五經異義疏證》卷下,中華書局2014年版,第197頁。
③ 康有爲:《萬木草堂口說》"禘嘗"條,中華書局1988年版,第130頁。
④ 陳壽祺:《五經異義疏證》卷下,中華書局2014年版,第197頁。
⑤ 陳慶鏞:《籀經堂類藁》卷4,《續修四庫全書》,上海古籍出版社2002年影印清光緒九年(1883)刻本,第1522冊,第545頁。

人跡考》問世後始告完成。

(三) 以制度解讀句意

《韓詩章句》在解讀《詩經》句意時，還多方面調動制度史方面的知識，諸如兵役制度、軍事制度、教育制度等。茲各舉一例以證之。

(1)《邶風·擊鼓》："土國城漕，我獨南行。"《韓詩章句》云："年二十行役，三十受兵，六十還兵。"按此處《章句》係以古代**兵役制度**解《詩》。"二十行役，三十受兵"之制，以孫詒讓疏《周禮·載師》爲最明晰："凡受夫田者，必任受兵。鄉大夫職國中七尺，止任力役，尚未受兵，此尤未受夫田之塙證。《王制》孔疏引《易》孟氏、《詩》韓氏説云：'二十行役，三十受兵，六十還兵。'受田歸田與受兵還兵年，必正相準。……大抵男子年二十或已授室，則受餘夫之田，餘夫任行役，《小司徒》'田與追胥羡卒竭作'是也。至三十而丁衆成家，別自爲户，則爲正夫，受田百畮，正夫任受兵，即六軍及丘甸之卒是也。餘夫爲羡卒，正夫爲正卒，受田與受役、受兵，事亦正相當也。"① "六十還兵"之説，則在賈公彦疏《周禮·鄉大夫》時已經提及："若征伐，六十乃免，是以《王制》云：'六十不與服戎。'"② 由此可見，《韓詩章句》對於古代兵役制度的解讀吻合於《周禮》的相關記載，真實可信。

(2)《小雅·六月》："元戎十乘，以先啓行。"《韓詩章句》云："元戎，大戎，謂兵車也。車有大戎十乘，謂車縵輪，馬被甲，衡挏之上盡有劍戟，名曰陷君之車。所以冒突先啓敵家之行伍也。"按此處《章句》藉助兵車作戰時的**軍事制度**解《詩》，介紹了"元戎"的形制是"車縵輪，馬被甲，衡挏之上盡有劍戟"，並解釋了"元戎""先啓"的原因在於"冒突先啓敵家之行伍"，這樣一來，

---

① 孫詒讓：《周禮正義》卷24，中華書局2013年版，第957頁。
② 《周禮注疏》卷12，阮元校刻：《十三經注疏》，中華書局2009年影印清嘉慶刻本，第1543頁。

"元戎十乘，以先啓行"的句意便得到了清晰的解釋。

（3）《大雅·靈臺》："于樂辟雍。"《韓詩章句》云："辟雍者，天子之學。圓如璧，雍之以水，示圓，言辟，取辟有德。不言辟水，言辟雍者，取其雍和也。所以教天下春射、秋饗、尊事三老五更。在南方七里之内，立明堂於中，五經之文所藏處，蓋以茅草，取其潔清也。"按此處《章句》以古代**教育制度**解《詩》。辟雍亦作辟廱，乃天子之學堂，所謂"大學，殷之制：天子曰辟廱，諸侯曰頖宫"①，"三代天子學摠曰辟雍"②。古代學者對於辟雍形制的解讀歧異頗多，至今尚未形成定讞。《韓詩章句》提供的只是一種可能的解釋，並釋出"辟""雍"二字的字義，具備一定的參考價值。鄭玄注《禮記·王制》云："辟，明也；廱，和也。所以明和天下。"③其釋"辟"義異於《章句》，釋"廱"義則合於《章句》。這一細節，亦可佐證先賢對於"辟雍"詞義之理解確存歧異。

綜上所述，《韓詩章句》在訓釋《詩經》之時，的確形成了穩定的闡釋特色。在解釋字義詞義方面，《韓詩章句》有通過語音相同或相近來解釋字義之例，又善於運用互訓的方式去訓釋經文，並且頗能通過言簡意賅的對比來顯示同類詞的差別。在解讀句意方面，《韓詩章句》能夠結合字義詞義，進一步就句意作出符合邏輯的闡釋；同時還能利用民俗學、制度史等知識來解釋《詩經》句意。毫無疑問，這些特點使《韓詩》學派釋讀《詩經》本文的總體特色得以奠定，爲學界更加深入地研究《韓詩》學派在《詩經》學史中的價值和意義提供了基礎。

---

① 《禮記正義》卷12，阮元校刻：《十三經注疏》，中華書局2009年影印清嘉慶刻本，第2885頁。
② 《周禮注疏》卷22，阮元校刻：《十三經注疏》，中華書局2009年影印清嘉慶刻本，第1700頁。
③ 《禮記正義》卷12，阮元校刻：《十三經注疏》，中華書局2009年影印清嘉慶刻本，第2885頁。

第四章

《韓詩》流傳考

在前三章中，本書著重解决了圍繞《韓詩》文本内部産生的多種問題。本章將以《韓詩》的外部流傳爲考察重點，藉以完成《韓詩》研究内外合攏的任務。

本章首先將利用傳世文獻與出土史料，對歷史上修習傳授《韓詩》的學者作出總的考察，在前賢成果的基礎上，重新製作《韓詩》學者的譜系。此後則將注意力轉向《韓詩》傳播史的探研。由於關涉《韓詩》傳播的史料過於零散，尚不足以重構《韓詩》傳播的整體歷史，故僅以史料基礎相對堅固的論題爲切入點，藉由個案研究來反映《韓詩》傳播史的某個片段。按照這一思路，本節將圍繞以下兩方面展開：首先結合出土的漢唐碑誌，對東漢至隋唐之間的《韓詩》傳承作出新的解釋；其次將《韓詩》置於東亞文化圈的背景之下，探討《韓詩》遺説在日本的保存與傳播情況。之所以選定以上兩個方面，優先考慮的當然是相對良好的史料基礎，但筆者還另有一種考慮，即以上兩方面分别從時間和空間兩個維度呈現了《韓詩》傳播過程的若干面相。

第一節 《韓詩》學者譜

對《韓詩》學者的記錄始於《漢書·儒林傳》，在韓嬰和趙子的小傳中，班固較爲簡要地梳理了《韓詩》在西漢的傳承，涉及了該派開山祖師韓嬰，及此後的淮南賁生、韓商、涿郡韓生、趙子、蔡誼、食子公、王吉、栗豐、長孫順、張就和髮福等 12 位學者。范曄《後漢書·儒林列傳》接續《漢書·儒林傳》，對東漢的儒家學者進行了介紹，其中涉及了《韓詩》學派的薛方丘、薛漢、杜撫、澹臺敬伯、韓伯高、召馴、楊仁、趙曄、張匡等 9 位學者①。宋季王應麟在此基礎上繪製了《三家詩傳承圖·韓詩》，共錄兩漢《韓詩》學者 26 人②。

但對於《韓詩》學者的集中研究，則是伴隨着清代《韓詩》學的興起才開始。部分《韓詩》輯本卷首的《叙錄》有對《韓詩》學者的考證，如宋綿初《韓詩叙錄上》列《韓詩》學者 30 人③，在班、范《儒林傳》之外，又增加了若干來自其他文獻的《韓詩》學者。陳喬樅《韓詩叙錄》所參稽的資料更加豐富，如《東觀漢記》《華陽國志》《隸釋》《沈約集》等，共得《韓詩》學者 55 人④，代表了《韓詩》學者研究的最高成就。唐晏《兩漢三國學案》亦列《韓詩》學者 55 人⑤，但與陳書各有異同，惟其考證不附出處，未若陳書之謹嚴。此外，熊賜履（1635—1709）《學統》卷三七以

---

① 《後漢書》卷 79 下，中華書局 1965 年版，第 2573—2575 頁。
② 王應麟：《詩考》附錄，中華書局 2011 年版，第 160 頁。
③ 宋綿初：《韓詩内傳徵》卷首，《續修四庫全書》，上海古籍出版社 2002 年影印乾隆六十年（1795）志學堂刻本，第 75 册，第 82—84 頁。
④ 陳壽祺撰，陳喬樅述：《韓詩遺説考》卷首，《續修四庫全書》，上海古籍出版社 2002 年影印清刻《左海叢書》本，第 76 册，第 495—504 頁。
⑤ 唐晏：《兩漢三國學案》卷 5，中華書局 1986 年版，第 212—213 頁。

《後漢書·儒林傳》爲據，列《韓詩》學者四人①；魏源《詩古微》卷首《韓詩傳授考》，主要利用《漢書》《後漢書》《隸釋》等典籍，列習《韓詩》者三十餘人②，可信度較高。這些成果，均體現了清儒對於《韓詩》學者的重視。

　　當代學界對《韓詩》學者的群體研究仍呈現出活躍的狀態。劉立志《漢代〈詩經〉學者圖表》羅列了 54 位《韓詩》學者③，並附出處及備注，便於查覈。俞艷庭《兩漢〈詩〉學授受表》亦羅列了 54 位《韓詩》學者④，與劉文互有異同。專就《韓詩》學者開展研究的是左洪濤的《〈韓詩〉傳授人及學者考》⑤，該文先對晚清至今六位⑥學人的《韓詩》學者研究進行了綜述，認爲這些研究"只是記載了最重要的傳授人，遺漏了不少人"，故對《韓詩》學者進行新考，"共考得《韓詩》傳授人 20 人、習《韓詩》者 33 人"。但由于左文僅關注"晚清至今"的經學史著作，對於清中期陳喬樅的考證反而未做出充分的吸收，如陳著據蔡邕《胡碩碑》考出的胡碩，就被左文所遺漏。同時，對於劉立志據《孟孝琚碑》考出的孟孝琚，左文也同樣沒有著録。可見左文對《韓詩》學者的著録仍然存在繼續補充的餘地。此外，左氏另有《〈詩經〉之〈韓詩〉傳授人新

---

①　熊氏著録的四位《韓詩》學者分別是杜撫、召馴、楊仁、趙曄，見熊賜履：《學統》卷 37，《續修四庫全書》，上海古籍出版社 2002 年影印清康熙二十四年（1685）下學堂刻本，第 513 册，第 684—685 頁。

②　魏源：《詩古微》（二十卷本）卷首，《魏源全集》編輯委員會：《魏源全集》，岳麓書社 2004 年版，第 1 册，第 109 頁。

③　劉立志：《漢代〈詩經〉學史論》附録 1，中華書局 2007 年版，第 185—188 頁。

④　俞艷庭：《兩漢三家〈詩〉學史綱》附録 1，齊魯書社 2009 年版，第 310 頁。

⑤　左洪濤：《〈韓詩〉傳授人及學者考》，《文獻》2010 年第 2 期。

⑥　左氏本列七家，依次爲王國維（1877—1927），范文瀾（1893—1969），王治心（1881—1968），焦袁熹（1661—1736），劉汝霖，孫欽善，鄭傑文。但焦袁熹爲康熙時人，左文視爲"晚清至今"，不確。

考》①，對前文提及的 20 位傳授人的部分内容進行了擴充，兩文可參考閲讀。王承略先生則對《韓詩》學派中傳習《易經》的學者群體進行了考索②，考出兩漢魏晉時期兼習《詩》《易》的《韓詩》學者 26 人，其據顔真卿（709—784）《顔君廟碑銘》考出的《韓詩》學者顔欽，爲前人所未查，彌足珍貴。

由此可見，從漢至今，對於《韓詩》學者群體的考索呈現出越來越豐富的景況。本節將在整合訂正先行研究成果的同時，增補前人未考出的《韓詩》學者，力求提供更加完整的《韓詩》學者譜系。按時代先後順序，分爲西漢、兩漢之交、東漢、三國至隋唐四個階段。每一階段之内，優先排列師承關不可考者，其後再按時代先後排列師承關係不可考者，共得《韓詩》學者 63 人。

一　西漢的《韓詩》學者

1. 韓嬰（生卒年不詳）

【史源】韓嬰，燕人也。孝文時爲博士，景帝時至常山太傅。嬰推詩人之意，而作《内》《外傳》數萬言，其語頗與齊、魯間殊，然歸一也。淮南賁生受之。燕、趙間言《詩》者由韓生。③（《漢書·儒林傳·韓嬰》）

按：韓嬰乃《韓詩》學派開山祖師，《韓詩》之名即由其姓氏而定。由"燕、趙間言《詩》者由韓生"之語，可知韓嬰創立的《韓詩》學派在燕趙之間已具備較大的影響，但尚未形成風靡全國的規模。關於韓嬰之弟子，可考者僅有賁生、趙子二人，詳下文第 2—3 條。

---

① 左洪濤：《〈詩經〉之〈韓詩〉傳授人新考》，《中南民族大學學報》2013 年第 5 期。
② 王承略：《〈韓詩〉學派習〈易〉學者考》，《周易研究》2012 年第 4 期。
③ 《漢書》卷 88，中華書局 1962 年版，第 3613 頁。

2. 賁生（生卒年不詳）

【史源】（韓嬰）作《内》《外傳》數萬言，其語頗與齊、魯間殊，然歸一也。淮南賁生受之。① （《漢書·儒林傳·韓嬰》）

按：由"淮南賁生受之"之語，可知賁生乃淮南人氏，爲《韓詩》第一代受業弟子。然限於史料，暫無法詳考其事跡。

3. 趙子（生卒年不詳）

【史源】趙子，河内人也，事燕韓生。② （《漢書·儒林傳·趙子》）

按：由"事燕韓生"之語，可知趙子亦爲韓嬰弟子，故與賁生同爲《韓詩》第一代受業弟子。趙子生平無從詳考，其弟子可考者則僅有蔡誼，詳下文第 4 條。

4. 蔡誼（亦作蔡義, ？—前71）

【史源1】（趙子）授同郡蔡誼，誼至丞相。③ （《漢書·儒林傳·趙子》）

【史源2】蔡義，河内温人也。以明經給事大將軍莫府。家貧，常步行，資禮不逮衆門下，好事者相合爲義買犢車，令乘之。數歲，遷補覆盎城門候。久之，詔求能爲《韓詩》者，徵義待詔，久不進見。義上疏曰："臣山東草萊之人，行能亡所比，容貌不及衆，然而不棄人倫者，竊以聞道於先師，自託於

---

① 《漢書》卷88，中華書局1962年版，第3613頁。
② 《漢書》卷88，中華書局1962年版，第3614頁。
③ 《漢書》卷88，中華書局1962年版，第3614頁。

經術也。願賜清閒之燕，得盡精思於前。"上召見義，說《詩》，甚說之，擢爲光禄大夫、給事中，進授昭帝。①（《漢書·蔡義傳》）

按：由【史源1】趙子"授同郡蔡誼"之語，可知蔡誼師從趙子修習《韓詩》，且蔡誼與趙子同郡，俱爲河内人。另，蔡誼亦作蔡義，王先謙《漢書補注》引王先慎云："紀、表、傳並作'義'。'誼'、'義'字通用。"②《漢書》卷六六有《蔡義傳》，詳見上引【史源2】。由"詔求能爲《韓詩》者，徵義待詔"之語，可知蔡義對《韓詩》的研究在當時已得到普遍認可，故朝廷下詔尋求能解説《韓詩》者，蔡義得預其列，後文"上召見義，說《詩》，甚説之"更可印證蔡義深湛的《韓詩》學修養。同時，蔡誼還廣收弟子，使《韓詩》的影響日益擴大，其弟子可考者有食子公、王吉，皆詳下文第5—6條。

5. 食子公（生卒年不詳）

【史源】（蔡誼）授同郡食子公，……食生爲博士。③（《漢書·儒林傳·趙子》）。

按：由蔡誼"授同郡食子公"之語，可知食子公從蔡誼受《韓詩》，且與蔡誼同郡，俱爲河内人；由"食生爲博士"之語，可知食子公曾被立爲博士。食子公當撰有解讀《韓詩》的章句。《漢車騎將軍馮緄碑》云："君諱緄，字皇卿，幽州君之元子也。少耽學問，習父業。治《春秋》嚴、《韓詩》倉氏。"④遍考史籍所載《韓詩》學者，未有倉姓者，故頗疑此處之"倉"乃"食"之訛，二字

---

① 《漢書》卷66，中華書局1962年版，第2898—2899頁。
② 王先謙：《漢書補注》列傳卷58，上海古籍出版社2008年版，第5448頁。
③ 《漢書》卷88，中華書局1962年版，第3614頁。
④ 洪适：《隸釋》卷7，中華書局1986年版，第86頁。

涉形近而誤①。陳直先生則徑讀"倉"爲"食"："《隸釋》卷七《馮緄碑》云：'治《春秋》嚴，《韓詩》食氏。'據此食子公亦有《韓詩》章句，特不載於《藝文志》耳。"② 這一解讀是相當合理的。食子公之弟子可考者僅有栗豐一人，詳下文第7條。

6. 王吉（？—前48）

【史源1】（蔡誼）授同郡食子公與王吉，吉爲昌邑中尉。③（《漢書·儒林傳·趙子》）

【史源2】王吉字子陽，琅邪皋虞人也。少好學明經，以郡吏舉孝廉爲郎，補若盧右丞，遷雲陽令。舉賢良爲昌邑中尉，而王好遊獵，驅馳國中，動作亡節，吉上疏諫，曰：臣聞古者師日行三十里，吉行五十里。《詩》云："匪風發兮，匪車揭兮，顧瞻周道，中心怛兮。"《説》曰："是非古之風也，發發者；是非古之車也，揭揭者。蓋傷之也。"今者大王幸方與，曾不半日而馳二百里，百姓頗廢耕桑，治道牽馬，臣愚以爲民不可數變也。昔召公述職，當民事時，舍於棠下而聽斷焉。是時人皆得其所，後世思其仁恩，至虖不伐甘棠，《甘棠》之詩是也。④（《漢書·王吉傳》）

按：由【史源1】蔡誼授"食子公與王吉"之語，可知王吉亦從蔡誼受《韓詩》，與食子公乃同門關係。《漢書》卷七二有《王吉傳》，詳見上引【史源2】，其中"好學明經"四字自然包含從蔡誼手裏學到的《韓詩》，而上諫昌邑王的奏疏中先後涉及了《詩經·

---

① 關於"倉"與"食"在漢碑中的寫法，可參毛遠明：《漢魏六朝碑刻異體字典》，中華書局2014年版，第65—66、798頁。
② 陳直：《漢書新證》，中華書局2008年版，第404頁。
③ 《漢書》卷88，中華書局1962年版，第3614頁。
④ 《漢書》卷72，中華書局1962年版，第3058頁。

《檜風·匪風》及《召南·甘棠》兩個篇目，前者乃引用《韓詩說》①，後者與《韓詩外傳》卷一第二八章相合②，足見王吉精深的《韓詩》學造詣。有關王吉之弟子，可考者僅有長孫順一人，詳下文第8條。

7. 栗豐（生卒年不詳）

【史源】（食子公）授泰山栗豐……豐部刺史。③（《漢書·儒林傳·趙子》）

按：由食子公"授泰山栗豐"之語，可知栗豐乃泰山人氏，從食子公受《韓詩》。栗豐生平可考材料無多，其弟子可考者僅有張就一人，詳下文第9條。

8. 長孫順（生卒年不詳）

【史源】（王吉）授淄川長孫順，順爲博士。④（《漢書·儒林傳·趙子》）

按：由王吉"授淄川長孫順，順爲博士"之語，可知長孫順乃淄川人氏，從王吉受《韓詩》，並曾立爲博士。長孫順對《韓詩》的研究極有心得，《漢書·趙子傳》曾明確記載過"《韓詩》有王、

---

① 楊樹達在討論《漢書·藝文志》"《韓詩說》"條時，便對王吉引用的這條《詩說》進行過討論："吉學《韓詩》，所引《詩說》，殆即此書也。"見《漢書窺管》卷3，上海古籍出版社2013年版，第208頁。本書認同這一看法。
② 郝懿行曾敏銳地指出了王吉對《甘棠》的解讀與《韓詩外傳》吻合："《漢書·王吉傳》：'昔召公述職，當民事時，舍於棠下而聽斷焉。是時，人皆得其所。後世思其仁恩，至虖不伐甘棠，《甘棠》之詩是也。'吉爲《漢書》，故與《韓詩》說同。"轉引自許維遹：《韓詩外傳集釋》卷1第28章，中華書局1980年版，第30頁。
③ 《漢書》卷88，中華書局1962年版，第3614頁。
④ 《漢書》卷88，中華書局1962年版，第3614頁。

食、長孫之學"①，可知西漢後期，在《韓詩》學派內部已有王吉、食子公及長孫順等專家之學。既已具備專家之學的規模，則長孫順弟子應不在少數，惜目前可考者僅髪福一人，詳下文第10條。

9. 張就（生卒年不詳）

【史源】（栗豐）授山陽張就。②（《漢書・儒林傳・趙子》）

按：據引文可知張就乃山陽人氏，從栗豐受《韓詩》。

10. 髪福（生卒年不詳）

【史源】（長孫順）授東海髪福。③（《漢書・儒林傳・趙子》）

按：據引文可知髪福乃東海人氏，從長孫順受《韓詩》。

11. 韓生（生卒年不詳）

【史源】後其（筆者按：指韓嬰）孫商爲博士。孝宣時，涿郡韓生其後也，以《易》徵，待詔殿中，曰："所受《易》即先太傅所傳也。嘗受《韓詩》，不如《韓氏易》深，太傅故專傳之。"④（《漢書・儒林傳・韓嬰》）

按：據引文可知涿郡韓生乃韓嬰之孫韓商的後代，"嘗受《韓詩》"，但此處並未記載韓生受《韓詩》的師承淵源。考慮到其爲韓嬰之直系後代，故其受《韓詩》之淵源或爲家學。因爲韓嬰授學，既授異姓門徒，如上揭賁生、趙子之類；亦授韓氏家族子弟，如韓

---

① 《漢書》卷88，中華書局1962年版，第3614頁。
② 《漢書》卷88，中華書局1962年版，第3614頁。
③ 《漢書》卷88，中華書局1962年版，第3614頁。
④ 《漢書》卷88，中華書局1962年版，第3613—3614頁。

生"所受《易》即先太傅所傳也"之類。左洪濤據此定"韓生師從太傅韓嬰"①，這不免忽略了韓嬰與韓生在輩分上的差距：韓商爲韓嬰之孫，韓生爲韓商之後（當非韓商之子，否則《漢書》不至於使用"其後也"這種模糊的口吻），故韓嬰與韓生相差至少四代，兩人在時間上顯然不構成直接傳授的可能。所以所謂"先太傅所傳"之"傳"，並非指"傳授"，而是指"流傳"，即《韓氏易》是由韓嬰流傳下來的學問。至於韓嬰僅面向韓氏家族内部傳授《韓氏易》的原因，班固在《漢書·儒林傳·韓嬰》中已經給予了明確的回答："燕趙間好《詩》，故其《易》微，惟**韓氏自傳**之。"② 所以《韓氏易》等於是韓氏家傳之學，而涿郡韓生乃韓嬰直系後代，當然可以接受由始祖韓嬰流傳下來的這套家學。從這一點來看，可知韓嬰的學術在韓氏家族内部亦得到了較好的傳承。故韓生之《韓詩》亦不無源自家學之可能。

二　兩漢之交的《韓詩》學者

12. 夏恭（生卒年不詳）

【史源】夏恭字敬公，梁國蒙人也。習《韓詩》《孟氏易》，講授門徒常千餘人。③（《後漢書·文苑列傳·夏恭》）

按：由"習《韓詩》"可知夏恭爲《韓詩》學者。《後漢書》本傳云："王莽末，盜賊從橫，攻没郡縣，恭以恩信爲衆所附，擁兵固守，獨安全。光武即位，嘉其忠果，召拜郎中，再遷太山都尉。和集百姓，甚得其歡心。"④ 據此可知夏恭活動於西漢末葉至東漢初葉。

---

① 左洪濤：《〈韓詩〉傳授人及學者考》，《文獻》2010年第2期。
② 《漢書》卷88，中華書局1962年版，第3613頁。
③ 《後漢書》卷80上，中華書局1965年版，第2610頁。
④ 《後漢書》卷80上，中華書局1965年版，第2610頁。

476 《韓詩》研究

13. 郅惲（生卒年不詳）

【史源】郅惲字君章，汝南西平人也。年十二失母，居喪過禮。及長，理《韓詩》《嚴氏春秋》，明天文歷數。授皇太子（筆者按：即漢明帝）《韓詩》，侍講殿中。① （《後漢書·郅惲傳》）

按：由"理《韓詩》"可知惲爲《韓詩》學者。《後漢書》本傳記郅惲曾上書王莽，據此可知其生活於西漢末，本傳另記其於光武帝時代事跡，據此可推知郅惲活動於西漢末葉至東漢初葉。《後漢書·明帝紀》記光武帝建武十九年（43）立劉莊爲皇太子②，《後漢書》記惲"授皇太子《韓詩》"③，據此可知其於43年尚在世，但具體卒年已不可確考。

14. 朱勃（前10/前9—？）

【史源】勃能説《韓詩》。④ （《後漢書·馬援傳》李賢注引《續漢書》）

按：由【史源】可知朱勃爲習《韓詩》者。《東觀漢記》及《後漢書·馬援傳》皆有《朱勃傳》，"朱勃字叔陽，年十二能誦《詩》《書》。常候馬援兄況。勃衣方領，能矩步，辭言嫻雅"⑤，與馬援同郡，曾官雲陽令⑥。勃有集二卷⑦，已佚。《後漢書·馬援傳》

---

① 《後漢書》卷29，中華書局1965年版，第1023頁。
② 《後漢書》卷2，中華書局1965年版，第95頁。
③ 《後漢書》卷29，中華書局1965年版，第1031頁。
④ 《後漢書》卷24，中華書局1965年版，第850頁。
⑤ 吳樹平：《東觀漢記校注》卷12，中華書局2008年版，第456頁。
⑥ 《後漢書》卷24，中華書局1965年版，第846頁。
⑦ 《隋書》卷35，中華書局1973年版，第1057頁。

記馬援（前14—49）卒後，朱勃曾上書（嚴可均題爲《詣闕上書理馬援》①）爲援辯護，其中有"臣年已六十"之語，爲推求朱勃生年提供了重要綫索。對於該書的撰寫時間，袁宏繫於建武二十六年（50）②，司馬光則繫於建武二十五年（49）③。若從袁氏繫年，可逆推朱勃生於公元前9年；若從司馬氏繫年，則可逆推朱勃生於公元前10年。由此可知朱勃生於西漢成帝元延年間（前12—前9），主要活動年代則已進入東漢光武帝時代。

15. 侯芭（生卒年不詳）

【史源】《韓詩翼要》十卷，漢侯芭傳。④（《隋書·經籍志》）

按：侯芭撰有《韓詩翼要》，顯然是《韓詩》學者。侯芭生卒不可確考，然其爲揚雄（前53—18）弟子，當活動於兩漢之交。

三　東漢的《韓詩》學者

16. 薛方丘（生卒年不詳）

【史源】（薛漢）世習《韓詩》，父子以章句著名。⑤（《後漢書·儒林列傳·薛漢》）

按：由薛漢"世習《韓詩》，父子以章句著名"之語，可知薛

---

① 嚴可均輯：《全後漢文》卷17，《全上古三代秦漢三國六朝文》，中華書局1958年影印光緒黃岡王毓藻刻本，第1120—1121頁。
② 袁宏：《後漢紀》卷8，中華書局2017年版，第146頁。
③ 司馬光：《資治通鑑》卷44，中華書局2011年版，第1411頁。劉躍進從此説，亦繫於建武二十五年，見《秦漢文學編年史》下編，商務印書館2006年版，第369頁。
④ 《隋書》卷32，中華書局1973年版，第915頁。
⑤ 《後漢書》卷79下，中華書局1965年版，第2573頁。

漢及其父皆習《韓詩》，且撰有《韓詩章句》。然《後漢書》未記漢父之名。考《新唐書·宰相世系表》三下："薛方丘，字夫子。方丘生漢，字公子。"① 可知漢父名方丘。《後漢書》既云"父子以章句著名"，則可推知薛方丘對於《韓詩》的研究極爲精湛，其與薛漢遞相撰述的《韓詩章句》是《韓詩》學派最爲重要的訓釋類著作。

17. 薛漢（生卒年不詳）

【史源】薛漢字公子②，淮陽人也。世習《韓詩》，父子以章句著名。漢少傳父業，尤善説災異讖緯，教授常數百人。建武初，爲博士，受詔校定圖讖。當世言《詩》者，推漢爲長。③（《後漢書·儒林列傳·薛漢》）

按：薛漢爲東漢時代《韓詩》研究的集大成者，"當世言《詩》者，推漢爲長"一語，最能説明薛漢在當時《詩》學界的地位。薛漢門徒衆多，其授學之巨大影響，由"教授常數百人"即可見一斑。薛氏弟子以"犍爲杜撫、會稽澹臺敬伯、鉅鹿韓伯高最知名"④，除此之外，可考者尚有廉范及尹勤，此五人詳下文第18—22 條。

18. 杜撫（生卒年不詳）

【史源1】杜撫字叔和，資中人也。少師事薛漢，治《五經》。⑤（《華陽國志·杜撫傳》）

---

① 《新唐書》卷73 下，中華書局1975 年版，第2990 頁。
② 曹金華先生云："'字公子'，《書鈔》卷六七引《東觀記》作'字子公'。《廉范傳》注：'漢字公子，見《儒林傳》。'未详孰是。"見《後漢書稽疑》中册，中華書局2014 年版，第1066 頁。
③ 《後漢書》卷79 下，中華書局1965 年版，第2573 頁。
④ 《後漢書》卷79 下，中華書局1965 年版，第2573 頁。
⑤ 任乃強：《華陽國志校補圖注》卷10 中，上海古籍出版社2015 年版，第583 頁。

【史源2】（薛漢）弟子犍爲杜撫、會稽澹臺敬伯、鉅鹿韓伯高最知名。①（《後漢書·儒林列傳·薛漢》）

【史源3】杜撫字叔和，犍爲武陽人也。少有高才。受業於薛漢，定《韓詩章句》。後歸鄉里教授。沈靜樂道，舉動必以禮。弟子千餘人。後爲驃騎將軍東平王蒼所辟，及蒼就國，掾史悉補王官屬，未滿歲，皆自劾歸。時撫爲大夫，不忍去，蒼聞，賜車馬財物遣之。辟太尉府。建初中，爲公車令，數月卒官。其所作《詩題約義通》，學者傳之，曰"杜君法"云。②（《後漢書·儒林列傳·杜撫》）

按：由【史源1】【史源2】可知杜撫受學於薛漢，且爲薛氏"知名"弟子之一，其在《韓詩》研究方面的貢獻則在於【史源3】所講"受業於薛漢，定《韓詩章句》"，此事於《韓詩章句》之深入傳播不無裨益。另，其所作《詩題約義通》，本書第一章第一節曾詳辨其本名應爲《詩題約通義》，茲不贅述。該書亦爲解説《韓詩經》之作，雖已亡佚，但從"學者傳之"四字中，仍可看出該書在當時學界產生的深遠影響。杜撫"弟子千餘人"，然可考者僅有趙曄、馮良二人，詳下文第23—24條。

19. 澹臺敬伯（生卒年不詳）

【史源】（薛漢）弟子犍爲杜撫、會稽澹臺敬伯、鉅鹿韓伯高最知名。③（《後漢書·儒林列傳·薛漢》）

按：由【史源】可知澹臺敬伯乃會稽人氏，是薛漢"知名"弟子之一。敬伯的"知名"當然源自其博洽的《韓詩》學成就，這在

---

① 《後漢書》卷79下，中華書局1965年版，第2573頁。
② 《後漢書》卷79下，中華書局1965年版，第2573頁。
③ 《後漢書》卷79下，中華書局1965年版，第2573頁。

傳世文獻中尚有一處旁證，即《風俗通義·姓氏》："漢有博士澹臺恭。"① 澹臺恭即澹臺敬伯，"博士"二字證明敬伯曾被立爲博士，這足以説明其學養之深。但《後漢書》未爲敬伯立傳，導致其生平學行溫漫難考。明人歐大任《百越先賢志》雖有《澹臺敬伯傳》，但寥寥數句："澹臺敬伯，會稽人，受《韓氏詩》於淮陽薛漢。當時言《詩》者，推漢爲長。敬伯與犍爲杜撫、鉅鹿韓伯高，爲弟子最知名。"② 這顯然全據《後漢書·薛漢傳》改寫而成，並未提供新的信息。所以對於敬伯的《韓詩》學影響，因受限於史料的極度匱乏，目前尚無法作出更深入的探討。

20. 韓伯高（生卒年不詳）

【史源】（薛漢）弟子犍爲杜撫、會稽澹臺敬伯、鉅鹿韓伯高最知名。③（《後漢書·儒林列傳·薛漢》）

按：由【史源】可知韓伯高乃鉅鹿人氏，是薛漢"知名"弟子之一。但史料闕如，其具體生平事跡暫無從考索。

21. 廉范（生卒年不詳）

【史源】廉范字叔度，京兆杜陵人，趙將廉頗之後也。……詣京師受業，事博士薛漢。④（《後漢書·廉范傳》）

按：由"事博士薛漢"之語，可知廉范爲薛漢弟子，當習《韓詩》。本傳另記"薛漢坐楚王事誅，故人門生莫敢視，范獨往收斂

---

① 王利器：《風俗通義校注·佚文》，中華書局 2010 年版，第 529 頁。
② 歐大任：《百越先賢志》卷 3，《景印文淵閣四庫全書》，臺北商務印書館 1986 年版，第 453 册，第 745 頁。
③ 《後漢書》卷 79 下，中華書局 1965 年版，第 2573 頁。
④ 《後漢書》卷 31，中華書局 1965 年版，第 1101 頁。

之"①，於此可見廉范之風骨。

22. 尹勤（生卒年不詳）

【史源】尹勤治《韓詩》，事薛漢。身牧豕，事親至孝，無有交遊，門生荆棘。②（《東觀漢記·尹勤傳》）

按：由"尹勤治《韓詩》，事薛漢"之語，可知尹勤師從薛漢受《韓詩》。《後漢書》未爲尹勤單獨立傳，遂使其生平不彰。茲結合相關史料，略加鉤稽於下：（1）**尹勤的生平梗概**。《後漢書·陳寵傳》曾附及尹勤之生平梗概："勤字叔梁，篤性好學，屏居人外，荆棘生門，時人重其節。後以定策立安帝，封福亭侯，五百户。永初元年，以雨水傷稼，策免就國。"③ 其中"篤性好學，屏居人外"一語，適可與《東觀漢記》"無有交遊，門生荆棘"的記載相發明。（2）**尹勤的籍貫及主要仕履**。《後漢書·和帝紀》記延平元年（106）"六月丁未，太常尹勤爲司空"④，據此可知尹勤曾於延平元年由太常升任司空。其升任之緣由，則在於原司空陳寵病薨，故"以太常南陽尹勤代爲司空"⑤，據此又可知尹勤乃南陽人氏。尹勤升任司空後，其太常之缺乃由魏霸補任，《後漢書·魏霸傳》載之甚明："延平元年，（霸）代尹勤爲太常。"⑥（3）**尹勤的封侯**。《後漢書·張禹傳》云："永初元年，（禹）以定策功封安鄉侯，食邑千二百户，與太尉徐防、司空尹勤同日俱封。"⑦ 未詳記封侯之具體月份及侯名。今考袁宏《後漢紀·孝安皇帝紀上》記永初元年"夏四

---

① 《後漢書》卷31，中華書局1965年版，第1102頁。
② 吳樹平：《東觀漢記校注》卷16，中華書局2008年版，第724頁。
③ 《後漢書》卷46，中華書局1965年版，第1555頁。
④ 《後漢書》卷4，中華書局1965年版，第197頁。
⑤ 《後漢書》卷46，中華書局1965年版，第1555頁。
⑥ 《後漢書》卷25，中華書局1965年版，第886頁。
⑦ 《後漢書》卷44，中華書局1965年版，第1499頁。

月,太傅張禹爲安鄉侯,太尉徐防爲龍節侯,司空尹勤爲傅亭侯"①,可知尹勤所封爲傅亭侯(《後漢書·陳寵傳》作"福亭侯"),時間在永初元年四月。(4)**尹勤卸任司空的時間及繼任者**。《後漢書·安帝紀》記永初元年(107)秋九月"辛未,司空尹勤免",顔師古注:"以水雨漂流也。"②據此可知尹勤因疏於防控雨災,於永初元年卸任司空,《陳寵傳》記尹勤"永初元年,以雨水傷稼,策免就國",即就此事而言。《後漢書·周章傳》記周章於此年冬"代尹勤爲司空"③,可知繼尹勤任司空者乃周章。

23. 趙曄(33?—107?)④

【史源1】趙曄字長君,山陰人也。少爲縣吏,舉檄迎督郵。曄甚恥之,由是委吏。到犍爲,詣博士杜撫受《韓詩》。撫嘉其精力,盡以其道授之。積二十年,不還。家人爲之發喪制服。至撫卒,曄經營葬之,然後歸家。⑤(《會稽典録·趙曄傳》)

【史源2】趙曄字長君,會稽山陰人也。少嘗爲縣吏,奉檄迎督郵,曄恥於斯役,遂弃車馬去。到犍爲資中,詣杜撫受《韓詩》⑥,究竟其術。積二十年,絶問不還,家爲發喪制服。撫卒乃歸。州召補從事,不就。舉有道。卒于家。曄著《吴越春秋》《詩細》《歷神淵》。蔡邕至會稽,讀《詩細》而歎息,

---

① 袁宏:《後漢紀》卷16,中華書局2017年版,第309頁。
② 《後漢書》卷5,中華書局1965年版,第207—208頁。
③ 《後漢書》卷33,中華書局1965年版,第1157頁。
④ 史書未載趙曄生卒年,本書使用的是曹美娜的相關考證結論,見《〈吴越春秋〉作者趙曄生平解説與考證》,《重慶工學院學報》2009年第9期。
⑤ 虞預:《會稽典録》卷上,魯迅輯:《會稽郡故書雜集》第2種,《魯迅全集》,人民文學出版社1973年版,第8卷,第32頁。
⑥ "趙曄字長君"至"詣杜撫受《韓詩》"亦見謝承《後漢書·趙曄傳》,周天游輯注《八家後漢書輯注》,上海古籍出版社1986年版,第165頁。此當即范曄《後漢書》之史源。

以爲長於《論衡》。邕還京師，傳之，學者咸誦習焉。①（《後漢書·儒林列傳·趙曄》）

按：【史源1】與【史源2】叙事多有重疊，前者出於晉代史學家虞預之手，後者則出於南朝宋代，故前者當係後者之史源。這兩條史源皆記趙曄赴犍爲從杜撫受《韓詩》一事，亦記載了杜撫將畢生學識悉數授予趙曄的史實，可見趙曄乃杜撫最爲得意的弟子，其在《韓詩》研究中取得的成就自然不容低估。【史源2】特别記録了趙曄撰寫的幾部著作，其中《詩細》與《歷神淵》皆爲《詩》學著作，這可以從側面反映出趙曄對《韓詩》學的熟稔。關於這兩部著作，以及趙曄的另一部《韓詩》學著作《韓詩譜》，筆者已在上文第一章第一節中詳細考論過，兹不贅述。

24. 馮良（生卒年不詳）

【史源1】南陽馮良少作縣吏，恥在廝役，因壞車殺馬，毀裂衣冠。主撻之。從杜撫學。妻子見車有死馬，謂爲盜賊所害。良志行高潔，約禮者也。②（《東觀漢記·馮良傳》）

【史源2】（杜撫）弟子南陽馮良，亦以道學徵聘。③（《華陽國志·杜撫傳》）

【史源3】良字君郎。出於孤微，少作縣吏。年三十，爲尉從佐。奉檄迎督郵，即路慨然，恥在廝役，因壞車殺馬，毀裂衣冠，乃遁至犍爲，從杜撫學。妻子求索，蹤迹斷絶。後乃見草中有敗車死馬，衣裳腐朽，謂爲虎狼盜賊所害，發喪制服。積十許年，乃還鄉里。志行高整，非禮不動，遇妻子如君臣，

---

① 《後漢書》卷79下，中華書局1965年版，第2575頁。
② 吴樹平：《東觀漢記校注》卷17，中華書局2008年版，第747頁。
③ 任乃强：《華陽國志校補圖注》卷10中，上海古籍出版社2015年版，第583頁。

鄉黨以爲儀表。①（《後漢書·馮良傳》）

按：以上三條史源皆明確記録馮良受學於杜撫，當習《韓詩》。但有學者懷疑"從杜撫學"這一記載的可信度，曹金華先生在《後漢書稽疑》中曾有詳細的介紹與考證②，亦可備一說。

25. 鄭雲（生卒年不詳）

【史源】（鄭雲）字仲興，學《韓詩》《公羊春秋》。③（張津《乾道四明圖經》卷五）

按：由"學《韓詩》"可知鄭雲爲《韓詩》學者。雲之生卒年不可確考，然結合相關史料，仍可得出大致時間。張津《乾道四明圖經》卷五引《會稽典録·鄭雲傳》云："與梁宏皆爲主簿。"④ 可知鄭雲與梁宏任職主簿在同一時代。考梁宏任主簿時，適逢楚王劉英謀反⑤，據《後漢書·光武十王列傳·楚王英》，楚王謀反事在漢明帝永平十三年（70）⑥，據此可定鄭雲亦活動於此時。又考《後漢書·薛漢傳》有"後坐楚事辭相連，下獄死"之語，則薛漢亦活動於楚王謀反之際。所以鄭雲與薛漢具體生卒年雖不可考，但二人均活躍於公元70年前後，則是可以確定的事實。

---

① 《後漢書》卷53，中華書局1965年版，第1743頁。
② 曹金華：《後漢書稽疑》中册，中華書局2014年版，第681—682頁。
③ 張津：《乾道四明圖經》卷5，中華書局編輯部編：《宋元方志叢刊》，中華書局1990年影印清咸豐四年（1854）《宋元四明六志》本，第5册，第4897頁。
④ 張津：《乾道四明圖經》卷5，中華書局編輯部編：《宋元方志叢刊》，中華書局1990年影印清咸豐四年（1854）《宋元四明六志》本，第5册，第4897頁。
⑤ 《太平御覽》卷649引《會稽典録》，中華書局1960年重印涵芬樓影印宋本，第2905頁。
⑥ 《後漢書》卷42，中華書局1965年版，第1429頁。

26. 定生（生卒年不詳）

【史源】（王阜）欲之犍爲定生學經，取錢二千、布二端去。母追求到武陽北男謁舍家得阜，將還。後歲餘，白父升曰："令我出學仕宦，儻至到今，毋乘跛馬車。"升憐其言，聽之定所受《韓詩》。①（《東觀漢記·王阜傳》）

按：由【史源】可知王阜曾往犍爲定生之所"受《韓詩》"②，據此可知定生授《韓詩》於犍爲。其徒王阜活動於漢章帝時代（詳下文第27條），定生爲其師，當活動於此前的光武帝、明帝時代。

27. 王阜（生卒年不詳）

【史源】王阜字世公，蜀郡人。少好經學，年十一，辭父母，欲出精廬。以尚少，不見聽。後阜竊書誦盡，日辭，欲之犍爲定生學經，取錢二千、布二端去。母追求到武陽北男謁舍家得阜，將還。後歲餘，白父升曰："令我出學仕宦，儻至到今，毋乘跛馬車。"升憐其言，聽之定所受《韓詩》。③（《東觀漢記·王阜傳》）

按：由"聽之定所受《韓詩》"之語，可知王阜爲《韓詩》學者。雖然王阜求學之路充滿曲折，但最終仍然如願以償，實現了從定生受《韓詩》的願望。唐人劉賡《稽瑞》引《東觀漢記》云："章帝元和二年，王阜爲益州牧，白烏見。"④ 據此可知王阜於元和二年（85）任益州牧，乃章帝時人。

---

① 吳樹平：《東觀漢記校注》卷13，中華書局2008年版，第512頁。
② 吳樹平：《東觀漢記校注》卷13，中華書局2008年版，第512頁。
③ 吳樹平：《東觀漢記校注》卷13，中華書局2008年版，第512頁。
④ 劉賡：《稽瑞》，《叢書集成初編》，中華書局1985年影印《後知不足齋叢書》本，第702冊，第84頁。

28. 李恂（生卒年不詳）

【史源】李恂字叔英，安定臨涇人也。少習《韓詩》，教授諸生常數百人。① （《後漢書·李恂傳》）

按：由"少習《韓詩》"可知李恂爲《韓詩》學者。恂之生卒不可確考，《後漢書》本傳記"司空張敏、司徒魯恭等各遣子饋糧"於李恂②。考《後漢書·張敏傳》，可知敏任司空在漢安帝永初元年（107）③，《後漢書·安帝紀》記魯恭任司徒亦在永初元年④，此後二人尚可"遣子饋糧"於李恂，據此可推定恂之卒年不早於107年。《後漢書》本傳又記李恂"年九十六卒"，故恂之生年不早於公元12年。

29. 召馴（？—88）

【史源】召馴字伯春，九江壽春人也。曾祖信臣，元帝時爲少府。父建武中爲卷令，儌儻不拘小節。馴少習《韓詩》，博通書傳，以志義聞，鄉里號之曰"德行恂恂召伯春"。累仕州郡，辟司徒府。建初元年，稍遷騎都尉，侍講肅宗。拜左中郎將，入授諸王。帝嘉其義學，恩寵甚崇。⑤ （《後漢書·儒林列傳·召馴》）

按：由"少習《韓詩》"之語可知馴爲《韓詩》學者。由"博通書傳""德行恂恂"二語，可知召馴無論學識，還是道義，皆達到一定的境界。後文"帝嘉其義學"之語，即兼義、學兩方面而言。

---

① 《後漢書》卷51，中華書局1965年版，第1683頁。
② 《後漢書》卷51，中華書局1965年版，第1683頁。
③ 《後漢書》卷44，中華書局1965年版，第1504頁。
④ 《後漢書》卷5，中華書局1965年版，第207頁。
⑤ 《後漢書》卷79下，中華書局1965年版，第2573頁。

30. 楊仁（生卒年不詳）

【史源】楊仁字文義，巴郡閬中人也。建武中，詣師學習《韓詩》，數年歸，靜居教授。仕郡爲功曹，舉孝廉，除郎。① (《後漢書·儒林列傳·楊仁》)

按：由"詣師學習《韓詩》"之語，可知楊仁爲《韓詩》學者。陳壽《益部耆舊傳·楊仁傳》記楊仁曾得漢明帝"引見，問當代政治之事。仁對，上大奇之"，又記"章帝既立，諸馬譖仁刻峻，於是上善之"②，據此可知楊仁活動於漢明帝至漢章帝之世。

31. 張匡（生卒年不詳）

【史源】時山陽張匡，字文通。亦習《韓詩》，作章句。後舉有道，博士徵，不就。卒於家。③ (《後漢書·儒林列傳·趙曄》)

按：由"習《韓詩》，作章句"之語，可知張匡爲《韓詩》學者，且撰有章句。但張匡之師承情況已不可考，其爲《韓詩》所撰《章句》亦亡佚。《後漢書·儒林傳》記趙曄事跡後，緊接以"時山陽張匡"之文，可知張匡與趙曄當爲同時代的學者，故范曄以"時"字領起。趙曄主要活動於漢明帝至漢章帝時代，張匡當亦活動於此時。

32. 武梁（72—145）

【史源】掾諱梁，字綏宗。掾體德忠孝，岐嶷有異。治《韓

---

① 《後漢書》卷79下，中華書局1965年版，第2574頁。
② 轉引自徐堅等《初學記》卷12，中華書局1962年版，第293頁。書名原寫作"陳壽《耆舊傳》"，王文才等認爲《耆舊傳》即陳壽所撰《益部耆舊傳》，見王文才，王炎編著《蜀志類鈔》，巴蜀書社2010年版，第46頁。
③ 《後漢書》卷79下，中華書局1965年版，第2575頁。

詩經》，闕憤傳講。兼通河、雒諸子傳記。①（《從事武梁碑》）

按：由"治《韓詩經》"可知武梁爲《韓詩》學者。《武梁碑》記梁卒於元嘉元年（145），年七十四，據此可逆推其生於永平十五年（72），主要活動於東漢中前期。

33. 渡君（85—161）

【史源】（渡君）以能典藝，講演《韓詩》②。（《行事渡君碑》）

按：由"講演《韓詩》"可知渡君爲《韓詩》學者。惟碑文記其名字處已殘泐，無法考出渡氏之名，故仍以碑名爲據，稱渡君。碑文記其卒於漢桓帝延熹四年（161）二月十日，年七十七，據此可逆推渡君生於漢章帝元和二年（85）。

34. 廖扶（生卒年不詳）

【史源】廖扶字文起，汝南平輿人也。習《韓詩》《歐陽尚書》，教授常數百人。③（《後漢書·方術列傳·廖扶》）

按：由"習《韓詩》"可知廖扶爲《韓詩》學者。《後漢書》本傳記廖扶之父"永初中，坐羌沒郡下獄死。扶感父以法喪身，憚爲吏。及服終而歎曰：'老子有言："名與身孰親？"吾豈爲名乎！'遂絕志世外"④。其父死於漢安帝永初（107—113）年間，廖扶爲之守服，可知廖扶於永初間（東漢中期）已在世。《後漢書》本傳又記廖扶弟子謁煥官汝南太守時，未到郡，"先遣吏脩門人之禮，又欲

---

① 洪适：《隸釋》卷6，中華書局1986年版，第74頁。
② 徐玉立：《漢碑全集》，河南美術出版社2006年版，第912頁。
③ 《後漢書》卷82上，中華書局1965年版，第2719頁。
④ 《後漢書》卷82上，中華書局1965年版，第2719頁。

擢扶子弟，固不肯"。據嚴耕望（1916—1996）先生考察，謁煥官汝南太守時在漢質帝時代①，據此可知廖扶在質帝時尚在世。再結合《後漢書》本傳記廖扶"年八十，終于家"，則廖扶之卒當應至東漢後期，具體時間不可確考。

35. 唐檀（生卒年不詳）

【史源】唐檀字子產，豫章南昌人也。少遊太學，習《京氏易》《韓詩》《顏氏春秋》，尤好災異星占。後還鄉里，教授常百餘人。②（《後漢書·方術列傳·唐檀》）

按：由"習《韓詩》"可知唐檀爲《韓詩》學者。唐檀生卒年不詳，《後漢書》本傳記其漢安帝元初七年（120）至漢順帝永建五年（130）的多次占驗，據此可知唐檀活動於漢安帝至漢順帝之世。

36. 梁商（？—141）

【史源】商少持《韓詩》，兼讀衆書傳記，天資聰敏，昭達萬情。舉措動作，直推雅性，務在誠實，不爲華飾。孝友著於閨閫，明信結於友朋。③（《東觀漢記·梁商傳》）

按：由"持《韓詩》"可知梁商爲《韓詩》學者。其生平詳見《後漢書·梁統傳》附《梁商傳》④。梁商乃梁冀、梁妠之父，妠亦習《韓詩》（詳下文第44條），或即源自家學。

37. 杜喬（？—147）

【史源】喬少好學，治《韓詩》《京氏易》《歐陽尚書》，

---

① 嚴耕望：《兩漢太守刺史表》第2章，上海商務印書館1948年版，第122頁。
② 《後漢書》卷82下，中華書局1965年版，第2729頁。
③ 吳樹平：《東觀漢記校注》卷15，中華書局2008年版，第613頁。
④ 《後漢書》卷34，中華書局1965年版，第1175—1177頁。

以孝稱。雖二千石子，常步擔求師。①（《後漢書·杜喬傳》李賢注引《續漢書》）

按：由"治《韓詩》"可知杜喬爲《韓詩》學者。《後漢書·桓帝紀》記建和元年（147）十一月"清河劉文反，殺國相射暠，欲立清河王蒜爲天子；事覺伏誅。蒜坐貶爲尉氏侯，徙桂陽，自殺。前太尉李固、杜喬皆下獄死。"② 據此可知杜喬卒於建和元年。杜喬之死，實因其結銜於梁冀，《後漢書》本傳叙喬死事更詳："及清河王蒜事起，梁冀遂諷有司劾喬及李固與劉鮪等交通，請逮案罪。而梁太后素知喬忠，但策免而已。冀愈怒，使人脅喬曰：'早從宜，妻子可得全。'喬不肯。明日冀遣騎至其門，不聞哭者，遂白執繫之，死獄中。"③ 據此可知杜喬卒於建和元年（147），此年乃清河王劉蒜事發之年。

38. 祝睦（97—164）

【史源】（祝睦）齓鬠入學，脩《韓詩》《嚴氏春秋》。④（《山陽太守祝睦後碑》）

按：由"脩《韓詩》"可知祝睦爲《韓詩》學者。《祝睦後碑》記睦卒於漢桓帝延熹七年（164），年六十八，據此可逆推其生於漢和帝永元九年（97），主要活動於東漢中後期。

39. 馮緄（102—167）

【史源】君諱緄，字皇卿，幽州君之元子也。少耽學問，習

---

① 《後漢書》卷63，中華書局1965年版，第2091—2092頁。
② 《後漢書》卷7，中華書局1965年版，第291頁。
③ 《後漢書》卷63，中華書局1965年版，第2093頁。
④ 洪适：《隸釋》卷7，中華書局1986年版，第83—84頁。

父業。治《春秋》嚴、《韓詩》倉（食）氏。①（《車騎將軍馮緄碑》）

按：由"治《韓詩》食氏"可知馮緄爲《韓詩》學者。其兼習《韓詩》與《嚴氏春秋》，與祝睦相同。《馮緄碑》僅記緄卒於漢桓帝永康元年（167），未記其享年，故無從推算其生年。何如月結合《後漢書·馮緄傳》及《馮緄碑》的相關記載，考出馮緄生於102年。因《後漢書·馮緄傳》記馮焕（馮緄父）建元元年（121）卒，"御子爲郎中"，據此可知馮緄除郎中在121年，此年馮緄20歲（《馮緄碑》記載緄"弱冠詔除郎"，弱冠爲20歲），據此逆推馮緄生於102年②。

40. 樊安（103—158）

【史源】君幼以好學，治《韓詩》《論語》《孝經》，兼通記傳、古今異義。③（《中常侍樊安碑》）

按：由"治《韓詩》"可知樊安爲《韓詩》學者。《樊安碑》記安卒於漢桓帝永壽四年（158），年五十六，據此可逆推其生於漢和帝永元十五年（103），主要活動於東漢中後期。

41. 張恭祖（生卒年不詳）

【史源】（鄭玄）從東郡張恭祖受《周官》《禮記》《左氏春秋》《韓詩》《古文尚書》。④（《後漢書·鄭玄傳》）

按：由鄭玄從張恭祖受《韓詩》，可知張恭祖授《韓詩》，屬

---

① 洪适：《隸釋》卷7，中華書局1986年版，第86頁。
② 何如月：《漢車騎將軍馮緄碑誌考釋》，《考古與文物》2006年第1期。
③ 洪适：《隸釋》卷6，中華書局1986年版，第78頁。
④ 《後漢書》卷35，中華書局1965年版，第1207頁。

《韓詩》學者。恭祖生卒不可確考，然其爲鄭玄之師，當年長於玄，玄生於 127 年，恭祖之生年或在公元 100 年前後。故暫繫於馮緄、樊安之後。

42. 丁魴（生卒年不詳）

【史源】廣漢屬國故都尉丁君，諱魴，字叔河。……治《易》《韓詩》，垂意《春秋》。①（《廣漢屬國都尉丁魴碑》）

按：由"治《韓詩》"可知丁魴爲《韓詩》學者。《丁魴碑》有殘泐，今存文字未記丁魴之生卒年。然碑立於漢桓帝元嘉元年（151），據此可知其卒年不晚於 151 年。

43. 孟琁（？—156）

【史源】（孟氏）改名爲琁，字孝琚。……四歲失母，十二隨官受《韓詩》，兼通《孝經》二卷。②（《孟孝琚碑》）

按：由"受《韓詩》"可知孟琁爲《韓詩》學者。《孟孝琚碑》已殘泐，今存碑文記載孟琁卒於丙申年，據謝飲澗（1906—1997）先生考證，此丙申乃漢桓帝永壽二年（156）③。但碑文未記孟氏之享年，暫無從推出其生年。

44. 梁妠（116—150）

【史源】順烈梁皇后諱妠，大將軍商之女，恭懷皇后弟之孫也。后生，有光景之祥。少善女工，好史書，九歲能誦《論

---

① 洪适：《隸釋》卷 17，中華書局 1986 年版，第 173 頁。
② 佚名：《漢孟孝琚碑》，河南美術出版社 1991 年版，第 5—6 頁。
③ 謝飲澗：《〈孟孝琚碑〉考釋》，《昭通文史資料選輯》第 1 輯，1985 年，第 56—68 頁。

語》，治《韓詩》，大義略舉。①（《後漢書·順烈梁皇后傳》）

按：由"治《韓詩》"可知梁妠爲《韓詩》學者，由"大義略舉"可知梁妠的《韓詩》學養較爲深湛。

45. 劉寬（120—185）

【史源】寬少學《歐陽尚書》《京氏易》，尤明《韓詩外傳》。星官、風角、筭歷，皆究極師法，稱爲通儒。②（《後漢書·劉寬傳》李賢注引謝承《後漢書》）

按：由"尤明《韓詩外傳》"可知劉寬爲《韓詩》學者。

46. 梁景（生卒年不詳）

【史源】漢元嘉元年，梁景爲尚書令，少習《韓詩》，爲世通儒。③（沈約《南齊禪林寺尼淨秀行狀》）

按：由"習《韓詩》"可知梁景爲《韓詩》學者。沈文記漢桓帝元嘉元年（151）景爲尚書令，可知其活動於漢桓帝時代。

47. 馬江（124—153）

【史源】君諱江，字元海者。濟陰乘氏人。……岐嶷有度，玄然清妙。長有令稱，通《韓詩經》。④（《郎中馬江碑》）

按：由"通《韓詩經》"可知馬江爲《韓詩》學者。《馬江碑》記江卒於漢桓帝元嘉三年（153），年三十，據此可逆推其生於漢安

---

① 《後漢書》卷10下，中華書局1965年版，第438頁。
② 《後漢書》卷25，中華書局1965年版，第886頁。
③ 陳慶元：《沈約集校箋》卷7，浙江古籍出版社1995年版，第227頁。
④ 洪适：《隸釋》卷8，中華書局1986年版，第95頁。

帝延光三年（124），主要活動於東漢中後期。

48. 鄭玄（127—200）

【史源】鄭玄字康成，北海高密人也。八世祖崇，哀帝時尚書僕射。玄少爲鄉嗇夫，得休歸，常詣學官，不樂爲吏，父數怒之，不能禁。遂造太學受業，師事京兆第五元先，始通《京氏易》《公羊春秋》《三統歷》《九章筭術》。又從東郡張恭祖受《周官》《禮記》《左氏春秋》《韓詩》《古文尚書》。以山東無足問者，乃西入關，因涿郡盧植，事扶風馬融。①（《後漢書·鄭玄傳》）

按：由鄭玄從張恭祖受《韓詩》，可知鄭玄習《韓詩》。但鄭玄對《詩經》的研究，最富盛名者是其中年以後爲《毛詩傳》所作的箋釋，由此可知鄭玄的《詩》學曾經歷過改弦易轍的階段。不過儘管鄭玄以《毛詩》作爲自己最終的《詩》學指歸，但早年接受的《韓詩》訓練仍然發生了潛移暗化的作用。正如馬瑞辰所說，"鄭君箋《詩》，自云'宗毛爲主'。其間有與毛不同者，多本三家《詩》。以今考之，其本於《韓詩》者尤夥"②。

49. 胡碩（128—168）

【史源】君諱碩，字季叡，交趾都尉之孫，安樂侯之子也……總角入學，治《孟氏易》《歐陽春秋》《韓氏詩》。③（蔡邕《陳留太守胡公碑》）

按：由"治《韓氏詩》"可知胡碩爲《韓詩》學者。《胡公碑》

---

① 《後漢書》卷35，中華書局1965年版，第1207頁。
② 馬瑞辰：《毛詩傳箋通釋》卷1，中華書局1989年版，第20頁。
③ 蔡邕：《蔡中郎集》卷5，廣陵古籍刻印社1990年影印清咸豐中聊城楊氏《海源閣叢書》本，第8頁b。

記胡碩卒於漢靈帝建寧元年（168），年四十一，據此可逆推其生於漢順帝永建三年（128），主要活動於東漢中後期。

50. 公沙穆（生卒年不詳）

【史源】公沙穆字文乂，北海膠東人也。家貧賤。自爲兒童不好戲弄，長習《韓詩》《公羊春秋》，尤鋭思河洛推步之術。①《後漢書·方術列傳·公沙穆》

按：由"習《韓詩》"可知公沙穆爲《韓詩》學者。《後漢書》本傳記漢桓帝永壽元年（155）"霖雨大水，三輔以東莫不湮没。穆明曉占候，乃豫告令百姓徙居高地，故弘農人獨得免害"，據此可知穆活動於東漢後期。

51. 田君（東平陽籍，生卒年不詳）

【史源】君揔角修《韓詩》《京氏易》，究洞神變，窮奥極微。②（《田君碑》）

按：由"修《韓詩》"可知田君爲《韓詩》學者。然此碑於宋代已殘缺不全，"無年壽卒葬月日"③，故無從推知田君之具體生卒。碑文曾提及漢桓帝延熹二年（159）之事，據此可知田君於此年尚存世，活動於漢桓帝時代。

52. 韋著（生卒年不詳）

【史源】著少修節操，持《京氏易》《韓詩》，博通術蓺。④（《後漢書·徐穉傳》李賢注引謝承《後漢書》）

---

① 《後漢書》卷82下，中華書局1965年版，第2730頁。
② 洪适：《隸釋》卷21，中華書局1986年版，第221頁。
③ 洪适：《隸釋》卷21，中華書局1986年版，第222頁。
④ 《後漢書》卷53，中華書局1965年版，第1747頁。

按：由"持《京氏易》《韓詩》"一語，可知韋著爲《韓詩》學者。《後漢書·韋彪傳》後附有《韋著傳》："著，字休明。少以經行知名，不應州郡之命。大將軍梁冀辟，不就。延熹二年，桓帝公車備禮徵，至霸陵，稱病歸，乃入雲陽山，采藥不反。有司舉奏加罪，帝特原之。復詔京兆尹重以禮敦勸，著遂不就徵。靈帝即位，中常侍曹節以陳蕃、竇氏既誅，海內多怨，欲借寵時賢以爲名，白帝就家拜著東海相。詔書逼切，不得已，解巾之郡。"① 據此可知韋著活動於漢桓帝、漢靈帝時代。

53. 田君（關中籍，？—173）

【史源】（田君）乃始斿學，治《韓詩》《孝經》。②（《斥彰長田君斷碑》）

按：由"治《韓詩》"可知田君爲《韓詩》學者。《田君斷碑》記其卒於漢靈帝熹平二年（173），然未記其享年，故無從推出其生年。

54. 陳脩（生卒年不詳）

【史源】陳脩字奉遷，烏傷人。少爲郡幹，受《韓詩》《穀梁春秋》。③（《會稽典錄·陳脩傳》）

按：由"受《韓詩》"可知陳脩爲《韓詩》學者。脩生卒不可確考，但其與徐稚（97—168）相善④，據此可知其活動於東漢

---

① 《後漢書》卷26，中華書局1965年版，第921頁。
② 洪适：《隸續》卷20，中華書局1986年版，第443頁。
③ 《太平御覽》卷393引《會稽典錄》，中華書局1960年重印涵芬樓影印宋本，第1819頁。
④ 《太平御覽》卷709引《會稽典錄》，中華書局1960年重印涵芬樓影印宋本，第3161頁。

後期。

55. 陳囂（生卒年不詳）

【史源】陳囂字君期，明《韓詩》。時語曰："關東説《詩》陳君期。"①（《東觀漢記·陳囂傳》）

按：由"明《韓詩》"可知陳囂爲《韓詩》學者。由"關東説《詩》陳君期"之語，可推知囂乃關東人氏。除此之外，陳囂的生平信息俱不可考。

四　三國至隋唐的《韓詩》學者

56. 濮陽闓（生卒年不詳）

【史源】（張紘）於外黄從濮陽闓受《韓詩》及《禮記》《左氏春秋》。②（《三國志·吴書·張紘傳》裴松之注引《吴書》）

按：由"於外黄從濮陽闓受《韓詩》"之語，可知濮陽闓爲外黄人氏，且授《韓詩》，爲《韓詩》學者。闓之其他生平信息無從確考。

57. 張紘（153—212）

【史源】（張紘）於外黄從濮陽闓受《韓詩》及《禮記》《左氏春秋》。③（《三國志·吴書·張紘傳》裴松之注引《吴書》）

---

① 吴樹平：《東觀漢記校注》卷19，中華書局2008年版，第884頁。
② 《三國志》卷53，中華書局1971年版，第1243頁。
③ 《三國志》卷53，中華書局1971年版，第1243頁。

按：由"於外黃從濮陽闓受《韓詩》"之語，可知張紘師從濮陽闓受《韓詩》。

58. 崔琰（163—216）

【史源】崔琰字季珪，清河東武城人也。少樸訥，好擊劍，尚武事。年二十三，鄉移爲正，始感激，讀《論語》《韓詩》。①（《三國志·魏書·崔琰傳》）

按：由"讀《韓詩》"可知崔琰曾習《韓詩》。

59. 杜瓊（？—250）

【史源】杜瓊字伯瑜，蜀郡成都人也。……著《韓詩章句》十餘萬言，不教諸子，內學無傳業者。②（《三國志·蜀書·杜瓊傳》）

按：由杜瓊"著《韓詩章句》十餘萬言"可知其爲《韓詩》學者。《三國志》本傳記"瓊年八十餘，延熙十三年卒"，據此可知其卒於蜀漢後主延熙十三年（250），由"年八十餘"可推知杜瓊之生年當在160—170年之間。

60. 顏欽（生卒年不詳）

【史源】（顏欽）字公若，明《韓詩》《禮》《易》《尚書》，多所通說，學者宗之。③（顏真卿《晉侍中右光祿大夫本州大中正西平靖侯顏公大宗碑》）

---

① 《三國志》卷12，中華書局1971年版，第367頁。
② 《三國志》卷42，中華書局1971年版，第1021—1022頁。
③ 《全唐文》卷339，中華書局1983年影印清嘉慶刊本，第3440頁。

按：由"明《韓詩》"可知顔欽爲《韓詩》學者。
61. 何隨（213？—284）

【史源】何隨，字季業，蜀郡郫人也，漢司空武後。世有名德，徵聘入官。隨治《韓詩》《歐陽尚書》，研精文緯，通星曆。①（常璩《華陽國志·何隨傳》）

按：由"治《韓詩》"可知何隨爲《韓詩》學者。
62. 董景道（生卒年不詳）

【史源】董景道字文博，弘農人也。少而好學，千里追師，所在惟晝夜讀誦，略不與人交通。明《春秋》三傳、《京氏易》《馬氏尚書》、《韓詩》，皆精究大義。②（《晉書·儒林傳·董景道》）

按：由"明《韓詩》""精究大義"諸語，可知董景道爲《韓詩》學者，且造詣精湛。
63. 田琬（生卒年不詳）

【史源】（田琬）弱冠游太學，尋師授《韓詩》《曲禮》，以爲《小雅》傷于怨刺，《大戴》失于奢侈，功業宜先于濟理，章句非急于適時。③（徐安貞《正議大夫使持節易州諸軍事守易州刺史兼高陽軍使賞紫金魚袋上柱國田公德政之碑》）

按：由"尋師授《韓詩》"可知田琬習《韓詩》。這是《韓詩》

---

① 任乃强：《華陽國志校補圖注》卷11，上海古籍出版社2015年版，第630頁。
② 《晉書》卷91，中華書局1974年版，第2355頁。
③ 《全唐文》卷305，中華書局1983年影印清嘉慶刊本，第3098頁。

在唐代仍有傳授的鐵證，關於其中的學術史價值，筆者將於本章第二節予以介紹，兹不贅述。

五 從學者資料看《韓詩》傳播的三階段的特點

通過以上63位《韓詩》學者的資料，可以將《韓詩》的傳播歷程劃爲以下三個階段：

第一，《韓詩》發軔之初，其傳播範圍基本局限於河內一隅。從《韓詩》早期學者來看，開山鼻祖韓嬰將《韓詩》傳與河內人趙子，趙子"授同郡蔡誼"，蔡誼"授同郡食子公"，皆在河內之地進行授受。不過，這種狹窄的地域傳播，對於該地區的文化氛圍顯然有所助益。仇鹿鳴曾指出："從趙子到食子公的傳授系統中，我們可以注意到同郡關係在其中發揮的作用，《韓詩》的傳播也使得河內郡的地域文化開始沾染上濃厚的經學色彩。"① 這一觀察是非常準確的。因爲從蔡誼開始，《韓詩》學已經逐漸擴張了傳播範圍，崔建華發現："河內的《韓詩》學在興起以後是就近傳播的，並且集中於河內以東地區。王吉是琅邪人，其他弟子來自泰山、淄川、山陽、東海，皆是自河內東渡黄河易於抵達的區域。"② 可見西漢中期，《韓詩》的傳播已經開展到了河內以東的地區，並成了"《韓詩》有王、食、長孫之學"的格局，這顯示《韓詩》在河內及周邊地區的傳承已頗具規模。同時應該看到的是，這一規模的形成，源自接續不斷的學術傳承，參與其間的學者構成了緊密的師承關係，是一個統一的學術集團。宋代學者陳藻在《詩策問》中曾指出："武帝詔求能爲《韓詩》者，而大臣蔡誼首出，《韓詩》之行，昉於此乎？前此矣。前此，則帝胡詔而求之也？蓋嬰在文帝時已爲博士，河內趙子則誼

---

① 仇鹿鳴：《魏晋之際的政治權力與家族網絡》第1章，上海古籍出版社2015年版，第44頁。

② 崔建華：《漢代河内區域文化的發展歷程》，《中原文化研究》2014年第2期。

第四章 《韓詩》流傳考 501

之師，而誼之後且有王、食、長孫之學，此《韓詩》之所以行也。"① 便敏銳觀察到了這一學術集團在《韓詩》創辟以來的巨大作用。

　　第二，進入東漢以來，《韓詩》的傳播範圍比西漢更加開闊，從東漢《韓詩》學者的地望來看，《韓詩》之柯條已遍佈宇内，其巨大的影響力遠非西漢所能比擬，具體可從以下幾個方面分析：**首先，《韓詩》在東漢獲得了權力階層的青睞**。雖然在西漢時代，《韓詩》學派已有蔡誼官至丞相，張就、髮福等"皆至大官，徒衆尤盛"，但深入權力中心的學者仍然不多。而至東漢，達官習《韓詩》者不在少數，最具代表性的是安定烏氏梁氏家族，其成員梁商、梁妠、梁景皆習《韓詩》，梁商於陽嘉四年（135）拜大將軍②，其女梁妠爲漢順帝皇后，父女二人皆身處權力核心；梁景於元嘉元年（151）爲尚書令，亦身居要職。《韓詩》在東漢的影響力於此可見一斑。此外，郅惲曾奉命"授皇太子《韓詩》"③，這也是《韓詩》蔓延至皇權階層的證據。**其次，形成了幾個繁盛的《韓詩》學中心**。西漢《韓詩》學多在河内及周邊地區展開，東漢則在多個地區形成了《韓詩》傳授的風潮。例如蜀地的《韓詩》傳播便極爲活躍，東漢《韓詩》學宗主薛漢的弟子以"犍爲杜撫、會稽澹臺敬伯、鉅鹿韓伯高最知名"④，杜撫即蜀地犍爲人。杜撫"後歸鄉里教授"，"弟子千餘人"，連遠在千里之外的會稽學者趙曄都負笈蜀中，問學於杜撫，杜氏在蜀地營造的《韓詩》學氛圍可想而知。此外，如楊仁、定生、王阜、孟琁諸人，亦皆爲蜀地學者，可見該地區的確存在着授受《韓詩》的學風。直到蜀漢前期，蜀地尚有杜瓊"著《韓詩章

---

① 陳藻：《樂軒集》卷6，《景印文淵閣四庫全書》，臺北商務印書館1986年版，第1152册，第83頁。
② 《後漢書》卷6，中華書局1965年版，第264頁。
③ 《後漢書》卷29，中華書局1965年版，第1031頁。
④ 《後漢書》卷79下，中華書局1965年版，第2573頁。

句》十餘萬言"①,蜀漢後期,則有何隨治《韓詩》。《韓詩》在蜀地的傳授,自東漢直至西蜀,亦可謂綿延不絶。會稽地區的《韓詩》傳授也頗成規模,澹臺敬伯乃薛漢最負盛名的三弟子之一,杜撫入室弟子趙曄亦爲會稽人。尤其值得注意的是,會稽《韓詩》學者鄭雲活動於東漢初期,與薛漢的時代相仿佛,而遲至東漢末期,會稽仍有陳脩研治《韓詩》,可以説,終東漢一代,會稽地區的《韓詩》傳習始終處於波屬雲委的狀態之中。不過稍顯遺憾的是,會稽地區的《韓詩》學並未與中原主流學界發生親近的互動。最具代表性的例證便是《後漢書·趙曄傳》所記"蔡邕至會稽,讀《詩細》而歎息"之事,這可以説明在蔡邕生活的漢末,《詩細》主要的傳播區域仍局限在會稽,所以連藏書相當豐富的蔡邕②,都需到達會稽之後才能讀到《詩細》,該書流傳之拘狹已不難想見。直至"邕還京師傳之",《詩細》始爲學林所重,"學者咸誦習焉"。這在彰顯了《詩細》學術魅力的同時,也反映出下述事實:在蔡邕之前,《詩細》對於京師的學術界並無影響可言。不過追原溯始,這仍是由《詩細》僅傳布於會稽一隅而致。至於成績卓著的《詩細》何以始終僅在會稽傳播,這除了趙曄晚年終老於斯的原因外,還有一個不容忽視的原因,即會稽在漢代乃邊陲區③,與中原尚處於阻隔狀態。一個最好的例證是,另一位會稽文士王充所撰《論衡》,亦是"中土未有傳

---

① 《三國志》卷42,中華書局1971年版,第1021—1022頁。
② 《三國志·王弼傳》裴松之注引《博物記》云:"蔡邕有書近萬卷,末年載數車與粲。"見《三國志》卷28,中華書局1971年版,第796頁。這一數字絶非誇張,因爲蔡邕的藏書,除了送給王粲的數車以外,尚留給其女蔡琰四千餘卷,見《後漢書》卷84,中華書局1965年版,第2801頁。疊加粲、琰所受之書,則蔡邕藏書近萬卷基本不成問題。
③ 參看許倬雲《傳統中國社會經濟史的若干特性》:"兩漢的核心區爲關中與三河,邊陲區爲會稽、南方諸郡國及北方沿邊諸郡國。"見《求古編》代序,臺北聯經出版公司1982年版,第5頁。

者，蔡邕至吳始得之"①，可見當時的會稽文化尚無從便捷地直達中原。所以雖然東漢會稽地區的文化發展亦堪稱繁盛②，但基本保持着內產內銷的風格，與中原學界始終存在隔膜。在這樣一種語境下，若非特殊機緣（如蔡邕避難於吳）充當觸媒，會稽地區的學術著作較難直接爲中原士人所熟知。所以會稽地區的《韓詩》雖在東漢得到了一以貫之的傳播，但殘存的史料却少之又少。傳世史料再未記錄過三國以降會稽地區修習《韓詩》的學者，足徵東漢以後，《韓詩》在會稽已走向式微。

第三，東漢之後，《韓詩》的傳播狀況已大不如前。雖然在三國時代，曹魏、蜀漢及東吳皆有《韓詩》學者，但數量不足以與東漢相比；晋代確切可考的《韓詩》學者僅有何隨、董景道，何隨尚屬由蜀入晋者，其《韓詩》素養形成於仕蜀期間，故純粹於晋代修習《韓詩》的學者實際僅有董景道一人；進入唐代以後，習《韓詩》者僅可考出田琬一人，這在證實《韓詩》在唐代仍有傳授的同時，也反映出《韓詩》的傳授已道盡途窮，唤不起基本的生機。

清儒唐晏曾言："大抵《魯詩》行於西漢，而《韓詩》行於東漢，二家互爲盛衰。"③通過以上的分析，可清楚地發現東漢的確是《韓詩》傳播與接受的黄金時代，唐氏之見不爲無據。但《韓詩》傳播的歷程，顯然不能簡單地化約爲"行於東漢"。下一節中，筆者將藉助四幀漢唐碑誌拓本，就《韓詩》傳播史的若干隱微進行抉發，藉以爲上文的宏觀勾勒填充細節内容。

---

① 袁山松：《後漢書·王充傳》，周天游輯注：《八家後漢書輯注》，上海古籍出版社1986年版，第666頁。
② 王充《論衡·超奇》曾就漢代會稽文化作過簡要的梳理，見黄暉：《論衡校釋》卷13，中華書局1990年版，第613—615頁。曹道衡先生在《秦漢統一與各地學術文化的發展》中提到此時"吴越學術文化的繁榮爲後來三國時吴國及東晋南朝學術文藝的發展奠定了基礎"，見《中古文學史論文集續編》，中華書局2010年版，第344—345頁。此説極有見地。
③ 唐晏：《兩漢三國學案》卷6，中華書局1986年版，第299頁。

第二節　漢唐碑誌與《韓詩》傳承新證

　　碑誌作爲記録士人、家族、要事等内容的載體，具有重要的史學價值。以 20 世紀出土的兩片漢碑與故宫博物院所藏兩幀唐碑拓本爲據，可補充孟琁、渡君、顔欽、田琬等四位前賢注意無多的《韓詩》學者。同時，與這些學者相關的史料，又可以有效彌補傳世史書的罅漏，對《韓詩》學術史塵封已久的若干重要環節作出新的解釋。

一　碑誌與學術史的關聯

　　作爲中國金石學的重要分支之一，碑誌一直被歸入傳統學術的"史部"，在史學研究中發揮了異常重要的作用。四庫館臣初次進呈"金石類"書目時，曾爲宋人洪适的《隸續》作了一份提要，記此書"物象、圖式、碑形、字體，無不悉具，魏初近古者亦附焉。地里、年月、姓氏、朝代，考核頗詳"①，這段評騭所涉及的内容恰好涵蓋了碑誌文獻爲史學研究提供的豐富信息。雖然《隸釋》在稍後成書的《四庫全書總目》中被列入"目録類"②，却仍然居於"史部"之中，體現出傳統學術對其史學價值的認可。碑誌隸屬"史部"，實際上反映了古人的重文傳統：他們在欣賞碑誌書法之美的同時，也同樣能夠發現並重視碑誌内容的史料價值。所以從歐陽脩《集古録》以降，直至金石學鼎盛的清代，歷代學人利用碑誌來解決歷史問題的案例俯拾皆是，此處不必喋陳。

　　以學術史的研究而論，那些詳細記載傳主生平履歷的碑誌，足

---

　　① 江慶柏等整理：《四庫全書初次進呈存目》，人民文學出版社 2014 年版，第 191 頁。

　　② 永瑢等：《四庫全書總目》卷 86，中華書局 1965 年影印清刻本，第 735 頁。

以對傳世史書進行補漏訂訛。這是因爲體大思精的史書在結撰之時，須將各種因素考慮在內，不可能對所有重要人物都進行面面俱到的描述。但這一缺失，恰好可由專記某一學人的碑誌作品來彌補。這些碑誌或出於同時人之手，或源自家族後代對先祖的追溯，不僅較史書記載詳細，而且確然可據。

筆者在上一節考察《韓詩》學者時所揭出的孟琁、渡君、顏欽及田琬四人皆出自漢唐碑誌，但由於重在羅列姓名，並未就其攜帶的《韓詩》傳播史信息進行探研。本節將先就載錄這四位學者的碑誌信息予以介紹，再探討其在《韓詩》傳播史研究中的具體價值。

二　漢唐碑誌新見《韓詩》學者考

（一）孟琁

按：見漢佚名《孟孝琚碑》。據謝飲澗先生考證，孟琁卒於漢桓帝永壽二年（156），《孟孝琚碑》則立於永壽三年（157）[1]。石高155釐米，廣92釐米，光緒二十七年（1901）九月出土於雲南昭通縣南十里之白泥井馬氏舍旁，後移入縣城鳳池書院[2]，有民國癸亥（1923）孟秋雲南圖書館石印本[3]。碑額及上段已殘泐，所幸記錄孟琁生平學行的段落尚存，可知其原名孟廣宗，爲武陽令之少子，"四歲失母，十二隨官受《韓詩》，兼通《孝經》二卷"，後"改名爲琁，字孝琚"[4]。則孟琁爲《韓詩》學者，斷無異議。

（二）渡君

按：見漢佚名《行事渡君碑》。碑高252釐米，廣90釐米，

---

[1] 謝飲澗：《〈孟孝琚碑〉考釋》，《昭通文史資料選輯》第1輯，1985年，第56—68頁。

[2] 高文：《漢碑集釋》（修訂本），河南大學出版社1997年版，第15頁。

[3] 丁麐年輯：《漢孟孝琚碑題跋》卷首，《石刻史料新編》第2輯，臺北新文豐出版公司1979年影印臺灣傳斯年圖書館藏民國十二年（1923）雲南圖書館印本，第20冊，第14497頁。

[4] 佚名：《漢孟孝琚碑》，河南美術出版社1991年版，第5—6頁。

1999 年出土於山東省巨野縣，周建軍、王冬梅曾撰專文介紹其出土始末及價值，並提供了珍貴的拓本①。碑文起首曰："君諱□□□□。"按漢碑之慣例，殘泐四字應爲碑主之名、字，惜已無從考出，兹據碑額"故行事渡君之碑"，稱其爲渡君。碑雖不完，但記渡君"以能典藝，講演《韓詩》"之文則清晰可辨，可知其亦爲《韓詩》學者。

（三）顔欽

按：見唐顔真卿《顔氏家廟碑》。碑高338 釐米，廣176 釐米，今藏西安碑林。此碑係顔真卿爲其父惟貞刊立，碑文撰於唐德宗建中元年（870），全名爲《唐故通議大夫行薛王友柱國贈秘書少監國子祭酒太子少保顔君碑銘》，已收録於《全唐文》卷三四〇②。故宫博物院藏有張瑋舊藏宋拓本，乃宋拓之上品，文物出版社曾於 1995 年以"唐顔真卿書顔家廟碑"之名影印出版，頗便觀覽。該碑對琅琊顔氏族譜進行了細緻的梳理，記三國時廣陵太守顔欽"字公若，精《韓詩》《禮》《易》《尚書》，學者宗之"，可知顔欽亦爲傳習《韓詩》的學者。《全唐文》卷三三九有顔真卿《晋侍中右光禄大夫本州大中正西平靖侯顔公大宗碑》，談及顔欽之處較《顔氏家廟碑》更詳："欽字公若，明《韓詩》《禮》《易》《尚書》，多所通説，學者宗之。歷大中大夫，東莞、廣陵太守，葛繹貞子。"③顔欽傳習《韓詩》的事實，在此處再次得到了印證。

（四）田琬

按：見唐徐安貞撰《田琬德政碑》。碑高333 釐米，廣121 釐米，刻于唐玄宗開元二十八年（740）。原石曾斷裂爲十二段，後於民國十八年（1929）在保定府學黏合爲一。故宫博物院藏有清初拓

---

① 周建軍、王冬梅：《山東巨野新出土東漢〈渡君碑〉》，《書法叢刊》2004 年第 4 期。

② 《全唐文》卷340，中華書局1983 年影印清嘉慶刊本，第3448 頁。

③ 《全唐文》卷339，中華書局1983 年影印清嘉慶刊本，第3440 頁。

本，官方網站附有説明性文字："31.3×38.9cm。清初拓本。一行'田公'之'田'字筆道已損。石在河北保定古蓮花池。徐安貞撰，蘇靈芝書，王希貞刻。遒勁端莊，筆墨酣暢，剛柔相濟，結體精嚴。"① 此碑係徐安貞歌咏田琬所行德政的碑文，全稱爲《正議大夫使持節易州諸軍事守易州刺史兼高陽軍使賞紫金魚袋上柱國田公德政之碑》，已收録於《全唐文》卷三〇五②。文中對田琬的學術歷程有詳細介紹，可補史乘之闕載："弱冠游太學，尋師授《韓詩》《曲禮》，以爲《小雅》傷於怨刺，《大戴》失於奢侈，功業宜先於濟理，章句非急於適時。""尋師授《韓詩》"之語，可證田琬所習爲《韓詩》，下文"以爲《小雅》傷於怨刺"之語正是其修習《韓詩》的觀感。

以上四位由漢唐碑誌載録的《韓詩》學者，由于未被傳世史書收録，故長期處於被忽視的狀態。但碑誌文獻圍繞這四位學者進行的介紹，既可以爲重新建構與《韓詩》學派相關的傳承史提供珍貴的新材料，又可以對傳統史書記載的相關事實進行修正，其價值不言而喻。

三　漢唐碑誌所載《韓詩》學者的學術史價值

對於漢亡以後的《詩》學發展，傳統學術史家往往描述爲《毛詩》定於一尊，《韓詩》則衰敗不堪。就大的學術趨勢而言，這一看法有其合理性。但如果從細微處分析，則可以發現在東漢王綱解紐之後的三國時代，《韓詩》學派在學界並未直接喪失活力，《韓詩》仍然得到了相對穩定的傳承。上述碑誌提供的新史料，對於東漢之後（尤其是三國與唐）《韓詩》傳播史的重構，便有着極爲重要的意義。兹結合相關材料，作詳細論述。

---

① http://www.dpm.org.cn/collection/impres/234164.html，訪問時間：2022年5月20日。

② 《全唐文》卷305，中華書局1983年影印清嘉慶刊本，第3098頁。

(一) 東漢蜀地《韓詩》官學化的發現

東漢的《韓詩》傳承，以薛方丘、薛漢父子的影響最大。《後漢書·儒林傳·薛漢》對此有詳細的記載："薛漢字公子，淮陽人也。世習《韓詩》，父子以章句著名。當世言《詩》者，推漢爲長。弟子犍爲杜撫、會稽澹臺敬伯、鉅鹿韓伯高最知名。"① "杜撫字叔和，犍爲武陽人也。少有高才，受業於薛漢，定《韓詩章句》。後歸鄉里教授，弟子千餘人。"②（《後漢書·儒林傳·杜撫》）結合這兩段材料，可知東漢《韓詩》大宗薛漢最知名的門生便是犍爲人杜撫，而杜撫"歸鄉里教授"，發展出"弟子千餘人"的勢力，則《韓詩》在蜀地的阜勝已不庸贅辭。但《後漢書》並未對杜撫在蜀地教授《韓詩》的具體情況做出介紹，這對於深入分析其學術活動，尚有一間之隔。

打通這一間之隔的恰好是《孟孝琚碑》。因爲碑文涉及《韓詩》的材料，恰爲杜撫創辟的蜀地《韓詩》學的具體活動提供了無比珍貴的史料。其中"十二隨官受《韓詩》"之語，直接證實了孟琁時代的《韓詩》學已在蜀地官學中取得正統地位，得到了制度上的確立與保障，這與杜撫私家講授《韓詩》的格局已有質的不同。但是《韓詩》入主蜀地官學，却與杜撫的學術影響有緊密的關聯。杜撫是犍爲人，他從薛漢手裏接受了《韓詩》學術之後，便回到犍爲傳授斯學，逐漸形成了數千弟子的浩大聲勢，使該地區浸潤在濃烈的《韓詩》學氛圍中。在這種情況下，《韓詩》進入犍爲的官學世界，實屬合情合理。而孟琁身爲武陽（犍爲所轄）令之子，十二歲便進入官學修習《韓詩》，自有近水樓臺之便。杜撫與孟琁是否建立了直接的師承關係，目前尚無史料説明，不宜求之過深。不過作爲杜撫的後輩，孟琁所接受的《韓詩》傳統實拜杜氏遺澤所賜，則是一望可知的事實。杜撫在犍爲營造的《韓詩》學氛圍所具備的強大向心

---

① 《後漢書》卷 79 下，中華書局 1965 年版，第 2573 頁。
② 《後漢書》卷 79 下，中華書局 1965 年版，第 2573 頁。

力，在傳世文獻中亦可以得到佐證。例如《東觀漢記》記載蜀郡人王阜愛好經學，"欲之犍爲定生學經"，歷經波折，最終實現了隨定生"受《韓詩》"的夙願①，此事即有力反映了東漢犍爲地區《韓詩》學的活躍與魅力。

《孟孝琚碑》所記《韓詩》官學化的實現，也可以解釋何以蜀地《韓詩》學在東漢之後的三國時代仍保持着勃勃生機。蜀地《韓詩》學者的個人努力固然是相當重要的因素，但官學化的實現，無疑爲其傳授《韓詩》學提供了最基本的制度保障。在官學制度的庇佑之下，《韓詩》學者得以從容地將這門學術撒播到整個蜀文化圈。尤其值得注意的是蜀郡。上引《東觀漢記》所記蜀郡王阜親赴犍爲定生之所學習《韓詩》，即是蜀郡士人與犍爲《韓詩》學的互動之證。當蜀郡學者在犍爲完成《韓詩》修習後，則將這門學問帶回故里，在蜀郡逐步積澱出深厚的《韓詩》學風，這是蜀郡《韓詩》興起的内在基礎。而此後劉備政權建都於蜀郡成都，又爲蜀郡《韓詩》的發展提供了政治與文化中心所帶來的外緣優勢。内外結合，遂使蜀中《韓詩》學的重心由東漢的犍爲遷往三國的蜀郡。關於這一點，在史籍中可以得到充分的印證。《三國志·蜀書·杜瓊傳》："杜瓊，字伯瑜，蜀郡成都人也。先主定益州，領牧，以瓊爲議曹從事。著《韓詩章句》十餘萬言。"②《華陽國志·後賢志·何隨》："何隨，字季業，蜀郡郫人也，漢司空武後。世有名德，徵聘入官。隨治《韓詩》《歐陽尚書》，研精文瑋。"③杜、何二人均係蜀郡治《韓詩》者，且其仕履貫穿於蜀政權的興廢，足見終三國之世，蜀郡一直是蜀中《韓詩》學的重心。

現在看，《孟孝琚碑》所記《韓詩》官學化的確是東漢《韓詩》學塵封已久的大事。此前史書對漢魏之間蜀地《韓詩》學的發展狀

---

① 吳樹平：《東觀漢記校注》卷13，中華書局2008年版，第512頁。
② 《三國志》卷42，中華書局1971年版，第1021—1022頁。
③ 任乃强：《華陽國志校補圖注》卷11，上海古籍出版社2015年版，第630頁。

況，總有語焉不詳之嫌：杜撫"弟子千餘人"的學術集團究竟產生了什麼樣的影響？三國時代的《韓詩》學中心又何以驟然遷至蜀郡？現有《韓詩》官學化的新證，足以將杜撫犍爲授學與《韓詩》重心遷蜀這兩件看似毫無關聯的學術事件有機地綰合在一起：杜撫授學的巨大學術聲勢，積極作用於《韓詩》的官學化進程，而《韓詩》官學化的實現，又爲蜀郡《韓詩》學的興起提供了最初的學術源頭。只有把握了這一關鍵性的事實，才能對漢魏之際蜀地《韓詩》學的嬗變獲得最根本的理解。

（二）爲曹魏的《韓詩》傳承提供了新材料

曹魏統治時代的《韓詩》傳承，是學術史從未關注過的內容。張可禮先生曾對三國時代的《詩經》學者進行過相當完備的搜集，但在"《韓詩》類"下，僅著錄了來自西蜀與東吳的四位學者，於曹魏則隻字未及①。實際上，傳世文獻中存在部分涉及曹魏《韓詩》學者的材料，如《三國志·魏書·崔琰傳》："崔琰字季珪，清河東武城人也。年二十三，鄉移爲正，始感激，讀《論語》《韓詩》。"②崔琰顯然是曹魏政權下的《韓詩》學者。再如《三國志·魏書·王肅傳》裴松之注記載魚豢向隗禧"問《詩》"，禧能"說《齊》《韓》《魯》《毛》四家義，不復執文，有如諷誦"③，可見隗氏對於《韓詩》有相當純熟的掌握，已達到了"有如諷誦"的境界。此外，曹植常將《韓詩》學運用於自己的文學創作，有學者已對此進行了詳細考察④，可知其亦有較扎實的《韓詩》基礎。但在崔、隗、曹之外，傳世文獻則鮮能提供曹魏治下的其他《韓詩》學人。

在這樣一種書闕有間的困境下，《顏氏家廟碑》所記錄的顏欽無疑豐富了曹魏時代的《韓詩》學者群體。更值得注意的是，崔琰本

---

① 張可禮：《三國時期〈詩經〉學者著述敘錄及其啓示》，《山東大學學報》2003年第2期。

② 《三國志》卷12，中華書局1971年版，第367頁。

③ 《三國志》卷13，中華書局1971年版，第422頁。

④ 可參看邢培順《曹植與〈韓詩〉》，《巢湖學院學報》2011年第5期。

傳未言其有學術傳人，隗禧解說《韓詩》之義也僅針對魚豢一人，曹植則僅於文學創作中運用《韓詩》，三者的學術受衆群均極爲有限；而顏欽則實現了"學者宗之"的效果，可見其學術思想在當時已産生了一定影響，這對於《韓詩》學在曹魏知識界的推廣無疑貢獻良多。

此外，顏欽"精《韓詩》《禮》《易》《尚書》"多部經典的學術特點，當亦與其所接受的《韓詩》學術傳統有所關聯。考諸載籍，可知《韓詩》學派自創辟以來，便有着較爲悠久的兼治數經的學術傳統。例如《漢書·儒林傳》記《韓詩》始祖韓嬰在傳《詩》之外，"亦以《易》授人"①；再如東漢郅惲"理《韓詩》《嚴氏春秋》"②，廖扶"習《韓詩》《歐陽尚書》"③，均是對這一學術傳統的踐行。下及曹魏時代，此風亦傳承如故。例如崔琰在《韓詩》之外，還通《論語》；隗禧不僅精於《韓詩》，還通《易》《禮》，曾有"欲知幽微莫若《易》，人倫之紀莫若《禮》"的名言④。顏欽的兼治四經，若放入《韓詩》這一歷史悠久的學術傳統中觀察，也便不足爲奇了。甚至直到晉惠帝永平年間，董景道仍能在修習《韓詩》的同時，"明《春秋》三傳、《京氏易》《馬氏尚書》"⑤，繼續貫徹了兼通數經的傳統，《韓詩》之宗風不輟，於此亦可見一斑。

（三）證實了《韓詩》在唐代仍有傳授

南朝梁代學者阮孝緒《七録》曾對當時的《詩》學傳承進行過簡要的介紹："《韓詩》雖有，無傳之者。毛氏、鄭氏，獨立國學也。"⑥唐初魏徵等人所撰《隋書·經籍志》所言略同："《齊詩》

---

① 《漢書》卷88，中華書局1962年版，第3613頁。
② 《後漢書》卷29，中華書局1965年版，第1023頁。
③ 《後漢書》卷82上，中華書局1965年版，第2719頁。
④ 《三國志》卷13，中華書局1971年版，第422頁。
⑤ 《晉書》卷91，中華書局1974年版，第2355頁。
⑥ 轉引自張守節《史記正義》，見瀧川資言著，小澤賢二録文《唐張守節史記正義佚存》卷下，中華書局2019年版，第598頁。

魏代已亡，《魯詩》亡於西晉，《韓詩》雖存，無傳之者，唯《毛詩》鄭箋，至今獨立。"① 此説影響極大，以至於後世研究《韓詩》的學者均接受了這一觀點，認定《韓詩》雖存於隋唐時代，却並無人傳授此學。例如清代以校勘《韓詩外傳》而聞名的趙懷玉便直接認爲"隋唐之際，《韓詩》尚存，已無能傳之者"②，可見《隋書》的記載的確對後來的學者產生了重要的影響。

但《田琬德政碑》提供的信息，則完全可以推翻《隋書》對隋唐時代《韓詩》狀態的錯誤描述。由於此碑出自田琬同時人徐安貞（698—784）之手，是有關田琬生平學行的第一手資料，故信實可靠。碑文在介紹田琬學行之時，明確記載其"弱冠游太學，尋師授《韓詩》《曲禮》"，田琬於盛唐時期出任易州刺史，其弱冠之時於太學讀書，尚有"尋師授《韓詩》"的經歷，足見盛唐時代的太學中，還存在能夠講解《韓詩》的經師，這是《韓詩》在盛唐時代仍有傳授的鐵證。據此，《隋書》所謂"《韓詩》雖存，無傳之者"之説並不準確。另外，田琬在修習《韓詩》之外，還通《禮記·曲禮》，這仍然延續了《韓詩》學派兼治數經的學術傳統，值得注意。

上文共從漢、唐碑誌中考出的四位《韓詩》學者，不僅可進一步豐富由陳喬樅等人構建的《韓詩》學者譜系，還可結合這些新材料，對傳統史書的斷裂處進行彌補，對其空白處進行填充，對其蹖誤處進行駁正，進而對《韓詩》學術史的發展作出全新的解釋。《孟孝琚碑》所載東漢蜀地《韓詩》官學化的史實既解答了杜撫授學的影響，又揭出了三國時盛於蜀郡的《韓詩》學的淵源；《顏氏家廟碑》所記曹魏《韓詩》學者顏欽，爲史料匱乏的曹魏《韓詩》學增添了新的學術成員；《田琬德政碑》證實了《韓詩》在盛唐時期仍有傳授的史實，從而推翻了《隋書》對隋唐間《韓詩》傳承情

---

① 《隋書》卷32，中華書局1973年版，第918頁。
② 趙懷玉：《校刻韓詩外傳序》，《亦有生齋文鈔》卷2，《續修四庫全書》，上海古籍出版社2002年影印遼寧省圖書館藏道光元年（1821）刻本，第1470冊，第24頁。

況的錯誤記錄。

這些關涉《韓詩》學者的例證，實際已彰顯了碑誌文獻在學術史考證中的重要作用。碑誌刻於金石之上，最核心意圖當然是"刊名紀終，俾示來世"[1]（《晉石定墓誌》語），使其所記人事超越陵谷浮沉的限制，完好無損地呈現於後人面前。但這些敘述文字，在飽含着撰者情感溫度的同時，也承載着相當重要的歷史訊息。部分聚訟古今的學術問題，或許便可在碑誌中找到綫索。上文對此已做了具體而微的展示。

最後須特別指出的是《行事渡君碑》。上文未對該碑的學術史價值進行專門介紹，係因渡君爲東漢初山東地區的《韓詩》學者，與本節特別關注的三國至唐的《韓詩》學術史關係疏遠。但就整個《韓詩》學術史而言，此碑仍有重要價值，最值得注意的是渡君"講演《韓詩》"一語，這迥異於傳世文獻"受《韓詩》""習《韓詩》""治《韓詩》""通《韓詩》"等常規表達方式，或許可以說明《韓詩》在當時渡君所在的地域，已出現了"講演"這一新型傳授形式。但"講演"究係何義？其對《韓詩》傳授又有何影響？限於史料，目前尚無從予以圓滿的解答。聊識於此，留爲他日之券。

第三節　《韓詩》佚文在日本的保存與傳播

本書第一章曾就歷代《韓詩》輯本進行過綜合評述，從中可見清儒在《韓詩》輯佚方面獲得的成就最爲傑出。他們爬梳載籍，對《韓詩》佚著進行了力所能及的輯佚，一時之間輯本紛出，彬彬其盛。但由于清儒多數無緣得見日本文獻，故對日本文獻載錄的《韓詩》遺說所知較少，從而爲他們的輯本留下了揮之不去的缺憾。

近些年來，伴隨着域外漢學的勃興，日本古文獻再次進入中國

---

[1] 趙超：《漢魏南北朝墓誌彙編》，天津古籍出版社2012年版，第17頁。

學術界的視野，無論是日藏書目的校證、學術專著的譯介，還是日本秘本的影印及相關研究，無不呈現出充實而有光輝的景況。就《詩經》學而言，王曉平《日本詩經文獻學研究》（中華書局 2012 年版）對日本《詩經》寫本作了相當詳細的紹介，張永平的《日本〈詩經〉傳播史》（山東大學博士畢業論文，2014 年）則對東瀛的《詩經》傳播進行了周備圓賅的解讀。在通史方面，亦有王曉平《日本詩經學史》（學苑出版社 2009 年版）和張文朝《日本における詩經學史》（臺北萬卷樓 2012 年版）兩部著作，均體大思精，各擅其場，爲深入探討日本《詩經》學提供了扎實的基礎。但上述研究多以日本《毛詩》學研究爲中心，涉及《韓詩》處百不一見。這一方面，固然與《毛詩》的流傳有緒頗有關係；但另一方面，亦反映出相關學者對於《韓詩》的忽視。從廣義《詩經》學的視野出發，先行研究尚有進一步拓展的空間。事實上，《韓詩》著作在日本有着連綿不絶的流傳。中土存世至今的《韓詩外傳》很早便傳入日本，最直觀的證據是藤原佐世撰於 891 年的《日本國見在書目録》已對其進行著録①；同時，《韓詩》諸佚著也在奈良、平安及鎌倉時代的若干古籍中有所保留。就《韓詩》佚著而言，其在日本的保存與傳播均較爲繁榮複雜，此間曲折無法"一言以蔽之"，故本節將就此進行詳細考述。具體的考察重點分爲三部分：第一，對保存《韓詩》佚文的日本文獻進行簡述；第二，對日藏中國文獻保存的《韓詩》佚文的價值進行介紹；第三，對《韓詩》佚文在日本的傳播情況作出分析。前兩部分重點在"保存"，第三部分重點則在"傳播"，文本的保存是傳播的基礎，故先叙保存，後論傳播。

一　保存《韓詩》遺説的日本文獻簡述

日本學者新美寬編《本邦殘存典籍による輯佚資料集成》對日

---

① 藤原佐世撰，矢島玄亮注：《日本國見在書目録：集證と研究》，東京汲古書院 1984 年版，第 42 頁。

本文獻所載《韓詩》佚著進行了較爲圓滿的輯錄①，其中多有中土輯本所未見者，彌足珍貴。本節將結合相關資料，對其中 9 種載錄《韓詩》佚文的典籍進行簡述。這些典籍所載《韓詩》佚文，筆者已收錄於本書第二章第五節，故本節不再加以著錄。

1. 《天地瑞祥志》

按：《天地瑞祥志》共二十卷，是一部以天文爲中心的專門類書②，撰於 666 年，編纂者係新羅人薩守真。今存最古者爲日本尊經閣文庫所藏江戶時代寫本，另有京都大學人文科學研究所藏謄寫本及加越能文庫藏鈔本。書已不全，現僅存 9 卷（卷一、七、十二、十四、十六至二十），但亦彌足珍貴。此書廣引先唐文獻，"還保留了唐代通行諸文獻原貌的珍貴字句，在其所引緯書和天文、陰陽、五行等書中，可見爲數衆多的佚書和佚文"③。水口幹記、田中良明對本書卷一進行了校注④，佐野誠子、佐佐木聰對卷十四進行了校注⑤，均可參考。《天地瑞祥志》載《韓詩》佚文一則，詳見本書第二章第五節《小雅·吉日》。

2. 《秘府略》

按：《秘府略》爲東宮學士滋野貞主奉敕所編的大型類書，撰於天長八年，時當唐文宗太和五年（831）。書凡一千卷，現僅存平安時代中期寫本二卷（卷八六四、八六八），亦洋洋大觀，引書多達二

---

① 新美寬編，鈴木隆一補：《本邦殘存典籍による輯佚資料集成》卷 1，京都大學人文科學研究所 1968 年版，第 11—22 頁。

② 水口幹記、陳小法：《日本所藏唐代佚書〈天地瑞祥志〉略述》，《文獻》2007 年第 1 期。

③ 中村璋八：《〈天地瑞祥志〉考（附引書索引）》，劉萃峰譯，童嶺主編：《秦漢魏晉南北朝經籍考》，中西書局 2017 年版，第 316 頁。

④ 水口幹記，田中良明：《京都大學人文科學研究所藏〈天地瑞祥志〉翻刻·校注—"第一"の翻刻と校注》（一）、（二），《藤女子大學國文學雜誌》第 93 號，2015 年，第 17—46 頁；第 94 號，2016 年，第 41—63 頁。

⑤ 佐野誠子、佐佐木聰：《京都大學人文科學研究所藏〈天地瑞祥志〉第十四翻刻·校注》，《名古屋大學中國語言文學論集》第 29 輯，2015 年，第 117—175 頁。

百餘種，全書之規模可想而知。日本古典保存會曾於 1929 年影印了卷八六四的內容，卷首附有山田孝雄（1873—1958）所撰《德父豬一郎氏藏〈秘府略〉解題》，此文後收入氏著《典籍說稿》①，在這篇解題中，山田稱《秘府略》爲"本邦空前的大著"，從殘存的這兩卷來看，《秘府略》完全擔得起山田的這一讚譽；1933 年，《續群書類從》卷八八三又對《秘府略》殘存至今的兩卷進行了全文排印，頗便於觀覽。當然，類書因出於雜抄載籍，故難以盡善盡美，其引《韓詩》佚文亦存在一定問題（詳本書第二章第五節《王風·黍離》筆者按語）。飯田瑞穗曾撰專文以揭其錯訛，同時還製作了該書的引文索引②，爲後人使用該書提供了按圖索驥之便。《秘府略》卷八六四"黍"字條、"稷"字條兩引《韓詩》佚文，皆見本書第二章第五節《王風·黍離》。

3.《令集解》

按：《令集解》爲明法博士惟宗直本在 860 年左右爲《養老（717—724）令》所作注解，原書五十卷，現殘存約三十五卷。據瀧川政次郎統計，所引典籍約一百二十餘種，其中法律類有五十餘種，包括日本律令問答私記《令釋》《跡記》等；其他則以中國典籍及字書爲主，約七十種。《令釋》約 8 世紀末成書，一般認爲作者爲伊予部家守或其子弟，其中廣引源自漢籍的訓詁資料；《迹記》作者或爲安都宿禰笠主，具體成書時間不詳，書中亦保留了不少訓詁資料③。戶川芳郎等編有《令集解引書索引》（東京：汲古書院 1990 年版），奧村鬱三編有《令集解所引漢籍備考》（大阪：關西大學出版部 2000 年版），均便於使用。《令釋》引《韓詩》佚文三則，分見本書第二章第五節《王風·兔爰》《小雅·沔水》《小雅·祈父》；

---

① 山田孝雄：《典籍說稿》，東京西東書房 1934 年版，第 199—205 頁。
② 飯田瑞穗：《〈秘府略〉の錯謬について—附〈秘府略〉引用書名等索引》，《金澤學院大學文學部紀要》第 76 號（1975），第 75—115 頁。
③ 張永平：《日本〈詩經〉傳播研究》第 1 章第 4 節《奈良學制與〈詩〉教》，清華大學出版社 2018 年版，第 73—78 頁。

《跡記》引《韓詩》佚文二則，分見本書第二章第五節《魯頌·閟宫》《商頌·殷武》。

4.《三教旨歸注》

按：《三教旨歸》三卷，通過比較儒、道、佛三教，以彰顯佛教的優越性，舊題日僧空海（774—835，即遍照金剛）撰①。但據河内昭円考證，《三教旨歸》當是"成書於十世紀中葉的僞撰之作，撰者未明"②。此書有日本古注三種：藤原敦光（1063—1144）《勘注抄》、成安《注集》及覺明合並以上二家的集注本《三教旨歸注》③。覺明生卒年不詳，活動於平安末期（1192年前後），爲藤原氏中下級貴族出身。關於覺明注的相關情况，山本秀人有詳細考證④，兹不贅述。《三教旨歸注》卷中引《韓詩》佚文一則，見本書第二章第五節《豳風·鴟鴞》。

5.《年中行事抄》

按：《年中行事抄》爲日本的歲時之書，介紹朝廷每月的活動、儀式，著者不詳。劉曉峰據書中引用日本建保二年（1214）宣旨，定"其成書當在1214年後"⑤，大致可從。《續群書類從》卷二五三《公事部》六有該書之排印本，便於查閱。《年中行事抄》卷三、卷六引《韓詩》佚文二則，分見本書第二章第五節《鄭風·溱洧》《小雅·吉日》。

6.《淨土三部經音義集》

按：《淨土三部經音義集》四卷，日僧信瑞撰。卷首有作者撰於

---

① 日本國民精神文化研究所：《書目解題》第1册，國民精神文化研究所1943年版，第26頁。
② 河内昭円：《〈三教旨歸〉僞撰説の提示》，《大谷大學研究年報》第45號，1994年，第137頁。
③ 佐藤義寬對這三個注本有詳細考證，參《〈三教旨歸注集〉の研究》第3章《〈三教旨歸〉古注三種について》，京都大谷大學1993年版，第97—99頁。
④ 山本秀人：《高野山金剛三昧院藏〈三教旨歸注抄〉について——覺明注の成立に及ぶ》，《高知大國文》第38號，2007年，第22—50頁。
⑤ 劉曉峰：《端午節與水神信仰》，《民俗研究》2007年第1期。

嘉禎二年的自序，可知書撰成於此年，時當南宋理宗端平三年（1236）。此書爲信瑞解讀淨土宗三部核心元典（《大無量壽經》《觀無量壽經》《阿彌陀經》）所載名詞、難字、佛典的音義之書，徵引古籍近三百種，是輯佚古書的重要源流。其體例則一仿中土《衆經音義》《一切經音義》等著作，先列所釋詞語，後引古籍加以説解。該書共引《韓詩》佚文一則，見本書第二章第五節《小雅·四月》。

7.《塵袋》

按：《塵袋》十一卷，著者不詳。成書於文永末年至弘安四年（1274—1281），是一部用問答體結撰而成的片假名類書，廣引和漢故事與詞語訓詁，介紹與生活相關的各類知識，凡621條。在意義分類方面，很受橘忠兼《伊呂波字類抄》（1144）的影響①。今傳本爲永正五年（1508）高野山學僧印融（1435—1519）所抄。日本古典全集刊行會有該書影印本（1934），便於查閱。大西晴隆、木村紀子有《塵袋校注》（東京：平凡社，2002），可參看。《塵袋》卷三引《韓詩》佚文一則，見本書第二章第五節《召南·采蘋》。

8.《年中行事秘抄》

按：《年中行事秘抄》，著者不詳，其性質與《年中行事抄》相同，通過徵引中國書籍及日本古記，來説明儀式的意義、起源、先例故事等。書後附藤原長光所作尾記，有"永仁之比，被書始之處"之語②，可知此書成於永仁年間（1293—1299），有古寫本藏於宫内省圖書寮，《新校群書類從》卷八十六有排印本。該書卷三兩引《韓詩》佚文，皆見本書第二章第五節《鄭風·溱洧》。

9.《和漢年號字抄》

按：《和漢年號字抄》三卷，菅原爲長（1158—1246）撰，書

---

① 猪瀬亞西子，萩原義雄：《鐮倉時代の古辭書〈塵袋〉における典據漢籍〈文選〉〈文選注〉について》，《駒澤短期大學研究紀要》第30號，2002年，第51—168頁。

② 藤原長光：《年中行事秘抄尾記》，載佚名：《年中行事秘抄》卷尾，《新校群書類從》第4輯，東京内外書籍株式會社1931年版，第534頁。

成於鐮倉時代中期。此書將和漢年號中所用的 174 字按意義分爲 13 類，記述其字音，字義和字體。此書傳本爲前田育德會尊經閣文庫所藏的文明十一年（1479）寫本，其轉寫本爲東京大學史料編纂所所藏。① 其他信息暫時無從瞭解。《和漢年號字抄》共引《韓詩》佚文五則，分見本書第二章第五節《邶風·新臺》《鄭風·野有蔓草》《唐風·山有樞》《唐風·椒聊》《周頌·訪落》。

以上 9 種日本古籍提供了 20 條《韓詩》遺説，通過比對清儒輯本，可發現全文失收者 12 條，部分内容失收者 1 條。换言之，日本文獻所載録的《韓詩》遺説，有 13 條内容可對清人輯本進行訂補，有效者近 70%，其文獻價值是不言而喻的。同時，再結合日本所藏中土文獻，《韓詩》遺説在日本的保存超過 200 條（詳下一小節），這爲其在日本的傳播建立了良好的文本基礎，爲深入考察《韓詩》佚著的傳播情況提供了草蛇灰綫。這又使其突破了單純的輯佚價值，進而完成了與傳播學的接榫。

二 日藏中土古籍所存《韓詩》佚文的價值

上一小節介紹的是出於日本學者之手的載有《韓詩》佚文的古文獻，與之相應，日本還有另一類古文獻也保存了豐富的《韓詩》佚文，這便是日本所藏中土文獻（下稱"日藏漢籍"），如《原本玉篇》《玉燭寶典》《一切經音義》等，它們雖出自中國學者之手，但多數已亡佚於中土，幸在日本得到了較好的保存。所以考察《韓詩》佚文在日本的保存，自然應將這類文獻考慮在内。事實上，清季治《韓詩》者，對日藏漢籍已有一定關注，陶方琦、顧震福、龍璋等重輯《韓詩》遺説，使用的便皆爲日藏漢籍提供的新材料，而號稱"迄今最完備之《三家詩》讀本"②的《詩三家義集疏》也正是因

---

① 以上信息見池田証壽《杜延業〈群書新定字樣〉再考》，《北海道大學文學研究科紀要》第 154 號，2018 年，第 41 頁。

② 洪湛侯：《詩經學史》第 9 章，中華書局 2000 年版，第 606 頁。

爲吸收了此類新材料,才在佚文數量上超越了陳壽祺、陳喬樅父子的《韓詩遺說考》。不過,《詩三家義集疏》對於日藏漢籍的利用還遠遠不足,存在不少漏輯的條目,關於這一點,陳鴻森先生在《〈韓詩〉遺說摭遺》中已做了一定程度的訂補。

由此可見,日藏漢籍對於今天的《韓詩》研究仍具重要的參考價值。這些保存在日本的《韓詩》佚文,可從多個方面對清人輯本進行訂補。除了有效補充清輯本漏輯的條目外,還有以下兩方面的價值:

(一) 日藏漢籍對清輯本《韓詩》的校正

日藏漢籍對於清輯本《韓詩》的意義,不僅體現在補充其漏輯的《韓詩》佚文方面,還體現在校正清輯本的訛誤方面。前者涉及清輯本未嘗輯錄的條目,後者則表現爲校正清輯本已有涉及而判斷有誤的具體條目。這種校正可分爲三種類型加以討論。

(1) 日藏漢籍所錄《韓詩》佚文可糾正清輯本對《韓詩》《毛詩》文本異同的誤判。如《周頌·惟天之命》:"假以溢我。"王先謙謂:"《釋文》不載韓異文,明韓亦與毛同。"① 僅因《經典釋文》於此句未載錄《韓詩》異文,便論定《韓詩》與《毛詩》文本相同。然考《原本玉篇》"謐"字條:"《韓詩》:賀以謐我。"② 可知此句四字,而韓、毛有二字存在異文:《韓詩》"假"作"賀","謐"作"溢"。王先謙因過於迷信《經典釋文》,遂出現這一誤判。事實上,《經典釋文》對於《韓詩》異文的校錄並非毫無掛漏,筆者曾結合其他古籍載錄,考出《經典釋文》失校《韓詩·國風》異文50餘則,失校《韓詩·二雅》異文45則,失校《韓詩·三頌》異文12則③。可見風、雅、頌三部疊加,《經典釋文》失校《韓詩》

---

① 王先謙:《詩三家義集疏》卷24,中華書局1987年版,第1002頁。
② 顧野王:《原本玉篇殘卷》,中華書局1985年版,第3頁。
③ 呂冠南:《陸德明〈毛詩釋文〉失校〈韓詩·國風〉異文考》,待刊;呂冠南:《陸德明〈毛詩釋文〉失校〈韓詩·二雅〉異文考》,《漢語言文學研究》2017年第3期;呂冠南:《陸德明〈毛詩釋文〉失校〈韓詩·三頌〉異文考》,《圖書館理論與實踐》2018年第2期。

異文有 110 則左右。這證明在《韓詩》異文輯錄過程中，不可唯《釋文》是從，王先謙以其是否載錄《韓詩》異文爲標準，去盲目確定《韓詩》的真實文本，這是缺乏文獻依據的，所得結論亦與實情相抵牾。日藏《原本玉篇》收錄了不少《釋文》失校的《韓詩》異文，既可見《釋文》之不可盡恃，亦可見《原本玉篇》同樣是不容忽視的輯校來源。

（2）日藏漢籍可對清儒誤置的《韓詩》遺說進行還原。例如《王風·君子陽陽》："君子陶陶。"王先謙據《文選·七發》李善注輯《韓詩》遺說曰："陶，暢也。"① 考李注原文爲："薛君《韓詩章句》曰：'陶，暢也。'"② 並未明言該遺說爲釋"君子陶陶"之文。考《原本玉篇》"陶"字條曰："《韓詩》：'君子陶陶。'君子之貌也。……又曰：'鼓鐘伐磬，淮有三州，憂心且陶。'陶，暢。"③ 據此可知"陶，暢"爲《韓詩》訓釋《小雅·鼓鐘》"憂心且陶"之文，王先謙誤置於《君子陽陽》中，遂成張冠李戴。據此，可將該佚文放歸《鼓鐘》"憂心且陶"句下。

（3）日本古文獻可爲清輯本中某些不明具體來源的《韓詩》佚文確定歸屬。例如馮登府《三家詩遺說》卷二據《文選·吳都賦》劉淵林注輯《韓詩·衛風·考槃》之遺說："《韓詩》：'考槃在干。'地下而黄曰干。"④ 由于《吳都賦》之注並未具體說明"地下而黄曰幹"來自哪一部《韓詩》佚著，所以馮登府僅泛稱《韓詩》，並未盲目地猜測該遺說的具體歸屬。今按日本古鈔本《文選集注·吳都賦》之劉注作："《韓詩》云：考般在干。《傳》曰：地下而廣曰干。"⑤ 可知今本《文選注》脫去"《傳》曰"二字，"地下"一句

---

① 王先謙：《詩三家義集疏》卷 4，中華書局 1987 年版，第 320 頁。
② 《六臣注文選》卷 34，中華書局 1987 年影印涵芬樓所藏宋刊本，第 639 頁。
③ 顧野王：《原本玉篇殘卷》，中華書局 1985 年版，第 501 頁。
④ 馮登府：《三家詩遺說》卷 2，華東師範大學出版社 2010 年版，第 28 頁。
⑤ 周勛初纂輯：《唐鈔文選集注彙存》第 1 冊卷 9，上海古籍出版社 2000 年版，第 186 頁。

乃"《傳》曰"之文。觀其經注相連，可知此"《傳》"爲薛君《韓詩章句》。唐人頗多稱《韓詩章句》爲《傳》之例，本書第二章第五節已據李賢《後漢書注》舉出數例，兹不贅述。明晰了這層關係，便可將前人未敢遽定出處的這則《韓詩》遺説進行對號入座，歸入《韓詩章句》名下。

以上三個方面，均能對以《詩三家義集疏》爲代表的清人輯本所輯佚文進行不同程度的校正。劉咸炘《校讎述林·輯佚書糾謬》中曾言："《韓詩》有故，有内傳，有説，諸書引《韓詩》多無從分別。"① 這爲區别《韓詩》遺説的具體歸屬造成了較大的困擾。而日藏漢籍在引用《韓詩》遺説時，往往點明了《韓詩》佚著的名稱，諸如"《韓詩章句》""《（韓詩）傳》"等，爲落實此類遺説的具體歸屬提供了强證。同時，對於清儒對《韓詩》文本的誤判或對佚文的誤置，也可以借助日藏漢籍進行有效的補充與還原，這也凸顯了日藏漢籍在校訂《韓詩》方面的獨特價值。

錢鍾書《管錐編》論《諫逐客書》時，曾援引日人齋藤謙的《拙堂文話》，表彰"齋藤論文，每中肯綮"，故加以徵引，"俾談藝者知有鄰壁之明"②，在高文博學的背後，顯示出重視日本漢學的卓越眼光。從上文所論述的内容來看，這片"鄰壁之明"不僅使散文研究突破了舊見識，還爲《韓詩》研究帶來了新材料。本小節所揭例證，雖僅爲日本文獻訂補前人《韓詩》輯本的一小部分，但其重要的文獻價值已獲得具體而微的展示。同時，這也證明在《韓詩》基礎文本的整理方面，還有很長的路要走。而在這條路上，不僅應關注中土文獻的當地風光，還須重視東亞漢籍的鄰壁之光，只有兩相結合，才能開闢出犁然有當的新格局。

---

① 劉咸炘：《校讎述林》，黃曙輝編：《劉咸炘學術論集·校讎學編》，廣西師範大學出版社2010年版，第183頁。

② 錢鍾書：《管錐編》第3册，中華書局1979年版，第881頁。

三 《韓詩》佚文在日本的傳播

上文對日本古籍所載《韓詩》佚文進行了輯錄，其中多數爲中土所未有者。現在要追問的是，這批佚文的來源是什麽？很顯然，這已牽涉到了《韓詩》佚著在日本的傳播情況。在這一問題上，載錄《韓詩》遺説的中土書籍毫無疑問扮演着根源性的角色。當其傳入日本後，逐漸引起部分學者的注意及徵引，這些學者編纂的著作便與中土書籍共同展現爲"文本族譜"（stemma codicum）①。在這一族譜中，中土書籍是首要文本源，本節第一小節所論諸書則因轉錄首要文本源而成爲次級文本源。兹按上述理解，就《韓詩》在日本的傳播情況作出細緻的分析。

（一）日籍所載《韓詩》遺説的首要文本源：中國類書、字書、注書、佚書

最早對該族譜的首要文本源進行探討的學者是扶桑訪古的先驅羅振玉。羅氏在内藤湖南的介紹之下，得知《秘府略》殘卷之遺踪，遂影入《吉古庵叢書》，並以跋文猜測了《秘府略》的文本源：

> 殆依據《修文御覽》等諸書爲之，在《太平御覽》之前，故卷中徵引佚書甚多。《修文御覽》今佚，今惟法京藏敦煌唐寫本殘卷。此書雖僅存千百之一二，而多存古書，當與《玉燭寶

---

① "文本族譜"係由鮑則岳（William G. Boltz）研究中國早期寫本時提出，詳細論述見柯馬丁（Martin Kern）：《方法論反思：早期中國文本異文之分析和寫本文獻之產生模式》，載陳致主編《當代西方漢學研究集萃·上古史卷》，上海古籍出版社2016年版，第349—385頁，特別是第354—357頁。但本書在具體論述中則稍加變化，不再將鮑則岳所稱祖本視爲某一具體寫本，而看作一批載錄《韓詩》遺説的中土文獻，這些文獻在提供《韓詩》遺説方面，仍然具備内部統一性。

典》諸書同爲藝林秘笈。①

很明顯，羅氏將《秘府略》的文本源指向了中土北齊古類書《修文殿御覽》(573)②。在此基礎上，河野貴美子進一步將《秘府略》的文本源推至更早的南梁類書《華林遍略》(523)③。上述討論，爲思考該文本族譜的源頭問題提供了極大的啓發。因爲這些討論説明儘管《秘府略》"徵引佚書甚多"，但實係轉引自前代類書，而非徑據日藏漢籍編成。中島貴奈即謂《秘府略》"並非選者直接涉獵衆多書籍而選定、編纂，大多是從已有類書——如《初學記》《藝文類聚》——中直接引用的"④，就類書編纂的傳統而言，其説雖不中亦不遠矣。雖然中日學者對《秘府略》的具體文本源尚未取得一致的看法，但均認爲其書乃抄自前代類書，則是毫無疑問的。據此，儘管有衆多佚書出現在《秘府略》中，却不能認定這批佚書均曾傳入日本，《韓詩》佚著當然也不例外。

實際上，上述判斷恰好反映出中國類書是日本文獻抄録《韓詩》遺説的首要文本源之一。上引《年中行事抄》所載《溱洧》遺説，亦見《藝文類聚》《初學記》《白氏六帖》等唐人類書，足見類書對於《韓詩》在日傳播所產生的重要作用。

類書之外，還應考慮在内的文本源是字書。如顧野王《玉篇》

---

① 羅振玉：《秘府略跋》，《吉古庵叢書》，《羅雪堂先生全集》初編，臺北文華出版公司 1968 年版，第 17 册，第 7237 頁。

② 有關《修文殿御覽》的相關情況，可參看森鹿三《修文殿御覽について》，《本草學研究》，大阪杏雨書屋 1999 年版，第 276—305 頁；尾崎康《北齊の文林館と修文殿御覽》，《史學》第 40 卷，《松本信廣先生古稀記念》，東京慶應義塾大學三田史學會 1967 年版，第 223—250 頁。

③ 河野貴美子：《奈良・平安期における漢籍受容の一考察》，《早稻田大學國文學研究》第 151 卷，2007 年，第 16 頁。《華林遍略》的相關情況可參看劉全波《〈華林遍略〉編纂考》，《敦煌學輯刊》2013 年第 1 期，第 85—94 頁。

④ 中島貴奈：《〈幼學指南抄〉と類書：中國文化受容の一つのかたち》，《静修：京都大學附屬圖書館報》第 39 卷第 1 期 (2002)，第 6 頁。

所載豐富的《韓詩》遺説在國内刊落殆盡，但在日本得到了部分保留，進而成爲《韓詩》在日傳播的文本源。平安時代後期《香字抄》引《玉篇》："《韓詩》：'馥芬孝祀。'馥，香貌也。"① 便是日本文獻利用原本《玉篇》之證。與字書性質相近的音義書也值得注意，尤其是載録了豐富《韓詩》遺説的陸德明《毛詩音義》，在平安時代前期即引起相當的重視，日本金澤文庫藏唐寫本《毛詩·唐風》殘卷引此書已達 223 處之多②，其對日本學界之影響已毋庸置疑。就《韓詩》遺説而言，無論上揭《塵袋》所載《韓詩》，還是日僧源順《倭名類聚抄》卷一"渚"字條引《韓詩》③，均出自《毛詩音義》卷上。這些案例，展現了《毛詩音義》在《韓詩》傳播方面的意義。

此外，中國古注書也是不可忽視的《韓詩》文本源。例如《文選》對平安時代的文壇影響甚鉅，此間編纂的兩部詩文總集《文華秀麗集》（818）與《經國集》（827）在分類上均承襲《文選》，遣詞造句亦心摹手追。文學創作的風氣不免左右着學術研究的趨向。就《文選》古注而論，在日本不僅流傳通行的李善注與五臣注，還有雜抄衆多古注的《文選集注》，周勛初先生已彙編爲《唐鈔文選集注彙存》（2000），嘉惠學林。在這樣一種崇古情境下，日本學者對於古注是極爲重視的。覺明《三教旨歸注》曾多次徵引《文選》李善注，證明他對該書相當熟悉。其引《韓詩》之遺説首見於李善注④，故頗疑此係轉引而來。再如上文介紹的《淨土三部經音義集》，亦曾廣引《史記》三家注及《文選》李善注。從這些接受情

---

① 佚名：《香字抄》"馥"字條，日本國立國會圖書館藏卷子本。
② 該統計數據見石冢晴通、小助川貞次、會谷佳光編《毛詩；禮記正義卷第五殘卷》，《東洋文庫善本叢書》第 5 册，影印唐寫本殘卷，東京勉誠出版 2015 年版，第 106 頁。另參原卓志《毛詩唐風平安中期點における經典釋文の利用—聲明·點發を通して》，《國文學考》第 114 號，1987 年，第 22—36 頁。
③ 狩谷棭齋：《箋注倭名類聚抄》卷 1，大阪全國書房 1943 年版，第 32 頁。
④ 《六臣注文選》卷 44，中華書局 1987 年影印涵芬樓所藏宋刊本，第 832 頁。

況來看，注書的確在古籍流布中起到了不容忽視的作用。

另外，不少中土已佚而在日本却流傳有緒的中國古佚書也在傳播《韓詩》佚著中扮演著重要角色。日人林述齋（1768—1841）《佚存叢書》與黎庶昌《古逸叢書》曾在清季的中國文獻學界產生了巨大的震蕩，其中所收書籍大多爲僅存於日本的中國佚書，其對於《韓詩》研究的價值，已在上一小節作了介紹。這些日藏漢籍在日本均有著較爲良好的傳播與接受，故其所載《韓詩》遺說亦往往先被彼邦學人發現利用，新美寬常從此類佚書中搜集材料，便是最鮮明的證據。

綜上，日本文獻所載《韓詩》遺說的首要文本源主要爲中國類書、字書（音義書）、注書和佚書，這四者所載《韓詩》遺說成爲日本文獻轉抄的對象，其殘痕斷影，亦因此而得以保留下來。但上揭《香字抄》載原本《玉篇》引《韓詩》之文不見今本《玉篇》之例，可以證實這四類首要文本源中有部分著述並未全部流傳至今（部分亡佚者如原本《玉篇》，全部亡佚者如《修文殿御覽》），這可以解釋何以本書輯録了多條僅見一書的《韓詩》遺說（如《令釋》《和漢年號字抄》），尋根究底，係因其首要文本源已湮滅於歷史長河，爲後世學者續加探賾蒙上了難以揭去的面紗，今天的讀者只能憑藉次要文本源呈現的斷壁頹垣，來擬想首要文本源所具備的富麗堂皇的規模。但在此時，文本族譜內部各要素已悄然發生了新變：首要文本源的截斷，使次要文本源因載録了獨一無二的《韓詩》遺說而身價倍增，遞補爲今天重輯《韓詩》的新的首要文本源。歐陽脩《日本刀歌》曾言："徐福行時書未焚，逸書百篇今尚存。"[①] 舊源之消泯形同焚書之餘，新源之建立則呈現爲"逸書尚存"，歐陽氏的詩筆恰好描述了文本源更替之際的微妙狀態。

值得特別注意的是，來自中國的首要文本源東傳日本的途徑亦

---

① 洪本健：《歐陽脩詩文集校箋》外集卷4，上海古籍出版社2009年版，第1369—1370頁。

爲《韓詩》遺說在日傳播的應有之義，張永平先生對此已有研究，將東傳途徑歸納爲以下三種：歸化人的書籍携帶，百濟的五經博士輪替制，遣唐使購書及接受的大陸賜書①。其論粲然可觀，本書便不再疊床架屋了。

（二）《韓詩》遺說在日本的接受者與傳播者：天皇、公卿貴族、大學寮教官、大學生徒、僧侣

載録《韓詩》遺說的中土書籍東傳後，其直接讀者便是日本的第一批接受者。同時，當這些接受者對《韓詩》遺說加以轉抄，形成次級文本源之後，這些接受者便因其著作而成爲《韓詩》遺說在日本的首批傳播者。很明顯，在《韓詩》遺說初爲日人所知之時，接受者與傳播者係同一群體。就目前掌握的材料而言，這一群體大致包括天皇、公卿貴族、大學寮教官、大學生徒及僧侣。

天皇與公卿貴族是身處皇權中心的階層，目前雖無材料能够顯示該階層對於《韓詩》的偏愛，但他們制定與執行的一系列文化措施，在客觀上往往能爲《韓詩》在日傳播創造温和的環境。如淳和天皇（786—840）敕令滋野貞主編纂千卷《秘府略》，便飽含着對中土典籍的崇尚，《韓詩》遺說作爲儒家今文經學，亦得厠身其中。今書僅存兩卷，便有徵引《韓詩》遺說之例，則散佚數百卷中載録《韓詩》其他佚文者當不在少數，惜乎完璧不傳，現已無從對其具體情形進行勾稽了。當然，佚籍的流布情况多數是文獻學研究所關注的問題。就傳播學而言，其更應關注的是此時滋野貞主"東宫學士"的身份。毫無疑問，這亦是圍繞在皇權周圍的顯職，就《秘府略》的編纂而言，滋野貞主既是皇家意志的承受者，又是其執行人，則《秘府略》顯然是天皇與公卿貴族合作無間的産物。該書雖非針對《韓詩》發起，但由於涵攝面廣，包羅萬象，故《韓詩》遺說亦得以分一杯羹，在類書編纂中佔據一席。類似的情况還有上文提及的

---

① 張永平：《日本〈詩經〉傳播史》第1章第1節，博士學位論文，山東大學，2014年，第13—24頁。

同樣載録了《韓詩》遺説的《倭名類聚抄》，此書係源順應醍醐天皇（885—930）公主勤子内親王之命而編，與《秘府略》同爲皇權作用於書籍編纂的範例。這種借助皇權渠道而得以載録傳播的情形，在日本漢籍接受史中較爲常見。如蕭吉的《五行大義》，便因村上天皇（926—967）第七子具平親王（964—1009）所撰《弘決外典鈔》（991）的載録，而引起了日本知識界的重視①。《弘決外典鈔》所引漢籍繁複②，並非專爲《五行大義》而設，但這部出自皇家成員之手的著作，仍爲其摘録的漢籍帶來了重要影響。此處再次彰顯了漢籍的傳布情況，確與皇權階層的能動性有所關聯。

　　大學寮教官與大學生徒則牽涉了皇權統攝下的中央官學階層。依據所授學科的不同，大學寮教官可分爲明經博士、明法博士、紀傳博士與算學博士。與《韓詩》稍有瓜葛的是明經博士，但其所用教材爲《毛詩》，這在《養老令·學令》中曾有明文記録③。不過，日本的經學教育以"先讀經文，通熟，然後講義"爲序，次第井然，不容躐等。所謂"先讀經文，謂讀經音也"④，"讀經音"即"音讀"（くんどく），是明經博士傳授《毛詩》的首要環節。而陸德明《經典釋文》卷五至七《毛詩音義》則是專對《毛詩》進行釋音的著作，故廣泛流行於日本，成爲明經博士使用的音讀教材。此書傳入日本的具體年代雖然無考，但絶不遲於唐代，因東洋文庫《毛詩·唐風》、東京國立博物館藏《毛詩并毛詩正義大雅殘卷（紙背）》兩部唐寫本，均利用了陸德明《經典釋文·毛詩音義》釋音，

―――――――

　　① 詳參中村璋八《我が國に于ける五行大義の受容について》，《駒澤大學文學部研究紀要》第28號，1970年，第10—23頁。

　　② 尾崎康：《弘決外典鈔引書考並索引》，《斯道文庫論集》1964年第3期，第299—328頁。

　　③ 三浦周行，滝川政次郎：《令集解釈義》卷15，東京國書刊行會1982年版，第398頁。

　　④ 這是《令集解》引《古記》對《養老令·學令》的注解，見三浦周行，滝川政次郎《令集解釈義》卷15，東京國書刊行會1982年版，第399頁。

並且《毛詩·唐風》之中使用了明經博士家的ヲコト點、破音、聲點①。這樣一來，明經博士爲使大學生徒熟稔《毛詩》音讀，便須將《經典釋文》詳細深入地介紹開來。而在這種授受過程中，《釋文》所載 200 餘條《韓詩》異文遺說也自然而然地進入大學生徒的視野，爲他們提供了《毛傳》之外的漢儒《詩》訓。同時，當大學生徒學有所成之後，又可能成爲大學寮教官，從而完成了接受者向傳播者的身份轉變。官學階層作爲知識人集團，正是在學優則授的語境中，將經典學術較爲穩定地傳播下去，一如杜牧（803—852）《注孫子序》的妙喻，猶"丸之走盤，橫斜圓直，計於臨時，不可盡知，其必可知者，是知丸不能出于盤也"②。另應注意的是，在中央官學之外，日本的地方國學也與大學寮采取大致相同的傳授内容，《韓詩》也有可能隨之而傳播到地方，但材料闕如，目前尚無從作深入準確的探討。

　　在皇權與官學階層之外，僧侶也扮演了重要角色。前文介紹的《三教旨歸注》與《淨土三部經音義集》均出自禪僧之手，便生動反映了該階層在《韓詩》遺說的接受與傳播環節生發的作用。但《韓詩》遺說輸入禪房，是有着深刻的歷史淵源的。此二書均撰成於社會動蕩的鐮倉時代（1192—1333），中莖謙（1776—1866）《寺子屋》謂其時"小兒識字，不離佛門；學問之求，亦在山林；求醫、問卜、尋書、購畫，凡此種種，均入禪林。故曰：諸藝皆成出家之業也"③。有關此類現象的根源，嚴耕望先生在分析中國唐代士子讀書山林之風時已予以指出："蓋政治社會安定，公立學校發達，士子群趨學官，故私家教授衰替，更無隱遁山林之必要。……其後學官

---

① 詳參張永平《日本〈詩經〉傳播研究》第 2 章第 1 節《奈良學制與〈詩〉教》，清華大學出版社 2018 年版，第 80—121 頁。
② 杜牧：《樊川文集》卷 10，上海古籍出版社 1978 年版，第 152 頁。
③ 轉引自張永平《日本〈詩經〉傳播史》，博士學位論文，山東大學，2014 年，第 62—63 頁。原文爲日語，此處所引係張先生迻譯之文。

日衰，而士子讀書山林者却日見衆多。"① 在社會原因之外，寺廟的豐富藏書也爲僧侶撰述提供了極爲便利的條件。在戰亂頻仍之時，覺明、信瑞等禪僧仍能徵引部分《韓詩》遺説，足證其身後具備較爲充沛的文本資源。

綜上，皇權階層、官學階層與僧侶階層均在《韓詩》遺説的接受與傳播環節中發揮了一定的作用。但隨着社會環境的變動，各階層所發揮的作用又有所差別。大致而言，在社會承平時代（奈良、平安），前兩個階層能够較爲穩定地發揮作用；而至社會動亂時代（鎌倉、室町、安土桃山），則有僧侶階層登上舞臺。張永平先生分别以"學在翰林"和"禪林絶響"來描述日本古代和中世的《詩經》傳播特徵，很明顯，《韓詩》遺説的傳播也先後經歷了翰林與禪林這兩個階段，與張先生的觀察若合符節。

（三）《韓詩》遺説在日本的傳播媒介：日藏漢籍、類書、字抄、律令

《韓詩》遺説在日本的接受與傳播，不僅需要接受者與傳播者的介入，還需要依靠傳播媒介，才能實現完整的傳播鏈。中土典籍作爲《韓詩》遺説在日傳播的首要文本源，其詳細情况已見上文，此處不再贅述。在這一部分，筆者更加關注的是次級文本源，亦即通過轉抄首要文本源而形成的各類著述，擇要而論，可分爲類書、字抄與律令三種。

類書起源於中國，傳入日本後逐漸引起了知識界的重視，進而興起了編纂類書的風潮。由於日本類書取資於中國類書，故後者載録的《韓詩》遺説常在前者編纂過程中得到迻録。這可以載録《韓詩》遺説的兩部日本類書——《秘府略》《幼學指南抄》爲證。前者的中土文本源已見上文，兹不贅言；後者則以唐代類書《初學記》

---

① 《嚴耕望史學論文選集·唐人習業山林寺院之風尚》，中華書局2006年版，第234頁。

爲準①，其卷三引錄的兩則《韓詩·溱洧》之遺説即轉引自《初學記》卷四②——此書也直接爲《和漢朗咏集私注》所引用的《韓詩》遺説提供了文本源③。這些例子，均可證實日本類書確從中國類書中迻錄了大量内容。當這一工作完成後，這批日本類書便成爲《韓詩》遺説的傳播媒介之一，繼續以其博雅的内容在日本知識界發生效力。

字抄是日本特有的編纂體例，是從類書編纂中發展出的新體制。其所別於類書者，在於類書涵攝的門類較爲廣泛，而字抄針對的往往是某一具體門類，如《穀類抄》抄撮的均是與五穀相關的文獻，《大般若經字抄》則是以《大般若經》爲中心的字抄。換言之，類書涉及領域較爲廣播，而字抄則較爲專精，但二者摘抄古籍所采用的"以類相從"的編纂方法，則相當接近。字抄之所以能夠成爲《韓詩》遺説的傳播媒介，主要因爲《韓詩》有部分遺説恰在字抄所關注的門類之内，所以能夠成爲字抄擷取的對象。如《香字抄》專抄與香相關的文獻資料，而《韓詩》訓釋《小雅·楚茨》"馥芬孝祀"時恰有"馥，香貌也"之文，故得以抄入《香字抄》中。但很明顯，字抄的專精限制了它對其他門類相關資料的關注，故對於《韓詩》遺説的收錄遠不及類書豐富。

《令集解》的多種古注都徵引過《韓詩》遺説，可見律令類書籍也是《韓詩》遺説的傳播媒介之一。在這一類媒介中，尚有其他撰述可作例證。如惟宗允亮所撰法律要典《政事要略》（1002）與《令集解》性質相近，故日本學界間有探討二者關係的成果④。王曉

---

① 片山晴賢：《臺北故宫博物院藏〈幼學指南抄〉について》，《駒沢短期大學研究紀要》第 19 號，1991 年，第 1—20 頁。

② 徐堅等：《初學記》卷 4，中華書局 1962 年版，第 68—69 頁。

③ 杤尾武：《和漢朗咏集私注引用漢籍考》，《成城國文學論集》第 14 號，1982 年，第 89—207 頁。

④ 參看五十嵐基善《〈政事要略〉所引〈令集解〉に關する基礎的考察》，《明治大學古代學研究所紀要》第 3 號，2006 年，第 1—21 頁；五十嵐基善：《〈政事要略〉における"説者"・"舊説"の性格について—〈令集解〉逸文との關係をめぐって》，《明治大學古代學研究所紀要》第 10 號，2009 年，第 1—20 頁。

平曾對《政事要略》所引《韓詩》遺説進行了整理①，可參看。

　　以上三類傳播媒介承載的多是《韓詩》訓詁類的遺説，這也正是由其著述性質決定的。類書與字抄按照門類編録古籍，凡涉及其關注的門類的條文，均在搜羅之列；律令注解爲了使讀者深明法令之本義，亦需借用漢字故訓來加以闡明，這都爲《韓詩》遺説提供了用武之地。

　　通過以上三小節的論述，筆者對《韓詩》遺説在日本的保存與傳播均進行了力所能及的考論，既輯録了中土所未見的部分《韓詩》佚文及其學術價值，也梳理了這些文本在日本知識界的傳播情況。不過正如宫崎市定（1901—1995）所指出的，"考證學應該只算是'微分'（Differential），而非'積分'（Integral）"②，本節的考證當然也存在這層局限。這除了筆者不可推卸的淺見寡識之外，還包含另一必須予以指出的實情：作爲匿迹良久的《詩》學流派，《韓詩》儘管在遺説保存方面遠勝《魯詩》《齊詩》，但在日本《詩經》學的發展歷程中，却只能——也始終——扮演着邊緣性的角色。《韓詩》的這一歷史地位，爲"積分"層面的探討製造了困境。所以，筆者的上述考論絶對無意抬高《韓詩》遺説的地位，愚衷僅在揭出下述事實：在《毛詩》與《詩集傳》的波瀾壯闊之外，日本《詩經》學還暗涌着《韓詩》佚著的伏流。

　　當然，這些日籍所載《韓詩》遺説的發現，無疑會給《韓詩》研究提供新的材料，注入新的活力，這在本書第二章第五節輯録《韓詩章句》時已有非常清晰的體現。它們的出現，使治《韓詩》的學人有幸領略清輯本之外的海闊天空。宋儒張栻（1133—1180）

---

① 王曉平：《日本詩經學文獻考釋》第 2 章第 3 節，中華書局 2012 年版，第 275—276 頁。

② 宫崎市定：《〈論語〉研究史》，童嶺譯，載童嶺編《秦漢魏晋南北朝經籍考》，中西書局 2017 年版，第 38 頁。

《立春日禊亭偶成》云："便覺眼前生意滿，東風吹水緑差差。"[1] 日本古文獻所載録的《韓詩》爲後續研究帶來的正是這樣一種萬象更新的境界。

---

[1] 張栻：《新刊南軒先生文集》卷7，《張栻集》，中華書局2015年版，第827頁。

結　　語

　　《韓詩》作爲漢代官方《詩經》學的代表之一，在漢代經學史中曾大放異彩。可惜東漢以降，《韓詩》逐漸從學術界的視野淡去，除了《韓詩外傳》以外，所有著作至遲已於宋代亡佚，至此，通過完整的《韓詩》著作文本進行研究的可能已不復存在。很顯然，《韓詩》研究勢必要折入另一條路徑。

　　開啓《韓詩》研究新路徑的是宋季王應麟，其所撰《詩考》一書建立了《韓詩》研究的新典範，爲《韓詩》研究提供了全新的方向：從文獻輯佚入手，重新奠定《韓詩》研究的文本基礎。這一工作在清儒手中取得了質的飛躍，但仍有若干誤輯、漏輯的情況出現，所以今天的《韓詩》研究仍需在輯佚環節投入精力，具體而言，就是對前人成果進行有效的整合：剔其僞者，訂其譌者，存其疑者，補其闕者。

　　全面考察學術史中曾經存在過的《韓詩》著作，是實現上述目標的首要工作。通過查覈古籍記載，可以考出《韓詩》學派共有 15 部著作，類型豐富，各體兼備，可惜多數著作已經無隻字傳世，只能藉助其他史料，就其相關信息進行有限的稽考。在這 15 部著作中，有佚文傳世的僅有以下 6 種：《韓詩内傳》《韓詩外傳》《韓詩説》《韓詩翼要》《韓詩章句》《韓詩序》。前人對這些著作進行了各有詳略的輯錄，從而出現了許多《韓詩》輯本。這些輯本是今天重新輯錄《韓詩》佚著的重要參考，有必要給予充足而客觀的介紹。此外，《韓詩外傳》是《韓詩》學派唯一傳世著作，所以後世對該書的校、注、評、譯非常豐富，這些不同的《韓詩外傳》版本亦有介紹的必要。上述内容構成了本書第一章的三個板塊：第一，《韓詩》著作叙錄；第二，《韓詩》輯本叙錄；第三：《韓詩外傳》校注評譯本叙錄。

在對先行輯佚情況有了全面的瞭解以後，便可以對《韓詩》佚著進行全新的輯錄。本書第二章分别對《韓詩經》《韓詩内傳》《韓詩外傳》《韓詩説》《韓詩翼要》《韓詩章句》（含《韓詩序》）傳世的佚文進行了考證與輯錄，形成了多部《韓詩》佚著新輯本，爲後續的深入研究奠下了文本基礎。

《韓詩内傳》《韓詩外傳》《韓詩章句》三部著作的文本基礎最爲深厚，可供深入研究。通過細讀這些著作的文本内容，再結合史籍對它們的介紹，可以發現《韓詩内傳》《韓詩外傳》是韓嬰"推演"《詩經》的著作，而《韓詩章句》則是對《韓詩經》本書進行訓釋的著作，它們分别代表了《韓詩》學派兩種旨趣相反的研究範式。對這些著作進行辨體，是分析其特色的必要環節。上述内容，是本書第三章探析的核心。

《韓詩》學者作爲《韓詩》學術的傳承者，自然也是《韓詩》研究的應有之義。從《韓詩》初祖韓嬰算起，直到目前可考的最後一位《韓詩》傳承人田琬爲止，《韓詩》的傳承自西漢一直傳到唐代，在此期間，共可以考出63位修習《韓詩》的學人，對他們的生平資料進行研究，得到的便是一部濃縮的《韓詩》傳承史，從中可以歸納《韓詩》學術在不同時代的傳授特點。此外，《韓詩》在域外的保存與傳播也值得注意，本書第四章在考察國内《韓詩》傳播情況的同時，也對《韓詩》在日本的保存與傳播作出了考察，藉以展現《韓詩》在東亞文化圈内的活力。

必須指出的是，《韓詩》研究是一個餘藴豐富的課題。筆者以四章内容，分别從文獻學、文學、史學三個維度對《韓詩》展開了力所能及的研究。不過從宏觀《詩經》學的視野來看，本書仍有很多缺漏，筆者的學識偏狹當然是最爲重要的原因，但史料的極度匱乏也時常爲《韓詩》製造障礙。本書五十餘萬言，篇幅較大，而使用的方法則多係考證。余英時先生有云："考證之大患有二：一在材料之不備，一在運思之不密。"① 不可否認，在本書的撰述過程中，筆者的考證始終伴隨着這兩種焦慮。由於"材料之不備"，故必須"運思"，盡可能合理地拼接所有與之相關的文獻碎片，以求對《韓詩》學之若干隱微進行揚表。至於"運思"是否縝密，則只能留待新材料和讀者方家的檢視了。

---

① 余英時：《方以智晚節考》（增訂擴大版），臺北允晨文化公司 1986 年版，第 136 頁。

徵引文獻

（以著作負責者姓氏拼音爲序）

一　古籍

安居香山、中村璋八編：《緯書集成》，河北人民出版社 1994 年版。

白居易：《白氏六帖事類集》，影印傅增湘藏紹興刻本，文物出版社 1987 年版。

白居易、孔傳：《白孔六帖》，影印臺灣國防研究院圖書館藏明嘉靖間覆宋刻本，臺北：新興書局 1969 年版。

班固撰，顧實講疏：《漢書藝文志講疏》，上海古籍出版社 2009 年版。

班固撰，顏師古注：《漢書》，中華書局 1962 年版。

班固撰，顏師古注，王先謙補注，上海師範大學古籍整理研究所整理：《漢書補注》，上海古籍出版社 2008 年版。

鮑雲龍：《天原發微》，《景印文淵閣四庫全書》第 806 册，臺北：商務印書館 1986 年版。

畢沅、阮元：《山左金石志》，《續修四庫全書》第 909 册，影印儀徵阮氏小瑯環僊館刻本，上海古籍出版社 2002 年版。

蔡邕：《蔡中郎集》，影印清咸豐中聊城楊氏《海源閣叢書》本，廣陵古籍刻印社 1990 年版。

曹植著，趙幼文校注：《曹植集校注》，中華書局 2016 年版。

晁公武撰，孫猛校證：《郡齋讀書志校證》，上海古籍出版社 1990 年版。

常璩著，劉琳校注：《華陽國志校注》，巴蜀書社 1984 年版。

常璩著，任乃強校注：《華陽國志校補圖注》，上海古籍出版社 2015 年版。

晁説之：《嵩山文集》，影印曹溶藏舊鈔本，《四部叢刊續編》第 385 册，商務印書館 1934 年版。

陳鼓應：《黄帝四經今注今譯》，中華書局 2016 年版。

陳澧撰，楊志剛點校：《東塾讀書記》，生活·讀書·新知三聯書店 1998 年版。

陳立：《句溪雜著》，《續修四庫全書》第 176 册，影印同治三年（1864）刻本，上海古籍出版社 2002 年版。

陳立撰，吳則虞點校：《白虎通疏證》，中華書局 1994 年版。

陳立撰，劉尚慈點校：《公羊義疏》，中華書局 2017 年版。

陳彭年：《鉅宋廣韻》，影印宋乾道五年（1169）建寧府黄三八郎書鋪刊本，上海古籍出版社 1983 年版。

陳慶鏞：《籀經堂類稿》，《續修四庫全書》第 1522 册，影印清光緒九年（1883）刻本，上海古籍出版社 2002 年版。

陳師道撰，任淵注，冒廣生補箋，冒懷辛整理：《後山詩注補箋》，中華書局 1995 年版。

陳壽撰，裴松之注：《三國志》，中華書局 1971 年版。

陳壽祺撰，王豐先點校：《五經異義疏證》，中華書局 2014 年版。

陳壽祺撰，陳喬樅述：《韓詩遺説考》，《續修四庫全書》第 76 册，影印清刻《左海叢書》本，上海古籍出版社 2002 年版。

陳壽祺撰，陳喬樅述：《魯詩遺説考》，《續修四庫全書》第 76 册，影印清刻《左海叢書》本，上海古籍出版社 2002 年版。

陳壽祺撰，陳喬樅述：《齊詩遺説考》，《續修四庫全書》第 76 册，影印清刻《左海叢書》本，上海古籍出版社 2002 年版。

陳祥道：《禮書》，《景印文淵閣四庫全書》第 130 册，臺北：商務印書館 1986 年版。

陳暘:《樂書》,《景印文淵閣四庫全書》第 211 册,臺北:商務印書館 1986 年版。

陳元靚:《歲時廣記》,《叢書集成初編》第 179—181 册,中華書局 1985 年版。

陳藻:《樂軒集》,《景印文淵閣四庫全書》第 1152 册,臺北:商務印書館 1986 年版。

陳振孫撰,徐小蠻,顧美華點校:《直齋書録解題》,上海古籍出版社 2015 年版。

程大昌:《演繁露》,上海師範大學古籍整理研究所編:《全宋筆記》第四編第 9 册,大象出版社 2008 年版。

成瓘:《篛園日札》,商務印書館 1958 年版。

程俊英、蔣見元:《詩經注析》,中華書局 1991 年版。

程其珏:《光緒嘉定縣志》,《中國地方志集成·上海府縣志輯》第 8 册,上海書店 1991 年版。

佚名撰,大西晴隆,木村紀子校注:《塵袋校注》,東京:平凡社 2004 年版。

戴德撰,盧辯注:《大戴禮記》,《景印文淵閣四庫全書》第 128 册,臺北:商務印書館 1986 年版。

戴震:《戴震集》,上海古籍出版社 2009 年版。

鄧名世:《古今姓氏書辯證》,《景印文淵閣四庫全書》第 922 册,臺北:商務印書館 1986 年版。

丁度:《集韻》,影印述古堂影宋本,上海古籍出版社 1985 年版。

丁廖年輯:《漢孟孝琚碑題跋》,《石刻史料新編》第 2 輯第 20 册,影印臺灣傅斯年圖書館藏民國十二年(1923)雲南圖書館印本,臺北:新文豐出版公司 1979 年版。

丁晏:《詩考補注》,清華大學圖書館藏光緒十一年(1885)蛟川張氏花雨樓刻本。

董誥等編:《全唐文》,影印清嘉慶刊本,中華書局 1983 年版。

董斯張：《吹景集》，《續修四庫全書》第 1134 冊，影印崇禎刻本，上海古籍出版社 2002 年版。

董説：《七國考》，中華書局 1956 年版。

董逌：《廣川書跋》，《叢書集成初編》第 1511 冊，影印《津逮秘書》本，中華書局 1985 年版。

竇苹：《酒譜》，中華書局 1991 年版。

杜甫著，趙次公注，林繼中輯校：《杜詩趙次公先後解輯校》（修訂本），上海古籍出版社 2012 年版。

杜牧著，陳允吉校：《樊川文集》，上海古籍出版社 1978 年版。

杜臺卿：《玉燭寶典》，影印《古逸叢書》本，華東師範大學出版社 2017 年版。

杜佑撰，王文錦等點校：《通典》，中華書局 1988 年版。

杜預注，孔穎達正義：《春秋左傳正義》，阮元校刻：《十三經注疏》，影印清嘉慶刻本，中華書局 2009 年版。

段公路著，崔龜圖注：《北户録》，中華書局 1985 年版。

段玉裁：《毛詩故訓傳定本》，《續修四庫全書》第 64 冊，影印藏嘉慶二十一年（1816）段氏七葉衍祥堂刻本，上海古籍出版社 2002 年版。

段玉裁：《詩經小學》，《續修四庫全書》第 64 冊，影印嘉慶二年（1797）武進臧氏拜經堂刻本，上海古籍出版社 2002 年版。

范家相：《三家詩拾遺》，《叢書集成初編》第 1744 冊，中華書局 1985 年版。

范甯集解，楊士勛疏：《春秋穀梁傳注疏》，阮元校刻：《十三經注疏》，影印清嘉慶刻本，中華書局 2009 年版。

范曄撰，李賢等注：《後漢書》，中華書局 1965 年版。

房玄齡等：《晋書》，中華書局 1974 年版。

馮登府：《三家詩異文疏證》，古風主編：《經學輯佚文獻彙編》第 11 冊，影印光緒十四年（1888）南菁書院刻《皇清經解》本，國家圖書館出版社 2010 年版。

馮登府撰，房瑞麗校注：《三家詩遺說》，華東師範大學出版社2010年版。

馮浩菲：《鄭氏詩譜訂考》，上海古籍出版社2008年版。

馮雲鵬、馮雲鵷輯：《金石索》，《續修四庫全書》第894冊，影印道光元年（1821）紫琅馮氏邃古齋刻本，上海古籍出版社2002年版。

傅恒等：《通鑑輯覽》，《景印文淵閣四庫全書》第339冊，臺北：商務印書館1986年版。

傅亞庶：《孔叢子校釋》，中華書局2011年版。

高步瀛著，曹道衡、沈玉成整理：《文選李注義疏》，中華書局1985年版。

高承撰，李果訂、金圓、許沛藻點校：《事物紀原》，中華書局1989年版。

葛洪撰，王明校釋：《抱朴子内篇校釋》，中華書局1985年版。

葛洪撰，楊明照校箋：《抱朴子外篇校箋》，中華書局1997年版。

公羊壽傳，何休解詁，徐彦疏：《春秋公羊傳注疏》，阮元校刻：《十三經注疏》，影印清嘉慶刻本，中華書局2009年版。

顧廣圻：《思適齋集》，《清代詩文集彙編》第482冊，影印清道光二十九年（1849）徐渭仁刻本，上海古籍出版社2010年版。

顧櫰三：《補後漢書藝文志》，王承略、劉心明主編：《二十五史經籍藝文志考補萃編》第6卷，清華大學出版社2012年版。

顧野王撰，陳彭年重修：《宋本玉篇》，影印張氏澤存堂刻本，中國書店1983年版。

顧野王：《原本玉篇殘卷》，中華書局1985年版。

顧震福：《韓詩遺說續考》，復旦大學圖書館藏光緒刻本。

桂馥：《晚學集》，《續修四庫全書》第1458冊，影印上海圖書館藏道光二十一年（1841）孔憲彝刻本，上海古籍出版社2002年版。

郭璞注：《爾雅》，《叢書集成初編》第1139冊，影印《五雅全書》本，中華書局1985年版。

郭璞注，邢昺疏：《爾雅注疏》，阮元校刻：《十三經注疏》，影印清嘉慶刻本，中華書局2009年版。

韓鄂：《歲華紀麗》，長澤規矩也編：《和刻本類書集成》第一輯，重印汲古書院影印本，上海古籍出版社1990年版。

韓嬰撰，陳士珂疏證：《韓詩外傳疏證》，《四庫未收書輯刊》第9輯第1冊，影印嘉慶二十三年（1818）刻本，北京出版社2000年版。

韓嬰撰，程榮校刻：《韓詩外傳》，北京大學圖書館藏萬曆二十二年（1592）新安程氏《漢魏叢書》本。

韓嬰撰，黃從誠評注：《韓詩外傳旁注評林》，國家圖書館藏明翁見岡書堂本。

韓嬰撰，茅坤評：《茅鹿門先生批評韓詩外傳》，國家圖書館藏明刻本。

韓嬰撰，鳥宗成校刻：《韓詩外傳》，日本國立公文書館藏寶曆九年（1759）星文堂刻本。

韓嬰撰，秦更年校刻：《校元刻本韓詩外傳》，中國書店2015年版。

韓嬰撰，蘇獻可校刻：《韓詩外傳》，國家圖書館藏嘉靖十四年（1535）通津草堂刻本。

韓嬰撰，唐琳校刻：《韓詩外傳》，美國國會圖書館藏明天啓六年（1626）刻本。

韓嬰原著，徐芹庭、徐耀環注譯：《韓詩外傳解譯》，新北：聖環圖書股份有限公司2013年版。

韓嬰撰，許維遹校釋：《韓詩外傳集釋》，中華書局1980年版。

韓嬰撰，薛來校刻：《韓詩外傳》，國家圖書館藏嘉靖十八年（1539）芙蓉泉書屋刻本。

韓嬰撰，趙懷玉校正：《韓詩外傳校正》，國家圖書館藏乾隆五十九年（1790）亦有生齋刻本。

韓嬰撰，周廷寀校注：《韓詩外傳校注》，國家圖書館藏乾隆五十六年（1791）周氏營道堂刻本。

韓嬰撰，吳棠校刻：《韓詩外傳》，《叢書集成初編》第524冊，中華書局1985年版。

韓愈著，劉真倫、岳珍校注：《韓愈文集彙校箋注》，中華書局2010年版。

郝懿行：《曬書堂文集》，《清代詩文集彙編》第449冊，影印光緒十年（1884）東路廳署刻《郝氏遺書》本，上海古籍出版社2010年版。

何寧：《淮南子集釋》，中華書局1998年版。

洪适：《隸釋；隸續》，影印晦木齋刻本，中華書局1986年版。

洪亮吉：《卷施閣文甲集》，影印光緒三年（1877）授經堂刻本，《清代詩文集彙編》第413冊，上海古籍出版社2010年版。

洪邁撰，孔凡禮點校：《容齋隨筆》，中華書局2005年版。

侯康撰，蘇麗娟、李淩整理：《補三國藝文志》，王承略、劉心明主編：《二十五史經籍藝文志考補萃編》第9卷，清華大學出版社2012年版。

侯康撰，王正一，郭偉宏整理：《補後漢書藝文志》，王承略、劉心明主編：《二十五史經籍藝文志考補萃編》第6卷，清華大學出版社2012年版。

胡承珙：《毛詩後箋》，《續修四庫全書》第67冊，影印道光十七年（1837）求是堂刻本，上海古籍出版社2002年版。

胡虔善：《新城伯子文集》，影印嘉慶四年（1799）井觀室刻本，《清代詩文集彙編》第357冊，上海古籍出版社2010年版。

胡克家：《文選考異》，蕭統選，李善注：《文選》，影印鄱陽胡氏重雕淳熙本，中華書局1977年版。

黃淬伯：《詩經覈詁》，中華書局2012年版。

黃懷信、張懋鎔、田旭東：《逸周書彙校集注》（修訂本），上海古籍出版社2007年版。

　　黃丕烈撰，王大隆輯：《蕘圃藏書題識續錄》，影印民國二十三年（1934）王氏學禮齋刻本，國家圖書館編：《國家圖書館藏古籍題跋叢刊》第8冊，北京圖書館出版社2002年版。

　　黃奭輯：《黃氏逸書考・韓嬰詩內傳》，《續修四庫全書》第1207冊，影印清道光黃氏刻、民國二十三年（1934）江都朱長圻補刊本，上海古籍出版社2002年版。

　　黃體芳著，俞天舒編：《黃體芳集》，上海社會科學院出版社2004年版。

　　黃庭堅著，任淵等注，黃寶華點校：《山谷詩集注》，上海古籍出版社2003年版。

　　惠棟：《後漢書補注》，《叢書集成初編》第3770—3781冊，中華書局1985年版。

　　姜寶昌：《墨經訓釋》，齊魯書社2009年版。

　　江藩著，鍾哲整理：《國朝漢學師承記》，中華書局1983年版。

　　江慶柏等整理：《四庫全書初次進呈存目》，人民文學出版社2015年版。

　　江休復：《醴泉筆錄》，曹溶輯：《學海類編》第7冊，影印道光間晁氏刻本，廣陵書社2007年版。

　　蔣曰豫：《韓詩輯》，古風主編：《經學輯佚文獻彙編》第10冊，影印光緒三年（1877）蓮池書局刻《蔣侑石遺書》本，國家圖書館出版社2010年版。

　　焦竑撰，李劍雄點校：《焦氏筆乘》，中華書局2008年版。

　　焦循撰，沈文倬點校：《孟子正義》，中華書局1987年版。

　　焦延壽撰，徐傳武、胡真校點集注：《易林彙校集注》，上海古籍出版社2012年版。

　　焦袁熹：《儒林譜》，《叢書集成初編》第270冊，中華書局1985年版。

　　菊池容齋：《前賢故實》，東京：郁文舍，1903年版。

覺明：《三教旨帰注》，日本國立國會圖書館藏寬永十一年（1634）鈔本。

孔安國傳，孔穎達疏：《尚書正義》，阮元校刻：《十三經注疏》，影印清嘉慶刻本，中華書局 2009 年版。

孔廣森撰，王豐先點校：《大戴禮記補注》，中華書局 2013 年版。

孔廣森撰，張詒三點校：《經學卮言》，中華書局 2017 年版。

賴炎元：《韓詩外傳今注今譯》，臺北：商務印書館 1971 年版。

賴炎元：《韓詩外傳考徵》，臺北：臺灣省立師範大學，1963 年。

李白著，楊齊賢集注，蕭士贇補注：《分類補注李太白詩》，哈佛燕京圖書館藏元刊本。

李樗、黃櫄：《毛詩集解》，納蘭性德：《通志堂經解》第 7 冊，影印康熙十九年（1680）刻本，江蘇廣陵古籍刊印社 1996 年版。

李慈銘著，張桂麗輯校：《越縵堂讀書記全編》，上海古籍出版社 2021 年版。

李昉等：《太平御覽》，重印涵芬樓影印宋本，中華書局 1960 年版。

李瀚著，徐子光注：《蒙求集注》，《景印文淵閣四庫全書》第 892 冊，臺北：商務印書館 1986 年版。

李燾撰，上海師範大學古籍整理研究所，華東師範大學古籍整理研究所點校：《續資治通鑑長編》，中華書局 1992 年版。

酈道元著，陳橋驛校證：《水經注校證》，中華書局 2007 年版。

梁章鉅著，陳居淵點校：《制義叢話》，上海書店出版社 2001 年版。

劉安志：《新資料與中古文史論稿》，上海古籍出版社 2014 年版。

劉賡：《稽瑞》，《叢書集成初編》第 702 冊，影印《後知不足齋叢書》本，中華書局 1985 年版。

劉文典撰，趙鋒、諸偉奇點校：《莊子補正》，中華書局 2015

年版。

劉向：《新序》，《叢書集成初編》第529冊，影印《鐵華館叢書》本，中華書局1985年版。

劉向集，王叔岷校箋：《列仙傳校箋》，中華書局2007年版。

劉向撰，向宗魯校證：《説苑校證》，中華書局1987年版。

劉勰著，范文瀾注：《文心雕龍注》，人民文學出版社1962年版。

劉昫等：《舊唐書》，中華書局1975年版。

劉毓慶：《詩經二南彙通》，中華書局2017年版。

劉珍等撰，吳樹平校注：《東觀漢記校注》，中華書局2008年版。

瀧川資言著，小澤賢二錄文，袁傳璋校點：《唐張守節史記正義佚存》，中華書局2019年版。

龍璋輯：《韓詩》，影印民國十八年（1929）龍氏鉛印《甓勤齋遺書・小學蒐逸》本，國家圖書館出版社2013年版。

盧文弨著，王文錦點校：《抱經堂文集》，中華書局1990年版。

魯迅輯：《會稽郡故書雜集》，《魯迅全集》第8卷，人民文學出版社1973年版。

陸德明：《經典釋文》，影印納蘭性德通志堂刻本，中華書局1983年版。

陸德明撰，張一弓點校：《經典釋文》（國家圖書館藏宋元遞修本），上海古籍出版社2012年版。

陸佃：《埤雅》，《叢書集成初編》第1173冊，影印《五雅全書》本，中華書局1985年版。

陸璣：《毛詩草木鳥獸蟲魚疏》，《叢書集成初編》第1346冊，影印《古經解彙函》本，中華書局1985年版。

陸以湉撰，崔凡芝點校：《冷廬雜識》，中華書局1984年版。

羅璧：《羅氏拾遺》，《叢書集成初編》第320冊，中華書局1991年版。

羅願撰，石雲孫點校：《爾雅翼》，黃山書社 1991 年版。

羅振玉：《吉古庵叢書》，《羅雪堂先生全集》初編第 17 册，臺北：文華出版公司 1968 年版。

吕不韋著，陳奇猷校釋：《吕氏春秋新校釋》，上海古籍出版社 2011 年版。

吕祖謙：《吕氏家塾讀詩記》，國家圖書館藏宋淳熙九年（1182）江西漕臺刻本。

馬國翰輯：《玉函山房輯佚書·韓詩内傳》，同治十年（1871）濟南皇華館書局補刻本，臺北：文海出版社 1974 年版。

馬國翰輯：《玉函山房輯佚書·韓詩説》，同治十年（1871）濟南皇華館書局補刻本，臺北：文海出版社 1974 年版。

馬國翰輯：《玉函山房輯佚書·韓詩翼要》，同治十年（1871）濟南皇華館書局補刻本，臺北：文海出版社 1974 年版。

馬國翰輯：《玉函山房輯佚書·薛君韓詩章句》，同治十年（1871）濟南皇華館書局補刻本，臺北：文海出版社 1974 年版。

馬衡：《漢石經集存》，臺北：藝文印書館 1976 年版。

馬繼興：《神農本草經輯注》，人民衛生出版社 2013 年版。

馬瑞辰撰，陳金生點校：《毛詩傳箋通釋》，中華書局 1989 年版。

毛亨傳，鄭玄箋，陸德明釋文：《宋本毛詩詁訓傳》，影印國家圖書館藏宋刻巾箱本，國家圖書館出版社 2017 年版。

毛亨傳，鄭玄箋，陸德明音義，孔穎達疏：《毛詩正義》，阮元校刻：《十三經注疏》，影印清嘉慶刻本，中華書局 2009 年版。

閔爾昌：《碑傳集補》，燕京大學國學研究所 1923 年版。

繆荃孫：《光緒順天府志》，早稻田大學藏光緒十二年（1886）刻本。

繆荃孫著，黄明、楊同甫標點：《藝風藏書記》，上海古籍出版社 2007 年版。

歐大任：《百越先賢志》，《景印文淵閣四庫全書》第 453 册，臺北：商務印書館1986年版。

歐陽脩撰，洪本健校箋：《歐陽脩詩文集校箋》，上海古籍出版社2009年版。

歐陽脩撰，李逸安點校：《歐陽脩全集》，中華書局2001年版。

歐陽脩、宋祁撰：《新唐書》，中華書局1975年版。

歐陽詢撰，汪紹楹校：《藝文類聚》，上海古籍出版社1999年版。

潘衍桐編纂，夏勇、熊湘整理：《兩浙輶軒續錄》，浙江古籍出版社2014年版。

潘自牧：《記纂淵海》，影印宋刊本，中華書局1988年版。

潘自牧：《記纂淵海》，《景印文淵閣四庫全書》第930冊，臺北：商務印書館1986年版。

皮錫瑞著，吳仰湘點校：《經學通論》，中華書局2017年版。

皮錫瑞著，周予同注釋：《經學歷史》，中華書局2011年版。

錢大昕：《潛研堂文集》，陳文和主編：《嘉定錢大昕全集》第9冊，鳳凰出版社2016年版。

錢大昕：《十駕齋養新錄》，陳文和主編：《嘉定錢大昕全集》第7冊，鳳凰出版社2016年版。

錢大昕著，方詩銘、周殿傑校：《廿二史考異》，上海古籍出版社2004年版。

錢大昭：《補後漢書藝文志》，王承略、劉心明主編：《二十五史經籍藝文志考補萃編》第6卷，清華大學出版社2012年版。

錢玫：《韓詩內傳並薛君章句考》，復旦大學圖書館藏清鈔本。

錢謙益撰，陳景雲注：《絳雲樓書目》，《叢書集成初編》第35冊，中華書局1985年版。

錢謙益著，錢曾箋注，錢仲聯標校：《牧齋初學集》，上海古籍出版社2009年版。

屈守元：《韓詩外傳箋疏》，巴蜀書社1996年版。

瞿曇悉達：《開元占經》，《景印文淵閣四庫全書》第807冊，臺北：商務印書館 1986 年版。

全祖望：《全謝山先生經史問答》，《續修四庫全書》第 1147 冊，影印乾隆三十年（1765）刻本，上海古籍出版社 2002 年版。

饒宗頤：《敦煌吐魯番本文選》，中華書局 2000 年版。

阮孝緒撰，任莉莉輯：《七錄輯證》，上海古籍出版社 2011 年版。

阮元：《三家詩補遺》，（清）葉德輝：《觀古堂彙刻書》第一集，民國八年（1919）重編本。

阮元：《三家詩補遺》，《續修四庫全書》第 76 冊，影印清光緒儀徵李氏崇惠堂刻本，上海古籍出版社 2002 年版。

阮元：《揅經室二集》，《清代詩文集彙編》第 477 冊，影印清道光儀徵阮氏珠湖草堂刻《文選樓叢書》本，上海古籍出版社 2010 年版。

薩守真：《天地瑞祥志》，薄樹人編：《中國科學技術典籍通匯》第四卷，影印日本京都大學人文科學研究所藏 1932 年寫本，河南教育出版社 1995 年版。

三浦周行、滝川政次郎：《令集解釈義》，東京：國書刊行會 1982 年版。

澀江全善、森立之等撰，杜澤遜、班龍門點校：《經籍訪古志》，上海古籍出版社 2014 年版。

邵晋涵：《韓詩內傳考》，浙江圖書館藏沈復粲鳴野山房鈔本。

邵懿辰撰，邵章續錄：《增訂四庫簡明目錄標注》，中華書局上海編輯所 1959 年版。

沈家本：《沈寄簃先生遺書》，影印民國刊本，中國書店 1990 年版。

沈欽韓撰，尹承整理：《漢書藝文志疏證》，王承略、劉心明主編：《二十五史經籍藝文志考補萃編》第 2 卷，清華大學出版社 2011 年版。

沈清瑞：《韓詩故》，山東大學圖書館藏民國二十二年（1933）

沈恩孚鉛印本。

沈約：《宋書》，中華書局1974年版。

沈約著，陳慶元校箋：《沈約集校箋》，浙江古籍出版社1995年版。

時庸勱輯：《韓詩》，韓寓群主編：《山東文獻集成》第一輯第8冊，山東大學出版社2007年版。

石冢晴通、小助川貞次、會谷佳光編：《毛詩；禮記正義卷第五殘卷》，《東洋文庫善本叢書》第5冊，影印唐寫本殘卷，東京：勉誠出版，2015年。

史詮：《馮柳東先生年譜》，四川大學古籍整理研究所編：《儒藏·史部·儒林年譜》第44冊，影印民國間烏絲欄鈔本，四川大學出版社2007年版。

釋道世著，周叔迦、蘇晋仁校注：《法苑珠林校注》，中華書局2003年版。

釋慧琳：《一切經音義》，徐時儀校注：《一切經音義三種校本合刊》，上海古籍出版社2008年版。

釋普珠：《因明論疏明燈抄》，《大日本仏教全書》第83冊，東京：仏書刊行會1922年版。

釋栖復：《法華經玄贊要集》，《卍續藏經》第34冊，臺北：新文豐出版公司1977年版。

釋希麟：《續一切經音義》，徐時儀校注：《一切經音義三種校本合刊》，上海古籍出版社2008年版。

釋信瑞：《淨土三部經音義集》，《統淨土全書》第17冊，東京：宗書保存會1928年版。

釋玄應：《衆經音義》，徐時儀校注：《一切經音義三種校本合刊》，上海古籍出版社2008年版。

釋源順：《倭名類聚抄》，日本早稻田大學藏元和三年（1617）和刻本。

釋贊寧撰，范祥雍點校：《宋高僧傳》，上海古籍出版社2017

年版。

釋智圓：《涅槃經疏三德指歸》，《卍續藏經》第 37 冊，臺北：新文豐出版公司 1977 年版。

釋中算：《妙法蓮華經釋文》，《大正藏》第 56 冊，臺北：臺灣佛陀教育基金會 1990 年版。

釋宗曉：《金光明經照解》，《卍續藏經》第 20 冊，臺北：新文豐出版公司 1977 年版。

狩谷棭齋：《箋注倭名類聚抄》，大阪：全國書房 1943 年版。

司馬光：《資治通鑑》，中華書局 2011 年版。

司馬遷撰，裴駰集解，司馬貞索隱，張守節正義：《史記》，中華書局 1982 年版。

司馬遷撰，瀧川資言考證，楊海崢整理：《史記會注考證》，上海古籍出版社 2015 年版。

宋濂著，黃靈庚編輯校點：《宋濂全集》，人民文學出版社 2014 年版。

宋綿初：《韓詩內傳徵》，《續修四庫全書》第 75 冊，影印乾隆六十年（1795）志學堂刻本，上海古籍出版社 2002 年版。

宋如林：《道光蘇州府志》，北京師範大學圖書館藏道光四年（1824）蘇州府署刻本。

宋翔鳳撰，梁運華點校：《過庭錄》，中華書局 1986 年版。

蘇軾著，馮應榴輯注，黃任軻、朱懷春校點：《蘇軾詩集合注》，上海古籍出版社 2001 年版。

孫奭：《孟子音義》，中華書局 1991 年版。

孫星衍：《岱南閣集》，中華書局 1996 年版。

孫星衍：《孫氏祠堂書目》，《叢書集成初編》第 40 冊，中華書局 1985 年版。

孫詒讓撰，孫啟治點校：《墨子閒詁》，中華書局 2001 年版。

孫詒讓撰，王文錦、陳玉霞點校：《周禮正義》，中華書局 2013 年版。

唐慎微原著，艾晟刊定，尚志鈞點校：《大觀本草》，安徽科學技術出版社 2002 年版。

唐玄宗注，邢昺疏：《孝經注疏》，阮元校刻：《十三經注疏》，影印清嘉慶刻本，中華書局 2009 年版。

唐晏著，吳東民點校：《兩漢三國學案》，中華書局 1986 年版。

陶方琦：《韓詩遺說補》，浙江圖書館藏清悶進齋藍格鈔本。

陶方琦：《韓詩遺說補》，復旦大學圖書館藏清鈔本。

陶方琦：《漢孳室文鈔》，《清代詩文集彙編》第 758 册，影印清光緒十八年（1892）徐氏鑄學齋刻本，上海古籍出版社 2010 年版。

陶弘景集，尚志鈞輯校：《名醫別錄》（輯校本），人民衛生出版社 1986 年版。

藤原佐世撰，矢島玄亮注：《日本國見在書目錄：集證と研究》，東京：汲古書院 1984 年版。

脱脱等：《宋史》，中華書局 1977 年版。

萬斯同：《明史》，《續修四庫全書》第 330 册，影印國家圖書館藏清鈔本，上海古籍出版社 2002 年版。

汪榮寶撰，陳仲夫點校：《法言義疏》，中華書局 1987 年版。

汪兆鏞：《碑傳集三編》，《清碑傳合集》第 5 册，上海書店 1988 年版。

王弼、韓康伯注，孔穎達疏：《南宋初刻本周易注疏》，影印日本足利學校藏南宋陸子遹朱點標閱本，上海古籍出版社 2014 年版。

王昶：《春融堂集》，《續修四庫全書》第 1438 册，影印清嘉慶十二年（1807）塾南書社刻本，上海古籍出版社 2002 年版。

王昶著，周維德校點：《蒲褐山房詩話新編》，人民文學出版社 2011 年版。

王充撰，黄暉校釋：《論衡校釋》，中華書局 1990 年版。

王端履：《重論文齋筆錄》，影印清鈔本，《筆記小説大觀》第 29 編第 7 册，臺北：新興書局 1988 年版。

王觀國撰，田瑞娟點校：《學林》，中華書局 1988 年版。

王禮卿:《四家詩恉會歸》,華東師範大學出版社 2009 年版。

王謨輯:《漢魏遺書鈔·韓詩內傳》,《續修四庫全書》第 1999 册,影印復旦大學圖書館藏嘉慶三年(1798)西齋刻本,上海古籍出版社 2002 年版。

王謨輯:《漢魏遺書鈔·韓詩翼要》,《續修四庫全書》第 1999 册,影印復旦大學圖書館藏嘉慶三年(1798)西齋刻本,上海古籍出版社 2002 年版。

王念孫:《廣雅疏證》,影印清嘉慶間王氏家刻本,中華書局 1983 年版。

王朋壽:《增廣分門類林雜説》,《續修四庫全書》第 1219 册,影印民國九年(1920)劉氏《嘉業堂叢書》本,上海古籍出版社 2002 年版。

王欽若等編:《宋本册府元龜》,中華書局 1989 年版。

王欽若等編纂,周勛初等校訂:《册府元龜》,鳳凰出版社 2006 年版。

王仁俊:《玉函山房輯佚書續編三種》,影印上海圖書館藏稿本,上海古籍出版社 1989 年版。

王三慶:《敦煌類書》,高雄:復文圖書出版社 1993 年版。

王世貞:《弇州山人四部稿》,影印明萬曆世經堂本,《明代論著叢刊》第 10 種,臺北:偉文圖書出版社 1976 年版。

王文才、王炎輯:《蜀志類鈔》,巴蜀書社 2010 年版。

王先謙撰,吳格校點:《詩三家義集疏》,中華書局 1987 年版。

王先謙撰,沈嘯寰、王星賢點校:《荀子集解》,中華書局 1988 年版。

王先慎撰,鍾哲點校:《韓非子集解》,中華書局 1998 年版。

王引之撰,虞思徵、馬濤、徐煒君校點:《經義述聞》,上海古籍出版社 2016 年版。

王應奎編,羅時進、王文榮點校:《海虞詩苑》,上海古籍出版社 2013 年版。

王應麟:《漢藝文志考證》,中華書局 2011 年版。

王應麟著,王京州、江合友點校:《詩考;詩地理考》,中華書局 2011 年版。

王應麟撰,張驍飛點校:《四明文獻集》,中華書局 2010 年版。

王應麟著,翁元圻等注,欒保群,田松青,呂宗力校點:《困學紀聞》(全校本),上海古籍出版社 2008 年版。

王應麟:《小學紺珠》,影印《津逮秘書》本,中華書局 1987 年版。

王應麟:《玉海》,影印光緒九年(1883)浙江書局刊本,廣陵書社 2003 年版。

王應麟撰,武秀成、趙庶洋校證:《玉海藝文志校證》,鳳凰出版社 2013 年版。

王照圓撰,盧思徹點校:《列女傳補注》,華東師範大學出版社 2012 年版。

魏達純:《韓詩外傳譯注》,東北師範大學出版社 1993 年版。

魏源:《詩古微》(二十卷本),《魏源全集》編輯委員會:《魏源全集》第 1 冊,岳麓書社 2004 年版。

魏徵等:《隋書》,中華書局 1973 年版。

溫庭筠著,曾益等箋注,王國安標點:《溫飛卿詩集箋注》,上海古籍出版社 1998 年版。

文廷式:《純常子枝語》,影印雙照樓刻本,江蘇廣陵古籍刻印社 1990 年版。

吳闓生著,蔣天樞、章培恒校點:《詩義會通》,中西書局 2012 年版。

吳汝綸撰,施培毅、徐壽凱校點:《吳汝綸全集》,黃山書社 2002 年版。

吳淑撰著,冀勤等校點:《事類賦注》,中華書局 1989 年版。

吳毓江撰,孫啓治點校:《墨子校注》,中華書局 1993 年版。

夏炘:《讀詩劄記》,《續修四庫全書》第 70 冊,影印上海辭書出版社圖書館藏咸豐三年（1853）刻本，上海古籍出版社2002年版。

蕭吉撰，中村璋八校注：《五行大義校注》，東京：汲古書院1998年版。

蕭統選，李善注：《文選》，影印鄱陽胡氏重雕淳熙本，中華書局1977年版。

蕭統選，李善等注：《六臣注文選》，影印涵芬樓藏宋刊本，中華書局1987年版。

謝承：《後漢書》，周天游輯注：《八家後漢書輯注》，上海古籍出版社1986年版。

解縉等：《永樂大典》，中華書局1986年版。

新美寬編，鈴木隆一補：《本邦殘存典籍による輯佚資料集成》，京都：京都大學人文科學研究所1968年版。

興膳宏、川合康三：《隋書經籍志詳考》，東京：汲古書院1995年版。

熊賜履：《學統》，《續修四庫全書》第513冊，影印清康熙二十四年（1685）下學堂刻本，上海古籍出版社2002年版。

徐堅等：《初學記》，中華書局1962年版。

徐俊纂輯：《敦煌詩集殘卷輯考》，中華書局2000年版。

徐鍇：《說文解字繫傳》，影印道光十九年（1839）祁雋藻刻本，中華書局1987年版。

徐世昌：《大清畿輔先哲傳》，北京古籍出版社1993年版。

徐世昌等編纂，沈芝盈、梁運華點校：《清儒學案》，中華書局2008年版。

徐世昌編，聞石點校：《晚晴簃詩匯》，中華書局1990年版。

徐堂：《韓詩述》，國家圖書館藏清鈔本，編號：10738。

徐堂：《韓詩述》，國家圖書館藏清鈔本，編號：10739。

徐玉立：《漢碑全集》，河南美術出版社2006年版。

徐元誥撰，王樹民、沈長雲點校：《國語集解》（修訂本），中華書局2002年版。

許瀚著，袁行雲編校：《攀古小廬全集》，齊魯書社1985年版。

許慎：《說文解字》，影印同治十二年（1873）陳昌治刻本，中華書局1963年版。

許慎著，段玉裁注：《說文解字注》，上海古籍出版社1981年版。

薛據：《孔子集語》，清乾隆二年（1737）孔廣榮刻本，山東友誼出版社1989年版。

荀悅撰，張烈點校：《漢紀》，中華書局2017年版。

嚴可均輯：《全上古三代秦漢三國六朝文》，影印光緒黃岡王毓藻刻本，中華書局1958年版。

顏之推撰，王利器集解：《顏氏家訓集解》（增補本），中華書局2011年版。

楊慎：《譚苑醍醐》，《景印文淵閣四庫全書》第855冊，臺北：商務印書館1986年版。

揚雄撰，司馬光集注，劉韶軍點校：《太玄集注》，中華書局1998年版。

揚雄著，張震澤校注：《揚雄集校注》，上海古籍出版社1993年版。

姚鼐著，劉季高標校：《惜抱軒詩文集》，上海古籍出版社1992年版。

姚振宗：《隋書經籍志考證》，上海開明書店1937年版。

姚振宗撰，馬小方整理：《後漢藝文志》，王承略、劉心明主編：《二十五史經籍藝文志考補萃編》第7卷，清華大學出版社2011年版。

姚振宗撰，朱莉莉整理：《三國藝文志》，王承略、劉心明主編：《二十五史經籍藝文志考補萃編》第9卷，清華大學出版社2012年版。

葉德輝撰，楊洪升點校，杜澤遜審訂：《郋園讀書志》，上海古籍出版社 2010 年版。

葉德輝：《書林清話》，復旦大學出版社 2008 年版。

葉廷珪撰，李之亮校點：《海錄碎事》，中華書局 2002 年版。

佚名：《塵袋》，東京：日本古典全集刊行會 1934 年版。

佚名：《稱》，裘錫圭主編：《長沙馬王堆漢墓簡帛集成》第 4 冊，中華書局 2014 年版。

佚名：《漢孟孝琚碑》，河南美術出版社 1991 年版。

佚名：《韓詩》，王士濂：《鶴壽堂叢書》，國家圖書館藏光緒二十四年（1898）刻本。

佚名：《錦繡萬花谷》，影印嘉靖十五年（1536）秦汴刻本，上海辭書出版社 1992 年版。

佚名：《年中行事抄》，塙保己一：《續群書類從》第十輯上，東京：續群書類從完成會 1933 年版。

佚名：《年中行事秘抄》，《新校群書類從》第四輯，東京：內外書籍株式會社 1931 年版。

佚名撰，王鍾翰點校：《清史列傳》，中華書局 1987 年版。

佚名：《群書通要》，《續修四庫全書》第 1224 冊，影印《宛委別藏》影抄元至正本，上海古籍出版社 2002 年版。

佚名：《香字抄》，日本國立國會圖書館藏卷子本。

佚名：《香字抄》，影印杏雨書屋藏鈔本，大阪：武田科學振興財團 2007 年版。

佚名：《詩經諺解》，韓國首爾大學奎章閣藏 1601 年刊本。

佚名撰，朱新林、宋志霞整理：《新唐書藝文志注》，王承略、劉心明主編：《二十五史經籍藝文志考補萃編》第 18 卷，清華大學出版社 2012 年版。

殷敬順撰，陳景元補遺：《列子沖虛至德真經釋文》，《叢書集成初編》第 554 冊，影印《湖海樓叢書》本，中華書局 1985 年版。

應劭撰，王利器校注：《風俗通義校注》，中華書局 2010 年版。

永瑢等：《四庫全書總目》，影印清刻本，中華書局 1965 年版。

于敏中等撰，徐德明標點：《天禄琳瑯書目》，上海古籍出版社 2007 年版。

虞世南撰，陳禹謨校補：《北堂書鈔》，東京大學東洋文化研究所藏明萬曆二十八年（1600）陳禹謨校刻本。

虞世南撰，孔廣陶校注：《北堂書鈔》，《續修四庫全書》第 1212—1213 册，影印光緒十四年（1888）南海孔氏三十有三萬卷堂刻本，上海古籍出版社 2002 年版。

俞樾：《諸子平議》，中華書局 1954 年版。

袁宏撰，張烈點校：《後漢紀》，中華書局 2017 年版。

《詩經異文彙考辨證》，齊魯書社 2013 年版。

袁山松：《後漢書》，周天游輯注：《八家後漢書輯注》，上海古籍出版社 1986 年版。

袁中道撰，錢伯城點校：《珂雪齋集》，上海古籍出版社 2011 年版。

樂史撰，王文楚等點校：《太平寰宇記》，中華書局 2007 年版。

臧琳：《經義雜記》，《續修四庫全書》第 172 册，影印武進臧氏拜經堂刻本，上海古籍出版社 2002 年版。

臧庸：《拜經日記》，《續修四庫全書》第 1158 册，影印武進臧氏拜經樓刻本，上海古籍出版社 2002 年版。

臧庸：《韓詩遺説》，《叢書集成初編》第 1746 册，中華書局 1985 年版。

迮鶴壽：《齊詩翼氏學》，《續修四庫全書》第 75 册，影印嘉慶十七年（1812）蓬萊山房刻本，上海古籍出版社 2002 年版。

曾鞏撰，陳杏珍、晁繼周點校：《曾鞏集》，中華書局 1984 年版。

曾樸撰，朱新林整理：《補後漢書藝文志并考》，王承略、劉心明主編：《二十五史經籍藝文志考補萃編》第 8 卷，清華大學出版社 2011 年版。

曾慥：《類説》，《北京圖書館古籍珍本叢刊》第 62 册，影印天啓六年（1626）岳鍾秀刻本，書目文獻出版社 1988 年版。

張純一撰，梁運華點校：《晏子春秋校注》，中華書局 2014 年版。

張端義：《貴耳集》，《叢書集成初編》第 2783 册，影印《津逯秘書》本，中華書局 1985 年版。

張津：《乾道四明圖經》，中華書局編輯部編：《宋元方志叢刊》第 5 册，影印清咸豐四年（1854）《宋元四明六志》本，中華書局 1990 年版。

張栻著，楊世文點校：《張栻集》，中華書局 2015 年版。

張舜徽：《漢書藝文志通釋》，湖北教育出版社 1990 年版。

張廷玉等：《明史》，中華書局 1974 年版。

章學誠：《章氏遺書》，影印吳興劉氏嘉業堂刻本，文物出版社 1985 年版。

章學誠著，倉修良編：《文史通義新編》，上海古籍出版社 1993 年版。

章學誠著，葉瑛校注：《文史通義校注》，中華書局 1985 年版。

張彥遠：《歷代名畫記》，《叢書集成初編》第 1646 册，影印《津逯秘書》本，中華書局 1985 年版。

張志聰：《黃帝内經靈樞集注》，上海科學技術出版社 1958 年版。

張涌泉主編：《敦煌經部文獻合集》，中華書局 2008 年版。

張之洞撰，范希曾補正：《書目答問補正》，上海古籍出版社 2010 年版。

長孫訥言：《切韻箋注》，張涌泉主編：《敦煌經部文獻合集》第 5 册，中華書局 2008 年版。

趙超：《漢魏南北朝墓誌彙編》，天津古籍出版社 2012 年版。

趙爾巽等：《清史稿》，中華書局 1976 年版。

趙弘恩、黃之雋：《江南通志》，《景印文淵閣四庫全書》第 511 册，臺北：商務印書館 1986 年版。

趙懷玉：《亦有生齋文鈔》，《續修四庫全書》第1470冊，影印清道光元年（1821）刻本，上海古籍出版社2002年版。

趙令畤：《侯鯖錄》，中華書局1985年版。

趙曄撰，周生春校注：《吳越春秋輯校彙考》，上海古籍出版社1997年版。

趙翼撰，曹光甫點校：《陔餘叢考》，上海古籍出版社2011年版。

趙翼著，王樹民校證：《廿二史劄記校證》，中華書局2013年版。

真德秀：《西山讀書記》，《景印文淵閣四庫全書》第705冊，臺北：商務印書館1986年版。

鄭樵：《鄭夾漈先生六經奧論》，影印國立中央圖書館藏本，臺北：閩南同鄉會1976年版。

鄭樵撰，王樹民點校：《通志二十略》，中華書局1995年版。

鄭玄注，賈公彥疏：《周禮注疏》，阮元校刻：《十三經注疏》，影印清嘉慶刻本，中華書局2009年版。

鄭玄注，孔穎達疏：《禮記正義》，阮元校刻：《十三經注疏》，影印清嘉慶刻本，中華書局2009年版。

周勛初纂輯：《唐鈔文選集注彙存》，上海古籍出版社2000年版。

周振鶴：《漢書地理志彙釋》，安徽教育出版社2006年版。

周宗杬：《韓詩外傳校注拾遺》，《叢書集成初編》第525冊，中華書局1985年版。

周祖謨：《廣韻校本》，中華書局2004年版。

周祖譔主編：《先唐文苑傳箋證》，鳳凰出版社2012年版。

朱珔：《說文通假義證》，《續修四庫全書》第214冊，影印光緒二十一年（1895）嘉樹山房刻本，上海古籍出版社2002年版。

朱士端：《齊魯韓三家詩釋》，國家圖書館藏鄭振鐸舊藏清吉金樂石山房鈔本。

朱士端：《齊魯韓三家詩釋》（再易稿），《上海圖書館未刊古籍稿本》第 3 冊，復旦大學出版社 2008 年版。

朱熹集撰，趙長征點校：《詩集傳》，中華書局 2017 年版。

朱熹：《四書或問》，朱傑人，嚴佐之，劉永翔主編：《朱子全書》第 6 冊，上海古籍出版社，安徽教育出版社 2002 年版。

朱學勤：《朱修伯批本四庫簡明目錄》，影印管禮耕鈔本，北京圖書館出版社 2001 年版。

朱彝尊撰，林慶彰、蔣秋華、楊晋龍、馮曉庭主編：《經義考新校》，上海古籍出版社 2010 年版。

竹添光鴻：《毛詩會箋》，影印民國九年（1920）上海商務印書館代印本，臺北：大通書局 1975 年版。

祝穆：《古今事文類聚》，《景印文淵閣四庫全書》第 925—929 冊，臺北：商務印書館 1986 年版。

莊有可：《毛詩説》，《續修四庫全書》第 64 冊，影印民國二十四年（1935）商務印書館印鈔本，上海古籍出版社 2002 年版。

滋野貞主：《秘府略》，塙保己一輯：《續群書類從》第 30 輯下，東京：續群書類從完成會 1933 年版。

宗懍撰，杜公瞻注，姜彥稚輯校：《荆楚歲時記》，中華書局 2018 年版。

二　近人論著

（一）中日文部分

奥村鬱三：《令集解所引漢籍備考》，大阪：關西大學出版部 2000 年版。

白雲嬌：《二十世紀以來〈韓詩外傳〉研究評述》，《中國社會科學院研究生院學報》2009 年第 5 期。

北京大學圖書館：《北京大學圖書館藏李氏書目》，北京大學圖書館 1956 年版。

邊家珍：《〈詩·騶虞〉正解》，《學術研究》1987 年第 3 期。

曹道衡:《中古文學史論文集續編》,中華書局2010年版。

曹建國,張莉莉:《〈韓詩〉與讖緯關係新考》,《武漢大學學報》2015年第6期。

曹金華:《後漢書稽疑》,中華書局2014年版。

曹林娣:《關於〈吳越春秋〉的作者及成書時代》,《西北大學學報》1982年第4期。

曹美娜:《〈吳越春秋〉作者趙曄生平解說與考證》,《重慶工學院學報》2009年第9期。

陳鴻森:《〈韓詩遺說〉補遺》,《大陸雜誌》1992年第85卷第4期。

陳君:《東漢文學札記(下)》,《古籍研究》2008年卷上。

陳尚君:《〈舊五代史〉重輯的回顧與思考》,《中國文化》2007年第25—26期。

陳先行:《打開金匱石室之門:古籍善本》,上海文藝出版社2003年版。

陳先行:《檢書札記》,上海圖書館:《建館三十五週年紀念文集》,上海圖書館1987年版。

陳寅恪:《書信集》,生活·讀書·新知三聯書店2015年版。

陳玉堂:《中國近現代人物名號大辭典》(續編),浙江古籍出版社2001年版。

陳垣:《中國佛教史籍概論》,上海書店出版社2005年版。

陳直:《漢書新證》,中華書局2008年版。

程金造:《史記索隱引書考實》,中華書局1998年版。

程蘇東:《〈文選〉李善注徵引〈韓詩〉異文研究》,《信陽師範學院學報》2009年第5期。

程元敏:《詩序新考》,臺北:五南圖書出版公司2005年版。

池田四郎次郎:《補訂經解要目》,東京:二松學舍出版部1926年版。

池田秀三著,石立善譯:《經學在中國思想裏的意義》,童嶺主編:《秦漢魏晉南北朝經籍考》,中西書局 2017 年版。

池田証壽:《杜延業〈群書新定字樣〉再考》,《北海道大學文學研究科紀要》第 154 號,2018 年。

褚贛生:《王謨及其輯佚活動評述》,《文獻》1987 年第 2 期。

崔建華:《漢代河內區域文化的發展歷程》,《中原文化研究》2014 年第 2 期。

崔瑞德(Denis Twitchett)等編,楊品泉等譯:《劍橋中國秦漢史》,中國社會科學出版社 2007 年版。

渡邊末吾:《先儒の三家詩遺説分類批判》,《東洋學報》第 26 卷第 2 期,1939 年。

飯田瑞穗:《〈秘府略〉の錯謬について—附〈秘府略〉引用書名等索引》,《金澤學院大學文學部紀要》第 76 號,1975 年。

飯田瑞穗:《中國古籍の研究》(中),《飯田瑞穗著作集》第 3 卷,東京:吉川弘文館 2000 年版。

范志新:《〈文選〉李善注韓毛詩稱謂義例識小》,《廈大中文學報》第四輯,2017 年。

方媛、李聖華:《呂祖謙與宋代三家〈詩〉傳承》,《蘭州學刊》2018 年第 5 期。

房瑞麗:《明代三家〈詩〉研究小議》,《文藝評論》2017 年第 3 期。

房瑞麗:《清代三家〈詩〉研究》,復旦大學博士畢業論文,2007 年。

房瑞麗:《稀見清代三家〈詩〉學著作二種》,《文獻》2014 年第 6 期。

豊嶋睦:《韓嬰思想管見——韓詩外傳引用荀子句を中心として》,《支那學研究》第 33 號,1968 年。

傅斯年:《性命古訓辨證》,《中研院史語所單刊乙種》之五,臺北:"中研院" 史語所 1972 年版。

傅增湘:《藏園群書經眼錄》,中華書局 1983 年版。

岡田希雄：《和漢年號字抄と東宮切韵佚文》，《立命館三十五週年記念論文集·文學篇》，京都：立命館出版部1935年版。

高步瀛：《文章源流》，余祖坤編：《歷代文話續編》，鳳凰出版社2013年版。

高橋良政：《韓詩外伝の書志的考察——寶曆9年星文堂刻本について》，《桜文論叢》第66號，2006年。

高橋良政：《和刻本韓詩外伝の書志的考察——勝村本について》，《斯文會》112號，2004年。

高田時雄：《近代中國的學術與藏書》，中華書局2018年版。

宮崎市定著，童嶺譯：《〈論語〉研究史》，載童嶺編：《秦漢魏晉南北朝經籍考》，中西書局2017年版。

顧頡剛：《顧頡剛讀書筆記》，中華書局2011年版。

関清孝：《邵晉涵〈爾雅正義〉研究序説》，《人文科學》第27號，2012年。

國民精神文化研究所：《書目解題》，東京：國民精神文化研究所1943年版。

何廣棪：《陳振孫生卒年新考》，《文獻》2001年第1期。

何廣棪：《陳振孫之經學及其〈直齋書錄解題〉經錄考證》，潘美月，杜潔祥主編：《古典文獻研究輯刊》二編第4冊，臺北：花木蘭文化出版社2006年版。

河内昭円：《〈三教旨歸〉僞撰説の提示》，《大谷大學研究年報》第45號，1994年。

何如月：《漢車騎將軍馮緄碑誌考釋》，《考古與文物》2006年第1期。

河野貴美子：《奈良·平安期における漢籍受容の一考察》，《早稻田大學國文學研究》第151卷，2007年。

何志華、朱國藩：《唐宋類書徵引〈孔子家語〉資料彙編；唐宋類書徵引〈韓詩外傳〉資料彙編》，香港：中文大學出版社2009年版。

賀廣如：《馮登府的三家〈詩〉輯佚學》，《中國文哲研究集刊》2003 年第 23 期。

橫山裕：《古代中國の社會と福祉》，《九州保健福祉大學研究紀要》第 19 號，2018 年。

洪湛侯：《詩經學史》，中華書局 2000 年版。

胡寶國：《漢唐間史學的發展》（修訂本），北京大學出版社 2014 年版。

胡樸安：《古書校讀法》，江蘇古籍出版社 1985 年版。

戶川芳郎、新井榮藏、今駒有子：《令集解引書索引》，東京：汲古書院 1990 年版。

華喆：《禮是鄭學：漢唐間經典詮釋變遷史論稿》，生活·讀書·新知三聯書店 2018 年版。

黃德寬：《安徽大學藏戰國楚簡概述》，《文物》2017 年第 9 期。

黃德寬：《略論新出戰國楚簡〈詩經〉異文及其價值》，《安徽大學學報》2018 年第 3 期。

黃德寬：《新出戰國楚簡〈詩經〉異文二題》，《中原文化研究》2017 年第 5 期。

黃建國、金初昇：《中國所藏高麗古籍綜錄》，漢語大詞典出版社 1998 年版。

黃侃：《文心雕龍札記》，中華書局 1962 年版。

黃慶雄：《阮元輯書刻書考》，潘美月、杜潔祥主編：《古典文獻研究輯刊》四編第 2 冊，臺北：花木蘭文化出版社 2007 年版。

黃裳：《來燕榭書跋》，中華書局 2011 年版。

黃雲眉：《史學雜稿訂存》，山東人民出版社 1960 年版。

黃焯：《詩疏平議》，上海古籍出版社 1985 年版。

冀淑英：《黃奭的輯佚工作》，《北京圖書館同人文選》編委會編：《北京圖書館同人文選》（第 2 輯），書目文獻出版社 1992 年版。

吉田照子：《韓詩外伝と孔子家語》，《福岡女子短大紀要》第 60 號，2002 年。

吉田照子:《韓詩外伝と老莊思想》,《福岡女子短大紀要》第70號, 2007年。

吉田照子:《韓詩外伝の禮》,《福岡女子短大紀要》第51號, 1996年。

吉田照子:《韓詩外伝と列女伝》,《福岡女子短大紀要》第59號, 2001年。

吉田照子:《韓詩外伝と呂氏春秋》,《福岡女子短大紀要》第66號, 2005年。

吉田照子:《韓詩外伝と孟子》,《福岡女子短大紀要》第63號, 2004年。

吉田照子:《韓詩外傳の詩と禮と楽》,《福岡女子短大紀要》第53號, 1997年。

吉田照子:《韓詩外伝と説苑》,《福岡女子短大紀要》第57號, 1999年。

吉田照子:《韓詩外伝と荀子:引詩の特色》,《福岡女子短大紀要》第61號, 2003年。

吉田照子:《韓詩外傳の易思想》,《福岡女子短大紀要》第49號, 1995年。

吉田照子:《韓詩外傳注釈》,《福岡女子短大紀要》第39—48號, 1990—1994年。

季羨林:《佛教十五題》, 中華書局2007年版。

菅原博子:《邵晋涵の集部提要稿について》,《お茶の水女子大學中國文學會報》第6號, 1987年。

間嶋潤一:《公劉・大王の受難と"後稷の業":〈詩譜・豳譜〉における鄭玄の解釈》,《中國文化》第58卷, 2000年。

江乾益:《陳壽祺父子三家詩遺説研究》, 林慶彰主編:《中國學術思想研究輯刊》第7編第9册, 臺北:花木蘭文化出版社2010年版。

蔣天樞:《楚辭論文集》, 陝西人民出版社1982年版。

焦桂美：《論蜀漢經學之嬗變》，《孔子研究》2006年第3期。

金春峰：《漢代思想史》（增補第三版），中國社會科學出版社2012年版。

金德建《〈韓詩内外傳〉的流傳及其淵源》，《新中華（復刊）》1948年第7期。

金良年：《〈後漢書〉標校瑣議》，中華古籍網，鏈接：http://www.guji.cn/web/c_000000110008/d_8152.htm.

橘純信：《韓詩異文の反映する方音的特徵》，《漢學研究》第20號，1983年。

康有爲著，樓宇烈整理：《萬木草堂口説》，中華書局1988年版。

康有爲：《新學僞經考》，中華書局1956年版。

柯馬丁（Martin Kern）著，李芳，楊治宜譯：《方法論反思：早期中國文本異文之分析和寫本文獻之產生模式》，陳致主編：《當代西方漢學研究集萃·上古史卷》，上海古籍出版社2016年版。

柯馬丁：《毛詩之後：中古早期〈詩經〉接受史》，陳致主編：《跨學科視野下的詩經研究》，上海古籍出版社2010年版。

來新夏主編：《清代目錄提要》，齊魯書社1997年版。

李寒光：《臧庸〈詩考〉三種鈔本考述》，《版本目錄學研究》第七輯，2016年。

李零：《簡帛古書與學術源流》（修訂本），生活·讀書·新知三聯書店2008年版。

李梅、俞艷庭：《"韓詩"東漢勃興原因初探》，《求索》2009年第1期。

李梅、鄭傑文等：《秦漢經學學術編年》，鳳凰出版社2015年版。

李梅訓：《〈韓詩外傳〉"鼓鐘樂之"辨析》，《古籍研究》2000年第4期。

李裕民：《宋人生卒行年考》，中華書局2010年版。

李真:《上巳習俗の基礎的研究——詩経・鄭風・溱洧篇の韓詩説と上巳習俗の関係を中心として》（上），《岩大語文》第14輯，2009年。

李真:《上巳習俗の基礎的研究——詩経・鄭風・溱洧篇の韓詩説と上巳習俗の関係を中心として》（下），《岩大語文》第15輯，2010年。

連劭名:《〈韓詩外傳〉與〈周易〉》，《周易研究》2012年第4期。

梁啓超:《清代學術概論》，上海古籍出版社2005年版。

梁啓超:《中國近三百年學術史》，上海古籍出版社2014年版。

廖群:《先秦説體文本研究》，中央編譯出版社2018年版。

廖群:《中國古代小説發生研究》，山東教育出版社2016年版。

林聰舜:《漢代儒學別裁：帝國意識形態的形成與發展》，臺北：臺大出版中心2013年版。

林良如:《邵晋涵之文獻學探究》，潘美月，杜潔祥主編:《古典文獻研究輯刊》六編第26冊，臺北：花木蘭文化出版社2008年版。

林慶彰:《民國被遺忘的經學家》，《政大中文學報》第21期，2014年。

林慶彰:《日本研究經學論著目錄》，臺北：“中研院”文哲所，1993年。

劉安志:《新資料與中古文史論稿》，上海古籍出版社2014年版。

劉復、李家瑞編:《宋元以來俗字譜》，臺北：“中研院”歷史語言研究所1930年版。

劉建臻:《朱士端〈齊魯韓三家詩釋〉“稿本”管窺》，《揚州教育學院學報》2014年第3期。

劉立志:《漢代〈詩經〉學史論》，中華書局2007年版。

劉全波:《〈華林遍略〉編纂考》，《敦煌學輯刊》2013年第1期。

劉師培著，李妙根編，朱維錚校：《劉師培辛亥前文選》，中西書局 2012 年版。

劉咸炘著，黄曙輝編：《劉咸炘學術論集·校讎學編》，廣西師範大學出版社 2010 年版。

劉咸炘著，黄曙輝編：《劉咸炘學術論集·子學編》，廣西師範大學出版社 2007 年版。

劉曉峰：《端午節與水神信仰》，《民俗研究》2007 年第 1 期。

劉颯：《鄂東狀元陳沆研究》，武漢大學出版社 2016 年版。

劉毓慶：《從經學到文學：明代〈詩經〉學史論》，商務印書館 2001 年版。

劉毓慶、郭萬金：《從文學到經學：先秦兩漢〈詩經〉學史論》，華東師範大學出版社 2009 年版。

劉毓慶：《歷代詩經著述考（先秦—元代）》，中華書局 2002 年版。

劉毓慶、賈培俊：《歷代詩經著述考（明代）》，中華書局 2008 年版。

劉毓慶、賈培俊等：《詩義稽考》，學苑出版社 2006 年版。

劉躍進：《秦漢文學編年史》，商務印書館 2006 年版。

劉躍進：《文選舊注輯存》，鳳凰出版社 2018 年版。

劉子健著，趙冬梅譯：《中國轉向内在》，江蘇人民出版社 2002 年版。

龍文玲：《〈鹽鐵論〉引詩用詩與西漢昭宣時期〈詩經〉學》，《河北師範大學學報》2011 年第 5 期。

龍祖同：《先父龍璋傳略》，《長沙文史》第 16 輯，2010 年。

羅炳良：《章實齋與邵二雲》，商務印書館 2013 年版。

羅國威：《六朝文學與六朝文獻》，巴蜀書社 2010 年版。

羅志田：《權勢轉移：近代中國的思想與社會》（修訂本），北京師範大學出版社 2014 年版。

吕冠南：《〈韓詩外傳〉與漢初的養生思想》，《秦漢研究》第十三輯，2019 年。

呂冠南：《陸德明〈毛詩釋文〉失校〈韓詩·國風〉異文考》，待刊。

呂冠南：《陸德明〈毛詩釋文〉失校〈韓詩·二雅〉異文考》，《漢語言文學研究》2017 年第 3 期。

呂冠南：《陸德明〈毛詩釋文〉失校〈韓詩·三頌〉異文考》，《圖書館理論與實踐》2018 年第 2 期。

呂冠南：《王先謙〈詩三家義集疏〉的三重困境》，《北京社會科學》2016 年第 6 期。

呂思勉：《白話本國史》，上海古籍出版社 2016 年版。

呂思勉：《呂思勉讀史札記》（增訂本），上海古籍出版社 2005 年版。

呂思勉：《文字學四種》，上海教育出版社 1985 年版。

呂思勉：《中國文化思想史九種》，上海古籍出版社 2009 年版。

馬伯樂（Henri Maspero）著，佘曉笛，盛豐等譯：《馬伯樂漢學論著選譯》，中華書局 2014 年版。

馬鴻雁：《〈韓詩外傳〉研究綜述》，《古籍整理研究學刊》2004 年第 4 期。

馬昕：《對三家〈詩〉輯佚的系統反思》，《江蘇師範大學學報》2017 年第 3 期。

馬昕：《〈韓詩薛君章句〉成書、流傳及亡佚考》，《中國典籍與文化》2012 年第 2 期。

馬昕：《論宋代〈詩經〉學對三家〈詩〉的重新發現》，《國學研究》第 29 卷，北京大學出版社 2012 年版。

馬昕：《乾嘉學者對王應麟〈詩考〉的校、注、補、正》，《版本目錄學研究》第六輯，2015 年。

馬昕：《清代乾嘉時期的〈韓詩〉輯佚學》，《國學》2016 年第 1 集。

馬昕：《三家〈詩〉輯佚史研究》，北京大學博士畢業論文，

2013 年。

馬昕：《三家〈詩〉研究在元明及清初的發展軌迹》，《國學》2014 年第 1 集。

馬昕：《臧庸〈韓詩遺説〉的成書、刊刻與訂補》，《版本目録學研究》第七輯，2016 年。

馬振方：《〈韓詩外傳〉之小説考辨》，《北京大學學報》2007 年第 3 期。

毛遠明：《漢魏六朝碑刻異體字典》，中華書局 2014 年版。

牟潤孫：《注史齋叢稿》（增訂本），中華書局 2009 年版。

内藤湖南著，馬彪譯：《中國史學史》，上海古籍出版社 2016 年版。

潘景鄭：《著硯樓書跋》，古典文學出版社 1957 年版。

片山晴賢：《臺北故宫博物院藏〈幼學指南抄〉について》，《駒沢短期大學研究紀要》第 19 號 1991 年版。

片山晴賢、丁鋒：《京都大學附屬図書館藏〈幼學指南抄〉（翻字）》，《駒沢短期大學研究紀要》第 21 號，1993 年。

朴勝鴻撰，李新春譯：《〈天地瑞祥志〉編纂者研究》，《古典文獻研究》第 17 輯下卷，2014 年。

錢穆：《國史大綱》，《錢賓四先生全集》第 27 册，臺北：聯經出版公司 1998 年版。

錢穆：《素書樓餘瀋》，《錢賓四先生全集》第 53 册，臺北：聯經出版公司 1998 年版。

錢鍾書：《管錐編》，中華書局 1979 年版。

錢鍾書：《錢鍾書手稿集·中文筆記》，商務印書館 2011 年版。

秦國經主編：《中國第一歷史檔案館藏清代官員履歷檔案全編》，華東師範大學出版社 1997 年版。

清水茂著，蔡毅譯：《清水茂漢學論集》，中華書局 2003 年版。

仇鹿鳴：《魏晉之際的政治權力與家族網絡》，上海古籍出版社 2015 年版。

瞿紹汀：《韓詩外傳校釋》，中國文化學院碩士畢業論文，1977年。

森鹿三：《本草學研究》，大阪：杏雨書屋1999年版。

山本秀人：《高野山金剛三昧院藏〈三教旨歸注抄〉について——覺明注の成立に及ぶ》，《高知大國文》第38號，2007年。

山田孝雄：《典籍説稿》，東京：西東書房1934年版。

上田正：《〈東宫切韵〉論考》，《國語學》第24號，1956年。

上田正：《切韵逸文の研究》，東京：汲古書院1984年版。

沈相輝：《〈毛詩〉卷子古本與延文古鈔本考論》，《書目季刊》2017年第4期。

勝村哲也：《〈修文殿御覽〉卷第三百一香部の復元——森鹿三氏〈修文殿御覽について〉を手掛りとして》，《日本仏教学会年報》第38號，1972年。

史應勇：《鄭玄通學及鄭王之爭研究》，巴蜀書社2007年版。

水口幹記、陳小法：《日本所藏唐代佚書〈天地瑞祥志〉略述》，《文獻》2007年第1期。

水口幹記、田中良明：《京都大學人文科學研究所藏〈天地瑞祥志〉翻刻・校注—"第一"の翻刻と校注》（一），《藤女子大學國文學雜志》第93號，2015年。

水口幹記、田中良明：《京都大學人文科學研究所藏〈天地瑞祥志〉翻刻・校注—"第一"の翻刻と校注》（二），《藤女子大學國文學雜志》第94號，2016年。

四川省高等學校圖書情報委員會編：《四川省高校圖書館古籍善本聯合目錄》，四川大學出版社1994年版。

藪敏裕：《三家詩と〈毛詩〉—〈関雎篇〉を中心として》，《斯文會》第97號，1989年。

孫殿起：《販書偶記續編》，上海古籍出版社1980年版。

孫啓治、陳建華：《中國古佚書輯本目錄解題》，上海古籍出版社2017年版。

孫思旺:《上巳節淵源名實述略》,《湖南大學學報》2006 年第 2 期。

孫英剛:《神文時代:讖緯、術數與中古政治研究》,上海古籍出版社 2014 年版。

田村和親:《鄭聲の概念の生成過程:春秋思想との関連に於て》(下),《二松學舍大學人文論叢》第 17 號,1980 年。

田宮昌子:《テクストとしての王逸〈楚辭章句〉:その問題点》,《宮崎公立大學人文學部紀要》第 13 卷第 1 號,2006 年。

枥尾武:《和漢朗詠集私注引用漢籍考》,《成城國文學論集》第 14 號,1982 年。

汪祚民:《〈韓詩外傳〉編排體例考》,《古籍研究》2001 年第 4 期。

王長華:《〈魯頌〉產生時代新考》,《詩經研究叢刊》第 2 輯,2002 年。

王承略:《〈韓詩〉學派習〈易〉學者考》,《周易研究》2012 年第 4 期。

王承略:《四家〈詩〉在漢代不同的學術地位和歷史命運》,《儒家典籍與思想研究》第三輯,北京大學出版社 2011 年版。

王重民:《中國目錄學史論叢》,中華書局 1984 年版。

王重民:《中國善本書提要》,上海古籍出版社 1983 年版。

王重民輯錄,袁同禮重核:《美國國會圖書館藏中國善本書錄》,廣西師範大學出版社 2014 年版。

王汎森:《思想是生活的一種方式》,臺北:聯經出版公司 2019 年版。

王國維:《傳書堂藏善本書志》,謝維揚,房鑫亮主編:《王國維全集》第 9 卷,浙江教育出版社 2010 年版。

王國維:《觀堂集林》,中華書局 1959 年版。

王國維:《〈玉溪生年譜會箋〉序》,張采田:《玉溪生年譜會箋》卷首,上海古籍出版社 1983 年版。

王華權:《高麗藏本〈一切經音義〉所引〈詩〉異文略考》,《中南大學學報》2011年第6期。

王華權:《高麗藏本〈一切經音義〉引〈韓詩〉考探》,《寧夏大學學報》2011年第6期。

王慧:《韓嬰教育思想概述》,《河北師範大學學報》1999年第4期。

王錦民:《古典目錄與國學源流》,中華書局2012年版。

王禮卿:《〈選〉注釋例》,俞紹初,許逸民主編:《中外學者文選學論集》,中華書局1998年版。

王邁:《許著〈韓詩外傳集釋〉補證舉例》,《蘇州大學學報》1983年第2期。

王叔岷:《莊學管窺》,中華書局2007年版。

王文才:《兩漢蜀學考》,李大明主編:《巴蜀文學與文化研究》,商務印書館2005年版。

王文才、王炎編著:《蜀志類鈔》,巴蜀書社2010年版。

王曉平:《日本詩經學史》,學苑出版社2009年版。

王曉平:《日本詩經學文獻考釋》,中華書局2012年版。

王永祥:《董仲舒評傳》,南京大學出版社2011年版。

尾崎康:《北斉の文林館と修文殿御覽》,《史學》第40卷《松本信廣先生古稀記念》,東京:慶應義塾大學三田史學會,1967年。

尾崎康:《弘決外典鈔引書考並索引》,《斯道文庫論集》1964年第3期。

聞一多:《神話與詩》,中華書局1956年版。

吳承學:《中國古典文學風格學》,北京大學出版社2011年版。

吳格等整理:《續修四庫全書總目提要·叢書部》,北京圖書館出版社2010年版。

吳國武:《董逌〈廣川詩故〉輯考》,《北京大學中國古文獻研究集刊》第7輯,2008年。

吳梅:《〈宋詞紀事〉序》,唐圭璋:《宋詞紀事》,中華書局

2008 年版。

吳雪濤、吳劍琴：《蘇軾交游傳》，河北教育出版社 2001 年版。

吳正嵐：《論劉向〈詩經〉學之家法》，《福州大學學報》2000 年第 2 期。

吳中齊：《韓嬰的教育思想》，《湖北大學學報》1996 年第 2 期。

五十嵐基善：《〈政事要略〉所引〈令集解〉に關する基礎的考察》，《明治大學古代學研究所紀要》第 3 號，2006 年。

五十嵐基善：《〈政事要略〉における"説者"·"舊説"の性格について—〈令集解〉逸文との關係をめぐって》，《明治大學古代學研究所紀要》第 10 號，2009 年。

西村富美子：《韓詩外伝の一考察——説話を主體とする詩伝の持つ意義》，《中國文學報》第 19 册，1964 年。

夏傳才主編：《詩經學大辭典》，河北教育出版社 2014 年版。

蕭旭：《〈韓詩外傳〉解詁》，《文史》2017 年第 4 期。

謝飲潤：《〈孟孝琚碑〉考釋》，《昭通文史資料選輯》第 1 輯，1985 年。

邢培順：《曹植與〈韓詩〉》，《巢湖學院學報》2011 年第 5 期。

熊桂芬：《從〈切韻〉到〈廣韻〉》，商務印書館 2015 年版。

熊良智：《試論韓國奎章閣本〈文選·魏都賦〉注者題録的有關問題》，《四川師範大學學報》2007 年第 6 期。

徐復觀：《兩漢思想史》，九州出版社 2014 年版。

徐在國：《安徽大學藏戰國楚簡〈詩經〉詩序與異文》，《文物》2017 年第 9 期。

徐兆瑋：《棣秋館日記》，《徐兆瑋日記》第 3 册，黃山書社 2013 年版。

許逸民編：《初學記索引》，中華書局 1980 年版。

許倬雲：《求古編》，臺北：聯經出版公司 1982 年版。

岩井直子：《韓詩外伝の書志的考察——唐本をもとに》，《漢籍》第 12 號，2004 年。

嚴耕望:《兩漢太守刺史表》,商務印書館1948年版。

嚴耕望:《嚴耕望史學論文選集》,中華書局2006年版。

嚴靈峰:《周秦魏諸子知見書目》第5卷,臺北:正中書局1978年版。

楊化坤:《〈水經注〉引〈詩〉考論》,《新國學》(第九輯),巴蜀書社2010年版。

楊寬:《古史新探》,上海人民出版社2016年版。

楊樹達:《積微居小學金石論叢》,上海古籍出版社2014年版。

楊樹達:《漢書窺管》,上海古籍出版社2013年版。

葉國良:《經學側論》,臺北:清華大學出版社2005年版。

葉景葵著,顧廷龍編:《卷盦書跋》,古典文學出版社1957年版。

葉啓勛:《拾經樓紬書錄》,葉德輝等撰,湖南圖書館編:《湖南近現代藏書家題跋選》第2冊,岳麓書社2011年版。

伊東倫厚:《韓詩外傳校詮(一)》,《北海道大學文學部紀要》第26卷第1號,1977年。

伊東倫厚:《韓詩外傳校詮(二)》,《北海道大學文學部紀要》第26卷第2號,1978年。

伊藤文定:《馬融・鄭玄・王肅の經説:傳承と対立の批判》,《静岡大学教育学部浜松分校研究報告:研究と教授》1950年第1期。

余崇生:《韓詩外伝研究ノート(一):荀子引用文との対照表》,《待兼山論叢》第17號,1983年。

余嘉錫:《古書通例》,上海古籍出版社1985年版。

余嘉錫:《四庫提要辨證》,中華書局1980年版。

虞萬里:《董逌所記石經及其〈魯詩〉異文》,《文獻》2015年第3期。

虞萬里:《上海圖書館藏稿本〈齊魯韓三家詩釋〉初探》,《中國典籍與文化》2011年第4期。

俞艷庭:《〈漢廣〉三家説探賾》,《黑龍江社會科學》2006年第1期。

俞艷庭:《兩漢三家〈詩〉學史綱》,齊魯書社2009年版。

俞艷庭:《兩漢政治與三家〈詩〉的命運》,《清華大學學報》2010年第5期。

俞艷庭:《〈褰裳〉朱熹"男女相咎"説探源》,《理論學刊》2005年第10期。

俞艷庭:《王莽新政與兩漢三家〈詩〉學之興衰易勢》,《理論學刊》2009年第9期。

喻春龍:《黄奭所處的時代及其輯佚活動》,《揚州文化研究論叢》第10輯,廣陵書社2012年版。

喻春龍:《清代輯佚研究》,上海古籍出版社2010年版。

袁長江:《説〈韓詩外傳〉》,《中國韻文學刊》1996年第1期。

袁同禮:《〈國立北平圖書館善本書目乙編〉序》,《北京圖書館同人文選》編委會:《北京圖書館同人文選》,書目文獻出版社1987年版。

原卓志:《毛詩唐風平安中期點における經典釋文の利用—聲明·點發を通して》,《國文學考》第114號,1987年。

袁子微:《上巳節的歷史流變》,《文藝評論》2014年第4期。

雲南大學圖書館:《雲南大學圖書館善本書目》,雲南大學圖書館2001年版。

齋木哲郎:《韓嬰と諸侯王——韓詩外傳の教育論》,《中國哲學》第28號,1999年。

張伯偉:《東亞漢文學研究的方法與實踐》,中華書局2017年版。

張錦少:《論清人三家〈詩〉分類理論中的"師承法":以劉向及〈説苑〉爲例》,《嶺南學報》復刊第四輯,2016年。

張可禮:《三國時期〈詩經〉學者著述叙録及其啓示》,《山東大學學報》2003年第2期。

張仁璽:《〈韓詩外傳〉中的孝道觀述論》,《廣西社會科學》2014 年第 2 期。

張舜徽:《廣校讎略》,上海古籍出版社 2013 年版。

張舜徽主編:《後漢書辭典》,山東教育出版社 1994 年版。

章太炎:《國故論衡》(先校本),上海人民出版社 2017 年版。

章太炎講,諸祖耿整理:《太炎先生尚書說》,中華書局 2013 年版。

章太炎講演,諸祖耿、王謇、王乘六等記錄:《章太炎國學講演錄》,中華書局 2013 年版。

張文朝《日本における詩經學史》,臺北:萬卷樓圖書有限公司,2012 年。

張永平:《日本〈詩經〉傳播史》,山東大學博士畢業論文,2014 年。

張永平:《日本〈詩經〉傳播研究》,清華大學出版社 2018 年版。

張元濟:《涵芬樓燼餘書錄》,《張元濟全集》第 8 卷,商務印書館 2009 年版。

趙茂林:《兩漢三家〈詩〉研究》,巴蜀書社 2006 年版。

趙善詒:《韓詩外傳補正》,商務印書館 1938 年版。

趙秀明、宋秀英、李貴全:《薏苡名實考》,《中國農史》1995 年第 2 期。

趙毅、金程宇:《〈天地瑞祥志〉若干重要問題的再探討》,《南京大學學報》2012 年第 3 期。

鄭振鐸撰,吳曉玲整理:《西諦書話》,文物出版社 1998 年版。

支偉成:《清代樸學大師列傳》,上海人民出版社 2014 年版。

中村璋八:《神宮文庫本五行大義背記に引存する東宮切韻佚文について》,《東洋學研究》第 11 號,1955 年。

中村璋八著,劉萃峰譯,俞士玲校:《〈天地瑞祥志〉考(附引書所引)》,童嶺主編:《秦漢魏晉南北朝經籍考》,中西書局 2017

年版。

中村璋八：《我が國に于ける五行大義の受容について》，《駒澤大學文學部研究紀要》第 28 號，1970 年。

中島貴奈：《〈幼學指南抄〉と類書：中國文化受容の一つのかたち》，《靜修：京都大學附屬圖書館報》第 39 卷第 1 期，2002 年。

中國古籍善本編輯委員會：《中國古籍善本書目》，上海古籍出版社 1989 年版。

中國科學院圖書館整理：《續修四庫全書總目提要·經部》，中華書局 1993 年版。

中國文化大學中正圖書館交換組：《華岡碩士論文提要》（第二輯），臺北：中國文化大學出版部 1981 年版。

周光慶：《中國古典解釋學導論》，中華書局 2002 年版。

周建軍、王冬梅：《山東巨野新出土東漢〈渡君碑〉》，《書法叢刊》2004 年第 4 期。

周蒙：《茉苢·萱草·芍藥：〈詩經〉采藥之民俗例説》，《中國韵文學刊》1995 年第 1 期。

周有光：《語文閒談》，生活·讀書·新知三聯書店 2008 年版。

周予同：《中國經學史論著選編》，復旦大學出版社 2015 年版。

朱季海：《初照樓文集》，中華書局 2011 年版。

猪瀬亞西子、萩原義雄：《鎌倉時代の古辭書〈塵袋〉における典據漢籍〈文選〉〈文選注〉について》，《駒澤短期大學研究紀要》第 30 號，2002 年。

左洪濤：《〈韓詩〉傳授人及學者考》，《文獻》2010 年第 2 期。

左洪濤：《〈詩經〉之〈韓詩〉傳授人新考》，《中南民族大學學報》2013 年第 5 期。

佐藤義寬：《〈三教旨歸注集〉の研究》，京都：大谷大學，1993 年。

佐野誠子，［日］佐佐木聰：《京都大學人文科學研究所藏〈天地瑞祥志〉第十四翻刻·校注》，《名古屋大學中國語言文學論集》

第 29 辑, 2015 年。

(二) 英文部分

David Hawkes. "HAN SHIH WAI CHUAN by James Robert Hightower", *Journal of The Royal Asiatic Society of Great Britain and Ireland*, No. 3/4, 1953.

George A. Kennedy. "Review of HAN SHI WAI CHUAN by James Robert Hightower", *Journal of The American Oriental Society*, Vol. 74, No. 4, 1954.

J. I. Crump Jr. "HAN SHIH WAI CHUAN: Han Ying's Illusion of the Didactic Application of the Classic of Songs by James Robert Hightower", *The Far Eastern Quarterly*, Vol. 12, No. 2, 1953.

James Legge. The She King, *The Chinese Classics*, vol. IV, Taipei: SMC Publishin Inc., 1994.

James R. Hightower. *HAN SHIH WAI CHUAN: Han Ying's Illusion of the Didactic Application of the Classic of Songs*, Cambridge, Massachusetts: Harvard University Press, 1952.

James R. Hightower. "The Han-shih wai-chuan and the San chia shih", *Harvard Journal of Asiatic Studies*, Vol. 11, No. 3/4, 1948.

索　引

《韓詩》 1－13，15，17－21，23－40，48－50，52，57－60，62，64，65，67－69，71，73－81，83－87，89－97，99－102，104－168，170－176，178，179，184，191，193，196，217，226－237，240－243，246，249，250，252，256－266，269，270，274，276，278，280－282，285－289，301，309，311－315，317，319－343，346，348，351，357，358，364－366，371，377，380，382，385，391，395，397－413，416，417，424，427，428，454，456－458，460，462，463，465－536

《韓詩內傳》 7，18，25，29，30，33，39－41，46，47，49，50，57，76，77，89，91，93，118，119，122－124，145，170，171，217－219，226，257－266，268－277，279，286，319，324，325，333－335，398，400，411－424，428－430，433－435，439，454，534，535

《韓詩外傳》 2，8，10，12－15，17，20，22－27，30，32，33，36，37，41，43，44，46，49－51，53－57，77，79，88，89，92，94，111，120，134，136，138，139，142，143，145，146，149，152，170，178－192，195－206，208，209，212－219，223，225，226，228，236，257－263，265－267，269，270，274－289，295，300，308，309，312，319－325，327，328，332，375，

397, 400, 403, 404, 411 – 413, 415 – 417, 419, 423, 428 – 433, 435 – 450, 452, 454, 473, 493, 512, 514, 534, 535

《韓詩章句》 3, 7, 18, 25, 26, 29, 30, 33, 39, 40, 64 – 69, 77 – 79, 83, 85 – 87, 91, 94, 95, 99, 101, 108, 112, 123, 124, 129, 135, 138, 143, 147, 150, 169, 172, 173, 226, 227, 236, 238, 242, 253, 259 – 261, 264 – 271, 279, 285 – 287, 314, 319, 320, 325 – 335, 337 – 342, 397, 399 – 401, 411, 412, 417, 423, 424, 426 – 428, 454 – 465, 478, 479, 498, 501, 508, 509, 521, 522, 532, 534, 535

《韓詩說》 3, 18, 33, 60, 93, 119, 226, 261, 286, 309 – 315, 400, 472, 534, 535

《韓詩翼要》 18, 29, 33, 60 – 62, 77, 79, 92, 94, 128, 150, 151, 226, 309, 310, 316, 317, 400, 477, 534, 535

《韓詩序》 72, 74 – 79, 83, 108, 266, 341, 342, 402, 462, 534, 535

《毛詩》 1, 2, 4 – 7, 9 – 11, 19, 52, 71, 94, 96, 99, 106, 111, 115, 116, 121, 122, 125, 127, 131, 136, 138, 143 – 145, 148, 149, 151, 152, 154, 156 – 166, 168, 172, 174 – 176, 184, 191, 200, 228, 230, 235, 238, 241, 247, 250, 252, 255, 266, 328, 332, 342, 346, 365, 366, 382, 388, 391, 400, 401, 405 – 410, 426, 428, 462, 463, 494, 507, 512, 514, 520, 528, 529, 532

《原本玉篇殘卷》 123, 133, 232, 234, 243, 244, 249, 322, 328, 329, 377, 401, 520, 521

《經典釋文》 11, 33, 40, 92, 93, 95, 96, 100 – 102, 106, 110, 129, 140, 226 – 228, 230, 240, 246, 252, 259, 260, 264, 265, 287, 311, 328, 329, 331, 332, 340, 348, 354, 398, 413,

416，417，520，528，529

《一切經音義》 33，123，131，133－135，150，172，176，193，226，230，241，261，265，268，287，313，320－332，340，343，357，365，381，398－401，404－410，428，457，518，519

輯佚 4，9，11，12，15，17，18，20，26，27，29，30，32，84，89－92，95，99－101，103，105，108，111，112，118－120，122，126－128，130－133，136，138，140，141，146，150－153，157，175，178，187，192，217，226－228，258，271，278，279，281－284，286，288，310，314，317，319－321，331，332，341，413，414，424，428，431，454，455，513，518，519，522，534，535

《詩經》學 1，4，7，13，27，146，163，332，421，445，449，454，465，510，514，532，534，535

經學 8，21，28，43，84，89，132，134，145，152－157，159，164，165，174，332，463，468，485，500，509，527，528，534

學術史 2－4，8，26，28，30－33，74，87，89，126，127，135，138，145，159，165，257，419，426，500，504，507，510，512，513，534

闡釋學 454

碑誌 3，28，466，503－505，507，512，513

出土文獻 6，28，29，31，197，227，341

域外漢籍 28，29，31，68，97，112，226，341

後　　記

　　這部不成熟的博士學位論文在經過修訂之後，終於要呈現在讀者面前，我寫到後記，心情既興奮，又惶悚。興奮，是因爲這篇不成熟的畢業論文能作爲我的第一部專著，在我取得學位後的四年之間便順利出版，這在我的人生中自然有着無可替代的意義；惶悚，則是因爲這畢竟是一部不成熟的作品，雖然它已呈現了我在《韓詩》研究中付出的所有努力，但我淺陋的學識，終使它免不了存在着這樣或那樣的缺憾。不過儘管如此，我仍然覺得這本書的出版並非全無必要，因爲我希望它能爲學界後續的《韓詩》研究提供微薄的參考。

　　《韓詩》研究蘊含着重要的學術價值，本書對此雖已做了力所能及的呈現，但篇幅和識見都絶難極盡其中之曲折。《韓詩》研究的賸義之多，餘蘊之豐，都使這門學問時刻保持着開放的系統，以便容納各種新材料，激發各種新解釋。例如我去年發表的《海昏〈詩〉非出於〈韓詩〉辨》（《經學文獻研究集刊》第二十八輯，第52—77頁），就嘗試説明在新的學術資料出土後，《韓詩》研究也可以隨之産生新的題目，迸發新的活力。但我自畢業以來，曾費去不少時間研究《詩序》，現又轉向《後漢書》與《淮南子》的專題探研，因此在《韓詩》研究中，我所得甚少。四年之間，除寫就上揭一篇長文，僅撰成《韓詩佚文彙輯通考》一書（上海古籍出版社2023年初版），這與碩博七年朝夕沉浸於《韓詩》研究的狀態判然有别。但我對《韓詩》的興趣和關注則從未減退，因此我迫切地期待更多學人涌入《韓詩》研究的領域，從而能夠讀到更多抉發《韓詩》內蘊的精品。限於目前的研究重點，我或許更適合做一位《韓詩》研究的忠實讀者。

畢業論文出版之際，又不覺感念師恩。我碩博（2012—2019）皆在廖群教授門下讀書，博士後時期（2019—2022）又頻繁向王承略教授請益，兩位老師十年間對我一以貫之的指導，是我至今最珍視的學術收穫。他們的勤勉，時常給我留下深刻的印象，並在我的人生中持久地發揮作用，激勵我珍惜飛馳不居的時光，提醒我堅守完善學問的方向。

中國古人常把人生看作一次旅途。如果接受這個比喻，我願引用歐陽修的兩句詩來結束這篇後記："少貪夢裏還家樂，早起前山路正長。"

呂冠南
2023 年 2 月 26 日